刘晓蕾《红楼梦》十二讲

刘晓蕾
—著—

译林出版社

图书在版编目（CIP）数据

刘晓蕾《红楼梦》十二讲 / 刘晓蕾著. —南京：译林出版社，2022.8

ISBN 978-7-5447-9119-9

Ⅰ.①刘… Ⅱ.①刘… Ⅲ.①《红楼梦》研究 Ⅳ.①I207.411

中国版本图书馆 CIP 数据核字（2022）第 060068 号

刘晓蕾《红楼梦》十二讲 刘晓蕾／著

责任编辑 魏 玮
装帧设计 韦 枫 陆 莹
校 对 孙玉兰 蒋 燕
责任印制 颜 亮

出版发行 译林出版社
地 址 南京市湖南路 1 号 A 楼
邮 箱 yilin@yilin.com
网 址 www.yilin.com
市场热线 025-86633278
排 版 南京展望文化发展有限公司
印 刷 南京新世纪联盟印务有限公司
开 本 880 毫米 ×1240 毫米 1/32
印 张 17.25
插 页 14
版 次 2022 年 8 月第 1 版
印 次 2022 年 8 月第 1 次印刷
书 号 ISBN 978-7-5447-9119-9
定 价 78.00 元

* 目录 *

第一讲 —— **走进《红楼梦》之前，我们要知道的这些事**

〇〇二 一、众说纷纭的红学

〇一七 二、关于曹雪芹

〇二二 三、脂本、程本以及不得不说的程乙本

第二讲 —— **《红楼梦》里的中国大家族**

〇四六 一、为什么有这么多人物

〇五五 二、贾家是典型的贵族世家

〇六六 三、理解传统家族的关键词："嫡庶""父子"

〇七九 四、《红楼梦》是"反封建"的吗

第三讲 —— **从前五回读懂《红楼梦》**

〇九〇 一、《红楼梦》讲了什么故事

〇九二 二、读懂《红楼梦》的前五回

一一一 三、后四十回到底好不好

第四讲 ——— “红楼”梦中人之贾宝玉：亦石亦玉

一三四 一、他人眼里的贾宝玉

一三九 二、宝玉的精神特质之一：“意淫”

一四七 三、宝玉的精神特质之二：博爱

一五四 四、宝玉的精神特质之三：深情

一六二 五、宝玉的精神特质之四：痛苦

一六九 六、宝玉的生命哲学：向死而生

第五讲 ——— “红楼”梦中人之林黛玉：谁能孤独而自由

一八六 一、众说纷纭林黛玉

一九一 二、黛玉的精神特质之一：明媚真诚

一九八 三、黛玉的精神特质之二：爱的化身

二一〇 四、黛玉的精神特质之三：泪与哀愁

二一七 五、黛玉的精神特质之四：真正的诗人

二二五 六、黛玉的精神特质之五：孤独而自由

第六讲 ——— “红楼”梦中人之薛宝钗：复杂的现实主义者

二四〇 一、看不透的薛宝钗

二四四 二、“社交达人”薛宝钗

二五六 三、大家闺秀薛宝钗

二六二 四、宝钗的复杂性：表与里

二七三 五、宝钗的复杂性：冷与热

二八一 六、复杂的现实主义者

第七讲 —— “红楼”梦中人之王熙凤与探春：务实派

二九四 一、有用和无用

二九六 二、生机勃勃王熙凤

三〇四 三、脂粉英雄王熙凤

三一四 四、王熙凤的另一面

三二一 五、才自精明贾探春

三二六 六、人间清醒贾探春

第八讲 —— “红楼”梦中人：春梦随云散，飞花逐水流

三四〇 一、原应叹息

三五四 二、沉醉湘云

三六四 三、另类妙玉

三七二 四、情迷秦可卿

第九讲 —— “红楼”梦中人：苔花如米小，也学牡丹开

三八四 一、高大丰壮的司棋

三八七 二、晴雯的罪与美

三九九 三、袭人的心事

四〇七 四、小红的逆袭

四一二 五、抗婚的鸳鸯

四一七 六、人人都爱刘姥姥

第十讲 —— 《红楼梦》的艺术

四三二 一、《红楼梦》里的人与人情世故

四四五 二、诗词里的性格与命运

四五八 三、诗意从哪里来

第十一讲 —— 《红楼梦》与中国传统文化

四七八 一、贾宝玉为什么不烧四书

四八九 二、大观园里都是性灵派

四九七 三、《红楼梦》是一部宗教小说吗

第十二讲 —— 《红楼梦》的世界观

五一二 一、《红楼梦》里的现实世界

五二四 二、《红楼梦》里的理想世界

五三二 三、《红楼梦》与现代社会

第一讲

走进《红楼梦》之前，我们要知道的这些事

通靈寶石
绛珠仙草

一、众说纷纭的红学

在我的课堂上，经常有学生问我这样的问题：《红楼梦》的主题是反清复明吗？贾家是纳兰容若家吗？跟雍正夺嫡有什么关系吗？为什么有人总说《红楼梦》的作者不是曹雪芹？

一次，我在南京一所中学讲《红楼梦》，到了互动环节，一个学生问我："有人说，绛珠仙草下凡成了黛玉，但神瑛侍者下凡后应该不是贾宝玉，而是甄宝玉。贾宝玉是女娲补天弃在青埂峰下的那块顽石的'幻象'，所以，顽石和神瑛侍者压根就不是同一个人。那么，从字面看，贾宝玉就是假的宝玉，而甄宝玉才是真的宝玉……老师，您怎么看？"我问他是不是读了红学家周汝昌先生的文章，他回答是。

在这样的问题上停留太久，是很难进入《红楼梦》的文学世界的。

比如，周汝昌先生在《和贾宝玉对话》中还认为《红楼梦》的女主角压根就不是林黛玉，也不是薛宝钗，而是史湘云。周汝昌先生说，林黛玉还错眼泪了，她还泪的对象不应该是贾宝玉，而是甄宝玉，甄宝玉才是神瑛侍者下凡。他直接否定了宝黛爱情，说贾宝玉的真爱不是林黛玉，而是史湘云。

就这样，通过否定宝黛爱情，周汝昌先生几乎全盘颠覆了《红楼梦》。按照他的思路，书中很多地方都写错了。比如第三回宝黛初见，黛玉见到宝玉便大吃一惊，因为像在哪里见过他一般；而宝玉见到黛玉也脱口说：这个妹妹我见过的。看到这里，读者自然心领神会，因为两个人确实有前世的因缘，因尚有前尘记忆，初见才会有似曾相识之感。这是东方式的爱情美学，如梦似幻。但按周汝昌先生的说法，这宝黛一开始就认错人了，难道连曹雪芹都搞错了？《红楼梦》岂不成了《红楼错梦》？

周汝昌先生是公认的红学大家。什么是红学呢？一言以蔽之，是专门研究《红楼梦》的学问。

《红楼梦》问世近三百年，红学的历史也有近三百年。从清代乾嘉年间至一九二一年以前，属于“旧红学”；自一九二一年到现在，算是“新红学”时期。

“旧红学”中最主要是评点派和索隐派，“新红学”的主流则是考证派。

评点派以及脂砚斋是谁

评点派即对作品进行评点。古人欣赏一部作品，遇到精湛之处，往往在书中圈圈点点，加上评语以示赞赏。卷首有题词、读法，回末也有总评，页面上部空白处是眉批，文中空白处是夹批。比如清代金圣叹评《水浒传》、毛宗岗评《三国演义》、张竹坡评《金瓶梅》。

《红楼梦》的评点派中，有代表性的是清代王希廉、张新之和姚燮等。对书中的典型人物、故事情节、著书旨意，以及美学特点都提出了一定的见解，这里就不多说了。

大名鼎鼎的脂砚斋不仅是第一读者，也是第一评点者，他留下了大量评语，就是我们现在读到的《脂砚斋重评石头记》。不过，严格来讲，通常说的“脂评”不是脂砚斋一人评点的，署名的还有畸笏叟、常（棠）村、梅溪、松斋、立松轩、玉兰坡、绮园、左绵痴道人、鉴堂。

据学者统计，署名的评语有一百七十四条，其中脂砚斋有三十五条，畸笏叟五十五条。脂砚斋是谁？脂砚斋和畸笏叟是同一个人还是两个人？至今尚无定论。

这些评点好似现在的视频弹幕。每遇精彩之处，评点者就击节赞赏。以下所摘评语，多被认为是脂砚斋的手笔。

比如“开卷一篇立意，真打破历来小说窠臼。阅其笔，则是《庄子》《离骚》之亚”。此为甲戌本第一回的一则评语，这是盛赞《石头记》的文学品格高，可比肩《庄子》和《离骚》。

第三回写黛玉来到王夫人的正房，只见——

> 靠东壁面西设着半旧的青缎靠背引枕。王夫人却坐在西边下首，亦是半旧的青缎靠背坐褥……挨炕一溜三张椅子上，也搭着半旧的弹墨椅袱。（第三回）[①]

此处有甲戌本旁批如下：“三字有神。此处则一色旧的，可知前正室中亦非家常之用度也。可笑近之小说中，不论何处，则曰商彝周鼎、绣幕珠帘、孔雀屏、芙蓉褥等样字眼。”

甲戌本眉批如下：“近闻一俗笑语云：一庄农人进京回家，众人问曰：‘你进京去可见些个世面否？’庄人曰：‘连皇帝老爷都见了。’众罕然问曰：‘皇帝如何景况？’庄人曰：‘皇帝左手拿一金元宝，右手拿一银元宝，马上稍（捎）着一口袋人参，行动人参不离口。一时要屙屎了，连擦屁股都用的是鹅黄缎子，所以京中掏茅厕的人都富贵无比。’试思凡稗官写富贵字眼者，悉皆

① 除特别说明外，本书引文以人民文学出版社2021年6月第88次印刷版为准。

庄农进京之一流也。盖此时彼实未身经目睹，所言皆在情理之外焉。”

“半旧”看来似乎不符合贾家的世家身份，但脂砚斋提醒我们，曹雪芹是真正经历过富贵生活的人，所以能写出这样的大家气象。换那些没有见识的人去写，往往会信口开河，都是市井想象。

第十六回“贾元春才选凤藻宫”，写宁荣两府上下里外，莫不欣然踊跃，唯有宝玉挂念秦钟，心中怅然如有所失，虽闻得元春晋封，亦未解得愁闷——

> 贾母等如何谢恩，如何回家，亲朋如何来庆贺，宁荣两处近日如何热闹，众人如何得意，独他一个皆视有如无，毫不曾介意。因此众人嘲他越发呆了。（第十六回）

此处有甲戌本夹批：“大奇至妙之文，却用宝玉一人连用五‘如何’，隐过多少繁华势利等文。试思若不如此，必至种种写到，其死板拮据、琐碎杂乱，何可胜哉？故只借宝玉一人如此一写，省却多少闲文，却有无限烟波。”

批者深谙文学技法之妙，认为如果作者一一写众人如何，行文未免呆板琐碎。把视线转向宝玉，写这个人偏偏置身事外，文字便有详有略，很有章法。

第二十七回芒种节，作者写“芒种一过，便是夏日了，众花皆卸，花神退位，须要饯行”。此处有庚辰本旁批：“无论事之有无，看去有理。”芒种节到底有无送花神的习俗？只有在《红楼梦》里有，焉知这不是作者刻意杜撰的？批者认为，不管有没有这事，作者写得十分合乎情理。

反正对作品而言，作者就是上帝，想要有光就有了光，想要有人，就造出了人。

有意味深长之处，批者也会跳出来，为读者指点迷津，让我们体会曹雪芹“草蛇灰线，伏脉千里”的深意。

比如第六回写千里之外芥豆之微的一个小人家，因与荣府略有瓜葛，引出了刘姥姥一进荣国府。此处甲戌本脂评曰：“略有些瓜葛，是数十回后之正脉也。真千里伏线。”刘姥姥不仅一进、二进荣国府，还有三进之情节，可惜八十回后的文字已经湮灭不闻。但从评语里，可知刘姥姥一定是见证贾家荣枯的重要人物。

比如第七回薛姨妈给了周瑞家的十二朵宫花，她一路送来，给了迎春、探春之后，来到惜春处，却见惜春正同水月庵的小姑子智能儿一处玩耍。此处有甲戌本眉批曰：“闲闲一笔，却将后半部线索提动。”这是在提醒读者惜春跟佛门的关系。

有时候，批语还透露遗失的后文情节。比如第二十八回“蒋玉菡情赠茜香罗，薛宝钗羞笼红麝串”，有庚辰本回前批曰：“茜香罗、红麝串写于一回，盖琪官虽系优人，后回与袭人供奉玉兄、宝卿得同终始者，非泛泛之文也。”可知，结局是宝玉宝钗成婚，贾府败亡后，蒋玉菡袭人夫妇曾接济他们。

贾家事败，一干人等入狱，丫鬟茜雪、小红仗义探监等事，都是据脂批而来。对关心《红楼梦》真正结局的读者而言，脂批可谓宝库。比如还有甲戌本第八回眉批：“按警幻情榜，宝玉系‘情不情’。凡世间之无知无识，彼俱有一痴情去体贴。”

第二十回，宝玉的丫鬟晴雯、麝月和宝玉有一段家常情景，此处有庚辰本夹批，前半段是："闲上一段儿女口舌，却写麝月一人。在袭人出嫁之后，宝玉、宝钗身边还有一个人，虽不及袭人周到，亦可免微嫌小敝等患，方不负宝钗之为人也。故袭人出嫁后云'好歹留着麝月'一语，宝玉便依从此话。"

第二十一回，贾宝玉读《南华经》时，有一大段庚辰本夹批，其中有一句："宝玉有此世人莫忍为之毒，故后文方有'悬崖撒手'一回。若他人得宝钗之妻，麝月之婢，岂能弃而为僧哉？玉一生偏僻处。"

这两条夹批对应起来，便知八十回后贾宝玉终于悬崖撒手，出家做了和尚，彼时，薛宝钗是他的妻子，麝月也在。

第十三回回末甲戌本有评语："秦可卿淫丧天香楼，作者用史笔也。老朽因有'魂托凤姐''贾家后事'二件，岂是安富尊荣坐享人能想得到者？其事虽未漏，其言其意则令人悲切感服，姑赦之，因命芹溪删去。""此回只十页，因删去天香楼一节，少却四五页也。"

这两条批语没署名，口吻像是长辈，可能是畸笏叟。反正脂砚斋的口气像是作者的平辈，畸笏叟像长辈，他们跟作者拥有一些共同的经历和记忆。

第十三回秦可卿临死托梦给王熙凤——

> "如今我们家赫赫扬扬，已将百载，一日倘或乐极悲生，若应了那句'树倒猢狲散'的俗语，岂不虚称了一世的诗书旧族了？"（第十三回）

此处有甲戌本眉批："'树倒猢狲散'之语，今犹在耳，屈指卅五年矣。哀哉，伤哉，宁不痛杀！"看来批者跟曹雪芹是同族，而且关系不浅，多年前他们曾一起回忆家族往事，说过这样一句话。

第十八回元春省亲，作者写元春是长姊，宝玉是弱弟，元春怜爱宝玉，教他读书，进宫后也屡屡挂念他。此处有庚辰本旁批："批书人领过此教，故批至此，竟放声大哭。俺先姊仙逝太早，不然，余何得为废人耶？"批者触景生情，说明跟作者关系很近，看到书中类似细节，才屡屡引发或伤感或激动的回忆。

第二十二回宝钗过生日，宝钗、凤姐、宝玉、湘云、迎春、探春、惜春、李纨等人点戏。凤姐亦知贾母喜热闹，更喜谑笑科诨，便点了一出《刘二当衣》。此处有庚辰本眉批："凤姐点戏，脂砚执笔事，今知者寥寥矣，不怨夫！"这句脂评是什么意思？难道他也是书中人，凤姐点戏的时候，他就在一旁？还是脂砚斋代替作者执笔，写了凤姐点戏这一情节？那就不得而知了，反正二人关系紧密。

第三十八回螃蟹宴，黛玉只吃了一点蟹肉，便觉心口微微的疼，要喝烧酒，宝玉赶紧让人将那合欢花浸的酒烫一壶过来。此处有庚辰本脂批："伤哉，作者犹记矮䫜舫前以合欢花酿酒乎？屈指二十年矣！"合欢花浸的酒，就像《追忆似水年华》里的玛德莱娜小蛋糕，触发了批者的记忆。一杯酒，一句"伤哉"，一句"二十年"，一下子跳到了文字之外，让人浮想联翩。

当然，批评者也有轻松调皮的时候。比如第一回空空道人跟顽石对话，认真评阅《石头记》，关注到这本书的主题并不是伤时骂世，亦不超越伦常。此时，甲戌本中批者来了一条"弹幕"："这空空道人也太小心了，想亦世之一腐儒耳。"

又如第八回宝玉去梨香院看望宝钗的路上，遇见几个有头脸的仆人，对方称赞宝玉的"斗方儿"写得好，想讨几张贴。批者“弹幕”曰:“余亦受过此骗，今阅至此，赧然一笑。”这当然算是善意的“骗”，不只批者，很多人少年时期都被这样鼓励过吧。

有时候，两个不同的批书者还会有交流。比如王熙凤协理宁国府时，总带着一个彩明点卯。庚辰本有一则眉批说:“宁府如此大家，阿凤如此身份，岂有使贴身丫头与家里男人答话交事之理？此作者忽略之处。”紧接着便有一则评语回答:“彩明系未冠小童，阿凤便于出入使令者。老兄并未前后看明，是男是女，乱加批驳。可笑。”

这一问一答，解释了彩明是一个识字的未成年小厮，而王熙凤不太识字，带着他便于处理家务，妥。

有一条脂批应该写于曹雪芹去世之后:“能解者方有辛酸之泪，哭成此书。壬午除夕，书未成，芹为泪尽而逝。余尝(常)哭芹，泪亦待尽。每意觅青埂峰再问石兄，奈不遇癞头和尚何？怅怅！今而后惟愿造化主再出一芹一脂，是书何幸，余二人亦大快遂心于九泉矣！甲午八月泪笔。”(第一回)

这条批语很特别，“一芹一脂”正是曹雪芹和脂砚斋也。那么，脂砚斋到底为何人？目前主要有以下说法：一、作者说，是作者自导自演；二、史湘云说；三、作者的堂兄弟说；四、作者的叔辈说。

持“史湘云说”的是周汝昌先生。他从脂批中挑出若干条，认为其为女性语气，他又最爱史湘云，便找到各种理由把批语归于湘云名下。

如第二十六回贾芸来怡红院看望宝玉，宝玉放下书，跟贾芸打招呼，此处有一条旁批:“这是等芸哥看，故作款式。若果真看书，在隔纱窗子说话时已放下了。玉兄若见此批，必云：‘老货，他处处不放松我，可恨可恨！’回思将余比作钗、颦等乃一知己，余何幸也！一笑。”同一回里，宝玉来潇湘馆看望黛玉，对紫鹃说了一句：“若共你多情小姐同鸳帐，怎舍得叠被铺床？”黛玉听了登时撂下脸来。此处有旁批：“我也要恼。”

周汝昌先生认为“断乎非女性不合”“又是个女子声口”。其实倒也未必，要知道曹雪芹笔下这么多角色，有女儿，有婆子，有宝玉，作者经常幻化为不同的人，声口各不同。也可以理解为批者代入自己，仿书中人声口矣。

总之，批语存在太多未知，一是多数未署名批语，无法分辨是脂砚斋还是畸笏叟；二是没有可靠史料证明脂砚斋其人。那就不如让答案继续在风中飘吧。

值得一提的是，评点只是文学批评的一种。即便是作者亲朋，脂评也只是一家之言，并不代表正确答案。很多人拿脂评当金科玉律，借用黛玉说宝钗的话，也忒“胶柱鼓瑟”了（第五十一回）。

比如第二十七回，丫鬟小红得到凤姐的赏识，从怡红院出来当了凤姐的贴身随从，此处有庚辰本眉批：“奸邪婢岂是怡红应答者，故即逐之。前良儿，后篆儿，便是确证。作者又不得可也，己卯冬夜。”随后另有署名畸笏的批语：“此系未见‘抄没’‘狱神庙’诸事，故有是批。丁亥夏，畸笏。”

批者因为小红有自己的心思和欲望，就把小红说成“奸邪婢”，不配待在怡红院，为她离开而拍手叫好。然而，曹雪芹并没有把小红当反面角色来写，而是写她处处伶俐，对她颇为赞赏。这说明，即使批者跟作者关系很近，也未必能体会出作者的真意和深意。

索隐派

索隐，顾名思义，就是从书中找线索，挖掘被文字隐藏的真事。索隐派相信《红楼梦》不是虚构的小说，而是非常神秘而精巧的文字游戏，写的是真实的历史。

索隐派盛行于清末民初。典型的索隐观点有“纳兰成德家事”说、“清世祖与董小宛故事”说、“康熙朝政治状态”说。据说乾隆皇帝看了《红楼梦》，说：“此盖为明珠家作也！”意思是，写的是康熙朝宰相明珠的家事。就有人说贾政其实就是明珠本人，宝玉是明珠的儿子纳兰容若。至于宝钗，那是影射高澹人，妙玉是影射姜西溟，等等。

索隐派的代表作是王梦阮、沈瓶庵的《红楼梦索隐》，蔡元培的《石头记索隐》和邓狂言的《红楼梦释真》等。

我们来看看索隐派的基本思路。蔡元培先生相信《红楼梦》是一部政治小说，主旨就是“反清复明”。书中“‘红字’，多影‘朱字’，朱者明也，汉也”。就是说，“红”影射明代皇帝的“朱”姓；贾宝玉戴的玉是传国玉玺，贾宝玉本人则影射康熙时废太子胤礽。“宝玉有爱红之癖，言以满人而爱汉族文化也；好吃人口上胭脂，言拾汉人唾余也。”

林黛玉影射朱彝尊，理由是：“朱”就是“绛”，“绛”就是“绛珠”；潇湘馆都是竹子，而朱彝尊号竹垞；绛珠草长于灵河岸上，影射朱彝尊生于秀水。至于探春、湘云、王熙凤等，都有影射的男性对象。更神奇的是，蔡元培说刘姥姥是汤潜庵，说青儿影射的是汤潜庵最爱吃的芹菜。

这样一来，《红楼梦》中的人物、事件似乎跟康熙、雍正、乾隆时期的权贵人物、政治事件都能对上号。索隐的思路，是先找到历史人物和事件，再到《红楼梦》里寻找对应的文字，就像举着锤子，看见的都是钉子。况且，密码本不同，索隐出的人事也不同。所以，各种猜想自说自话，“既不能证实也不能证伪”。

要知道，《红楼梦》一共写了几百个有名有姓的人物，而有的索隐派只看到其中几个人物跟历史上的人事有相似之处，就断言《红楼梦》是本密码书，这就越走越远了。

《韩非子》里有一则故事：“郢人有遗燕相国书者，夜书，火不明，因谓持烛者曰：‘举烛。’云而过书‘举烛’。举烛，非书意也。燕相受书而说之，曰：‘举烛者，尚明也；尚明也者，举贤而任之。’燕相白王，王大说，国以治。治则治矣，非书意也。今世举学者，多似此类。”

脱离了上下文语境的“举烛”，显然是被过度解读了。虽然“一千个读者眼里有一千个哈姆雷特”，解读或误读也是读者的权利，但并非每个人眼里的哈姆雷特，都有文学的价值。

考证派

胡适先生开启了“新红学”时代，也是红学考证派的先驱。他于一九二一年出版《红楼梦考证》，曾这样评论蔡元培先生的《石头记索隐》：“如蔡先生考定宝玉为胤礽，黛玉为朱竹垞，薛宝钗为高士奇，试问胤礽和朱竹垞有何恋爱的关系？朱竹垞与高士奇有何吃醋的关系？”

是啊，要写这些人的故事，何必编出一段缠绵悱恻的爱情故事来？再看“诉肺腑心迷活宝玉”——

“好妹妹，你别哄我。果然不明白这话，不但我素日之意白用了，且连你素日待我之意也都辜负了。你皆因总是不放心的原故，才弄了一身病。但凡宽慰些，这病也不得一日重似一日。”

林黛玉听了这话，如轰雷掣电，细细思之，竟比自己肺腑中掏出来的还觉恳切，竟有万句言语，满心要说，只是半个字也不能吐，却怔怔的望着他。此时宝玉心中也有万句言语，不知从那一句上说起，却也怔怔的望着黛玉。（第三十二回）

这么深情的一个场景，如果强行置换为胤礽和朱竹垞……岂止古怪，简直魔幻。

胡适又举了一个例子，说蔡先生认为刘姥姥前后收了凤姐二十两和八两银子是影射汤斌的生平，可是王夫人还赠给刘姥姥一百两银子呢，这样的事在汤斌的人生中却没发生过。“所以这一百两虽然比那二十八两更重要，到底没有‘索隐’的价值！这种完全任意的去取，实在没有道理，故我说蔡先生的《石头记索隐》也还是一种很牵强的附会。”可见，索隐派红学之“挂一漏万”，只看见自己想看见的，并没有真正进入《红楼梦》的文本内部。

在胡适先生看来，《红楼梦》并没有政治隐喻，而是一部自传体小说。他“大胆假设，小心求证”，对《红楼梦》的作者、版本和后四十回都提出了新观点。他还认为，考证《红楼梦》很有意义，最好抓住这两件事：作者和版本。

在作者和版本方面，考证派确实有深入研究，比如确定作者是曹雪芹，后四十回是高鹗续写。问题也接踵而至，曹雪芹的史料极少，如何研究曹学呢？考证派的解决办法，是到《红楼梦》里面查找曹家的信息，认为贾家有的，曹家也应该有；曹家有的，贾府里必定有。

这就完全把《红楼梦》当成自传，当成实写，而不是虚构小说了。囿于历史资料匮乏，考证派只好在文本内部循环往复，自己证明自己，难免走进死胡同。所以，"新红学"的考证之路走得也不顺。

曹雪芹的身世、脂砚斋是谁、版本的真伪，以及八十回后的结局，至今依然是未解之谜。刘梦溪先生在《红楼梦与百年中国》中，将"脂砚何人""芹系谁子""续书作者"称为红学的"三大死结"，并认为："除非发现新的材料，否则这三个死结就将继续下去，谁都休想解开。"

那么，这些问题不解决，就无法阅读《红楼梦》了吗？周汝昌先生说："严格意义的红学，不包括一般小说学家对《红楼梦》的赏析评议之类。"在《红楼梦新证》一书的自序里，他说："我坚信不考察研索作者曹雪芹其人，就谈不上针对其书的理解和赏析。"这样一来，不免把"红学"限定为"曹学"了。

了解作者的家世，自然可以帮助我们更深入地理解《红楼梦》，但周先生这些说法还是过于绝对了。

法国文学家罗兰·巴特有一个观点：文本写出来，作者就死了，作者对作品没有主宰权，也没有解释权。作品面向读者，面向时间，作品的意义是流动的、叠加的、开放的，不同时代的读者，可以赋予作品不同的意义。就是说，经典是活在时间之流中的。

周汝昌先生的考据功夫很深，他厘清了一些问题，但也制造了一些问题。

比如他独爱史湘云，认为湘云才是《红楼梦》真正的女主角，黛玉和宝钗都是衬托湘云的。湘云豪爽健朗，天真又明快，很多人都喜欢她，不过，像周先生这样爱到罔顾文本事实，非说湘云是第一女主，也太离谱了。在一本叫《和贾宝玉对话》的书里，他穿越时空，跟怡红公子面对面交流，引导宝玉说出最爱湘云，对林妹妹只是同情和怜悯。这也走得太远了。

红学界有这样一个故事——曹雪芹有一首残诗，名为《题敦诚〈琵琶行传奇〉》，可惜只留下两句："白傅诗灵应喜甚，定教蛮素鬼排场。"但二十世纪七十年代，忽然出现了全诗——

唾壶崩剥慨当慷，月荻江枫满画堂。
红粉真堪传栩栩，渌樽那靳感茫茫。
西轩鼓板心犹壮，北浦琵琶韵未荒。
白傅诗灵应喜甚，定教蛮素鬼排场。

平仄没错，对仗工整，全诗风格一致，有的研究者确定这就是曹雪芹所写。在一九七六年出版的《红楼梦新证》里，周汝昌先生录存了这首诗，并加了一句按语："有拟补之者，去真远矣，附录于此，聊资想象。"意思是，这诗应该是后人补写的，不过我放在这里，大家看看也蛮好的。

后来大家纷纷寻找这首诗的来处。吴恩裕先生写文章详述，是周汝昌先生给他的。周当时说，原是有人转交给自己的，并不知这个人是谁。到了一九七九年，周汝昌终于承认：这诗是自己九年前写着玩的！

嚯！

考证派批评索隐派不注重文本一味"猜笨谜"，把研究路向拉回《红楼梦》本身，功莫大焉。可是，自己却转向了曹学，大多偏离了《红楼梦》的文学和美学价值，越走越远。比如胡适先生尽管做了很多考证，却并不认可《红楼梦》的文学价值，说《红楼梦》的思想见地不如《儒林外史》，文学技巧也比不上《海上花》和《老残游记》。

著名的美学家朱光潜先生，回忆自己的留学经历时，谈到一个讲莎士比亚的教授也只做考据，至于如何欣赏莎士比亚的作品，他并不关心。朱先生感到讶异：考据所得的是历史知识，历史的知识可以帮助欣赏，却不是欣赏本身。

说到底，考证无非也是一种工具，对作者和版本的考证研究，是为了更深刻更全面理解《红楼梦》，不是为了考证而考证。考证是手段，文学才是目的。

当然，众人纷纷投身于索隐和考证，也有客观原因——《红楼梦》的作者和创作过程，既有明清易代的"国仇"背景，又有真实的曹家"家恨"（曹家是百年大族，被雍正帝抄家后，一败涂地），再加上围绕雍正继位的种种阴谋论，确实会让人对文学之外的事件生出无限联想。

对很多人来说，谈论索隐引申出来的政治八卦，显然会更刺激。因此，直到今天，还有很多人走在索隐的路上。但是，如果想进入《红楼梦》的文学世界，个人建议还是远离索隐比较好。至于考证派对曹家历史的研究，虽然多少也厘清了作者的家世，但普通读者在这方面投入太多精力，也大可不必。

最后，我推荐王国维先生的《红楼梦评论》。这篇文章最初发表于一九〇四年的《教育世界》上，通篇不过一万三千字。王国维先生借鉴了德国古典美学以及叔本华哲学去解读《红楼梦》，一出手便成为红学高峰。

尽管他的结论未必对，但毫无疑问，他走的是文学批评之路，他知道，文学就是文学，文学的价值不需要跟历史拉拉扯扯，达到人性和艺术的“真”，服从美学的原则，就是好的文学。

是的，还是让文学的归文学，历史的归历史吧。

二、关于曹雪芹

关于《红楼梦》的作者，目前一般认为是曹雪芹。自然也有人坚称作者另有其人，热门候选人有洪昇，有吴梅村，还有冒辟疆。

甲戌本第一回有眉批：“雪芹旧有《风月宝鉴》之书，乃其弟棠村序也。今棠村已逝，余睹新怀旧，故仍因之。”第一回正文还有：“后因曹雪芹于悼红轩中披阅十载，增删五次，纂成目录，分出章回。”同一回里，还有一则眉批曰：“若云雪芹披阅增删，然则开卷至此，这一篇楔子又系谁撰？足见作者之笔狡猾之甚，后文如此者不少。这正是作者用画家烟云模糊处，观者万不可被作者瞒弊（蔽）了去，方是巨眼。”都已明明白白点名作者就是曹雪芹，因此有学者认为：“除非有惊人的新材料发现，否则是很难再翻案的。”脂评谈到作者，常常赞他“写尽大家”“作者不负大家后裔”“非世代公子，再想不及此”……作者的出身确实非同寻常，这跟曹家的历史也相符。

但关于曹雪芹的可靠史料，实在太少了。即使跟曹雪芹同时代的袁枚，在他的《随园诗话》里，关于曹雪芹的信息也有误：“康熙间，曹练亭为江宁织造……其子雪芹撰《红楼梦》一部，备记风月繁华之盛。”错把曹雪芹说成了曹寅的儿子，可见曹雪芹的信息多么模糊。

曹雪芹的先祖是汉人，明朝时就以军功发迹，为巨族。明末清军入关，曹雪芹的五世祖曹锡远，兵败归附清朝，被编入满洲内务府籍正白旗。顺治帝期间，曹家由王府包衣转为内务府包衣。“包衣”是满语音译，意指“家里的”，即皇帝的家奴。

曾祖父曹玺由王府护卫升任内廷二等侍，妻子孙氏被选为康熙的保姆。曹玺被康熙任命为江宁织造。康熙极为器重曹玺，一六八四年曹玺辞世，康熙亲自登门吊慰。康熙第三次南巡，特别召见孙氏，脱口说出：“此吾家老人也。”这件事也许是虚构，但康熙亲笔写下“萱瑞堂”三个字，却是真的，家族荣耀可谓一时无两。

周汝昌先生在《红楼梦新证》里，考证出如下信息：一六六七年，曹玺奉召回京觐见皇上，授蟒服，加一品；一六六八年一月，他的祖父母同时追授二品官衔，他本人则授工部尚书衔，妻子授一品夫人衔。这是曹家最鼎盛的时期了。

曹玺的儿子，即曹雪芹的祖父曹寅，十七岁就成了康熙的侍卫，康熙待他极为亲厚。曹玺去世后，曹寅先后被任命为苏州织造、江宁织造、两淮巡盐御史。曹寅喜好文艺，又爱好藏书，曹家的文化生活空前繁荣。曹寅晚年甚至成了康熙的心腹、密探，成了皇家的耳目，可以通过上折子的方式，议论地方上大事小事。康熙是这样吩咐的：“倘有疑难之事，可以密折请旨。凡奏折不可令人写，但有风声，关系匪浅。小心，小心，小心，小心。”

但在跟权力的蜜月期里，也潜伏着巨大的危机，因为曹家的财政出了大问题，尤其是接驾康熙四次南巡，据说因为花钱太多，造成曹家在任上的巨额亏空。

在第十六回，曹雪芹把这段历史改头换面写到书中，贾府准备元春省亲之事，王熙凤跟贾琏、奶妈赵嬷嬷说起当年接驾的盛事——

赵嬷嬷道："嗳哟哟，那可是千载希逢的！那时候我才记事儿，咱们贾府正在姑苏扬州一带监造海舫，修理海塘，只预备接驾一次，把银子都花的淌海水似的！说起来……"凤姐忙接道："我们王府也预备过一次。那时我爷爷单管各国进贡朝贺的事，凡有的外国人来，都是我们家养活。粤、闽、滇、浙所有的洋船货物都是我们家的。"

赵嬷嬷道："那是谁不知道的？如今还有个口号儿呢，说'东海少了白玉床，龙王来请江南王'，这说的就是奶奶府上了。还有如今现在江南的甄家，嗳哟哟，好势派！独他家接驾四次，若不是我们亲眼看见，告诉谁谁也不信的。别讲银子成了土泥，凭是世上所有的，没有不是堆山塞海的，'罪过可惜'四个字竟顾不得了。"凤姐道："常听见我们太爷们也这样说，岂有不信的。只纳罕他家怎么就这么富贵呢？"赵嬷嬷道："告诉奶奶一句话，也不过是拿着皇帝家的银子往皇帝身上使罢了！谁家有那些钱买这个虚热闹去？"（第十六回）

所谓接驾，表面看是极高的荣誉，其实还不是拿着皇帝家的银子往皇帝身上使罢了，就是一个"虚热闹"。更可怕的是，拿了皇帝家的银子，还不够给皇上用的。

曹寅于一七一二年生病，一开始以为是感冒，后来成了疟疾，等康熙派遣特使送来西药奎宁（金鸡纳霜），曹寅已然离世。曹家虽负债累累，还有盐务上的亏空，但康熙依然极力维护曹家，任命曹寅的子辈先后担任江宁织造。但这巨大的亏空岂是轻易能补上的？到了雍正六年，政治格局大变，在各种不利因素影响之下，曹家终被抄家，彻底堕入谷底。

就这样，曹家持续了半个多世纪的繁华，戛然而止。

在《曹寅和康熙》这本书中，作者史景迁这样写道："庇荫曹家七十余年的这棵大树，树叶繁茂，蓊蓊参天，集种种因素于一身：官位、财富、能力、伶俐，以及暧昧的包衣身份，它既为人仆役，也是一种特权地位，兼蓄满人与汉人的世界。但这棵大树的根并不牢固，其屹立全看皇帝的意思。没有皇上作为靠山，这棵大树必定倾倒，猢狲自然也就四散了。"

曹家的家世简单说完了，但作者曹雪芹的信息依然很少。

曹寅死后，他的亲生儿子曹颙不久也英年早逝，康熙下谕令曹家的侄子曹頫过继给曹寅的遗孀，并承袭曹寅的官职。曹雪芹是曹寅的孙子不假，但他的父亲是曹颙还是曹頫？尚无定论。而曹家被雍正抄家时，曹雪芹到底几岁，死于哪年，都无法确定。

从仅有的零星记载，再加上脂砚斋批语："壬午除夕，书未成，芹为泪尽而逝。"学界大概将曹雪芹的生年，定于一七一五年左右，卒年为一七六三年左右。

被抄家时，他尚是一个十三岁左右的少年。

据他的朋友说，曹雪芹天生傲骨，风趣。敦敏、敦诚兄弟形容他为"嶙峋更见此支离""四十萧然太瘦生"。比曹雪芹晚生的裕瑞，听前辈讲故事，说雪芹"身胖头广而色黑，善谈吐，风雅游戏，触境生春，奇谈娓娓令人终日不倦”，不是清癯秀才了，这可能是转述中出现了误传。

在友人的记叙里，他嗜酒，狷傲，写一手好诗。其诗立意新奇，风格近于唐代诗人李贺。友人敦诚曾称赞说：“爱君诗笔有奇气，直追昌谷破篱樊。”又说：“知君诗胆昔如铁，堪与刀颖交寒光。”

值得注意的是，他的朋友都夸他有诗才，却无人提及他的小说，有研究者据此怀疑《红楼梦》的作者并非曹雪芹。事实上，在那个时代，小说一直被目为“稗史”，登不上大雅之堂，诗歌文章才是主流，经籍文史才是传统文人最看重的。写小说无法带来名利，也不足为人知。

就是说，曹雪芹写下皇皇巨著《红楼梦》，而且是“哭成此书。壬午除夕，书未成，芹为泪尽而逝”，不为名，亦不为利，完全出自内心强烈的创作冲动，是非写不可。

曹雪芹曾经像宝玉一样，生活在花柳繁华地，温柔富贵乡里，被抄家后，却经常“举家食粥酒常赊”（敦诚《赠曹雪芹》），最终“坎坷以终”。从“锦衣纨绔”“饫甘餍肥”，到“茅椽蓬牖”“瓦灶绳床”，人生如断崖。家庭的重大变故，能压垮一个人，也能成就一个人。

了解了作者的部分家世，再来读《红楼梦》，会发现小说饱含作者自身的荣耀和创伤。

没有经历过真正繁华的人，很难逼真描摹一个“钟鸣鼎食之家，诗礼簪缨之族”的气派，《红楼梦》里从衣饰到园林，从美食到环境，从礼仪到娱乐，有全方位的贵族气质，这是凭空想象不出来的；没有经历过家族衰落之痛的人，也很难写出盛世背后的哀音，以及“到头一梦，万境归空”的苍凉。

三、脂本、程本以及不得不说的程乙本

去书店或图书馆，会发现有不同版本的《红楼梦》，往往不知道应该买哪一本。连回目都不一样，比如第三回，有的是“金陵城起复贾雨村，荣国府收养林黛玉”，有的是“托内兄如海荐西宾，接外孙贾母惜孤女”。

到底哪个版本最好，最值得购买呢？

大致来讲，《红楼梦》有两大版本系统，一是脂本，一是程本。

脂本即脂评本，以书中收录有脂砚斋、畸笏叟等人的“弹幕”式评点得名。目前共有十二种脂本，书名多为《脂砚斋重评石头记》，几乎都是手抄本。

程本是面向市场的印刷本，出现得比较晚。程本删掉了全部脂评，同时还增补了后四十回，共有一百二十回，书名为《新镌全部绣像红楼梦》。程本也分为程甲本和程乙本，程甲本出版于一七九一年冬天，两个多月后即一七九二年春天，程乙本出版。

脂　本

你可能会问，脂本为什么有如此多不同的版本？印刷业超级发达的今天，我们很难想象曹雪芹当年写作的情境。那时候还是手写，写好一部分，可能就被亲朋好友拿去传阅了。传阅的人多了，只有一个本子肯定不够，便有人亲自抄写或雇人抄写下来。如此一来，前后创作十余年，其间被传阅被传抄的次数，想必不会少。

这样一来，传抄中不免会出现如下情况：

有错抄、漏抄现象。有时是个别的字抄错，有时把脂评当成正文乱入了，有时是看错行列了；

传抄的过程中，最早的底本（母本）渐渐遗失了，流传至今的只是抄本，甚至是抄本的抄本；

曹雪芹曾经几易其稿，有的抄本可能距离定稿较近，有的就比较远。

所以，即使是同一个情节，在不同的抄本里有时候也会出现细微的差异。

举个例子，黛玉到底长什么样子呢？第三回黛玉初进荣国府，借宝玉的眼睛看黛玉，是这样的——

> 两弯似蹙非蹙罥烟眉，一双似喜非喜含情目。态生两靥之愁，娇袭一身之病。泪光点点，娇喘微微。闲静时如姣花照水，行动处似弱柳扶风。心较比干多一窍，病如西子胜三分。（第三回）

我摘抄的这一段出自齐鲁书社版的《红楼梦》，这个版本是在庚辰本的基础上，参考其他版本汇校而成的。

请注意，在这个版本里，黛玉的眉毛是“罥烟眉”，“罥”音juan，四声，罥烟，是指朦朦胧胧的烟雾挂在半山腰，说明黛玉的眉毛疏淡轻灵。至于“似喜非喜含情目”，初看没问题，细读却总有点不对劲：“似喜非喜”有点难拿捏，再说了，“含情目”也不到位。你想想，此时黛玉才多大？不过七八岁，眼睛里能含什么情呢？她还是一个稚嫩小萝莉而已。

在其他的版本里，黛玉的眉毛和眼睛都略有不同，如下：

“两湾半蹙鹅眉，一对多情杏眼。”（庚辰本）

“两弯似蹙非蹙罥烟眉，一双似喜非喜含情目。”（甲戌本）

“两弯似蹙非蹙罥烟眉，一双似泣非泣含露目。”（列藏本）

“两弯似蹙非蹙笼烟眉，一双似喜非喜含露目。”（甲辰本，程本）

到底哪个更接近曹公的底稿？这就不得而知了。只能问：哪个是你心目中的黛玉呢？

我个人更喜欢“罥烟眉”和“似泣非泣含露目”。在古诗里“罥”字并不生僻，杜甫在《茅屋为秋风所破歌》里，就有“高者挂罥长林梢”。“烟眉”是说眉毛疏淡如青烟，形状似弯月，缥缈灵动，隐含忧愁，自带疏离感。至于“似泣非泣含露目”，加上“泪光点点”，雾蒙蒙的双眼，更贴合黛玉的性格、身份和境遇。她远离家乡来到外祖母家，忧伤中略有不安。

以下是十二个脂本的基本介绍：

甲戌本　书名是《脂砚斋重评石头记》。第一回有“至脂砚斋甲戌抄阅再评，仍用《石头记》”字样，说明抄写的年代是甲戌年，即乾隆十九年（一七五四年），收录了十六回。

这个版本是有故事的。一九二七年五月二十二日，一本名为《脂砚斋重评石头记》的书出现在上海，彼时，胡适刚从国外回到上海，在朋友的推荐下，他高价买下这个本子，就是甲戌本。

甲戌本有脂批一千六百多条。有些评点只在甲戌本上有，别的本子都没有。比如第一回“满纸荒唐言，一把辛酸泪。都云作者痴，谁解其中味”处，有一段眉批：

能解者方有辛酸之泪，哭成此书。壬午除夕，书

未成，芹为泪尽而逝。余尝（常）哭芹，泪亦待尽。每意觅青埂峰再问石兄，奈不遇癞头和尚何？怅怅！（第一回）

因此，有人坚持曹公卒于壬午年（一七六三年），就是依据这条批语。

甲戌本开头有一则“凡例”，是其他本子都没有的，这首诗就在“凡例”中——

浮生着甚苦奔忙，盛席华筵终散场。
悲喜千般同幻渺，古今一梦尽荒唐。
谩言红袖啼痕重，更有情痴抱恨长。
字字看来皆是血，十年辛苦不寻常。

另外，甲戌本第一回，交代顽石和神瑛侍者的来历，比别的本子多出一段——

先是说些云山雾海神仙玄幻之事，后便说到红尘中荣华富贵。此石听了，不觉打动凡心，也想要到人间去享一享这荣华富贵；但自恨粗蠢，不得已，便口吐人言，向那僧道说道：“大师，弟子蠢物，不能见礼了。适闻二位谈那人世间荣耀繁华，心切慕之。弟子质虽粗蠢，性却稍通；况见二师仙形道体，定非凡品，必有补天济世之材，利物济人之德。如蒙发一点慈心，携带弟子得入红尘，在那富贵场中、温柔乡里受享几年，自当永佩洪恩，万劫不忘也。”二仙师听毕，齐憨笑道："善哉，善哉！那红尘中有却有些乐事，但不能永远依恃；况又有'美中不足，好事多魔'八个字紧相连属，瞬息间则又乐极悲生，人非物换，究竟是到头一梦，万境归空，倒不如不去的好。"

这石凡心已炽，那里听得进这话去，乃复苦求再四。二仙知不可强制，乃叹道："此亦静极思动，无中生有之数也。既如此，我们便携你去受享受享，只是到不得意时，切莫后悔。"石道："自然，自然。"那僧又道："若说你性灵，却又如此质蠢，并更无奇贵之处。如此也只好踮脚而已。也罢，我如今大施佛法助你助，待劫终之日，复还本质，以了此案。你道好否？"石头听了，感谢不尽。那僧便念咒书符，大展幻术，将一块大石登时变成一块鲜明莹洁的美玉，且又缩成扇坠大小的可佩可拿。（第一回）

如今我们通常读的《红楼梦》，基本都收入了这一段，甲戌本功不可没。

己卯本　书名也是《脂砚斋重评石头记》，现存四十一回零两个半回，内有脂评七百一十多条。因书中有"己卯冬月定本"，故名己卯本。己卯年，即乾隆二十四年（一七五九年），这个本子原本被个人收藏，现分藏中国国家图书馆、中国国家博物馆。

庚辰本　书名是《脂砚斋重评石头记》。这个版本有七十八回文字（前八十回，独缺第六十四回和第六十七回），收录了两千多条批语，在脂本中，这个本子的批语最多。书中有"庚辰秋月定本"或"庚辰秋定本"，故名庚辰本。庚辰年，即乾隆二十五年（一七六〇年）。

有专家说，庚辰本最接近曹雪芹的原稿。脂批里署年月名号的，几乎都在庚辰本里。此本有眉批、侧批、双行夹批及回前批、回后批多种，并收录了己卯本全部的双行夹批。

值得一提的是，庚辰本里有这样一条批语，即第二十回朱笔眉批——

> 茜雪至"狱神庙"方呈正文。袭人正文目曰："花袭人有始有终。"余只见有一次誊清时，与"狱神庙慰宝玉"等五六稿，被借阅者迷失，叹叹！丁亥夏畸笏叟。（第二十回）

茜雪是怡红院的丫鬟，在第八回曾惊鸿一现。写宝玉从梨香院薛姨妈处喝酒回来，发现早前泡好的枫露茶没了，丫鬟茜雪说被奶妈李嬷嬷喝了。彼时，宝玉微醺，生气摔了茶杯，骂了茜雪。到了第二十回，李嬷嬷又来怡红院，嫌弃袭人怠慢了自己，拉住黛玉和宝钗"诉委屈，将当日吃茶，茜雪出去，与昨日酥酪等事，唠唠叨叨说个不清"。

可知，茜雪因此事被撵出去了，贾家败落后，她又去狱神庙看望宝玉。至于"花袭人有始有终"，当是指后来袭人嫁给伶人蒋玉菡之事；而八十回后还有"狱神庙慰宝玉"一节，可惜被借阅者遗失了。

庚辰本也存在一个问题，即抄写者众多，水平参差不齐，尤其是最后一册，抄写质量极差，有不少错漏。

综上，甲戌本、己卯本和庚辰本，是脂本里最重要的三个版本。

列藏本　书名《石头记》，因一九六二年发现于苏联亚洲人民研究所列宁格勒分所，故名列藏本，现藏俄罗斯圣彼得堡东方学研究所，有七十八回。

戚本　书名为《石头记》，为乾隆年间德清戚蓼生收藏并序，故曰“戚本”或“戚序本”。上海有正书局曾据原版石印出大字本，题《国初抄本原本红楼梦》，又称有正本。有八十回。

一九二〇年鲁迅先生写《中国小说史略》时，引用的原文就来自戚本。戚本是刊行的第一个带脂评的本子，是最早传印的脂本，打破了程本多年垄断的局面。

戚宁本　又称南图本，现藏于南京图书馆，文字几乎与戚本同，有八十回文字。

其他六个脂本分别是：**蒙府本、靖本、甲辰本（又名梦觉本）、梦稿本、己酉本（又名舒序本）、郑藏本**。

如今出版市场发达，各个版本的《红楼梦》都有售。不同的出版社，往往选定一个脂评本为底本，再参考其他脂本。当然，也有汇集所有脂评的汇校本。

我读到的第一本《红楼梦》，是一九八二年人民文学出版社出版的，该本首次采用脂本为底本校勘，底本选的便是庚辰本《脂砚斋重评石头记》，同时参校甲戌本、己卯本等其他版本，查漏补缺汇校而成。在这之前，人民文学出版社的通行本是以程本为底本的。

一九九四年，人民文学出版社又做过一次修订。序言中红学家冯其庸说：“我们选择的底本——庚辰本，确是一个学术价值很高、接近曹雪芹原稿的珍贵本子，我们以此为底本，就使这个校本有了很好的基础。”

冯其庸力推庚辰本，周汝昌却不以为然。他认为没有最好的本子，要靠红学家参照不同的版本，再推断哪个更接近曹公原稿。所以，你会发现，市面上能买到的《红楼梦》有各种校本，其中有冯其庸校本，也有周汝昌校本等。

因为庚辰本比较常见，就多说几句吧。

庚辰本有明显的文字错误，多为漏抄、抄错。比如第七十六回，中秋节这晚，贾母带着众人在凸碧山庄赏月，黛玉和湘云来到凹晶馆，聊天赏月联诗。两人你一句我一句，黛玉忽然看见池子里有黑影，湘云——

> 因弯腰拾了一块小石片向那池中打去，只听打得水响，一个大圆圈将月影荡散复聚者几次。只听那黑影里嘎然一声，却飞起一个白鹤来，直往藕香榭去了。黛玉笑道："原来是他，猛然想不到，反吓了一跳。"湘云笑道："这个鹤有趣，倒助了我了。"因联道：
>
> 窗灯焰已昏。寒塘渡鹤影，
>
> 林黛玉听了，又叫好，又跺足，说："了不得，这鹤真是助他的了！这一句更比'秋湍'不同，叫我对什么才好？'影'字只有一个'魂'字可对，况且'寒塘渡鹤'何等自然，何等现成，何等有景且又新鲜，我竟要搁笔了。"湘云笑道："大家细想就有了，不然就放着明日再联也可。"黛玉只看天，不理他，半日，猛然笑道："你不必捞嘴，我也有了，你听听。"因对道：
>
> 冷月葬花魂。（第七十六回）

请注意，此处"冷月葬花魂"，来自戚本、蒙府本和梦稿本；而列藏本、甲辰本和程甲本则是"冷月葬诗魂"；庚辰本呢，是"冷月葬死魂"，这显然是抄书人的笔误，这个错误确实太不应该了。那么，抄书人所据底本里，写的是“花魂”还是“诗魂”呢？根据字形，可能是“花”；根据读音，也可能是“诗”。

“诗魂”和“花魂”，哪个更接近曹公的原意呢？周汝昌力证是“诗魂”，冯其庸坚持说“花魂”。我个人认为，“花魂”可能比“诗魂”更符合原稿。“花”对“鹤”，对仗工整，让湘云拍手称绝。且大观园本来草木葱茏，花香细细，曹公也爱用花来比拟女儿：黛玉是芙蓉，宝钗是牡丹，探春是“带刺的玫瑰花”……

不过，“诗魂”这个说法也不错，毕竟大观园里最重要的活动是联诗，诗是大观园的灵魂，黛玉更是诗人中的诗人，称她为“诗魂”相当贴切了。

在书店翻开一本《红楼梦》，可以通过回目鉴别它是以哪个版本为底本的。比如第三回的回目，有如下不同：

金陵城起复贾雨村，荣国府收养林黛玉（甲戌本）

贾雨村夤缘复旧职，林黛玉抛父进京都（己卯本、庚辰本、梦稿本）

托内兄如海酬训教，接外孙贾母惜孤女（蒙府本、戚本、列藏本、甲辰本、程甲本）

托内兄如海酬闺师，接外孙贾母惜孤女（己酉本）

第五回是这样的：

开生面梦演红楼梦，立新场情传幻境情（甲戌本）

游幻境指迷十二钗，饮仙醪曲演红楼梦（己卯本、庚辰本、梦稿本）

灵石迷性难解仙机，警幻多情秘垂淫训（蒙府本、戚本、己酉本）

贾宝玉神游太虚境，警幻仙曲演红楼梦（甲辰本、程甲本）

这里要提醒一下，庚辰本保留了七十八回的文字，可是我们一般都说前八十回是曹雪芹所著，缺失的那两回又是怎么回事呢？

缺失的是第六十四回和第六十七回。我们现在看到的，“幽淑女悲题五美吟，浪荡子情遗九龙珮”（第六十四回），“见土仪颦卿思故里，闻秘事凤姐讯家童”（第六十七回），是按照程本补齐的，也许并非曹公所写。

程　本

程本跟脂评本最大的区别：一是印刷体；二是多了后四十回，全书有头有尾，故事完整。程甲本刊印于一七九一年冬天，第二年又刊印了程乙本。在程乙本的“引言”中，说“因急欲公诸同好，故初印时不及细校，间有纰缪。今复聚集各原本，详加校阅，改订无讹，惟识者谅之”。就是说，程乙本修订了程甲本的若干错误。

从此，《红楼梦》就从手抄本过渡为印刷本。

手抄本数量有限，抄写也费时费力，一部手抄本，往往价值“数十金”，寻常人家不敢问津，书稿只能在小范围里流传。印刷本出现后，情况就大不同了。一旦制了版，即可大量印刷，成本也低了，购买者自然多了。

从传播学的角度看，印刷本功莫大焉。不过，从文学的角度看，程本的问题也不少。

首先，后四十回的续书跟前八十回在文学水平上不可同日而语；其次，程本对前八十回进行了若干删改，程甲本删改在先，随后程乙本修订了后四十回的错误，又再次对前八十回进行了修改。

程本的读者甚众。一九八二年之前，市面上刊行的《红楼梦》，都是一百二十回的程本，且多为程乙本。台湾白先勇先生的《红楼梦》启蒙读本就是程乙本，他对程乙本评价很高。在《白先勇细说红楼梦》这本书里，他经常在庚辰本和程乙本之间“找不同”，总是批评庚辰本“不通”“不对”“写坏了”，认为程乙本改得很好。

不过，跟白先勇先生的观点正好相反，我认为程乙本对前八十回的改动大部分都有点糟糕，实属不足观。

程乙本对前八十回进行的改动，不仅限于修辞，对人物的形象、性格，甚至是一些大关节处，也进行了改写。

第一回，甄士隐在梦中，见一僧一道说起：有一个神瑛侍者，住在西方灵河岸赤瑕宫，无意中以甘露浇灌了三生石畔的绛珠仙草。仙草长大，修成女体，心中“郁结着一段缠绵不尽之意”，闻听神瑛侍者在警幻仙姑处挂号，要下凡历劫，她也要下凡，把一生的眼泪还他。

贾宝玉和林黛玉的前世，分别是神瑛侍者和绛珠仙草；贾宝玉出生时嘴里含的美玉，便是通灵石。脂本比如庚辰本和甲戌本（还多出了一段讲顽石如何幻化为通灵美玉）的线索都很清晰：

石头是石头，神瑛侍者是神瑛侍者。

程乙本却别出心裁，把顽石和神瑛侍者合二为一了。写青埂峰下的顽石，自行缩成扇坠大小，自己到处游玩，来到太虚幻境，被警幻仙子赐名神瑛侍者，遂留在赤瑕宫。神瑛侍者见三生石畔的绛珠仙草“十分娇娜可爱”，便日以甘露灌溉。接下来的故事，与他本无异。

程乙本为何做此修改？可能修改者认为补天神话和还泪神话互不搭界，为了让顽石和神瑛侍者扯上关系，干脆就合二为一了。但是，问题也出现了，如果顽石和神瑛侍者是一个人，那么，宝玉就是神瑛侍者下凡，其出生时口衔美玉，是自己含着自己出生吗？

程本写三生石畔的还泪神话，神瑛侍者以甘露浇灌绛珠仙草，是因为见她生得“十分娇娜可爱”。脂本并没强调仙草“娇娜可爱”，只写神瑛侍者无意中浇灌了绛珠仙草，这样一来，浇灌之举完全出自神瑛侍者的博爱本性，没有任何理由。

你更喜欢有意还是无意呢？我选后者。爱本来就没有什么理由的。

程乙本还改动了不少情节。有的改动，明显偏离了人物的性格。我举几个例子，一起来看到底改得如何。

早期抄本比如庚辰本，第二回“冷子兴演说荣国府”，贾雨村讲到江南的甄宝玉这样说：“这女儿两个字，极尊贵、极清净的，比那阿弥陀佛、元始天尊的这两个宝号还更尊荣无对的呢！”程乙本改为：“比那瑞兽珍禽、奇花异草更觉稀罕尊贵呢！”字改得确实不多，但女儿也只是比珍稀植物和动物更尊贵些，再高也高不过佛祖和神仙，境界可全变了。

第十五回秦可卿死后，众人送葬至铁槛寺，途中在一小村庄休憩。宝玉乍看见各种稀奇古怪的农具，不免好奇，炕上恰有个纺车，他便用手去转。这时，一个约十七八岁的丫头跑过来，喊：别动坏了。“宝玉忙丢开手，陪笑说道：‘我没见过这个，所以试他一试。’”被女孩子呵斥的宝玉，依然赔着笑脸。

不过，程乙本却改成了：“宝玉也住了手，说道……”刻意删掉了“陪笑”。删改者为啥这么改？大概觉得宝玉这样的身份和地位，不可能对一个乡下野丫头赧然赔笑吧。显然，他并不了解宝玉，要知道在女儿面前，宝玉一向保持谦卑，从不问出身。

接下来，二丫头被家人叫走了，宝玉自觉怅然无趣。待众人要启程，庄妇来叩赏——

> 宝玉却留心看时，内中并无二丫头。一时上了车，出来走不多远，只见迎头二丫头怀里抱着他小兄弟，同着几个小女孩子说笑而来。宝玉恨不得下车跟了他去，料是众人不依的，少不得以目相送，争奈车轻马快，一时展眼无踪。（第十五回）

程乙本改成——

> 宝玉留心看时，并不见纺线之女。走不多远，却见这二丫头，怀里抱着个小孩子，同着两个小女孩子，在村头站着瞅他。宝玉情不自禁，然身在车上，只得眼角留情而已。一时电卷风驰，回头已无踪迹了。（第十五回）

我们知道，贾宝玉尊重女性，在美好的女儿面前，他总是低下头来，温柔谦卑，情深意重。在他眼里爽利灵动的二丫头就是美好的化身，他对二丫头的欣赏和眷恋属于单纯的审美。可是，程乙本改写得太实在了，又是二丫头瞅宝玉，又是宝玉情不自禁眼角留情，一不小心就滑向了庸俗。

随便翻开一回，比如第三十五回“白玉钏亲尝莲叶羹”。王夫人房里的丫头玉钏给宝玉送来荷叶莲蓬汤，玉钏是金钏的妹妹，而金钏因为跟宝玉说话有点随意，被王夫人撵出去，便投井自杀了——

> （宝玉）忽见了玉钏，便想到他姐姐金钏身上，又是伤心，又是惭愧，便把莺儿丢下，且和玉钏说话……
>
> 这里麝月等预备了碗箸来伺候吃饭。宝玉只是不吃，问玉钏道：“你母亲身子好？”玉钏满脸怒色，正眼也不看宝玉，半日，方说了一个“好”字。宝玉便觉没趣，半日，只得又陪笑问道：“谁叫你给我送来的？”玉钏道：“不过是奶奶太太们！”宝玉见他还是这样哭丧，便知他是为金钏的原故；待要虚心下气磨转他，又见人多，不好下气的，因而变尽方法，将人都支出去，然后又陪笑问长问短。
>
> 那玉钏先虽不悦，只管见宝玉一些性子没有，凭他怎么丧谤，他还是温存和气，自己倒不好意思的了，脸上方有三分喜色。（第三十五回）

这一段程乙本改了一处，把“玉钏满脸怒色”改成了“玉钏满脸娇嗔”。“娇嗔”一般用来形容女孩子假装生气，很可爱很娇憨，有撒娇之意。但因为金钏之死，玉钏对宝玉本就有气，此时此刻不可能对宝玉撒娇，程乙本改得不好。修改者大概认为一个丫鬟怎么可以对宝玉“满脸怒色”，岂不知，书中像这样有个性有真性的丫鬟，可不止玉钏一个呢。

另外，程乙本对尤三姐的改动尤其多，几乎是重构了尤三姐这个形象。

第六十五回，贾琏偷娶尤二姐，在外面置办了房子。这天，贾珍打听着贾琏不在，便过来看望两个姨妹。于是，贾珍、尤二姐和尤三姐、尤老娘四人一起吃酒——

> 尤二姐知局，便邀他母亲说：“我怪怕的，妈同我到那边走走来。”尤老也会意，便真个同他出来，只剩小丫头们。贾珍便和三姐挨肩擦脸，百般轻薄起来。小丫头子们看不过，也都躲了出去，凭他两个自在取乐，不知作些什么勾当。（第六十五回）

这是庚辰本里的一段，尤三姐和贾珍之间，妥妥的不清不楚。程乙本却是另一个样子——

> 二姐儿此时恐怕贾琏一时走来，彼此不雅，吃了两钟酒便推故往那边去了。贾珍此时也无可奈何，只得看着二姐儿自去。剩下尤老娘和三姐儿相陪。那三姐儿虽向来也和贾珍偶有戏言，但不似他姐姐那样随和儿，所以贾珍虽有垂涎之意，却也不肯造次了，致讨没趣。况且尤老娘在旁边陪着，贾珍也不好意思太露轻薄。（第六十五回）

改成只有二姐离开，尤老娘却留下了，贾珍也不好造次，这样一来，三姐就被洗白了。修改者还怕我们误会，忙不迭解释她和贾珍之间确实啥也没有，只是偶有戏言而已，不像尤二姐那样“随和”，好欺负。

不止这一处，类似的改动不少。

二尤是贾珍太太尤氏的娘家妹子，但并无血缘关系，她俩是尤老娘再嫁带过来的。因贾敬死后，家中无人，尤氏便接了她们来照看。“贾蓉听见两个姨娘来了，便和贾珍一笑。”笑得十分暧昧，呼应了二人与尤氏姐妹“麀聚之乱”之说。但程乙本改为“喜得笑容满面”，暧昧气息消失了。

贾蓉迫不及待地来看望两位姨娘。跟尤二姐挤眉弄眼，说我父亲正想你呢，尤二姐拿起熨斗打，贾蓉抱头滚到她怀里求饶，尤三姐便上来撕嘴。程乙本改成“尤三姐便转过脸去”，显得尤三姐很端庄，看不得这混乱场面。

程乙本一心一意要把尤三姐改成清白无辜的少女，一句也不肯放过，凡尤三姐有“淫荡”嫌疑的，通通进行漂白处理。

话说贾琏回来，和尤二姐在屋内喝酒，听见外面马闹，二姐感觉不安。贾琏安抚她：以前的事，我不计较。至于大哥和你妹子，我去挑明。彼时，贾珍和尤三姐在喝酒取乐。只见贾琏进来笑道：没事！以后大哥还如以前一样。拿酒敬贾珍，又拉三姐：“你过来，陪小叔子一杯。”贾珍笑道：“老二，到底是你，哥哥必要吃干这钟。”

程乙本改成贾琏“因又笑嘻嘻向三姐儿道：‘三妹妹为什么不和大哥吃个双钟儿？我也敬一杯，给大哥和三妹妹道喜’”。

三姐站在炕上，指着二人笑骂一通，搂过贾琏的脖子来就灌，说：“我和你哥哥已经吃过了，咱们来亲香亲香。”程乙本当然不允许三姐跟贾珍吃过酒，改成："揪过贾琏来就灌，说：'我倒没有和你哥哥喝过，今儿倒要和你喝一喝，咱们也亲近亲近。'"

程乙本为何要费力洗白三姐呢？白先勇先生给出了自己的答案："如果尤三姐跟贾珍本来有染的话，那么尤三姐后来的行事根本不能成立。如果尤三姐已经失足了，还有什么立场再去骂他们？"他觉得，一个失足女性是硬不起来的，没有资格骂贾珍贾琏，也配不上柳湘莲的爱。

这个观点真让人大跌眼镜。难道道德有瑕疵的女性，就要被判名誉死刑吗？不配重新做人吗？

程乙本修改者的道德立场，倒跟续书作者一致。比如，后四十回让宝玉跟贾代儒读道德文章，教巧姐背《列女传》，让黛玉说科举清贵，鼓励宝玉读书入仕……妥妥的卫道士，怎么可能去赞美一个失贞少女呢？

曹公却没有传统道德的枷锁。他只是写人，写三姐和贾珍挨肩擦脸，百般轻薄；写她无耻老辣，搂过贾琏就喝酒；写她站在炕上，指着贾琏笑骂——

> "你别油蒙了心，打谅我们不知道你府上的事。这会子花了几个臭钱，你们哥儿俩拿着我们姐儿两个权当粉头来取乐儿，你们就打错了算盘了。"
>
> ……
>
> "将姐姐请来，要乐咱们四个一处同乐。俗语说'便宜不过当家'，他们是弟兄，咱们是姊妹，又不是外人，只管上来。"（第六十五回）

这是放浪，是脂砚斋说的"醍醐灌顶大翻身大醒悟"，也是彻骨的悲凉。这一刻尤三姐终于明白，原来自己一直是他们眼里的粉头，他们根本不把自己当人。如今河水无法倒流，后悔也没用；将来如何也不知道，但我尤三姐再也不想当过去的我了！这一刻，她幡然醒悟，这一刻，充满人性张力。三姐生命中最耀眼的时刻，不是自杀瞬间，而是这一刻。

伟大的作家忠于人性，而非道德。曹公笔下的尤三姐，是复杂的多层次的。而程乙本的作者是道德家，看不见道德之外才有广袤的人性，所以拼命为三姐洗白，把她写成贞洁烈女。

高下立判。

程本对前八十回的修改，散落各处。第三十回宝玉跟宝钗搭讪，问她为啥不去看戏，宝钗说自己怕热。宝玉笑道——

> "怪不得他们拿姐姐比杨妃，原来也体丰怯热。"
>
> 宝钗听说，不由的大怒。（第三十回）

程乙本改成："'怪不得他们拿姐姐比杨妃，原也富胎些。'宝钗听说，登时红了脸。""富胎"比"体丰怯热"更好吗？我并不觉得。

程乙本修改的一个特点就是努力把人物说的话都往口语方向改，变得更通俗了，这样改好不好，倒也见仁见智。比如第三十一回，晴雯跌碎了扇子，宝玉随口说了她一句，晴雯不服气，两个人拌起嘴来，袭人过来，说自己一时没来，就有事故，晴雯抨道——

> "姐姐既会说，就该早来，也省了爷生气。自古以来，就是你一个人服侍爷的，我们原没服侍过。因为

你服侍的好，昨日才挨窝心脚；我们不会服侍的，到明儿还不知是个什么罪呢！”（第三十一回）

程乙本把其中一句“昨日才挨窝心脚”改成“为什么昨儿才挨窝心脚啊”。我认为不如不改，因为这样一改，晴雯的简断口气变得舒缓了，火气也小了，语感也变涩了。

第六十六回，尤三姐自杀身亡——

湘莲反不动身，泣道：“我并不知是这等刚烈贤妻，可敬，可敬。”湘莲反扶尸大哭一场。等买了棺木，眼见入殓，又抚棺大哭一场，方告辞而去。（第六十六回）

程乙本改成——

湘莲反不动身，拉下手绢，拭泪道：“我并不知是这等刚烈人！真真可敬！是我没福消受。”大哭一场，等买了棺木，眼看着入殓，又抚棺大哭一场。（第六十三回）

不让柳湘莲直呼“贤妻”，看来修改者很谨慎守礼。至于让柳湘莲多了一个“拉下手绢”的动作，多了一句“没福消受”和“真真”这样的语气词，就显得非常啰唆，不符合柳湘莲的性格和当时的情境。而“拉下手绢”这个动作怎么看都多余，像在戏台上唱戏。此情此景，对柳湘莲而言，是震撼骇然又难过，哪里还顾得上拉下手绢呢。

第五十一回，晴雯病了，来了一个庸医开了一堆虎狼药，换了一个医生另开了药方，宝玉一看——

> 喜道："这才是女孩儿们的药，虽然疏散，也不可太过。旧年我病了，却是伤寒内里饮食停滞，他瞧了，还说我禁不起麻黄、石膏、枳实等狼虎药。我和你们一比，我就如那野坟圈子里长的几十年的一棵老杨树，你们就如秋天芸儿进我的那才开的白海棠，连我禁不起的药，你们如何禁得起。"麝月等笑道："野坟里只有杨树不成？难道就没有松柏？我最嫌的是杨树，那么大笨树，叶子只一点子，没一丝风，他也是乱响。你偏比他，也太下流了。"宝玉笑道："松柏不敢比。连孔子都说：'岁寒然后知松柏之后凋也。'可知这两件东西高雅，不怕羞臊的才拿它混比呢。"（第五十一回）

程乙本改成——

> "我和你们就如秋天芸儿进我的那才开的白海棠似的，我禁不起的药，你们如何禁得起？比如人家坟里的大杨树，看着枝叶繁盛，都是空心子的。"（第五十一回）

宝玉自比野坟圈子里的老杨树，是谦卑，而把晴雯比作白海棠，是说女儿娇弱又珍贵，应该小心呵护。程乙本却让宝玉把自己跟女儿们都比成白海棠，差矣！何况改了之后，接不上麝月的话，又硬生生添上坟里的大杨树是空心子云云，前言不搭后语。

最后,如何快速辨认程乙本呢?

回到第八回"探宝钗黛玉半含酸",宝玉来到梨香院看望宝钗。宝钗表示一向听闻宝玉有玉,但未曾见过,很想鉴赏一下,宝玉赶紧拿给她看。美玉上是有字的,宝钗出声念道:莫失莫忘,仙寿恒昌。一旁的丫鬟莺儿说:听着跟姑娘金锁上的字是一对呢!宝玉好奇,要看宝钗的金锁。宝钗解开排扣,拿出金锁,金锁上果然也有八个字:不离不弃,芳龄永继。

二人说话间,只见"黛玉摇摇的走过来",程乙本改成了"黛玉摇摇摆摆的走过来"。

胡适先生忍不住评道:"原文'摇摇的'是形容黛玉的瘦弱病躯。高鹗竟改为'摇摇摆摆的',这竟是形容詹光、单聘仁的丑态了,未免太唐突林妹妹了。"

第二讲

《红楼梦》里的中国大家族

一、为什么有这么多人物

有一个学生曾经问我:“老师, 我们都是独生子女,《红楼梦》写的是传统大家族, 人际关系超复杂, 表姐堂弟、妯娌叔嫂一大串, 根本梳理不清, 跟咱们现代生活没什么关系吧? 为什么一定要读呢?”

这是一个好问题。

《红楼梦》体量庞大, 前八十回有近六十一万字, 加上后四十回续书有近百万字, 书中有名有姓的人物就有五百多人。再加上贾家是传统的大家族, 除了血缘、主仆关系, 还有姻亲和政治关系, 人际关系相当复杂。

比如王熙凤, 她是贾赦儿子贾琏的太太, 贾赦和邢夫人是其正牌公婆, 她和贾琏却住在叔叔贾政和王夫人这边, 帮着王夫人管理荣国府家务, 贾母是她的直接上司; 王夫人还是王熙凤的娘家亲姑妈; 薛姨妈是王夫人的妹妹, 带着宝钗和薛蟠住在荣国府的梨香院里; 元春、迎春、探春和惜春是四姐妹, 却各有各的父母; 晴雯和袭人是宝玉身边的丫鬟, 却不属于王夫人直接管辖, 是贾母派去伺候宝玉的; 鸳鸯是贾母的首席大丫鬟, 连王熙凤和贾琏都对她恭敬有加; 大观园厨房总管柳嫂子想让女儿柳五儿进怡红院当差, 得巴结晴雯和芳官……是不是已经看晕了? 可这些, 都是大家族的日常。

除了家族内部, 还有家族与家族之间的关系。

第四回“葫芦僧乱判葫芦案”, 贾雨村审理薛蟠打死冯渊抢走英莲（香菱）的案子时, 第一反应是马上抓捕凶手薛蟠, 但旁边一个门子给他使眼色。原来, 案子本身并不复杂, 关键是不能得罪四大家族。四大家族是这样的——

贾不假，白玉为堂金作马。阿房宫，三百里，住不下金陵一个史。东海缺少白玉床，龙王来请金陵王。丰年好大雪，珍珠如土金如铁。(第四回)

这些家族“连络有亲，一损皆损，一荣皆荣，扶持遮饰，俱有照应”，要想在官场混，就不能得罪其中任何一个家族，所以这张私单又叫“护官符”。而涉案人薛蟠是薛家的人，其母薛姨妈跟贾家的王夫人是亲姐妹。薛蟠这个案子，贾雨村遇到了难题，读者也不轻松，连贾家人都还没认清呢，又来了王家、史家、薛家。借王熙凤的话，这可真是“烂鱼头”，怎么拆？

曹雪芹巧妙地设置了两个场景，一个是通过冷子兴在酒馆里跟贾雨村八卦贾家，让众人先集体出场；一个是借黛玉进荣国府，重点人物再依次真正亮相。

先看第二回“冷子兴演说荣国府”。官场失利的贾雨村在扬州茶馆邂逅老相识古董商人冷子兴，彼时，贾雨村是林黛玉的家庭教师。自然，对方开始谈论贾雨村的同族贾家。

贾家有两府，宁国府居东，荣国府在西。请注意，在清代，并非所有王公大臣的府邸都可以被称为“府”，尤其是宁国府大门赫然有一大块匾额，上有“敕造宁国府”——

宁国公与荣国公是一母同胞弟兄两个。宁公居长，生了四个儿子。宁公死后，贾代化袭了官，也养了两个儿子：长名贾敷，至八九岁上便死了，只剩了次子贾敬袭了官，如今一味好道，只爱烧丹炼汞，馀者一概不在心上。幸而早年留下一子，名唤贾珍，因他父亲一心想作神仙，把官倒让他袭了。他父亲又不肯回原

> 籍来，只在都中城外和道士们胡羼。这位珍爷倒生了一个儿子，今年才十六岁，名叫贾蓉。如今敬老爹一概不管。这珍爷那里肯读书，只一味高乐不了，把宁国府竟翻了过来，也没有人敢来管他。（第二回）

这是长房宁国府（东府）的情况。第一代是宁国公，贾代化是第二代，在道观炼丹的贾敬是第三代，一味“高乐”的贾珍是第四代，贾蓉是第五代。在清代，世袭爵位是依代递减的，第一代宁国公仙逝后，到贾珍袭爵位，就成了三等威烈将军。贾珍的太太是尤氏，贾蓉的太太是秦氏（秦可卿）——没错，贾珍和秦氏的关系有点蹊跷，也是书中的一大悬案。

分清贾家男性的辈分有个窍门，贾家男性的名字按“代”“文”“玉”“草”的顺序排列，越往后辈分越小。

关于东府，柳湘莲曾说过一句话：“你们东府里除了那两个石狮子干净，只怕连猫儿狗儿都不干净。”（第六十六回）贾敬只顾在道观里炼丹求长寿，贾珍则一味胡闹，儿子贾蓉也跟着学坏了。东府的老仆人焦大喝醉后曾经大骂——

> “我要往祠堂里哭太爷去。那里承望到如今生下这些畜牲来！每日家偷狗戏鸡，爬灰的爬灰，养小叔子的养小叔子，我什么不知道？咱们‘胳膊折了往袖子里藏’！”（第七回）

连老仆人都看不下去，可见东府的风气多么污浊。在书中，东府代表了失序、堕落的现实世界，肮脏不堪的事儿都发生在这里。

那么，荣国府呢？第六回作者说："荣府中一宅人合算起来，人口虽不多，从上至下也有三四百丁。"怡红院的丫鬟麝月也说过："家里上千的人。"（第五十二回）便可知其规模和气象——

自荣公死后，长子贾代善袭了官，娶的也是金陵世勋史侯家的小姐为妻，生了两个儿子：长子贾赦，次子贾政。如今代善早已去世，太夫人尚在，长子贾赦袭着官；次子贾政，自幼酷喜读书，祖、父最疼……这政老爹的夫人王氏，头胎生的公子，名唤贾珠，十四岁进学，不到二十岁就娶了妻生了子，一病死了。第二胎生了一位小姐，生在大年初一，这就奇了；不想次年又生一位公子，说来更奇，一落胎胞，嘴里便衔下一块五彩晶莹的玉来，上面还有许多字迹，就取名叫作宝玉。你道是新奇异事不是？（第二回）

荣国府是故事的主要发生地。

荣国公是第一代，贾代善是二代，贾代善的太太即太夫人贾母，其娘家便是四大家族里的史家。贾母属于贾家第二代，是贾家在世最高的长辈，被尊称为"老祖宗""老太太"。在传统的大家族里，尤其是清代贵族家庭，女性长辈的地位是很高的。

身为贾家第二代女性掌门人，贾母经历丰富，见多识广。都说王熙凤能干，贾母自称年轻时比她"还来得呢"（第三十五回），这是真话。贾母有权威感也不乏温情，人情练达世事洞明，活成了"人精"，却从不倚老卖老，是一个讨人喜欢又令人尊重的老人家，也是曹雪芹饱含着亲情、热情塑造出来的女性形象。

贾母的大儿子贾赦袭了父辈的爵位，是一等将军，太太邢夫人是继室，无所出。儿子贾琏，娶了四大家族王家的王熙凤；女儿迎春，母亡，乃庶出。

贾政是贾母的小儿子，贾母偏爱他而嫌弃大儿子，贾赦另外住一个小独院，贾母则跟贾政住在正院。贾政是读书人，皇上赐了他"员外郎"的官职，其妻为王夫人，出身四大家族里的王家，是王熙凤的娘家姑妈。贾政和王夫人的大儿子贾珠去世得早，留下遗孀李纨和年幼的儿子贾兰；女儿是元春，大年初一出生，入宫被选为贤德妃，是贾家权势的重要支柱；贾政和王夫人的二儿子是贾宝玉，嘴巴里含着美玉出生。贾政还有两个妾，其中一个是赵姨娘，生下女儿探春和儿子贾环。

贾家的女孩，除了元春、迎春和探春，还有一个惜春，是贾敬的小女儿。贾母疼爱小女孩，让她住在荣国府，后来也搬入大观园。至此，贾家的女孩子元迎探惜（原应叹息）都到齐了。她们虽然都是金枝玉叶，也锦衣玉食，但结局都不好。

我把人物关系做成图放在书里，对照着上面的文字，更容易理解。

当然，还有两大女主角林黛玉和薛宝钗。

贾母还有一个女儿贾敏，即黛玉的母亲，嫁给姑苏的林如海。林如海乃前科探花，已升至兰台寺大夫，又被钦点为巡盐御史，林家也是书香门第、钟鼎之家，祖上亦曾袭过列侯。贾敏去世后，贾母派人来接黛玉前去，贾雨村正好回京赴任，便一路护送黛玉来到荣国府。在第三回"林黛玉抛父进京都"，黛玉来了，众女眷也集中亮相了——

黛玉方进入房时，只见两个人搀着一位鬓发如银的老母迎上来，黛玉便知是他外祖母。方欲拜见时，早被他外祖母一把搂入怀中，心肝儿肉叫着大哭起来。当下地下侍立之人，无不掩面涕泣，黛玉也哭个不住。一时众人慢慢解劝住了，黛玉方拜见了外祖母。——此即冷子兴所云之史氏太君，贾赦贾政之母也。当下贾母一一指与黛玉："这是你大舅母；这是你二舅母；这是你先珠大哥的媳妇珠大嫂子。"黛玉一一拜见过。贾母又说："请姑娘们来。今日远客才来，可以不必上学去了。"众人答应了一声，便去了两个。

不一时，只见三个奶嬷嬷并五六个丫鬟，簇拥着三个姊妹来了。第一个肌肤微丰，合中身材，腮凝新荔，鼻腻鹅脂，温柔沉默，观之可亲。第二个削肩细腰，长挑身材，鸭蛋脸面，俊眼修眉，顾盼神飞，文彩精华，见之忘俗。第三个身量未足，形容尚小。其钗环裙袄，三人皆是一样的妆饰。（第三回）

黛玉一路北上静悄悄，薛宝钗的出场动静却不小。先是薛蟠惹上了官司，贾雨村帮忙搞定。薛蟠的舅舅王子腾邀薛家北上。薛姨妈考虑京城的生意需要打理，刚好宝钗也进京选秀，于是便带着儿子薛蟠和女儿薛宝钗来到贾家，住在了荣国府的梨香院。薛姨妈是王夫人的亲妹妹，薛宝钗其实是贾宝玉的姨表姐。薛家是皇商，亦有百万之富。

到书中第五回，两大女主角在荣国府会师了，宝黛钗三人齐了。黛玉先来，跟宝玉相处尤为亲密，宝钗这一来，如投石入湖，泛起阵阵涟漪，故事也开始精彩起来了。

介绍完主要人物，下面要认识金陵十二钗，以及有重要戏份的丫鬟和侍妾群体。《红楼梦》里的主角是女性，她们各有其美，也是贾宝玉赞美的“水作的骨肉”。

话说第五回贾宝玉梦游太虚幻境。宝玉去宁国府做客，秦氏带他去午休，蒙眬中宝玉随她去了太虚幻境，无意中翻看了“薄命司”里的册子。册子分为金陵十二钗正册、副册、又副册，册子里有画也有诗句，预言了她们的命运，其实是剧透。这么一算，也只有三十六人入了册。但金陵城里的女性何其多哉，按宝玉的说法：“单我家里上上下下，就有几百女孩子呢。”（第五回）不过，警幻仙姑说，只能择其紧要者录之，那些庸常之辈，太虚幻境就没有她们的位置了。

金陵十二钗的排名依次如下：林黛玉、薛宝钗、贾元春、贾探春、史湘云、妙玉、贾迎春、贾惜春、王熙凤、巧姐、李纨、秦可卿。那么，排名依据的是什么呢？应该是综合因素的考量。

首先，是跟宝玉关系的亲疏，跟宝玉越亲近的，排名越靠前，林黛玉、薛宝钗自然稳占前排；其次，是地位和人品，元春在前，后面是探春、湘云和妙玉，再往后就是迎春、惜春；再次，已婚女性排名就比较靠后，于是，根据综合因素，秦可卿就垫了底。

宝玉打开“金陵十二钗副册”只看到了香菱的判词。她在第一回就出场了，彼时，她是甄士隐的女儿甄英莲，四岁左右时被拐卖，后被人贩子卖给薛蟠做侍妾。

“金陵十二钗又副册”里，宝玉翻开的第一个就是晴雯的命运，接下来是袭人的，她们是书中知名度很高的丫鬟了。

不过，丫鬟群体很是庞大，单单怡红院里的大小丫头就有二十几个，其中有头有脸的就有八个，干杂活的还有十余人。林黛玉和贾家三春，身边也丫鬟成群。有名有姓的丫鬟，比如怡红院里的麝月、小红，贾母身边的大丫鬟鸳鸯，黛玉的丫鬟紫鹃，宝钗的丫鬟金莺儿，迎春的丫鬟司棋……都有自己的故事，应该也都是册子里的人。

除了丫鬟们，还有一个特殊的群体。荣国府盖省亲别墅，还配备了专门的戏班子，有芳官、龄官、藕官、药官等十二个优伶。后来戏班子解散了，芳官去了宝玉的怡红院，藕官去了黛玉的潇湘馆，蕊官去了宝钗的蘅芜苑。至于龄官，她爱上了贾蔷，有一段荡气回肠的爱情故事。在“识分定情悟梨香院”这一回里，宝玉目睹二人情形，从此对爱情有了新的领悟（第三十六回）。而“杏子阴假凤泣虚凰，茜纱窗真情揆痴理”这一回，藕官和药官、蕊官的另类情爱，也让宝玉称奇道绝，甚为叹服（第五十八回）。这些美优伶虽身份低微，但气质灵动，灵魂清澈，从她们身上，宝玉学会了很多，也体会到了爱与生命的真谛。

最后来一张浩大的集体照吧。这是“宁国府除夕祭奠宗祠”，除夕这天，贾氏一族浩浩荡荡集体拜祭祖宗，这是一个全面俯瞰贾家的机会——

> 只见贾府人分昭穆排班立定：贾敬主祭，贾赦陪祭，贾珍献爵，贾琏贾琮献帛，宝玉捧香，贾菖贾菱展拜毯，守焚池。青衣乐奏，三献爵，拜兴毕，焚帛奠酒，礼毕，乐止，退出。
>
> 众人围随着贾母至正堂上，影前锦幔高挂，彩屏张护，香烛辉煌。上面正居中悬着宁荣二祖遗像，皆

是披蟒腰玉；两边还有几轴列祖遗影。贾荇贾芷等从内仪门挨次列站，直到正堂廊下。槛外方是贾敬贾赦，槛内是各女眷。众家人小厮皆在仪门之外。

每一道菜至，传至仪门，贾荇贾芷等便接了，按次传至阶上贾敬手中。贾蓉系长房长孙，独他随女眷在槛内。每贾敬捧菜至，传于贾蓉，贾蓉便传于他妻子，又传于凤姐尤氏诸人，直传至供桌前，方传于王夫人。王夫人传于贾母，贾母方捧放在桌上。邢夫人在供桌之西，东向立，同贾母供放。直至将菜饭汤点酒茶传完，贾蓉方退出下阶，归入贾芹阶位之首。

凡从文旁之名者，贾敬为首；下则从玉者，贾珍为首；再下从草头者，贾蓉为首；左昭右穆，男东女西。俟贾母拈香下拜，众人方一齐跪下，将五间大厅，三间抱厦，内外廊檐，阶上阶下两丹墀内，花团锦簇，塞的无一隙空地。鸦雀无闻，只听铿锵叮当，金铃玉珮微微摇曳之声，并起跪靴履飒沓之响。（第五十三回）

贾家五代同堂，赫赫百年，如此大族堪可媲美魏晋时的王谢家族。再看贾家平时交往的“关系户”，也都是王孙公子。秦可卿葬礼上前来吊唁的人家，不是镇国公、理国公、齐国公、治国公、修国公之孙，就是郡王、侯爵的后代，连北静王也来了——

路旁彩棚高搭，设席张筵，和音奏乐，俱是各家路祭：第一座是东平王府祭棚，第二座是南安郡王祭棚，第三座是西宁郡王，第四座是北静郡王的。原来这四王，当日惟北静王功高，及今子孙犹袭王爵。现今北静王水溶年未弱冠，生得形容秀美，情性谦和。近闻宁国公冢孙妇告殂，因想当日彼此祖父相与之情，同难同荣，未以异姓相视，因此不以王位自居，上日也曾探丧上祭，如今又设路奠，命麾下各官在此伺候。（第十四回）

按北静王的话，这都是“世交之谊”，贾家的政治地位可见一斑。

二、贾家是典型的贵族世家

咱们再看第一回女娲炼石补天的神话，女娲炼了三万六千五百零一块石头，唯独一块顽石被弃于大荒山无稽崖青埂峰下。听到茫茫大士和渺渺真人言说红尘之事，顽石凡心炽烈，央求两位仙师携带其下凡见识一番。两位仙师劝阻未果，便答应带它去“那昌明隆盛之邦，诗礼簪缨之族，花柳繁华地，温柔富贵乡去安身乐业”。顽石遂被缩为一块晶莹剔透的美玉，即贾宝玉出生时口衔的玉。

镜头一转，顽石无材补天，幻形入世之所，正是百年贵族世家贾家。

既然是写贵族，书中自然有很多大场面，有秦可卿的葬礼，“宁府大殡浩浩荡荡、压地银山一般”；有元妃省亲的奇观，“说不尽这太平气象，富贵风流”。不过，更有审美性和文学趣味的，还是书中的日常人生，从衣食住行到言谈举止，都是贵族气质和气派。

刘姥姥第二次来到荣国府，贾母带她游览了大观园，吃了豪华宴席，为此还贡献了“刘姥姥进大观园”这句谚语。种种繁华盛景暂不提，只看一道叫“茄鲞”的菜，刘姥姥一尝，说怎么没有茄子味呢，姑奶奶你告诉我是怎么做的？我回家也做着吃——

> 凤姐儿笑道：“这也不难。你把才下来的茄子把皮籤了，只要净肉，切成碎钉子，用鸡油炸了，再用鸡脯子肉并香菌、新笋、蘑菇，五香腐干、各色干果子，俱切成钉子，用鸡汤煨了，将香油一收，外加糟油一拌，盛在瓷罐子里封严，要吃时拿出来，用炒的鸡瓜一拌就是。”（第四十一回）

刘姥姥一听，摇头吐舌直念佛：“倒得十来只鸡来配他，怪道这个味儿！”那么，按凤姐说的食谱能做出正宗的茄鲞吗？恐怕不能。现代有不少红楼宴，做出来的茄鲞，味道都不一样。研究红楼民俗学的邓云乡先生吃过一次，说有点像宫爆茄丁。

其实，《红楼梦》里的很多美食，都无法按图索骥复制出来。因为，贵族美食之美不仅在于食材，还有对烹调的想象，以及格调和氛围。

宝玉挨打后在怡红院静养，贾母带着凤姐来看他，问他想吃点啥，宝玉说想喝“荷叶莲蓬汤”。王熙凤说口味倒也不高贵，就是难做了点，于是到处找模子，最后在管金银器皿处拿到了——

> 薛姨妈先接过来瞧时，原来是个小匣子，里面装

> 着四副银模子，都有一尺多长，一寸见方，上面凿着有豆子大小，也有菊花的，也有梅花的，也有莲蓬的，也有菱角的，共有三四十样，打的十分精巧。因笑向贾母王夫人道："你们府上也都想绝了，吃碗汤还有这些样子。若不说出来，我见这个也不认得这是作什么用的。"凤姐儿也不等人说话，便笑道："姑妈那里晓得，这是旧年备膳，他们想的法儿。不知弄些什么面印出来，借点新荷叶的清香，全仗着好汤，究竟没意思，谁家常吃他了。那一回呈样的作了一回，他今日怎么想起来了。"（第三十五回）

这个汤之讲究之烦琐之精细，连薛姨妈都叹为观止，说你们府里可真会吃。她家是皇商，四大家族之一，也没见过这样的做法。更不用说螃蟹宴、元宵节、中秋节、过生日的排场，全是贵族气派和生活美学。

在中国传统小说里，也有贵族，但像《红楼梦》这样把一山一石、一饭一物写出贴身质感，非常"及物"又有色香味的，实属凤毛麟角。

中国传统小说大致可分文言和白话两脉。文言小说从六朝的"志怪"和"逸事"、唐代传奇小说开始，到清代蒲松龄的《聊斋志异》达到极致，讲故事偏向夸饰和诡诞。鲁迅先生在《中国小说史略》中说，唐传奇"以传奇为骨"，"选事则新颖"，爱写鬼怪和江湖侠客，就是说，这类小说喜欢猎奇，跟日常生活不搭界。至于聊斋，走的也是志怪之路。

白话小说则从宋代话本起。话本兴起的原因是宋代工商业的发达、城市的繁荣，以及娱乐业的兴盛，说书先生在勾栏瓦肆中给市民讲故事，迎合听众心理，体现了庶民趣味的胜利。到了明清，长篇章回小说大发展，文人开始整理话本，加入文人的趣味和价值观。

不过，《三国演义》写帝王将相逐鹿中原，《水浒传》写梁山好汉啸聚山林，《西游记》写妖怪神魔寓意深远……这些小说不是历史演义就是英雄传奇，依然不屑于描写平凡的日常生活。你看，《三国演义》里的大人物们挥斥方遒，不关心吃喝；《水浒传》里英雄好汉来到酒店里，总是大喊："小二，烫一壶酒，切几斤熟牛肉！"豪气是豪气了，这食物的味道可真不怎么样，也只有饱腹的功能。

到了明代中后期的《金瓶梅》，小说风格为之一变，开始聚焦市井人生、饮食男女。红烧猪头肉、烧鸭子、炖鸽雏、羊贯肠，还有酥油泡螺、馄饨汤……可谓活色生香。所以，英雄演义的尽头，才有真正的生活。

《红楼梦》更接续了《金瓶梅》的余脉，尊重生活，写出了琐碎处的趣味和格调。当然，《金瓶梅》写的是清河县的土豪，《红楼梦》写的是真正的贵族，自是另一派气象。在茄鲞、荷叶莲蓬汤、椒盐莼齑酱、风腌果子狸、螃蟹馅的饺子面前，我们个个秒变刘姥姥。

再看荣国府里的家居，也处处是品位。元宵节聚会，众人在花厅上赏灯吃酒——

> 花厅之上共摆了十来席。每一席旁边设一几，几上设炉瓶三事，焚着御赐百合宫香。又有八寸来长四五寸宽二三寸高的点着山石布满青苔的小盆景，俱是新鲜花卉。又有小洋漆茶盘，内放着旧窑茶杯并

十锦小茶吊，里面泡着上等名茶。一色皆是紫檀透雕，嵌着大红纱透绣花卉并草字诗词的璎珞。（第五十三回）

“紫檀透雕”本是姑苏慧娘的手工，是私人定制的非卖品。因慧娘早逝，绣品更加珍稀，被称为“慧纹”，只有几个世宦之家才有资格收藏。这是真正的奢侈品，有钱也买不到。

还有贾母给宝玉的雀金裘，给宝琴的凫靥裘，一个是孔雀毛的，一个是野鸭子毛的。宝玉不小心把雀金裘烧了一个洞，整个京城的裁缝都不会补，还是晴雯手巧，用界线的方法熬夜补好了。《世说新语》里王恭曾穿过一件鹤氅裘，在雪中恍若神仙中人，宝玉穿上雀金裘，也同样丰神俊秀吧。王熙凤出场时，穿的大红洋缎袄和五彩刻丝的褂子，那可是有来历的，是南京的云锦，江南织造府的工艺，诉说着曹家曾经的荣耀和创伤。

黛玉来到王夫人的小正房，里面怎么摆设的？一般人会想：大户人家一定是金碧辉煌吧？且看——

炕上横设一张炕桌，桌上磊着书籍茶具，靠东壁面西设着半旧的青缎靠背引枕。王夫人却坐在西边下首，亦是半旧的青缎靠背坐褥。见黛玉来了，便往东让。黛玉心中料定这是贾政之位。因见挨炕一溜三张椅子上，也搭着半旧的弹墨椅袱，黛玉便向椅上坐了。（第三回）

靠背是“半旧”的，椅垫也是“半旧”的，很出乎意料，但又合乎情理。“半旧”是时间的痕迹，色彩低调不张扬，说明不是新近的暴发户，后者喜欢高饱和的颜色。能写出这种场面的，一定见证过繁华的岁月，懂得什么叫真正的贵族。文学需要想象力，但对特定阶层生活的想象，需要具体经验打底。

脂评处处提醒我们：“非经历过，如何写得出。”“作者身历之现成文字，非搜造而成者，故迥不与小说之离合悲欢窠臼相对。”曹雪芹也常常被认为“不负大家后裔”，“非世代公子，断写不及此”。

还有一种叫“软烟罗”的纱，清透松软，连王熙凤都没见过，据说比“如今上用内造的”都高级。贾母告诉她们：这种纱做衣服不好看，糊窗屉好，远远看去似烟雾般，所以就叫“软烟罗”。“软烟罗”有四种颜色：雨过天青、秋香、松绿以及银红。贾母吩咐凤姐，拿银红的给黛玉糊窗子，配上外面翠色的竹子才好看；青色的就送给刘姥姥；剩下的做帐子、给丫头们做背心，免得霉坏了。

你看，贾母没有珍藏密敛，而是随手处置掉了。这举重若轻的风度，就像拿爱马仕当买菜包。这才是“贵”。“贵”来自人品贵重，而非金钱和地位。富有并不代表高贵。贵族之为贵族，不是因为地位有多高，拥有多少财富，而是对待财富的态度：既能享受物质的乐趣，又不做物质的奴隶。

贾母带着刘姥姥逛大观园，对这个乡下的穷苦老太太，贾母亲亲热热，一口一个“老亲家”，怜老惜贫。临走时，刘姥姥又带走一大堆好东西。清虚观打醮时，一个小道士没来得及躲开，不小心撞到了凤姐，吓得魂飞魄散。贾母赶忙说——

“快带了那孩子来，别唬着他。小门小户的孩子，

都是娇生惯养的，那里见的这个势派。倘或唬着他，倒怪可怜见的，他老子娘岂不疼的慌？”（第二十九回）

这才是真正的贵族气派。

贵族的“贵”还体现在个人修养上。黛玉、探春她们是千金小姐，自然金尊玉贵，但她们懂礼也尊礼。母亲贾敏从病重到去世，黛玉侍汤奉药，守丧尽哀。听贾雨村说，黛玉每每读书，遇到“敏”字，就读作“密”，写到“敏”字，又减一二笔画，这是避讳母亲的名字。她刚进贾府，步步留心，时时在意，不肯轻易多说一句话，多行一步路，这就是教养。

且看黛玉见过贾母和众人，邢夫人带她去见大舅舅贾赦，黛玉是怎么做的。贾赦没出来，只让人带话安慰，黛玉忙站起来听了。邢夫人苦留她吃晚饭，黛玉这样回答：“舅母爱惜赐饭，原不应辞，只是还要过去拜见二舅舅，恐领了赐迟去不恭，异日再领，未为不可。望舅母容谅。”

黛玉这段话很得体：第一“原不应辞”，这是心领了；第二“领了赐迟去不恭”，说明了原因；第三，“异日再来”，这是留有余地。处处都尊重邢夫人，也尊重礼仪。连邢夫人这样的“尴尬人”，都挑不出一点错，笑着说：“这倒是了。”

她又随着王夫人去见舅舅贾政，来到正室东边的三间耳房内，老嬷嬷们让黛玉坐，黛玉看得明白，不敢上炕坐，选择在东边椅子上坐下。又来到东廊三间小正房里，王夫人坐在西边下首，让黛玉坐在东边，黛玉料定这是贾政的位子，便自觉避开，在炕边的一把椅子上坐下。每次读到这里，都觉得王夫人这样让座，是给黛玉“挖坑”，好在黛玉有礼仪常识，才一步都没有错。

待到吃饭的时候，更是另一番考验——

贾珠之妻李氏捧饭，熙凤安箸，王夫人进羹。贾母正面榻上独坐，两边四张空椅，熙凤忙拉了黛玉在左边第一张椅上坐了，黛玉十分推让。贾母笑道："你舅母你嫂子们不在这里吃饭。你是客，原应如此坐的。"黛玉方告了座，坐了。贾母命王夫人坐了。迎春姊妹三个告了座方上来。迎春便坐右手第一，探春坐左第二，惜春坐右第二。旁边丫鬟执着拂尘、漱盂、巾帕。李、凤二人立于案旁布让。外间伺候之媳妇丫鬟虽多，却连一声咳嗽不闻。寂然饭毕。（第三回）

八七版电视剧里陈晓旭扮演的黛玉，漱口时用袖子挡住，优雅得体。另一个新版电视剧里的黛玉，直接伸嘴就吐，毫不避讳。

脂砚斋自然能体会作者笔法之妙之真，他在这一回里"弹幕"："余看至此，故想日前所阅王敦初尚公主，登厕时不知塞鼻用枣，敦辄取而啖之，早为宫人鄙诮多矣。今黛玉若不漱此茶，或饮一口，不为荣婢所诮乎？观此则知黛玉平生之心思过人。"（第三回）这则故事的主人公王敦，乃东晋丞相王导的堂兄。他出身琅琊王氏，为人粗豪，曾与王导一同协助司马睿建立东晋政权，一时权倾朝野。他刚与公主结婚，很多规矩都没学会。比如上厕所时，见漆箱里装着干枣，这可不是吃的，是用它来堵鼻隔绝臭气的，王敦不懂，拿起来吃光了。随后，侍女端着装水的金澡盘和装澡豆的琉璃碗，本来让他洗手，王敦居然把澡豆倒入水里喝了，侍女们都捂着嘴笑。

脂砚斋很调皮，说幸亏黛玉心思过人，不然岂不像王大将军那样被人耻笑？

贾家这样的餐桌礼仪，我们在英剧《唐顿庄园》里也见过的。庄园的老管家，每逢家里宴请，会拿着尺子去丈量餐桌，布置银器，还要测量杯子和盘子、盘子和桌边、桌子和椅子之间的距离。先定好一个基准线，确保每个餐具之间保持等距，椅子也都在一个水平线上。用餐时，刀叉的位置自然是常识，而身体也要坐直，后背不要靠到椅子，手肘不能放到桌面。还有甜点后是喝茶，拿着茶杯的手势，也是很讲究的，不能直接攥着茶杯，也不要钩住茶杯的把手，要用食指和大拇指捏住把手的环，把中指放在把手的底部。吃香蕉的时候，不能拿着香蕉就咬，因为这样像黑猩猩。

《唐顿庄园》里有英式贵族最后的倔强，《红楼梦》则是曹雪芹对往昔贵族生活的深沉咏叹。且看晴雯病了，大夫如何来诊脉的——

> 两三个后门口的老嬷嬷带了一个大夫进来。这里的丫鬟都回避了，有三四个老嬷嬷放下暖阁上的大红绣幔，晴雯从幔中伸出手去。那大夫见这只手上有两根指甲，足有三寸长，尚有金凤花染的通红的痕迹，便忙回过头来。有一个老嬷嬷忙拿了一块手帕掩了。（第五十一回）

这是一位新大夫，还以为是姑娘的绣房，老嬷嬷悄悄笑道：小姐病了，你那么容易就进去了？丫鬟们尚且如此，小姐们自然更非同凡响。探春是这样洗脸的——

> 有三四个小丫鬟捧了沐盆、巾帕、靶镜等物来。此

时探春因盘膝坐在矮板榻上，那捧盆的丫鬟走至跟前，便双膝跪下，高捧沐盆；那两个丫鬟，也都在旁屈膝捧着巾帕并靶镜脂粉之饰。平儿见侍书不在这里，便忙上来与探春挽袖卸镯，又接过一条大手巾来，将探春面前衣襟掩了。探春方伸手向脸盆中盥沐。（第五十五回）

三四个小丫鬟伺候探春洗脸，平儿还亲自出马，方完成一套洗脸程序。

刘姥姥二进荣国府，贾母两宴大观园，刘姥姥不仅吃了美食，还长了不少见识。众人都吃过了饭，王熙凤、李纨才对坐着吃，刘姥姥忍不住赞叹：我就服你们家这行事，怪道说“礼出大家”。姥姥虽是乡野人家，也知道这是大家族的礼数，是规矩，是讲究。脂评也常“弹幕”：“大家风范”“大人家规矩礼法”“作者非身履其境过，不能如此细密完足”。

这些文化和制度已然很遥远，作为一个现代人甚至会觉得未免矫情。但这就是黛玉她们生活的环境，每时每刻都不能放松，要理解她们，就无法忽视这些烦冗细碎的背景。

《世说新语》上、中卷的回目是：德行、言语、政事、文学、方正、雅量、识鉴、赏誉、品藻、规箴、捷悟、夙惠、豪爽。书中名士大都出身世家，这些词语代表的是贵族的教养、道德和审美标准。牟宗三先生说：“贵族在道德、智慧各方面都有它所以为贵的地方。”

从饮食到文化，从审美到教养，《红楼梦》全方位地呈现了传统的贵族生活。

很多人都不喜欢贾政，嫌他太正经太严肃，就像一方砚台一样坚硬方正，但曹公对他的评价很高：“为人谦恭厚道，非膏粱轻薄仕宦之流。"当贾雨村拿着林如海的书信来向他求助的时候，贾政慨然应允，书中写道："且这贾政最喜读书人，礼贤下士，济弱扶危，大有祖风。"

当贾政听说王夫人的丫鬟跳井自杀后，非常震惊——

"好端端的，谁去跳井？我家从无这样事情，自祖宗以来，皆是宽柔以待下人。——大约我近年于家务疏懒，自然执事人操克夺之权，致使生出这暴殄轻生的祸患。若外人知道，祖宗颜面何在！"（第三十三回）

贾政说的是实情，贾家尤其是荣国府的家风是不错的，对下人一向宽厚有礼。看贾琏和王熙凤对奶妈赵嬷嬷恭恭敬敬，完全是晚辈对长辈的态度（第十六回）。宝玉的奶妈李嬷嬷在怡红院里的待遇也是很高，不是拿走宝玉特意留给晴雯的豆腐皮包子，就是骂袭人怠慢自己，宝玉还不敢还嘴（第二十回）。

对这些大家族而言，外人的评价，关乎祖宗的颜面，这当然算是一种道德的自我认知和自我约束。这就是教养了。

贾雨村跟冷子兴说江南的甄家："谁知他家那等显贵，却是个富而好礼之家。"（第二回）江南甄家是贾家的影子，处处跟贾家有对应。甄家如此，贾家自然也是如此。

在孔子看来，"富而好礼"属于最高的道德境界了。《论语·学而》里记载，子贡曾向孔子请教，说一个人能够"贫而无谄，富而无骄"，如何？孔子回答说，还可以，但不如"贫而乐，富而好礼"。因为做到富有却不骄奢豪横比较容易，要达到"富而好礼"的境界，就难了。

三、理解传统家族的关键词:“嫡庶”“父子”

中国一向是“礼仪之邦”,在《论语》中,“礼”一共出现了七十多次。《周礼》是儒家的经典,估计今天没几个人能看得下去,因为这本书非常枯燥,都是繁文缛节——上到君王的祭祀大典,下到各个阶级不同官位的衣食住行,婚礼葬礼生日礼……都有特别的具体规定。要知道,在先秦时代,儒家学者其实就相当于现在的司仪,掌握各种礼仪知识。

“礼”遍布各个角落。在传统社会,从一个人的出生到死亡,从衣食住行到政治经济文化婚姻,从个人到国家……方方面面,都有不同的礼,连举手投足都不是小事。很多人认为“礼仪”是“讲文明讲礼貌”,或者是外在的形式,其实远非如此。用《礼记》的原文说,“礼”非常重要,可以“定亲疏、决嫌疑、别同异、明是非”,可修身齐家,可维护秩序,可安邦定国。

就拿第三十八回大观园里的螃蟹宴来说吧,湘云做东道,宝钗暗中调配,张罗了一个集体活动,请贾母、王夫人等人吃螃蟹赏桂花,她们的座次是怎么排列的?

> 一齐进入亭子,献过茶,凤姐忙着搭桌子,要杯箸。上面一桌,贾母、薛姨妈、宝钗、黛玉、宝玉;东边一桌,史湘云、王夫人、迎、探、惜;西边靠门一小桌,李纨和凤姐的,虚设坐位,二人皆不敢坐,只在贾母王夫人两桌上伺候。(第三十八回)

贾母是老祖宗,自然稳坐“C位”,接下来便是亲戚薛姨妈,宝钗、黛玉和湘云也都是亲戚，同样受尊重，然后是三春和宝玉，自家人就往后坐了。而李纨和凤姐是最忙碌的，都不敢坐下来，忠实地体现了名分的尊卑。一眼看出老幼尊卑，辈分和身份都在这里了。坐乱了，辈分就乱了，家就乱了。

一天，宝玉来看望宝钗，听说湘云来了，便拉着宝钗来见湘云。黛玉看见二人过来，知道宝玉从宝钗处来，不免有点小醋意：我说呢，亏在那里绊住，不然早就飞了来了。宝钗把宝玉拉走了，黛玉更气闷了，等宝玉回来看她，就抽抽噎噎地哭了。为了开解林妹妹，宝玉说——

> “你这么个明白人，难道连‘亲不间疏，先不僭后’也不知道？我虽糊涂，却明白这两句话。头一件，咱们是姑舅姊妹，宝姐姐是两姨姊妹，论亲戚，他比你疏。第二件，你先来，咱们两个一桌吃，一床睡，长的这么大了，他是才来的，岂有个为他疏你的？”（第二十回）

宝玉这是在宽慰黛玉，你是姑舅姊妹，我跟你的关系，怎么看都比跟姨姊妹的宝钗更亲嘛。姑舅亲大于姨表亲，因为前者属于父亲这边的血亲，这就是礼，就是“定亲疏”。

“礼”还承担着“决嫌疑”的任务。如今一家父母有两个儿子，讲求一视同仁，不能偏爱其中一个。但在传统宗法社会里，对所有孩子一视同仁会产生“嫌疑”，因为如果所有儿子的待遇都相同，别人就无法辨别哪个是长子，哪个是次子，哪个是嫡出，哪个是庶出，这可是关系到谁才是继承人的正经大事。一旦偏爱老二，将来就会继位不稳，家将不家国将不国。这种事情在春秋时代常发生，孔子认为这是“礼崩乐坏”，社会乱套，所以他一心想恢复周公时代的礼制，让每个人都能各安其位，各守其礼，不敢越雷池一步。

虽然孔子的思想在他的时代并不受欢迎，但后来儒家成为主流的意识形态，目的是维持社会的秩序，“礼”就成了法则，被称为“礼法”。

那么，问题也就来了，该如何评价这样的礼法秩序呢？会不会获得了稳定的秩序，却压抑了正常的人性，否定了生命的其他可能呢？

嫡　庶

比如礼法中的嫡庶之别。说到这个，你一定想到了三姑娘探春。

先说说探春的亲妈赵姨娘。如果要在《红楼梦》里找一个最讨人嫌的角色，赵姨娘大概率会高票当选。曹雪芹一向下笔克制，书中的角色丰富又立体。唯有赵姨娘这个人，处处讨人嫌。她是贾政的小妾，生了探春和贾环。她原本是贾家的奴才，能当上姨娘，想必长相是漂亮的，但她粗鄙愚昧，性子又争强好胜，每天忙着搬弄是非，搞得鸡飞狗跳。

在探春当代理管家时，赵姨娘因想多要二十两银子的抚恤金，直接跟探春闹，丝毫不给女儿留面子，逼得探春流泪不止，进退两难；王夫人屋里的大丫鬟金钏跳井自杀，贾环受赵姨娘撺掇，向贾政诬告是宝玉强奸金钏不遂，为此贾政险些打死宝玉；贾环故意推翻灯油烫伤了宝玉后，赵姨娘还联合马道婆，以妖术害宝玉和王熙凤，因为这两个人挡了她和贾环的路……王夫人骂赵姨娘“养出这样黑心不知道理下流种子来”；贾母斥责赵姨娘是“烂了嘴的混帐老婆”；连女儿探春都说赵姨娘见识“阴微鄙贱”，“论理我不该说他，但他忒昏愦的不像了”！

赵姨娘的人格是怎么形成的？原因当然很复杂。其中一个关键因素，是婚姻制度的不公平，她认为自己当了姨娘，好歹跻身主子阶层了，事实上，却处处被人看不起。连小戏子芳官都讽刺她：“我又不是姨奶奶家买的。‘梅香拜把子——都是奴几’呢！”（第六十回）就是说，你不过跟我一样都是奴才，有什么资格批评我。

中国传统的婚姻制度是一夫一妻多妾。所谓妻者，即明媒正娶的正牌老婆，通常是身家清白、门当户对的女子，经三媒六证娶进门，理所当然就是这个家的女主人。比如王夫人，出身四大家族的王家，是真正的千金小姐。而妾就是有名分的小老婆，比妻的地位低得多，赵姨娘是贾家的奴仆，当了姨娘以后，也只是半个主子的身份。妻妾待遇大不同，王夫人的月例（零花钱）是二十两，赵姨娘却只能拿二两银子。一次，马道婆来到赵姨娘屋里，看见赵姨娘正在做鞋——

> 马道婆因见炕上堆着些零碎绸缎湾角，赵姨娘正粘鞋呢。马道婆道：“可是我正没了鞋面子。赵奶奶你有零碎缎子，不拘什么颜色的，弄一双鞋面给我。”赵姨娘听说，便叹口气说道：“你瞧瞧那里头，还有那一块是成样的？成了样的东西，也不到我手里来！有的没的都在这里，你不嫌，就挑两块子去。”（第二十五回）

小妾的境况确实很糟糕。妻妾地位的不平等，自然会投射到下一代身上。正妻生的子女是嫡出，妾的子女就是庶出。

宗法制规定以嫡以长为尊。什么是“宗法”？先要理解“祖宗”这个词。祖是祖，宗是宗，家族的第一代是“祖”，第二代就叫“宗”。易中天在《易中天中华史·奠基者》中说，宗法就是“决定谁是第二代（宗）的礼法”，核心就是嫡庶有别。

以皇家为例，皇后作为正妻，掌管后宫，母仪天下。如皇后和诸嫔妃都有子嗣，自然皇后生的最为尊崇，是嫡出。皇位是嫡长子继承制，“立嫡以长不以贤，立子以贵不以长”。不管皇后的儿子多蠢笨，都要以其为储君，不然天下非大乱不可。

对大家族而言，有继承资格的是嫡长子，若嫡长子不幸去世，就让嫡次子继承。不到万不得已，庶子是不能主持家中大局的。就是说，嫡子可以继承权力和家产，庶子却只能得到一小部分家产。

所以，很多人的身份和命运一出生就被设定好了。

小妾身份低微，其子女也一样卑微。庶子庶女不能称呼生母为“母亲”，只能称为“姨娘”，所以探春喊赵姨娘为“姨娘”，称王夫人为“太太”。贾珠、元春和宝玉，都是王夫人生的，是嫡出，自带光环，到哪里都有人奉承，是家里的凤凰；而探春和贾环是赵姨娘生的，属于庶出，低人一等。

贾环就被众人嫌弃，连父亲贾政也看他不顺眼——

> 贾政一举目，见宝玉站在跟前，神彩飘逸，秀色夺人；看看贾环，人物委琐，举止荒疏。（第二十三回）

王熙凤说他是“燎毛的小冻猫子”，这是说他有点轻佻，不知轻重。但一味责怪贾环不争气，对他也不公平。在这样的环境下，他内心必定是压抑的，而压抑也会导致心态扭曲。在梨香院里跟宝钗的丫鬟莺儿赌钱玩，他输了要赖账，莺儿一脸嫌弃，说一个做主子的还赖我们这几个钱，前儿个宝二爷如何如何大方……贾环说：

“我拿什么比宝玉呢。你们怕他，都和他好，都欺负我不是太太养的。”说着，便哭了。（第二十回）

回到家里，赵姨娘看到他这个样子，非但不安慰，反而尽力责骂他“上高台盘”“下流”“没脸”……现代心理学很看重原生家庭对个体性格的影响和塑造，有这样的母亲，这样的出身，贾环其实也很不幸。可巧，赵姨娘这一番责骂被王熙凤在窗外听见——

（凤姐）便隔窗说道：“大正月又怎么了？环兄弟小孩子家，一半点儿错了，你只教导他，说这些淡话作什么！凭他怎么去，还有太太老爷管他呢，就大口啐他！他现是主子，不好了，横竖有教导他的人，与你什么相干！环兄弟，出来，跟我顽去。”

贾环素日怕凤姐比怕王夫人更甚，听见叫他，忙唯唯的出来。赵姨娘也不敢则声。凤姐向贾环道：“你也是个没气性的！时常说给你：要吃，要喝，要顽，要笑，只爱同那一个姐姐妹妹哥哥嫂子顽，就同那个顽。你不听我的话，反叫这些人教的歪心邪意，狐媚子霸道的。自己不尊重，要往下流走，安着坏心，还只管怨人家偏心。输了几个钱？就这么个样儿！”（第二十回）

从凤姐的话里，可知赵姨娘尽管生了探春和贾环，却既无母亲的名分，又无管教他们的权力。儿女是正经主子，她这个母亲却依然是奴才，连小辈王熙凤都能严厉训斥她。

赵姨娘和贾环这一对母子，真让人哀其不幸，怒其不争。

虽然环境能影响后天的个性，但有人一味沉沦，有人得以新生。同为庶出的探春就凭着出众的人品和才华，自尊自爱自救，谁也不敢小瞧她。

探春“才自精明志自高”，有远见卓识，是大观园的改革家和政治家，但庶出也是她生命中不可承受之痛。她当了代理管家后，赵姨娘以亲娘的身份，站出来要好处，还埋怨探春不顾惜亲舅舅，探春是有苦说不出——

“何苦来，谁不知道我是姨娘养的，必要过两三个月寻出由头来，彻底来翻腾一阵，生怕人不知道，故意的表白表白。也不知谁给谁没脸？幸亏我还明白，但凡糊涂不知理的，早急了。”（第五十五回）

光芒四射的探春，连王熙凤都为她抱不平，说可惜她命薄，没托生在太太肚子里——

平儿笑道：“奶奶也说糊涂话了。他便不是太太养的，难道谁敢小看他，不与别的一样看了？”凤姐儿叹道：“你那里知道，虽然庶出一样，女儿却比不得男人，将来攀亲时，如今有一种轻狂人，先要打听姑娘是正出庶出，多有为庶出不要的。殊不知别说庶出，便是我们的丫头，比人家的小姐还强呢。将来不知那个

没造化的，挑庶正误了事呢；也不知那个有造化的，不挑庶正的得了去。”（第五十五回）

王熙凤说“庶出一样”，还是乐观了。怎么可能一样呢？赵姨娘、贾环和探春，都以不同的方式，承受着嫡庶制度的重压。

在我们现代人看来，传统婚姻制度人为制造高低贵贱，相当不人道。但这是宗法社会最重要的“礼”，长幼尊卑，上下里外，嫡出庶出，大宗小宗，丝毫不能动摇。

儒家推崇礼法，认为一个稳定的社会需要所有人都各安其位，谁也别做非分之想。每个人都应该知道哪些事是自己分内的，哪些好处是自己该得的，分外的事情想都不要想，这就是曾子所说的“君子思不出其位”，顺从就是美德。但礼法真的能约束人心和欲望吗？每个人都有满足欲望的冲动，都要追求幸福。想想人类的祖先智人是如何战胜其他物种的？靠竞争。竞争本来就是刻在骨子里的基因，就是最基本的人性。

事实上，表面上贾氏家族一家人齐齐整整，除夕、元宵节和中秋节也其乐融融，实际上早就人心浮动了。比如，王熙凤忙着料理家务，她的正牌婆婆看她不顺眼，有机会就找她的碴。在第七十五回中秋节，贾母带着众人喝酒赏月，击鼓传花说笑话，轮到贾赦这里，他开口说了一个偏心母亲的故事，这是暗中讽刺贾母偏心贾政呢。这个家庭内部正在分崩离析。

探春凭借着自己的能力，得到贾母和王夫人的青睐理所当然。但从鸳鸯的话里，就知道多少人内心愤愤不平：

“这不是我当着三姑娘说，老太太偏疼宝玉，有人背地里怨言还罢了，算是偏心。如今老太太偏疼你，我听着也是不好。这可笑不可笑？”

探春听了，倒也不甚在意，她笑道：

“倒不如小人家人少，虽然寒素些，倒是欢天喜地，大家快乐。我们这样人家人多，外头看着我们不知千金万金小姐，何等快乐，殊不知我们这里说不出来的烦难，更利害。”（第七十一回）

所谓“家家都有本难念的经”，因为体量庞大人口众多，贾家的这本经似乎格外难念。

父　子

大家族里的“父子关系”，更是一个古老而沉重的话题。

在传统中国，最典型的父亲形象就是“严父”，比如孔子就是。

孔鲤是孔子的独生子，有人问他：您多少也得到过特别的教诲吧？于是，孔鲤讲了两件事。某天，孔子在庭院里站着，孔鲤从他面前走过，迈着小碎步恭恭敬敬（趋而过庭），冷不防被孔子叫住。老父亲问他：你学诗了吗？孔鲤答：还没有呢。老父亲又说：不学诗，是不会好好说话的。于是孔鲤退而学诗，赶紧去学习了。又一次，孔鲤又遇到孔子站在庭院里，他又迈着碎步走过，不出所料又被叫住问：学礼了吗？孔鲤答：还没有。孔子说：不学礼，就不会好好做人。于是孔鲤退而学礼。

孔鲤讲完后，听者总结道：我明白了，第一是要学诗，第二是要学礼，还有第三件，我终于知道君子是怎样当父亲的了。

君子是怎样当父亲的呢？总结一下就是"君子远其子"，就是说君子对儿子要保持距离，不能偏爱，更不可溺爱。总之，父亲要有父亲的样子，不能跟儿子太没有距离，太亲近。圣人以身作则当严父，后人自然有样学样，于是父亲们纷纷板起了脸，十分严肃。

"严肃"的面孔背后其实潜藏着权力的不平等：三纲五常，父为子纲，家国同构，不孝就等于不忠，在家事父相当于在外事君。于是，父子不像父子了，倒像上下级关系。本来血缘亲情自然而单纯，但父亲手持父权高高在上，被赋予了各种权利，儿子却只有尽孝的义务没有基本的权利，不仅权责不对等，儿子也不被当成独立的生命个体。

流风所向，贾家也盛产严父。荣国府和宁国府里的父子关系都极其紧张，对儿子进行辱骂、暴力殴打，是居家必备。

贾赦看上了一个叫石呆子的人收藏的古扇，让贾琏去买，石呆子爱扇如命，坚决不卖。后来贾雨村为了巴结贾家，用罪名构陷石呆子，把他下狱，夺了古扇送给了贾赦。贾赦在贾琏面前炫耀雨村有本事，贾琏说了一句："弄得人坑家败业，也不算什么能为！"贾琏倒是有良知，贾赦却大怒，不由分说狠狠地打了他一顿。

再看宁国府那边。贾母一行人来清虚观打醮，贾珍嫌贾蓉懒，没有在外面招待，当面骂他："我这里也还没敢说热，他倒乘凉去了！"接着，居然命小厮一边骂一边往贾蓉脸上吐口水。后来贾家的老仆人赖嬷嬷说，在贾家，父亲对儿子粗暴专断是祖传作风。除了打骂，贾珍的爷爷性格更暴烈，待儿子跟"审贼"一样。

对儿子，贾赦是蛮不讲理，简单粗暴；贾珍则是人格羞辱，不把儿子当人。相比之下，贾政跟宝玉的关系，内涵最丰富也最复杂，可以看成是传统父子关系的样板。

首先，父子关系很紧张，宝玉最怕的就是贾政。

贾政对宝玉从来没有好脸色。宝玉去上学，要跟父亲辞行，贾政冷笑道："你如果再提'上学'两个字，连我也羞死了。依我的话，你竟顽你的去是正理。仔细站脏了我这地，靠脏了我的门！"幸亏有两个年老的清客，赶紧把宝玉拉了出去，不然不知如何收场呢。宝玉当然怕这样的贾政。只要一听见"老爷叫宝玉"，他就两眼发黑，双股战战，连林妹妹都顾不上了。

贾母深知这一点，她最疼宝玉，经常想方设法隔离宝玉和贾政。大家一起吃饭，也是让贾政先离席，贾政一走，宝玉就像一只开了锁的猴子。幸亏有这个老祖母，不然宝玉的人生一定是另一个样子。曹公深知这一点，于是，在第三十七回让贾政点了学差，外出公干去了，直到第七十回才回来。而这两年多的时间，父权缺席，正是宝玉和姐妹们最自由最浪漫的日子，也是大观园最华美的时期。

这样的时光，父亲是一定不能在身边的。

其次，很多人都不喜欢贾政，说他假正经，不是一个好父亲，其实这对贾政也不公平。《红楼梦》是一本复杂的书，书中的人物很难用好坏、真假、善恶来判断。

我们不妨重读宝玉挨打这一节。细读，你会发现虽然这一对父子关系看上去很紧张，但贾政也有值得同情的一面。

先来看贾政为何要下狠手打宝玉。先是一向不睦的忠顺王府公然派人来，向宝玉询问琪官（蒋玉菡）的下落，贾政很不悦；接着金钏跳井自杀，贾环对贾政告黑状，诬陷宝玉逼奸不遂，丫鬟才自杀。贾政一听，那是急火攻心，盛怒之下重重责打了宝玉。板子打下去，他这个父亲也是满面泪痕，气得要命。

年轻时读《红楼梦》，留意的是宝黛爱情，年岁渐长，却理解了贾政的一脸严肃。他一直以宽厚、精进和责任心努力支撑自己的家族，至于结果如何，这由不得他。他是一个传统的中国父亲——一方面努力做出严父的姿态，出个谜语都是砚台，“身自端方，体自坚硬。虽不能言，有言必应”；另一方面，他也是一个人，也有温暖的一刻。

就拿“大观园试才题对额”来说，这一回省亲别墅刚刚落成，贾政便带着宝玉去游览园子。

宝玉本来是在园子里游玩，躲闪不及，迎面撞到贾政和众清客。因私塾先生曾说宝玉虽不怎么读正经书，倒颇会对对联，有些“歪才情”，贾政便命他跟来，给园内的各处景观题匾额，写对联。你看，贾政其实是想在朋友面前显摆儿子有才，但是采取了“打击式炫耀”，表面打压、否定儿子，实则是炫耀，可入“人类炫娃迷惑行为大赏”了。

宝玉的“歪才情”确实不错。刚进园子，走过一处羊肠小径，迎面一块镜面白石，此处正可以留题。贾政请众清客题名，有说“叠翠”的，有说“锦嶂”的，还有说“赛香炉”“小终南”的——

原来众客心中早知贾政要试宝玉的功业进益如何，只将些俗套来敷衍。宝玉亦料定此意。贾政听了，便回头命宝玉拟来。宝玉道：“尝闻古人有云：‘编新不如述旧，刻古终胜雕今。’况此处并非主山正景，原无可题之处，不过是探景一进步耳。莫若直书‘曲径通幽处’这句旧诗在上，倒还大方气派。”众人听了，都赞道："是极！二世兄天分高，才情远，不似我们读腐了书的。"贾政笑道："不可谬奖。他年小，不过以一知充十用，取笑罢了。再俟选拟。"（第十七回至十八回）

众清客深谙人情世故，故意说一些俗话，而宝玉一开口，众人纷纷夸赞积极捧场。贾政一边笑，一边谦虚，得意的心情掩都掩不住。接着，宝玉说出"沁芳"，吟了"绕堤柳借三篙翠，隔岸花分一脉香"，贾政先是拈髯点头不语，又点头微笑，想必内心十分满意了。待来到潇湘馆，只见数楹修舍，翠竹遮映，众人又凑趣各自说了题名——

（贾政）因命他（宝玉）道："今日任你狂为乱道，先设议论来，然后方许你作。方才众人说的，可有使得的？"宝玉见问，答道："都似不妥。"贾政冷笑道："怎么不妥？"宝玉道："这是第一处行幸之处，必须颂圣方可。若用四字的匾，又有古人现成的，何必再作。"贾政道："难道'淇水''睢园'不是古人的？"宝玉道："这太板腐了。莫若'有凤来仪'四字。"众人都哄然叫妙。贾政点头道："畜生，畜生，可谓'管窥蠡测'矣。"因命："再题一联来。"宝玉便念道：

宝鼎茶闲烟尚绿，幽窗棋罢指犹凉。贾政摇头说道："也未见长。"（第十七回至十八回）

请注意贾政的表情，他不再点头微笑了。大概之前忍不住流露了对宝玉的赞赏，他觉得不妥，遂拿出严父的款儿来，开启了“打击模式”——先批评他“轻薄”，又呵斥他为“畜生”。不过，骂归骂，炫是不能停的，最后不忘让宝玉再来一个。

贾政这个样子，可不就是典型的中国父亲吗？明明心里有爱，脸却一定紧绷着，训斥更是家常便饭。直到现在，很多家庭里还有这样的一款父亲吧？他们不是不懂爱，只是不擅长表达，也不习惯表达。

《红楼梦》虽然写的是二百年前的人情和世故，写的是复杂的贵族大家庭，但月亮还是那个月亮，人心还是那些人心。“人生代代无穷已，江月年年望相似”，时间永在流逝，“谁家今夜扁舟子？何处相思明月楼”，一代又一代的中国人，都有自己的爱与怕，希望与焦虑也都是一样的。

《红楼梦》中的人物就是我们的过去和现在。理解他们，就是理解自己。

四、《红楼梦》是“反封建”的吗

百度百科上这样评论《红楼梦》：“通过描写贾、王、薛、史四大家族的兴衰，揭露了封建社会后期的种种黑暗和罪恶，及其不可克服的内在矛盾，对腐朽的封建统治阶级和行将崩溃的封建制度做了有力的批判，使读者预感到它必然要走向覆灭的命运。同时小说还通过对贵族叛逆者的歌颂，表达了新的朦胧的理想。”

但如果说曹雪芹是反封建反传统的急先锋，对自己的家族深恶痛绝，一心想背叛，就未免太武断了，忽略了中国式家庭的复杂性。

曹雪芹是典型的中国作家，百年家族是他成长的背景，他写贾母、贾政和王夫人时，都充满了温情。

宝玉曾对林妹妹表达：“我心里的事也难对你说，日后自然明白。除了老太太、老爷、太太这三个人，第四个就是妹妹了。要有第五个人，我也说个誓。”（第二十八回）我们现代人示爱，就不太会有这样的排序。但在宝玉的心目中，血缘亲情永远第一，林妹妹也只能排到第四，理所当然。

宝玉从外头回家，会一头滚在王夫人怀里——

> 进门见了王夫人，不过规规矩矩说了几句，便命人除去抹额，脱了袍服，拉了靴子，便一头滚在王夫人怀里。王夫人便用手满身满脸摩挲抚弄他，宝玉也扳着王夫人的脖子说长道短的。王夫人道：“我的儿，你又吃多了酒，脸上滚热。你还只是揉搓，一会闹上酒来。还不在那里静静的倒一会子呢。”说着，便叫人拿个枕头来。宝玉听说便下来，在王夫人身后倒下。（第二十五回）

母子情深，这是中国家庭的常态了。

中国式的大家庭，既是血缘共同体，也是伦理共同体，还要提供情感庇护、安全感和归宿感。中国没有宗教基础，一个个松散的个体是通过“祖先崇拜”和血缘亲情紧密联合的，家族本身成为类宗教式的信仰。当然，这也意味着家庭成员背负了更多更重的责任和义务，父母有权威，也有养育之恩，儿子不仅要感恩，还要为家族光宗耀祖。于是，你离不开我，我离不开你，整个家族构成了亲密的“共生关系”。

在生物学里，“共生”指的是两种不同生物形成的紧密互利关系，一方为另一方提供有利于生存的帮助，同时也获得对方的帮助，相互依赖，彼此有利。倘若彼此分开，则双方或其中一方便无法生存。我们最熟悉的“身体发肤受之父母”“父母在，不远游”，其实都是相互依存的“共生关系”。

但是，“共生关系”也意味着分开就不能独活，相对弱小的一方，往往会在“共生关系”中失去自我，然后被绞杀。在“共生关系”里，弱小者的个人意志是微不足道的。

宝玉挨打之际，王夫人急急赶来，放声痛哭——

> “老爷虽然应当管教儿子，也要看夫妻分上。我如今已将五十岁的人，只有这个孽障，必定苦苦的以他为法，我也不敢深劝。今日越发要他死，岂不是有意绝我。既要勒死他，快拿绳子来先勒死我，再勒死他。我们娘儿们不敢含怨，到底在阴司里得个依靠。”说毕，爬在宝玉身上大哭起来。（第三十三回）

护犊情深，宝玉疼在身上，王夫人是疼在心里，这样的母子感情当然是真的；但抄检大观园以后，王夫人硬生生地把晴雯、芳官和四儿撵走，说留下她们会把好好的爷们教坏，这等于是亲手把大观园给拆散了，经过这连番举动，宝玉的理想世界被王夫人亲手撕开了一个口子，也是事实。

王夫人的做法，是“我都是为了你好”，她认为这些“狐狸精”会妨碍宝玉的名声和前程。因为你是我的未来的依靠，我自然不允许你出现差错，处处“为你好”，这就是典型的“共生”和“绞杀”关系——表面上是为了你好，实际上就是为了继续我们的“共生关系”，安排对方的人生。这只是母亲的单方诉求，根本不顾及儿子的真实想法。

晴雯病死后，宝玉写下一首《芙蓉女儿诔》祭奠她，其中有一句：“呜呼！固鬼蜮之为灾，岂神灵而亦妒。钳诐奴之口，讨岂从宽；剖悍妇之心，忿犹未释！”悲愤中也有对王夫人的失望吧。

我们不妨来看一下西方文化视野中的家庭关系。

古希腊的亚里士多德在《政治学》一书中，认为城邦由家庭构成，在价值序列上先于家庭。他把家庭视为私人领域，城邦才是家庭和村落发展的最终目的，成为城邦的公民才是最高的善。人在家庭中只是活着，而在城邦中才能获得幸福。在他的政治学体系里，家庭之上有社会，有城邦，后者比前者更有价值。

而在基督教文化里，家族之上还有上帝。家族内部的人，都有相对的独立性，他们共同分享的只是血缘和家族荣誉感。

欧美的家族小说直到十九世纪中后期才开始成熟。从左拉的《卢贡-马卡尔家族史》到托马斯·曼的《布登勃洛克一家》，再到高尔斯华绥的《福尔赛世家》，直至福克纳的《喧哗与骚动》……这些作品中的大家族大多是封闭的，过于“内卷”，导致问题重重，无法适应社会变化，最后都走向了崩溃。

在这些作品里，家族只是勘察人性的方式，不是目的，家族甚至是阻碍个体幸福和自由的路障。

比如在马尔克斯的《百年孤独》里，马孔多很封闭，很“孤独”。一百年间的七代人，不断出现乱伦渴望，上校不停地做小金鱼，世世代代的辛劳创造不了任何价值，都是在原地“打转转”，形成了“令人恼怒的恶性循环”。你看，透过百年家族的历史，马尔克斯告诉我们：如果跳不出家族这个圈，个体就会失去自我，陷入致命的永恒的孤独。

同样，在俄国的陀思妥耶夫斯基笔下，家族也只是家族，不代表情感归属。卡拉马佐夫这个家族，每个人都各怀心事，大儿子还跟父亲争夺同一个女性，甚至有“弑父”的冲动。陀氏自己提出一个概念，叫“偶合家庭”，字面的意思是“偶然凑成的家庭”。就是说，这样的家庭早就四分五裂，唯一的意义就是血缘基因。

而中国传统大家族，人际关系最复杂，既有真情，也有虚礼；既有亲情，也有压迫；既有爱，也有仇恨……

跟宝玉一样，曹雪芹对这个传统的大家族的态度，是既抗拒又不免依恋，怎一个“复杂”了得。

王夫人听信了王善保家的话，把晴雯叫过来，一顿痛骂，口口声声说她是一副浪样子，把她当成“狐狸精”。曹雪芹这样解释：“王夫人原是天真烂漫之人，喜怒出于心臆。”程乙本把这句话删掉了，白先勇先生喜欢程乙本，说删得好，因为“天真烂漫”这个词，用在王夫人身上，是不妥的。

不不，我认为，这是曹公特意为长辈留的面子，这里面是有理解，有担待，也有慈悲的。曹公对血缘亲情，总是笔下留情，他是典型的中国作家。他不仅会写少女们的美，还会写老年人。贾母既有审美，又有眼光，能跟小辈们打成一片，并对穷人礼遇有加，很多人都很喜欢她。如果对传统家庭没有感情，是写不出这样一个老太太的。要知道，很多老年人长着长着，就长成自己讨厌的样子了。

年轻时候读《红楼梦》，可能更容易看见女儿的美好，看见大观园的浪漫。少年气盛，难免黑白分明，就很难体会文本内部的分裂和情感的悖论。随着年龄的增长，才会知道，人性和世界原来是如此丰富又复杂。

还有一个问题，为何要让贾宝玉降生在钟鸣鼎食之家、诗书簪缨之族的贾家呢？

还记得第二回"冷子兴演说荣国府"，说到宝玉衔玉而生，而且抓周时一把抓了胭脂钗环，贾政不喜，认为他将来是个色鬼无疑。贾雨村赶紧说：非也非也，宝玉这样的人其实是"正邪两赋"之人，这样的人——

> "若生于公侯富贵之家，则为情痴情种；若生于诗书清贫之族，则为逸士高人；纵再偶生于薄祚寒门，断不能为走卒健仆，甘遭庸人驱制驾驭，必为奇优名倡。"（第二回）

就是说，这些人看上去身份不同、习性不同，甚至性别都不同，但他们有"家族相似性"。反过来说，性情相同（"正邪两赋"）的人，在不同的环境下，也会长成不同的形态，拥有不同的特征——如果生在公侯富贵之家，会是情痴情种；而生于诗书清贫之族，会成为逸士高人；若是生在寒门里，那也一定不是普通人，一定是奇优名倡。

宝玉之为情痴情种，正是因为贾家能提供足够的经济和文化支持，他才能不为生计奔波，才有机会和能力去爱、去发现美，从而成为他自己。也只有这样的家庭，才有能力供养一个理想的大观园。当然，也只有经历过极致的繁华，最终的衰败才更为惊心动魄，才更能体会爱与美之脆弱，以及命运之无常。

很多人都说《红楼梦》反封建，却忽略了曹公所珍视的美好正建立在家族地位之上。有元妃省亲，才有省亲别墅，才有大观园。有花柳繁华地，温柔富贵乡，才有“怀金悼玉”的《红楼梦》。

二十世纪初，法国的普鲁斯特出版了长篇小说《追忆似水年华》，在这部巨著的序言里，作者说：“在我们的记忆中寻找失去的乐园，那唯一真实的乐园。”而文字就是重现失去的时间的法宝。

可以说，《红楼梦》是中国版的《追忆似水年华》，是一首充满温情和哀伤的挽歌。

本雅明在《普鲁斯特的形象》一书里说：“普鲁斯特作品中表现出来的是一种铁石心肠，是一个走在其阶级前面的人的桀骜不驯。他是他创造出来的世界的主人。”当然，跟《追忆似水年华》一样，《红楼梦》也超越了作者自身的阶级性和时代本身，创造了一个新的红楼世界。

这个世界宏大又精微，这个世界既在时代之中，又远在时代之外。书中的每个人既有时代和社会的烙印，又闪耀着永恒的人性之光，直到现在，我们依然能从书中看到自己。

第三讲

从前五回读懂《红楼梦》

一、《红楼梦》讲了什么故事

我把全书分成四个部分，第一部分是序曲，有两个神话，五个章回，主要人物也都次第出场。有意思的是，在第五回作者设置了大型剧透，把贾家的结局和主要人物的命运都提前透露了。

这五回有很多信息，是读懂《红楼梦》的关键。

第二部分是“前大观园时代”（第六回到第二十二回）。此间发生了两个大事件，一个是秦可卿的葬礼，一个是元春省亲。一个丧事，一个喜事，都是大场面，也花银子如流水。

在秦可卿的葬礼期间，王熙凤“协理宁国府”，大出风头。

接着就是元春才选凤藻宫，贾家开始准备省亲事宜，盖省亲别墅，即后来的大观园。脂砚斋提醒读者，此处为全书的大关节。我理解其之所以为大关节，是因为有了元春省亲，才有了大观园，才有了一部《红楼梦》。

第三部分就是“大观园时代”。这是女儿们的黄金时代，大观园由此也成为最著名的集美之地。

根据书中某些确定的时间点粗算一下，前八十回的时间跨度大概是十五年。其中序曲和“前大观园时代”约十二年。至于“大观园时代”，开始于红楼十三年，大约历时三年，过了三个春天，包括了第二十三回到第八十回，占了全书（八十回）四分之三的篇幅，分量之重，便可知重头戏都在“大观园时代”。

“大观园时代”最重要的事件是宝黛爱情。宝黛爱情三部曲：觉醒期、深入期和日常期。如果说宝黛爱情是大提琴协奏曲，那么，小红和贾芸、龄官和贾蔷、藕官和菂官的爱情清新动人，属于小夜曲了。

大观园里除了爱情，还有诗和诗社。海棠社、菊花诗，以及黛玉的《葬花吟》《题帕三绝》《秋窗风雨夕》《五美吟》……它们照亮了大观园，少男少女们的灵魂格外丰盈独立。

大观园也有两条精神脉络，一个是黛玉，一个是宝钗。宝钗喜欢规劝宝玉走经济仕途，宝玉惋惜她怎么就成了“国贼禄鬼”！最理解他最懂他的，当然是从不说这种“混帐话”的黛玉。

请注意，我在“《红楼梦》主要情节线索”图中设了两条线索：一个是“宝黛爱情”，一个是“宝钗在忙什么”。前者倾心于爱与美，不是共读禁书，就是葬花；后者则游走于复杂的人际网络中，有现实主义者的复杂内涵——从“滴翠亭杨妃戏彩蝶”，到“羞笼红麝串”，到“绣鸳鸯梦兆绛芸轩”，再到“时宝钗小惠全大体”，宝钗一直停留在现实的世界里。由此，你也可以体会出“木石前盟”和“金玉姻缘”的对立，这是书中的一条暗线。在“前大观园时代”，这条暗线就埋下了伏笔，一直在暗中推动情节。

大观园的全盛时期，可谓遍地芳华，各有其美。宝黛共读西厢拉开了“大观园时代”的序幕，接着是黛玉葬花，小红倒茶，宝钗扑蝶，龄官划蔷，晴雯撕扇，妙玉品茶，香菱学诗，湘云醉卧……由此，大观园成为一个浪漫、诗意、独立的乌托邦。

一个集体活动把“大观园时代”推向美好的极致，即“寿怡红群芳开夜宴”。宝玉过生日，刚好还有平儿、岫烟、宝琴和四儿也是同一天生日，白天热闹过了，晚上大家又在怡红院办了一次小型生日宴，黛玉、宝钗、湘云、探春都来了，大家团团围坐。

美好达到极致，便是衰落的开始。

很快就是尤三姐和尤二姐相继自杀，桃花社也未开，再就是抄检大观园。抄检大观园后，宝钗搬走了，晴雯、芳官、司棋和四儿被撵了，探春也有官媒上门了，迎春也出嫁了，香菱也被薛蟠打被夏金桂嫉恨了……第八十回是“美香菱屈受贪夫棒”，宝玉还跟王道士要治疗妒妇的“疗妒汤”。

到第八十回的时候，大观园已经摇摇欲坠，大厦倾颓的一天也不远了。贾家赫赫扬扬百年，最后一败涂地，“落了片白茫茫大地真干净”。其由盛而衰的历史，也是《红楼梦》里的一条暗线。

可惜，八十回后的章回已经湮灭无闻，或者曹雪芹压根就没有写完。前八十回的脂评文字里，有关于八十回后的碎片化信息，给探佚留下很多发挥空间。

至于后四十回，这是高鹗的续书。从人物性格到大结局，都跟前八十回有不少出入，暂不理会。

二、读懂《红楼梦》的前五回

两个神话

《红楼梦》导读的课堂上，总有学生抱怨这本书太难读，自己卡在了前五回，死活读不下去。前五回就像京剧的过门，有经验的观众能从中听出演员要唱的板式、调门和节奏，甚至能分出演唱者是老生、老旦，还是青衣、花脸，还能听出是哪一派……总之包含了不少信息。

先说第一回的两个神话，看似荒诞不经，实则饶有深意，是我们理解贾宝玉和林黛玉的入口。从神话中可以看出，这两个人打出生起，就自带了“豪华版出厂配置”。

先看“女娲补天”——

> 原来女娲氏炼石补天之时，于大荒山无稽崖炼成高经十二丈、方经二十四丈顽石三万六千五百零一块。娲皇氏只用了三万六千五百块，只单单剩了一块未用，便弃在此山青埂峰下。谁知此石自经煅炼之后，灵性已通，因见众石俱得补天，独自己无材不堪入选，遂自怨自叹，日夜悲号惭愧。（第一回）

这里有两个关键点：通灵石无材去补天，被弃于大荒山无稽崖青埂峰下。

“补天”是原始神话里的创世、救世想象。从文化的角度看，“天”代表了社会秩序，“补天”意指经世治民。女娲炼了三万六千五百零一块石头，石头被炼，质地精良拥有灵性，有了见识和能力。偏偏唯独一块顽石被弃用，“无材可去补苍天”，成了“只好踮脚”的无用之物。这不就是贾宝玉吗？他出身高贵，天资聪颖，却无意经济仕途，不走寻常路，是“无用之人”。

为何被弃于大荒山无稽崖青埂峰下呢？此处有脂评：“落堕情根，故无补天之用。”“青埂”是“情根”的谐音，也可以反过来理解：顽石无补天之用，是因有情根。青埂峰（以情为根）就是贾宝玉的精神故乡，“情”是他先天的基因。

在第三回里，作者曾以世人之口，拟了一首《西江月》——

> 无故寻愁觅恨，有时似傻如狂。纵然生得好皮

囊，腹内原来草莽。潦倒不通世务，愚顽怕读文章。行为偏僻性乖张，那管世人诽谤！

富贵不知乐业，贫穷难耐凄凉。可怜辜负好韶光，于国于家无望。天下无能第一，古今不肖无双。寄言纨绔与膏粱：莫效此儿形状！（第三回）

这首词明贬实褒，写出了宝玉的特异性，也预言了他被世人误解的命运。

那么，顽石和宝玉又是什么关系呢？在青埂峰下，顽石听到一僧一道说起红尘之事，便凡心大动，央求一僧一道携它见识人间富贵——

那僧便念咒书符，大展幻术，将一块大石登时变成一块鲜明莹洁的美玉，且又缩成扇坠大小的可佩可拿。（第一回）

这便是宝玉出生时口含的那块美玉。第三回宝黛初见，说了几句话，宝玉就问黛玉是否有玉，黛玉说没有——

宝玉听了，登时发作起痴狂病来，摘下那玉，就狠命摔去，骂道："什么罕物，连人之高低不择，还说'通灵'不'通灵'呢！我也不要这劳什子了！"吓的众人一拥争去拾玉。贾母急的搂了宝玉道："孽障！你生气，要打骂人容易，何苦摔那命根子！"（第三回）

美玉是宝玉的命根子，是他的灵魂，须臾不可离身，可见，宝玉和顽石、美玉是一体的。第二十五回宝玉生病，癞头和尚来到荣国府，拿起宝玉的美玉——

> 长叹一声道："青埂峰一别，展眼已过十三载矣！人世光阴，如此迅速，尘缘满日，若似弹指！可羡你当时的那段好处：
>
> 天不拘兮地不羁，心头无喜亦无悲；却因锻炼通灵后，便向人间觅是非。"（第二十五回）

"天不拘兮地不羁，心头无喜亦无悲"，是说顽石本可以自由自在了无牵挂，就像在上帝的伊甸园里一样，却偏偏要告别乐园，来到欲望人间，生出无限烦恼和忧虑。宝玉经历的一切，顽石同样也在经历，再次说明宝玉和顽石是二合一。

下凡历劫，是顽石的自我选择，尽管一僧一道已经告诉顽石——

> "那红尘中有却有些乐事，但不能永远依恃；况又有'美中不足，好事多魔'八个字紧相连属，瞬息间则又乐极悲生，人非物换，究竟是到头一梦，万境归空，倒不如不去的好。"
>
> 这石凡心已炽，那里听得进这话去，乃复苦求再四。二仙知不可强制，乃叹道："此亦静极思动，无中生有之数也。既如此，我们便携你去受享受享，只是到不得意时，切莫后悔。"石道："自然，自然。"（第一回）

两位仙师的告诫，真如千斤橄榄一样。脂评说："四句乃一部之总纲。”顽石（宝玉）先行领悟了“空”，故宝玉天性颖悟，对生死和命运的觉悟远超他人，是有慧根之人。因此，鲁迅先生说整部《红楼梦》是“悲凉之雾，遍被华林”，然呼吸领会之，唯宝玉而已！正因深知一切都会成空，对爱与美才有最深的珍惜和眷恋。

《西游记》也由一块石头开始，由石头至石猴再至美猴王。美猴王在水帘洞里无忧无虑，有一天却想到了“死”，便生出烦恼和恐惧，一路寻觅，先是去菩提老祖那里学本领成了孙悟空，又去阎王殿勾销了生死簿，又大闹天宫成了弼马温，最后经过西天取经，修成正果成为斗战胜佛，远离一切苦厄和生死，达到了最终的解脱。

青埂峰下的顽石跟石猴起点相同，结局虽然也是出了家，但他毕竟“以情为根”，多了一个“情”。所以石猴修成正果无忧无惧，顽石却写下一部《石头记》，定格了爱与美。

你看，补天神话里突出了宝玉的“无用”，也告诫世人一切都是“空”，但也保留了“情”。这都是我们理解贾宝玉理解《红楼梦》的一个入口。

为何偏偏是“补天”神话呢？这说明作者有深厚的“补天”情结。作为一个十八世纪的中国人，曹雪芹依然心怀修身齐家治国平天下的理想。在甲戌本独有的“凡例”里，作者曾自陈：“背父兄教育之恩，负师友规训之德，以至今日一技无成、半生潦倒之罪。”第十二回也有脂评透露：“此书系自愧而成。”

就是说，不能“补天”的愧疚之情其实贯穿了全书，一方面心怀“补天”的理想，一方面青睐宝玉的“无用”，这让《红楼梦》的内涵极为丰富而多元。

第一回还有“神瑛侍者和绛珠仙草”的神话——

西方灵河岸上三生石畔，有绛珠草一株，时有赤瑕宫神瑛侍者，日以甘露灌溉，这绛珠草始得久延岁月。后来既受天地精华，复得雨露滋养，遂得脱却草胎木质，得换人形，仅修成个女体，终日游于离恨天外，饥则食蜜青果为膳，渴则饮灌愁海水为汤。只因尚未酬报灌溉之德，故其五内便郁结着一段缠绵不尽之意。恰近日这神瑛侍者凡心偶炽，乘此昌明太平朝世，意欲下凡造历幻缘，已在警幻仙子案前挂了号。警幻亦曾问及，灌溉之情未偿，趁此倒可了结的。那绛珠仙子道："他是甘露之惠，我并无此水可还。他既下世为人，我也去下世为人，但把我一生所有的眼泪还他，也偿还得过他了。"（第一回）

西方灵河岸三生石畔有一棵绛珠仙草，神瑛侍者无意中以甘露浇灌了它，仙草得以修成女体。神瑛侍者要下凡历劫，她也要跟去，把一生的眼泪还他，遂成"还泪"之说。神瑛侍者下凡后便是贾宝玉，顽石、神瑛侍者和贾宝玉是三位一体的关系。

在这个神话里，"灵河"代表了生命中的灵性。而"三生石畔"让人想起"三生石上旧精魂"的传说，即唐代李源和圆泽禅师情谊深重，相约来生再见。对于他们来说，只有此生此世不够，还要有"前生、今生和来生"，可见其情至深，能超越生死。

而"离恨天"、"蜜青果"、"灌愁海水"，以及绛珠仙草"缠绵不尽之意"，跟林黛玉的长相和气质是呼应的——"两弯似蹙非蹙罥烟眉，一双似泣非泣含露目。态生两靥之愁，娇袭一身之病。泪光点点，娇喘微微。闲静时如姣花照水，行动处似弱柳扶风。"这表情这身态，不正是在微风中摇曳的绛珠仙草吗？黛玉自称“草木之人”，她风流袅娜、仙气飘飘，跟宝玉有灵河岸上的“木石前盟”，这是灵魂的结盟。而且黛玉的爱就是“还泪”，这说明宝黛爱情的悲剧结局先天注定。

两则神话藏的这些重要信息，就是理解宝玉和黛玉的钥匙。

补天神话交代完毕。再说顽石幻形入世，不知过了几世几劫后，有一个空空道人来到青埂峰下，看到了石头上有文字，原来是——

> （顽石）无材补天，幻形入世，蒙茫茫大士、渺渺真人携入红尘，历尽离合悲欢炎凉世态的一段故事。后面又有一首偈云：无材可去补苍天，枉入红尘若许年。此系身前身后事，倩谁记去作奇传？
>
> 诗后便是此石坠落之乡，投胎之处，亲自经历的一段陈迹故事。其中家庭闺阁琐事，以及闲情诗词倒还全备，或可适趣解闷；然朝代年纪，地舆邦国却反失落无考。（第一回）

这就是《石头记》，空空道人是第一个读者。他看完后，问了两个问题——

> “第一件，无朝代年纪可考；第二件，并无大贤大忠理朝廷治风俗的善政，其中只不过几个异样女子，或情或痴，或小才微善，亦无班姑、蔡女之德能。我纵抄去，恐世人不爱看呢。”（第一回）

就是说，你写的这个故事，没有时间地点，又跟一般读者的趣味不一样，人物不高大，恐怕世人不爱看。顽石（作者）说自己刻意架空朝代："不过只取其事体情理罢了，又何必拘拘于朝代年纪哉！"于是，这样一来，故事便不再被约束在一时一地，而是超越了具体的时空，具有了更抽象更普遍的意义。

接下来，顽石说了一番话——

> "市井俗人喜看理治之书者甚少，爱适趣闲文者特多。历来野史，或讪谤君相，或贬人妻女，奸淫凶恶，不可胜数。更有一种风月笔墨，其淫秽污臭，屠毒笔墨，坏人子弟，又不可胜数。至若佳人才子等书，则又千部共出一套，且其中终不能不涉于淫滥，以致满纸潘安、子建、西子、文君，不过作者要写出自己的那两首情诗艳赋来，故假拟出男女二人名姓，又必旁出一小人其间拨乱，亦如剧中之小丑然。且鬟婢开口即者也之乎，非文即理。故逐一看去，悉皆自相矛盾、大不近情理之话。"（第一回）

在这里，完全可以把顽石和空空道人的对话，当成两位作家在交流文学观点，同时点出这本书的特点。

《石头记》第一个特点是"真"，即"取其事体情理""至若离合悲欢，兴衰际遇，则又追踪蹑迹，不敢稍加穿凿"。此处的"真"未必一定是在生活中发生过的真事，未必是自传，也未必有什么政治秘密，而是符合人性和世态的"真"，是现实主义的"真"。

第二个特点是"新"。即"不借此套""新奇别致""令世人换新眼目"。在同一回，甄士隐梦中见到一僧一道，他们说起神瑛侍者和绛珠仙草的“还泪”故事——

> 那道人道：“果是罕闻。实未闻有还泪之说。想来这一段故事，比历来风月事故更加琐碎细腻了。”那僧道：“历来几个风流人物，不过传其大概以及诗词篇章而已；至家庭闺阁中一饮一食，总未述记。再者，大半风月故事，不过偷香窃玉、暗约私奔而已，并不曾将儿女之真情发泄一二。想这一干人入世，其情痴色鬼、贤愚不肖者，悉与前人传述不同矣。”（第一回）

“还泪”的故事，这一干人等历劫的故事，比那些“或讪谤君相，或贬人妻女”的“历代野史”，“淫秽污臭”“坏人子弟”的“风月笔墨”都高级。那些风月笔墨，不仅“千部共出一套”，有套路，而且也没写出真正的“儿女真情”，不过就是郎才女貌，一见钟情，私定终身，最后高中状元，娶得美人归。

宝黛爱情可不是这种“才子佳人”的俗套故事。

你看，第一回的文字里埋伏了多少秘密，甚至都快解决了文学作品里的五个W的问题了。why, where, when, who, what，这是小说五要素——为什么写，故事发生于何地，发生于何时，作者是谁，写了什么。

想要回答五个W里的“why”，即为什么写，还需要看看“凡例”，这是甲戌本独有的一段文字——

> “今风尘碌碌，一事无成，忽念及当日所有之女子，一一细考较去，觉其行止见识，皆出于我之上。何我堂堂须眉，诚不若彼裙钗哉？实愧则有馀，悔又无

益之大无可如何之日也！当此，则自欲将已往所赖天恩祖德，锦衣纨绔之时，饫甘餍肥之日，背父兄教育之恩，负师友规训之德，以至今日一技无成，半生潦倒之罪，编述一集，以告天下人：我之罪固不免，然闺阁中本自历历有人，万不可因我之不肖，自护己短，一并使其泯灭也。虽今日之茅椽蓬牖，瓦灶绳床，其晨夕风露，阶柳庭花。亦未有妨我之襟怀笔墨者。虽我未学，下笔无文，又何妨用假语村言，敷演出一段故事来，亦可使闺阁昭传，复可悦世之目，破人愁闷，不亦宜乎？"

作者自承："我"人到中年，曾历尽繁华，却穷困潦倒，悔之晚矣，罪莫大焉；但"我"生命中曾见识过的女性，个个见识不凡，比"我"强太多；所以"我"要写下她们的故事，为闺阁立传。作者很坦白，他知道自己在写什么，为什么写，这是一种高度的文学自觉性。

他深沉的"罪感"，不仅是为失败的人生，更是为了难以忘却的纪念。德国的哲学家马尔库塞说："文学就是书写那些被我们遗忘了的罪恶和被背叛了的梦想。"这句话简直是为《红楼梦》量身打造的。

五个书名

在第一回里，除了"作者是谁"之外，小说的五个W已经被解答了四个。当然，作者其实回答了"作者是谁"，只是他的回答太"狡猾"。话说空空道人看了顽石在石头上写的一篇文字之后——

方从头至尾抄录回来，问世传奇。从此空空道人因空见色，由色生情，传情入色，自色悟空，遂易名为情僧，改《石头记》为《情僧录》。至吴玉峰题曰《红楼梦》。东鲁孔梅溪则题曰《风月宝鉴》。后因曹雪芹于悼红轩中披阅十载，增删五次，纂成目录，分出章回，则题曰《金陵十二钗》。并题一绝云：

满纸荒唐言，一把辛酸泪。都云作者痴，谁解其中味？

至脂砚斋甲戌抄阅再评，仍用《石头记》。（甲戌本第一回）

那么，这本书的作者到底是谁呢？《石头记》的作者是石头，空空道人是抄录者，改名为《情僧录》；吴玉峰和孔梅溪则把书名改成了《红楼梦》和《风月宝鉴》；曹雪芹只是披阅、增删、纂成目录，是一个编辑；最后还有一个评论者脂砚斋乱入。

如此云雾缭绕地交代作者和作品，几乎是反文学常识的。要知道，现代人都在使劲捍卫自己的著作权，非常看重自己的知识产权。为什么作者要把水搅浑，把自己隐藏起来呢？

首先，在那个时代，小说不是高级文体，登不了大雅之堂，诗词文章才是主流。因此，写小说既然是雕虫小技，署名权也就不那么重要了。比如《三国演义》、《水浒传》和《西游记》的作者，也都存在争议。

其次，这个可能是最根本的原因。当时兴文字狱，为躲避"因文获罪"，作者遂故布疑阵，刻意隐藏了著作权，仅以编纂者身份现身。

不过，我认为，在作者问题上不必过久停留，按照目前学界的共识，作者就是曹雪芹。

这五个书名，除了对作者对书的来历故布疑阵外，其实也另有深意。五个书名是打开这本书的不同方式。

《石头记》是“自譬石头所记之事也”，石头幻形入世，并记录下红尘往事。这样一来，石头来自青埂峰又回到青埂峰，形成一个完美的人生闭环，这个书名最朴素。

《情僧录》是空空道人改的。他听了石头的一席话，遂潜心阅读石头上的文字，为之深深感动，主动抄录下来助其流传，最终“因空见色，由色生情，传情入色，自色悟空”，还把自己的名字由空空道人改为情僧，并改《石头记》为《情僧录》。

“因空见色，由色生情，传情入色，自色悟空”，十六个字浓缩了贾宝玉的人生历程——大荒山无稽崖青埂峰下幻形入世，从“空”境来至红尘，是“因空见色”；拒绝进入财富、权力的大道，对世界深情以待，“大旨谈情”，是“由色生情，传情入色”；最后回归“空”境，是“自色悟空”，但终究多了一个“情”字。此“情”也撼动了空空道人，空空道人本是道教中人，是要看“空”一切的，但他读完全书，被书中的“情”所感动，改名为“情僧”。原来这个世界并非一场空，因为有情，人间依然值得。

至于《风月宝鉴》，其实是另外一本书。按照“凡例”开头所言，这本书主题是“戒妄动风月之情”。“风月宝鉴”还曾以一面镜子的样子，出现在第十二回“贾天祥正照风月鉴”里，讲贾瑞爱上王熙凤，控制不了自己的欲望，又不听道士劝告，执意要照风月宝鉴的正面，最后一命呜呼。

按照甲戌本的脂评：“雪芹旧有《风月宝鉴》之书，乃其弟棠村序也。”这说明，确实曾有一部《风月宝鉴》，后来，这本书的内容被并入《红楼梦》中。

《金陵十二钗》这个书名突出了主角是女性，结合“凡例”所言，是为女性立传。但书中所写女子何止十二钗哉？这个书名的局限是显而易见的。

最后是《红楼梦》这个书名。呼应了宝玉梦中所听的《红楼梦》十二曲，暗示了众女儿和贾家的命运，内涵深广，有丰富的美学和哲学意蕴。综合几个书名，《红楼梦》最终成为普遍使用的书名，并非偶然。

红学家周汝昌先生认为，“红楼”一词的灵感来自韦庄的“长安春色谁为主，古来尽属红楼女”，因此，“红楼”专指富家女儿的金闺绣阁。但这种考证过于实在，反而丧失了“红楼一梦”背后苍茫的美感和哀感：再富丽的红楼，终究南柯一梦。

《红楼梦》这个书名，当然是最贴切的。

大型剧透

再来看第五回“游幻境指迷十二钗，饮仙醪曲演红楼梦”。这一天，宝玉随王熙凤来宁国府游玩，饭毕，贾蓉的妻子秦氏带他去午睡。先来到一间正房，看见《燃藜图》以及对联“世事洞明皆学问，人情练达即文章”，宝玉大为反感。遂来至秦氏卧室，在甜香中入睡，蒙眬间忽忽悠悠随着秦氏来到一个地方——

> 但见朱栏白石，绿树清溪，真是人迹希逢，飞尘不到。宝玉在梦中欢喜，想道：“这个去处有趣，我就在这里过一生，纵然失了家也愿意，强如天天被父母师傅打呢。”（第五回）

这个地方便是太虚幻境。在警幻仙姑的带领下，宝玉穿过一个大牌坊，进入二层门来到配殿，配殿内又分列“痴情司”、“结怨司”、“朝啼司”、“夜怨司”、“春感司”、“秋悲司”和“薄命司”。仙姑说：“此各司中皆贮的是普天之下所有的女子过去未来的簿册。”就是说，天下所有女子的命运，都在这里了。

宝玉来到“薄命司”，只见司内又有十数个大橱，按照地名分类，都用封条封着，便找到自己老家金陵籍贯——

只见那边厨上封条上大书七字云：“金陵十二钗正册”。宝玉问道：“何为‘金陵十二钗正册’？”警幻道：“即贵省中十二冠首女子之册，故为‘正册’。”宝玉道：“常听人说，金陵极大，怎么只十二个女子？如今单我家里，上上下下，就有几百女孩子呢。”警幻冷笑道：“贵省女子固多，不过择其紧要者录之。下边二厨则又次之。馀者庸常之辈，则无册可录矣。”宝玉听说，再看下首二厨上，果然写着“金陵十二钗副册”，又一个写着“金陵十二钗又副册”。宝玉便伸手先将“又副册”厨开了，拿出一本册来，揭开一看，只见这首页上画着一幅画，又非人物，也无山水，不过是水墨滃染的满纸乌云浊雾而已。后有几行字迹，写的是：

霁月难逢，彩云易散。心比天高，身为下贱。风流灵巧招人怨。寿夭多因毁谤生，多情公子空牵念。

宝玉看了，又见后面画着一簇鲜花，一床破席，也有几句言词，写道是：

枉自温柔和顺，空云似桂如兰。

堪羡优伶有福，谁知公子无缘。

宝玉看了，一头雾水，不知道是怎么回事。于是放下这个，又去开“金陵十二钗副册”橱门，拿起一本册来，揭开一看——

只见画着一株桂花，下面有一池沼，其中水涸泥干，莲枯藕败，后面书云：

根并荷花一茎香，平生遭际实堪伤。

自从两地生孤木，致使香魂返故乡。

书中说“宝玉仍不解”。

他不晓得眼前的册子到底意味着什么，但读者知道。他翻开这两个册子，看了三幅画和三首诗，分别预示了晴雯、袭人和香菱的命运——晴雯“寿夭”，是早逝；袭人嫁给了优伶（蒋玉菡）；香菱判词中的“自从两地生孤木”，按照胡适先生的拆字法，两地生孤木是“桂”字，乃薛蟠的妻子夏金桂也，意思是，薛蟠娶来夏金桂后，香菱就被虐待致死。

接下来，宝玉又翻开了“金陵十二钗正册”——

只见头一页上便画着两株枯木，木上悬着一围玉带；又有一堆雪，雪下一股金簪。也有四句言词，道是：

可叹停机德，堪怜咏絮才。

玉带林中挂，金簪雪里埋。

宝玉看了仍不解。待要问时，情知他必不肯泄漏；待要丢下，又不舍。遂又往后看时，只见画着一张弓，弓上挂着香橼。也有一首歌词云：

二十年来辨是非，榴花开处照宫闱。

三春争及初春景，虎兕相逢大梦归。

后面又画着两人放风筝，一片大海，一只大船，船中有一女子掩面泣涕之状。也有四句写云：

才自精明志自高，生于末世运偏消。

清明涕送江边望，千里东风一梦遥。

后面又画几缕飞云，一湾逝水。其词曰：

富贵又何为，襁褓之间父母违。

展眼吊斜晖，湘江水逝楚云飞。

后面又画着一块美玉，落在泥垢之中。其断语云：

欲洁何曾洁，云空未必空。

可怜金玉质，终陷泥淖中。

第一幅画和判词，对应的是林黛玉和薛宝钗。后面依次为贾元春、贾探春、史湘云、妙玉、贾迎春、贾惜春、巧姐、王熙凤、李纨、秦可卿，就不一一列举了。

宝玉一路懵懵懂懂，不晓得自己竟然与命运迎面相撞了。警幻仙姑恐其泄露天机，便邀他喝茶听曲，又引出十二支《红楼梦》曲子，依旧是大型剧透。

有的诗文和曲子，含义相对明朗，比如探春远嫁，迎春被夫家虐待致死，惜春出家，王熙凤被休后病死，凤姐的女儿巧姐被刘姥姥救出嫁给板儿，李纨在儿子贾兰中举后去世。

有的诗文却含混不清，比如“玉带林中挂，金簪雪里埋”，这结局很悲凉，但林黛玉和薛宝钗到底是怎么离开人世的？还有元春、妙玉的判词和曲子，也浑不可解。

十二支《红楼梦》的曲子，最后一支是《收尾·飞鸟各投林》——

> 为官的，家业凋零；富贵的，金银散尽；有恩的，死里逃生；无情的，分明报应。欠命的，命已还；欠泪的，泪已尽。冤冤相报实非轻，分离聚合皆前定。欲知命短问前生，老来富贵也真侥幸。看破的，遁入空门；痴迷的，枉送了性命。好一似食尽鸟投林，落了片白茫茫大地真干净！

这是终场之曲，预告了贾家所有人的结局——那些曾经官位显赫的，富贵繁华的，都归了零；曾施舍过他人的，侥幸留了条性命；无情的，欠命的，欠泪的，都有因有果。最后死的死，逃的逃，出家的出家……最终贾府“事败被抄没”，“子孙流散”，恰如“白茫茫大地真干净”。判词和曲子都被悲凉之雾笼罩。

在太虚幻境里，悲剧感是逐渐被推向高潮的——看了册子之后，宝玉闻的香是“群芳髓”（群芳碎），喝的茶叫“千红一窟”（千红一哭），喝的酒是“万艳同杯”（万艳同悲）。每个人都被悲剧的命运扼住了喉咙，无人逃脱。

如果你看过《星际穿越》的话，宝玉梦游太虚幻境，就像穿越了虫洞，来到宇宙的高维空间一样，一眼就能看到低维空间所有人的前世和今生。有意思的是，《星际穿越》里的男主角进入四维空间里，时间像是一排排的书架，看得见，摸得着，就像宝玉打开的册子一样。

这种大型的剧透非常奇特。因为写小说的人，都希望保持一种神秘感，把结局放到最后，吸引读者。曹雪芹为何反其道而行之呢？其一，他艺高人胆大，根本不怕你知道结局后不往下读；其二，通过剧透，营造出浓厚的命运感，读者似乎开启了上帝视角，眼睁睁地看着书中人一步步走向自己的命运，不差分毫，相当震撼。

《红楼梦》里剧透无处不在。除了判词，有的以谜语、行酒令的方式，有的以点戏、作诗的方式。而第一回甄士隐一家的遭遇，也是贾家命运的预演，是另一类剧透。

甄士隐是一个乡绅望族，有钱有闲，生性淡泊，有一个可爱的女儿，每天观花修竹酌酒吟诗，过的是神仙一般的日子。然而，先是女儿幼年被人贩子拐跑；又因隔壁葫芦庙失火，家被烧光；最后带着妻子投奔岳父，却被岳父嫌弃算计……慢慢地，也就“露出了下世的光景”——

(甄士隐)可巧这日拄了拐杖挣挫到街前散散心时，忽见那边来了一个跛足道人，疯癫落脱，麻屣鹑衣，口内念着几句言词，道是：

世人都晓神仙好，惟有功名忘不了！
古今将相在何方？荒冢一堆草没了。
世人都晓神仙好，只有金银忘不了！
终朝只恨聚无多，及到多时眼闭了。
世人都晓神仙好，只有姣妻忘不了！
君生日日说恩情，君死又随人去了。
世人都晓神仙好，只有儿孙忘不了！
痴心父母古来多，孝顺儿孙谁见了？

士隐听了，便迎上来道：“你满口说些什么？只听见些‘好’‘了’‘好’‘了’。”那道人笑道：“你若果听见‘好’‘了’二字，还算你明白。可知世上万般，好便是了，了便是好。若不了，便不好；若要好，须是了。我这歌儿，便名《好了歌》。”士隐本是有宿慧的，一闻此言，心中早已彻悟。因笑道：“且住！待我将你这《好了歌》解注出来何如？”道人笑道：“你解，你解。”士隐乃说道：

陋室空堂，当年笏满床；衰草枯杨，曾为歌舞场。蛛丝儿结满雕梁，绿纱今又糊在蓬窗上。说什么脂正浓、粉正香，如何两鬓又成霜？昨日黄土陇头送白骨，今宵红灯帐底卧鸳鸯。金满箱，银满箱，展眼乞丐人皆谤。正叹他人命不长，那知自己归来丧！训有方，保不定日后作强梁。择膏粱，谁承望流落在烟花巷！因嫌纱帽小，致使锁枷杠；昨怜破袄寒，今嫌紫蟒长：乱烘烘你方唱罢我登场，反认他乡是故乡。甚荒唐，到头来都是为他人作嫁衣裳！

那疯跛道人听了，拍掌笑道：“解得切，解得切！”士隐便说一声：“走罢！”将道人肩上褡裢抢了过来背着，竟不回家，同了疯道人飘飘而去。（第一回）

甄士隐最终大彻大悟，出了家。他的一生，刚好对应了一僧一道当初对顽石说的“红尘中有却有些乐事，但不能永远依恃……乐极悲生，人非物换，究竟是到头一梦，万境归空”。甄家的败落，同时也是贾家命运的预演和缩影。甄士隐对《好了歌》的注解，更揭示了全书人物的命运，以及《红楼梦》的一个主题“空”。

《好了歌》从家族兴衰、夫妻离散，看见了富贵、儿女、功名的短暂和易朽，看见了人间不值得。莎士比亚的剧作《麦克白》中有一句台词："人生就像一个白痴所讲的故事，充满了喧哗与骚动，却没有任何意义。"伟大的作家都能让他笔下的人物，开口道出世间真相。

不过，如果人生真的都是一场空，曹雪芹为何在"茅椽蓬牖，瓦灶绳床"，穷困潦倒之际，依然写下一部悲金悼玉的《红楼梦》呢？

《好了歌》当然不是在宣扬宗教的虚无。"反认他乡是故乡"是因为把生命跟富贵、子女和功名这些世俗功利捆绑起来，把浮华处当成立足境，人生被局限在欲望的世界里，看不到其他的可能，自然是"乱烘烘你方唱罢我登场"，"到头来都是为他人作嫁衣裳"。因此，要先看空功名利禄、富贵子女，"情"的意义才能显现，才能找到生命的终极价值。在《红楼梦》里，"空"并非佛教意义上的"四大皆空"，而是一个超越的尺度。在这个超越的尺度下，一切世俗价值都显得可笑而短暂，什么样的人生值得一过？这才是《红楼梦》的终极追问。

生命的结局并不重要，人终有一死。重要的是生命展开的过程，是一个人曾以怎样的姿态活过。

这也是作者一再剧透的深意。

三、后四十回到底好不好

后四十回到底是谁写的？

最常见的说法是高鹗续作，这出自胡适先生的考证。清代张问陶有一首《赠高兰墅鹗同年》的诗，其中有"艳情人自说《红楼》"，诗题写"传奇《红楼梦》八十回以后，俱兰墅所补"。

清人俞樾在《小浮梅闲话》中提出:“乡会试增五言八韵诗,始乾隆朝,而书中叙科场事,已有诗,则其为高君所补,可证矣。”

一七九一年,一百二十回的程甲本《红楼梦》被刻印出版,在序言里,程伟元称从藏书家那里搜罗得到二十卷书稿,后又在鼓担上得到十余卷,遂经过高鹗整理出版。程甲本的序言这样写——

> 爰为竭力搜罗,自藏书家甚至故纸堆中无不留心,数年以来,仅积有廿余卷。一日偶与鼓担上得十余卷,遂重价购之,欣然翻阅,见其前后起伏,尚属接榫,然漶漫不可收拾。及同友人细加厘剔,截长补短,抄成全部,复为镌板,以公同好,红楼全书始自是告成。

不过先是从藏书家那里搜罗一部分,剩下一部分从鼓担上得到,天下哪有这么凑巧的事?高鹗也作一序,胡适认为该序言“说的很含糊,字里行间都使人生疑。大概他不愿完全埋没他补作的苦心”。程乙本里又有高鹗的几条引言,其中有一条是这样说的:“书中后四十回系就历年所得,集腋成裘,更无他本可考,惟按其前后关照者,略为修辑,使其有应接而无矛盾。至其原文,未敢臆改。俟再得善本,更为厘定,且不欲尽掩其本来面目也。”故胡适先生认为,前八十回有他本可以参考,偏偏后四十回没有,很有欲盖弥彰的意思。

自此,高鹗是续书作者这个说法,逐渐获得学界的认可。自然也有人不赞同——有的认为后四十回不是续作,乃曹雪芹手笔;也有人说虽是续写,但续写者并非高鹗,而是另有其人。

但都拿不出可靠的史料来证明。

后四十回到底是不是续书？续得好不好？不一定非要通过外部的考据才能知道答案。毕竟，这是文学的内部事务，有一定文学鉴赏力的读者，多少能看出前后存在的差异，文字本身会吐露秘密。

有的研究者从文字习惯上来看，也能发现新天地。比如台湾植物学家潘富俊先生把一百二十回等分成三部分，他发现第一个四十回平均每回出现11.2种植物；中间四十回平均每回出现10.7种；最后四十回平均数只有3.8种。就拿茶来说，后四十回只有一种龙井茶，而前八十回有九种茶。所以，从书中提到的两百多种植物，可以推定后四十回非出自曹雪芹之手。

当然，文学鉴赏想要科学化、量化并不容易，但写得好还是不好是能说得清的，何况前八十回的文字珠玉在前。末代皇帝溥仪没学过文物鉴定，但据说他在鉴定文物方面很有心得，能看出一个东西是赝品，理由是："跟我家的不一样。"是的，看过大量真品和珍品，耳濡目染，有直观的审美体验，再看到赝品或次品，是能感觉出不对劲的。

张爱玲是资深红迷，曾写过一本《红楼梦魇》，提出了很多独到的见解。她说，自己小时候读到第八十一回"占旺相四美钓游鱼"，感觉"天日无光，百般无味"，仿佛进入了"另一个世界"。后来知道是续书后，痛批高鹗："《红楼梦》未完还不要紧，坏在狗尾续貂成了附骨之疽。"

白先勇先生不同意张爱玲的观点，他说后四十回的续书极其成功，甚至有的章回比前八十回写得还要好。他举的例子是"黛玉之死"，认为"林黛玉焚稿断痴情，薛宝钗出闺成大礼"这一章精彩绝伦，超越前八十回里的任何一回。

他还认为很多人小看后四十回没有道理，并反问道：续书之说还未出现时，为何没人看出来是续书，也没人质疑后四十回的文学价值，一旦续书之说出炉，大家才纷纷发现不对头？他的意思是，认定后四十回是续书的读者，是先入为主，戴着有色眼镜去挑后四十回的刺。

白先生的反问，乍一看问到了点子上。其实，反驳也不难，因为自《红楼梦》问世以来，关注其文学价值的人并不多，读者不是走在索隐的路上，就是走在去考据的路上。

关于后四十回，确实存在诸多争议。我的看法是，从情节、人物、写作风格来分析，续书跟前八十回有明显差异。

首先，续书里的人物价值观都变了。

比如宝玉，他在续书里开始热衷于读圣贤书，还主动给巧姐讲解《列女传》，推崇节烈，赞美“忠孝节义”——

> “那文王后妃是不必说了，想来是知道的。那姜后脱簪待罪，齐国的无盐虽丑，能安邦定国，是后妃里头的贤能的。若说有才的，是曹大姑、班婕妤、蔡文姬、谢道韫诸人。孟光的荆钗布裙，鲍宣妻的提瓮出汲，陶侃母的截发留宾，还有画荻教子的，这是不厌贫的。那苦的里头，有乐昌公主破镜重圆，苏蕙的回文感主。那孝的是更多了，木兰代父从军，曹娥投水寻父的尸首等类也多，我也说不得许多。那个曹氏的引刀割鼻，是魏国的故事。那守节的更多了，只好慢慢的讲。若是那些艳的，王嫱、西子、樊素、小蛮、绛仙等。妒的是秃妾发、怨洛神等类，也少。文君、红拂是

女中的……”(第九十二回)

别的倒也不说，就说“曹氏引刀割鼻”，讲的是守寡的曹氏，为给亡夫守节，不仅拒绝他人求亲，而且用刀把鼻子割了毁了容。这个故事对“贞操”如此看重，是违背贾宝玉和曹雪芹的价值观的。《红楼梦》对女儿群体的赞美，不是因为她们符合主流的道德观，而是女儿清洁美好的天性、灵性。还有，把王昭君列入“艳”类，甚至没来得及讲文君和红拂，就被贾母打断了，似乎说明续作者对她们的评价并不高。要知道，在前八十回黛玉专门为王昭君写过诗，而卓文君和红拂明明属于“正邪两赋之人”，是作者激赏的人物。

除此之外，宝玉还跟私塾先生贾代儒认真地交流起读圣贤书的心得，还写起了八股文，又听贾政评点八股文。不仅宝玉爱读书了，就连黛玉也劝宝玉读书了——

“我们女孩儿家虽然不要这个，但小时跟着你们雨村先生念书，也曾看过。内中也有近情近理的，也有清微淡远的。那时候虽不大懂，也觉得好，不可一概抹倒。况且你要取功名，这个也清贵些。”宝玉听到这里，觉得不甚入耳，因想黛玉从来不是这样人，怎么也这样势欲熏心起来？又不敢在他跟前驳回，只在鼻子眼里笑了一声。(第八十二回)

正如俞平伯先生说的，曹公把宝玉拉出学堂，送进大观园，高鹗又将宝玉从大观园拽回了学堂。至于宝玉在“鼻子眼里笑了一声”，宝玉怎么可能对黛玉如此轻蔑？类似的表情，只有在第二十五回那个害人的马道婆脸上见过。

前八十回里宝玉为何独赞黛玉？因为她“从不说混帐话”，从不劝他去经济仕途扬名立万。宝玉更是一个主流文化和道德的叛徒，说“文死谏武死战”是沽名钓誉，除了四书之外，把别的书都烧了……但这样的宝玉，从第八十一回开始就变得木呆呆傻兮兮，不是大哭，就是大笑，灵气皆无。

其次，后四十回里的人物，几乎都失去前八十回的灵气和光彩，尤其是主角们，个个言语乏味，性情大变。

第八十一回，看到回娘家的迎春跟王夫人诉苦，宝玉便央求王夫人把她留下，未遂——

(宝玉)坐了一回，无精打采的出来了。憋着一肚子闷气无处可泄，走到园中，一径往潇湘馆来。

刚进了门，便放声大哭起来。黛玉正在梳洗才毕，见宝玉这个光景，倒吓了一跳，问：“是怎么了？和谁怄了气了？”连问几声。宝玉低着头，伏在桌子上，呜呜咽咽，哭的说不出话来。黛玉便在椅子上怔怔的瞅着他，一会子问道：“到底是别人和你怄了气了，还是我得罪了你呢？”宝玉摇手道：“都不是，都不是。”黛玉道：“那么着，为什么这么伤起心来？”宝玉道：“我只想着咱们大家越早些死的越好，活着真真没有趣儿！”黛玉听了这话，更觉惊讶，道：“这是什么话，你真正发了疯了不成！”(第八十一回)

宝玉接下来的一段话有点长，无非是长篇大论地解释自己伤心的理由，夹杂着对黛玉不懂自己的些微不满——

而黛玉听了这番言语，把头渐渐的低了下去，身子渐渐的退至炕上，一言不发，叹了口气，便向里躺下去了。（第八十一回）

看这二人的对话，宝玉一路痴痴呆呆，说话无智亦无趣，动作还非常浮夸，哭得说不出话来。跟黛玉你一句，我一句，话不投机，两个人又开始互相猜疑了，全无往日的默契。黛玉还说宝玉“真正发了疯”，最后身子退到炕上，这动作可不像一个千金小姐。经常说宝玉发疯的是袭人，黛玉从不说这样的话。就连宝玉写厌世的偈子，目睹龄官和贾蔷的爱情而神思恍惚，说出“各人各得眼泪罢了”，黛玉也不感到惊讶，因为她太了解他了。

事实上，自从第三十二回“诉肺腑心迷活宝玉”后，宝黛间再没有过误会。第四十五回“金兰契互剖金兰语”，黛玉跟宝钗前嫌尽释，黛玉从此把宝钗当亲姐姐看，二人处处表现亲厚。宝玉看见了，觉得纳罕，他是这样问黛玉的——

（宝玉）笑道：“我虽看了《西厢记》，也曾有明白的几句，说了取笑，你曾恼过。如今想来，竟有一句不解，我念出来你讲讲我听。”黛玉听了，便知有文章，因笑道：“你念出来我听听。”宝玉笑道：“那《闹简》上有一句说得最好，‘是几时孟光接了梁鸿案？’‘孟光接了梁鸿案’这七个字，不过是现成的典，难为他这‘是几时’三个虚字问的有趣。是几时接了？你说说我听听。”黛玉听了，禁不住也笑起来，因笑道：“这原问的好。他也问的好，你也问的好。”宝玉道：“先时你只疑我，如今你也没的说，我反落了单。”黛玉笑道：“谁知他竟真是个好人，我素日只当他藏奸。”因把说错了酒令起，连送燕窝病中所谈之事，细细告诉了宝玉。宝玉方知缘故，因笑道：“我说呢，正纳闷‘是几时孟光接了梁鸿案’，原来是从‘小孩儿家口没遮拦’就接了案了。”（第四十九回）

宝玉想问黛玉何时跟宝钗和好的，但他不直接问，而是借《西厢记》里的台词相询，如此含蓄，黛玉却一下子就听明白了。这一段对话简省利落，二人的默契度相当高。倘若换续作者来写这一段，一定生怕读者看不懂，跳出来不停解释，恨不得把来龙去脉都掰开揉碎给你看。

高明的作家永远对读者高看一眼，不啰唆，不解释。伟大的文学经典向所有人敞开，但不低估任何人。

细微处见功夫，细节里有神灵。后四十回的细节，处处有粗陋不合逻辑之处、违背人物性格之处。不仅让宝玉从空灵高贵的精神国度直接跌入了世俗，那些大观园的女儿们，也纷纷失去了个性和灵气，从“珍珠”变成了“鱼眼睛”。

黛玉也不再是那个仙气飘飘的黛玉，而是一心要嫁给宝玉的世俗女子。她在梦里向宝玉逼婚，宝玉要挖出心给她看，她还打着旋跪在贾母面前，求老太太疼顾自己，不要做别人的续弦……第九十四回“宴海棠贾母赏花妖”，已经到了十一月，怡红院里几棵枯死的海棠却开了花，这花开得古怪，众人内心狐疑，唯有黛玉喜气洋洋说道——

“当初田家有荆树一棵，三个弟兄因分了家，那荆树便枯了。后来感动了他弟兄们仍旧归在一处，那荆树也就荣了。可知草木也随人的。如今二哥哥认真念书，舅舅喜欢，那棵树也就发了。”（第九十四回）

黛玉能说出这样的话？那才是白日见鬼。

前八十回的黛玉不仅有超逸之态，其见识也每每让宝玉敬若女神。她刚刚奔丧回到荣国府，宝玉把北静王送给自己的一件礼物送给她，她随手扔到一边：“什么臭男人拿过的！我不要他。”她从来不劝宝玉去求取功名，所以宝玉深敬她。

高鹗与曹雪芹差别大矣。从环境、心境，到思想、情感，以及文学修养，二人都相去甚远。俞平伯先生在《红楼梦辨》中说：“高氏的失败，不在于‘才力不及’，也不在于‘不细心谨慎’，实在因两人性格嗜好的差异。”就是说，高鹗的续书，不是因为他没才华或不细心，而是他和曹公根本就是两个人，不可能续写好。

主要人物都变了，更不用说小配角了。在前八十回神气活现的冯紫英，来到后四十回，竟成了一个倒卖新奇物件的“商人”——

冯紫英道：“这四件东西价儿也不很贵，两万银他就卖。母珠一万，鲛绡帐五千，《汉宫春晓》与自鸣钟五千。”贾政道：“那里买得起。”冯紫英道：“你们是个国戚，难道宫里头用不着么？”贾政道：“用得着的很多，只是那里有这些银子。等我叫人拿进去给老太太瞧瞧。”冯紫英道：“很是。”

……

（贾政）便与冯紫英道："这两件东西好可好，就只没银子。我替你留心，有要买的人，我便送信给你去。"冯紫英只得收拾好，坐下说些闲话，没有兴头，就要起身。贾政道："你在我这里吃了晚饭去罢。"冯紫英道："罢了，来了就叨扰老伯吗！"（第九十二回）

这世家子弟冯紫英，其实是跟宝玉同辈，经常在一起组饭局喝酒。在第二十六回薛蟠摆酒，冯紫英也来了，众人寒暄——

薛蟠众人见他吃完了茶，都说道："且入席，有话慢慢的说。"冯紫英听说，便立起身来说道："论理，我该陪饮几杯才是，只是今儿有一件大大要紧的事，回去还要见家父面回，实不敢领。"薛蟠宝玉众人那里肯依，死拉着不放。冯紫英笑道："这又奇了。你我这些年，那回儿有这个道理的？果然不能遵命。若必定叫我领，拿大杯来，我领两杯就是了。"众人听说，只得罢了。薛蟠执壶，宝玉把盏，斟了两大海。那冯紫英站着，一气而尽。（第二十六回）

你看，这是世家子弟的做派，还有几分豪气。来到后四十回，不仅成了卖东西的，跟贾政说话也大大咧咧，没大没小。贾政留他吃饭的话，也不像世伯的口吻，倒是像贾芸的舅舅卜世仁的口气（第二十四回）。

前八十回贾环最怕凤姐，一看见她就秒变避猫鼠，躲得越远越好。后四十回却主动送上门来，到凤姐屋里看生病的巧姐——

只见贾环掀帘进来说:"二姐姐,你们巧姐儿怎么了?妈叫我来瞧瞧他。"凤姐见了他母子便嫌,说:"好些了。你回去说,叫你们姨娘想着。"那贾环口里答应,只管各处瞧看。看了一回,便问凤姐儿道:"你这里听的说有牛黄,不知牛黄是怎么个样儿,给我瞧瞧呢。"凤姐道:"你别在这里闹了,妞儿才好些。那牛黄都煎上了。"贾环听了,便去伸手拿那铞子瞧时,岂知措手不及,沸的一声,铞子倒了,火已泼灭了一半。贾环见不是事,自觉没趣,连忙跑了。凤姐急的火星直爆,骂道:"真真那一世的对头冤家!你何苦来还来使促狭!从前你妈要想害我,如今又来害妞儿。我和你几辈子的仇呢!"(第八十四回)

这个场景,一点不符合荣国府的生活常识。凤姐是贵族少奶奶,还要亲自给巧姐煎药,平儿在一旁手忙脚乱地帮忙,丫鬟和婆子们去哪里了呢?贾环大剌剌地掀帘进来,开口就称呼王熙凤"二姐姐",双眼乱看双手乱动,还要看什么"牛黄",给贾环豹子胆也做不出来。而且王熙凤竟然让贾环给赵姨娘带话,谢谢她的好意……在续作者的笔下,所有人都说话絮絮叨叨,口气都差不多,没个性没神气。

再次,后四十回不再有贵族气象。

曹雪芹一写到黛玉,便诗意盎然。他很爱写人物的衣饰,对宝玉、凤姐、宝钗,都不厌其烦地铺陈其头饰、衣袖和花色,独独不太写黛玉衣饰。只有第四十九回"琉璃世界白雪红梅"——

黛玉换上掐金挖云红香羊皮小靴,罩了一件大红

羽纱面白狐狸里的鹤氅，束一条青金闪绿双环四合如意绦，头上罩了雪帽。（第四十九回）

“金”“红”杂于其中，但无一丝一毫的俗气，只觉清俊美好，明艳动人。续书是这样写黛玉衣饰的——

略换了几件新鲜衣服，打扮得宛如嫦娥下界，含羞带笑地出来见了众人。（第八十五回）

身上穿着月白绣花小毛皮袄，加上银鼠坎肩；头上挽着随常云髻，簪上一枝赤金匾簪，别无花朵；腰下系着杨妃色绣花锦裙。真比如：亭亭玉树临风立，冉冉香莲带露开。（第八十九回）

这样的林黛玉不像贵族家的小姐了，倒显得分外寒酸、小家子气，而且还戴上了金饰。金饰应该属于宝钗或者王熙凤，黛玉本是草木之人，跟金饰非常不搭。

曹雪芹描写各人的衣饰、住处，都跟各人的性格相匹配。比如，戴赤金盘螭璎珞圈，“彩绣辉煌，宛若神妃仙子”的，必定是凤姐；穿着“蜜合色棉袄，玫瑰紫二色金银鼠比肩褂，葱黄绫棉裙，一色半新不旧，看去不觉奢华”的，当然是宝钗。可惜，在续书里，细节不再讲究，就连钟鸣鼎食、诗礼簪缨的贾家，其饮食也断崖式下跌，闹出了不少低级笑话。

前八十回里的美食多矣！第四十一回里大名鼎鼎的“茄鲞”，让刘姥姥大为惊叹：这是茄子？别骗我了！待王熙凤说这茄鲞的做法，刘姥姥听完，摇头吐舌道：我的佛祖！这茄子要用十几只鸡去配它，难怪是这个味道！单说汤，就有“酸笋鸡皮汤”“荷叶莲蓬汤”“鸡皮虾丸汤”“碧粳粥”“鸭子肉粥”……我们不妨看第六十二回，怡红院小丫头芳官的晚饭，是厨房柳嫂子送来的——

> 一碗虾丸鸡皮汤，又是一碗酒酿清蒸鸭子，一碟腌的胭脂鹅脯，还有一碟四个奶油松瓤卷酥，并一大碗热腾腾碧荧荧蒸的绿畦香稻粳米饭。（第六十二回）

芳官却满脸嫌弃：“油腻腻的，谁吃这些东西。”

再来看续书第八十七回。因黛玉身体欠安，紫鹃让厨房精心准备了饭菜，先是一碗“火肉白菜汤”，在汤里“加了一点儿虾米儿，配了点青笋紫菜”，火肉就是火腿，所以是火腿白菜青笋虾米紫菜汤。紫鹃又想吩咐厨房再熬一点“江米粥”，还安慰姑娘说“我也告诉雪雁和柳嫂儿说了，要弄干净着”，最后又提议“还有咱们南来的五香大头菜，拌些麻油醋可好么”，黛玉还嫌麻烦，说“不必累赘了”。

火肉白菜汤、江米粥、五香大头菜，实在是太接地气了。可是，接地气的同时，也要尊重饮食的常识：谁的晚饭会一碗汤再加一碗粥呢？

文学创作固然需要想象力，但特定阶层的衣食起居，是需要生活经验来打底的。曹雪芹出身世家，经历过真正的富贵，而续作者应该没有这类生活经验，所以从衣饰到饮食，从言行到举止，处处写得小气拘谨、捉襟见肘。

续书有不少情节还刻意模仿前八十回。比如第三十七回探春写花笺给宝玉，提议开诗社，续书就让宝钗也给黛玉写一封信，语气都一样；第二十九回清虚观打醮时，张道士要给宝玉提亲，续书就让一个清客给宝玉说亲，居然让宝玉倒插门，这让贾母情何以堪！

处处都是小家子气。

最后，在安排大结局方面，续作者偏离了曹雪芹的意图。

在第五回中已经多方位剧透："为官的，家业凋零；富贵的，金银散尽；……好一似食尽鸟投林，落了片白茫茫大地真干净！"

然而，续书里只有宁国府和贾赦获罪被抄家，荣国府的根基并未动摇。而且圣上还恩赐贾政袭了爵，返还了之前抄走的家私。荣国府还一度家道中兴，有兰桂齐芳之盛。

至于凤姐之死、湘云守寡、妙玉被污等情节，更是穿凿附会、乌烟瘴气。气得俞平伯在给顾颉刚的信中说，高鹗"与雪芹底性格差得太远了，不适宜续《红楼梦》"。

我简单总结一下后四十回的一些情节——黛玉开始劝宝玉读书求功名了；宝玉学会给巧姐讲《列女传》了；经济学问八股文又被推崇了；黛玉做梦都要嫁宝玉了；黛玉和宝玉梦里还动刀子了；贾母非常讨厌自己的亲外孙女了；王熙凤为了让宝玉娶宝钗想出"掉包计"了；黛玉焚完诗稿两眼一翻就死了；妙玉思春入魔被强盗用闷香掠走了；宝玉中举了；宝玉和宝钗有遗腹子了；夏金桂被自己毒死了；香菱被扶正了；平儿也被扶正了；贾家被抄家后又沐浴皇恩家道中兴兰桂齐芳了……

还有，"黛玉之死"写得好不好？

第九十七回"林黛玉焚稿断痴情，薛宝钗出闺成大礼"被白先勇先生盛赞。宝玉丢了玉，变得疯疯癫癫，而王熙凤想出一个“掉包计”，骗他娶的是林姑娘，其实是宝钗，最后“苦绛珠魂归离恨天”——

> 黛玉睁开眼一看，只有紫鹃和奶妈并几个小丫头在那里，便一手攥了紫鹃的手，使着劲说道：“我是不中用的人了。你服侍我几年，我原指望咱们两个总在一处。不想我……”说着，又喘了一会子，闭了眼歇着……半天，黛玉又说道：“妹妹，我这里并没亲人。我的身子是干净的，你好歹叫他们送我回去。”说到这里，又闭了眼不言语了。那手却渐渐紧了，喘成一处，只是出气大入气小，已经促疾的很了……猛听黛玉直声叫道：“宝玉，宝玉，你好……”说到“好”字，便浑身冷汗，不作声了。紫鹃等急忙扶住，那汗愈出，身子便渐渐的冷了。探春李纨叫人乱着拢头穿衣，只见黛玉两眼一翻，呜呼，香魂一缕随风散，愁绪三更入梦遥！
>
> （第九十八回）

剧情确实扣人心弦，善恶美丑冲突强烈：一边是薛宝钗出闺成大礼，一边是黛玉焚稿断痴情；一边喜气洋洋，一边凄惨至极。黛玉之死写得太惨了，赚足了读者的眼泪，同时又把贾母和王熙凤写成导致悲剧的罪魁祸首，能想出“掉包计”，实在是太恶毒了。

但与其说黛玉之死是悲剧，不如说是一场惨剧。真正的悲剧，能引发深沉的思考，而不是眼泪和愤怒，而且真正的悲剧很难找到罪魁祸首。

著名的古希腊悲剧《俄狄浦斯王》，俄狄浦斯聪明又高贵、勇敢又正直，却被命运诅咒，在一无所知中犯下了“杀父娶母”的罪行。最后他毁目自伤，自我放逐，承担了责任。但他又何错之有呢？这是人与命运冲突的悲剧。还有莎士比亚的《哈姆雷特》和《奥赛罗》，主人公都有性格的弱点，剧中也都有坏人，但悲剧的缘由并非只是坏人的坏，而是各种力量的合力。因此，悲剧不仅仅具有偶然性，还能上升为整个人类的悲剧性境遇——在两难的情境下，无论如何选择，都是一场悲剧。

别林斯基说：“偶然性在悲剧中是没有一席之地的。”就是说，在文学中，凭靠意外的变故或坏人作恶造成的悲剧，都不是真正的悲剧。真正的悲剧里，所有角色都是普通人，甚至是善良的，他们所遭遇的境遇也都司空见惯，正如王国维先生所说，是“非必有蛇蝎之性质与意外之变故也，但由普通之人物、普通之境遇逼之，不得不如是”。只是因为他们处在了相互对立的位置上，才不可避免地滑向了悲剧。

真正的悲剧中，没有赢家，也没有幸存者。续作者把黛玉之死的原因归于贾母和王熙凤一干人等的恶意，这是把人性和世界理解得过于简单了。

后四十回的作者偏爱写冲突，喜欢营造戏剧性效果。比如夏金桂之死，写她把砒霜放在汤里要害死香菱，结果阴错阳差端错了汤碗，把自己毒死了。俨然一场闹剧。

张爱玲曾在其剧本《太太万岁》题记中说：“中国观众最难应付的一点并不是低级趣味或是理解力差，而是他们太习惯于传奇。”所以，她的小说都是反高潮、反戏剧化的。这也是她热爱的《红楼梦》的叙事特点。

《红楼梦》的整体风格是含蓄克制，即使是悲剧也从不剑拔弩张。书中当然有各种冲突，比如“金玉姻缘”和“木石前盟”，王夫人和晴雯……但都隐伏在日常生活中，看似平淡无事，其实静水深流，内藏惊雷。

至于黛玉临死喊“宝玉，宝玉，你好……”，全是对宝玉的怨恨，这是把黛玉写成怨妇了。她本为“还泪”而来，泪尽而逝，求仁得仁，何怨之有？即使她临死感到绝望，也是对这个世界的失望，并非针对宝玉，因为她最懂宝玉。让宝钗假冒黛玉嫁给宝玉，既不懂宝黛爱情，也不尊重宝钗。

“掉包计”的始作俑者是王熙凤和贾母。在后四十回里，贾母对亲外孙女林黛玉一反常态，相当冷酷。当听袭人说宝玉跟黛玉的种种情形，她是这样回应的——

> “咱们这种人家，别的事自然没有的，这心病也是断断有不得的。林丫头若不是这个病呢，我凭着花多少钱都使得。若是这个病，不但治不好，我也没心肠了。”（第九十七回）

等王熙凤定下“掉包计”后，贾母一心扑在宝玉的婚事上。眼见黛玉生命垂危，便匆忙说她没救了，让别人想办法给她冲一冲，好了呢大家省心，死了呢也不临时忙乱，自始至终对黛玉非常冷漠。这是“狼外婆”，哪里是前八十回的贾母呢。

前八十回的贾母疼爱黛玉，有目共睹——外面响起鞭炮，她赶紧搂着黛玉（第五十四回）；有好吃的“风腌果子狸”，赶紧让给颦儿和宝玉两个送去（第七十五回）。说起这两个人来爱意满满，不是说“两个玉儿可恶”（第四十回），就是说“不是冤家不聚头”（第二十九回），在宝玉的亲事上，老太太自然属意黛玉。王熙凤是最了解贾母心事的，所以才敢开黛玉的玩笑：吃了我家的茶，怎么不做我家的媳妇（第二十五回）？连贾琏的小厮也知道，宝二爷的婚事，“将来准是林姑娘定了的”（第六十六回）。

那么，贾母为何一直没定下婚事呢？原因自然复杂。一来宝玉的婚事，本该父母直接做主，祖母不好直接干预；二来王夫人和薛姨妈力主金玉姻缘，一直暗中角力；三来贾母恐怕也有顾虑，担心黛玉身体不好，故迟迟下不了决心。

再看续书第九十九回，凤姐神神道道地过来跟贾母她们形容宝玉和宝钗的恩爱——

> 贾母笑道：“猴儿，我在这里同着姨太太想你林妹妹，你来怄个笑儿还罢了，怎么臊起皮来了。你不叫我们想你林妹妹，你不用太高兴了。你林妹妹恨你，将来不要独自一个到园里去，隄防他拉着你不依。”凤姐笑道：“他倒不怨我。他临死咬牙切齿倒恨着宝玉呢。”（第九十九回）

贾母和王熙凤这样说话，真的全无心肝了，跟前八十回差别太大。

可能你会问，既然高鹗续得这么差，为什么还一直流传至今？

首先，人们都渴望完整，不喜欢残缺。正如格式塔心理学研究的那样，对于残缺的图形、信息，人们习惯依据自己的经验和知识把它补充完整，在心理学上做“完形填空”。红楼未完是千古遗憾，张爱玲更称之为“遗恨”。后四十回续书填补了这个空缺，做到了完璧，自然会被接受。

其次，除了高鹗的续书，《红楼梦》的续书还有很多，高鹗的续书是其中最好的。其他比如《后红楼梦》《红楼复梦》《红楼后梦》《红楼补梦》……据说有一百多部，大部分续书，大力修改悲剧结局。这些续书不让宝玉出家，黛玉、鸳鸯等也都没死，即使在前八十回里死去的金钏和晴雯，有的续书还让她们复活了，都嫁给了宝玉。有的续书乌烟瘴气，神神鬼鬼，又是作法，又是阴间地府，极尽夸张胡闹之能事。贾家自然也没被抄家，家道兴旺，有的续书还让贾府再攀财富和名望的高峰。在其中一本续书里，黛玉继承了巨额遗产，国家危难之际，她全部捐出，被朝廷嘉奖，摇身成了诰命夫人，宝玉也跟着沾了光，被封为定国公。

这么一比，高鹗的续书真的算不错了。

第四讲

『红楼』梦中人之贾宝玉：亦石亦玉

一、他人眼里的贾宝玉

为什么把贾宝玉放在人物板块的第一个？在我看来，读懂《红楼梦》，要先读懂大观园；而读懂大观园，则要先认识贾宝玉。

小时候读《红楼梦》，最爱黛玉、湘云还有晴雯这些聪明清秀的女儿。宝玉就像一个背景板，没什么存在感，唯一的优点是对女孩特别有耐心。

随着年龄渐长才发现，在那个时代乃至今天，对女孩能保持耐心和谦卑有多难。而且，如果没有贾宝玉这个人，大观园就不会被看见、被照亮。但他也注定备受误解。

在《红楼梦》导读的课堂上，每次讲到贾宝玉，我都会给学生布置一个任务："请概括你心中的贾宝玉，不超过十个字。"答案自然是五花八门：说他是纨绔子弟富二代的，说他性格太阴柔不像男性的……还有学生郑重表示：如果有他那样的物质条件，我做得会比他更好。

课堂上如此，大众对贾宝玉的"歧视"更举目可见了。即使在专业研究者眼里，宝玉这个人也是毁誉参半。

有人说他是"一个无用的废物"；还有人说他是"多余人"，空有理想，却无行动能力；有人说他"从社会规范中分离出来，寻求自我的真实存在，最后又否定此世的生命存在"。总之，贾宝玉虽然代表了"对男性传统社会角色的逃避，对男性传统美德标准的否定，对男性传统成就的怀疑"，有进步意义，但不能改造社会，没有什么用，所以进步意义也有限。

当然也有学者能深切理解宝玉。比如叶嘉莹先生肯定了宝玉"对于生命、青春的挚爱，对于个性自由的理想的热情"，认为他最终出家，是个人的悲剧，也是“真正有理想、有个性、有情感、有良知的人，所可能遭遇到的共同悲剧”。

有批评有同情有赞美，可谓毁誉参半了。

回到《红楼梦》里来。曹雪芹其实非常擅长借用他人的视角，在书中，从冷子兴到贾雨村，从丫鬟到小厮，从宝钗到贾母，每个人眼里都有一个贾宝玉。

第二回冷子兴向贾雨村谈论贾家人事，说贾宝玉“衔玉而生”很神奇，而且“抓周”时一把抓了脂粉钗环——

“政老爹便大怒了，说：‘将来酒色之徒耳！’因此便大不喜悦。独那史老太君还是命根一样。说来又奇，如今长了七八岁，虽然淘气异常，但其聪明乖觉处，百个不及他一个。说起孩子话来也奇怪，他说：‘女儿是水作的骨肉，男人是泥作的骨肉。我见了女儿，我便清爽；见了男子，便觉浊臭逼人。’你道好笑不好笑？将来色鬼无疑了！”（第二回）

第三十五回“白玉钏亲尝莲叶羹”。宝玉挨打后身体欠佳，想喝荷叶莲蓬汤，做好后王夫人的丫鬟玉钏去送汤。宝玉接过汤，不小心洒了，他赶紧问玉钏有没有被烫到，却忘记被烫的是自己。刚好两个傅家婆子来问安，目睹这一幕，出了门至无人处，开始八卦宝玉——

这一个笑道：“怪道有人说他家宝玉是外像好里头糊涂，中看不中吃的，果然有些呆气。他自己烫了手，倒问人疼不疼，这可不是个呆子？”那一个又笑道:“我前一回来,听见他家里许多人抱怨,千真万真的有些呆气。大雨淋的水鸡似的,他反告诉别人‘下雨了,快避雨去罢’。你说可笑不可笑?时常没人在跟前,就自哭自笑的;看见燕子,就和燕子说话;河里看见了鱼,就和鱼说话;见了星星月亮,不是长吁短叹,就是咕咕哝哝的。且是连一点刚性也没有,连那些毛丫头的气都受的。爱惜东西,连个线头儿都是好的;糟踏起来,那怕值千值万的都不管了。”(第三十五回)

在冷子兴和傅家婆子的眼里,贾宝玉不是“色鬼”,就是“傻瓜”。

荣国府的仆人兴儿也评价过宝玉。贾琏偷娶尤二姐,在外买房居住,拨兴儿去伺候。兴儿对尤氏姐妹八卦贾家人,说到宝玉——

“成天家疯疯癫癫的,说的话人也不懂,干的事人也不知。外头人人看着好清俊模样儿,心里自然是聪明的,谁知是外清而内浊,见了人,一句话也没有。所有的好处,虽没上过学,倒难为他认得几个字。每日也不习文,也不学武,又怕见人,只爱在丫头群里闹。再者也没刚柔,有时见了我们,喜欢时没上没下,大家乱顽一阵;不喜欢各自走了,他也不理人。我们坐着卧着,见了他也不理,他也不责备。因此没人怕他,只管随便,都过的去。”(第六十六回)

在仆人的眼里,宝玉既不像个主子,也不像个正常人。那么，溺爱宝玉的贾母，又是怎么看的呢？一次，她跟大家说，以前从来没见过像宝玉这样的孩子，别的淘气倒没啥，就是经常跟丫头们扎堆的脾性，有点奇怪——

“我为此也耽心，每每的冷眼查看他。只和丫头们闹，必是人大心大，知道男女的事了，所以爱亲近他们。既细细查试，究竟不是为此。岂不奇怪。想必原是个丫头错投了胎不成。”（第七十八回）

老太太见过世面，态度比较包容，只觉得宝玉另类。但从冷子兴到傅家婆子到兴儿，代表的是绝大多数社会人，在他们眼里，宝玉就是“痴傻”“不中用”“没刚性”“色鬼”。

宝钗曾称呼宝玉“富贵闲人”和“无事忙”，这是讽刺他不干正经事。湘云也有样学样，劝诫宝玉——

“如今大了，你就不愿读书去考举人进士的，也该常常的会会这些为官做宰的人们，谈谈讲讲些仕途经济的学问，也好将来应酬世务，日后也有个朋友。没见你成年家只在我们队里搅些什么！”（第三十二回）

这些人几乎都站在贾宝玉的对立面。你赞同谁？

来看宝玉。第三回黛玉在贾雨村的护送下来到荣国府，一一见过贾母等人，“凤辣子”王熙凤也高调亮相，贾宝玉又该怎么出场呢？这相当考验作家的功力。

黛玉去了贾赦的别院，再来到王夫人正房，一番寒暄后，王夫人特意嘱咐黛玉——

"我不放心的最是一件：我有一个孽根祸胎，是家里的'混世魔王'，今日因庙里还愿去了，尚未回来，晚间你看见便知了。你只以后不要睬他，你这些姊妹都不敢沾惹他的。"（第三回）

这更吊足了我们的胃口。然而一直等到吃毕饭，宝玉才姗姗来迟。此时，黛玉内心充满疑惑，暗想这是怎样一个惫懒人物、懵懂顽童？不见这蠢物也就罢了——

头上戴着束发嵌宝紫金冠，齐眉勒着二龙抢珠金抹额；穿一件二色金百蝶穿花大红箭袖，束着五彩丝攒花结长穗宫绦，外罩石青起花八团倭缎排穗褂；登着青缎粉底小朝靴。面若中秋之月，色如春晓之花，鬓若刀裁，眉如墨画，面如桃瓣，目若秋波。虽怒时而若笑，即瞋视而有情。项上金螭璎珞，又有一根五色丝绦，系着一块美玉。（第三回）

黛玉见了，大吃一惊，觉得这个人好生面熟，好像哪里见过一般。"虽怒时而若笑，即瞋视而有情"，在这之前的文学作品中，还从未有男性有这样温柔的气质。再看其项上赫然"一块美玉"，正是"衔玉而生"的宝玉。

这块玉我们见过的。彼时，它被遗弃在大荒山无稽崖青埂峰下。我们以前讲过，贾宝玉的人格渊源，来自两则神话：一是女娲补天，女娲炼石补天，顽石通了灵性，却被弃于青埂峰下，后被一僧一道携带入世，乃贾宝玉出生时口中所衔之美玉；一是太虚幻境赤瑕宫的神瑛侍者，无意中以甘露水浇灌三生石畔的绛珠仙草，下凡即为贾宝玉。

顽石幻化为美玉、神瑛侍者下凡、贾宝玉“衔玉而生”，可见，顽石、神瑛侍者和贾宝玉实乃三位一体。

“衔玉而生”不符合常识，却富有文学性。

顽石的特点是“以情为根”（青埂峰）和“无用”（被弃），神瑛侍者则是“博爱”（以甘露水浇灌）的化身。

那么，贵族公子贾宝玉的人间之旅，又是怎样的呢？

二、宝玉的精神特质之一：“意淫”

第五回贾宝玉梦游太虚幻境，太虚幻境主人警幻仙姑送给宝玉“意淫”二字。宝玉很惶恐，说自己还小，不懂“淫”是何物。

在今天，“意淫”这个词近乎贬义，在《红楼梦》里，却别有一番深意，精准概括了宝玉的精神特质。按警幻仙姑的说法，意淫就是：“（宝玉）天分中生成一段痴情。”概言之，“意淫”是对女儿精神上的爱恋、理解和尊重。

“意淫”跟“皮肤滥淫”正好相反。“皮肤滥淫”只是情欲，是肉体占有，不懂珍惜对方。在这样的关系中，女性不是独立的“人”，而是被物化为工具。《红楼梦》里“皮肤滥淫”者多矣：贾琏“不知作养脂粉”，跟多姑娘、鲍二家的偷情，对尤二姐也始乱终弃；呆霸王薛蟠打死冯渊，抢来香菱，却很快把她“看成马棚风一般”，待娶了夏金桂，竟把香菱虐待致死。

在宝玉心中，女儿却是神灵般的存在，不可亵渎。

他曾说：“女儿是水作的骨肉，男人是泥作的骨肉。我见了女儿，我便清爽；见了男子，便觉浊臭逼人。”女儿是天下最洁白最纯粹的生命，也是最高贵的存在。“这女儿两个字，极尊贵、极清净的，比那阿弥陀佛、元始天尊的这两个宝号还更尊荣无对的呢！”（第二回甄宝玉所说，也是贾宝玉所想。）

而男人是污浊的，在女儿面前，都是“渣滓浊沫”。在她们面前，宝玉总是心甘情愿低下头来——

> “原来天生人为万物之灵，凡山川日月之精秀，只钟于女儿，须眉男子不过是些渣滓浊沫而已。因有这个呆念在心，把一切男子都看成混沌浊物，可有可无。”（第二十回）

第四十九回，宝琴、岫烟等人来了，他又感喟——

> “老天，老天，你有多少精华灵秀，生出这些人上之人来！”（第四十九回）

第十五回，众人送葬去铁槛寺的路上，在一个小村庄休憩。第一次见到农具的宝玉，看到纺车伸手去摇，这时，一个十七八岁的村庄丫头跑来，说道：别动坏了。宝玉的小厮拦着不让她乱说。宝玉却赶紧放了手，脸上赔着笑，说道：我是因为没见过，才动了动。那丫头性格爽利，说：那我纺给你看——

> 秦钟暗拉宝玉笑道：“此卿大有意趣。”宝玉一把推开，笑道：“该死的！再胡说，我就打了。”（第十五回）

对素不相识的村丫头，宝玉也充满敬意，这就是“意淫”。

相比之下，秦钟却语带轻薄，近乎“皮肤滥淫”。

秦钟是秦可卿的弟弟，也是宝玉的好友。他长相俊美，“眉清目秀，粉面朱唇，身材俊俏，举止风流，似在宝玉之上，只是怯怯羞羞，有女儿之态”。宝玉一见他，便自惭形秽，觉得自己是“泥猪癞狗”。

可惜，秦钟的美好只流于皮相。

秦钟的谐音是“情种”，必有风流故事。果然，只要有他在，空气中便弥漫着情欲的气息。他先和宝玉去家塾读书，却跟香怜、玉爱眉来眼去，惹得学堂大乱；来到铁槛寺旁边的馒头庵，摸到尼姑智能儿的屋里，便要云雨；最后，因贪恋情欲，身体又不好，一场重病过后，便呜呼哀哉了。

还有“贾天祥正照风月鉴”，说的是贾瑞疯狂迷恋上王熙凤，一直执迷不悟，最后死于自己的欲望。

秦钟和贾瑞都被沉重的肉身所累，是千万个普通男性的缩影。如果没有“意淫”的精神，宝玉会不会像他们那样？这也是警幻仙姑想警告宝玉的。她让其妹可卿跟宝玉云雨，意在——

> “令汝领略此仙闺幻境之风光尚如此，何况尘境之情景哉？而今后万万解释，改悟前情，留意于孔孟之间，委身于经济之道。”（第五回）

于是，宝玉跟可卿柔情缱绻，软语温存，出去携手游玩，但见一道黑溪阻路，上无桥梁。原来这是一道迷津，深有万丈、遥亘千里，掌舵者是木居士，撑篙的是灰侍者。迷津内黑水中有许多夜叉、海鬼，情形十分可怖。

津，是渡口的意思，迷津，表示迷失的渡口。迷津内的黑水象征着欲望，迷失于此就是堕入深渊。而“木居士”和“灰侍者”这两个形象又让你想到什么呢？《庄子》里形同槁木、心如死灰的高人也。这意味着要彻底断绝欲望，才能解脱。

可是，顺着欲望下坠很容易，如贾瑞、秦钟。能够蹚过欲望的河流，实现自我升华的为数极少。贾宝玉能做到吗？

从梦中惊醒的宝玉，还是忍不住拉着丫鬟袭人“初试云雨情”，好在他并未沉迷于此，而是以“意淫”为哲学，开启了情僧之路。他毕竟不是秦钟，也不是贾瑞。

怡红院的丫鬟美女如云，但她们都不把宝玉当主子，最美的那个晴雯，还敢跟宝玉撂挑子吵架，宝玉反而为她们操碎了心。一个冬日的夜晚，麝月出去小解，晴雯调皮要出去吓唬她，宝玉高声提醒麝月，对晴雯说——

> “倒不为唬坏了他，头一则你冻着也不好；二则他不防，不免一喊，倘或唬醒了别人，不说咱们是玩意，倒反说袭人才去了一夜，你们就见神见鬼的。你来把我的这边被掖一掖。”晴雯听说，便上来掖了掖，伸手进去渥一渥时，宝玉笑道：“好冷手！我说看冻着。”一面又见晴雯两腮如胭脂一般，用手摸了一摸，也觉冰冷。宝玉道：“快进被来渥渥罢。”（第五十一回）

等麝月回来，看不见晴雯，宝玉笑着说：这不是？在我这里焐呢！焐热以后，晴雯又回到自己被窝去了。常人看见宝玉和晴雯这番场景，难免会想歪。但宝玉对女儿一向是“意淫”，懂得尊重女性，男女这样天真纯洁的相处，于他，非常自然。

后来晴雯被撵出去，病重，宝玉去看望她，晴雯哭着说不知道自己为什么被冤枉为“狐狸精”。窗外的晴雯嫂子听了，进来说——

> “就比如方才我们姑娘下来，我也料定你们素日偷鸡盗狗的。我进来一会在窗下细听，屋内只你二人，若有偷鸡盗狗的事，岂有不谈及于此，谁知你两个竟还是各不相扰。可知天下委屈事也不少。如今我反后悔错怪了你们。”（第七十七回）

错怪宝玉者岂止晴雯嫂子一人哉。

第四十四回王熙凤的生日，喝了几杯酒的凤姐回家却撞见了贾琏跟鲍二家的偷情，气怒之下，凤姐和贾琏拿平儿出气。平儿哭得哽咽难言，宝玉赶紧把平儿请到怡红院，先是替贾琏和凤姐赔不是，虽然这事跟他一点关系都没有。又让平儿换上袭人的衣服，梳妆打扮一番。且看宝玉，他找出一个宣窑瓷盒，盒子里盛着一排十根玉簪花棒，拿了一根递给平儿，说道：“这不是铅粉，这是紫茉莉花种，研碎了兑上香料制的。”平儿一看，果见轻、白、红、香，四样俱美，扑在脸上，很是好用。宝玉又拿出一个白玉胭脂盒子，原来他嫌市面上的胭脂颜色薄又不干净，自己用上好的胭脂拧出汁子淘澄净，配了花露蒸好。他告诉平儿，只用细簪子挑一点儿，抹在手心里，用水化开，抹在唇上，手心里剩的用来打颊腮。平儿按照宝玉的吩咐做了，果然鲜艳异常，又甜香满颊。随后，宝玉又剪了一枝并蒂秋蕙，给平儿簪在鬓上。

他在平儿面前，服务得全面细心，又仪式感十足。对宝玉而言，经济仕途不重要，为平儿这样“上等清俊”的女儿尽心尽力，才是要紧事。

不过，开心之余，他又想到平儿处境艰难：贾琏不懂“作养脂粉”，王熙凤又喜怒无常，一个极俗，一个极威，平儿夹在这两人中间，实属不易——

> 想到此间，便又伤感起来，不觉洒然泪下。因见袭人等不在房内，尽力落了几点痛泪。复起身，又见方才的衣裳上喷的酒已半干，便拿熨斗熨了叠好；见他的手帕子忘去，上面犹有泪渍，又拿至脸盆中洗了晾上。又喜又悲，闷了一回……（第四十四回）

他视女儿如珍宝，全是同情、体贴和尊重。他洒泪，不只为平儿，也是为全天下不曾被善待的女性。

这在中国文学里，是第一次把女性当成人，给予女性足够的尊重和同情，而且怀着深切的忏悔。

在《红楼梦》之前的中国文学里，女性只是男性的附属物。《三国演义》里刘备说：“兄弟如手足，女人如衣服。”糜夫人为保护阿斗投井自杀，而最美丽的貂蝉“自愿”当间谍，完成任务后，作者连她的下落都懒得交代。元代和明代甚至还有一出戏，让关羽月下斩貂蝉，戏里关羽视貂蝉为红颜祸水，为绝后患杀掉了她。

《水浒传》对女性的偏见更深：但凡漂亮的女性都是“淫妇”，比如潘金莲、潘巧云、阎婆惜都是坏女人，最后都被正法；而正面的女性如孙二娘和顾大嫂，却长得像夜叉。不仅对女性有偏见，甚至仇视美。

女性不是被污名化、工具化，就是被杀掉。

女性被歧视始于何时？按照《易传》的说法，天代表男性，属阳，是乾；地代表女性，属阴，是坤，天上地下。后者服从前者是天道，天不变道亦不变，男尊女卑是天经地义。后期更是发展出了“三纲五常”，女性在家从父从兄，出嫁从夫从子，根本没有独立存在的价值。

概括一下，男权制就是男性统治女性、定义女性，“将男性身体和生活模式视为正式和理想的社会组织形式”，是系统化、结构化、不公正的制度。男性不仅是统治者，而且还规定观念和思维，被赋予各种特权（身份、价值和话语权）。在男权社会里，男性高高在上，女性却低人一等。

久而久之，做贤妻良母就被当成女性的天然义务，而无私奉献、听话顺从、柔弱胆小被认为是女性的天性。可是，现代女性主义理论的先驱西蒙娜·德·波伏娃说：“女性不是天生的，而是被塑造出来的。”

我们常说，“女人要有女人的样子”，其实是制度和文化塑造出来的观念。因为每个人的存在都不是被事先规定的，而是自我选择的结果，是“存在先于本质”，而非“本质先于存在”。

比波伏娃早两百年的曹雪芹，在《红楼梦》里，第一次恢复了女性“人”的面貌，而且第一次让女性拥有了属于自己的美和尊严。在大观园里，每个女儿都如此聪明灵秀，活得至情至性，在她们身上，宝玉看见了天地之大美。

就连一个小戏子芳官，都那么青春，那么有活力——

只穿着一件玉色红青酡绒三色缎子斗的水田小夹袄，束着一条柳绿汗巾，底下是水红撒花夹裤，也散着裤腿。头上眉额编着一圈小辫，总归至顶心，结一根鹅卵粗细的总辫，拖在脑后。右耳眼内只塞着米粒大小的一个小玉塞子，左耳上单带着一个白果大小的硬红镶金大坠子，越显的面如满月犹白，眼如秋水还清。（第六十三回）

在《红楼梦》里，“女儿”也是被抽象化了的文化符号，象征了没被世俗社会熏染的理想人格。

男子混沌污浊，是因为陷在功利和欲望的泥淖里不可自拔。贾雨村一开始多有雄才大略，可是，经过“葫芦僧乱判葫芦案”，学会了蝇营狗苟，最终“黑化”。而贾珍、贾琏、贾蓉、薛蟠这些人，则陷在欲望的泥潭里。头发胡子都花白的贾赦，居然还想强娶十几岁的丫鬟鸳鸯。

第一回跛足道人的《好了歌》和甄士隐的注解，都在说：世人拼命追逐的功名利禄、娇妻儿孙，根本没有持久性，不过是一场“空”，是“假”的。但谁能看穿这种虚妄，抵达生命的“真”呢？

对宝玉而言，“女儿”代表的是“真”，她们还没有进入功利之网，还没有被社会染黑。她们跟污浊的世界保持距离，代表了一种高贵的存在，既真，又美，且善。

在她们面前，宝玉满怀谦卑低下头来。这低头，独一无二，举世无双，既是对美的折服，也代表男性对女性表达忏悔。

刘姥姥第二次来到荣国府，给贾母、宝玉等人讲乡野见闻，其中有“雪下抽柴”的故事，说头天夜里下了一场雪，早起听见外面柴草响，原来是一个十七八岁极标致的小姑娘在抽柴火，梳着溜油光的头，穿着大红袄儿、白绫裙子……

故事因马棚失火戛然而止，但宝玉关心雪下抽柴的女孩，追问刘姥姥。刘姥姥只好编造说这个姑娘死了，因她父母思念她，为她塑了像建了庙。后来庙破了，她出来四处溜达，敢情是成精了。听到这里，宝玉忙道："不是成精，规矩这样人是虽死不死的。"

什么叫"虽死不死"？这句话很拗口，是宝玉对"女儿"的美好想象：她们的肉身虽死，灵魂却不朽，她们的美也会永存。

晴雯死后，宝玉写下一篇锥心刺血的《芙蓉女儿诔》，赞美晴雯："其为质则金玉不足喻其贵，其为性则冰雪不足喻其洁，其为神则星日不足喻其精，其为貌则花月不足喻其色。"表达了对"女儿"的无上敬慕。

晴雯只是一个微不足道的丫鬟，但在宝玉心中，她比金玉、冰雪、星日、花月都高贵、纯洁，色美，质美，性美，神美，集所有美好于一身。

这一篇诔文，不只献给晴雯，也是献给黛玉，以及全天下被侮辱被损害的女儿们。

三、宝玉的精神特质之二：博爱

你可能会说，宝玉只是喜欢漂亮的女孩子，谁不喜欢啊！其实，他不仅爱美好的女儿，而且对整个世界都温柔以待。

第四十一回贾母带着刘姥姥逛大观园，来到妙玉的栊翠庵喝茶。一套昂贵的茶具被刘姥姥用了一次，妙玉就要扔掉——

> 宝玉和妙玉陪笑道："那茶杯虽然脏了，白撂了岂不可惜？依我说，不如就给那贫婆子罢，他卖了也可

以度日。你道可使得?”妙玉听了,想了一想,点头说道:“这也罢了。幸而那杯子是我没吃过的,若是我吃过的,我就砸碎了也不能给他。你要给他,我也不管你,只交给你,快拿了去罢。”宝玉笑道:“自然如此,你那里和他说话授受去,越发连你也脏了。只交与我就是了。”妙玉便命人拿来递与宝玉。

宝玉接了,又道:“等我们出去了,我叫几个小幺儿来河里打几桶水来洗地如何?”妙玉笑道:“这更好了,只是你嘱咐他们,抬了水只搁在山门外头墙根下,别进门来。”宝玉道:“这是自然的。”说着,便袖着那杯,递与贾母房中小丫头拿着,说:“明日刘姥姥家去,给他带去罢。”(第四十一回)

妙玉有洁癖,他表示尊重;对刘姥姥,他也充满同情和理解。

第二十八回宝玉参加了一个男性聚会,主人是冯紫英,客人有蒋玉菡和薛蟠。众人要吟诗行酒令,薛蟠没文化,憋出了几句文理不通的句子,而且非常粗俗露骨,还搞了一个“哼哼韵”:“一只蚊子哼哼哼,两只苍蝇嗡嗡嗡。”众人嫌其粗鄙,唯有宝玉笑道:“押韵就好。”面对薛蟠这样的人,他没有文化和道德优越感,很少有人能这样毫无分别心。

贾环故意使坏,用蜡油烫了宝玉的脸,他专门叮嘱:“有些疼,还不妨事。明儿老太太问,就说是我自己烫的罢了。”

他明明是主子,却毫无主子的威权,而是跟小厮们打成一片。小厮们看到他被贾政夸奖,都上来“拦腰抱住”他,嚷着让宝玉打赏——

宝玉笑道："每人一吊钱。"众人道："谁没见那一吊钱！把这荷包赏了罢。"说着，一个上来解荷包，那一个就解扇囊，不容分说，将宝玉所佩之物尽行解去。（第十八回）

他让茗烟去寻访刘姥姥说的"茗玉姑娘"，结果茗烟出去一天，终于回来交差，一个劲埋怨宝玉害自己跑断了腿——

茗烟拍手道："那里有什么女孩儿，竟是一位青脸红发的瘟神爷。"宝玉听了，啐了一口，骂道："真是一个无用的杀才！这点子事也干不来。"茗烟道："二爷又不知看了什么书，或者听了谁的混话，信真了，把这件没头脑的事派我去碰头，怎么说我没用呢？"宝玉见他急了，忙抚慰他道："你别急。改日闲了你再找去。若是他哄我们呢，自然没了，若真是有的，你岂不也积了阴骘。我必重重的赏你。"（第三十九回）

你看，茗烟和宝玉的对话，不像主仆倒像朋友，两人的互动调皮又温馨。贾府上上下下，也只有宝玉完全没有主子的派头。

宝玉天生"情种情痴"，对普天下所有人都能做到理解和担待，有点像圣埃克苏佩里笔下的小王子。小王子能征服人心，不仅仅在于他不世故、不算计和天性纯良，更在于他虽然受过伤害，依然乐于信任他人也敢于去"驯服"人，并对天地万物有温柔的感受和温厚的感情。

宝玉身为贵族公子，人在"花柳繁华地，温柔富贵乡"，可谓锦衣玉食应有尽有，怡红院就有二十几个丫鬟，连茶水都不用他动手。但他从不把她们当下人来看，甘愿为她们劳役。他忙着给麝月篦头，服侍袭人吃药（第二十回），给冻得手脚冰冷的晴雯暖手（第八、第五十一回），被晴雯抢白奚落，转脸就忘不以为意（第三十一回）……为了这些丫鬟，他忙得不可开交，由她们变着法儿"胡闹"。

其深情所及，就连画上的美女，也被他念念不忘。元春省亲完毕，宁国府请戏班子庆祝，宝玉听不下热闹戏，想起东厢房有一幅美人图。他怕美人寂寞，来到厢房，一推门，便看到小厮茗烟正跟一个小丫鬟在做云雨之事——

> 一面看那丫头，虽不标致，倒还白净，些微亦有动人之处，羞的脸红耳赤，低首无言。宝玉跺脚道："还不快跑！"一语提醒了那丫头，飞也似去了。宝玉又赶出去，叫道："你别怕，我是不告诉人的！"急的茗烟在后叫："祖宗，这是分明告诉人了！"宝玉因问："那丫头十几岁了？"茗烟道："大不过十六七岁了。"宝玉道："连他的岁属也不问问，别的自然越发不知了。可见他白认得你了。可怜，可怜！"又问："名字叫什么？"茗烟笑道："若说出名字来话长——真真新鲜奇文，竟是写不出来的。据他说，他母亲养他的时节做了个梦，梦见得了一匹锦，上面是五色富贵不断头卍字的花样，所以他的名字叫作卍儿。"宝玉听了笑道："真也新奇，想必他将来有些造化。"说着，沉思一会。（第十九回）

提醒丫鬟快走，是在保护她。问茗烟这个丫鬟的年龄和名字，是希望小厮能善待她，珍惜她，真正把她当成人来看。至于最后的沉思，是在为这个丫头的未来担忧。

这一天，宝玉走到大观园的蔷薇架下，隔着花架看见一个女孩蹲在花下，流着泪拿着簪子在地上抠土，原来她是在地上划字，划的都是“蔷”字，已经划了几十个了——

> （宝玉）心里却想：“这女孩子一定有什么话说不出来的大心事，才这样个形景。外面既是这个形景，心里不知怎么熬煎。看他的模样儿这般单薄，心里那里还搁的住熬煎。可恨我不能替你分些过来。”（第三十回）

突然一阵骤雨袭来，宝玉只顾提醒那女孩避雨，却没想到自己已经浑身冰凉，身上都被淋湿了。他赶紧往怡红院跑，心里却还记挂着那女孩子没处避雨。

宝玉跟她们只是主仆之分。“吹皱一池春水，干卿何事？”他完全可以活得很舒适很快活，贾府还可以支撑他安享尊荣，贾珍、贾琏们不都是这样过的吗？但他就是“爱博而心劳”，一味为女儿们操心劳役。

这就是丰富的同理心。在女儿面前，他经常“无我”“忘我”，而她们的心事和痛苦，他都能感同身受。王国维说李后主“俨有释迦、基督担荷人类罪恶之意”，是说南唐后主李煜犹如佛祖和基督，承担了整个人类的痛苦与罪恶。看起来，这类比似乎不当，毕竟李煜是亡国之君，其实，王国维这句话是在说，李煜的词看起来写的是他个人的痛苦，呈现的却是整个人类的缺憾和痛苦。在这个意义上，他是以个人之眼，照见了人间广大的苦厄，已经有宗教意味了。

这话放在宝玉身上，也非常合适。

他专好替丫鬟们排忧解难。藕官在园子里偷偷烧纸钱祭奠恋人，被值班的婆子看见，要拉着她去见太太，宝玉拦着婆子，替藕官撒谎挡责罚（第五十八回）；彩云偷偷拿了王夫人屋里的玫瑰露，事发，宝玉为了保护她，说是自己让她拿的玫瑰露，这是"宝玉瞒赃"（第六十一回）；怡红院的丫鬟春燕被母亲打骂，也知道跑向宝玉求庇护（第五十九回）。王熙凤背后说宝玉："为人不管青红皂白爱兜揽事情。别人再求求他去，他又搁不住人两句好话，给他个炭篓子带上，什么事他不应承。"（第六十一回）这评价再形象不过。

他也敬慕有"女儿"气质的男性，比如秦钟、蒋玉菡和柳湘莲，还有北静王。秦钟"眉清目秀，粉面朱唇，身材俊俏，举止风流，似在宝玉之上，只是怯怯羞羞，有女儿之态"；北静王"面如美玉，目若明星，真好秀丽人物"；蒋玉菡则"妩媚温柔"；柳湘莲也是"一个标致人"，素日萍踪侠影，亦非一般浊物。

他们除了外表风流，还都是聪明灵秀、至情至性之人。宝玉跟他们一见如故，推为知己。初见秦钟，他就暗想——

> "天下竟有这等人物！如今看来，我竟成了泥猪癞狗了……可知锦绣纱罗，也不过裹了我这根死木头；美酒羊羔，也不过填了我这粪窟泥沟。'富贵'二字，不料遭我荼毒了！"（第七回）

这不仅是反观自我，而且是"无我"的境界了。

宗白华先生在《美学散步》中有一篇《论〈世说新语〉和晋人之美》，认为晋人有宇宙的深情："深于情者，不仅对宇宙人生体会到至深的无名的哀感，扩而充之，可以成为耶稣、释迦的悲天悯人。”“晋人向外发现了自然，向内发现了自己的深情。”

确实，晋人对自然、对人伦情感都“一往情深”。王衍说：“圣人忘情，最下不及于情，然则情之所钟，正在我辈。”（《世说新语·伤逝》）阮籍曾大哭过三次，其中一次是一个兵家女病逝，阮籍跟她素不相识，却跑到灵堂上痛哭一场（《晋书·阮籍传》）。

宝玉的“博爱”延续了晋人的深情，当然更丰富更深邃。

儒家也有“仁爱”。孔子说“仁者爱人”，“仁者”是道德主体，“爱”是动词，宾语是谁？孔子说：“弟子入则孝，出则悌，谨而信，泛爱众，而亲仁。”“仁爱”的出发点是亲情之爱，首先爱亲人，而随着血缘关系的向外扩展，爱的程度逐渐减弱，有亲疏厚薄之分。因此，儒家的“仁爱”跟传统宗法等级制度紧密相连。

而墨子提倡“兼爱”，主张爱不同的人，不分差别等级，不分厚薄亲疏，故而他说儒家的“仁爱”是“差等之爱”。当然，儒家亦主张“泛爱众”，把亲情血缘之爱扩展到对一般人的爱。宋代的张载也说：“民吾同胞，物吾与也。”视民为同胞，物为同类，指爱一切人和物类。

但具体实践起来，就像费孝通在《乡土中国》里所形容的，传统宗法社会是“同心圆”，亲疏有别，爱父母爱亲人爱朋友天经地义，很难辐射到陌生人。在儒家的体系里，对陌生人并没有情感义务。

宝玉的“博爱”，既有儒家的“仁爱”、魏晋的“深情”，又吸收了佛家的“众生平等”，以及大荒山无稽崖青埂峰顽石的“性灵”、神瑛侍者的博爱，共同生成一种更丰厚、宽博的大爱。

其爱之所及，从大观园内到大观园外，从刘姥姥到卍儿，从龄官到春燕，从小厮到朋友……跨越血缘、阶层和性别。

在甲戌本第八回，脂砚斋曾有一条批语透露，《红楼梦》末后有警幻情榜，宝玉是“情不情”，即对山石草木、江河湖泊这些“无知无识”之物，都满腔深情，“看见燕子，就和燕子说话；河里看见了鱼，就和鱼说话；见了星星月亮，不是长吁短叹，就是咕咕哝哝的”（傅家婆子语）。

宝玉是一个“以情为根”，对整个世界都温柔以待的情僧。

在脂砚斋眼里，贾宝玉实乃千古未见之人——

> “按此书中写一宝玉，其宝玉之为人，是我辈于书中见而知有此人，实未目曾亲睹者。又写宝玉之发言，每每令人不解；宝玉之生性，件件令人可笑。不独于世上亲见这样的人不曾，即阅今古所有之小说、奇传中，亦未见这样的文字。”（第十九回）

贾宝玉太“新奇”了。他说的话，很难让人理解；他的性格常常惹人发笑。脂砚斋坦承，在现实生活中，自己没见过这样的人，在别的书里也没见过。

伟大的经典人物都是复杂又新奇的。你看，莎士比亚笔下的哈姆雷特，何其浩瀚难言。中国文学里唯一能跟其比肩的文学人物，就是贾宝玉了。

四、宝玉的精神特质之三：深情

宝玉既博爱，又专情。

当然，情僧不是一天练成的。他是集万千宠爱于一身的富贵公子，长得好看，本性纯良，人人都喜欢，但他也有年少气盛时，也有公子哥的习气。

一次，他喝醉了酒，因为枫露茶被李嬷嬷喝掉，就一怒之下撵走了丫鬟茜雪（第八回）；淋了一身雨敲怡红院的门，嫌开门迟了，气急败坏，踢了袭人一脚（第三十回）；和金钏言语暧昧，不想激怒了王夫人，金钏被撵走最终跳井自杀（第三十三回）。

最初他也分不清博爱和爱情。为此没少让林黛玉难过，说他："你心里有妹妹，但只是见了姐姐，就把妹妹忘了。"（第二十八回）

刚说完这番话，宝玉就在园子里遇到了宝钗，他想看她戴的红麝串，宝钗就摘给他看，不想——

> 宝钗生的肌肤丰泽，容易褪不下来。宝玉在旁看着雪白一段酥臂，不觉动了羡慕之心，暗暗想道："这个膀子要长在林妹妹身上，或者还得摸一摸，偏生长在他身上。"正是恨没福得摸，忽然想起"金玉"一事来，再看看宝钗形容，只见脸若银盆，眼似水杏，唇不点而红，眉不画而翠，比林黛玉另具一种妩媚风流，不觉就呆了。（第二十八回）

这一幕，刚好被一旁的黛玉看见。她含酸打趣宝玉，讽刺他成了"呆雁"。

他还曾对袭人说，有一天自己死了，众多姐妹都会为他伤心落泪："你们哭我的眼泪流成大河，把我的尸首漂起来，送到那鸦雀不到的幽僻之处，随风化了。"（第三十六回）

一次，他来到梨香院，无意中目睹了小戏子龄官和贾蔷的爱情，是谓"识分定情悟梨香院"（第三十六回）。宝玉本想让龄官唱一支曲子，没想到龄官不仅拒绝，而且正色疏远他。宝玉从未被这样对待过，正惭愧间，宝官告诉他，蔷二爷来龄官就会唱了。

恰好，贾蔷拎着一个鸟笼子兴冲冲地来了，原来为了给龄官解闷，他花了一两八钱银子买来小鸟。小鸟跳来跳去，还会衔旗子，众人看了都觉得好玩。唯独龄官不买账，哭着说我被你们家关在这里学唱戏，你买的雀也会干这个，这不是取笑我吗？

贾蔷吓得赌咒发誓不是此意，就是想让你高兴，你既然不喜欢，那就把雀放生了吧，于是把笼子也给拆了。龄官又说：今儿我又咳嗽出了血，太太叫了大夫来看，你也不替我问问，说着说着便哭了。贾蔷要去请医生，龄官却不肯——

> "站住，这会子大毒日头地下，你赌气自去请了来我也不瞧。"贾蔷听如此说，只得又站住。（第三十六回）

二人缠绵悱恻难解难分，一旁的宝玉看呆了，自己站不住，也抽身走了。这才深刻领会"龄官划蔷"的深意，原来龄官的心事都在这里，原来爱情是这个样子。

龄官是大观园十二个小戏子之一，她就是长得像黛玉的那个。不仅长相，她的体弱和爱情都是黛玉的镜像。她爱得浓烈又纯粹，饱含着痛感和悲情。贾蔷本是贾家的本家爷们，曾跟贾珍过从甚密，因怕人说闲话，便搬了出来，还跟贾蓉一起捉弄过贾瑞，可见人品一般，形象还有点猥琐。但后来管理戏班子，爱上龄官，爱情也让他脱胎换骨，仿若变了一个人，变得清爽起来。再看他的耐心和温柔，俨然第二个宝玉。

从龄官和贾蔷身上，宝玉看见了自己和黛玉的影子，也领悟了爱情的真谛："说你们的眼泪单葬我，这就错了。我竟不能全得了。从此后只是各人各得眼泪罢了。"（第三十六回）

由此，他分清了什么是博爱，什么是爱情。原来人间情缘，各有分定，三千弱水只能取一瓢饮。就如同小王子看见过千百朵玫瑰，而B612星球上的那一朵玫瑰，才是他的真爱，因为唯有它，才跟小王子建立了"驯养"关系。

爱情就是"各人各得眼泪"，有自己要承担的爱与责任。多么痛的领悟。而正是这些清净洁白的女儿，她们活得至情至性，教会他很多道理，让他对爱对生命有了更深刻的理解。

第五十八回"杏子阴假凤泣虚凰，茜纱窗真情揆痴理"，藕官在园子里烧纸祭奠，宝玉问藕官烧给何人？芳官告诉他，藕官祭奠的是药官。原来藕官演小生，药官演小旦，在舞台上做夫妻——

> "虽说是假的，每日那些曲文排场，皆是真正温存体贴之事，故此二人就疯了，虽不做戏，寻常饮食起坐，两个人竟是你恩我爱。药官一死，他哭的死去活来，至今不忘，所以每节烧纸。"（第五十八回）

后来蕊官演小旦，藕官待她亦温柔体贴。问她为何得新弃旧，芳官转述说：

> "'这又有个大道理。比如男子丧了妻，或有必当续弦者，也必要续弦为是。便只是不把死的丢过不

提，便是情深意重了。若一味因死的不续，孤守一世，妨了大节，也不是理，死者反不安了。'"（第五十八回）

芳官说藕官是呆话，可笑，宝玉却懂藕官的意思。她以自己的方式重新定义了"真爱"。

我们总以为真爱就是，你死了，我便活不下去，即使活着，也不会再爱上另一个人。总之，当真爱死去，整个世界都随之塌陷了。但藕官认为这反而是狭隘，只要心里不忘记死去的那个，再爱上新人是理所当然，因为人总要活下去，否则死去的那个也会不安。

藕官的"深情"不流于世俗，不在乎形式，只关乎内心。所以宝玉才称奇道绝，又欢喜，又悲叹："天既生这样人，又何用我这须眉浊物玷辱世界。"从此，宝玉对爱与深情的理解更深邃了。

宝玉对生命的"觉悟"，有这样一条清晰的脉络，《红楼梦》也是一部成长小说。

人非生而知之。尽管宝玉有慧根有天赋，但个体的成长，要经历切肤的爱与痛，经历跟环境、他人的联结和分离。

德国哲学家海德格尔在他的《艺术作品的本源》中说，存在是在"世界中"，"所有的存在者，包括此在，都是在这样一个场域中相遭遇，打交道。在这个场域中发生着澄明与遮蔽、光明与黑暗的游戏"。生命要保持一种敞开的姿态，跟世界碰撞。

宝玉是一个特别有耐心的恋人。

很多人都说跟黛玉谈恋爱很累，因为她多愁善感，不是泪眼婆娑，就是呜呜咽咽。但宝玉是一个好的恋人，他有耐心，也懂得林妹妹的眼泪全是因为爱和"不放心"。

让我们来看第二十六回。这天午饭后，宝玉来到潇湘馆，在窗外看到黛玉一边伸懒腰，一边说了句："每日家情思睡昏昏。"宝玉进来后，黛玉红了脸装睡着，紫鹃过来给宝玉倒茶，宝玉一时忘情——

宝玉笑道："好丫头，'若共你多情小姐同鸳帐，怎舍得叠被铺床？'"林黛玉登时撂下脸来，说道："二哥哥，你说什么？"宝玉笑道："我何尝说什么。"黛玉便哭道："如今新兴的，外头听了村话来，也说给我听；看了混帐书，也来拿我取笑儿。我成了爷们解闷的。"一面哭着，一面下床来往外就走。宝玉不知要怎样，心下慌了，忙赶上来道："好妹妹，我一时该死，你别告诉去。我再要敢，嘴上就长个疔，烂了舌头。"（第二十六回）

宝玉说的其实是《西厢记》里张生的台词。黛玉嫌弃他语带轻薄，哭了，宝玉赶紧道歉。紧接着宝玉被叫走。黛玉心里惦记他，傍晚去怡红院看望，谁知敲门不开，是晴雯没听出黛玉的声音懒得开门。回到潇湘馆，黛玉自然伤心失眠。

第二天是芒种节，园子里热热闹闹，众人穿得花枝招展，送别花神，唯独没有黛玉。宝玉便寻到潇湘馆，黛玉却不理他，宝玉不知昨晚的事，一路寻找黛玉。终于在原来葬花的山坡下，遇到了她——

可巧看见林黛玉在前头走，连忙赶上去，说道："你且站住。我知你不理我，我只说一句话，从今后撂开手。”林黛玉回头看见是宝玉，待要不理他，听他说“只说一句话，从此撂开手”，这话里有文章，少不得站住说道：“有一句话，请说来。”宝玉笑道：“两句话，说了你听不听？”黛玉听说，回头就走。宝玉在身后面叹道：“既有今日，何必当初！”林黛玉听见这话，由不得站住，回头道：“当初怎么样？今日怎么样？”宝玉叹道：“当初姑娘来了，那不是我陪着玩笑？凭我心爱的，姑娘要，就拿去；我爱吃的，听见姑娘也爱吃，连忙干干净净收着等姑娘吃。一桌子吃饭，一床上睡觉。丫头们想不到的，我怕姑娘生气，我替丫头们想到了。我心里想着：姊妹们从小儿长大，亲也罢，热也罢，和气到了儿，才见得比人好。如今谁承望姑娘人大心大，不把我放在眼里，倒把外四路的什么宝姐姐凤姐姐的放在心坎儿上，倒把我三日不理四日不见的。我又没个亲兄弟亲姊妹。——虽然有两个，你难道不知道是和我隔母的？我也和你似的独出，只怕同我的心一样。谁知我是白操了这个心，弄的我有冤无处诉！”说着不觉滴下眼泪来。（第二十八回）

你看，每次误会，他都能低下头来，去解释和沟通。现代人生活节奏快，已很难有这样的耐心，更不用说次次如此，天天如此。这是沟通的能力，更是爱的能力。

第二十九回宝黛间又发生了误会，这次闹得比较大。二人你一言我一语，话赶话，明明双方心里都是关心和爱，结果说出话来却都是赌气。双方都被气到，宝玉气得要摔玉，脸都黄了，眼眉也变了；黛玉急得都吐了，脸红头涨，一行啼哭，一行气凑，一行是泪，一行是汗……连贾母和王夫人都被惊动了。

贾母为此烦心，让王熙凤去劝和，结果第二天宝玉就来潇湘馆看望黛玉，紫鹃笑说以为宝二爷不来了——

宝玉笑道："你们把极小的事倒说大了。好好的，为什么不来？我便死了，魂也要一日来一百遭。妹妹可大好了？"紫鹃道："身上病好了，只是心里还气不大好。"宝玉笑道："我晓得有什么气。"一面说着，一面进来，只见林黛玉又在床上哭。

那林黛玉本不曾哭，听见宝玉来了，由不得伤了心，止不住滚下泪来。宝玉笑着走近床来，道："妹妹身上可大好了？"黛玉只顾拭泪，并不答应。宝玉因便挨在床沿上坐了，一面笑道："我知道妹妹不恼我。但只是我不来，叫旁人看着，倒像是咱们又拌了嘴的似的。若等他们来劝咱们，那时节岂不咱们倒觉生分了？不如这会子，你要打要骂，凭着你怎么样，千万别不理我。"说着，又把"好妹妹"叫了几万声。（第三十回）

宝玉为什么深爱黛玉？在大观园里，美丽的少女成群结队。宝钗"鲜艳妩媚"仪态万方，坊间又有"金玉姻缘"的传言。爱黛玉，是因为宝玉懂得黛玉，懂得她的珍贵，他们在灵魂方面惺惺相惜。

大观园里遍地芳华，各有其美，黛玉是其中最出类拔萃的，她是宝玉的女神，引导他步步走向通透与澄明。

当湘云劝他多跟贾雨村这样的人交流，学些为官做宰的学

问时，他表示厌烦，并且说：“林妹妹从来不说这种混帐话，他要说这种混帐话，我早就跟他生分了。”（第三十二回）

第二十三回宝玉在桃花树下读《西厢记》，落花阵阵，身上地下落满桃花，他于心不忍，用衣襟兜了落花撒落水中。黛玉扛着花锄来了，告诉他：撂到水里不好。这水会流出去，外面的人家混倒垃圾，花儿也脏污了。不如把花儿放在锦袋里，埋在土里，随土化了，岂不更好？

他连连称是。林妹妹怎么说都是好的，都是对的。黛玉对现实世界污浊本质的认知，对自我的坚持，对清洁的坚守，更甚于宝玉。

在“金玉姻缘”和“木石前盟”之间，宝玉自然选择后者。从两小无猜，到日久生情，对林妹妹的爱越来越深。情之所及，在梦中他都喊出：“和尚道士的话如何信得？什么是金玉姻缘，我偏说是木石姻缘！”（第三十六回）

马尔克斯认为，爱是一种能力，有的人生来就有，有的人无论如何也学不会。

他的小说《霍乱时期的爱情》里的男主人公阿里萨，也是一个为爱而活的人。一开始阿里萨不懂如何爱，是“恐惧”教会他去爱，因为他生怕死亡带走他的爱，终日生活在恐惧中。恐惧成为驱动爱的力量，坚定了爱的信念。

宝玉亦如是。正是先行领悟到人生悲剧的本质，才会把毕生情感投向有价值的事物，并把爱进行到底。

五、宝玉的精神特质之四：痛苦

人人都说宝玉在“温柔富贵乡”里，像个快乐王子，却很少有人理解他骨子里的绝望、悲哀和孤独。在大观园的日子里，快乐有时，痛苦更有时。宝玉经常会说这样的话——

“只求你们同看着我，守着我，等我有一日化成了飞灰，——飞灰还不好，灰还有形有迹，还有知识。——等我化成一股轻烟，风一吹便散了的时候，你们也管不得我，我也顾不得你们了。”（第十九回）

“趁你们在，我就死了，再能够你们哭我的眼泪流成大河，把我的尸首漂起来，送到那鸦雀不到的幽僻之处，随风化了，自此再不要托生为人，就是我死的得时了。”（第三十六回）

“我能够和姊妹们过一日是一日，死了就完了。什么后事不后事……倘或我在今日明日、今年明年死了，也算是遂心一辈子了。”（第七十一回）

即使对黛玉诉肺腑，也是拼了命一般，要死要活：好妹妹，我为你得了一身的病，睡里梦里都忘不了你！（第三十二回）来看黛玉，他说：“我便死了，魂也要一日来一百遭。”（第三十回）“活着，咱们一处活着；不活着，咱们一处化灰化烟。”（第五十七回）

他锦衣玉食应有尽有，有他爱的人和爱他的人，却对人生如此绝望。鲁迅说“悲凉之雾，遍被华林，然呼吸而领会之者，独宝玉而已”。诚如是哉。

这让我想到乔答摩·悉达多王子。那年他二十九岁，他是一个高贵的王子，有无边的财富，也有幸福的家庭，但他看到了生老病死，看到了生命的本质就是一个“苦”字。

还有印度诗剧《沙恭达罗》里的豆扇陀国王，他荣耀无边，拥有权势和爱情。但当神允许他说出愿望时，他的最后一个愿望居然是：愿全能的湿婆免除他下一世的痛苦，不要让他投生在这充满罪与罚的人世间。正是对生命之苦有深刻领悟，才会在达到人生巅峰之际，对此生此世毫不眷恋，而且拒绝再来。

宝玉也同样是在幸福生活里看见了命运的深处，看见人生充满苦痛。

第二十五回宝玉和王熙凤被马道婆作法，差点丢了性命，癞头和尚翩然而来，贾政把宝玉脖子上的美玉递过去——

> 那和尚接了过来，擎在掌上，长叹一声道：“青埂峰一别，展眼已过十三载矣！人世光阴，如此迅速，尘缘满日，若似弹指！可羡你当时的那段好处：
>
> 天不拘兮地不羁，心头无喜亦无悲；却因锻炼通灵后，便向人间觅是非。
>
> 可叹你今日这番经历：
>
> 粉渍脂痕污宝光，绮栊昼夜困鸳鸯。沉酣一梦终须醒，冤孽偿清好散场！”（第二十五回）

在大荒山无稽崖青埂峰下的顽石，本可逍遥自在，无喜无悲，但他自己选择了下凡历劫，注定要经历这一切。

鲁迅先生评价宝玉：“昵而敬之，恐拂其意，爱博而心劳，而忧患亦日甚矣。”忧患来自操劳，操劳来自珍惜，珍惜是深知这一切都是短暂的，终将归于虚无。“世间好物不坚牢，彩云易散琉璃脆”，这些美好而洁净的生命，这个诗意而理想的大观园，其实非常脆弱。

即使没有现实世界的侵入，时间也会从内部摧毁它。

有人说，宝玉只爱清净洁白的女儿，却反感已婚女性。怡红院的小丫头春燕向宝钗的丫头莺儿和藕官抱怨自己的母亲和姨妈太利欲熏心，并说：

> “（宝玉说）‘女孩儿未出嫁，是颗无价之宝珠；出了嫁，不知怎么就变出许多的不好的毛病来，虽是颗珠子，却没有光彩宝色，是颗死珠了；再老了，更变的不是珠子，竟是鱼眼睛了。分明一个人，怎么变出三样来？’这话虽是混话，倒也有些不差。”（第五十九回）

在第七十七回，王夫人的陪房周瑞家的带着司棋往外走，因为抄检大观园的时候，司棋跟表弟的情书被发现，便被撵了出去。司棋留恋园子，想跟小姐妹告别，周瑞家的恶声恶气催她快走，被宝玉看见，他感叹：

> “奇怪，奇怪，怎么这些人只一嫁了汉子，染了男人的气味，就这样混帐起来，比男人更可杀了！”（第七十七回）

此话实乃事出有因。大观园里的媳妇、婆子们，个个利欲熏心，小算盘打得啪啪响，不是占便宜，就是欺负女孩。挑拨赵姨娘和芳官的夏婆子，撵着打女儿春燕的何婆子，等着看探春笑话的吴新登家的，在王夫人面前告晴雯黑状的王善保家的，还有迎春的下人住儿媳妇……名单很长，邢夫人、王夫人和赵姨娘也概莫能外。

从“宝珠”变成“死珠”，最后变成“鱼眼睛”，与其说是偏见，不如说正揭示了已婚女性群体的普遍精神状况。她们为何变成这般模样？宝玉找不到原因，只好归咎于婚姻，认为是婚姻埋葬了她们，是男人的世界熏黑了她们，改变了她们。

刘姥姥曾经见过未出嫁的王夫人，说她“着实响快，会待人，倒不拿大”（第六回）。这么一个爽利大气的少女，怎么就变成苍白无趣的王夫人了呢？她一出场就是一个佛系中年女性，暮气沉沉，除了关心宝玉的前程，就是念佛，认定晴雯等人是“狐狸精”，毫不留情地撵她们出去。

从少女到已婚妇女，纷纷失去灵性，成为污浊世界的一分子，这是结构性的悲剧。

正如刘再复先生在《共悟红楼》中所言：“青春少女的乐园是个极为短暂的失控，她们的美与活力，全寄寓在这段时空中，一旦出嫁，她们将进入无所不在的中国大伦理系统，将进入包括‘夫为妻纲’的三纲五常系统，由此也将无可选择地成为男人的附属品、点缀品，完全丧失个体生命的独立性，以至变成‘死珠’似的丧失灵魂活力。”

因此，宝玉最害怕女儿出嫁。邢岫烟（邢夫人的娘家侄女）被众人张罗着许配给薛蝌（宝钗的堂兄），大家都赞这是一门好姻缘，唯有宝玉闷闷不乐——

山石之后，一株大杏树，花已全落，叶稠阴翠，上面已结了豆子大小的许多小杏。宝玉因想道：“能病了几天，竟把杏花辜负了！不觉已到‘绿叶成荫子满枝’了！”因此仰望杏子不舍。又想起邢岫烟已择了夫婿一事，虽说是男女大事，不可不行，但未免又少了一个好女儿。不过两年，便也要“绿叶成荫子满枝”了。再过几日，这杏树子落枝空，再几年，岫烟未免乌发如银，红颜似槁了，因此不免伤心，只管对杏流泪叹息。（第五十八回）

宝玉对已婚女性的态度，其实是对生命的深切哀感，以及对时间流逝的恐惧。是的，时间摧枯拉朽，青春一去不复返，少女终将为人妇，终将失去光彩。

黛玉二次葬花，宝玉亦是“葬花人”。

那是在第六十二回，那天是他的生日，偏巧宝琴、岫烟和平儿的生日也是同一天，众人欢喜庆祝。这边厢湘云喝醉了，在芍药花圃的石头上睡着了；那边厢芳官、香菱她们斗草玩，一个说我有姐妹花，一个说我有夫妻蕙……笑闹中，香菱一不小心跌坐在泥水里，石榴裙被脏污了。正巧宝玉拿着一枝并蒂菱过来，担心香菱回去被薛姨妈埋怨，便让袭人拿来新石榴裙让香菱换上——

将方才的夫妻蕙与并蒂菱用树枝儿抠了一个坑，先抓些落花来铺垫了，将这菱蕙安放好，又将些落花来掩了，方撮土掩埋平服。（第六十二回）

香菱笑他肉麻。其实，宝玉何尝只是葬花？他葬的也是人，是从未被善待的香菱们。

当初宝玉刚搬到大观园，心甜意洽，写下：“女儿翠袖诗怀冷，公子金貂酒力轻。却喜侍儿知试茗，扫将新雪及时烹。”红尘乐事莫过于此。

大观园是少女的乐园。歌德在《浮士德》里，写浮士德跟魔鬼做了交易，质押了灵魂，一路追寻人生意义，最后在填海造田的伟大事业里心满意足，喊出：“真美啊，请停留一下。”面对美好的女儿们，宝玉也一定想发出这样的惊叹，希望时间停止。

然而，时间是大观园的敌人，他所念兹在兹的一切，终将失去。

自第六十六回开始，尤三姐和尤二姐接连自杀，厨房里柳嫂子的女儿五儿因被诬陷也气病了，不祥之音越来越多——

> 宝玉因冷遁了柳湘莲，剑刎了尤小妹，金逝了尤二姐，气病了柳五儿，连连接接，闲愁胡恨，一重不了一重添。弄得情色若痴，语言常乱，似染怔忡之疾。（第七十回）

黛玉要起桃花社，竟也未成。第七十四回更是发生了“抄检大观园”。

贾母身边的傻丫头在大观园的假山石下，捡到一个绣春囊，被王夫人得知，惊怒交加，遂以排查偷盗为名搜查各处。紧接着，丫鬟晴雯、四儿和芳官因长得美，被捏造罪名撵了出去；迎春的丫鬟司棋跟表弟的情书被翻出来；惜春的丫鬟入画因帮哥哥收藏物品，亦被逐出；贾赦一意孤行，把迎春许配给孙绍祖，迎春即将迎来她的终极命运；探春也有了远嫁的苗头……于此，大观园摇摇欲坠。

“绣春囊”是谁的，是司棋和潘又安的吗？这不重要，重要的是它必然出现，必然导致大观园被抄。“绣春囊”更像一个隐喻，隐喻了摧毁大观园的力量。大观园外污浊的现实世界，早晚侵袭园子，而园子里的少年，也会长大。“好色即淫，知情更淫。是以巫山之会，云雨之欢，皆由既悦其色、复恋其情所致也”，情欲终究会导致“失乐园”。

内外夹击之下，大观园注定要崩溃。

宝玉的痛苦越来越重。当看见周瑞家的带着司棋出园子，晴雯也被撵出去，他只能哭着说：“都要去了，这却怎么的好？”“我究竟不知晴雯犯了何等滔天大罪！”（第七十七回）面对这等人间惨剧，他无能为力，只能眼睁睁地看着悲剧发生。

正如康德所说：美是道德的象征。每当美被遮蔽，被扼杀，留下的就只有破坏和灾难。

他能做的，只是在众人欢乐聚会之时，自己带着小厮偷偷跑出去，找到一所偏僻小庵焚香祈祷，遥祭金钏的芳魂（第四十三回）。看到怡红院里的一株海棠花无故枯死一半，他哭着说：晴雯要死了。瞒着众人去看望病重的晴雯，跟她道别（第七十七回）。最后也只能写下一首《芙蓉女儿诔》，哀悼晴雯，哀悼天下不幸的女儿（第七十八回）。

很多人都怪罪宝玉太无能：为何不能救下金钏和晴雯呢？如果能出手相救，能跟家庭决裂，就不是悲金悼玉的《红楼梦》，而是英雄传奇了。

他来到这个世界，另有使命，非救国救民，亦非化身英雄收拾旧河山。

六、宝玉的生命哲学：向死而生

沈从文先生说，“不管是故事还是人生，一切都应当美一点”。

纵观贾宝玉的一生，从“衔玉而生”到“悬崖撒手”，一直是以爱和美为生活原则的。但他的人生被强行分为上、下部，上部是人间繁华热闹，应有尽有，好像独得了天大的恩宠；下部则全是失去，所有的爱与美都被剥夺殆尽。

金钏自杀，晴雯被逐，迎春嫁给中山狼，连他最爱的林妹妹也是“玉带林中挂”，最后落了片白茫茫大地真干净。这是怎样的大虚无和大悲伤。

根据第五回的剧透以及脂砚斋的评语，我们知道，宝玉最后应该是出了家。

脂砚斋这样说：“宝玉有此世人莫忍为之毒，故后文方有‘悬崖撒手’一回。若他人得宝钗之妻，麝月之婢，岂能弃而为僧哉？玉一生偏僻处。”（第二十一回）

“悬崖撒手”是佛教用语。红学家胡文彬先生认为：“所谓‘悬崖撒手’，其中‘悬崖’泛指红尘尽头，‘撒手’即与红尘断绝往来之事。贾宝玉生于温柔富贵乡中，经历了红尘中的兴衰，特别是在爱情与婚姻方面遭受沉重打击之后，终于由此而悟，出走家门。”

所以，对于宝玉最终选择出家，应该异议不大。倒是脂砚斋流露出了惋惜，因为他觉得能有宝钗这样的妻子，有麝月在一旁，这是多么幸福的事，宝玉居然忍心离开她们，真是太让人费解了。

虽然脂砚斋的评论常有精彩之处，有时对宝玉看得也很准，但亦有庸人之见，在精神高度上不及曹雪芹。

对了，后四十回续书写贾宝玉跟宝钗圆房后，宝钗怀了孕，宝玉中了举，就再也没回来，出了家。这样安排，可见续作者对世俗功名、子孙的执念。跟曹雪芹的原意“落了片白茫茫大地真干净”，是有很大出入的。

续书中还有这样一幕，写出家的宝玉来跟贾政告别。彼时，贾政在船上写家书，抬头忽见“微微的雪影里面一个人，光着头，赤着脚，身上披一领大红猩猩毡的斗篷，向贾政倒身下拜”(第一二〇回)。

这一幕很有画面感，但也太唯美了。甄士隐对《好了歌》的注解中有这样一句：“金满箱，银满箱，展眼乞丐人皆谤。”此处也有脂批说：“甲戌侧批：甄玉、贾玉一干人。”(第一回)可知，宝玉出家前或后，都过得很苦，要靠乞讨为生，哪有这样诗意。

其实，前八十回有宝玉出家之暗示，而且不止一次。

一是甄士隐最终跟着跛足道人出家了。甄士隐出场最早，也是书中第一个出家之人。他跟甄宝玉同姓，这暗示甄士隐是甄宝玉的影子，也是贾宝玉的影子。

甄士隐秉性恬淡，不爱功名。不料天降无妄之灾，女儿甄英莲丢了，家被烧了，他变卖了田地投靠老丈人，却被骗至穷困潦倒，最后听见跛足道人唱《好了歌》，幡然醒悟出了家。

宝钗过生日，为了讨老太太喜欢，点了《鲁智深醉闹五台山》这出戏。宝玉嫌这戏太热闹，宝钗却慢慢背出戏中的一首《寄生草》，其中有一句“赤条条来去无牵挂”，宝玉听了，赞不绝口。

紧接着，因为湘云脱口说出黛玉长得像其中一个小戏子，宝玉既担心湘云得罪黛玉，又怕黛玉生气，结果两边不讨好，宝玉一时心灰意冷，正好在读庄子的《南华经》，便写了一首偈子——

你证我证，心证意证。是无有证，斯可云证。无

可云证，是立足境。（第二十二回）

又填了一支《寄生草》——

无我原非你，从他不解伊。肆行无碍凭来去。茫茫着甚悲愁喜，纷纷说甚亲疏密。从前碌碌却因何，到如今回头试想真无趣！（第二十二回）

关心则乱。正因为有分别心，有你我之分，有疏密厚薄，才患得患失，悲喜无常。倘若能像庄子那样齐万物，等生死，无牵无挂，便不会横生烦恼，便会逍遥自在。本来，像湘云和黛玉这样的小口角，也没什么，宝玉又是写偈子又是参禅，似乎小题大做。但这正说明，宝玉有慧根，对生存的处境异常敏感。

对"空"的体悟，一直是宝玉生命里的底色，他总能看见日常人生背后的虚无。

回到《红楼梦》的开篇，大荒山无稽崖青埂峰下的顽石，听到一僧一道言红尘之事，凡心大炽，央两位仙师带自己去经历一番，仙师齐憨笑道：

"善哉，善哉！那红尘中有却有些乐事，但不能永远依恃；况又有'美中不足，好事多魔'八个字紧相连属，瞬息间则又乐极悲生，人非物换，究竟是到头一梦，万境归空，倒不如不去的好。"（第一回）

这跟《金刚经》里的一句话有异曲同工之妙："一切有为法，如梦幻泡影，如露亦如电，应作如是观。"然而，顽石的红尘之旅尚未开启，为何要提前向它揭示万事万物的“空性”呢？

很多人都注意到了《红楼梦》的“色空观”。不过，尽管安排贾宝玉出了家，但曹雪芹并不是用“空”来否定“色”的。而是“因空见色，由色生情，传情入色，自色悟空”，从空中来，到空里去，中间终究多了一个“情”字。

“情”便是曹雪芹审视过种种世俗价值，比如世人追捧的“功名、将相、金银、娇妻和儿孙”之后，找出的新路。所以才有“大旨谈情”，有大观园这个“有情之天地”。

对于世俗事务，宝玉一向不以为意。元春才选凤藻宫，喜讯传来，阖家上下都如何得意，如何热闹，自不必说。独有宝玉皆视有如无，毫不曾介意（第十六回）。

宝玉来宁国府做客，秦可卿带他去午睡，来到一间上房，抬头看见一幅《燃藜图》，是劝人勤苦读书的，“心中便有些不快”，待看见对联“世事洞明皆学问，人情练达即文章”，嚷道：“快出去！快出去！”（第五回）

他不喜读正经书，称呼读书入仕之人为“禄蠹”。宝钗劝宝玉读书，他很生气——

> “好好的一个清净洁白女儿，也学的钓名沽誉，入了国贼禄鬼之流。这总是前人无故生事，立言竖辞，原为导后世的须眉浊物。不想我生不幸，亦且琼闺绣阁中亦染此风，真真有负天地钟灵毓秀之德！”因此祸延古人，除四书外，竟将别的书焚了。（第三十六回）

他把热衷读书求功名之人称为“国贼禄鬼”。厌恶八股文，认为“原非圣贤之制撰，焉能阐发圣贤之微奥，不过作后人饵名钓禄之阶”(第七十三回)。批评“文死谏武死战”不过是“邀忠烈之名,浊气一涌,即时拚死”,根本不是什么大义(第三十六回)。竟除四书之外,别的书都是杜撰,还把除了四书之外的书,都烧了。

这样一来,从根本上动摇了传统的儒家价值观。

“立德立言立功”“正心诚意修身齐家治国平天下”是儒家最高的人生理想。但实现理想需要途径,孔子周游列国,就是渴望能为国君所用,匡扶人心拯救社会。后来,经过“独尊儒术”和“科举入仕”,读书人可以通过学习儒家经典,“学而优则仕”,实现理想。

在早期,科举入仕还有理想主义色彩,到了后期,越来越功利化,成了“书中自有颜如玉,书中自有黄金屋”,科举不再关联理想,而是世俗功名、荣华富贵……儒家早期的理想性已经剥落殆尽。

“假作真时真亦假,无为有处有还无”,这镌刻在太虚幻境牌坊上的名句,其实是在提醒我们:把假的当真,真的也会被湮灭。把世俗功名当成目的,一定会丧失真正的价值。

你还记得那面风月宝鉴吗?镜子的反面初看是“死亡”,正面初看是“色”,常人如你我,可能都是贾瑞——爱看正面,惧怕反面。

必须先有“空”,才能否定这些“假”的价值,发现“情”的意义。

你可能会说,“情”也成空了,宝黛爱情终于“镜花水月”,贾家也是“落了片白茫茫大地真干净”,可是,如果没有“情”呢?连可追忆之情都没有,那才是真正的荒寒与虚无,不是吗?

可以说,贾宝玉身负双重使命,一是见证天地之大无情、生命之大虚无，一是见证了情的美好。在“空”与“色”的对峙中，一方面是悲凉，另一方面生命也呈现了前所未有的丰盛与美好。

第二十七回宝玉一路寻找黛玉。在花冢的山坡下，听到黛玉在吟诵《葬花吟》，不禁恸倒在山坡之上——

> （宝玉）怀里兜的落花撒了一地。试想林黛玉的花颜月貌，将来亦到无可寻觅之时，宁不心碎肠断！既黛玉终归无可寻觅之时，推之于他人，如宝钗、香菱、袭人等，亦可到无可寻觅之时矣。宝钗等终归无可寻觅之时，则自己又安在哉？且自身尚不知何在何往，则斯处、斯园、斯花、斯柳，又不知当属谁姓矣！——因此一而二，二而三，反复推求了去，真不知此时此际欲为何等蠢物，杳无所知，逃大造，出尘网，始可解释这段悲伤。（第二十八回）

落花代表凋零和死亡，黛玉哀悼落花，也就是在哀悼青春，哀悼一切美好的生命。

宝玉本来就是极其敏感的人。去看望病重的秦可卿，看到她病重，“如万箭攒心，那眼泪不知不觉就流下来了”（第十一回）。当听到秦可卿的死讯，他“只觉心中似戳了一刀的不忍，哇的一声，直奔出一口血来”（第十三回）。这是他第一次近距离接触死亡。

听到最后两句“一朝春尽红颜老，花落人亡两不知”，宝玉猛然被悲哀击中：是啊，人终有一死，黛玉、宝钗、袭人会死，园子的主人会死，新的主人也难逃一死，一切都将归于虚无。

人人都爱盛开的鲜花,唯有宝黛哀悼落花。

叔本华说, 这个世界只是表象, 只有天才能以直观的方式"看见世界的另一面"。什么是直观? 就是超越利害关系, 超越现实逻辑, 进入纯粹的审美状态。只有在这样的状态中, 才能洞见世界的真理。

宝玉和黛玉就是这样的天才, 在这个瞬间, 他们摆脱了现实的逻辑, 突破凡人的眼界, 在一个无限广大的时空尺度下, 观照这个世界: 于繁华看见凋零, 于高朋满座看见大厦倾颓, 于生窥见死……深刻地领悟到万物皆空、人终有一死。

死, 第一次进入了他们的视野。

死, 在中国传统文化中很少被关注。民间不能提到"死", 连谐音都不行, 处处都是忌讳。清代袁枚的《子不语》有一篇《拘忌》:"塞侍郎某, 性多拘忌。每遇人谈有死丧二字, 必作噴嚏, 以啐散之。路逢殡柩, 则急往亲友家解下衣帽扑散数次, 以为将晦气撒在人家, 与己无关矣。"因为恐惧, 所以拘忌。

《西游记》里的美猴王, 有了法力, 干的第一件大事, 就是火烧阎王府, 勾销生死簿。

在中国传统文化史上,"死"也是一件尴尬事。

孔子说"未知生焉知死", 不语"怪力乱神", 选择"敬鬼神而远之", 因为死很虚幻, 谈论它没意义, 不如关心如何活着。道家追求的是超脱, 庄子的妻子死了, 他"鼓盆而歌", 说不如把死亡当成回家, 这更像一场以"死"为主题的行为艺术, 以审美的方式绕开死的恐惧和虚无。道教直接就是怕死, 为了拖延死亡的到来, 一心"养生保身""延年益寿"。

中国文学里的死亡, 受庄子影响最深。

"人生天地间, 如白驹过隙。"庄子的办法是"齐万物、等生死”，把生命的过程当成四季流转，打破生与死的界限。确实，如果把人看成大自然的一部分，把人等同于植物，“人生一世，草木一秋”，人死灯灭，死就显得不那么可怕了。

不过，这样一来，“生死问题”也被巧妙淡化了，人的主体性也消失了。所以，在传统文学里，死亡从未真正发生过。即使有，也是“死去何所道，托体同山阿”的自然超脱；是“人生自古谁无死，留取丹心照汗青”舍生取义的悲壮；是《梁山伯与祝英台》最终化蝶的浪漫；其浪漫所至，杜丽娘死后还能跟柳梦梅幽媾，死而复生。

死变得一点也不残酷，甚至有或优美或悲壮的美感。然而，人终有一死，我们无从躲避；对死亡的恐惧，更无法消解。

只有人类才能意识到死亡，思考死亡。死终究是大事，绕过它就无法面对生。丹麦哲学家克尔恺郭尔认为，每个人的一生中，随时随地都在体验着人生各种各样的痛苦和磨难，这让人类意识到自己的不确定性和有限、脆弱，并从“死亡”中体会到人的终极性悲剧。

这也是宝玉和黛玉共同要面对的终极虚无。

在海德格尔看来，死既是时间的标界，又是生的参照系。因为有死，才使人对存在意义的把握成为可能，只有在死亡面前，存在才能敞开。“向死而在”就是用倒计时的方式活着，勇敢地面对死亡，积极地生活。

所以，不是“不知生焉知死”，而是“不知死焉知生”，正因一切终将化为乌有，那些真正美好的生命，才格外值得珍惜。这是理解贾宝玉这个人的钥匙。

他的喜聚不喜散，正是建立在对死亡的先行感知之上。他活在花柳繁华地、温柔富贵乡里，却深知这繁华必将凋零，愈美好就愈脆弱。在证见虚空的同时，也证见了爱与美。

“世界上只有一种真正的英雄主义，那就是在认清生活真相之后依然热爱生活。”这是罗曼·罗兰在《米开朗琪罗传》一书中的一句话，对于宝玉和曹雪芹而言，都很恰当。

在“茅椽蓬牖，瓦灶绳床”“举家食粥酒常赊”的困顿之际，曹雪芹依然写下一部《红楼梦》，不仅仅是“追忆似水年华”，更是对“有情之天地”的无限眷恋。

宝玉悉心领略生命的大喜与大悲，命运的无常与残酷，并向所有的美低头，写下自己的爱与忏悔。

他写《姽婳词》：“何事文武立朝纲，不及闺中林四娘。我为四娘长太息，歌成馀意尚彷徨。”然后又洒泪泣血，一字一咽，一句一啼，写下一篇旷古奇文《芙蓉女儿诔》。

这篇诔文上接楚辞，亦参《秋水》《大人先生传》，堪称“别开生面，另立排场，风流奇异”，如此郑重之文，只为晴雯鸣不平，为被侮辱被损害的女儿们鸣不平。

在饭局上，觥筹交错间，他会提议：“如今要说悲、愁、喜、乐四字，都要说出‘女儿’来，还要注明这四字原故。”并唱了一曲《红豆曲》：

> “滴不尽相思血泪抛红豆，开不完春柳春花满画楼，睡不稳纱窗风雨黄昏后，忘不了新愁与旧愁，咽不下玉粒金莼噎满喉，照不见菱花镜里形容瘦。展不开的眉头，捱不明的更漏。呀！恰便似遮不住的青山隐隐，流不断的绿水悠悠。”（第二十八回）

他时刻牵挂女儿的命运，给一个世俗饭局注入了灵魂。

第三十三回“手足眈眈小动唇舌，不肖种种大承笞挞”，宝玉被打，黛玉来看他——

此时林黛玉虽不是嚎啕大哭，然越是这等无声之泣，气噎喉堵，更觉得利害。听了宝玉这番话，虽有万句言词，只是不能说得，半日，方抽抽噎噎的说道：“你从此可都改了罢！”宝玉听说，便长叹一声，道：“你放心！别说这样话。我便为这些人死了，也是情愿的！”（第三十四回）

看起来，宝玉似乎答非所问。其实，黛玉最懂宝玉，她既心疼他，又怕他真的为此改变了性情，就不再是原来的他，这才抽抽噎噎：“你从此可都改了罢。”宝玉的回答，正是让她放心，我为这些人死了，也是心甘情愿的。表明即使死，也不改初衷。

回到书中第二回，冷子兴说起贾宝玉“衔玉而生”，抓周时又一把抓住胭脂钗环，必为色鬼无疑。贾雨村表示反对，他罕然厉色，忙止道：

“非也！可惜你们不知道这人来历。大约政老前辈也错以淫魔色鬼看待了。若非多读书识事，加以致知格物之功，悟道参玄之力，不能知也。”（第二回）

是说不读书、没悟性，就无法理解宝玉这样的人。接下来他说到人是秉气而生的——

“天地生人，除大仁大恶两种，馀者皆无大异。若大仁者，则应运而生，大恶者，则应劫而生。运生世治，劫生世危。尧、舜、禹、汤、文、武、周、召、孔、孟、董、韩、周、程、张、朱，皆应运而生者。蚩尤、共工、桀、纣、始皇、王莽、曹操、桓温、安禄山、秦桧等，皆应劫而生者。大仁者，修治天下；大恶者，扰乱天下。清明灵秀，天地之正气，仁者之所秉也；残忍乖僻，天地之邪气，恶者之所秉也。”（第二回）

这段话不太好懂，其实是借用传统“气论”来分析人性的生成。

北宋儒学家张载提出“气本论”，认为人秉气而生，气分为“天地之性”和“气质之性”。前者都是澄明至善的，后者才有善恶清浊，这是典型的儒家对人性的理解。从孟子到宋明儒学都秉持“性善论”，并认为“性相近习相远”，即先天的性情都差不多，重要的是后天教育。当然，荀子也有“性恶论”之说，但对儒家影响甚微。

曹雪芹一方面继承了儒家“气论”，另一方面也并非完全认同。他认为，“除大仁大恶两种，馀者皆无大异”。大仁（性善）大恶（性恶）即纯善圣人和至恶坏人，都凤毛麟角；“馀者”即普通人，占据绝大多数。

最有意思的是第四种人，即“正邪两赋”之人。他们是“清明灵秀之气”和“残忍乖僻之气”相遇，两股气不相上下，激荡而生——

“使男女偶秉此气而生者，在上则不能成仁人君子，下亦不能为大凶大恶。置之于万万人中，其聪俊灵秀之气，则在万万人之上；其乖僻邪谬不近人情之态，又在万万人之下。若生于公侯富贵之家，则为情痴情种；若生于诗书清贫之族，则为逸士高人；纵再偶生于薄祚寒门，断不能为走卒健仆，甘遭庸人驱制驾驭，必为奇优名倡。如前代之许由、陶潜、阮籍、嵇康、刘伶、王谢二族、顾虎头、陈后主、唐明皇、宋徽宗、刘庭芝、温飞卿、米南宫、石曼卿、柳耆卿、秦少游，近日之倪云林、唐伯虎、祝枝山，再如李龟年、黄幡绰、敬新磨、卓文君、红拂、薛涛、崔莺、朝云之流，此皆易地则同之人也。”（第二回）

这些人有隐士，有名士、诗人、艺术家，还有帝王和优伶，甚至其中还有女性。他们都远离传统的社会角色，不为世俗道德绑架。许由是隐士。陶潜则“少无适俗韵，性本爱丘山”。阮籍、嵇康、刘伶和王谢二族，都是魏晋名士，矫矫不群。嵇康是“竹林七贤”之一，他的罪名是“上不臣天子，下不事王侯，轻时傲世，不为物用，无益于今，有败于俗”，因不流俗而被定罪，可见其风姿独秀。

他们如果生于公侯富贵之家，是情痴情种，如贾宝玉；如果生于诗书清贫之族，是逸士高人，如许由、陶潜、阮籍、嵇康、刘伶；如果生于薄祚寒门，不肯沦落为庸人，而是成为奇优名倡，如李龟年，《红楼梦》里也有芳官、龄官、藕官、蒋玉菡和柳湘莲。这些另类群体里，还有“卓文君、红拂、薛涛、崔莺、朝云”，这更是第一次为女性立碑正名，呼应了曹雪芹“为闺阁立传”的初衷。

虽然时代不同地域不同阶层不同，但他们都是贾宝玉的精神同路人。他们不能救国救民，也不能修身齐家治国平天下，但他们聪俊灵秀，天赋极高；又不走寻常路，显得乖僻邪谬不近人情，常常被视为异类。他们都是“有情人”，活得至情至性，都有闪闪发光的自由意志，活出了另一种可能。

说到这里，你应该体会到“正邪两赋”之说的良苦用心了吧？贾宝玉这个人不好理解。所以，曹雪芹又写神话，又写“气论”，就是提醒你：贾宝玉来历不凡，任重道远，千万不可小瞧他。

尽管如此，贾宝玉却一直被人误解甚至痛恨。

曹公似乎早就洞悉了宝玉被误读的命运，索性先拟了那首《西江月》——

无故寻愁觅恨，有时似傻如狂。纵然生得好皮囊，腹内原来草莽。潦倒不通世务，愚顽怕读文章。行为偏僻性乖张，那管世人诽谤！

富贵不知乐业，贫穷难耐凄凉。可怜辜负好韶光，于国于家无望。天下无能第一，古今不肖无双。寄言纨绔与膏粱：莫效此儿形状！（第三回）

与其总是被后人泼污水，坏话我就先替你们说了罢。只是，“都云作者痴，谁解其中味”呢？

第五讲

『红楼』梦中人之林黛玉：谁能孤独而自由

一、众说纷纭林黛玉

不管在网上，还是在现实生活里，聊到《红楼梦》，一不小心就会拐到这个问题上来。拥黛派？拥钗派？这是红迷绕不过去的话题，一言不合，友谊的小船说翻就翻。

网络上曾有过这样的一个民意测验:《红楼梦》里谁才是“最佳妻子”？高居榜首者，不是袭人就是宝钗、平儿，林黛玉是绝对不会在前五名的。因为她爱哭，身体也不好，不可能成为一个好妻子。

除了大众，专家学者们也在解读林黛玉。有人说她有魏晋名士风度，是理想主义者，个性真诚，自然率真；有人反感她，说她太忧郁，个性偏狭，有病态人格；也有人说她自顾自怜，孤芳自赏。

同样是黛玉的“眼泪”，有人认为林黛玉太自恋，在伤感中不可自拔；有人则看到“眼泪”是一种象征，象征了爱情的悲剧、女性普遍的生存困境。

无他，视角不同而已。

读经典调动的是自己的阅历、个性和三观，读书其实就是读自己。“一千个读者眼里有一千个哈姆雷特”，每个人都有阐释权，但并非每个阐释都具有文学的价值。

先看黛玉的出身。她的母亲是贾敏，贾母说子女中最疼爱的就是贾敏。其父林如海，“虽系钟鼎之家，却亦是书香之族”，膝下只有黛玉，因她聪明清秀，便教她读书识字，“假充养子之意”（第二回）。林如海还聘请贾雨村当了黛玉的家庭教师，这说明黛玉从小不仅备受疼爱，而且受到了良好的教育。黛玉进贾府时，大概七岁左右，已经读了四书，其学养可见一斑（第三回）。

再来看黛玉的长相。在宝玉的眼中，林妹妹是这样的：

两弯似蹙非蹙罥烟眉，一双似泣非泣含露目。态生两靥之愁，娇袭一身之病。泪光点点，娇喘微微。闲静时如姣花照水，行动处似弱柳扶风。心较比干多一窍，病如西子胜三分。（第三回）

但这一段文字，只写黛玉的气质，连她的脸形都模糊不清。张爱玲在《红楼梦魇》里说："写黛玉，就连面貌也几乎纯是神情，唯一具体的是薄面含嗔的薄面二字。通身没有一点细节，只是一种姿态，一个声音。"黛玉仙气飘飘，直追曹植笔下的洛神。

黛玉自称"草木之人"。她的前身是西方灵河岸三生石畔的绛珠仙草。正如之前所讲，绛珠仙草的神话设定，赋予林黛玉独特的精神内涵。神瑛侍者无意中以甘露水浇灌绛珠仙草——

这绛珠草始得久延岁月。后来既受天地精华，复得雨露滋养，遂得脱却草胎木质，得换人形，仅修成个女体，终日游于离恨天外，饥则食蜜青果为膳，渴则饮灌愁海水为汤。只因尚未酬报灌溉之德，故其五内便郁结着一段缠绵不尽之意。（第一回）

林黛玉的仙气正由此而来。"草胎木质"受"天地精华""雨露滋养"，代表的是自然天性；"离恨天"、"蜜青果"、

“灌愁海水”和“郁结着一段缠绵不尽之意”，以及“还泪”，就是黛玉的个性：多愁善感，为爱而生，为爱而死。

如果忽视这个设定，就无法理解林黛玉。

在众人眼里，黛玉颇有点“孤高自许，目无下尘”，而宝钗“行为豁达，随分从时”，两大女主一开始就有了鲜明的分野。

还是宝玉最了解黛玉。她从苏州奔丧回来——

> 宝玉心中品度黛玉，越发出落的超逸了。黛玉又带了许多书籍来，忙着打扫卧室，安插器具，又将些纸笔等物分送宝钗、迎春、宝玉等人。宝玉又将北静王所赠鹡鸰香串珍重取出来，转赠黛玉。黛玉说：“什么臭男人拿过的！我不要他。”遂掷而不取。（第十六回）

把王爷称为“臭男人”，不把权力和名声放在眼里，确实称得上“超逸”。在贾母眼里，最是“两个玉儿可恶”（第四十回）。疼爱中有戏谑，倒也一语道破宝黛性情之特别。

第四十回贾母带着刘姥姥游览大观园，来到潇湘馆。刘姥姥看见窗下案上设着笔砚，又见书架上垒着满满的书，便说：“这必定是那位哥儿的书房了。”听说是黛玉的房间，刘姥姥留神打量黛玉一番，笑道：“这那像小姐的绣房，竟比那上等的书房还好。”

书房代表一个人的气质。刘姥姥是市井小人物，在她的想象中，绣房大概是有点“公主风”的。而黛玉的房间却不像“绣房”，一点也不“淑女风”。黛玉的判词里有“咏絮才”，“咏絮才”指的是有“林下之风”的谢道韫，这暗示黛玉在才华和气质上，都很有魏晋风度。

大观园遍地芳华，各有其美，黛玉是其中最有灵气的。她来到这个世界，以天真、率性和诗意，照见了现实世界的荒谬和贫寒。当然，她跟宝玉一样，也承受着来自四面八方的误解。

最大的误解是认为她“刻薄”，代表情节有送宫花事件、反击李嬷嬷事件。

送宫花是第七回，薛姨妈拿出十二朵宫花，让周瑞家的送给众姑娘和凤姐去戴。周瑞家的是王夫人的陪房（心腹），她送宫花的顺序是这样的：先给三春（迎春、探春和惜春）各两朵，又留给凤姐四朵，最后来到黛玉这里——

> 黛玉只就宝玉手中看了一看，便问道：“还是单送我一人的，还是别的姑娘们都有呢？”周瑞家的道：“各位都有了，这两枝是姑娘的了。”黛玉冷笑道：“我就知道，别人不挑剩下的也不给我。”周瑞家的听了，一声儿不言语。（第七回）

黛玉刻薄吗？确实有点。一般人会说，这样公开表达不满，太任性太不懂事。但细究一下，周瑞家的其实也并不是无辜的。要知道，把宫花最后送给黛玉，本身是“失礼”行为。因为亲戚和未出嫁的姑娘，在贾家是被优待的，喝酒吃饭看戏都是上座，点戏也先点。这都是具体的生活背景，脱离这个就无法理解人物。

黛玉既是亲戚，又是贾母最钟爱的外孙女，还是未出嫁的姑娘，三位一体，不应该是最后一个才送到。送宫花的正确顺序，应该是黛玉、迎春、探春和惜春，最后才是王熙凤。

“礼”是黛玉从小就熟悉的。其母贾敏，出身大家，其父亲林如海，“(祖上)曾袭过列侯，今到如海，业经五世……虽系钟鼎之家，却亦是书香之族”。黛玉的规矩教养自不必说，她在读书时，凡遇到“敏”字皆读“密”，写到“敏”字，必减一二笔，这是避其母名讳。

贾家的“礼”比林家还多还讲究。看黛玉刚进贾府是何等架势：轿子进了西角门，轿夫停下退了出去，后面随行的婆子下了轿，换上三四个衣帽周全、十七八岁的小厮再抬轿子。婆子们簇拥在轿子周边，走到一个垂花门前，小厮退下，婆子打起轿帘，扶黛玉下轿。再穿廊过桥，几个穿红着绿的丫鬟正等着黛玉呢，争着打起门帘，才见到了老祖宗贾母。

黛玉自己更步步留心，时时在意，不肯轻易多说一句话，多行一步路，唯恐被人耻笑了去。因为母亲曾告诉她：外祖母家的规矩跟别家又不太一样。

黛玉对周瑞家的不客气，是后者“失礼”在先。何况，彼时她还只是一个玩九连环的孩子而已。

反击李嬷嬷是在第八回。彼时，宝玉在薛姨妈处喝酒，本来喝得兴冲冲的，奶妈李嬷嬷一再出面强行阻止，宝玉很郁闷。黛玉是这样说的——

> “你这妈妈太小心了，往常老太太又给他酒吃，如今在姨妈这里多吃一杯，料也不妨事。必定姨妈这里是外人，不当在这里的也未可定。”李嬷嬷听了，又是急，又是笑，说道：“真真这林姐儿，说出一句话来，比刀子还尖。你——这算了什么。”（第八回）

黛玉的话真是一剑封喉，李嬷嬷不敢阻拦了。李嬷嬷自然有自己的小算盘，怕宝玉喝醉自己担责任，所以拉着宝玉不让喝。但林姑娘这嘴巴不饶人的名号，可也就坐实了。

中国是人情大国。说话有很多禁忌，普遍不喜欢嘴快话多之人，哪怕说的是真话。孔子有三千弟子，其中七十二个贤人，他最喜欢木讷的颜渊，嫌子贡口才太好，“巧言令色鲜矣仁”，意思是能说会道的人普遍离“仁义”远。

《红楼梦》的女主角林黛玉竟然是这样一个牙尖嘴利的女生？没错，曹雪芹压根就不想把林黛玉写成懂事顾大体的人，他求真，不求完美。想想，如果林黛玉像薛宝钗一样，贞静守礼，有圣人般的美德，这个世界该有多单调，多不真实。

何况，曹公强调书中所写“只不过几个异样女子，或情或痴，或小才微善，亦无班姑、蔡女之德能”（第一回）。“情”“痴”“小才”可都不符合主流审美，也不是什么道德模范。

上一堂课讲了宝玉，我们的道德和审美经历了双重考验，林黛玉这个人也是来考验我们的。

二、黛玉的精神特质之一：明媚真诚

很多人说黛玉小性，不好相处，这是致命的误解。其实在大观园里的少女群体里，她最幽默最跳脱，是一个明媚真诚的姑娘。

第十九回“意绵绵静日玉生香”，宝玉怕黛玉吃饭后午睡，不利于消化，便来找她聊天。黛玉正在床上闭眼养神，宝玉也想躺下，嫌外面的枕头脏，还要跟黛玉枕一个枕头。

黛玉笑道：“放屁！”拿过一个枕头给他：“真真你就是我命

中的‘天魔星’！请枕这一个。”

为了不让黛玉睡着，宝玉想方设法聊天、讲段子，还说了一个“林子洞”的小耗子去偷香芋的故事，这小耗子摇身变成一个标致美貌小姐，还说：“你们没见过世面，只认得这果子是香芋，却不知道盐课林老爷的小姐才是真正的香玉呢。”原来他是打趣黛玉，黛玉听了，自然不依，笑着便要去撕宝玉的嘴。

会说“放屁”，跟宝玉磨牙的黛玉，是不是很出乎你的意料？

湘云来了，她说话尚带娃娃音，有点卷舌。黛玉笑她“二”和“爱”不分，把“二哥哥”说成“爱哥哥”（第二十回）；去看望宝玉，撞见宝玉、袭人和晴雯正闹别扭，黛玉来了一句：“大节下怎么好好的哭起来？难道是为争粽子吃争恼了不成？”一句话把大家都逗乐了（第三十一回）。

第三十七回，大观园里起诗社，探春的别号是“蕉下客”。黛玉笑道：“快牵了他去，炖了脯子吃酒。”众人不解，她说：古人曾说“蕉叶覆鹿”，她自称“蕉下客”，可不是一只鹿了？

嘴快反应灵敏，能应景说笑话，还能别出心裁有文化含量的，就是她了。

贾母让惜春画出大观园，给刘姥姥带回去，可惜春是业余画手，压根不知该准备什么绘画工具。宝钗洋洋洒洒地列了一个单子，单子上除了画笔，还有生姜和酱……她话音刚落，黛玉连忙加上：“铁锅一口，锅铲一个。”宝钗不解，她就说有生姜和酱这些作料，要一口锅炒颜色吃。宝钗的单子上有水缸、箱子什么的，她又悄悄跟探春咬耳朵：“画个画儿又要这些水缸箱子了。想必他糊涂了，把他的嫁妆单子也写上了。”（第四十二回）

简直是集体生活中的开心果。

刘姥姥来荣国府打秋风，黛玉打趣刘姥姥是“母蝗虫”，还给惜春的画起名曰“携蝗大嚼图”，引得众人哄然大笑，前仰后合，湘云笑得伏着椅背歪倒在墙壁上。一阵欢乐过去，黛玉却拉住李纨：“这是叫你带着我们做针线教道理呢，你反招我们来大顽大笑的。”这倒打一耙，真有一本正经胡说八道的促狭劲儿。

很多人都说黛玉寄人篱下，整日里哭哭啼啼，却看不见这样的爱笑爱闹的黛玉。

有人批评黛玉给刘姥姥起“母蝗虫”的外号，是歧视下层劳动人民。要知道，对一个贵族小姐，刘姥姥的粗犷样子，可太像天外来客了。再说了，一个玩笑能有多大的恶意呢？动辄就上纲上线，简单美好的生活就是这样被破坏的。想象一下，即使刘姥姥知道了，没准也会嘿嘿一笑：我这大吃大喝的劲儿，还真有点像母蝗虫呢。

林语堂说：“幽默是心灵的光辉和智慧的丰富。”《红楼梦》里最幽默最好玩的，是王熙凤和黛玉。但她俩风格不同，照宝钗的说法：王熙凤没文化，都是世俗取笑。不像颦儿，一句句慢慢说出来，又风雅又有趣。

什么是“有趣”？有趣是出其不意，是意外，是惊喜。我们以为一个贵族小姐一定温柔娴静，“非礼勿听，非礼勿言，非礼勿视”，黛玉偏不是。她读禁书、葬花、写诗，爱上宝玉，还是一个段子手。

有趣也是一种心灵的能力。有趣之人都有丰富的感知力和好奇心，不会被现实的条条框框限制住。比如，可以说宝钗可亲可信，但没法用可爱、有趣来形容她。

除了有趣，黛玉待人也是一片赤诚，不像传说中那么小心眼。

第二十二回宝钗过生日，众人看戏，王熙凤说其中一个小戏子像一个人，大家都笑起来，湘云大嘴巴，说："倒像林妹妹的模样儿。"在那个时代，戏子地位卑微，这么说未免唐突黛玉。所以，宝玉使劲给湘云使眼色，不想让她说出来。结果呢？

湘云气得要收拾行李走人，又抢白宝玉一顿。宝玉怎么解释，她都不领情：你就别花言巧语了，她是小姐主子，我是奴才丫头，不能得罪她？少信嘴胡说！这些歪话，说给那些小性儿、行动爱恼的人，会辖治你的人听去！

黛玉也生气，却自始至终没生湘云的气，只气宝玉把自己当外人：你不笑？不笑比笑还让人生气。难道她是公侯的小姐，我是贫民的丫头，不能跟我玩？你是好心，偏她不领你的情！你又拿我做人情，说我小性爱恼人。

两个人的气话，几乎一模一样。可大家都说湘云只是口无遮拦，倒说黛玉任性小气。

再说宝玉受了湘云和黛玉的夹板气，不免灰头土脸，正赶上自己读《庄子》，便心有所感，写了一首偈子，又填了一支《寄生草》。黛玉过来看他，看了偈子觉得好笑，拿着去跟湘云和宝钗看。次日，三人结伴来打趣宝玉。

你看，黛玉自始至终都没生湘云的气，哪里小心眼？

《红楼梦》是一部充满细节的书。喝酒、吃饭、聊天、寒暄、礼尚往来，构成绵密琐细的日常生活，而人性的幽微正藏在这样的细节里。作者还刻意隐藏自己的态度，根本看不到他对人物的评价。这需要我们格外有耐心。

黛玉的丫头紫鹃对她掏心掏肺，因为"偏生林姑娘和我极好"。为了试探宝玉对黛玉是否真心，还"情辞试忙玉"。有时黛玉使气不搭理宝玉，紫鹃还批评黛玉"太浮躁了些""小性儿，常要歪派他”。这两个人的关系不像主仆，倒像闺蜜。

对香菱也一片冰心。香菱来到大观园暂住，想要学诗，黛玉主动说：那我来教你。给香菱找参考书，画重点，给香菱留作业，还交流读书感想（第四十八回）。最后香菱终于写出一首好诗，众人都为她高兴，这多亏了黛玉。

宝琴来了，她人见人爱，花见花开。老太太的丫头琥珀开玩笑：老太太这么疼琴姑娘，恐怕有人要吃醋喽！都以为吃醋的会是黛玉吧？可黛玉很喜欢宝琴，赶着喊她“妹妹”，宝琴也喜欢她，紧着喊“姐姐”（第四十九回）。

黛玉只是外表高冷，一旦走进她的内心，就能体会到她的明媚、温暖和率真。

中国人的人际圈子普遍复杂，黛玉的生活却很简单，她写诗，有一个恋人、几个知己。宝钗正好相反，她的世界很大很热闹，挤满了人。黛玉外冷内热；宝钗是外热内冷，外表很有亲和力，人们却很难走进她的内心。

说到撑宝钗，这可是黛玉的“糗事”。第二十九回清虚观打醮的时候，黛玉可是当面讽刺宝钗——

> 贾母因看见有个赤金点翠的麒麟，便伸手拿了起来，笑道：“这件东西好像我看见谁家的孩子也带着这么一个的。”宝钗笑道：“史大妹妹有一个，比这个小些。”贾母道：“原来是云儿有这个。”宝玉道：“他这么往我们家去住着，我也没看见。”探春笑道：“宝姐姐有心，不管什么他都记得。”林黛玉冷笑道：“他在别的上还有限，惟有这些人带的东西上越发留心。”（第二十九回）

幸好宝钗大度，装没听见，这事就过去了。像这样的小插曲，时有发生。宝钗戴着一个金锁，坊间又有“金玉姻缘”的说法，在黛玉的心目中，很难不把宝钗当成潜在的“情敌”，她又不会掩饰自己的情绪，于是，见缝插针找宝钗的碴儿。

不过，事情很快发生了变化，最有意思的一幕来了。

在酒席上行酒令，黛玉无意说出“良辰美景奈何天”“纱窗也没有红娘报”。这两句话分别出自《牡丹亭》和《西厢记》，在那个时代，可以看这两部戏，但不可记住戏词，也不可读这两本书。

等无人之际，宝钗请来黛玉要“审问”她：好个未出闺门的千金小姐，你在酒席上说了什么？黛玉自知酒席失言红了脸：好姐姐，你不要告诉别人，我再也不敢了。宝钗安慰她，说自己小时候也读过这类闲书，什么“西厢”“琵琶”“元人百种”，后来才知道这些闲书不好。“你我只该做些针黹纺织的事才是，偏只认得了字，既认得了字，不过拣那正经的看也罢了，最怕见了些杂书，移了性情，就不可救了。”说得黛玉很是服气（第四十二回）。

等到了第四十五回“金兰契互剖金兰语”，宝钗说起黛玉的病，建议吃燕窝，黛玉真是大受感动，她敞开肺腑，承认自己错看了宝钗——

> “你素日待人，固然是极好的，然我最是个多心的人，只当你心里藏奸。从前日你说看杂书不好，又劝我那些好话，竟大感激你。往日竟是我错了，实在误到如今。细细算来，我母亲去世的早，又无姊妹兄弟，我长了今年十五岁，竟没一个人像你前日的话教导我。怨不得云丫头说你好，我往日见他赞你，我还不

受用，昨儿我亲自经过，才知道了。比如若是你说了那个，我再不轻放过你的；你竟不介意，反劝我那些话，可知我竟自误了。”（第四十五回）

她剖肝沥胆说了一番心里话，完全把宝钗当亲姐姐，一片赤诚。认识到自己错怪宝姐姐，就承认错误，真诚自省。跟宝钗解开心结后，那个带刺的林妹妹神隐了，而善解人意的黛玉上线了。从此以后，黛玉越来越有同情心，越来越心平气和，这就是自我成长。

在书中，宝玉和黛玉的性情，都有一个由浅而深，由单一到丰富，由年少任性到富有同理心的变化。

很多人都说黛玉不通世故，处理不了社会事务。其实她也并非只会写诗一味风花雪月。赵姨娘来了，她会含笑让座（第五十二回）；怡红院的佳蕙给黛玉送东西，正赶上黛玉给丫头们发钱，黛玉便抓了一把给佳蕙（第二十六回）；宝钗差一个婆子来送燕窝，黛玉贴心问候，还打赏了五百钱（第四十五回）。

探春当了代理管家，做事有分寸，黛玉看在眼里，夸她是个“乖人”：“虽然叫他管些事，倒也一步儿不肯多走。差不多的人就早作起威福来了。”说到探春的改革举措，黛玉又表示赞同——

“要这样才好，咱们家里也太花费了。我虽不管事，心里每常闲了，替你们一算计，出的多进的少，如今若不省俭，必致后手不接。”（第六十二回）

王熙凤跟平儿说起自己确实需要一个帮手，这样评价：

“林丫头和宝姑娘他两个倒好，偏又都是亲戚，又不好管咱家务事。”显然，在王熙凤眼里，黛玉也是个有眼光有见地的聪明人（第五十五回）。

黛玉懂世故，只是不世故而已。

三、黛玉的精神特质之二：爱的化身

黛玉的“爱哭”是众所周知的。但很少有人注意到，黛玉掉眼泪，只是在宝玉面前或是单独哭泣，都是为了爱情。

神瑛侍者要下凡历劫，绛珠仙草也要下凡报灌溉之恩，“把一生所有眼泪还他”，遂有“还泪”之说。因此，眼泪是爱情的象征，也是黛玉爱宝玉的表现。

第三回宝黛初会，神瑛侍者和绛珠仙草在人间相遇了——

> 黛玉一见（宝玉），便吃一大惊，心下想道：“好生奇怪，倒像在那里见过的一般，何等眼熟到如此！”……宝玉看罢，因笑道：“这个妹妹我曾见过的。”贾母笑道：“可又是胡说，你又何曾见过他？”宝玉笑道：“虽然未曾见过他，然我看着面善，心里就算是旧相识，今日只作远别重逢，亦未为不可。”（第三回）

这一刹那，依稀往事重现，他们辨认出了对方。

为什么曹雪芹要为宝黛设置一个前世记忆？首先是为爱情设置一个“先天给定”的理由，任何世俗的因素都破坏不了；其次，这提醒我们，宝黛来到这个人间，是带着独特使命的，那就是证成一段真正的爱情。

哲学、社会学、心理学、生物学，都想参透爱的奥秘，爱情更是文学最永恒的主题。

在现代和后现代作家那里，爱情并不单纯，永远关联着宏大的背景和话题。在米兰·昆德拉笔下，爱跟权力政治息息相关；在陀思妥耶夫斯基和托尔斯泰那里，爱关联着受难和救赎；到了罗兰·巴特的笔下，爱又成了文本的游戏。爱情或隐没于宏大叙事，或成为通俗故事里的煽情段子，永远狗血，永远离奇。

写过《百年孤独》的马尔克斯有一个雄心壮志，要在《霍乱时期的爱情》里，把爱情的各种形态一网打尽。果然，在这本小说里，他展示了爱情“具有的各种可能性：幸福的，贫穷的，高尚的，庸俗的，粗暴的，柏拉图式的，放荡的，羞怯的……”，囊括了暗恋、初恋、失恋、单恋、殉情、丧偶、偷情、婚外恋等爱情形式。

这些无比丰富的现代文本，总是把爱情引向神秘、幽深和繁复之境。在《红楼梦》里，爱情却保留了它最古典也最纯粹的样子，既有神性的空灵，也充满生活的质感。

《红楼梦》里有最好的爱情。宝黛不只是“一见钟情”，更是“日久生情”，在日常生活中逐渐培育出深情厚谊。我把他们的爱情分为三个阶段——

萌芽期：从第三回到第二十二回；

清晰期：从第二十三回到第三十六回；

平静期：从第三十七回到第八十回。

萌芽期的爱情更像友情，青梅竹马，亲密友爱——

林黛玉自在荣府以来，贾母万般怜爱，寝食起居，一如宝玉，迎春、探春、惜春三个亲孙女倒且靠后；便是宝玉和黛玉二人之亲密友爱，亦自较别个不同，日则同行同坐，夜则同息同止，真是言和意顺，略无参商。（第五回）

随着时间的推移，小儿女的两小无猜，逐渐有了爱情的萌芽和自觉。这中间少不了闹误会，但每次误会，宝玉都开启耐心解释模式。

第二十三回“西厢记妙词通戏语，牡丹亭艳曲警芳心”，刚刚搬进大观园，宝黛在桃花树下共读《西厢记》。宝玉走后，黛玉一个人走着，听到梨香院墙内传来的歌声，而心痛神痴站立不住。爱情的意识觉醒了。

恋爱中摩擦自然少不了。在第二十九回误会闹大了，还惊动了贾母和王夫人。到第三十二回“诉肺腑心迷活宝玉”，随着宝玉的告白，爱情更为明朗，宝黛也逐渐告别猜疑和误会，惺惺相惜，相互理解。

清晰期有两个重要节点，一是宝玉挨打，由挨打引发送手帕，带出黛玉的《题帕三绝》；一是“识分定情悟梨香院”，因目睹龄官和贾蔷的爱情，宝玉始悟人间情缘，各有分定，“各人各得眼泪罢了”。从此，宝黛爱情进入日常平静期。

宝黛爱情进展为何如此缓慢？这是因为《红楼梦》的世界不只有宝黛爱情，还有世相和众生相。回到开篇第一回，一僧一道说起神瑛侍者和绛珠仙草的人间情缘——

那僧道：“历来几个风流人物，不过传其大概以及诗词篇章而已；至家庭闺阁中一饮一食，总未述记。

> 再者，大半风月故事，不过偷香窃玉、暗约私奔而已，并不曾将儿女之真情发泄一二。想这一干人入世，其情痴色鬼、贤愚不肖者，悉与前人传述不同矣。”（第一回）

僧自然是茫茫大士。他批评传统爱情文学没有生活打底，非常空洞，结果只是“偷香窃玉、暗约私奔”的狗血故事，并没写出真正的爱情。

对“才子佳人”的故事，曹雪芹不止一次表示反对。顽石对空空道人阐释《石头记》的创作理念，格外强调跟才子佳人这些故事完全不同——

> “更有一种风月笔墨，其淫秽污臭，屠毒笔墨，坏人子弟，又不可胜数。至若佳人才子等书，则又千部共出一套，且其中终不能不涉于淫滥，以致满纸潘安、子建、西子、文君，不过作者要写出自己的那两首情诗艳赋来，故假拟出男女二人名姓，又必旁出一小人其间拨乱，亦如剧中之小丑然。且鬟婢开口即者也之乎，非文即理。故逐一看去，悉皆自相矛盾、大不近情理之话……”（第一回）

这还不够，第五十四回贾母还有一次“掰谎记”。女先生正在讲《凤求鸾》，老太太听了一个开头，就喊停：这个叫王熙凤的公子是不是想求雏鸾小姐为妻？然后批判这些书是胡编乱造，处处不符合常识和现实，小姐们明明出身大家，却见了男人就想婚事，小姐身边怎么都只有一个丫鬟？

写爱情并不容易，一不小心就走向真实生活的对立面。事实上，对人类而言，婚姻的历史很悠久，爱情的历史却短暂得多。在很长的历史中，婚姻压倒一切，爱情是非法的。

恩格斯在《家庭、私有制和国家的起源》里，梳理了婚姻制度的历史。随着私有制的形成，父系社会的对偶制取代了母系社会的群婚制。因为财产继承，父亲必须确定子女的血缘，同时要求女性忠贞。因此，婚姻的内容就是传宗接代、财产继承，本质上是经济学，跟爱情无关。

而在传统中国，一个男人娶妻并不是他个人的事情，是“上以承宗嗣，下以事双亲”，关系整个家族的未来。在婚姻关系里，两情相悦并不重要，甚至夫妻感情特别好还会被取笑。张敞画眉的故事告诉我们，在婚姻里这样的“闺房之乐”实属少见。

为了捍卫婚姻制度，有一整套的礼制约束两性关系，对爱情严防死守。比如男女有别，男女授受不亲，爱情被视为私情，大逆不道。

在这样的礼制里，爱情甚至比偷情更不道德。在贾家，贾琏跟多姑娘、鲍二家的偷情，贾母知道后，也只是说贾琏很不像话，又说：“什么要紧的事！小孩子们年轻，馋嘴猫儿似的，那里保得住不这么着。从小儿世人都打这么过的。”（第四十四回）贾赦看上了鸳鸯，邢夫人还乐颠颠地跑来说媒。可见，传统的婚姻制度，一是强烈排斥爱情，二是对男性极其宽容，全面压制女性爱的权利。

把爱情当成婚姻的前提，为了爱而结婚，这种观念其实是近现代社会的产物。

在欧洲，爱情是随着骑士阶层出现的，直到十八世纪，两情相悦的爱情才大量进入社会和文学的视野。十九世纪初德国出现了浪漫派思潮，“真爱”成为生命中重要的部分，摆脱婚姻的束缚，拥抱爱情，“迎接那发自生命深处的激情的召唤”。雪莱在《诗辩》中这样写道：“道德最大的秘密就是爱；或者说超越我们自己的本性，把我们自己同他人的思想、行为和人身上的美统一起来。”

“爱”成为一种无比美好而神圣的感情，比婚姻更富有激情和进步性，足以证明人性的高贵。所以，虽然那些才子佳人的故事十分滥俗，但一个人能自行寻找婚姻对象，表达了对传统文化和制度的不屑，是值得赞美的。在爱情关系里，女性也开始被当成“人”来对待，而非生育工具。

所以，当王实甫让《西厢记》里的崔莺莺，听到墙外的张生吟出“月色溶溶夜，花阴寂寂春；如何临皓魄，不见月中人”时，以一首“兰闺久寂寞，无事度芳春；料得行吟者，应怜长叹人”回应，这对婚姻和礼教的冲击有多大，就可想而知了。而《牡丹亭》里杜丽娘一句“你在幽闺自怜”，更是击中无数少女的芳心。汤显祖的题词“情不知所起，一往而深。生者可以死，死可以生。生而不可与死，死而不可复生者，皆非情之至也。梦中之情，何必非真”，更是把“情”置于至高无上的地位，是相当惊世骇俗的。

在《红楼梦》里，《西厢记》和《牡丹亭》也是宝黛的恋爱教科书。刚搬进大观园，宝黛就在桃树下共读《西厢记》，两个读者和戏中人，一时难分难解。而我们这些读者看“宝黛读西厢”，也瞬间被代入诗意浪漫的气氛中，非常优美动人。

不过，这样的爱情禁不起打量。《西厢记》里张生邂逅崔莺莺，是这样的情景：“似这般可喜娘的庞儿罕曾见。只教人眼花缭乱口难言，魂灵儿飞在半天。他那里尽人调戏觯着香肩，只将花笑拈。”你看，张生这一番自白，与其说是一见钟情，不如说是见色起意。而且张生和崔莺莺几乎没有什么真正的交流，恋爱过程相当潦草。

至于《牡丹亭》里的杜丽娘和柳梦梅，压根就没谈过恋爱，直接跳到了性和婚姻。

《牡丹亭》里有大段比较露骨的性描写，《西厢记》里也少不了，比如第四本第一折：“成就了今宵欢爱，魂飞在九霄云外。投至得见你多情小奶奶。”在《红楼梦评论》里，王国维就把这两部戏当成“炫惑型”美学的代表，认为它不是审美，而是刺激欲望，颇有微词。

正如顽石和贾母对“才子佳人”故事的批评，这类故事的硬伤太多，过于浪漫，是浮游于现实之上的“白日梦”。宝玉不是张生，黛玉也不是崔莺莺，宝黛爱情也不是才子佳人式的花前月下，暗约私奔。

正如歌德在《浮士德》里所说：“永恒的女神，引导我们飞升。”在宝黛爱情中，黛玉是主导，是引领宝玉走向澄明之境的恋人和女神。

第二十三回，宝玉偷偷拿了《西厢记》来沁芳闸的桃树下读，黛玉来了。忙不迭中，书被黛玉发现了——

林黛玉把花具且都放下，接书来瞧，从头看去，越看越爱看，不到一顿饭工夫，将十六出俱已看完，自觉词藻警人，馀香满口。虽看完了书，却只管出神，心内还默默记诵。

宝玉笑道：“妹妹，你说好不好？”林黛玉笑道：

“果然有趣。”宝玉笑道：“我就是个‘多愁多病身’，你就是那‘倾国倾城貌’。”林黛玉听了，不觉带腮连耳通红，登时直竖起两道似蹙非蹙的眉，瞪了两只似睁非睁的眼，微腮带怒，薄面含嗔，指宝玉道：“你这该死的胡说！好好的把这淫词艳曲弄了来，还学了这些混话来欺负我。我告诉舅舅舅母去。”说到“欺负”两个字上，早又把眼睛圈儿红了，转身就走。宝玉着了急，向前拦住说道：“好妹妹，千万饶我这一遭，原是我说错了。若有心欺负你，明儿我掉在池子里，教个癞头鼋吞了去，变个大忘八，等你明儿做了‘一品夫人’病老归西的时候，我往你坟上替你驮一辈子的碑去。”说的林黛玉嗤的一声笑了，一面揉着眼睛，一面笑道：“一般也唬的这个调儿，还只管胡说。‘呸，原来是苗而不秀，是个银样镴枪头。’”宝玉听了，笑道：“你这个呢？我也告诉去。”林黛玉笑道：“你说你会过目成诵，难道我就不能一目十行么？（第二十三回）

宝黛都爱读《西厢记》，黛玉读得馀香满口，但当宝玉脱口把自己比张生，把黛玉比崔莺莺时，她还是接受不了。一来因为她是一个真正的贵族小姐，有她的修养、自尊和骄傲；二来她对爱情是有要求的：“我为的是我的心。”（第二十回）绝不允许宝玉对自己有轻薄言行。

第二十六回“潇湘馆春困发幽情”，类似情况又一次上演。宝玉来到潇湘馆，一时忘情，跟紫鹃开起了玩笑：“若共你多情小姐同鸳帐，怎舍得叠被铺床？”依然是《西厢记》里张生说给红娘的。黛玉听了，也是撂下脸来，一面哭着，一面往外走。

为了区别“意淫”和“皮肤滥淫”，曹雪芹刻意从宝黛爱情里抽掉了情欲的成分。从萌芽到清晰到平静，宝黛二人一直纤尘不染，保持了爱情的纯粹。

现代人可能会觉得这不太真实，毕竟爱与性难分难解。曹雪芹当然知道，警幻仙姑说“好色即淫，知情更淫”，情欲是难以规避的，如同人总要长大。但至少不要快速进入成年，让少年的岁月停留得更久一些。因此，大观园里的时间很慢，宝黛的心智不断在成长，但似乎一直是十五岁的样子。由此，爱情和时间之间形成一种奇特的张力，既保留了爱情的纯真和神性，也拥有丰富的人间情味。

这也许并不现实，但具有文学意义上的真实。况且，爱情本就有纯粹的一面。

为什么宝玉独钟情于黛玉？宝钗“唇不点而红，眉不画而翠，脸若银盆，眼如水杏”，她鲜艳妩媚，容貌和口碑都超过黛玉。在宝玉那里，人可分为男人和女人；女人，又有少女和已婚女性之分；再往前走，少女又可分为林黛玉式的和薛宝钗式的。

第三十二回，先是湘云来到怡红院跟宝玉说话，贾政派人叫宝玉去会贾雨村。宝玉很不乐意，湘云便说：你也该去会会这些为官做宰的，学点经济仕途的学问，老跟我们混做什么？宝玉很生气，甚至对湘云下逐客令。袭人笑道：上次宝姑娘也这么说，这位爷拿起脚就走了。幸亏宝姑娘宽宏大量，要换了林姑娘，可不知闹成什么样了呢！

宝玉却说：“林姑娘从来说过这些混帐话不曾？若他也说过这些混帐话，我早和他生分了。”这就是宝黛爱情的基础。

他们一起读禁书，一起葬花，一起当叛徒，一起不走寻常路……她从不说让宝玉留意经济仕途的“混帐话”；来看宝玉，会翻看宝玉案头的书，写的文章。还是在第三十二回，两个人在园子里相遇——

宝玉瞅了半天，方说道“你放心”三个字。林黛玉听了，怔了半天，方说道：“我有什么不放心的？我不明白这话。你倒说说怎么放心不放心？”宝玉叹了一口气，问道：“你果不明白这话？难道我素日在你身上的心都用错了？连你的意思若体贴不着，就难怪你天天为我生气了。”林黛玉道：“果然我不明白放心不放心的话。”宝玉点头叹道：“好妹妹，你别哄我。果然不明白这话，不但我素日之意白用了，且连你素日待我之意也都辜负了。你皆因总是不放心的原故，才弄了一身病。但凡宽慰些，这病也不得一日重似一日。”

林黛玉听了这话，如轰雷掣电，细细思之，竟比自己肺腑中掏出来的还觉恳切，竟有万句言语，满心要说，只是半个字也不能吐，却怔怔的望着他。此时宝玉心中也有万句言语，不知从那一句上说起，却也怔怔的望着黛玉。（第三十二回）

二人惺惺相惜，默契日深，相互体谅，爱情让他们都成为更好的这一个。

第七十回，众人来到黛玉的潇湘馆，宝玉看着纸上的一篇《桃花行》，看毕，掉下泪来，便知是黛玉所写。宝琴骗他说自己写的，宝钗也在一旁帮腔，宝玉却不信：“林妹妹曾经离丧，作此哀音。”他太了解黛玉了，懂得她生命深处的创伤。

关于爱情，所言者极多，还是弗洛姆在《爱的艺术》里说得好："作为爱的一个方面的了解没有停留在表面上，而是深入本质。只有当我能够超越对自己的关心而按其本来面目发现另一个人时，这种了解才有可能完成。"

爱情关系里的"了解"，其实是爱的能力。"皮肤滥淫"者的行为，只停留在肉体的层面，只是执迷于"色"而无力深入心灵深处，注定肤浅而短暂。

为什么宝黛之爱如此真实动人？曹雪芹写爱情的奥秘在哪里？

正是在于细节，细微甚至琐碎的生活细节。宝玉来看望黛玉，因为担心她吃了饭，不宜睡觉，想方设法逗她说话，因为枕头的事，磨牙斗嘴，还编起了段子（第十九回）；自己挨了打，担心林妹妹哭坏了，会让晴雯带自己的旧手帕给她（第三十四回）。而黛玉呢？每次跟宝玉闹误会，解除误会的方式，不是嗔他这么冷怎么把披风给脱了（第二十回），就是看见他穿着簇新的藕合纱衫，竟拿袖子拭泪，便把一块帕子摔到他怀里（第三十回）。

正是这些琐碎而真实的细节，才使宝黛爱情分外饱满，是生活里的爱，而非才子佳人的故事。当我们说一个人纯粹，一段感情纯粹的时候，总觉得"纯粹"是向上升华的，是不食人间烟火的形而上境界。但曹雪芹给予我们的，是一种下沉的"纯粹"，最原生态的也是最初的纯粹。

让我们来看第四十五回。黄昏时分，外面淅淅沥沥地下起了雨，黛玉刚写了一首《秋窗风雨夕》，宝玉来潇湘馆看望黛玉——

只见宝玉头上带着大箬笠，身上披着蓑衣。黛玉不觉笑了:“那里来的渔翁!”宝玉忙问:“今儿好些?吃了药没有?今儿一日吃了多少饭?”一面说,一面摘了笠,脱了蓑衣,忙一手举起灯来,一手遮住灯光,向黛玉脸上照了一照,觑着眼细瞧了一瞧,笑道:“今儿气色好了些。”(第四十五回)

宝玉见了黛玉,问的不过是吃饭、吃药、睡觉这些事,是最普通不过的家常话。黛玉看着斗笠和蓑衣好玩,宝玉说我也送你一套吧,黛玉说不要,戴上那个,“成个画儿上画的和戏上扮的渔婆了”,刚说出口,便不好意思,因为刚刚说过宝玉像“渔翁”,羞得脸绯红,伏在桌上假咳嗽。宝玉看见桌上的诗,读了不禁叫好。黛玉看夜深了,还下着雨,就让宝玉回去——

说着,披蓑戴笠出去了,又翻身进来问道:“你想什么吃,告诉我,我明儿一早回老太太,岂不比老婆子们说的明白?”黛玉笑道:“等我夜里想着了,明儿早起告诉你。你听,雨越发紧了,快去罢。可有人跟着没有?”(第四十五回)

听到跟着的人打的是灯笼,黛玉赶紧拿出玻璃绣球灯,递给宝玉。宝玉说怕滑倒打破了——

黛玉道:“跌了灯值钱,跌了人值钱?你又穿不惯木屐子。那灯笼命他们前头照着。这个又轻巧又亮,原是雨里自己拿着的,你自己手里拿着这个,岂不好?明儿再送来。就失了手也有限的,怎么忽然又变

出这‘剖腹藏珠’的脾气来！”宝玉听说，连忙接了过来。（第四十五回）

第五十二回，宝玉跟黛玉闲话，宝玉特意问：“如今的夜越发长了，你一夜咳嗽几遍？醒几次？”黛玉道：“昨儿夜里好了，只嗽了两遍，却只睡了四更一个更次，就再不能睡了。”

脂砚斋在此处评曰：“此皆好笑之极，无味扯淡之极，回思则皆沥血滴髓之至情至神也。岂别部偷寒送暖、私奔暗约，一味淫情浪态之小说可比哉！”如此家常，如此平淡，为何细思却让人心醉神迷？因为这就是爱情的模样。

正是因为有了生活，爱情才如此平常，又如此摇曳动人。

四、黛玉的精神特质之三：泪与哀愁

黛玉是爱哭的，但她的泪水总是因为爱情。尽管天生敏感、细腻，但她从未为爱情之外的事务烦扰。

绛珠仙草“还泪”的神话，发生在太虚幻境。太虚幻境在哪里？离恨天上灌愁海中放春山遣香洞内，这本身就是一个象征，一个隐喻：有爱，便有苦痛。太虚幻境的宫门上镌刻着“孽海情天”，对联是“厚地高天，堪叹古今情不尽；痴男怨女，可怜风月债难偿”。绛珠仙草游于离恨天外，吃的是蜜青果，喝的是灌愁海水，五内郁结的是“一段缠绵不尽之意”（第一回）。

可谓有情皆孽，无人不冤。但也正是“情”，给予个体生命独特的价值。

欢乐有时，痛苦有时。黛玉的眼泪，反照爱情在现实世界里的艰难处境。

宝玉身处花柳繁华地，温柔富贵乡，诱惑太多。他本性博爱，“爱博而心劳”，连屋里的丫鬟们都让他操碎了心。更何况，还有一个鲜艳妩媚的宝姐姐，人缘极好，戴一个沉甸甸的金锁，坊间又有“金玉姻缘”的传说。所以，黛玉说他见了姐姐就忘了妹妹。

第二十八回，宝钗戴着元春赏赐的“红麝串”，宝玉要看——

> 宝钗生的肌肤丰泽，容易褪不下来。宝玉在旁看着雪白一段酥臂，不觉动了羡慕之心，暗暗想道：“这个膀子要长在林妹妹身上，或者还得摸一摸，偏生长在他身上。”正是恨没福得摸，忽然想起“金玉”一事来，再看看宝钗形容，只见脸若银盆，眼似水杏，唇不点而红，眉不画而翠，比林黛玉另具一种妩媚风流，不觉就呆了，宝钗褪了串子来递与他也忘了接。
>
> 宝钗见他怔了，自己倒不好意思的，丢下串子，回身才要走，只见林黛玉蹬着门槛子，嘴里咬着手帕子笑呢。宝钗道：“你又禁不得风吹，怎么又站在那风口里？”林黛玉笑道：“何曾不是在屋里的。只因听见天上一声叫唤，出来瞧了瞧，原来是个呆雁。”薛宝钗道：“呆雁在那里呢？我也瞧一瞧。”林黛玉道：“我才出来，他就‘忒儿’一声飞了。”口里说着，将手里的帕子一甩，向宝玉脸上甩来。宝玉不防，正打在眼上，“嗳哟”了一声。（第二十八回）

宝玉、黛玉和宝钗三人的关系，非常微妙。宝玉和黛玉聊天，宝钗会笑着走进来：“谁说故典呢？我也听听。”（第十九回）

宝玉和宝钗说话，黛玉也会摇摇地走过来："嗳哟，我来的不巧了！"（第八回）一生二，二生三，三生万物，三个人的世界，风生水起，摇曳多姿。

刘易斯的著作《四种爱》中有这样一段话："不管怎样，去爱就会容易令人受伤。爱上任何事物，你很难不会因此心乱如麻，甚至为之心碎。如果你想确保自己分毫无损，唯一方法就是不去爱任何人，甚至爱动物也不行。"

爱就是在乎对方，一旦在乎，就会全情投入，你中有我、我中有你，剪不断理还乱，必然会有伤害和挫折，身心都会备受煎熬，生出无限烦恼。

爱得愈深，就愈敏感，就愈容易受伤。

第二十六回黛玉去怡红院看望宝玉，晴雯却因心情不好没听出是黛玉敲门，拒开门。黛玉在门外，听见屋内传来宝钗和宝玉的说笑声，回到潇湘馆一夜伤感无眠。第二天是芒种节，众姐妹在园子里欢声笑语，送别花神，唯独不见黛玉。

宝玉不知情，便来到潇湘馆找黛玉，黛玉不理。他茫然无解，一路迤逦寻到花冢处，一遍遍问黛玉，为何不理自己，我知道自己做得不好，但妹妹你得告诉我到底我哪里做错了。黛玉听了——

> 不觉将昨晚的事都忘在九霄云外了，便说道："你既这么说，昨儿为什么我去了，你不叫丫头开门？"宝玉诧异道："这话从那里说起？我要是这么样，立刻就死了！"林黛玉啐道："大清早起死呀活的，也不忌讳。你说有呢就有，没有就没有，起什么誓呢。"宝玉道："实在没有见你去。就是宝姐姐坐了一坐，就出来

了。”林黛玉想了一想，笑道：“是了。想必是你的丫头们懒待动，丧声歪气的也是有的。”宝玉道：“想必是这个原故。等我回去问了是谁，教训教训他们就好了。”黛玉道：“你的那些姑娘们也该教训教训，只是论理我不该说。今儿得罪了我的事小，倘或明儿宝姑娘来，什么贝姑娘来，也得罪了，事情岂不大了。”说着抿着嘴笑。宝玉听了，又是咬牙，又是笑。（第二十八回）

你看，每次闹误会，宝玉都有足够的耐心：好妹妹，好妹妹，你怎么不理我了？我哪里做错了，你告诉我好不好？而黛玉也从不记仇，一旦误会消除，很快阴转晴，破涕为笑。

爱，就是对所爱对象的生命和成长的积极关心和了解。经过不断的磨合、误会，宝黛爱情终于进入一个新的阶段，他们不再吵架，黛玉也放下心结。

即使心意相通，惺惺相惜，黛玉的爱依然有强烈的哀感，因为这个世界无法容纳这样的爱情。依然是第三十二回，当黛玉听到宝玉说“林妹妹从不说混帐话”，一般人都会惊喜，她的感受却相当复杂——

林黛玉听了这话，不觉又喜又惊，又悲又叹。所喜者，果然自己眼力不错，素日认他是个知己，果然是个知己。所惊者，他在人前一片私心称扬于我，其亲热厚密，竟不避嫌疑。所叹者，你既为我之知己，自然我亦可为你之知己矣；既你我为知己，则又何必有金玉之论哉；既有金玉之论，亦该你我有之，则又何必来一宝钗哉！所悲者，父母早逝，虽有铭心刻骨之言，无

> 人为我主张。况近日每觉神思恍惚，病已渐成，医者更云气弱血亏，恐致劳怯之症。你我虽为知己，但恐自不能久待；你纵为我知己，奈我薄命何！想到此间，不禁滚下泪来。待进去相见，自觉无味，便一面拭泪，一面抽身回去了。（第三十二回）

喜悦、恐惧、悲伤和叹惋，竟是五味杂陈，百感交集。

这正是宝黛爱情的悲剧：既然你我互为知己，为何命运如此安排？既有木石前盟，为何又有金玉姻缘？既有黛玉，为何又来一宝钗？更何况在那个时代和社会里，爱情在夹缝里艰难生长，不仅孤立无援，而且随时让人粉身碎骨。

宝黛爱情就是袭人眼中的“丑祸”，当她无意中听见宝玉对黛玉诉肺腑，吓得魂飞魄散，直喊：“神天菩萨，坑死我了……敢是中了邪？”又暗暗担忧——

> 如此看来，将来难免不才之事，令人可惊可畏。想到此间，也不觉怔怔的滴下泪来，心下暗度如何处治方免此丑祸。（第三十二回）

在这样喑哑的环境里，爱情本身就是罪过。不像张生、崔莺莺，柳梦梅、杜丽娘，连人间的皇帝和地狱的判官都能帮其玉成好事，宝黛爱情之悲一方面来自命运，另一方面源于世俗压力。

这样的爱情，怎一个苦字了得。

第三十四回宝玉挨了打，黛玉去看他，哭得“两个眼睛肿的桃儿一般，满面泪光”。宝玉说他一点都不疼，只不过做出疼的样子来，如今太阳虽然落了，地上馀热未散，你跑过来中了暑热可如何是好？虽然自己被打得乱七八糟，依然记挂着黛玉的身体。黛玉走后，他还是放不下心，偷偷让晴雯去看望黛玉，并把自己的旧手帕送过去。晴雯不解其意，黛玉却懂了——

这里林黛玉体贴出手帕子的意思来，不觉神魂驰荡：宝玉这番苦心，能领会我这番苦意，又令我可喜；我这番苦意，不知将来如何，又令我可悲；忽然好好的送两块旧帕子来，若不是领我深意，单看了这帕子，又令我可笑；再想令人私相传递与我，又可惧；我自己每每好哭，想来也无味，又令我可愧。如此左思右想，一时五内沸然炙起。黛玉由不得馀意绵缠，令掌灯，也想不起嫌疑避讳等事，便向案上研墨蘸笔，便向那两块旧帕子上走笔写道：

其　一

眼空蓄泪泪空垂，暗洒闲抛却为谁？
尺幅鲛绡劳解赠，叫人焉得不伤悲！

其　二

抛珠滚玉只偷潸，镇日无心镇日闲；
枕上袖边难拂拭，任他点点与斑斑。

其　三

彩线难收面上珠，湘江旧迹已模糊；
窗前亦有千竿竹，不识香痕渍也无？

林黛玉还要往下写时，觉得浑身火热，面上作烧，走至镜台揭起锦袱一照，只见腮上通红，自美压倒桃花，却不知病由此萌。（第三十四回）

"旧手帕"上有宝玉的气息，他虽人不能至，但依然牵挂黛玉，希望这块手帕陪伴着她，替她擦眼泪。"心有灵犀一点通"，黛玉体贴出这层意思，不觉神魂驰荡，喜悲笑惧愧，五内俱焚，写下《题帕三绝》。手帕浸满了泪水，泪水打湿了爱情。

王国维深谙此苦，在《红楼梦评论》里，援引叔本华的哲学来论证爱欲、生活与痛苦浑然一体，须臾不可分离。是啊，顽石本来在大荒山无稽崖青埂峰下，无喜无悲，自由自在，却无故向人间觅是非，结果爱欲缠身，苦心苦意。

黛玉的"还泪"之爱，是典型的"自苦"（自找苦吃），是"莫怨东风当自嗟"，泪水就是她存在的症候，是她的命运。

在《红楼梦》里，泪水不仅是具体的，也是象征性的：天下有情人，都能在黛玉的眼泪中看见自己。

然而，这样的爱情终是一场空，黛玉的曲子是《枉凝眉》——

> 一个是阆苑仙葩，一个是美玉无瑕。若说没奇缘，今生偏又遇着他；若说有奇缘，如何心事终虚化？一个枉自嗟呀，一个空劳牵挂。一个是水中月，一个是镜中花。想眼中能有多少泪珠儿，怎经得秋流到冬尽，春流到夏！（第五回）

泪水见证了爱情成空，也证见了爱情的真理。

后四十回续书作者显然并不理解宝黛爱情，把悲剧的原因归结为婚姻未遂。后四十回里，黛玉更是心心念念要跟宝玉结婚，并常常为此魔怔。听说宝玉定了亲，就绝食，又听说婚姻的对象可能是自己，又神清气爽起来。甚至噩梦连连，在梦里让宝玉赌咒发誓，逼得宝玉要拿刀子剜心来证明真心。

这是一个以婚姻为目的的黛玉，不是为爱而爱的黛玉，仙草的灵性没了，爱情的纯粹没了，浓重的命运感也没了。

续作者还让王熙凤设计出“掉包计”，贾母举双手赞成。不顾林黛玉病重，让宝钗假冒黛玉，强行让宝玉成婚。一面是婚礼进行中，一面是焚稿断痴情……还让黛玉临死直声喊道：“宝玉，宝玉，你好……”然后两眼一翻，带着对宝玉的满腔怨恨死去。这是霍小玉对李益，是杜十娘对李甲，不是林黛玉对贾宝玉。

林黛玉不是怨妇，贾宝玉也不是负心汉。因为黛玉深知宝玉的心，何况她泪已还，缘已尽，求仁得仁，又何怨之有？即使心怀遗恨，也是对这个世界的失望，而不是对宝玉。

五、黛玉的精神特质之四：真正的诗人

蒋勋先生说，大观园是青春王国，《红楼梦》是曹雪芹的青春记忆。大观园里的宝玉、黛玉们是长不大的少年，因此保持了干净和纯真。

中国的传统文化和社会中确实没有少年气，没有青春的位置。似乎每个人都急着长大、成熟，快速社会化。年龄往往代表智慧深浅，成年、老年意味着圆融和通达，民间有很多俗语，如“嘴上没毛，办事不牢”“我吃过的盐比你吃过的米都多”。“血气方刚”不是好词，“少年老成”则是褒义。

“尊老”固然是传统美德，但因此从价值上否定青春期，否定少年人格，就成了“道德一元论”。这种心态和文化，其实跟传统社会的伦理结构有关。

“君君臣臣父父子子”，不仅身份有尊卑，人格也不平等。君代表了绝对的权力，臣子则必须低头顺服，是谓“忠”。在老子面前，儿子必须做小服低，是谓“孝”。总之，“老”就代表位高权重。在这样老气横秋的文化里，曹雪芹硬是让一座大观园拔地而起。大观园里都是少男少女，处处充溢着少年气。

他们天真、单纯、骄傲，活得元气淋漓，还没有被社会化，成为传统结构的一分子。相比之下，大观园外的成人世界，不仅每个人都有自己的小算盘，利欲熏心，而且早就顺服于现实，对青春、爱和美充满敌意。

余英时在《红楼梦的两个世界》一文中说，“曹雪芹在《红楼梦》里创造了两个鲜明而对比的世界。这两个世界，分别叫它们作‘乌托邦的世界’和‘现实的世界’。这两个世界，落实到《红楼梦》这部书中，便是大观园的世界和大观园以外的世界”。

当然，作为一个理想的世界，大观园仅仅有青春是不够的。

还需要诗提升精神的深度和高度。园子里的女儿个个都如神明般聪颖俊秀，黛玉集美、爱和诗才于一身，是其中最出类拔萃的。

在探春的提议下，诗社乘兴而起。写诗是放飞自我，自然要跟世俗生活拉开距离，所以黛玉建议每个人起别号，把姐妹叔嫂的字样改了才不俗。于是，黛玉是“潇湘妃子”，宝钗是“蘅芜君”，探春是“蕉下客”。至于宝玉，万花丛中一点绿，就叫“怡红公子”吧。湘云是后补，起了“枕霞旧友”。迎春和惜春不太会写诗，就不记录名号了。

恰好贾芸送来了两盆白海棠，就写起了海棠诗。由迎春随便翻开一本书，旁边的小丫头随口说一个字，限定形式和韵脚，自由随意。

宝钗和黛玉的诗最有意思，先看宝钗的——

> 珍重芳姿昼掩门，自携手瓮灌苔盆。
> 胭脂洗出秋阶影，冰雪招来露砌魂。
> 淡极始知花更艳，愁多焉得玉无痕。
> 欲偿白帝凭清洁，不语婷婷日又昏。（第三十七回）

李纨先笑道："到底是蘅芜君。"便要推宝钗这诗有身份，只见黛玉提笔一挥而就——

> 半卷湘帘半掩门，碾冰为土玉为盆。
> 偷来梨蕊三分白，借得梅花一缕魂。
> 月窟仙人缝缟袂，秋闺怨女拭啼痕。
> 娇羞默默同谁诉，倦倚西风夜已昏。（第三十七回）

大家都说黛玉这首最好，尤其是宝玉，更是连声喝彩。但李纨是总评，另有标准："若论风流别致，自是这首；若论含蓄浑厚，终让蘅稿。"宝钗的诗拿了第一。为何风流别致不敌含蓄浑厚？是因为后者更符合传统的价值观和审美观。宝玉自然居末位，心悦诚服，但坚持认为林妹妹写得最好，要重评。

第二次的菊花诗乃湘云发起。她没赶上海棠社，补写了两首海棠诗，意犹未尽，要做东道主再起一次诗社。于是，在宝钗的帮助下，办成了一场大型集体"螃蟹宴"，吃完螃蟹了，众人开始写诗。

这次黛玉的三首诗:《咏菊》、《问菊》和《菊梦》,都被公认最好,尤其《问菊》——

欲讯秋情众莫知,喃喃负手叩东篱。
孤标傲世偕谁隐,一样花开为底迟?
圃露庭霜何寂寞,鸿归蛩病可相思?
休言举世无谈者,解语何妨片语时。(第三十八回)

在中国传统文化中,菊花有丰富的精神性,象征着高洁、闲隐,比如陶渊明的"采菊东篱下,悠然见南山"。相比文人式的自叹自恋,黛玉多了几分洒脱和超逸。

湘云表示佩服:"'偕谁隐','为底迟',真个把个菊花问的无言可对。"连保守的李纨也大赞黛玉。李纨的人生本来了无生趣,形如枯槁,也被黛玉的诗感染了。

诗是什么?孔子说:"诗可以兴,可以观,可以群,可以怨。迩之事父,远之事君,多识于鸟兽草木之名。"这是儒家对诗的理解,认为诗歌是有用的,有益于身心和现实。但诗歌的终极意义,其实是针对心灵的,诗是对心灵的拯救和救赎。

还记得在第一回里被拐走的甄英莲吗?她后来成了香菱,成了呆霸王薛蟠的侍妾,她曾在大观园里暂住过一段时间。刚搬进园子里,她就想要学写诗,黛玉自告奋勇当老师。

黛玉对诗歌有自己的见解:"第一立意要紧。若意趣真了,连词句不用修饰,自是好的,这叫作'不以词害意'。"即辞藻、平仄、对仗这些形式并不重要,重要的是内容。她的眼光极好,给香菱推荐了王维、杜甫、李白和陶渊明等人的诗,都是一等一的有格局的好诗。

有这样的老师，再加上自己努力，精诚所至，金石为开。众人都为她高兴，宝玉说道：

“这正是‘地灵人杰’，老天生人再不虚赋情性的。我们成日叹说可惜他这么个人竟俗了，谁知到底有今日。可见天地至公。”（第四十八回）

可见，对宝玉而言，诗让人脱俗，抵达高远之境。

诗和诗社是平庸生活的敌人。

如果你看过一部美国电影《死亡诗社》，就能知道，在刻板又贫乏的环境里，诗是怎样燃起那些年轻人的生命激情，让他们从拜伦、福斯特和莎士比亚的诗歌里学会自我成长。即使这个世界并未由此改变，但片尾处，他们纵身一跳，站到桌子上，他们不再是以前的他们，世界也不再是以前的世界，他们学会了另眼看世界。

在德国哲学家海德格尔的思想体系里，诗居于显赫的位置。他认为，当人逐渐陷入生存的泥淖，成为庸庸碌碌的凡人，遗忘了人的“本真”，是诗揭示了存在的荒芜，找回“本真”。诗人，是开口说出真相的那一个。

没有诗，大观园也就丧失了部分灵性。

意大利作家普里莫·莱维，是奥斯维辛集中营的幸存者，他写过一部回忆录《被淹没与被拯救的》。在书中他回忆自己曾跟朋友聊到诗人但丁，背诵起了《神曲》的结尾，却怎么也记不起最后几行。他写道：“要是谁能告诉我怎么接下去，我情愿把今天的汤给他，我忘记了结尾的地方。”在那种境况中，汤和面包就是他的血液，而他愿意用血液去换取几行诗。

因为，诗太重要了。他说：“(这）让我的灵魂得以喘息，虽短暂却使我不至于陷入麻木，事实上，使我获得精神上的解放，并与众不同：总之，让我找到了自我。”诗并不能拯救他的肉身，但能让他在阴暗绝望的牢房里，一个“失去文明的世界”里，活得更像一个人，而不只是一个囚犯，一个待宰的羔羊。

是时候细读黛玉葬花和她的《葬花吟》了。

第二十七回“滴翠亭杨妃戏彩蝶，埋香冢飞燕泣残红”，这一天，是芒种节，要送别花神。大观园里绣带飘飘，花枝招展，众姐妹打扮得桃羞杏让，唯独不见黛玉。宝玉去潇湘馆找黛玉，因头天晚上黛玉去怡红院看望宝玉，没敲开门，黛玉一直在生宝玉的气，看见他来，也不睬他，径自走了。

宝玉牵挂着她，一路寻过去，来到曾跟林妹妹一起葬花的山坡下，将到花冢之时，听见有呜咽之声传来。原来是黛玉一边哭，一边吟唱——

花谢花飞花满天，红消香断有谁怜？
游丝软系飘春榭，落絮轻沾扑绣帘。
闺中女儿惜春暮，愁绪满怀无释处，
手把花锄出绣闺，忍踏落花来复去。
柳丝榆荚自芳菲，不管桃飘与李飞。
桃李明年能再发，明年闺中知有谁？
三月香巢已垒成，梁间燕子太无情！
明年花发虽可啄，却不道人去梁空巢也倾。
一年三百六十日，风刀霜剑严相逼，
明媚鲜妍能几时，一朝飘泊难寻觅。
花开易见落难寻，阶前闷杀葬花人，

独倚花锄泪暗洒，洒上空枝见血痕。
杜鹃无语正黄昏，荷锄归去掩重门。
青灯照壁人初睡，冷雨敲窗被未温。
怪奴底事倍伤神，半为怜春半恼春：
怜春忽至恼忽去，至又无言去不闻。
昨宵庭外悲歌发，知是花魂与鸟魂？
花魂鸟魂总难留，鸟自无言花自羞。
愿奴胁下生双翼，随花飞到天尽头。
天尽头，何处有香丘？
未若锦囊收艳骨，一抔净土掩风流。
质本洁来还洁去，强于污淖陷渠沟。
尔今死去侬收葬，未卜侬身何日丧？
侬今葬花人笑痴，他年葬侬知是谁？
试看春残花渐落，便是红颜老死时。
一朝春尽红颜老，花落人亡两不知！（第二十七回）

这首《葬花吟》是大观园里的诗中之诗，是全书最有代表性的诗作。如何解读《葬花吟》呢？

中国是诗词大国，唐诗宋词蕴含着丰富的审美传统。《红楼梦》里的诗词，单独拎出来读或许并不高明，但曹雪芹能化身书中的不同人物，写出不同风格的诗，体现不同的性情，这是天才的“精分”本事。

木心曾说：“《红楼梦》中的诗，如水草。取出水，即不好。放在水中，好看。”就是说，把书中的诗单独拎出来看，也许并不高明，但放在书中，则意境迭生，摇曳多姿。这是很有见地的。

读诗词不宜太老实。比如“一年三百六十日，风刀霜剑严相逼”这句，有人看出黛玉备受封建家族黑暗势力的压迫；也有人看出黛玉的抑郁症，明明有贾母疼爱，宝玉的爱情，却把自己的处境形容得这么悲惨。

诗不该这样读。

一首好诗不仅仅是修辞，它是诗人的思维和情感密码，非囿于一时一地一物。好诗能生发出无限想象，伸向更广袤的世界。

很多人都知道王国维的《人间词话》，其中有人生的三重境界说，这三重境界其实是化用了不同的诗作。第一重境界“昨夜西风凋碧树，独上高楼，望尽天涯路”，来自晏殊的词。这句词，可读出三层意义——第一层是思妇；第二层是怀才不遇；而王国维读出了人生的“境界”。唐代诗人王昌龄也提到过“诗有三境”：物境、情境和意境，由实入虚，层层递进。

《葬花吟》的第一层主题，是自怜身世；第二层是伤春悲秋，感喟时间流逝命运无常；第三层则是追问生命的终极意义。

第一层太实在。来看第二层，这是古典诗歌里的感时伤逝的主题：“前不见古人，后不见来者。念天地之悠悠，独怆然而涕下。”（陈子昂）“人生代代无穷已，江月年年望相似。不知江月待何人，但见长江送流水。”（张若虚）都是个中千古绝唱。

把《葬花吟》放入《红楼梦》的整体中看，会发现，它既在中国传统诗歌的美学精神之内，也超乎其外。从感时伤逝上升到对终极意义的追问，也从个体的创伤升华到了对女儿群体命运的观照。这是林黛玉的独创，也是曹雪芹的发现。

中国诗歌里有“思妇”“怨妇”“节妇”，也有明眸善睐的“少女”，但诗人的目的不是关注女性自身的生存境遇，而是别有寄托。所谓“香草美人”传统，乃以美人自喻表达政治抱负，而“闺怨”则是以女性失宠暗示政治失意也。

《葬花吟》超越了闺怨主题，在这里，鲜花代表了女儿的青春和生命。鲜花怒放明媚可人，但春天来了，又走；花开了，又落。青春一去不复返，更何况风刀霜剑永不停歇，在这样的环境下，女儿们命如草芥。黛玉正是以诗人之眼，发现这个世界过于冷酷，并不适宜居住。

谁不爱盛开的鲜花？唯有黛玉看见落花，哀悼落花，在哀悼的同时，也在追问生命的意义。娇艳的花瓣被践踏成泥，今天我葬花，谁又会来葬我？天尽头何处有香丘？人终有一死，生命的归宿何在？何为生命的终极意义？

借用诗人海子评价德国诗人荷尔德林的话：“诗歌不是修辞练习，而是一场烈火。”

烈火冲破桎梏，发现的是被日常生活遮蔽的真理。黛玉的《葬花吟》也因此照亮了落花的生命，照亮了全体女儿的生存境遇。而通过追问“天尽头，何处有香丘”，回答了“什么样的人生值得一过”，那就是“质本洁来还洁去，强于污淖陷渠沟”，干干净净地来，清清白白地走。

就这样，以诗的方式，获得对美和生命的自觉。对黛玉而言，诗就是她的哲学，就是她的存在方式。

六、黛玉的精神特质之五：孤独而自由

安徒生写过一篇《豌豆上的公主》。

一个王子想找一个真正的公主，可是，公主很多，但他老觉得她们不是真正的公主。一天，大雨滂沱，一个姑娘敲开城堡的门，她浑身都被淋湿了，非常狼狈，但她说自己是一个真正的

公主。

老皇后决定测试一下。她在床铺上放上一粒豌豆，上面铺了二十床垫子和二十床鸭绒被。第二天，公主说自己一夜无眠："天晓得我床上有什么东西，我睡在一个很硬的东西上面，弄得我全身发青发紫，真怕人。"

安徒生说："大家都看出这是一位真正的公主，因为只有真正的公主有这么嫩的皮肤。"

这个故事到底要说明什么呢？有人说公主真矫情真脆弱，有一颗玻璃心。这个公主有这么嫩的皮肤，其实隐喻了她拥有超级感受力，这是一种天赋，能感受最细小最微妙的东西。

如果一个艺术家，一个诗人，能够拥有这样的天赋，一定是这个领域最杰出的，但也是最痛苦的。

黛玉就是这样。她身体羸弱，先天不足，而且经常咳嗽、失眠。从小就吃药，平时"十顿饭只好吃五顿"(第三十五回)，"大约一年之中，通共也只好睡十夜满足的"(第七十六回)。她自己也说："我知道我这样病是不能好的了。且别说病，只论好的日子我是怎么形景，就可知了……'死生有命，富贵在天'，也不是人力可强的。今年比往年反觉又重了些似的。"(第四十五回)

曹雪芹为什么安排黛玉身体不好又父母双亡？正是这种悲剧境遇，让林黛玉这个形象更富有象征性。

西方存在主义哲学特别关注人的生存境遇，认为"人是被抛到这个世界上的"，而且终有一死，因此，面对世界有荒谬感、面对人生有虚无感、面对死亡有焦虑感。从这个意义上，黛玉的病弱身体，正隐喻了人类的处境。人人都像黛玉，都是客居者。

那么，如何在这个异己的世界里，活出生命的价值呢？这也是《红楼梦》所关注的问题。

回到《葬花吟》。听到黛玉的“一朝春尽红颜老，花落人亡两不知”，宝玉不禁恸倒在山坡之上。跟黛玉一样，他想到人终有一死，黛玉、宝钗、香菱、袭人她们也会命如落花。生而为人，终有一死，那么，生命的意义又何在？如果人生的尽头是虚无，何以遣有生之涯？

这大好春光里，两个“无用之人”却看见死亡，并悲从中来。而正因意识到人终有一死，才能直面生死，认识到生命的有限性，促生紧迫感。这就是哲学意义上的“觉解”。既然人终有一死，不如“向死而在”，拿出勇气和热情，活出更鲜烈更丰富的人生来。

这个时刻，宝黛不仅是诗人，已经是哲学家了。

蒙田在他的《人生随笔》里说道：“绝大多数哲人，以及最伟大的人物都通过对美的欣赏和沉思来补偿学校教育，并获得智慧。”对宝黛而言，正是如此。

其实，黛玉并不是中国文学里第一个葬花的人。唐伯虎写过《落花诗》，他住的桃花庵里种了很多牡丹，花开时节，邀请好友来赏花饮酒，“至花落，遣小童，一一细拾，盛以锦囊，葬于药栏东畔，作《落花诗》送之”。明代小说《醒世恒言》里，也有一个灌园叟，爱花如命，会把落花放入瓷罐中，埋进土里，还要以酒祭奠，比黛玉还讲究。

大观园里的黛玉葬花，内涵更丰富。普鲁斯特在《追忆似水年华》里说：“永远努力在你的生活之上保留一片天空。”黛玉葬花宝玉恸倒，就是在努力触摸天空。

第二十七回是黛玉的第二次葬花。第一次是在第二十三回，那时，宝玉在桃花树下看禁书，落花成阵，他兜着花瓣要放到水里。黛玉扛着花锄摇摇走来，对宝玉说：

“撂在水里不好。你看这里的水干净，只一流出去，有人家的地方脏的臭的混倒，仍旧把花遭塌了。那畸角上我有一个花冢，如今把他扫了，装在这绢袋里，拿土埋上，日久不过随土化了，岂不干净。”（第二十三回）

黛玉为何要把花埋在土里，而不是放在水里？

花是大观园里女儿们的象征，第六十三回“寿怡红群芳开夜宴”，黛玉、探春、宝钗、袭人等都抽了花签，每个女孩子对应着一种花。宝钗是牡丹，黛玉是芙蓉，探春是杏花，湘云是海棠，到第七十八回晴雯死了，在传说中也成了芙蓉花神。

大观园里是干净的，花儿和女儿们在园子里能保持清洁和天真。然而水会流出去，会被污染。水代表了时间，也代表了不断恶化的现实。少年终要告别青春，理想也将不敌现实，园子会风流云散，贾家亦会大厦倾颓，最终“冷月葬花魂”。但毕竟这些花儿都曾绽放过青春，曾经活得干净、漂亮，有尊严。

正是因为洞见“空”的本质，黛玉才喜散不喜聚——

“人有聚就有散，聚时欢喜，到散时岂不清冷？既清冷则生伤感，所以不如倒是不聚的好。比如那花开时令人爱慕，谢时则增惆怅，所以倒是不开的好。”故此人以为喜之时，他反以为悲。那宝玉的情性只愿常聚，生怕一时散了添悲；那花只愿常开，生怕一时谢了没趣；及到筵散花谢，虽有万种悲伤，也就无可如何

了。（第三十一回）

而宝玉喜聚不喜散，是深知生命的底色是虚无，那就珍惜每个相聚的时刻。黛玉喜散不喜聚，是从热闹看见荒芜，从聚看到散，同样也是因为爱。所以，这两个人的人生观其实殊途同归，背后都有深刻又热烈的生命哲学，都是对生命和美的无限珍惜。

第四十回，贾母带着刘姥姥、黛玉、宝玉和宝钗一行人坐船游玩，时值深秋，宝玉看见了一池残败的荷叶——

“这些破荷叶可恨，怎么还不叫人来拔去。”宝钗笑道：“今年这几日，何曾饶了这园子闲了，天天逛，那里还有叫人来收拾的工夫。”林黛玉道：“我最不喜欢李义山的诗，只喜他这一句：‘留得残荷听雨声。’偏你们又不留着残荷了。”宝玉道：“果然好句，以后咱们就别叫人拔去了。”（第四十回）

宝玉痛恨残荷，是心软，不忍看见生命的破败。宝钗的回答很实在，停留在现实的层面。黛玉则是典型的诗人，她深知千里搭长棚，没有不散的宴席，直接看到命运深处。既然如此，何必要收拾残荷，假装残败不存在呢？不如对着这一池残荷，翩然起舞，把死亡升华为艺术。

黛玉的见识常常让宝玉惊叹、折服。黛玉之于宝玉，就像贝雅特丽齐之于但丁，杜尔西内娅之于堂吉诃德，她们是永恒的女神，引领他们飞升。

第二十二回“听曲文宝玉悟禅机”，宝玉因为同时得罪了湘云和黛玉，自觉无趣。想起前日所看的《南华经》上，有“巧者劳而智者忧，无能者无所求，饱食而遨游，泛若不系之舟”；又有“山木自寇，源泉自盗”等语——

> 因此越想越无趣。再细想来，目下不过这两个人，尚未应酬妥协，将来犹欲为何……遂提笔立占一偈云：你证我证，心证意证。是无有证，斯可云证。无可云证，是立足境。（第二十二回）

宝玉对人间事务感到无能为力。而庄子早洞穿人心与世事的诡谲，宁愿跟人事保持距离，做“逍遥游”，正贴合了宝玉的心境。每一个对生命充满热情的人，都有过这样心灰意冷的时刻吧。

宝玉的偈子被黛玉看见，她是怎么反应的？“不觉可笑可叹”，安慰袭人“无甚关系”。第二天拉着湘云和宝钗同来——

> 黛玉便笑道：“宝玉，我问你：至贵者是‘宝’，至坚者是‘玉’。尔有何贵？尔有何坚？”（第二十二回）

宝玉答不出来——

> 黛玉又道：“你那偈末云，‘无可云证，是立足境’，固然好了，只是据我看，还未尽善。我再续两句在后。”因念云：“无立足境，是方干净。”（第二十二回）

就参禅而言，黛玉自然比宝玉更高明。宝玉还需要立足点，即使这立足点是“无”，也算有“执”。黛玉干脆抽掉这个点，把“无”也看“空”，更接近禅宗里六祖惠能的“识”：“本来无一物，何处染尘埃。”宝玉的见识是神秀式的：“时时勤拂拭，莫使有尘埃。”

这一回脂砚斋评论说：“黛玉说‘无关系’，将来必无关系。余正恐颦、玉从此一悟则无妙文可看矣。不想颦儿视之为漠然，更曰‘无关系’，可知宝玉不能悟也。余心稍慰。”

确实，黛玉最了解宝玉。宝玉在偈子后面还填了一支《寄生草》：“无我原非你，从他不解伊。肆行无碍凭来去。茫茫着甚悲愁喜，纷纷说甚亲疏密。从前碌碌却因何，到如今回头试想真无趣！”宝钗看了，说：这个人悟了，都是我的不是，昨儿一支曲子惹出来的，这些道书禅机最能移性。

非也非也，宝钗想多了。宝玉怎么可能会悟呢？他的人生刚刚开始，只是初涉人间的烦恼与苦痛，真正“悬崖撒手”的一刻尚未到来。他注定要亲历繁华落尽一场空，才能领悟生命的真谛。

黛玉比宝玉更为颖慧，走得更远。当宝玉还在苦苦追寻立足境时，黛玉已经在山顶，点头微笑了。她的“尔有何贵？尔有何坚？”相当于禅宗的当头棒喝。

是啊，什么是珍贵？什么是不朽？《红楼梦》自始至终都在认辨真假、有无、清浊，这是曹雪芹宏大文学世界里的关键词。

为了简便，我把书中人大致分为两类：一类是“有用之人”，比如王熙凤、探春和宝钗，她们是现实主义者，要在现实的层面上有所作为；一类是“无用之人”，有宝玉、黛玉、晴雯、香菱……有更纯粹的精神世界。有用和无用当然是相对的，只是一个更趋近现实，一个更接近理想。

宝钗也写得一手好诗，“珍重芳姿昼掩门，自携手瓮灌台盆”，因为“有身份”，被李纨推为海棠诗的第一名。宝钗写诗也不放松身段，一直紧贴地面，活得很现实很结实。

黛玉则是天生的诗人。她咏海棠是“半卷湘帘半掩门，碾冰为土玉为盆”，多了灵气、洒脱，心态更开放更自由。

黛玉的生活就是诗。她的日常状态是这样的：饭后看了两篇书，同紫鹃、雪雁做一回针线，倚着房门出一回神，信步出来，看台阶下新迸出的稚笋（第二十五回）。她立在花阴下出神，回到潇湘馆——

> 一进院门，只见满地下竹影参差，苔痕浓淡，不觉又想起《西厢记》中所云“幽僻处可有人行，点苍苔白露泠泠”二句来，因暗暗的叹道：“双文，双文，诚为命薄人矣。然你虽命薄，尚有孀母弱弟；今日林黛玉之命薄，一并连孀母弱弟俱无。古人云‘佳人命薄’，然我又非佳人，何命薄胜于双文哉！”
>
> 一面想，一面只管走，不防廊上的鹦哥见林黛玉来了，嘎的一声扑了下来，倒吓了一跳，因说道：“作死的，又扇了我一头灰。”那鹦哥仍飞上架去，便叫：“雪雁，快掀帘子，姑娘来了。”黛玉便止住步，以手扣架道：“添了食水不曾？”那鹦哥便长叹一声，竟大似林黛玉素日吁嗟音韵，接着念道：“侬今葬花人笑痴，他年葬侬知是谁？试看春尽花渐落，便是红颜老死时。一朝春尽红颜老，花落人亡两不知！”黛玉紫鹃听了都笑起来。紫鹃笑道：“这都是素日姑娘念的，难为他怎么记了。”黛玉便令将架摘下来，另挂在月洞窗外的

钩上，于是进了屋子，在月洞窗内坐了。吃毕药，只见窗外竹影映入纱来，满屋阴阴翠润，几簟生凉。黛玉无可释闷，便隔着纱窗调逗鹦哥作戏，又将素日所喜的诗词也教与他念。（第三十五回）

简直就是一幅写意画，充盈自足，独立洒脱。她习惯独处，能享受一个人的孤独时光。她经常失眠，当别人都在熟睡，唯有她看见了世界的深处。

在传统中国人看来，个人属于社会，一个人要被社会承认，被社会接纳，才能实现个人价值。融入社会，就像一滴水汇入大海，一棵树隐入森林一样，非常安全。反之，如果常常一个人待着，就意味着被社会抛弃，是孤独，是失败。

想想看，汉语中带"孤独"字眼的词汇：比如孤魂野鬼、孤家寡人、一意孤行、孤芳自赏、孤注一掷、孤苦伶仃、孤掌难鸣、鳏寡孤独……是不是都或多或少有点贬义？汉字里隐藏着中国人的文化心理和集体无意识。

我们所熟悉的那些古代诗人，不是学而优则仕，就是在学而优则仕的路上。大多数都有被贬官、被主流社会疏远的经历，在诗里，他们无一不在表达被放逐的愁闷。

"哀吾生之无乐兮，幽独处乎山中。吾不能变心以从俗兮，固将愁苦而终穷"，这是屈原；"万里悲秋常作客，百年多病独登台"，这是杜甫；"门前冷落车马稀，老大嫁做商人妇"，这是白居易以被弃的商人妇自喻；就连被称为"太白星""饮中仙"的李白，失意地离开长安，也写出"大道如青天，我独不得出"。

对大多数中国人来说，被迫远离主流社会，就是被遗弃，代表了人生的失败。对这样的"被动"孤独，自然无力承受。

黛玉却主动选择了孤独。第二十三回，她独自走在园子里，听到梨香院传来的歌声。当听到“原来姹紫嫣红开遍，似这般都付与断井颓垣”，觉得有趣味，便停下脚步，侧耳细听——

> 又听唱道是：“良辰美景奈何天，赏心乐事谁家院。”听了这两句，不觉点头自叹，心下自思道：“原来戏上也有好文章。可惜世人只知看戏，未必能领略这其中的趣味。”想毕，又后悔不该胡想，耽误了听曲子。又侧耳时，只听唱道：“则为你如花美眷，似水流年……”林黛玉听了这两句，不觉心动神摇。又听道“你在幽闺自怜”等句，亦发如醉如痴，站立不住，便一蹲身坐在一块山子石上，细嚼“如花美眷，似水流年”八个字的滋味。忽又想起前日见古人诗中有“水流花谢两无情”之句，再又有词中有“流水落花春去也，天上人间”之句，又兼方才所见《西厢记》中“花落水流红，闲愁万种”之句，都一时想起来，凑聚在一处。仔细忖度，不觉心痛神痴，眼中落泪。（第二十三回）

从戏曲联想到诗词，这个时刻，让黛玉沉浸其中的，不只是艺术的热切感染力，还有一种孤独神秘的生命体验。只有那些内心丰富而完足的人，才有这样的时刻。

“孤独”其实是一种丰盈独立的存在状态。享受孤独，就是跟现实拉开距离，不受他人的影响和环境的主宰。在孤独中，人可以拥有自由意志，成为“自为的”存在。

而诗和哲学，也都是人迹罕至、个人孤独的产物。热闹的人群里，不会产生真正的诗和哲学。叔本华和尼采都认为，人终其一生都会受到生存意志（欲望）的摆布，欲望得到满足是无聊，得不到满足就是痛苦，人生的本质就是悲剧，而孤独是暂时可以摈弃欲念的时刻。这样的时刻，能摆脱生存逻辑的缠绕，忘记自己是社会人，进入更自由的精神世界。所以黑格尔说："密涅瓦的猫头鹰黄昏时起飞。"

孤独，是人存在的本质。任何一个人都是孤独的个体，他生来独一无二，不可替代。黛玉的生活诠释了孤独的价值，在孤独中，她失去的是枷锁，获得的是自由。

《世说新语》里有一则"雪夜访戴"的故事——

> 王子猷居山阴，夜大雪，眠觉，开室，命酌酒，四望皎然。因起彷徨，咏左思《招隐》诗。忽忆戴安道。时戴在剡，即便夜乘小船就之。经宿方至，造门不前而返。人问其故，王曰："吾本乘兴而行，兴尽而返，何必见戴？"

王子猷住在山阴县，一夜大雪，寂静无人，他一个人喝酒、沉思，想起好友戴安道。戴安道住在剡县，在曹娥江的上游。王子猷当即乘船，经过一夜才到。然而，到了戴的门口，他没敲门，就回家了。有人问他，他回答："吾本乘兴而行，兴尽而返，何必见戴？"

他在雪夜里醒来，沉思，彷徨，咏诗，万籁俱寂，生命在这样的时刻，尤其敏感。雪夜里，小船独行，这绝非寻常的访友社交，而是一个梦幻的诗意的旅程。到了朋友门前，这个诗意的旅程已然完满，不必见朋友了。见了朋友，还要解释自己为何连夜来找他，这样一来，个人自由的心境就被编织进社会交往之中，诗意就下沉了，消失了。

诗和生活水乳交融，形成了艺术化的生活，生活的艺术化。明代的小说家凌濛初评论道："读此，每令人飘飘欲飞。"

每思及黛玉，我也总会想起雪夜访戴的故事，而飘飘欲飞呢。

第六讲

『红楼』梦中人之薛宝钗：复杂的现实主义者

一、看不透的薛宝钗

自《红楼梦》问世以来，就有拥黛派和拥钗派，清代有两个学者一个喜欢黛玉，一个喜欢宝钗，一言不合，“几挥老拳”。如今，论起钗黛，也往往话不投机，不欢而散。

喜欢宝钗的，说她温厚大气，贤良淑德，与人为善，而且“极高明而道中庸”，是完美的人格典范；不喜欢她的，觉得她城府很深，很虚伪，俨然一个“女曹操”；当然，也有居中调和为她惋惜的，认为她自觉以礼教约束自己，是传统社会的牺牲品。

总结一下，对宝钗的评价可分正方和反方：

正方：贤德媳妇、贤妻良母、淑女、封建社会完美少女、女中圣人、大家闺秀的典范……

反方：无情、奸诈狡猾、奸雄之最毒者、乡愿人物、圆滑的利己主义者、伪装善人的刽子手、国贼禄鬼……

这些年来，正反方都有充分论据，谁也说服不了谁。为什么一个宝钗能引发如此鲜明的认知分歧呢？

一是《红楼梦》的内涵极其丰富，主题多元，人物立体，横看成岭侧成峰，作品和人物越经典，阐释空间就越丰富；而且曹雪芹写作时几乎不显露自己的态度，下笔相当克制。写到宝钗时尤其含蓄深沉，常有囫囵语，引发读者的多种联想。

比如，“比通灵金莺微露意，探宝钗黛玉半含酸”这一回。故事刚刚开始，这天宝玉去梨香院看望宝钗，二人寒暄一阵，宝钗主动提出要看宝玉戴的玉——

宝钗托于掌上，只见大如雀卵，灿若明霞，莹润如

> 酥，五色花纹缠护……宝钗看毕，又从新翻过正面来细看，口内念道："莫失莫忘，仙寿恒昌。"念了两遍，乃回头向莺儿笑道："你不去倒茶，也在这里发呆作什么？"莺儿嘻嘻笑道："我听这两句话，倒像和姑娘的项圈上的两句话是一对儿。"（第八回）

宝玉听了自然好奇，要看宝钗的金锁，宝钗说没什么字，终是"被缠不过"，便说有人给了两句吉利话，錾在金锁上，让天天戴着，不然，沉甸甸的有什么趣儿——

> 一面说，一面解了排扣，从里面大红袄上将那珠宝晶莹黄金灿烂的璎珞掏将出来。宝玉忙托了锁看时，果然一面有四个篆字……"不离不弃，芳龄永继"。
>
> 宝玉看了，也念了两遍，又念自己的两遍，因笑问："姐姐这八个字倒真与我的是一对。"莺儿笑道："是个癞头和尚送的，他说必须錾在金器上——"宝钗不待说完，便嗔他不去倒茶，一面又问宝玉从那里来。（第八回）

针对这个场景，就有不同角度的理解。

宝玉一进屋，就转成宝钗的视线：她先是看宝玉的装扮，接着看到宝玉"项上挂着长命锁、记名符，另外有一块落草时衔下来的宝玉"。她主动要看玉，不仅翻来覆去看了一会儿，而且还念了两遍玉上的字……提醒莺儿去倒茶，莺儿说出金锁的秘密。宝玉看宝钗的金锁，莺儿又说出了癞头和尚云云。

整个场景欲言又止、环环相扣,“金玉姻缘”呼之欲出了。

《红楼梦》是一部充满细节的书。在看似平常的生活细节里,藏着每个人的个性和心事。你看,偏偏宝钗要看玉还要读出声来;偏偏莺儿多嘴;宝钗半新不旧的外衣里,偏偏是鲜艳的大红袄;金玉刚刚配成双,偏偏黛玉摇摇地来了。

难怪有人说宝钗这一番操作是故意的。但这样说也有点捕风捉影,作者只是客观呈现一个日常的场景,谁也不知道宝钗的心思。我甚至怀疑,宝钗自己也看不清自己。

即便作者写她的心理活动,也是藏头露尾、半遮半掩,未必是真的。

比如,第二十八回“薛宝钗羞笼红麝串”。元春给家人赏赐端午节礼物,黛玉跟迎春三姐妹的礼物是一样的,只有宝钗跟宝玉的礼物完全一致,都额外多出了两样。宝玉认为一定是送错了,袭人说都写好了签子,岂有错的?此时此刻,宝钗做何感想呢?正好,书中有她的内心活动——

> 薛宝钗因往日母亲对王夫人等曾提过“金锁是个和尚给的,等日后有玉的方可结为婚姻”等语,所以总远着宝玉。昨儿见元春所赐的东西,独他与宝玉一样,心里越发没意思起来。(第二十八回)

“越发没意思起来”是什么意思?反正,“总远着宝玉”不是真的。因为在怡红院总能看到她,有一次还惹得晴雯发起了牢骚:“有事没事跑了来坐着,叫我们三更半夜的不得睡觉!”(第二十六回)

曹公把水搅得越来越浑了。不过,能就此说宝钗“心里藏奸”，处心积虑接近宝玉，为“金玉姻缘”造势吗？也不能。

宝钗的性格太含蓄太内敛，喜怒从不形于色，内心似乎有一个黑洞，一眼望不到底，不像林黛玉和史湘云清澈透明，心事都挂在脸上。

在书中，薛宝钗和林黛玉处处不同。黛玉气质飘逸，有仙气，她的眉毛、眼睛和脸形都是雾里看花，宝钗的长相就很具体——

唇不点而红，眉不画而翠，脸若银盆，眼如水杏。罕言寡语，人谓藏愚；安分随时，自云守拙。（第八回）

穿的是蜜合色、玫瑰紫二色金的上衣，葱黄色裙子，很家常，色彩也很温暖，像邻家姐姐般亲切。

林黛玉是“世外仙姝”，薛宝钗则是“山中高士”；林黛玉是“咏絮才”，薛宝钗就是“停机德”；黛玉“半卷湘帘半掩门”，宝钗是“珍重芳姿昼掩门”；黛玉风流袅娜，宝钗鲜艳妩媚；黛玉超逸（宝玉语），宝钗就有身份（李纨语）；黛玉简单明澈，宝钗深藏不露。

“高”与“德”的内涵就相当复杂。宝钗的“复杂”，是中国人和中国生活的“复杂”，在她身上，有中国式的人情世故，也有中国式生存的全部奥秘。

不过，把宝钗看成“小人”“小三”，处心积虑破坏宝黛爱情，是背离曹雪芹创作初衷的。第一回他特意通过顽石之口批评那些才子佳人的故事，认为那都是风月笔墨——

“满纸潘安、子建、西子、文君，不过作者要写出

自己的那两首情诗艳赋来，故假拟出男女二人名姓，又必旁出一小人其间拨乱，亦如剧中之小丑然。”（第一回）

把宝黛钗当成三角恋爱关系，又把宝钗当成“第三者”，这不是在读《红楼梦》，是在看三流言情剧了。事实上，第四十二回宝钗“兰言解疑癖”，跟黛玉的关系实现了大逆转，从此亲如姐妹，哪有这样的三角恋爱呢？

在《红楼梦辨》一书中，俞平伯先生告诫读者，不要因同情宝黛，因他们的爱情悲剧，转而痛恨宝钗等人：“既然向失意者——黛玉——表同情，既然对于‘钗党’有先入的恶感；这颜色眼镜已经戴上了，如何再能发现作者的态度。感情这类状态，从主观上投射到客观方面，是很容易的。自己这般说，不知不觉地擅定作者也这般说。于是凡他所喜欢的人，作者定是要褒的；他所痛恨的，作者定是要贬的。这并非作者之意，不过读者的偏见罢了。”

二、“社交达人”薛宝钗

薛宝钗出身皇商家族，是“丰年好大雪，珍珠如土金如铁”的薛家。其父早逝，其母薛姨妈是王夫人的亲妹妹，其兄薛蟠人称“呆霸王”，无法无天惹祸甚多。第四回“葫芦僧乱判葫芦案”，贾雨村审理的就是薛蟠打死冯渊抢了甄英莲（香菱）的案子。

宝钗比宝玉大两岁，是宝玉的姨表姐。她是怎么来到贾家的？怎么就在贾家长住了呢？

书中有交代，一因薛蟠惹上官司，薛姨妈的娘家兄长王子腾希望他们到京城处理；二因宝钗要参选秀女（选陪侍公主、郡主读书的女孩。元春正是以此进宫当了女史，后来“才选凤藻宫”，成了皇帝的嫔妃）。在贾母的邀请下，薛家住在了荣国府东北角的梨香院内，初来薛姨妈曾悄悄跟王夫人说——

> “一应日费供给一概免却，方是处常之法。”王夫人知她家不难于此，遂亦从其愿。从此后薛家母子就在梨香院住了。（第四回）

这一住下就不走了。宝钗一来，就搅动了一池春水。本来黛玉先来，跟宝玉两小无猜、亲密友爱，宝钗来了——

> 品格端方，容貌丰美，人多谓黛玉所不及。而且宝钗行为豁达，随分从时，不比黛玉孤高自许，目无下尘，故比黛玉大得下人之心。便是那些小丫头子们，亦多喜与宝钗去顽。因此黛玉心中便有些悒郁不忿之意，宝钗却浑然不觉。（第五回）

故事刚开始，宝钗和黛玉就有两军对垒之势。宝钗人缘极好，“人多谓黛玉所不及”，比黛玉更“得下人之心”。

“人多谓”，可见是群众的呼声。宝钗的人缘好到什么程度呢？上到贾母，中至姐妹，下到丫鬟袭人、小红以及边缘人赵姨娘，都对她赞誉有加。没人能随随便便成功，这当然是宝钗努力的结果。

对长辈，宝钗一向“晨昏定省”，即一早一晚都去问安。贾母喜欢宝钗的“稳重和平”，替她过十五岁生日，拿出二十两银子交给凤姐操办酒戏——

宝钗深知贾母年老人，喜热闹戏文，爱吃甜烂之食，便总依贾母往日素喜者说了出来。贾母更加欢悦。（第二十二回）

宝玉挨了打，贾母带着凤姐一行人来看望，宝玉想喝荷叶莲蓬汤，凤姐张罗置办，说好不容易做一次，不如大家都跟着吃吧。贾母便委婉提醒她，是记在公家账户上还是她自己请客？宝钗不失时机地插了一句——

“我来了这么几年，留神看起来，凤丫头凭他怎么巧，再巧不过老太太去。”（第三十五回）

千穿万穿马屁不穿。贾母听了自然得意，便夸口说自己当年比凤丫头还“来得”呢。闲聊间，宝玉本想引贾母夸黛玉，结果老太太倒猛夸起了宝钗——

“不是我当着姨太太的面奉承，千真万真，从我们家四个女孩儿算起，都不如宝丫头。”薛姨妈听说，忙笑道：“这话老太太是说偏了。”王夫人忙又笑道：“老太太时常背地里和我说宝丫头好，这倒不是假话。”（第三十五回）

不过，贾母真的很喜欢宝钗超过喜欢黛玉吗？

因为关系到宝玉的婚事，贾母对宝钗和黛玉的态度就很重要，也引发了读者的种种猜测。

有人说，贾母未必多中意宝钗，这句赞语里有“我们家四个女孩儿”，肯定不包括元春，元春是贵妃，哪敢说贵妃不如宝钗？应该是黛玉、迎春、探春和惜春，这恰恰说明，贾母是把黛玉当自家人看的。确实，她经常说“两个玉儿可恶”“不是冤家不对头”，满满的亲近和溺爱。

贾母最喜爱什么人？她喜欢的是王熙凤、晴雯和鸳鸯这样聪明伶俐有个性的人，自然也会欣赏黛玉。

传统中国社会里，人与人之间的交往是非常微妙的。贾家是传统大家族，自家人之间、跟亲戚之间哪些话能说，哪些话不能说，说出来的话又该如何理解，都是人情，都是学问。美国人类学家爱德华·霍尔在《超越文化》一书中，提出两个概念：“低语境文化”和“高语境文化”，有助于我们了解东方人际关系的微妙和说话的艺术。

“低语境文化”一般指欧美等西方社会，特点是偏重字面语言的逻辑性，不格外考虑说话者的地位、身份和动机。就按照字面意思去理解，说啥就是啥，没有什么“春秋大义”，也不会“深文周纳”。而中国是典型的“高语境文化”，在传统熟人社会小范围群体的密切互动中，有的话不需明说，也不能明说，而说出来的话也并非只有字面意思，常有弦外之音。在这样的语境下，交流不只是靠语言，还有群体的文化默契。总之，“一半采用语言，一半不采用语言来表达”，《红楼梦》深谙其趣。在书中，说出来的部分构成了表层的故事，众所周知，而没被说出来的部分则静水深流，等着读者去体悟。

有了这样的思想准备，再来看《红楼梦》，看宝钗，那可是精彩纷呈。

人际关系是宝钗最擅长的领域。对长辈是恭顺、敬爱有加，对姐妹们则春风化雨，十分有心。

湘云没赶上海棠诗社，补写了两首诗依然意犹未尽，要当东道主再起诗社，众人叫好。唯有宝钗想得多想得深，当晚，她邀请湘云到蘅芜苑住，说了一番话——

> “既开社，便要作东。虽然是个顽意儿，也要瞻前顾后，又要自己便宜，又要不得罪了人，然后方大家有趣。你家里你又作不得主，一个月通共那几串钱，你还不够盘缠呢。这会子又干这没要紧的事，你婶子听见了，越发抱怨你了。况且你就都拿出来，做这个东道也是不够。难道为这个家去要不成？还是往这里要呢？”（第三十七回）

说得语重心长，湘云一听，不禁踌躇起来。宝钗显然胸有成竹。她有第一手信息，就是老太太喜欢吃螃蟹，王夫人刚要请老太太吃螃蟹赏桂花。不如先请她们吃螃蟹，吃完螃蟹我们再作诗。碰巧我哥哥有好螃蟹也有好酒，再准备点果碟，万事俱备。

> 湘云听了，心中自是感服，极赞他想的周到。宝钗又笑道：“我是一片真心为你的话。你千万别多心，想着我小看了你，咱们两个就白好了。你若不多心，我就好叫他们办去的。”（第三十七回）

第二天螃蟹宴就开始了。宝钗做事周全，还安排了小丫鬟煮茶、烫酒。湘云说是宝姐姐预备的，贾母又赞宝钗细致，凡事想得妥当。

螃蟹宴自然非常成功。贾母、薛姨妈吃得开心，王熙凤、平儿、鸳鸯也闹成一团，吃完螃蟹，众人再写菊花诗和螃蟹诗……总之，实现了多赢。

螃蟹宴是大观园最著名的盛宴了。也只有宝钗能把一个原本很小众也不需要花钱的文青活动，做大做强办成集体聚会。海棠社是怎么起来的？探春一纸邀约，众人即兴应和，又趁着贾芸送来两盆白海棠，即以海棠为题写诗——让迎春随手打开一本诗集，一个丫鬟随口说一个字，定下格律和韵脚，就这么乘兴而起，又风雅又随意。

而宝钗认为，诗社虽小，但关键是不能得罪人。她是把文青聚会当成社交，把娱乐搞成应酬的。而且运筹帷幄，不抢风头又大获全胜，宝钗真是一个典型的社会人。

虽然住在大观园这个青春王国里，她却没有任何青春期特点，她好像生下来就老了，世事洞明人情练达。在复杂的人际关系里，游刃有余，长袖善舞，连成年人都自叹不如。她眼观六路耳听八方，大观园的风吹草动——从老太太爱吃螃蟹，到王夫人想请吃螃蟹，到湘云的尴尬处——都能记在心里。就连怡红院的丫鬟袭人，她也能看在眼里记在心里。

第二十一回，那天，宝玉一大早就去看望湘云和黛玉，还在那里洗了脸梳了头，袭人不免有些气闷。这时，宝钗来了，问宝玉去哪儿了？

袭人含笑道："宝兄弟那里还有在家里的工夫！"宝钗听说，心中明白。又听袭人叹道："姊妹们和气，也有个分寸礼节，也没个黑家白日闹的！凭人怎么劝，都是耳旁风。”宝钗听了，心中暗忖道：“倒别看错了这个丫头，听他说话，倒有些识见。”宝钗便在炕上坐了，慢慢的闲言中套问他年纪家乡等语，留神窥察，其言语志量深可敬爱。（第二十一回）

为什么说袭人有识见？因为宝钗看出袭人跟自己是同路人，并不认可宝玉的行为。她一直为宝玉忧心，想方设法劝他读书，说他是“无事忙”“富贵闲人”。人谓“晴为黛影，袭为钗副”，正是此意。

从此袭人满心崇拜宝钗，张口闭口都是赞美。第三十二回湘云劝宝玉去会贾雨村，宝玉一脑门子不乐意，说湘云这是“混帐话”，袭人在一旁说：

“上回也是宝姑娘也说过一回，他也不管人脸上过的去过不去，他就咳了一声，拿起脚来走了。这里宝姑娘的话也没说完，见他走了，登时羞的脸通红，说又不是，不说又不是。幸而是宝姑娘，那要是林姑娘，不知又闹到怎么样，哭的怎么样呢。提起这个话来，真真的宝姑娘叫人敬重，自己讪了一会子去了。我倒过不去，只当他恼了。谁知过后还是照旧一样，真真有涵养，心地宽大。”（第三十二回）

正是在这一回里，宝钗主动提出，要帮袭人做宝玉的针线活，袭人更是感激不尽。有评论者说，宝钗特意告诉袭人，湘云太忙，不好做宝玉的活计，自己却揽过来做。这是既收了袭人为心腹，又减少了湘云亲近宝玉的机会，可谓一石二鸟，高明至极。

不过，这样解读会不会太诛心了呢？宝钗固然复杂深沉，心思缜密，但也不至于如此处心积虑。宝钗这个形象的魅力，正在于她的含蓄和深沉可以生发诸多联想。一句话，宝钗的复杂，正是人性的复杂，如果一味把她往坏了想，也辜负了曹公的苦心。

要知道，善恶之间一片广袤的灰色地带，正是文学徜徉的人性空间。

来看元春省亲这一回，元春让宝玉和众姐妹写诗。迎春、探春、惜春、李纨写诗规规矩矩，元春赞“终是薛林二妹之作与众不同”。黛玉“安心今夜大展奇才，将众人压倒”，没想到元春只命一匾一咏，只好胡乱作一首五言律应景，匾额名为“世外仙源”，诗曰：

名园筑何处，仙境别红尘。
借得山川秀，添来景物新。
香融金谷酒，花媚玉堂人。
何幸邀恩宠，宫车过往频。（第十七回至十八回）

黛玉这首诗虽也有“颂圣”之意，但把省亲别墅比作“世外仙源”，立意高远、格局开阔，并无谄媚感。在这个场合，黛玉还一心想显露才华，一看就是诗人本色。

宝钗就不一样。她审时度势，很有角色意识，知道在这个场合应该怎样表现。她的匾额名为“凝晖钟瑞”，一派端严气象，诗曰：

芳园筑向帝城西，华日祥云笼罩奇。

高柳喜迁莺出谷，修篁时待凤来仪。

文风已著宸游夕，孝化应隆归省时。

睿藻仙才盈彩笔，自惭何敢再为辞。（第十七回至十八回）

又是“祥云”，又是“凤来仪”，又是“孝化”，用词安全得体。把元春誉为“仙才”，在仙才面前，她自惭形秽，不敢说话。她还观察到一个细节，元春把宝玉拟的“红香绿玉”改成了“怡红快绿”。见宝玉写“绿玉春犹卷”，便赶紧提醒宝玉：她不喜“红香绿玉”，你偏用“绿玉”，岂不有意跟她作对？赶紧再换一个字。宝玉一时想不出，宝钗建议用“绿蜡”代之。喜得宝玉连夸她是“一字师”，说以后不叫她姐姐，叫她师父——

（宝钗）悄悄的咂嘴点头笑道：“亏你，今夜不过如此，将来金殿对策，你大约连‘赵钱孙李’都忘了呢！……还不快作上去，只管姐姐妹妹的。谁是你姐姐，那上头穿黄袍的才是你姐姐，你又认我这姐姐来了。”（第十七回至十八回）

宝钗能想到“金銮对策”，看见上头“穿黄袍的”。她入世极深，有分寸，知进退，明白什么场合说什么话，做什么事。黛玉就完全没有这个意识，连宝玉转赠她北静王送自己的珠子，她都会一把扔出去：“什么臭男人拿过的！我不要他。”（第十六回）她不会审时度势，看不见什么权力、利益。

如果说宝钗是社会人，心思深，黛玉就是自然人，天性更洒脱。

在宝钗的人际版图中，黛玉是一个例外，因为她总是跟宝钗过不去，总是当面撑她，得理不饶人。“木石前盟”和“金玉姻缘”天然有冲突，二人性情又不同，在内心黛玉是把宝钗当“情敌”的。

乍一看，宝黛钗就是典型的三角恋爱关系。但曹雪芹并不按常理出牌，意外出现了。

那是第四十回，刘姥姥第二次来到荣国府。贾母带着刘姥姥逛大观园，酒席行酒令时，黛玉说出“良辰美景奈何天”“纱窗也没有红娘报”，众人都没留意，唯有宝钗回头看黛玉。

无人时，宝钗请黛玉到蘅芜苑，问她：好一个未出闺门的千金小姐，你行酒令的时候说了什么？黛玉一下子红了脸，知道自己失了态，当众说出《牡丹亭》和《西厢记》里的戏词，赶紧说：好姐姐，我以后再也不敢了。

宝钗笑道：“我也不知道，听你说的怪生的，所以请教你。”黛玉道：“好姐姐，你别说与别人，我以后再不说了。”宝钗见他羞得满脸飞红，满口央告，便不肯再往下追问，因拉他坐下吃茶，款款的告诉他道：“你当我是谁，我也是个淘气的。从小七八岁上也够个人缠的。我们家也算是个读书人家，祖父手里也爱藏书。先时人口多，姊妹弟兄都在一处，都怕看正经书。弟兄们也有爱诗的，也有爱词的，诸如这些‘西厢’、‘琵琶’以及‘元人百种’，无所不有。他们是偷背着我们看，我们却也偷背着他们看。后来大人知道了，打的打，骂的骂，烧的烧，才丢开了。所以咱们女孩儿家不认得字的倒好。男人们读书不明理，尚且不如

> 不读书的好，何况你我。就连作诗写字等事，这不是你我分内之事，究竟也不是男人分内之事。男人们读书明理，辅国治民，这便好了。只是如今并不听见有这样的人，读了书倒更坏了。这是书误了他，可惜他也把书糟踏了，所以竟不如耕种买卖，倒没有什么大害处。你我只该做些针黹纺织的事才是，偏又认得了字，既认得了字，不过拣那正经的看也罢了，最怕见了些杂书，移了性情，就不可救了。”（第四十二回）

意外的是，宝钗竟然坦言自己小时候也看过这类闲书，只是发现不是好书后就丢了……最后还好心教育了黛玉一番。等于跟黛玉拥有了同一个秘密，距离一下子拉近了，两个人成了同战壕的战友。

在这样诚恳的宝姐姐面前，黛玉是服气的。从此，她们前嫌尽释，黛玉更是把宝钗当成亲姐姐看。在这一回里，宝钗给惜春列绘画工具的单子，黛玉开玩笑说她把嫁妆单子都列上了——

> 探春“嗳”了一声，笑个不住，说道：“宝姐姐，你还不拧他的嘴？你问问他编排你的话。”宝钗笑道：“不用问，狗嘴里还有象牙不成！”一面说，一面走上来，把黛玉按在炕上，便要拧他的脸。黛玉笑着忙央告：“好姐姐，饶了我罢！颦儿年纪小，只知说，不知道轻重，作姐姐的教导我。姐姐不饶我，还求谁去？”众人不知话内有因，都笑道：“说的好可怜见的，连我们也软了，饶了他罢。”

宝钗原是和他顽，忽听他又拉扯前番说他胡看杂书的话，便不好再和他厮闹，放起他来。黛玉笑道："到底是姐姐，要是我，再不饶人的。"宝钗笑指他道："怪不得老太太疼你，众人爱你伶俐，今儿我也怪疼你的了。过来，我替你把头发拢一拢。"黛玉果然转过身来，宝钗用手拢上去。宝玉在旁看着，只觉更好看，不觉后悔不该令他抿上鬓去，也该留着，此时叫他替他抿去。（第四十二回）

两人相处多融洽。黛玉公开认错，一片真心；宝钗也很温暖，诚心相待，宝玉在一旁都看呆了。后来，黛玉更是敞开心扉，跟宝钗说了很多心里话，自我检讨以前错看宝钗，宝钗又让人给黛玉送来燕窝和洋糖，黛玉大为感激，还要主动认薛姨妈为妈。

是不是很意外？

俞平伯先生在《红楼梦辨》里说，钗黛是"两峰并峙，双水分流"，认为宝钗和黛玉不是通常的情场冤家，而是"双秀""双绝"。也有评论者认为宝钗和黛玉各代表人性的两个方面，宝钗理性、现实，黛玉感性、理想，两个人合起来便是曹雪芹心中的完美女性。脂砚斋有这样一句评语："钗、玉名虽两个，人却一身，此幻笔也。今书至是回时已过三分之一有馀，故写是回，使二人合二为一。请看黛玉逝后宝钗之文字，便知余言不谬矣。"（第四十二回总批）大概也是这个意思。

我个人更认同俞平伯先生的观点。曹雪芹根本不想追求什么完美女性，也不想把宝钗写成破坏宝黛爱情的"第三者"。宝钗是现实主义者，有温暖友爱的一面，也有精彩绝伦的人格，只有这样的人，才堪成为《红楼梦》的第二女主角，撑起一部大书。而不是像普通言情剧那样，“小三”个个面目可憎，人格低劣。

坚称宝钗是“小三”，蓄意破坏宝黛恋情的，可休矣。才子佳人谈恋爱，“必旁出一小人其间拨乱”（第一回），两女争一夫的滥俗故事，早就被曹公抛弃了。

三、大家闺秀薛宝钗

从长相到性格，从言行举止到思想观念，宝钗都是传统淑女的典范。她自觉遵守传统社会对女性的道德要求，“德言容功”齐备，“温良恭俭让”也一个不少。

班昭在《女诫·妇行》中说：“女有四行，一曰妇德，二曰妇言，三曰妇容，四曰妇功。夫云妇德，不必才名绝异也；妇言，不必辩口利辞也；妇容，不必颜色美丽也；妇功，不必工巧过人也。”

接着，她又具体描述了“四行”的内涵。比如妇德是“清闲贞静，守节整齐，行己有耻，动静有法”。妇言是“择辞而说，不道恶语，时然后言，不厌于人”。妇容是“盥浣尘秽，服饰鲜洁，沐浴以时，身不垢辱”。妇功是“专心纺绩，不好戏笑，洁齐酒食，以奉宾客”。

先看宝钗的日常生活状态——

> 日间至贾母处王夫人处省候两次，不免又承色陪坐闲话半时，园中姊妹处也要度时闲话一回，故日间不大得闲，每夜灯下女工必至三更方寝。（第四十五回）

第八回宝玉来到梨香院看望宝钗——

> 薛宝钗坐在炕上作针线，头上挽着漆黑油光的鬓儿，蜜合色棉袄，玫瑰紫二色金银鼠比肩褂，葱黄绫棉裙，一色半新不旧，看去不觉奢华。（第八回）

再加上书中对宝钗的描绘："行为豁达，随分从时""罕言寡语，人谓藏愚；安分随时，自云守拙"，简直就是一个女圣人女夫子，是德容言功的忠实翻版。

第一次海棠社，她的海棠诗是——

> 珍重芳姿昼掩门，自携手瓮灌苔盆。
> 胭脂洗出秋阶影，冰雪招来露砌魂。
> 淡极始知花更艳，愁多焉得玉无痕。
> 欲偿白帝凭清洁，不语婷婷日又昏。（第三十七回）

宝钗是以白海棠自喻的。一开头就是珍惜自己的形象，大白天都会仔细关好门，省得别人说闲话；接着是，拿着水壶亲自去浇灌白海棠，爱惜花儿即珍惜自我；赞美白海棠的"白"，是洗去胭脂后的洁白淡雅，淡极才知花儿更艳；至于"愁多焉得玉无痕"，更是话锋一转，暗示愁绪过多会让玉留下瘢痕，反而有害，不如像白海棠那样，以清洁之身获得白帝的青睐；最后一句，把宝钗的个人形象推向了高潮，你看，在黄昏的夜色里，白海棠默然不语亭亭玉立，多么美丽又得体。

整首诗调子端庄凝重，完全符合那个时代对女性的要求——“珍重芳姿昼掩门”是德，“淡极始知花更艳”是容，“自携手瓮灌苔盆”是功，“不语婷婷日又昏”是言——刚好呼应了她的“藏愚守拙、安分随时”，表达了对自我形象的珍惜，以及高度的道德自信，简直是一篇完美的“年终述职报告”。谨守妇德的李纨马上就看出这诗含蓄浑厚，“有身份”，便力推宝钗第一。

至于温良恭俭让，那也能做到极致。

“温”就是待人平和，情绪稳定，用贾母的话是“稳重和平”，不生事端。即使遇到突发事件，她也能保持平静。比如金钏跳井自杀的消息传来，袭人忍不住掉下泪来，宝钗道：“这也奇了。”便来到王夫人处道安慰。也不主动提起，只是在一旁安静坐着，还是王夫人主动说起金钏自杀。宝钗则一路安慰，最后还拿了自己的新衣服给金钏装裹——

> 一时宝钗取了衣服回来，只见宝玉在王夫人旁边坐着垂泪。王夫人正才说他，因宝钗来了，却掩了口不说了。宝钗见此光景，察言观色，早知觉了八分，于是将衣服交割明白。（第三十二回）

没有任何情绪波动，“交割明白”这个词用得很到位，可见宝钗的冷静，甚至有点冷漠。还有一次，是宝玉挨了打，袭人说可能是薛蟠走漏了消息，宝玉才被贾政打了一顿。宝钗想了想，说出一番话来——

> “你们也不必怨这个，怨那个。据我想，到底宝兄弟素日不正，肯和那些人来往，老爷才生气。就是我

哥哥说话不防头，一时说出宝兄弟来，也不是有心调唆：一则也是本来的实话，二则他原不理论这些防嫌小事。袭姑娘从小儿只见宝兄弟这样细心的人，你何尝见过我那哥哥天不怕地不怕、心里有什么口里就说什么的人。”（第三十四回）

说得堂皇正大坦坦荡荡，又去除了对方的疑心。如果说话是一门艺术，宝姑娘就是艺术大师。

“恭”则是恭敬，主要是对长辈，宝钗能做到满分，自不用多说。

“俭”则是节俭。宝钗穿的衣服是“半新不旧”，“从来也不爱这些花儿粉儿的”（第七回）。第四十九回“琉璃世界白雪红梅”，众姐妹都一色的大红鹤氅，在皑皑雪地上分外明艳动人，唯有宝钗穿的是莲青色的鹤氅。莲青色是偏蓝的浅紫，属于冷色系。

她的蘅芜苑也布置得像雪洞一般，一色玩器皆无——

案上只有一个土定瓶中供着数枝菊花，并两部书，茶奁茶杯而已。床上只吊着青纱帐幔，衾褥也十分朴素。（第四十回）

贾母看了连说不妥不妥，女孩子住的屋子如此素净，我这样的老太婆该去住马圈了。

宝钗还乐于输出简朴观念。看见岫烟的裙子上戴着一个玉佩，便知是探春给她的，就告诫她不要戴这样的富丽闲妆，要从实守分为主（第五十七回）。

至于“让”，就是为人处世选择退让，“不为天下先”。在这一点上，宝钗做得也相当到位。

比如对黛玉的“挑衅”一再选择忍让。黛玉牙尖嘴利，反应又快，经常当众让宝钗难堪。

第二十九回贾母带众人去清虚观打醮。张道士托了一盘给宝玉的礼物，其中有一个金麒麟，贾母只觉得面熟，好像哪个孩子有。宝钗说，是湘云，她戴着一个金麒麟，只是比这个小一些。探春赞宝钗记性好，黛玉却来了一句：宝姐姐于别的事上倒有限，在别人戴什么这事上最为留心。宝钗呢？她装听不见。

宝玉挨了打，因为疑心薛蟠走漏消息致宝玉受委屈，宝钗和薛姨妈数落薛蟠，薛蟠急得赌咒发誓，还对宝钗说：我早知道你的心了。以前妈说过，你有这金锁，要拣有玉的才可正配，你留了心儿，见宝玉有那劳什子，自然都护着他。

宝钗满心委屈气愤，待要怎样，又怕她母亲不安，到房里整哭了一夜。第二天遇见林黛玉，黛玉见她眼上有哭泣之状，笑道：“姐姐也自保重些儿。就是哭出两缸眼泪来，也医不好棒疮！”宝钗听见，并不回头。这是最能体现宝钗涵养的瞬间了。后来，经过行酒令事件，宝钗对黛玉一番推心置腹的劝告，黛玉也终于放下了对宝姐姐的偏见。

宝钗唯一一次生气，是第三十回“宝钗借扇机带双敲”。

那次，黛玉和宝玉闹了别扭刚刚和好，二人来到贾母处，宝玉没话找话问宝钗怎么不去看戏。宝钗说怪热的，懒得去了。宝玉笑道：难怪都说姐姐是杨贵妃，原来也体丰怯热。黛玉在一旁不免又面有得意之态。

宝钗大怒。当然不是因为说自己胖，而是在那个时代，杨贵妃代表了“红颜祸水”，属于有污点的女性，宝钗自然不乐意。她红了脸，冷笑道："我倒像杨妃，只是没一个好哥哥好兄弟可以作得杨国忠的！"碰巧，一个小丫头丢了扇子来问宝钗，宝钗便借机敲打了宝玉，又借《负荆请罪》这出戏，"讽刺"宝玉对黛玉认错，二人和好……宝黛二人不觉羞红了脸。

这气氛相当微妙了，一旁的王熙凤说："你们大暑天，谁还吃生姜呢？……怎么这么辣辣的？"宝钗再要说话，只见宝玉面有愧色，就一笑收住。这是宝钗唯一一次当众生气，但也只是"借扇机带双敲"，没有直言反击，相当节制。

"良"指道德修养。宝钗克己复礼，努力遵守主流道德。她非常注意保持良好的道德形象，保持淑女姿态，即使写诗的时候，也不肯放松身段。

宝琴写了十首怀古诗，最后两首跟《西厢记》和《牡丹亭》有关。宝钗赶紧声明："后二首却无考，我们也不大懂得，不如另作两首为是。"这是公开表明自己没读过《西厢记》和《牡丹亭》这样的禁书。黛玉说：宝姐姐忒"胶柱鼓瑟"，矫揉造作了。咱们虽然不看这些外传，连戏都没见过不成？三岁孩子都知道，何况咱们。探春也说是，还是李纨给出终极解释：我们自然是没读过的，不过戏倒是看过的，人人都知道，无妨。宝钗这才罢了（第五十一回）。

她不仅要求自己做到"克己复礼"，还经常输出价值观，去教育小姐妹们。帮湘云策划了螃蟹宴，拟了菊花题，就开始劝湘云——

> "究竟这也算不得什么，还是纺绩针黹是你我的本等。一时闲了，倒是于你我深有益的书看几章是正经。"（第三十七回）

发现黛玉当众行酒令，说出了《西厢记》和《牡丹亭》里的句子，也是一番规劝。

第六十四回黛玉写了《五美吟》，宝玉要看，黛玉怕他拿出去给外面的人看，宝钗又开始谆谆教诲——

“自古道‘女子无才便是德’，总以贞静为主，女工还是第二件。其馀诗词，不过是闺中游戏，原可以会可以不会。咱们这样人家的姑娘，倒不要这些才华的名誉。”（第六十四回）

在园子里偶遇岫烟，看到她裙子上戴着一个玉佩，就猜出是探春给的——

“这些妆饰原出于大官富贵之家的小姐，你看我从头至脚可有这些富丽闲妆？然七八年之先，我也是这样来着，如今一时比不得一时了，所以我都自己该省的就省了。将来你这一到了我们家，这些没有用的东西，只怕还有一箱子。咱们如今比不得他们了，总要一色从实守分为主，不必比他们才是。”（第五十七回）

知书达理，贞静守分，妥妥的大家闺秀薛宝钗。

四、宝钗的复杂性：表与里

宝钗既有好人缘，也是一个典型的大家闺秀。不过，这只是宝钗性格的一部分。

俞平伯先生说："因为是小说，不同于一般的论文传记，于是就有种种的艺术手法，少用直接的评论，多用间接的暗示，从含蓄微露，到叙而不议，以至于变化而似乎颠倒，对黛玉似抑，对宝钗反扬等等……他的生花之笔，随物寓形，'既因方而为圭，亦遇圆而成璧'，如黛玉直，《红楼梦》写法也因之而多直；宝钗曲，《红楼梦》写法也因而多曲。"

俞平伯先生观察得极是。黛玉的性格如同一泓清泉，直接见底，故曹公用直笔写她；宝钗的性情特别复杂，则用曲笔。"曲"，属于春秋笔法。

"曲"中见人心，"曲"中藏着宝钗的心思和欲望。读《红楼梦》的诀窍之一，是不能只看表面，还要往里看。不要只看露出的冰山一角，还要去揣摩藏在水里的那一部分。

在文学领域里，有一个"冰山理论"，这是海明威的写作理念。在《死在午后》这本书里，他认为"如果一个作家对自己写的东西足够了解，他就可以省掉那些他已经知道的东西……冰山移动的尊严就在于仅露出水面的八分之一"，"你所知道的任何事情都可以省略，而这只会让你的冰山更有力量"。

至于水面下的冰山，可以依靠理解和想象来填补，从而创造出另一个隐秘的丰富的文本。

作家毕飞宇在《小说课》一书里说："曹雪芹不停地给我们读者制造'飞白'。然而，如果我们有足够的想象力，如果我们有足够的记忆力，如果我们有足够的阅读才华，我们就可以将曹雪芹所制造的那些'飞白'串联起来的，这一串联，了不得了，我们很快就会发现，《红楼梦》这本书比我们所读到的还要厚，还要长，还要深，还要大。可以这样说，有另外的一部《红楼梦》就藏在《红楼梦》这本书里头。另一本《红楼梦》正是用‘不写之写’的方式去完成的。”

“飞白”就是“留白”，是藏在水面下面的冰山。藏得最多的，就是薛宝钗，在表面的薛宝钗背后，还有另一个薛宝钗。

“绣鸳鸯梦兆绛芸轩”这一回，宝玉睡在床上，宝钗在一旁绣他的鸳鸯肚兜，只听到宝玉在睡梦中喊：“和尚道士的话如何信得？什么是金玉姻缘，我偏说是木石姻缘！”宝钗听了这话，不觉怔了。

她心里会怎么想？不知道，因为这一部分被隐藏了。

刘姥姥在酒席上说笑话，几乎所有人都被逗得大乐，但这个集体镜头没有照到宝钗，我们不知道她是什么表情。

而水面以下的冰山，才是真正的主体。按照心理学的解释，这里有长期压抑并被忽略的“内在”，揭开冰山的秘密，就会看到生命深处的渴望，看到真正的自我。

那么，另一个宝钗是怎样的呢？

虽然经常告诫小姐妹们少在写诗上费工夫，多留意针黹女红，但宝钗的才华有目共睹：除了诗写得好，每次诗社都积极参与，还博闻强识，熟记很多生僻典故。元春省亲时，宝钗让宝玉用“绿蜡”换掉“绿玉”；湘云和黛玉中秋节联诗，用到“棔”这个字，湘云说自己昨天刚在《历朝文选》上见了这个字，想去查查是什么树，宝姐姐说不用查了，就是如今俗叫作“明开夜合”的。

宝钗还懂得医理。知道黛玉在吃“人参养荣丸”，便建议她每天吃一两燕窝——

“昨儿我看你那药方上，人参肉桂觉得太多了。

虽说益气补神，也不宜太热。依我说，先以平肝健胃为要，肝火一平，不能克土，胃气无病，饮食就可以养人了。每日早起拿上等燕窝一两，冰糖五钱，用银铫子熬出粥来，若吃惯了，比药还强，最是滋阴补气的。”（第四十五回）

还懂得绘画原理。惜春本来自己画着玩，结果贾母让她把大观园画下来，给刘姥姥带回家去，她根本不会准备纸笔墨这些绘画工具。宝玉说不过用些雪浪纸。宝钗却说，雪浪纸用来写字、画写意画儿，或是南宗山水还行，因为托墨，也禁得皴染，画园子就不合适，因为不托色，又难滃。

她教给惜春一个办法：先找这个园子的图样来，再跟凤丫头要一块重绢，叫人矾了，照着这图样删补着画出草图，再添了人物就好。至于配色，就是青绿颜色和泥金泥银。另外再准备风炉子，预备化胶、出胶、洗笔。还需要一张粉油大案，铺上毡子。目前碟子、笔都不全，要再买一些来。于是就列出长长一个单子，上面有各种型号的笔，还有各类颜色，以及各种碟子、碗、沙锅、水桶，最后还列出了生姜二两，酱半斤……黛玉开玩笑说再来铁锅一口、锅铲一个炒颜色吃，宝钗解释——

“你那里知道。那粗色碟子保不住不上火烤，不拿姜汁子和酱预先抹在底子上烤过了，一经了火是要炸的。”（第四十二回）

这知识量太惊人了。宝钗的博学连贾政都知道，可见美名远扬。书中说宝钗“罕言寡语，人谓藏愚；安分随时，自云守拙”（第八回），也通过王熙凤评价宝钗是“拿定主意，不干己事不张口，一问摇头三不知”（第五十五回）。但宝钗也有话多的时候，比如这次说绘画，洋洋洒洒。还有一次是宝玉参禅，她说了六祖惠能的典故，也是知无不言，言无不尽（第二十二回）。给小姐妹们上思想品德修养课的时候，也是口若悬河。

她不是不爱说话，只是知道什么时候该说，什么时候不该说。

有意思的是宝钗的画论——

> “如今画这园子，非离了肚子里头有几副丘壑的才能成画。这园子却是像画儿一般，山石树木，楼阁房屋，远近疏密，也不多，也不少，恰恰的是这样。你只照样儿往纸上一画，是必不能讨好的。这要看纸的地步远近，该多该少，分主分宾，该添的要添，该减的要减，该藏的要藏，该露的要露。这一起了稿子，再端详斟酌，方成一幅图样。”（第四十二回）

这是曹雪芹借宝钗之口表达自己的艺术见解，更是宝钗个人形象的绝妙注脚。她含蓄深沉，不正是胸中有丘壑，对人际远近疏密的巧妙把控吗？“该藏的要藏，该露的要露”，也是宝钗做人的准则。

“藏愚守拙、安分随时”只是宝钗的表面，大家闺秀薛宝钗其实也有另一面。在八分之一的冰山下面，还有八分之七的部分，这一部分里藏着她的心思和欲望。正如她的外穿是“一色半新不旧”，里面则是鲜艳的“大红袄”。

元春赏赐给亲人的礼物，只有宝玉和宝钗的一样，此处有一段宝钗的心理活动——

薛宝钗因往日母亲对王夫人等曾提过“金锁是个和尚给的，等日后有玉的方可结为婚姻”等语，所以总远着宝玉。昨儿见了元春所赐的东西，独他与宝玉一样，心里越发没意思起来。（第二十八回）

可是，刚刚说完宝钗的“没意思”，宝玉就在园子里遇到了宝钗，宝玉想看元春赏给她的红麝串，可巧宝钗就戴着呢。见宝玉要看——

可巧宝钗左腕上笼着一串，见宝玉问他，少不得褪了下来。宝钗生的肌肤丰泽，容易褪不下来。宝玉在旁看着雪白一段酥臂，不觉动了羡慕之心，暗暗想道：“这个膀子要长在林妹妹身上，或者还得摸一摸，偏生长在他身上。”（第二十八回）

一句“可巧”让人浮想联翩：既然“没意思”为何又戴着呢？况且，在宝玉面前露出“雪白一段酥臂”，让宝玉看成“呆雁”，这不跟宝钗的“珍重芳姿”相悖了吗？至于“总远着宝玉”，那也不是真的，因为宝钗经常去怡红院串门。

第三十六回“绣鸳鸯梦兆绛芸轩”，这是一个夏日的午后，宝钗约黛玉往藕香榭去，黛玉说要回去洗澡，宝钗便“独自行来，顺路进了怡红院，意欲寻宝玉谈讲以解午倦”。

院子里鸦雀无闻，连仙鹤都在芭蕉下睡着了。屋子里外间床上丫鬟们横三竖四在睡觉。宝钗来到宝玉的房内,只见宝玉随随便便躺在床上睡着了,袭人坐在床边做针线,旁边放着一柄白犀麈。宝钗走上前来,压低声音笑问袭人:屋里没有苍蝇蚊子,还拿蝇帚子做什么?把袭人吓了一跳,看见是宝钗便解释道,有一种小虫子会从纱眼里钻进来,像蚂蚁一样咬人。宝钗一面说话,一面瞧袭人的针线——

原来是个白绫红里的兜肚,上面扎着鸳鸯戏莲的花样,红莲绿叶,五色鸳鸯。宝钗道:“嗳哟,好鲜亮活计!这是谁的,也值的费这么大工夫?”袭人向床上努嘴儿。宝钗笑道:“这么大了,还戴这个?”袭人笑道:“他原是不戴,所以特特的做的好了,叫他看见由不得不戴。如今天气热,睡觉都不留神,哄他戴上了,便是夜里纵盖不严些儿,也就不怕了。你说这一个就用了工夫,还没看见他身上现戴的那一个呢。”宝钗笑道:“也亏你奈烦。”(第三十六回)

然后袭人就出去了,只留下宝钗一个人在屋里——

宝钗只顾看着活计,便不留心,一蹲身,刚刚的也坐在袭人方才坐的所在,因又见那活计实在可爱,不由的拿起针来,替他代刺。(第三十六回)

这一个场景非常有意思。夏日的午后,处处是慵懒闲散的气息,丫鬟们和宝玉都睡了,袭人在做宝玉的贴身肚兜,而且绣的是鸳鸯。宝钗问这是谁的,袭人向床上努嘴。两个人讨论了一番肚兜问题，袭人就出去了。宝钗就坐在袭人原来坐的地方，拿起鸳鸯肚兜来绣。

这一幕怎么看都有点古怪。每个人心中都有一个宝钗，怎么解读，就要调动自己的经验、阅历和想象了。喜欢宝钗的，自然认为宝钗一贯善解人意，温柔可亲。但抛开个人喜好，你会发现这个场景其实很暧昧：宝玉在熟睡，宝钗跟袭人谈论他的内衣，又一个人坐在床边，绣他的内衣，还是鸳鸯戏水的图案。按照宝钗遵守的那个时代的“礼”之男女大防，这可是严重的“失礼”行为。

一写到宝钗，曹公的笔法就格外含蓄。写宝钗绣鸳鸯，用的是“只顾看着”“不留心”“刚刚的”“又见”“不由的”，处处是曲笔，像为宝钗辩护，证明她的举动纯属无意。

然而，“曲笔”暴露的其实是宝钗的“潜意识”，是水面下的冰山。表面看，宝钗对“金玉姻缘”感到“没意思”，且“珍重芳姿昼掩门”，矢口否认读过《西厢记》和《牡丹亭》，告诫小姐妹们留意针黹女红，不要在写诗上费心思，更不要看闲书，怕移了性情。但表层之下，有另一个宝钗。

宝玉挨了打，她会托着丸药来看他——

> “早听人一句话，也不至今日。别说老太太、太太心疼，就是我们看着，心里也疼。”刚说了半句又忙咽住，自悔说的话急了，不觉的红了脸，低下头来。（第三十四回）

又把话咽住不说，红了脸低下头只管弄衣带，话语亲切稠密，大有深意。

黛玉曾当面讽刺宝钗最会留心别人戴的东西，这虽然有点刻薄，但也不是假话，宝钗其实真的很在意宝玉脖子上的那块玉。

宝玉留下宝钗的丫鬟莺儿打络子玩，只觉得好看，不知打来做什么。宝钗来了，说："这有什么趣儿，倒不如打个络子把玉络上呢。"还说用杂色线配玉不好，大红犯色，黄的也不起眼，黑的又过暗，不如用金线配着黑珠儿线，才好看（第三十五回）。

金线配玉，"金玉姻缘"又一次呼之欲出。

宝玉过生日那天，众人玩"射覆"游戏。即有人先说一个字，可取自成语或诗，称之为"覆"，对家则要猜其所"覆"为何物，说出跟这个物件有关的成语或诗句。"可巧"宝钗跟宝玉是对家，宝钗覆了一个"宝"字，宝玉便知其指自己所佩的通灵玉（第六十二回）。

宝钗心中眼中时时刻刻有一个玉。西谚说"细节里有神灵"，细节最会隐藏秘密，也最能透露人心的秘密。

这个住在雪洞般蘅芜苑的宝钗，"淡极始知花更艳"的宝钗，也是一个复杂的人间宝钗。

她一边"珍重芳姿昼掩门"，一边又"绣鸳鸯梦兆绛芸轩"；一边"藏愚守拙""不语婷婷"，一边又"羞笼红麝串"；一边教育姐妹留意针黹女红，不要看闲书写诗，自己却写一手好诗，还博文多识……岂不说一套做一套？

所以，有人说宝钗"伪"，善于伪装很虚伪。其实，虚伪是文明进化的代价。荀子说："故圣人化性而起伪，伪起而生礼义，礼义生而制法度。"想象一下，在社会关系中，如果每个人都争先裸露真实的本性，会导致失序和混乱，从而引起"所有人对所有人的战争”。这是霍布斯在《利维坦》这本书中的观点，他认为，人类并非完美的造物，而是有各种欲望。如果每个人都想要实现欲望，会使得人与人的自然状态非常紧张。所以，需要法律，需要道德来约束人心，维护秩序。

“礼”是社会共同体的道德规范，并非恒定不变。时代不同，“礼”也应该不同，比如传统“礼法”规定“男女授受不亲”，把两情相悦归为大逆不道的“私情”，到了现代社会，这样的“礼”自然失效了。现代社会也不提倡男尊女卑，没有君臣之礼，父子夫妻间讲求人格平等和权利对等。

反之，如果相信“天不变道亦不变”，把“礼”抬到天道的高度，当成永恒不变的真理，必然会压抑人性，导致人的异化和分裂。

儒家的“礼”就经历了一个由松到紧，并逐渐僵化、异化的过程。孔子提出的道德要求，只针对贵族阶层，他主张“礼不下庶人”，平民百姓可以不遵“礼”。经汉代再到宋明理学，“礼”逐渐下沉，成为天经地义的“天理”，成为每个社会个体的道德义务。至于“饿死事小，失节事大”“存天理灭人欲”，干脆把正当的欲望也给否定了。

当“礼”过于高调，一般人都做不到的时候，“守礼”就会越来越难。但如果“守礼”能获得巨大的利益回报，就会有越来越多的人选择刻意矫饰伪装自己。

汉代推行“以孝治天下”“百善孝为先”，并有“举孝廉”制度，提拔孝子做官。《后汉书》上记载，山东有位大孝子叫赵宣，住在墓道里为父母守孝二十年，被奉为楷模。陈蕃去拜访他，发现赵宣在守孝期间，居然生了五个子女，遂大怒，认为他欺世盗名。因为按照守孝制度，“夫君子之居丧，食旨不甘，闻乐不乐，居处不安”，要远离美食，不能听音乐，保持内心的哀戚，更别说生儿育女了。

就这样，“礼”变得越来越空洞化，成了表演和牟利的工具，名与实严重不符。如此一来，自然人格分裂，说一套做一套，像金庸小说《笑傲江湖》里岳不群这样的伪君子也就层出不穷了。魏晋名士“反名教崇自然”，放诞不羁，不惜以特别奇特的方式来挑战礼教，阮籍母亲去世他拒绝当众哭，他的侄儿阮咸跟猪共饮，其实也是出于“嫉伪”的冲动。宝玉也批评“文死谏武死战”是沽名钓誉，明明追求名利，却要做出忠烈的样子来。

这种分裂是埋在传统礼法内部的“炸弹”，一有机会就会爆炸。

明代中后期的王阳明发现，时人以习圣人之名，行功利之实，言行不一致，故提出“知行合一”。晚一些的李贽更痛恨这种“伪”，认为当下的“善”都是做出来给他人看的，“真”早就消失了，所以他要回到“赤子之心”，回到“童心”上来，因为“童心”代表了“真”。

当伪善者如过江之鲫时，率性与真情不仅具有“善”的价值，而且拥有“美”的高度了。

在这样的文化背景下看宝钗，她极力恪守妇德，既有向善的一面，也有矫饰和分裂的一面，因为她自己也做不到。这既是文化过度的产物，也是礼教的副产品。

在《红楼梦》里，薛宝钗和林黛玉是一对相反的形象。爱黛玉之“真”者，往往反感宝钗之“伪”；反之，赞成宝钗之“伪”者，就觉得黛玉的“真”太尖刻。

无他，个人选择而已。

五、宝钗的复杂性：冷与热

宝钗和黛玉都在吃药。黛玉吃人参养荣丸，因为她先天弱，要补。宝钗吃什么药呢？每次“那个病”犯了，要吃一粒“冷香丸”，这“冷香丸”的药方子非常奇特——

> 要春天开的白牡丹花蕊十二两，夏天开的白荷花蕊十二两，秋天的白芙蓉蕊十二两，冬天开的白梅花蕊十二两。将这四样花蕊，于次年春分这日晒干，和在药末子一处，一齐研好。又要雨水这日的雨水十二钱……白露这日的露水十二钱，霜降这日的霜十二钱，小雪这日的雪十二钱。把这四样水调匀，和了药，再加十二钱蜂蜜，十二钱白糖，丸了龙眼大的丸子，盛在旧磁坛内，埋在花根底下。若发了病时，拿出来吃一丸，用十二分黄柏煎汤送下。（第七回）

宝钗说方子是一个秃头和尚给的，说她有“从胎里带来的一股热毒”，寻常的药不管用。“热毒”和“冷香丸”当然是一种隐喻。隐喻什么？目前有两种观点。

脂砚斋留下评语，说“热毒”即功利心，是宝钗“凡心偶炽，是以孽火齐攻”（第七回）。而白牡丹花、白荷花、白芙蓉、白梅花，皆为白色，又是春夏秋冬四季花，水是雨水、露水、霜、雪四季之水，是自然的精华，代表天然的清香和高洁。所以，宝钗吃“冷香丸”，是用天然来抑制世俗功利，好比以“悠然见南山”来疗治“久在樊笼里”。

还可以认为,“热毒”代表了宝钗的天性与本能,是内发的生命激情。但她认为这是“病”,是“毒”,要吃“冷香丸”祛除,用“冷”浇灭内心的“热”,通过后天的修炼压制天性。用弗洛伊德的理论说,吃冷香丸的宝钗是想用“超我”压倒“本我”。

总之,宝钗身上既有冷也有热:一方面她是“淡极始知花更艳”,连屋子都是雪洞一般冰冷;另一方面,她又“凡心偶炽,孽火齐攻”。一方面她极为热心,对人际关系倾注巨大热情;另一方面,她又有惊人的冷静,乃至冷酷。

正是在诸般冷热之间,宝钗这个形象才拥有了巨大的张力。

第二十七回“滴翠亭杨妃戏彩蝶”,宝钗扑蝶,一路来到滴翠亭上,无意中听到怡红院的丫鬟小红和坠儿在说悄悄话。小红的手帕被贾芸捡了,坠儿说芸二爷要你一个东西,再还给你——

宝钗在外面听见这话,心中吃惊,想道:“怪道从古至今那些奸淫狗盗的人,心机都不错。这一开了,见我在这里,他们岂不臊了。况才说话的语音,大似宝玉房里的红儿的言语。他素昔眼空心大,是个头等刁钻古怪东西。今儿我听了他的短儿,一时人急造反,狗急跳墙,不但生事,而且我还没趣。如今便赶着躲了,料也躲不及,少不得要使个‘金蝉脱壳’的法子。”犹未想完,只听“咯吱”一声,宝钗便故意放重了脚步,笑着叫道:“颦儿,我看你往那里藏!”一面说,一面故意往前赶。

那亭内的红玉坠儿刚一推窗,只听宝钗如此说着往前赶，两个人都唬怔了。宝钗反向他二人笑道："你们把林姑娘藏在那里了？"坠儿道："何曾见林姑娘了。"宝钗道："我才在河那边看着林姑娘在这里蹲着弄水儿的。我要悄悄的唬他一跳，还没有走到跟前，他倒看见我了，朝东一绕就不见了。别是藏在这里头了。"一面说，一面故意进去寻了一寻，抽身就走，口内说道："一定是又钻在山子洞里去了。遇见蛇，咬一口也罢了。"一面说一面走，心中又好笑：这件事算遮过去了，不知他二人是怎样。（第二十七回）

此时此刻的宝钗，为了保护自己，一改平日的藏愚守拙、不语婷婷，而是动如脱兔，迅速洗脱嫌疑，改变了对自己的不利局面。

她冷静得出奇。先是做出判断，判定小红"眼空心大、头等刁钻古怪"，属于"有心机"的"奸淫狗盗"之辈；接着就故意放重脚步，假装寻找黛玉，说黛玉刚刚还在亭子下面撩水玩，细节都说得有鼻子有眼；最后演戏演个整套，还到亭子里找了找，把自己的嫌疑甩掉并全身而退。这一出"金蝉脱壳"，可太厉害了。

此处脂砚斋忍不住"弹幕"："闺中弱女机变，如此之便，如此之急。""机变"在中国传统文化里，往往代表高明的生存智慧，因为在尔虞我诈的环境里，保持一点权变和机谋，是成大事的前提。《孙子兵法》和《三国演义》都充满各种"机变"。

不过，春日扑蝶本来自然又浪漫，画面突转为"金蝉脱壳"式的计谋，在诗意的大观园里，这样的"机变"多少有点违和。而且，更重要的是，宝钗不想惹上嫌疑使出"金蝉脱壳"，谎称黛玉在亭子下面玩水，岂不让黛玉背了锅？

> 谁知红玉听了宝钗的话，便信以为真，让宝钗去远，便拉坠儿道："了不得了！林姑娘蹲在这里，一定听了话去了！"坠儿听说，也半日不言语。红玉又道："这可怎么样呢？"坠儿道："便是听了，管谁筋疼，各人干各人的就完了。"红玉道："若是宝姑娘听见，还倒罢了。林姑娘嘴里又爱刻薄人，心里又细，他一听见了，倘或走露了风声，怎么样呢？"（第二十七回）

孔子说：己所不欲，勿施于人。熟读圣贤书的宝钗怎么就忘了呢？所以，在"温良恭俭让"、温暖亲切的背后，还有一个冷冷的宝钗，她的内心有一个深不可测的江湖。

第三十二回金钏跳井自杀了。因为金钏跟宝玉说话有点随意，被王夫人听见，大怒，立刻打了她两耳光，骂她存心勾引宝玉。不顾她苦苦哀求，撵了出去，谁知金钏性子刚烈，跳井自杀了。消息传来，宝钗正跟袭人在园子里说话，袭人忍不住流下泪来，宝钗觉得奇怪，便来到王夫人处道安慰。

只见王夫人正在垂泪，宝钗非常冷静，坐在旁边一言不发。还是王夫人主动说起金钏跳井一事，她自然不便说实话，便谎说金钏把弄坏了一件东西，她只是想惩罚一下金钏，才撵她出去，过两天还要让她回来，谁知她气性大，自己投井死了，岂不是罪过？说起来，王夫人还是很内疚的，宝钗是这样劝慰的——

> 宝钗叹道："姨娘是慈善人，固然这么想。据我看

来，他并不是赌气投井。多半他下去住着，或是在井跟前憨顽，失了脚掉下去的。他在上头拘束惯了，这一出去，自然要到各处去顽顽逛逛，岂有这样大气的理！纵然有这样大气，也不过是个糊涂人，也不为可惜。”王夫人点头叹道：“这话虽然如此说，到底我心不安。”宝钗叹道：“姨娘也不必念念于兹，十分过不去，不过多赏他几两银子发送他，也就尽主仆之情了。”（第三十二回）

王夫人赶紧说，已赏了金钏的娘五十两银子，还要给她两套新衣服去妆裹，眼下没有现成的新衣，只有林姑娘有，但她素日多心，怕不合适，就让裁缝赶做两套吧。宝钗便说自己倒有两套新衣服，况且金钏活着时也穿过自己的衣服，身量差不多，不如我拿来。

王夫人掉眼泪，恐怕是真心内疚，毕竟金钏之死自己有责任。但宝钗一路劝下去，为了让王夫人心安，不惜把金钏的自杀说成不小心失足落井。果然，宝钗这一番开释非常有效，一层层洗掉了王夫人内心的负罪感。

最后宝钗拿来自己的新衣服，“交割明白”，事儿就了了。

该如何评价宝钗的这番所作所为呢？曹公又来考验我们了。

很多人都秉承着现实主义的态度，认为死者已矣，活着的人尽了本分就好，从这个角度看，宝钗还是顾大体识大局呢！

不过，把自杀说成失足落水，有意开脱王夫人的责任，把黑的说成白的，真值得肯定吗？我表示怀疑。确实，王夫人得到了宝钗的精心抚慰，但这也太不尊重金钏了吧？一个妙龄少女如此惨死，有情人都会为此黯然神伤。况且金钏活着的时候，还穿过宝钗的衣服，这说明二人还是有很多交集的。宝钗还是过于无情，过于冷血了。

在宝钗的词典里，现实生存是第一位的。但死生毕竟是大事，非常严肃，不容忽视也不容颠倒黑白。如果对死缺乏敬畏，“生”本身也会变得轻飘飘，没有重量。

同样，尤三姐自杀，柳湘莲失踪，薛蟠到处寻不到他，脸带泪痕（薛蟠跟柳湘莲曾有过节，后来柳湘莲救了薛蟠，薛蟠尽释前嫌跟柳湘莲结义为兄弟），薛姨妈也唏嘘不已，唯有宝钗保持了一贯的情绪稳定——

> 宝钗听了，并不在意，便说道：“俗话说的好，‘天有不测风云，人有旦夕祸福’。这也是他们前生命定。前日妈妈为他救了哥哥，商量着替他料理，如今已经死的死了，走的走了，依我说，也只好由他罢了。妈妈也不必为他们伤感了。倒是自从哥哥打江南回来了一二十日，贩了来的货物，想来也该发完了。那同伴去的伙计们辛辛苦苦的，回来几个月了，妈妈和哥哥商议商议，也该请一请，酬谢酬谢才是。别叫人家看着无礼似的。”（第六十七回）

你看，尤三姐之死，对宝钗而言还不如人情重要，她再次用现实的逻辑压倒了生死问题。

园子外的尤二姐、尤三姐相继自杀，到了第七十回，黛玉的桃花社竟未成，或许已觉察凛冬将至，众人偶填柳絮词时，一片悲音。湘云的天真也带着沉重感：“且住，且住！莫使春光别去。”黛玉、探春、宝玉的词亦充满悲伤。最年轻的宝琴也写：“几处落红庭院，谁家香雪帘栊？江南江北一般同，偏是离人恨重！”

宝钗认为众人的调子过于丧败，笑道：“柳絮原是一件轻薄无根无绊的东西，然依我的主意，偏要把他说好了，才不落套。”她写的是一阕《临江仙》——

> 白玉堂前春解舞，东风卷得均匀。蜂团蝶阵乱纷纷。几曾随逝水，岂必委芳尘。　　万缕千丝终不改，任他随聚随分。韶华休笑本无根，好风频借力，送我上青云！（第七十回）

何等雍容华贵，何等气定神闲，也何等踌躇满志。大家都说果然“翻得好”。大观园代表了一个理想的世界，其凋敝就在眼前，众人内心都有些恓惶。而宝钗的调子是“壮”的，她只考虑现世，从不伤春悲秋。

也许这种现实主义的态度，更能抵挡即将到来的大破败吧？但她终究不是大观园的同路人。抄检大观园的第二天，宝钗就向李纨告辞，说要去梨香院跟母亲同住，她的理由自然很充分也很现实——

> “只因今日我们奶奶身上不自在，家里两个女人也都因时症未起炕，别的靠不得，我今儿要出去伴着老人家夜里作伴儿。要去回老太太、太太，我想又不是什么大事，且不用提，等好了我横竖进来的，所以来告诉大嫂子一声。”李纨听说，只看着尤氏笑。尤氏也

只看着李纨笑。(第七十五回)

就这样,宝钗头也不回地搬离了大观园。第七十六回中秋节,黛玉和湘云在凹晶馆联诗,湘云说起宝姐姐来好生怅惘:可恨宝姐姐,天天说亲道热,撇下我们自己去赏月了。

如果大观园代表了纯真岁月,宝钗并不属于这里,并最先选择了逃离。

余英时先生在《红楼梦的两个世界》中说过,《红楼梦》里有两个世界,一个是大观园的世界,一个是大观园以外的世界。前者是理想的世界,而后者是现实的世界。宝玉说过,女儿是"水作的骨肉",大观园的女儿有水的灵性,干净、纯粹,她们活得至真至纯,每每让宝玉心醉神迷:"老天,老天,你有多少精华灵秀,生出这些人上之人来!"

宝钗尽管也住在园子里,但她规劝宝玉读正经书,在人际关系上殚精竭虑,满脑子是生存的逻辑,其念兹在兹的还是园子外的现实世界。

第四十八回因薛蟠出门做生意,宝钗邀请香菱来大观园小住——

香菱笑道:"好姑娘,你趁着这个工夫,教给我作诗罢。"宝钗笑道:"我说你'得陇望蜀'呢。我劝你今儿头一日进来,先出园东角门,从老太太起,各处各人你都瞧瞧,问候一声儿,也不必特意告诉他们说搬进园来。若有提起因由,你只带口说我带了你进来作伴儿就完了。回来进了园,再到各姑娘房里走走。"(第四十八回)

虽然很关爱香菱，但在宝钗心目中，首先就是要搞好人际关系，别失了礼节，而作诗，终究不是什么正经事。

雷蒙德·卡佛在《传闻》里说："一个人忙得连读诗的时间都没有，根本不是生活。"或者说，根本不是理想的生活，不是大观园的生活。

六、复杂的现实主义者

宝钗的世界里都是人，她最会做人。那么，她做事的能力如何呢？

曹公确实创造了一个机会，因凤姐小恙，王夫人让探春、宝钗和李纨暂时管理大观园，正好一窥宝钗和探春的做事风格。

第五十六回"敏探春兴利除宿弊，时宝钗小惠全大体"，探春曾去赖大家做客，发现赖家花园里的花草每年能卖二百两银子，便动了心思，要让人承包大观园里的草木，卖了钱，除去成本和给承包人的奖励，余下的利润可以当运营基金。这样，既开源节流，又不大动干戈。

宝钗是什么态度呢？她先是肯定探春的思路，又因为探春说朱熹的话是"虚比浮词"，便严厉批评——

> "你才办了两天时事，就利欲熏心，把朱子都看虚浮了。你再出去见了那些利弊大事，越发把孔子也看虚了！"（第五十六回）

接下来二人有词语上的交锋，其实是观念之争。探春务实，不把圣人之言当成教条。而宝钗捍卫传统，批评探春利欲熏心，竟不把圣人之言放在眼里，她认为做利弊大事，用学问提着，才不会流俗。

接下来，宝钗更大力扭转了探春改革的方向——

> “虽是兴利节用为纲，然亦不可太啬。纵再省上二三百银子，失了大体统也不像。”（第五十六回）

在义与利之间，宝钗更倾向于义，在她看来，如果特别在意这几百两银子，就失了大体统，失了体面。

宝钗还认为那些承包人员有了奖赏，但其他人没有，内心便会不平衡，不平衡就要生是非，园子就不得安生了。她建议，与其把年底的利润交到大观园的集体账户，不如分给下人们。

最后她召集众人，苦口婆心说了一番话，先是讲自己不得不帮着管理家务的苦衷，又对众人表达了殷切之情——

> “你们只要日夜辛苦些，别躲懒纵放人吃酒赌钱就是了……这些姑娘小姐们，这么一所大花园，都是你们照看，皆因看得你们是三四代的老妈妈，最是循规遵矩的，原该大家齐心，顾些体统。你们反纵放别人任意吃酒赌博，姨娘听见了，教训一场犹可，倘若被那几个管家娘子听见了，他们也不用回姨娘，竟教导你们一番。你们这年老的反受了年小的教训，虽是他们是管家，管的着你们，何如自己存些体统，他们如何得来作践。所以我如今替你们想出这个额外的进益来，也为大家齐心把这园里周全的谨谨慎慎，使那

些有权执事的看见这般严肃谨慎，且不用他们操心，他们心里岂不敬服。也不枉替你们筹画进益，既能夺他们之权，生你们之利，岂不能行无为之治，分他们之忧。你们去细想想这话。”家人都欢声鼎沸说：“姑娘说的很是。从此姑娘奶奶只管放心，姑娘奶奶这样疼顾我们，我们再要不体上情，天地也不容了。”（第五十六回）

宝钗这一番话晓之以理，动之以情，人情世故一个都没落下，每个人都照顾到，可谓皆大欢喜，体现了传统儒家人情式管理的精髓。

人情式管理到底有没有用，见仁见智。探春的初衷是开源节流，搞承包增收；宝钗担心生事端，认为不能人为制造差距，你好我好大家好才是真的好。最终把经济改革搞成了人际平衡，把做事偏向了做人。

在改革这件事上，宝钗比探春更谨慎，更深谙人性复杂。比如她说“幸于始者怠于终，缮其辞者嗜其利”，意思是在开始越容易获得机会的人，反而容易坚持不到底；口头上说得很漂亮的人，其实是为利益驱使，未必有什么真本事。

这确实是真知灼见。探春是“敏”，敏锐、敏捷，看清弊端，放眼未来，颇有改革家风范；宝钗是“时”，审时度势，权衡利弊，注重“人情”，这很儒家。

儒家一向“重义轻利”，认为改革派眼里只有“利”，格局太小。《左传》和《史记》里记载了管仲在齐国的锐意改革，他颇有善策和奇策，是“事功者”。探春就颇有管仲之风，能看见“利”，懂得以“利”驱动积极性。不过，从孔子到宋明理学，对管仲的评价逐渐下降。孔子说:“管仲之器小哉!”不过也没否认他的“仁”,“管仲相桓公,霸诸侯,一匡天下,民到于今受其赐。微管仲,吾其被发左衽矣”。就是说,管仲的改革惠及很多人,如果没有他,自己恐怕会沦陷于夷狄,披散着头发,衣襟向左掩了。对管仲有褒有贬。不过,到了孟子,对管仲的态度明显变了,公孙丑曾问他:如果你在齐国能做到管仲这样吗?孟子不悦,说当年曾西都不愿跟管仲比,你以为我愿意跟他相比吗?(“管仲,曾西之所不为也,而子为我愿之乎?”)到了北宋的大儒朱熹这里,《论语集注》中有:“盖管仲虽未得为仁人,而其利泽及人,则有仁之功矣。”把道德和功业分开了,认为管仲有能力,但道德有严重瑕疵。

把道德放在事功前面,“重义轻利”就是儒家一以贯之的观念,也是宝钗的观念。

有一个插曲很有意思。当探春和平儿说让莺儿她妈来承包蘅芜苑的香草时,宝钗坚决制止,因为莺儿是她的丫鬟,用自己人会招人闲话。但她推荐了一个人——

> “怡红院有个老叶妈,他就是茗烟的娘。那是个诚实老人家,他又和我们莺儿的娘极好,不如把这事交与叶妈。他有不知的,不必咱们说,他就找莺儿的娘去商议了。那怕叶妈全不管,竟交与那一个,那是他们私情儿,有人说闲话,也就怨不到咱们身上了。如此一行,你们办的又至公,于事又甚妥。”李纨平儿都道:“是极。”探春笑道:“虽如此,只怕他们见利忘义。”平儿笑道:“不相干,前儿莺儿还认了叶妈做干娘,请吃饭吃酒,两家和厚的好的很呢。”(第五十六回)

茗烟是宝玉的贴身小厮，推荐茗烟的娘，是一举两得：既避免了自己夹带私货的嫌疑，又对怡红院的人做了顺水人情。从平儿的话里，我们还意外地发现了一件事，原来莺儿刚认了叶妈当干娘，两家走得很勤，关系非常好。

这就是人情的世界，人际关系如蛛网般交错，你中有我，我中有你。宝钗处理这样的关系，是相当游刃有余的。她的心机和世故，令人感叹。宝钗确实是一个复杂的现实主义者，同时，也是一个很精彩的存在。

感谢曹公，写出这样一个丰富立体的薛宝钗来。

很多人都承认，自己年少时追慕黛玉的个性、才情和率真，长大之后发现宝钗才是人生赢家，要向她学习如何做人，如何得体地处理复杂的人际关系，才是正道。

与其说宝钗是一个真实的人，不如说她是中国式人情世故的绝佳样板。在宝钗的复杂人格里，藏着中国式的生存密码和文化心态，藏着我们中国人的爱、焦虑和恐惧。如果诚实一些，我们从宝钗身上是能看见自己的。

她努力遵守人间的法则，小心翼翼做人，忙得停不下来，不是在串门子，就是在串门子的路上。她的世界里都是人，她自己也说："只愁我人人跟前失于应候罢了。"（第四十五回）她的弦绷得很紧，即使作诗也不放松。刘姥姥说笑话别人都笑得前仰后合，却看不见她的表情（第四十回）。

她藏愚守拙，善于隐藏自己的心思和欲望，深知"木秀于林，风必摧之"，知道融入人群，被社会承认，是最安全的。

很多人认为这是教养，是智慧，其实何尝不是恐惧呢？因为恐惧，选择隐藏真实的自我，藏愚守拙，内外分裂。

从老子的《道德经》到民间的《增广贤文》，也都告诫我们

“柔弱胜刚强，鱼不可脱于渊，国之利器不可示于人”，“强梁者不得其死”，“枪打出头鸟”，“见人只说三分话”，“知人知面不知心”……所有的策略都是为了保存自己，“夫唯不争，故天下莫能与之争”。宝钗一向也“不干己事不张口，一问摇头三不知”，明哲保身。

有人说宝钗“极高明而道中庸”，超然生死，和光同尘，淡定从容，是在红尘中修行的得道之人。诗人顾城眼中的宝钗就是这样的高人：“她是天然生性空无的人，并在‘找’和‘执’中参透看破……她空而无我，她知道生活毫无意义。”

这段话禅意十足。“道在屎溺”“砍柴担水无非妙道”，身心皆在红尘中，内心看空一切，就能悟得般若智慧，这不就是“以出世之心做入世之事”吗？这样的处世方式，经常被熬成一碗陈年鸡汤，但其实跟觉悟没有关系，因为即使利欲熏心之人，也都能说自己觉悟了。

“觉悟”当然也是《红楼梦》的主题。当然，这里的“觉悟”并不是悟得人生只是一场空，而是生命自有“清与浊”“真与假”的区分。宝玉说“女儿是水作的骨肉，我见了便觉清爽”，这其实是对清洁的坚持。曹公其实是在拷问：你曾经以什么样的姿态活过？真的活过吗？

事实上，现实是什么样子，宝钗就活成了什么样子。

宝钗虽然住在大观园里，但她从不伤春悲秋，也不开怀大笑。她咏海棠，是“愁多焉得玉无痕”，花开花落，生生死死，她从不关心。对她来说，这些都是无用的、奢侈的，甚至有害的情绪。

她从不怀疑现实，而是目光笔直，步子坚定，走在前人走过的康庄大道上：她规劝宝玉读书，教育黛玉、湘云她们好好做针黹女红，告诉她们这才是女儿家的本分；她作诗都像在展示道德，也一心想着不要得罪人；她藏愚守拙，小心翼翼，游走于复杂的人际网络中，渴望所有人的点赞……

实际上，她被层层包裹在传统观念里，自成一个坚固的堡垒。按照法国哲学家福柯的后现代理论，这其实是典型的自我"规训"——认同传统的制度、文化、环境、习俗等，先把它们通通合理化，然后心甘情愿缴械投降，接受并赞美它们。

这让个体的生存变得越来越窄迫，从而看不见其他可能性，对人性和世界的理解力和想象力也越来越单薄。

在"滴翠亭杨妃戏彩蝶"这一回里，宝钗听到丫鬟小红和坠儿说悄悄话，她的对策是"金蝉脱壳"，保护自己。我们已经分析过了，其实宝钗对小红的态度很有意思。小红只是怡红院的一个粗使丫头，有点小野心，想改变自己的处境，曾被晴雯等人讥讽为"攀高枝"。这个丫鬟上过两次回目，一个是"痴女儿遗帕惹相思"，一个是"蜂腰桥设言传心事"，还曾经因为伶牙俐齿、做事麻利深得王熙凤赏识，被破格提拔。

在宝钗的眼里，小红却是"眼空心大、头等刁钻古怪"的东西，是"奸淫狗盗"的心机之辈，这个帽子扣得太大。为什么宝钗会这样想？因为她的道德感太强大，她的观念过于传统，无法理解小红这样活泼有生气的生命。

柏拉图提出了一个洞穴理论：假定在一个黑暗的山洞里，几个人一直被绑在凳子上背对着洞口，无法动弹，他们前面是一堵墙。洞口有一堆火，将一些事物的影子投射在那面墙壁上，被绑着的人只能看到墙壁上的影子。他们以为洞壁上的影子就是真实的世界。直到有一天，某个囚徒挣脱束缚，逃出山洞，看到了外面的世界，看到阳光照耀下的万物，才知道洞壁上都是影子。

这当然是一个思想实验，但足以提醒我们：万一你所忠实的现实，只是墙壁上的幻影呢？就是说，我们无限信赖的眼前世界以及传统的观念，也许并不那么天经地义。

因此，质疑和反思的能力无比重要，是文明进步的动力。

钗黛之争，无非是观念之争。读者心中，各有属于自己的宝黛钗，那么，曹公是怎么评价宝钗的呢？

《红楼梦》是本生命之书，浩瀚无边。曹公对他笔下的人物，都怀着爱和悲悯，即使对赵姨娘，也依然克制有分寸。宝钗藏愚守拙，一心做她的道德完人；王熙凤精明强悍，打造着自己的权力王国；栊翠庵的妙玉，偷偷地爱着宝玉；探春努力支撑风雨飘摇的大观园；晴雯没心没肺地撕扇；袭人在做姨娘的梦……宏大的卑微的，张扬的隐忍的，天真的世故的，都是生命。

生命本身也许并无对错，但“假作真时真亦假，无为有处有还无”，应有真假之分，有清浊之辨。尽管每个人都有自己的生命姿态，但曹公格外珍视那些能旁逸斜出，拒绝跟生活和解的人。

《红楼梦》不赞美现实。现实从不是文学礼赞的对象，伟大的文学都穿透现实，超越现实。

回到第二回贾雨村所言的“正邪两赋之人”，从许由到陶渊明到嵇康到薛涛、朝云，都是旁逸斜出，活得至情至性之人，他们都不甘心被现实规训。在《红楼梦》里，“正邪两赋之人”有宝玉、黛玉、湘云、探春、妙玉、晴雯、香菱……宝钗并不在这里。

对宝钗这个复杂的现实主义者，曹公既有赞美，也充满惋惜。他甚至不忍去责备她，而是告诉我们：这样的女儿，尽管无情，也是动人的。

第六十三回“寿怡红群芳开夜宴”，那天，是宝玉的生日，怡红院开小party，大家抽花签。宝钗抽到的是牡丹花，题着“艳冠群芳”，又写有“任是无情也动人”。宝玉拿着这个签，口中念着，陷入沉思。

根据判词，“金玉姻缘”胜出。但是，“纵然齐眉举案，到底意难平”，宝玉念念不忘“世外仙姝寂寞林”。宝钗这样一个美丽有才华的少女，全面归顺了现实，依然到头一梦，万境归空，就连青春都不曾拥有过，也不曾开怀大笑过。这样的人生难道不是更大的悲剧吗？

第七讲

『红楼』梦中人之王熙凤与探春：务实派

一、有用和无用

在一次讲座中，我把《红楼梦》里的主要人物分成了两类：一是“有用”之人，二是“无用”之人。

先说“无用”之人。最典型的就是宝玉、黛玉。宝玉手无缚鸡之力，拒绝经济仕途，“于家于国无望”，只关注爱与美；黛玉如弱柳扶风，写诗，葬花，爱上宝玉。在大好春光里，他们一个吟唱“一朝春尽红颜老，花落人亡两不知”，一个听了悲从中来，恸倒在山坡之上。甚至宝黛爱情最后也成了空，一个出家，一个早逝。

还有湘云、香菱、晴雯这些人，也算是“无用之人”：有的写一手好诗，有的学习写诗，有的聪明又灵巧，最后也逃的逃，死的死，命运无比悲惨。

在现实生活中，他们都是失败者，都是“无用之人”，但如果没有这些“无用之人”，大观园就没有了灵魂，也没有了爱、美和自由。

也许有人会反问：“这有什么用？又不能当饭吃。”如果不用操心吃饭问题，又会这样说：“吃饱了撑的。”永远围绕一个“吃”。

按照马斯洛的心理格式塔，个体有五种需求，由低到高，分别是生存、安全、爱与归属、尊重和自我实现。一直停留在吃饭的阶段，只是满足了基本的生存，是无法理解并做到自我实现的。

大学（school）的古希腊文原意是“度过闲暇的地方”，文学、哲学、美学乃至科学，其实都是闲暇的产物，是吃饱后“无所事事”的产物，只有这些才代表了人类存在的高度。

所以,“无用之用,方为大用”。

民国老课本里有一篇文章,只有四句话:“三只牛吃草,一只羊也吃草,一只羊不吃草,它看着花。”会看花的羊,跟只懂得吃草的羊是不一样的。古希腊神话里,去寻找金羊毛的船上有一个特别的船员叫俄耳普斯,他跟别人干活不同调,还爱自己做梦,平时只负责弹琴唱歌,看起来没什么用。但他的歌声和琴声却使这艘船成为一个更完整更丰富的世界,而不只是一艘船。

当然,“无用”的大观园是建立在贾家的地位和财势之上的。

为什么一僧一道要携带顽石去“昌明隆盛之邦,诗礼簪缨之族”?为什么一定要让宝玉出生在花柳繁华地,温柔富贵乡?因为只有贾家的地位和财势,才能有元妃省亲,才能花银子如流水,盖起一座美轮美奂的大观园,才能容纳这些“无用之人”,做无用之事,写诗、谈恋爱,拥有爱、美和自由的生活。

还记得《红楼梦》开篇的女娲补天神话吗?

女娲为补天,炼了三万六千五百零一块石头,唯独一块顽石被遗留在大荒山无稽崖青埂峰下。被遗弃的顽石,自嗟自叹,在一僧一道两位仙师的协助下,幻形入世。“无材可去补苍天,枉入红尘若许年”,见证并亲历了生命的盛大与凋零,证成一部如梦似幻的《石头记》。

请注意,在这个神话里,顽石是被遗弃的,没能去“补天”,并为此自嗟自叹,充满遗恨。

作者也曾自言:“已往所赖天恩祖德,锦衣纨绔之时,饫甘餍肥之日,背父兄教育之恩,负师友规训之德,以至今日一技无成、半生潦倒之罪。”他说自己人到中年,一事无成,愧对长辈教诲。

这是曹公的真心话,亦是他一生的痛悔,作为一个中国人,一个中国作家，他是有补天情结的。又有哪个中国人无意于“修身齐家治国平天下”呢？

他特意写了王熙凤和探春这样的“补天者”，她们管家理政，大展风采。

一个是荣国府的CEO，管家理政，作者赞她“金紫万千谁治国，裙钗一二可齐家”；一个是庶出的三姑娘，却“才自精明志自高”，兴利除宿弊，清醒有远见。她们一个在大观园外，一个在大观园内，都非常务实，且有实干家的范儿，正是“补天”之材，是“有用”之人。

二、生机勃勃王熙凤

我上中学时，语文课本上有《红楼梦》的节选，叫《林黛玉进贾府》。这一回里，书中的主要角色一一登场亮相，给人印象最深的，除了林黛玉和贾宝玉，就是王熙凤了。

她人还未到，声音却到了：“我来迟了，不曾迎接远客！”黛玉心中纳罕：我见过的这些人个个都敛声屏气，恭肃严整，这来者是谁？这样放诞无礼——

> 只见一群媳妇丫鬟围拥着一个人从后房门进来。这个人打扮与众姑娘不同：彩绣辉煌，恍若神妃仙子。头上戴着金丝八宝攒珠髻，绾着朝阳五凤挂珠钗；项上带着赤金盘螭璎珞圈；裙边系着豆绿宫绦双衡比目玫瑰佩；身上穿着缕金百蝶穿花大红洋缎窄褃袄，外罩五彩刻丝石青银鼠褂；下着翡翠撒花洋绉裙。一双丹凤三角眼，两弯柳叶吊梢眉，身量苗条，体格风骚。

粉面含春威不露，丹唇未启笑先闻。（第三回）

这先声夺人的气势，甚至抢了黛玉的风头。看这穿着，珠光宝气，高贵艳丽；再看这长相，“一双丹凤三角眼，两弯柳叶吊梢眉”，显得很有手腕和心机。

书中前二十回，足足有六回是凤姐的正传，主角光环闪闪发亮。如果《红楼梦》里没有她，会是什么样了？很难想象。

对王熙凤的评价，自然是众说纷纭。有人说她是“女曹操”，好话说绝，坏事做尽；而王夫人身边的陪房周瑞家的，在刘姥姥面前这样评价她——

> “这位凤姑娘年纪虽小，行事却比世人都大呢。如今出挑的美人一样的模样儿，少说些有一万个心眼子。再要赌口齿，十个会说话的男人也说他不过。”（第六回）

小厮兴儿对尤二姐这样说王熙凤——

> “一辈子别见他才好。嘴甜心苦，两面三刀；上头一脸笑，脚下使绊子；明是一盆火，暗是一把刀：都占全了。”（第六十五回）

贾母却最喜欢她。给她起了绰号叫“泼皮破落户”“凤辣子”，还一口一个“猴儿猴儿”，亲昵中更有赞赏。

王昆仑先生是这样评价王熙凤的：“爱凤姐，恨凤姐，不见凤姐想凤姐”，一语道出她的丰富性。

中国的古典文学作品里，还从来没有过这样一个女人：强悍，自恋，有谋略，富有攻击性，同时还那么有趣，有强烈的个人魅力。她是一个力量型选手，活得生机勃勃、铿锵有力。

王熙凤出身四大家族的王家，是贾政太太王夫人的娘家侄女，是贾琏的妻子。她很为自己的出身自豪，经常有意无意地秀优越感。众人谈论元春省亲一事，说到江南的甄家独独接驾四次，真是煊赫一时，她赶紧补上一句——

“那时我爷爷单管各国进贡朝贺的事，凡有的外国人来，都是我们家养活。粤、闽、滇、浙所有的洋船货物都是我们家的。”（第十六回）

不过，贾琏是贾赦的儿子，贾赦在别院居住，贾母和贾政、王夫人一起住，按理说是王夫人打理家务的，怎么就轮到王熙凤当荣国府的总经理呢？贾母退居二线，接班人是王夫人，但她一向佛系，管家的重任，就落到了王熙凤身上。

那么，王熙凤面临的是怎样的局面呢？

第二回“冷子兴演说荣国府”，冷子兴跟贾雨村说起贾家：如今宁荣二府，都不行了，家族里“安富尊荣者尽多，运筹谋画者无一”，又加上排场惯了，如今是“外面的架子虽未甚倒，内囊却也尽上来了”，最重要的是，儿孙后代一代不如一代。

故事刚开始，就由冷子兴这个冷眼旁观者说出了真相。贾家人丁众多，又要维持外在的体面，花得多挣得少，而家族里的男性，个个惯于享福，无所事事，贾家的败落已经肉眼可见了。

东府宁国府的混乱就不用说了。荣国府里的老大贾赦一味享乐，不是惦记着石呆子收藏的扇子，就是打贾母身边大丫鬟鸳鸯的主意，要纳其为小妾；老二贾政是读书人，为人方正，但“不惯俗务”，连盖省亲别墅这样的大事，也是撒手不管；再往下，玉字辈的宝玉并不关心经济仕途，关心的是另一个世界；而贾环是“燎毛的小冻猫子”一般，压根就不成器。

荣国府里唯一能做点事的男性还是贾琏。盖省亲别墅，送黛玉回老家奔丧都是他，迎来送往，打发来要钱的太监也要靠他。不过，在王熙凤面前，贾琏的能力和权力都是打折扣的。比如贾芸想在府里谋个差事，找贾琏就搞不定，最后还是给王熙凤送了礼物，才谋到了在大观园种树的差事（第二十四回）。

可以说，这个家族摇摇欲坠正在走下坡路。当下如此混乱，未来更不确定，正是曹公所说的“末世”。

正是在这样的情势下，王熙凤大显身手。她做事虎虎生风，威重令行，体现了非同一般的专业才能。首先看“协理宁国府”。

宁国府的秦可卿死了，宁国府乱了套：公公贾珍哭成了泪人，要拄着拐杖走路，太太尤氏犯了胃病，贾蓉也担不了事。贾珍向宝玉抱怨，宝玉便推荐凤姐来帮忙料理家务。贾珍一听，果然妥当，连忙来到厢房请示长辈，让凤姐出山。

当时屋内有一众女眷，看见贾珍一来，急忙四散躲开，唯有凤姐款款地站起来。贾珍说明来意，王夫人还担心她年轻，也没经过什么大事，凤姐倒跃跃欲试——

那凤姐素日最喜揽事办，好卖弄才干，虽然当家妥当，也因未办过婚丧大事，恐人还不服，巴不得遇见这事。今日见贾珍如此一来，他心中早已欢喜。先见王夫人不允，后见贾珍说的情真，王夫人有活动之意，便向王夫人道："大哥哥说的这么恳切，太太就依了罢。"王夫人悄悄的道："你可能么？"凤姐道："有什么不能的。外面的大事已经大哥哥料理清了，不过是里头照管照管，便是我有不知道的，问问太太就是了。"（第十三回）

一般人可都怕揽事，她却欣然应允。因为，做事让她快乐，工作能让她获得价值感。且看她是如何处理宁国府这个烂摊子的。

统筹规划，理出头绪。头一件是人口混杂，遗失东西；第二件，事无专执，临期推诿；第三件，需用过度，滥支冒领；第四件，任无大小，苦乐不均；第五件，家人豪纵，有脸者不服约束，无脸者不能上进。

一下子抓住了问题的核心。即使是现代企业管理，也要处理这些问题。

做事有板有眼。第二天早上六点就来到宁国府，招齐下人，让助手彩明点名，分组。有的负责上香添油，挂幔帐守灵；有的负责供茶供饭；有专管杯碟茶器，管酒饭器皿的；有专管收祭礼的，管各处灯油、蜡烛、纸扎的；还有监管火烛的，打扫卫生的，监管痰盂扫帚的……一灯一烛，都有人负责，还有每日揽总查看的，一句话，责权利清晰。

赏罚分明。先立威：一旦有问题，三四辈子的老关系也没用。又许诺：你们辛苦这一个月，你家大爷自然会有赏。

一次，一个下人不小心迟到了。凤姐先不理会，忙完手头的事，便把眉一立：打二十板子，扣一个月工资！以后再有迟到的，就打四十板子！这是杀鸡骇猴。众人当面领教了凤姐的手段，都不敢出错，个个兢兢业业。

专业才能突出。她一边协理宁国府，一边还处理荣国府的家务事。

这一次，荣国府的下人来领对牌支取东西，凤姐听小厮彩明念完，便指着其中两件说："这两件开销错了，再算清了来领。"又有一个宁国府的媳妇来领对牌要支取香灯钱，凤姐笑道："我算着你们今儿该来支取，总不见来，想是忘了。这会子到底来取，要忘了，自然是你们包出来，都便宜了我。"

你看，作为一个总经理，不仅有大局观，对微观的账目也很熟悉，这就是专业的管理才能。

大事小事都不落下。特意让人在荣国府这边煮了粥，做了精致小菜，专门送给贾珍和尤氏。每天早上六点准时过来做事，还不忘祭奠闺蜜秦可卿。

看她下了车扶着人到灵前，见了棺材，眼泪如断线的珠子，滚滚而下。吩咐一声"供茶烧纸"，只听一棒锣响，音乐奏响，早有人端过一张大圈椅来，放在灵前，凤姐坐了，放声大哭。里外众人，见凤姐出声，也接着嚎哭起来。

忙碌之余，还没忘帮宝玉准备书房。随贾琏送黛玉去苏州奔丧的小厮昭儿来了，凤姐还忙着给贾琏准备大毛衣服带过去，又接连吩咐：小心服侍，不要惹你二爷生气，劝他少吃酒，别勾引他在外面拈花惹草，不然，打折你的腿！

为什么要复述这些情节？由此可看出王熙凤做事的身段十分漂亮：举重若轻，霸气又从容，轻重缓急，也特别有节奏感。"协理宁国府"这一段，绝对属于治愈系，这样的人间，是不是也很值得呢？

我相信，在写这一段的时候，曹公的内心是充满激情和赞赏的。一向高冷的他，公开为王熙凤点赞："金紫万千谁治国，裙钗一二可齐家。"(第十三回)

我经常疑心，曹公安排秦可卿早早死掉，就是为了让王熙凤协理宁国府一展才华。脂砚斋也曾发一个"弹幕"："写秦死之盛，贾珍之奢，实是却写得一个凤姐。"(第十四回末批)

若干年后，大洋彼岸有一部小说《飘》，女主斯嘉丽在行为见识、性情肝胆上，跟王熙凤出奇相像。她们都决心要在大地上成就一番事业，追求卓越的个人价值。

王熙凤做大事身段漂亮，处理日常小事也好看煞。

宝玉的奶妈李嬷嬷来到怡红院，彼时袭人正好病了，躺在床上没招呼她。她认为这些丫头对自己不恭敬，于是破口大骂。荣国府一向对下人宽厚有加，对这些主子的奶妈，更是格外尊重。面对李嬷嬷的无理取闹，宝玉和众丫鬟都不敢强辩——

> 可巧凤姐正在上房算完输赢帐，听得后面高声嚷动，便知是李嬷嬷老病发了，排揎宝玉的人。——正值他今儿输了钱，迁怒于人。便连忙赶过来，拉了李嬷嬷，笑道："好妈妈，别生气。大节下，老太太才喜欢了一日，你是个老人家，别人高声，你还要管他们呢；难道你反不知道规矩，在这里嚷起来，叫老太太生气不成？你只说谁不好，我替你打他。我家里烧的滚热的野鸡，快来跟我吃酒去。"一面说，一面拉着走，又叫："丰儿，替你李奶奶拿着拐棍子，擦眼泪的手帕子。"

那李嬷嬷脚不沾地跟了凤姐走了，一面还说："我也不要这老命了，越性今儿没了规矩，闹一场子，讨个没脸，强如受那娼妇蹄子的气！"后面宝钗黛玉随着，见凤姐儿这般，都拍手笑道："亏这一阵风来，把个老婆子撮了去了。"（第二十回）

这一番操作，真是春风浩荡。

正月十五日这天，是元春省亲的大日子。凌晨，贾母这些有爵位的，都穿着制服，在荣国府大门外面等。等了很久，才有一个太监来说早着呢，怕要到晚上才动身。凤姐便拿主意让老太太、太太回房，快到时辰的时候再出来迎接也不迟。

元妃省亲，是一等一的大事，贾家又是盖省亲别墅，又是列队迎接，半刻马虎不得，每个人都战战兢兢。唯有王熙凤，保持了一贯的冷静和判断力。

王熙凤这个管家做得有模有样，难怪贾母力挺她，经常公开为她站台。闺蜜秦可卿临死也托梦给她，称她是"脂粉堆里的英雄"。

当然，王熙凤看起来是威风八面，但这个管家是不好当的，也有很多难处。

贾府其实是一个小社会，有不同的利益群体。比如王熙凤的正牌婆婆邢夫人，时不时给她难堪；贾政房里的赵姨娘，把王熙凤当成眼中钉，还买通了马道婆作法害凤姐；就连王夫人发现了绣春囊，也气急败坏地跑来责骂她。用探春的话，这个家里"一个个不像乌眼鸡似的，恨不得你吃了我，我吃了你"（第七十五回）。

荣国府的下人更是一个难缠的群体。这些人有的好几代都在贾家，利益关系盘根错节，又会浑水摸鱼，隔岸观火看笑话，肚里更各有各的小算盘。

在这样的大家族里当管家奶奶，有说不出的烦难。有一次，邢夫人当面让王熙凤下不来台，王熙凤红了眼圈，鸳鸯看出来了——

> “还提凤丫头虎丫头呢，他也可怜见儿的。虽然这几年没有在老太太，太太跟前有个错缝儿，暗里也不知得罪了多少人。总而言之，为人是难作的：若太老实了没有个机变，公婆又嫌太老实了，家里人也不怕；若有些机变，未免又治一经损一经。如今咱们家里更好，新出来的这些底下奴字号的奶奶们，一个个心满意足，都不知要怎么样才好，稍有不得意，不是背地里咬舌根，就是挑三窝四的。我怕老太太生气，一点儿也不肯说。不然我告诉出来，大家别过太平日子。”（第七十一回）

第五十回联诗时，凤姐脱口而出“一夜北风紧”，可见她内心的紧张和忧惧。

在这样一个“末世”情境里，王熙凤的能力是显而易见的。

三、脂粉英雄王熙凤

《红楼梦》里，王熙凤的口才最好，一开口就是歇后语，像炒豆子一样嘎嘣脆。第十六回贾琏带着黛玉去苏州奔丧回来了，王熙凤甚为喜悦——

“国舅老爷大喜！国舅老爷一路风尘辛苦。小的听见昨日的头起报马来报，说今日大驾归府，略预备了一杯水酒掸尘，不知赐光谬领否？”贾琏笑道：“岂敢岂敢，多承多承。”（第十六回）

说话俏皮可爱，倒是贾琏显得笨嘴笨舌，一副招架不住的样子。两个人说起家常话，凤姐不免又要炫耀自己能干，毕竟自己协理了宁国府，荣国府这边也操持得不错，她是这样自夸的——

“我那里照管得这些事！见识又浅，口角又笨，心肠又直率，人家给个棒槌，我就认作‘针’。脸又软，搁不住人给两句好话，心里就慈悲了。况且又没经历过大事，胆子又小，太太略有些不自在，就吓的我连觉也睡不着了。我苦辞了几回，太太又不容辞，倒反说我图受用，不肯习学了。殊不知我是捻着一把汗儿呢。一句也不敢多说，一步也不敢多走。你是知道的，咱们家所有的这些管家奶奶们，那一位是好缠的？错一点儿他们就笑话打趣，偏一点儿他们就指桑说槐的抱怨。‘坐山观虎斗’，‘借剑杀人’，‘引风吹火’，‘站干岸儿’，‘推倒油瓶不扶’，都是全挂子的武艺。况且我年纪轻，头等不压众，怨不得不放我在眼里。更可笑，那府里忽然蓉儿媳妇死了，珍大哥又再三再四的在太太跟前跪着讨情，只要请我帮他几日；我是再四推辞，太太断不依，只得从命。依旧被我闹了个马仰人翻，更不成个体统，至今珍大哥哥还抱怨

后悔呢。你这一来了，明儿你见了他，好歹描补描补，就说我年纪小，原没见过世面，谁叫大爷错委他的。”（第十六回）

似贬实褒，以“自黑”的方式实现了自夸，非常巧妙有趣，又夹杂了很多市井俚语，十分接地气。难怪李纨说她是“水晶心肝玻璃人”，还说她“说了两车的无赖泥腿市俗专会打细算盘分斤拨两的话”（第四十五回）。王熙凤这气质这口气，确实市井气十足，真不像贵族家的少奶奶。

她还特别擅长插科打诨活跃气氛，是头号段子手。书中最幽默的是她和黛玉。黛玉是诗人，好玩又风雅。王熙凤一张嘴，就集民间俚语之大成，顺口溜、歇后语随手拈来，活色生香。

很多人都说王熙凤拍贾母马屁，是哄老太太喜欢。不过，贾母可不是寻常老人家，技术含量太低的“哄”，可入不了她的法眼。

一次，贾赦看上贾母的贴身丫鬟鸳鸯，想纳为小妾，鸳鸯拒绝，贾赦却紧追不放，还放出狠话来，说鸳鸯早晚逃不过自己的手心。鸳鸯便选择在贾母面前挑明这件事，并削发抗婚。贾母听了大怒，认为贾赦图谋自己的贴身丫鬟，是要架空自己，图谋不轨。她大发雷霆，把儿子媳妇都给骂了，连一旁的王夫人也跟着躺枪。探春过来帮王夫人解了围，贾母也拐弯抹角地给自己找了台阶下，但气氛依然尴尬，贾母便埋怨凤姐不提醒自己——

凤姐儿笑道：“我倒不派老太太的不是，老太太倒寻上我了？”贾母听了，与众人都笑道：“这可奇了！倒要听听这不是。”凤姐儿道：“谁教老太太会调理人，调理的水葱儿似的，怎么怨得人要？我幸亏是孙子媳妇，若是孙子，我早要了，还等到这会子呢。”贾母笑道：“这倒是我的不是了？”凤姐儿笑道：“自然是老太太的不是了。”（第四十六回）

你看，王熙凤这一开口，竟敢说老太太的不是，气氛一下子就有点古怪，结果她话头一转，竟是先抑后扬，变着法夸老太太呢。

贾母也是一个人精，索性抓住凤姐的话头，将了她一军：既然鸳鸯这么好，你就带了去，给琏儿放在屋里好了。这当然是玩笑话，但老太太这句话等于给凤姐踢了一个皮球，有点“不怀好意”。只见凤姐好整以暇，开口道——

“琏儿不配，就只配我和平儿这一对烧糊了的卷子和他混罢。”（第四十六回）

说得众人都笑了起来，屋里充满了快活的空气。

你看，“哄”老太太是需要高情商的。王熙凤四两拨千斤，智商、情商和气场，一个都不少。既让老太太开怀大笑，又维护了自己的利益，保持了自己的人格，完全没有谄媚的劲儿，从头到尾，凤姐都气场爆棚、理直气壮。

在贾母面前，谁敢这样没大没小？唯有王熙凤。在贾母面前，她随时随地都能抖机灵说段子，逗得老太太眉开眼笑，她从不唯唯诺诺，身段好看得很。你可以说她这是在取悦贾母，有巴结的成分，但既让老人家开心，又不折损自己的体面，真是王熙凤的能耐。

既然是脂粉英雄，自然别有一番慷慨之气，王熙凤有特别彪悍的一面。

贵族家的少奶奶，难道不应该举止稳重、温柔贞静吗？不，王熙凤时刻在挑战传统的道德和审美。她蹬着门槛子拿耳挖子剔牙（第二十八回）；挽起袖子，一边蹬着门槛吹穿堂风，一边说狠话（第三十六回）；贾珍进屋，别的女人慌忙躲出去，独有她款款地站起来（第十三回）；贾母带刘姥姥坐船游览大观园，她立在船头撑船（第四十回）；秦可卿的送葬路上，她担心宝玉有什么闪失，公然喊小叔子宝玉同乘——

> "好兄弟，你是个尊贵人，女孩儿一样的人品，别学他们猴在马上。下来，咱们姐儿两个坐车，岂不好？"宝玉听说，忙下了马，爬入凤姐车上，二人说笑前来。（第十五回）

她根本不怕别人说三道四，就是这么任性！英雄一向才智过人，元气淋漓而无所顾忌，才不管"男女授受不亲"这些规矩。

总有读者认为凤姐是"败德者"，说她有作风问题。有人长篇大论论证她跟贾蓉的关系不清白，还说她跟宝玉如何如何。这绝对是误会，始作俑者就是程乙本。

我们以前讲过，程乙本对前八十回的文字改动了近两万字，对王熙凤的形象进行了大幅修改。

比如，第六回"刘姥姥一进荣国府"，凤姐正跟刘姥姥寒暄时，宁国府的贾蓉来借玻璃炕屏。两个说完话后，贾蓉告辞，凤姐又喊他回来——

贾蓉忙复身转来，垂手侍立，听阿凤指示。那凤姐只管慢慢的吃茶，出了半日的神，又笑道："罢了，你且去罢。晚饭后你来再说罢。这会子有人，我也没精神了。"贾蓉应了一声，方慢慢的退去。（第六回）

程乙本改成了这样的——

贾蓉忙回来，满脸笑容的瞅着凤姐，听何指示。那凤姐只管慢慢吃茶，出了半日神，忽然把脸一红，笑道："罢了，你先去罢。晚饭后你来再说罢。这会子有人，我也没精神了。"贾蓉答应个是，抿着嘴儿一笑，方慢慢退去。（第六回）

贾蓉多了"笑"，凤姐也多了"脸一红"。程乙本这么改，把凤姐和贾蓉的关系写得十分暧昧。事实上，但凡遇到贾蓉和凤姐的场景，程乙本都进行了类似修改，让凤姐语带暧昧，脸红了又红，根本不顾旁边还有刘姥姥，还有一群丫鬟婆子。

在第六十八回"苦尤娘赚入大观园，酸凤姐大闹宁国府"，王熙凤用计把尤二姐骗到了贾府，安顿好后，就来东府找碴了。当初是贾珍和贾蓉一力撺掇贾琏偷娶尤二姐，尤氏虽认为不妥，但人微言轻，没人听。王熙凤对着这两个人，又哭又骂又装可怜，吓得尤氏哭着认错，贾蓉更是磕头不绝，自己打自己耳光，丑态百出。出够了气，凤姐还又诳骗了他俩五百两银子。最后她又顺水推舟装好人，说会好好对待尤二姐，尤氏和贾蓉一齐笑说——

"到底是婶子宽洪大量，足智多谋。等事妥了，少

不得我们娘儿们过去拜谢。”（第六十八回）

此处程乙本又修改了，改成凤姐看贾蓉示弱，一下子心就软了，最后还来了这么一场——

凤姐儿道：“罢呀！还说什么拜谢不拜谢！”又指着贾蓉道：“今日我才知道你了！”说着，把脸却一红，眼圈儿也红了，似有多少委屈的光景。贾蓉忙陪笑道：“罢了！少不得担待我这一次罢。”说着，忙又跪下了。凤姐儿扭过脸去不理他，贾蓉才笑着起来了。（第六十八回）

凤姐初始杀气腾腾，哭骂一场，最后居然对着贾蓉又脸红又眼圈儿红，又是委屈又是扭脸，这哪是来兴师问罪的，这是在撒娇调情呢。何况，旁边还有尤氏和丫鬟婆子们呢。

在这里，我要为王熙凤抱不平。一次，贾琏对平儿抱怨王熙凤——

“他防我像防贼的，只许他同男人说话，不许我和女人说话……他不论小叔子侄儿，大的小的，说说笑笑，就不怕我吃醋了。”（第二十一回）

平儿却说——

“他醋你使得，你醋他使不得。他原行的正走的正。”（第二十一回）

平儿懂凤姐，至少比程乙本的作者更懂。王熙凤的世界那么大，她要的是权势，是金钱，是众星捧月，是被人景仰，哪有时间去勾搭贾蓉？再说了，她怎么会看得上贾蓉呢？

在贾家的男性群体里，贾蓉最没品行，最没贵族气质。不是替凤姐捉弄贾瑞，敲了贾瑞五十两银子的竹杠，就是趁着筹建大观园，干“大有藏掖”的事；在尤二姐面前人品猥琐、言语下流，连旁边的丫头都看不下去。

程乙本的修改者改得过于恶俗，一是文学品位不够高，二是根本不理解王熙凤这个形象的独特性，硬是把她当风流少妇来写了。

王熙凤对礼法一向不屑，这彪悍劲儿是英雄气概，也是名士风度。

魏晋名士阮籍的邻居是一个美少妇，当垆卖酒，阮籍喝醉了，随便睡倒在沽酒西施旁。少妇的丈夫观察了很久，发现他俩啥事都没有；嫂嫂要回娘家，他偏要出来道别，有人嘲笑他有违礼法，他却说：“礼岂为我辈设矣！”对阮籍这样的人来说，根本不需要时刻把礼法刻在脑门上，因为他内心坦荡荡，没必要向别人证明自己。只有一肚子忐忑的人，才会拿出规矩和礼法，时刻标榜自己清白。

英雄自会识人。她格外看重穷亲戚岫烟，因为她温厚大方，不像其姑妈邢夫人（第四十九回）；王夫人怀疑晴雯作风有问题，她特意加以回护（第七十四回）；对乡下来的穷亲戚刘姥姥，也款待有礼，出手大方，还让刘姥姥给自己的女儿取名字（第六、第四十二回）；跟贾母身边的鸳鸯互敬互重；发现丫鬟小红嘴巴伶俐能力出众，便破格将其提拔到自己门下（第二十七回）。

她生病了，探春当了代理管家，一上任就遇到赵姨娘抚恤金事件。平儿来告诉她探春如何如何处理，她听了，忍不住连声喝彩——

> "好，好，好，好个三姑娘！我说他不错……他虽是姑娘家，心里却事事明白，不过是言语谨慎；他又比我知书识字，更利害一层了。"（第五十五回）

探春刚上任就拿她开刀，削减重复的开支，她也毫不介怀，还叮嘱平儿要好好帮助并维护探春。一个老领导对新领导如此信任，如此支持，这样的气度和胸怀，并不多见。

她不怎么识字，没什么文化，对大观园却有天然的亲近感。是她建议在大观园设一个小厨房，省得姑娘们来回跑，冷风朔气的，林妹妹如何禁得住（第五十一回）？

李纨带着众姐妹起诗社，让王熙凤当诗社的"监社御史"，她知道这是要活动经费呢，表现得十分大方——

> "我不入社花几个钱，不成了大观园的反叛了，还想在这里吃饭不成？明日一早就到任，下马拜了印，先放下五十两银子给你们慢慢作会社东道。过后几天，我又不作诗作文，只不过是个俗人罢了。'监察'也罢，不'监察'也罢，有了钱了，你们还撵出我来！"说的众人又都笑起来。（第四十五回）

十分知情识趣。第五十回众人在芦雪广里联诗，王熙凤也自告奋勇要说一句——

“我想下雪必刮北风。昨夜听见了一夜的北风，我有了一句，就是‘一夜北风紧’，可使得？”众人听了，都相视笑道：“这句虽粗，不见底下的，这正是会作诗的起法。不但好，而且留了多少地步与后人。就是这句为首，稻香老农快写上续下去。”（第五十回）

“一夜北风紧”虽是一句大白话，却是很好的开头，给后面的诗留下发挥的余地。曹公写这个情节，是不是也说明不太有文化的王熙凤，内心也有一份诗意呢？

第七十四回王夫人派她带这王善保家的等一干人，连夜去抄检大观园。王熙凤是阳奉阴违，消极怠工，一会儿安抚维护黛玉，一会儿又暗助探春，看她打王善保家的耳光进行反击，暗中叫好。在迎春屋里，丫鬟司棋的情书被翻出来，司棋正是王善保家的亲外孙女。王熙凤本来想取笑一番，却瞥见司棋神色自若，不免内心惊叹。

她也非常喜欢宝玉和黛玉，还跟黛玉开玩笑：“你既吃了我们家的茶，怎么还不给我们家作媳妇？”又指着宝玉说：“你瞧瞧，人物儿、门第配不上，根基配不上，家私配不上？那一点还玷辱了谁呢？”（第二十五回）把人物放在门第前面，一点都不俗。

可是，到了后四十回里，王熙凤却一反常态，像变了一个人。贾母赞成宝玉和宝钗的婚事，她就投其所好想出“掉包计”，骗宝玉娶的是黛玉实为宝钗。于是，贾母成了“狼外婆”，王熙凤成了奸险小人……这跟前八十回里的贾母和王熙凤，差别很大。

凤姐的判词是“凡鸟偏从末世来，都知爱慕此生才”，画上是“一片冰山，上面有一只雌凤”。

“凡鸟”是个典故，语出《世说新语·简傲》。嵇康与吕安交好，一次，吕安拜访嵇康，嵇康不在。嵇康之兄嵇喜请吕安进门，吕安不入，在门上题“鳳”字而离去。嵇喜很得意，以为吕安在夸自己是凤鸟，可是嵇康回来告诉他不是这回事，把“鳳”字拆开就是“凡鸟”，这是讽刺他是一个平庸的人。所以也有人说，把凤姐说成“凡鸟”，这是曹雪芹暗含讽刺，认为凤姐不是凤凰，只是一只凡鸟而已。

到底是凡鸟，还是凤凰，这可就见仁见智了。这就是《红楼梦》的魅力，它总是拷问读者自己的价值观。不过，《红楼梦》十二曲里说王熙凤，有一句“生前心已碎，死后性空灵”，“凡鸟”是担不起“空灵”二字的。

我想，曹公还是认为王熙凤是一只非凡的凤凰的。当然，曲子里还有一句“机关算尽太聪明，反算了卿卿性命”，王熙凤也有她晦暗的一面。

四、王熙凤的另一面

王熙凤是“脂粉英雄”不假，但英雄能“协理宁国府”，也能“弄权铁槛寺”。

给秦可卿送葬至铁槛寺。族中诸人皆暂在铁槛寺下榻，独凤姐嫌不方便，带着宝玉等到隔壁馒头庵住下。馒头庵的老尼姑净虚，晚间趁机来找王熙凤，说一个李衙内看上了一个张财主家的小姐，但小姐已许配给守备的公子。李衙内定要，公子不依，打起了官司。想求贵府疏通一下节度使老爷，守备就不得不依了。

凤姐说自己懒得理会。净虚叹口气：张老爷知道我来求府里了。不知道的，还以为府里管不了呢。凤姐一听，便来了劲儿，她最不喜欢别人质疑自己的能力。于是，便转口说拿三千两银子来，我来把这事给办了。还说——

> “你是素日知道我的，从来不信什么阴司地狱报应的，凭是什么事，我说要行就行。”（第十五回）

果然，第二天，她便悄悄把事交与来旺，假托贾琏修书一封，疏通关系，手到擒来。只是没想到，守备被退婚后，张财主的女儿金哥却知义多情，自缢而死。守备的儿子闻说，也投河而死。而凤姐呢，却不费吹灰之力，坐享了三千两。潘多拉的盒子打开了，自此她胆识愈壮，便恣意作为起来。

“弄权铁槛寺”是作者掀起的社会黑暗一角，这一角足以让我们了解当时的社会结构、官场腐败。那是贾雨村迅速“黑化”，徇私枉法乱判葫芦案的地方，是他给石呆子捏造罪名，把他关到监狱里，夺了他价值连城的古扇，转送给贾赦的地方……

而王熙凤也沾染了权力的气息，这是她可怕的一面。

她的权力欲和金钱欲相当炽烈。喜欢听奉承话，喜欢听别人夸她能干；经常收受下人的贿赂，贪赃枉法；她负责发放工资，却先把众人的工资支取出来，打个时间差，拿出去放高利贷，每年也有几千两银子的收入，都进了她的腰包。

一旦有人触动她的利益和尊严，便下手狠辣。很多读者都认为她蛇蝎心肠，该为贾瑞和尤二姐的死负责。

贾瑞在宁国府偶遇王熙凤，言行相当不得体，意图不轨，他一再来找王熙凤，最终“王熙凤毒设相思局”，贾瑞病倒，最后丢了性命。至于尤二姐事件，是贾琏在外偷娶尤二姐，王熙凤得知，趁贾琏出差之际，把尤二姐骗到荣国府，又使各种计谋，尤二姐最后只能吞金自杀。

这些都成了王熙凤的罪状。不过，细读文本却能发现，让她为这两个人的死负完全责任，似乎也不太公平。

先看贾瑞。他垂涎婶子王熙凤，一见面就出语暧昧、下流，还一再来找她。凤姐恼怒万分，发狠要治死他，平儿听说后，也骂贾瑞——

> "癞蛤蟆想天鹅肉吃，没人伦的混帐东西，起这个念头，叫他不得好死！"（第十一回）

平儿这么恶狠狠，难道她也蛇蝎心肠吗？当然不是。这两个人都在生气说狠话而已。再来看王熙凤如何处理这件事，她先是假意告诉贾瑞幽会的时间地点，贾瑞兴冲冲前去，自然扑了一个空，这也算是警告他了。可惜，贾瑞被情欲蒙住了眼睛，无法自制，又来找王熙凤。王熙凤遂再次设局，并安排了贾蓉和贾蔷去捉弄他，贾瑞不仅被这两个人勒索了一百两银子，还在腊月寒天里挨了半夜的冻，又被浇了一身屎尿。

贾瑞随之病倒了。垂危之际，有个跛足道人来了，给他一面镜子，说这是太虚幻境里的"风月宝鉴"，嘱咐他如想活命，一定要照反面不要照正面。贾瑞拿起镜子一看反面，镜中竟然是一具骷髅。再看正面，却是风情万种的凤姐在镜中向他招手。他大喜，一次次照正面，进镜子里跟凤姐缠绵，如此三番，最终呜呼哀哉。

蒋勋先生对贾瑞充满悲悯，说他是一个被自己的欲望摧毁的可怜的年轻人，这话不假。其实，贾瑞本可不死，可惜他在欲望的泥潭里越陷越深。

谁杀死了他，是王熙凤吗？其实，是过度的欲望杀死了他。

那么，尤二姐之死跟王熙凤脱不了干系吧？这要靠文本来说话。

我们先来看，为何唯独对尤二姐，王熙凤就如临大敌呢？要知道，贾琏一直都不太检点，偷鸡摸狗、拈花惹草的事儿没少干，不是跟多姑娘偷情，就是跟鲍二家的幽会。因为尤二姐危及王熙凤的婚姻和地位。

贾琏跟鲍二家的鬼混时，被凤姐当场撞破。贾琏仗着一点酒劲，拿起剑在后面追赶凤姐。凤姐哭着跑到贾母那里，喊着："老祖宗救我！琏二爷要杀我呢！"

她为什么不直接向贾母告状贾琏在外面偷吃呢？因为吃醋是不被允许的。妻子吃醋，是可以被休掉的。古代婚姻制度里有"七出"的条例，是对已婚女性的硬性要求："不顺公婆、无子、淫、妒、有恶疾、多言、窃盗"，这七条触犯任何一条，都可以被休回娘家。

在那个时代，男性有各种特权，可以寻花问柳逛青楼，也可以纳妾。邢夫人就屁颠屁颠地替贾赦跟鸳鸯说媒，清代笔记散文《浮生六记》里的芸娘，也一心一意替老公沈三白物色小妾人选。

再看贾母，她虽然一心回护凤姐，但对贾琏偷腥的态度很宽容——

> "什么要紧的事！小孩子们年轻，馋嘴猫儿似的，那里保得住不这么着。从小儿世人都打这么过的。

都是我的不是，叫你多吃了两口酒，又吃起醋来。”（第四十四回）

她甚至警告凤姐：不要再恼了，再恼我就恼了。又埋怨贾琏：什么腥的臭的都往屋里拉。在这样的婚姻里，女性其实是毫无安全感的。表面上看，王熙凤威风八面，是实权派，其实她也是被困在男权的天罗地网里，她的地位和价值，都来自婚姻，一旦婚姻出了问题，贾琏厌弃她，她的人生就会被彻底摧毁，谁也救不了她。

所以，当得知贾琏在外面偷娶了尤二姐，又是买房又是让下人喊尤二姐“奶奶”，而尤二姐又深得下人拥戴时，王熙凤感到自己的地位危哉，如果她再生个儿子呢？

为了捍卫自己的利益，她决定对尤二姐开战。

首先，想好对策，趁贾琏出差，带着心腹直接上门，跟尤二姐短兵相接。凤姐穿着一身月白色衣裳，对着尤二姐文绉绉地说了一番话，贤良得体。尤二姐早就想认祖归宗，忘记了小厮兴儿告诫她的话，误以为王熙凤是好人，欢欢喜喜搬进了贾府。

其次，在贾母面前卖力表演大度，把尤二姐领到老太太面前：老祖宗，你看这妹妹比我好看吧？同时悄悄换掉了尤二姐的丫鬟，另派自己的心腹伺候（折磨）她。这心腹的名字叫善姐，人却十分恶毒，曹公善谑。

再次，因贾琏做事妥当，贾赦把秋桐赏给了贾琏，眼中钉未走，又来肉中刺。王熙凤索性“弄小巧用借剑杀人”，挑拨秋桐仇恨尤二姐，自己躲起来看热闹；她还跑到宁国府又哭又闹，尤氏和贾蓉使劲道歉，还被凤姐忽悠了五百两银子；打听出尤二姐曾被许配给张华，便让下人旺儿找到张华撺掇他去告贾琏国孝期间娶亲……四面八方把贾琏和尤二姐都给堵死了。

最后，尤二姐不明不白地流了产，而贾琏正和秋桐打得火热顾不上她。王熙凤又在贾母面前说尤二姐坏话，贾母不喜尤二姐，众人见此，也都纷纷作践尤二姐。这样一来，尤二姐四面楚歌，无路可走，遂选择吞金自逝。

人们往往怪王熙凤害死了尤二姐，其实尤二姐的悲剧并非单一原因。贾琏是始作俑者，如果他不喜新厌旧又迷上秋桐，尤二姐也不会绝望到无路可走。如果尤二姐能像尤三姐那样有判断力，有胆识，也就不会任由凤姐摆弄。

这是一个结构性的悲剧，每个人都有自己的利益考量：王熙凤捍卫自己的利益，尤二姐想被豪门承认，贾琏喜新厌旧，众人火上浇油……把王熙凤当成唯一的凶手，似乎说不过去。

《红楼梦》里的人，没有一个形象是单薄的。

在中国传统文学里，王熙凤是独特的“这一个”。她集权力欲、金钱欲和报复欲于一身，活得无法无天，铿锵有力。她野心勃勃，活得彪悍无比，她的词典里压根没有贤良、恭顺这样的词。

喜欢王熙凤是需要胆量的。

《红楼梦》里美人多矣，黛玉“姣花照水，弱柳扶风”，风流袅娜，像诗；宝钗“脸若银盆，眼如水杏”，鲜艳妩媚，像画；探春“俊眼修眉，顾盼神飞”，像风。唯有凤姐，又是丹凤三角眼，又是柳叶吊梢眉，格外与众不同。单是“粉面含春威不露，丹唇未启笑先闻”，就有一股特别的生猛气息。在强调温顺和服从的文化里，“这一个”却充满了丰富的可能性。可以想象一下，如果能减少或阻断她做坏事的机会，王熙凤是有能耐改造社会的。

王昆仑先生说“王熙凤有一颗深刻而强大的灵魂”，诚哉！

因为有一个强大的内心，她既有能力做事，也能作恶。而一旦被欲望驱使，又没有道德、信仰和法律的约束，就很难回头了。所以，贾母喜欢她，也担心她：我虽疼她，我又怕她太伶俐也不是好事。结果一语成谶，凤姐的结局相当悲惨。

第五回十二支《红楼梦》的曲子，她的曲子是《聪明累》——

> 机关算尽太聪明，反算了卿卿性命。生前心已碎，死后性空灵。家富人宁，终有个家亡人散各奔腾。枉费了，意悬悬半世心；好一似，荡悠悠三更梦。忽喇喇似大厦倾，昏惨惨似灯将尽。呀！一场欢喜忽悲辛。叹人世，终难定！（第五回）

判词里还有一句，暗示了她的结局：“一从二令三人木，哭向金陵事更哀。”按照拆字法，“三人木”就是“休”。这个男人，对王熙凤，先是从（服从），后是冷（疏远），最后把她休了。脂砚斋评语曾透露，丢失的结局里有“薛宝钗借词含讽谏，王熙凤知命强英雄”一回，还有“凤姐扫雪”的情节，是写王熙凤被休后，成了贾府最低等的仆妇，在穿堂门扫雪干粗活。

她的悲剧，格外让人唏嘘。

其实，书中处处有暗示有警醒，只是当事人执迷不悟罢了。

秦可卿临死托梦给王熙凤：婶婶，你是脂粉队里的英雄，男子都不如你，要晓得“月满则亏，水满则溢”，又“登高必跌重”，万不可乐极悲生，应了“树倒猢狲散”的俗语。又叮嘱她，在祖茔附近多置办田庄房舍，即使以后败落，也可读书务农，有后路。瞬息繁华，盛筵必散，切记切记！然而，可卿的葬礼，却成了凤姐的舞台。得意之际，她到底把闺蜜的嘱托和警告，忘得一干二净。

凤姐下榻的馒头庵，原名叫水月庵。曹公说，因为水月庵的馒头做得好吃，所以又叫馒头庵，其实这是一种障眼法。咱们看妙玉最喜欢的一句诗"纵有千年铁门槛，终须一个土馒头"，铁槛寺和馒头庵相毗邻，一边是生，一边是死，寓意再明显不过了。可惜世人看不明白，凤姐更迷恋权力与荣耀，被欲望蒙住了眼。

这个"补天者"，既深刻，也驳杂。一方面入主尘世，"意悬悬半世心"，强劲有力；另一方面，也沾染了男性世界的浊臭气息，精明能干却利欲熏心。再加上大权在握，不免为所欲为，恶行也被放大。更何况，她又不识字，精神层面先天不足，缺乏更高远的追求。对此，曹公也不讳言。

《红楼梦》从不出示浮泛的人性和理想，它呈现生命的广阔和深邃。而比王熙凤更理想的"补天者"，是三姑娘探春，一个比王熙凤更有见识，更有情怀的女性。

五、才自精明贾探春

在文艺青年扎堆的大观园里，探春并不显眼。

她没有黛玉超逸，不如宝钗雍容，也比不上湘云爽利，连作诗也是中等水准，从没拿过第一。但她"俊眼修眉，顾盼神飞"，令人见之忘俗，且"才自精明志自高"，被称为带刺的玫瑰花，自有一番冷峻与霸气。

相比宝玉和黛玉，薛宝钗、王熙凤和贾探春属于现实主义者，都想在现实层面上有所作为，但这三个人又各有不同。把这三个人进行对比，会很有意思。

宝钗是世事洞明人情练达，王熙凤是精明强悍霸气十足。探春呢？她是一个改革派，实干家。

为了突出探春的才干，曹公安排凤姐小恙，让探春出山，跟李纨、宝钗一起管理家务。她做起事来，那是雷厉风行。先是新官上任三把火，明察秋毫，揭破下人谎言；对上一任领导凤姐也不客气，削减了几项重复的支出。她发现宝玉贾环们的学费，居然是双份支出；姑娘们的化妆品，也是重复消费，因为集体采购的比较劣质，姑娘们要再拿钱到外头买。从人事到开支，处处都是浪费，可见大家族粗放式管理的种种弊端。

一次，探春去管家赖大家做客，发现他家花园的植物可以卖钱创收，一年下来，那些花花草草能卖二百两银子！探春便开始盘算：大观园比赖大家的园子要大一倍，如果搞创收的话，一年就可以有四百两银子收入了。

作为一个女孩，她眼里的世界，如此宏阔而深远。大观园里不仅有诗，也有生活和政治。

确实，该有人来筹划一下了。我们来看，因元春省亲，荣国府花钱如流水，日子越发艰涩了。从第七十回开始，贾府便露出下世的光景：老太太过生日，王夫人却没钱买礼物，还要凤姐拿出铜锡家伙当了三百两银子；尤氏在贾母屋里吃饭，主子吃的米饭没了，原来如今要按人头拿米下锅；管家林之孝向贾琏建议裁些人员，也减些费用。

这些事，原本是男人应该留意的，但他们个个都在富贵里泡软了，一门心思放纵欲望：贾赦忙着抢石呆子的扇子，惦记着纳小妾，居然看上了鸳鸯；贾政镇日与清客们闲聊，自己“不惯俗务”，无心过问家事；贾珍迷恋喝酒赌钱，还打儿媳妇和尤三姐的主意；最能干的贾琏，也总是寻花问柳，惦记着偷老太太的东西出去卖……

对于家族的弊病，王熙凤其实也很清楚，但她会被贪欲蒙住眼，眼光不够长远。探春虽不如凤姐气场强大、手段刚强，但她自有做事的法则，比如重视立法，尊重规则，公私分明，是另一种霸气，更让人神清气爽。

来看她是如何改革的。虽然探春、李纨和宝钗一起管家理政，但李纨是和事佬，宝钗也不想得罪人，更不肯出头，真正做事的，还是探春。

第五十六回“敏探春兴利除宿弊”，探春发起了大观园的经济改革。她计划把园子里的花花草草承包给懂园林草木的人，年底卖了钱，除了必要的成本，以及给承包人发的奖金，每年也能多四百两银子的收入。虽然钱不多，但总算多了一笔收入，多少能疏解贾府的财政危机。

探春大刀阔斧，直入主题：开源节流，一心生利。历史上有名的改革者管仲、王安石都走这个路线。

而宝钗是人际专家，更擅长人情世故，平衡人际关系，而且她谨慎、保守，认为不能为了几百两银子失了大家的体统。她出身皇商，却对“利”如此不屑，也相当有意思了。

第五十五回，因王熙凤有恙，王夫人让李纨、探春和宝钗一起管理家务。新官上任三把火，探春遇到的第一件棘手事，就跟母亲赵姨娘有关。

这一天，下人吴新登家的来禀告说：赵姨娘的兄弟死了，抚恤金该给多少呢？这里要提醒你，吴新登家的当然知道该给多少，她这是装糊涂试探新领导，外面也有一群媳妇婆子等着看探春如何处理这件事。

正如王熙凤所言，这些管家奶奶们哪一个是好缠的？都是全挂子武艺。个个心里都有小算盘——如果新领导精明，以后就老实做事，否则呢，就偷奸耍滑浑水摸鱼好了。

听到吴新登家的话，李纨就说袭人的妈过世，赏了她四十两银子，那就跟袭人一样吧。吴新登家的一听，接了对牌就走，探春把她叫回来——

> “你且别支银子。我且问你：那几年老太太屋里的几位老姨奶奶，也有家里的也有外头的这两个分别。家里的若死了人是赏多少，外头的死了人是赏多少，你且说两个我们听听。”（第五十五回）

吴新登家的继续装糊涂，说也不是什么大事，赏多赏少谁还在乎不成？探春说，这可不行，要按道理来。不然，不光你们笑话我，也没法跟二奶奶交代。吴新登家的说要去查老账，探春揭穿她的小心思：你不记得？恐怕是来难为我们的吧？还不快找了来，再迟点，不说你们粗心，倒像我们没主意了。

吴新登家的被说得满脸通红，外面的媳妇们也都“伸舌头”，知道这个新领导不好糊弄。

等拿来旧账一看，原来抚恤金是分等级的：外面买来的姨娘是四十两银子，家生的姨娘二十两。袭人是从外头买来的，所以拿四十两，赵姨娘打小就是贾家的奴才，属于“家生”，就是二十两。

账本上写得明明白白，是惯例。赵姨娘就不乐意了，她吵着要四十两，说本来指望探春能照顾姓赵的，结果非但一点好处也没有，如今自己熬得连袭人都不如了。她质问：多给二十两银子怎么了？又不是你的银子！

探春就告诉她这是规矩，自己虽然管家也没权私自添减。赵姨娘一直胡搅蛮缠，探春坚决按条例，一来二去，双方言语冲突逐渐升级。赵姨娘又拿出亲妈的身份来绑架探春：你舅舅死了，你现在管家能做主，多给点钱有这么难吗？你分明是拣高枝忘了本！

探春听了，内心悲苦，禁不住掉下泪来——

> "如今因看重我，才叫我照管家务，还没有做一件好事，姨娘倒先来作践我。倘或太太知道了，怕我为难不叫我管，那才正经没脸，连姨娘也真没脸！"（第五十五回）

可怜而愚蠢的赵姨娘，她不仅不懂探春管家的难处，还第一个来拆台。她根本不知道，倘若探春真的因赵姨娘是亲娘，打破规矩多给她银子，以后她又怎么能服众呢？又怎么能对得起王夫人的信任呢？

探春处理这件事的核心，就是尊重规则，公私分明，拒绝被亲情绑架，这已经是现代管理人才的素质了。

可惜探春这样的人太少了，懂她的人更少。不过，"高情不入时人眼，拍手凭他笑路旁"，探春应该不在意什么人缘。

就连黛玉也看出探春做事能力超强。第六十二回宝玉过生日，林之孝家的带着一个媳妇过来，告诉探春这个人不行，要撵出去才好。探春问：有没有问过大奶奶。又问：有没有问过二奶奶。然后，才说：就按她们的意思办吧，等太太回来，我再说一下。黛玉看在眼里，忍不住对宝玉说：

"你家三丫头倒是个乖人。虽然叫他管些事,倒也一步儿不肯多走。差不多的人就早作起威福来了。"宝玉道:"你不知道呢。你病着时,他干了好几件事。这园子也分了人管,如今多掐一草也不能了。又蠲了几件事,单拿我和凤姐姐做筏子禁别人。最是心里有算计的人,岂只乖而已。"黛玉道:"要这样才好。咱们家里也太花费了。我虽不管事,心里每常闲了,替你们一算计,出的多进的少,如今若不省俭,必致后手不接。"(第六十二回)

黛玉看得清晰,这是在夸探春不滥用权力。探春能对权力保持如此审慎的态度,不专权,不武断,这很难得了。

显然,探春比王熙凤更克制更清正,也比她更有见识和情怀,凤姐也是有自知之明的。从平儿那里得知探春如此这般处理抚恤金事件,她忍不住连声喝彩:"好,好,好,好个三姑娘!……他虽是姑娘家,心里却事事明白,不过是言语谨慎;他又比我知书识字,更利害一层了。"

文化是有力量的。如果不识字,不读《诗经》,不读《论语》,不读唐诗宋词,不读《老子》和《庄子》,不读……一个人看到的世界是怎样的?要窄小得多,贫瘠得多。

人类区别于其他物种的独特性在于,既能"做事儿",也是"想事儿"(思考),文化能让人的思维更开阔,看得更深,也更远。

六、人间清醒贾探春

不过,也有读者认为,探春对赵姨娘这个亲娘的态度,有些冷漠，挺让人寒心的。

第五十五回赵姨娘嫌探春只给自己二十两银子抚恤金太少，来找探春闹事的时候，说你舅舅死了，你就不能多给点钱，探春的回应是——

> “谁是我舅舅？我舅舅年下才升了九省检点，那里又跑出一个舅舅来？我倒素习按理尊敬，越发敬出这些亲戚来了。既这么说，环儿出去为什么赵国基又站起来，又跟他上学？为什么不拿出舅舅的款来？”（第五十五回）

看起来，探春似乎很嫌弃赵姨娘一家人，认为王夫人的兄弟才是自己的舅舅，连亲舅舅都不想认，显得有点冷酷和势利。其实，按照传统的婚姻制度，探春属于庶出，本来就归于王夫人门下，应以王夫人这边的亲戚为准，所以探春这样说并没错。

事实上，赵姨娘这个亲娘确实有很大的问题，她不明是非，一心逐利，对亲生儿女贾环和探春，压根没什么亲情。

贾环在宝钗处跟莺儿玩游戏，输了钱要赖，被宝玉教育了一番，哭着回到赵姨娘这里。赵姨娘非但不安慰，反而骂他：谁让你攀高枝了？下流没脸的东西。探春刚上任，她又为了几十两银子，使劲踩踏探春。

探春为人一向冷静而理性，做人做事都有原则。表面上看，她似乎对赵姨娘很冷淡，但关键时刻，能帮赵姨娘的还是她。

比如第六十回，贾环来宝玉屋里串门，正好芳官拿了蔷薇硝来，便伸手去要。因蔷薇硝乃蕊官所赠，芳官不舍得给他，便拿自己原来剩下的给他，结果没找到，就随便丢给他一包粉。

贾环拿给丫鬟彩云，彩云发现这不是蔷薇硝，而是茉莉粉，贾环说反正都是好东西，就收着吧。

结果赵姨娘不乐意了，认为芳官这个小戏子居然小瞧主子贾环，便骂骂咧咧地去找芳官的碴。一到怡红院，就把茉莉粉往芳官脸上一摔，破口大骂。不想，芳官的小姐妹都来助阵，跟赵姨娘扭成一团，事态十分混乱。

探春闻讯赶来，叹气道——

> “这是什么大事，姨娘也太肯动气了！我正有一句话要请姨娘商议，怪道丫头说不知在那里，原来在这里生气呢，快同我来。”（第六十回）

探春哪有事情跟她商量？只不过是给她一个体面的台阶下，把她从混乱的场面中解救出来而已。到了无人之处，探春教育赵姨娘说，丫鬟有错，自然有媳妇婆子管教，你是主子又是大人，怎么跟小丫鬟闹成这样？“何苦自己不尊重，大吆小喝失了体统。”（第六十回）

处理得多么冷静又得体。还要探春怎么做呢？难道跟赵姨娘抱头痛哭？把芳官责骂一番？

第六十一回，王夫人屋里的玫瑰露不见了，其实是丫鬟彩云拿了给贾环，但她不承认，说是玉钏偷的。于是，闹到了平儿这里，宝玉不想闹大，就说是我让她们拿的好了，平儿说——

> “这也倒是小事。如今便从赵姨娘屋里起了赃来也容易，我只怕又伤着一个好人的体面。别人都别管，这一个人岂不又生气。我可怜的是他，不肯为打

老鼠伤了玉瓶。”说着，把三个指头一伸。袭人等听说，便知他说的是探春。（第六十一回）

这就是“投鼠忌器宝玉瞒赃”。平儿不想继续追查玫瑰露，因为一查就查到了赵姨娘头上，就是她让彩云偷拿了玫瑰露。查到她头上倒也无妨，关键是伤了探春的体面。

有女如此，应该庆幸，可惜赵姨娘永远不明白。

《红楼梦》里每个人都有自己的生命之痛。黛玉父母早逝，宝钗家道中落又有一个呆霸王哥哥，湘云也是父母早逝，寄人篱下跟叔叔婶子一起生活，迎春个性懦弱，惜春性情孤僻，孤傲的妙玉瑟缩在栊翠庵里……而探春呢？庶出是她永远的痛。

她给宝玉做鞋，说起赵姨娘见识阴微鄙贱，做事昏聩：“我只管认得老爷、太太两个人，别人我一概不管。”（第二十七回）还有一次，贾赦看上了贾母身边的丫鬟鸳鸯，贾母知道后，大发雷霆，盛怒之下，把在场的人都给骂了，王夫人也跟着躺枪——

王夫人忙站起来，不敢还一言。薛姨妈见连王夫人怪上，反不好劝的了。李纨一听见鸳鸯的话，早带了姊妹们出去。

探春有心的人，想王夫人虽有委曲，如何敢辩；薛姨妈也是亲姊妹，自然也不好辩的；宝钗也不便为姨母辩；李纨、凤姐、宝玉一概不敢辩；这正用着女孩儿之时，迎春老实，惜春小，因此窗外听了一听，便走进来陪笑向贾母道：“这事与太太什么相干？老太太想一想，也有大伯子要收屋里的人，小婶子如何知道？便知道，也推不知道。”（第四十六回）

探春一句话就点醒了贾母，她赶紧借坡下驴，这事儿就过去了。

探春当然做得对。一来说了真话，二来也为王夫人讨回了面子。王夫人虽然讨厌赵姨娘，但对探春另眼相看，让她跟李纨、宝钗一起管理家务，这是对探春的最大肯定。王熙凤曾经这样说过——

> “（三姑娘）心里嘴里都也来的，又是咱家的正人，太太又疼她，虽然面上淡淡的，皆因是赵姨娘那老东西闹的，心里却是和宝玉一样疼呢。”（第五十五回）

为什么大家都高看探春一眼？因为她以能力证明了自己。

那些责备探春抛弃赵姨娘巴结王夫人的读者，一味用亲情把探春跟赵姨娘捆绑在一起，本身就不合理。让探春跟赵姨娘一起陷在泥淖里抱团挣扎，是不是也太强人所难了？

在传统中国大家庭里，“孝”往往是绝对的义务，成为“愚孝”。愚孝就是不管父母是对是错，都要顺从，因为“天下没有不是的父母”。但父母和儿女之间的关系，是建立在爱与尊重之上的，愚孝之下，没有正常的人格。

聪明而有理性的人，懂得自救，远离糟糕的原生家庭。探春的见识高远，理性清明，让人敬重。有一首歌是这样唱的：“酸甜苦辣我自己尝，喜怒哀乐我自己扛。我就是自己的太阳，无须凭借谁的光。”

这自己成全自己的霸气，说的不正是探春吗？

她努力活得骄傲而有尊严。你看，并不是所有人都会被出身或环境困死的，因为生而为人，还有自由意志：虽然不能选择出身，但可以选择成为什么样的人，选择以什么姿态活着。

她不擅长抒情，也不擅长表演亲情，但她的对规则的尊重、对公正的坚持，以及清醒、理性、冷峻、善决断，已经是出色的政治家素质了。探春才是曹公心目中理想的“补天者”吧。

她住的秋爽斋，也一样敞亮大气。三间屋子没有隔断，放着花梨大理石大案，案上是名人法帖、宝砚和笔筒，旁边斗大的花囊里，插的是白菊，墙上挂的是米芾的《烟雨图》，对联是颜鲁公的墨迹“烟霞闲骨格，泉石野生涯”，后院种的是细细的梧桐树，没有一点脂粉气，一派豁朗（第四十回）。她喜欢的小玩意也是“朴而不俗，直而不拙”，是“柳枝儿编的小篮子，整竹子根抠的香盒儿，胶泥垛的风炉儿”（第二十七回）。

这清朗阔达的气派和品位，直追东晋的谢安。感觉探春就是曹公照着谢安的风度写出来的。

谢安是东晋的宰相，刘禹锡的“旧时王谢堂前燕，飞入寻常百姓家”，其中的“谢”就是谢安家族。谢安本人不仅是朝廷重臣，才震朝野，而且多才多艺，曾师从王羲之学书法，尤其擅长行书。他性情闲雅温和，处事也公允明断，不专权树私，不居功自傲。时人称之为“江左风流宰相”。后代学者赞其为“中国历史上有雅量有胆识的大政治家”。

其文采风流，在《世说新语》中多有记载。其中有两个故事，足以见其风度人品——

> 谢太傅盘桓东山时，与孙兴公诸人泛海戏。风起浪涌，孙、王诸人色并遽，便唱使还。太傅神情方王，吟啸不言。舟人以公貌闲意说，犹去不止。既风转急，浪猛，诸人皆喧动不坐。公徐云：“如此，将无归？”

> 众人即承响而回。于是审其量,足以镇安朝野。
>
> 谢太傅寒雪日内集,与儿女讲论文义。俄而雪骤,公欣然曰:“白雪纷纷何所似?”兄子胡儿曰:“撒盐空中差可拟。”兄女曰:“未若柳絮因风起。”公大笑乐。

第一个故事众人皆乱我独静,足显其淡定从容,临危不乱;第二个故事跟家人谈诗论诗写诗,可见其家学丰沛,有文化涵养。

探春是不是很像谢安呢?她不仅能管家理政,一派肃然正气,也能跟姐妹们诗情画意,文艺一把。海棠社就是她发起的,她让人给宝玉送来一副花笺,上面写——

> 今因伏几凭床处默之时,因思及历来古人中处名攻利敌之场,犹置一些山滴水之区,远招近揖,投辖攀辕,务结二三同志盘桓于其中,或竖词坛,或开吟社,虽一时之偶兴,遂成千古之佳谈。娣虽不才,窃同叨栖处于泉石之间,而兼慕薛林之技。风庭月榭,惜未宴集诗人;帘杏溪桃,或可醉飞吟盏。孰谓莲社之雄才,独许须眉;直以东山之雅会,让馀脂粉。若蒙棹雪而来,娣则扫花以待。(第三十七回)

是啊,如此青春如此岁月,何不作诗以兴?从此,大观园便有了诗社。诗可言志,诗也是自我拯救,是在压抑的现实世界之外,营造一个诗意的精神世界。

虽然探春努力自救,也想拯救家族,然而,这个家族不可避免地败落下去。

第七十四回，大观园遭遇抄检。因为发现了绣春囊，王夫人又气又急，命王熙凤、王善保家的和周瑞家的一帮人以查赃物为名，连夜去抄检园子。从怡红院到潇湘馆一路检查过来，情况各有不同，唯独来到探春的秋爽斋，情势大。

只见探春率领丫鬟们早就秉烛开门以待。王熙凤知道探春的个性，赶紧解释只因丢了一件东西，所以才搜一搜丫鬟的东西——

探春冷笑道："我们的丫头，自然都是些贼，我就是头一个窝主。既如此，先来搜我的箱柜，他们所有偷了来的都交给我藏着呢。"说着，便命丫头们把箱柜一齐打开，将镜奁、妆盒、衾袱、衣包若大若小之物一齐打开，请凤姐去抄阅。凤姐陪笑道："我不过是奉太太的命来，妹妹别错怪了我。何必生气。"因命丫鬟们快快关上。

平儿丰儿等忙着替待书等关的关，收的收。探春道："我的东西倒许你们搜阅；要想搜我的丫头，这却不能。我原比众人歹毒，凡丫头所有的东西我都知道，都在我这里间收着，一针一线他们也没的收藏，要搜所以只来搜我。你们不依，只管去回太太，只说我违背了太太，该怎么处治，我去自领。你们别忙，自然连你们抄的日子有呢！你们今日早起不曾议论甄家，自己家里好好的抄家，果然今日真抄了。咱们也渐渐的来了。可知这样大族人家，若从外头杀来，一时是杀不死的，这是古人曾说的'百足之虫，死而不僵'，必须先从家里自杀自灭起来，才能一败涂地！"说着，不觉流下泪来。（第七十四回）

她先是拒绝抄检自己丫鬟的东西，又含泪说出一番话。这话也只有探春才能说出来，因为只有她能从抄检行为看到家族在自杀自灭。甄家被抄了家，如今自己的家族倒搞起了内斗，离一败涂地也就不远了。

贾氏家族的兴衰，其实也隐喻了中国的历史。探春这番痛彻之语，既是对自己家族命运的洞察，也是对历史的总结。只要窝里斗、自相残杀起来，一个家族乃至一个朝代必然会走向衰落，甚至灭亡。

抄检大观园的事还没完。凤姐深敬探春，看此情境，便知趣告辞，谁知王善保家的仗着自己是邢夫人的陪房，不知高低，要去掀探春的衣襟：姑娘的身上我也检查了。说时迟那时快，早挨了探春的一记响亮的耳光。

整个抄检过程中，一路让人气闷，探春这一记响亮的耳光，最让人解气。

经历了抄检事件，大观园风雨飘摇，大厦将倾，敏锐如探春，已经感觉到了更大的威胁。她“才自精明志自高”，却“生于末世运偏消”，个人的力量太渺小了。在大观园里搞改革，对荣国府而言，只是杯水车薪，无法挽救其于颓势之中。

其实，曹雪芹未尝不知道。倘若探春一出手便能力挽狂澜，那就不是《红楼梦》，而是一个喜闻乐见的英雄故事，或者一部大女主的爽剧了。曾经热播过的电视剧《知否知否应是绿肥红瘦》，女主明兰就是以探春为原型的，但一路开挂，功德圆满，并不符合现实。

贾家的男性一代不如一代，都在富贵中泡软了，不仅不思进取，而且还一个个当起了蠹虫，自挖墙脚。盖一所省亲别墅，不知浪费了多少银子，又有多少银子中饱了私囊。当贾琏听说贾蔷负责去江南采买小戏子——

> 将贾蔷打量了打量，笑道："你能在这一行么？这个事虽不算甚大，里头大有藏掖的。"（第十六回）

"大有藏掖"的差事就是很有油水的肥差。只这一项，即花费三万两银子。贾芸通过给王熙凤送礼，拿到了在大观园里种树的差事。账房里一下子就批了二百两银子，他喜出望外，只需要拿出五十两去买树就够了，可见贾家财政之混乱。

到第七十二回，管家林之孝向贾琏建议，可以裁减一些仆人，不然花费太多了。贾琏是怎么应对的？他说自己也想到了，不过王夫人说目前不是减人口的时候，等以后再说。贾家挣得少花得多，还舍不得放下大家族的体面，贾母过八旬大寿又花了几千两银子，败落是不可避免的。

一个探春怎么能撼得动整个家族呢？曹公从不是一个浅薄的理想主义者。探春的改革最后也不了了之，贾家每况愈下，很快就露出了下世的光景。

抄检大观园的第二天，宝钗急着要搬出园子，李纨还兀自挽留，探春在一旁却说：

> "不但姨妈好了还来的，就便好了不来也使得……咱们倒是一家子亲骨肉呢，一个个不像乌眼鸡似的，恨不得你吃了我，我吃了你！"（第七十五回）

她曾为自己身为女儿而痛苦："但凡我是个男人，可以出得去，早就出去，立一番事业。"可是，即使出得去又如何呢？贾家如此，整个国家亦如此。

梦醒了无路可走，有材也补不了苍天，此刻的探春，是多么悲凉、孤独。

探春的判词中有“清明涕送江边望，千里东风一梦遥”。续书说她嫁给镇守海门的将军之子，还回了一次娘家，“出挑得比先前更好了，服采鲜明”。把一个贵族小姐写得十分小家子气。这样安排探春的婚姻，也不符合判词的原意。

判词上画着风筝，而十二支《红楼梦》曲子中，探春的曲子是《分骨肉》——

> 一帆风雨路三千，把骨肉家园齐来抛闪。恐哭损残年，告爹娘，休把儿悬念。自古穷通皆有定，离合岂无缘？从今分两地，各自保平安。奴去也，莫牵连。（第五回）

风筝的线断了，飘摇而去不知所踪，是不可能再回到家的。“风雨路三千”，探春远嫁当是“和藩”，才会离家三千里之遥，八七版《红楼梦》电视剧，安排探春的结局是“和亲”。我个人认为，这比续书处理得更符合曹公的原意。

整首《分骨肉》，流露的不是惨伤和悲戚，而是悲壮。

即使不被命运善待，但探春自始至终都保持了自己的高贵。虽然她所有的努力，都化为泡影，她所心系的家族，最后也一败涂地。但是，每一次击破虚空之幕的努力，都是不朽的。

悲哉探春，大哉探春。

第八讲

『红楼』梦中人：春梦随云散，飞花逐水流

我们通常说，《红楼梦》是“伟大的文学名著”“中国封建社会的百科全书”“传统文化的集大成者”，以四大家族的兴衰为背景，写了宝黛的爱情悲剧，云云。

这说得也没错，但视角过于宏大，事实上，《红楼梦》是一部真正的生命之书，不只是宝黛钗一干主角各有千秋，书中每个人都自成一体，浩瀚无边，每个人都有一个独特而丰富的自我，每个人都熠熠生辉。

一、原应叹息

第十六回中，这天，正是贾政的生日，宁荣二府齐聚一堂，热闹非常。正在这时，六宫都太监夏老爷来了——

> 唬的贾赦贾政等一干人不知是何消息，忙止了戏文，撤去酒席，摆了香案，启中门跪接……贾政等不知是何兆头，只得急忙更衣入朝。
>
> 贾母等合家人等心中皆惶惶不定，不住的使人飞马来往报信。有两个时辰工夫，忽见赖大等三四个管家喘吁吁跑进仪门报喜，又说“奉老爷命，速请老太太带领太太等进朝谢恩”等语。那时贾母正心神不定，在大堂廊下伫立……（第十六回）

原来是元春晋封为凤藻宫尚书，加封贤德妃。贾母等人听了方心神安定，不免又都洋洋喜气盈腮，去宫中谢恩。当下，宁荣两处上下里外，莫不欣然踊跃，个个面上皆有得意之状，言笑鼎沸不绝。

元春“才选凤藻宫”，自然是“非常喜事”。但这喜事来临之际，却十分惊悚，充满了不安的气息。正像秦可卿临死向王熙凤托梦时说的：

“眼见不日又有一件非常喜事，真是烈火烹油、鲜花着锦之盛。要知道，也不过是瞬间的繁华，一时的欢乐，万不可忘了那‘盛筵必散’的俗语。”（第十三回）

权力能带来权势，也能招致灾祸。在之后不过几年，贾家就被抄了家而一败涂地。彼时，再回想这一幕，大概宁愿自己从来没有被皇权恩宠过吧。

元春是贾家的重要靠山。贾家第一代宁国公和荣国公是以军功起家，到贾敬、贾赦和贾政是第三代，贾珍、贾宝玉是第四代。贾赦袭了爵位，是一等将军，贾珍是三等将军，可见是降等袭爵。如果想要维持家族的体面和秩序，科举入仕是重要途径。

元春的晋封等于是给贾家输血续命。她是贾政和王夫人的女儿，早年“因贤孝才德，选入宫中作女史”。“除聘选妃嫔外，凡仕宦名家之女，皆亲送名达部，以备选为公主郡主入学陪侍，充为才人赞善之职。”元春能进入后宫成为贵妃，自是无上荣耀。

“才选凤藻宫”之后，紧接着便是极大盛事：元妃省亲。

其实，中国历史上并无后妃省亲之制，或曰这是非常制。一入宫门深似海，嫔妃们遵守皇家礼制，事皇帝以忠，皇帝是天，是一切，孝道就微不足道了。

有一次元宵节，贾母注意到跟着宝玉的只有麝月、秋纹等几个小丫头，便问袭人怎么没来？王夫人说，袭人母亲去世了，她有热孝，不方便过来。贾母说：

> “跟主子却讲不起这孝与不孝。若是他还跟我，难道这会子也不在这里不成？皆因我们太宽了，有人使，不查这些，竟成了例了。”（第五十四回）

当然，清代也有“会亲”制度：内廷有名号的嫔妃，有父母年老者，经特旨允准，几个月或一年父母可以入宫会亲一次，地点一般在顺贞门。但整个清代只有一次省亲，就是慈禧太后。根据《清稗类钞》记载：“穆宗诞生九月时，孝钦后犹为妃也，承文宗特恩，赐回家省亲一次。先有太监至其家，告以某时驾到。届时，太监及侍卫群拥黄轿而至，其母率家人亲戚排立院中，入内堂，太监请妃降舆，登堂升坐。除母及长辈外，皆跪地叩头，排筵宴，母陪坐于下，盖以妃为皇子之母也。”

这是《红楼梦》成书一百多年后的事，但曹雪芹写元妃省亲，本是子虚乌有，却与后来的史料分毫不差。这既是文学世界里的合理想象，也来自作者家族曾经发生过的历史：康熙南巡，曹家曾四次接驾。

元春省亲发生在第十八回。这一天，先是贾母等有爵位者，皆按品服大妆。园子里更是金银焕彩，珠宝争辉，无须赘述。街头巷口，更是围幙挡严，先是一太监坐大马而来——

> 忽听外边马跑之声。一时，有十来个太监都喘吁吁跑来拍手儿。这些太监会意，都知道是“来了，来了”，各按方向站住。贾赦领合族子侄在西街门外，贾

母领合族女眷在大门外迎接。

半日静悄悄的。忽见一对红衣太监骑马缓缓的走来，至西街门下了马，将马赶出围幙之外，便垂手面西站住。半日又是一对，亦是如此。少时便来了十来对，方闻得隐隐细乐之声。一对对龙旌凤翣，雉羽夔头，又有销金提炉焚着御香；然后一把曲柄七凤黄金伞过来，便是冠袍带履。又有值事太监捧着香珠、绣帕、漱盂、拂尘等类。一队队过完，后面方是八个太监抬着一顶金顶金黄绣凤版舆，缓缓行来。贾母等连忙路旁跪下。早飞跑过几个太监来，扶起贾母、邢夫人、王夫人来。那版舆抬进大门，入仪门往东去，到一所院落门前，有执拂太监跪请下舆更衣。于是抬舆入门，太监等散去，只有昭容、彩嫔等引领元春下舆。（第十七回至十八回）

园内自然是香烟缭绕，花彩缤纷，处处灯光相映，时时细乐声喧，说不尽这太平气象，富贵风流。

按照现代人的理解，元春省亲也就是回娘家，主题当然是跟亲人团聚，但根本不是这样。元春先坐着轿子一路游园看灯，各处题词，最后再召见亲人。亲人们则按照官阶大小在月台上等宣召，一一行过礼，才来到贾母的正房内相见——

至贾母正室，欲行家礼，贾母等俱跪止不迭。贾妃满眼垂泪，方彼此上前厮见，一手搀贾母，一手搀王夫人，三个人满心里皆有许多话，只是俱说不出，只管呜咽对泣。邢夫人、李纨、王熙凤、迎、探、惜三姊妹等，俱在旁围绕，垂泪无言。

半日，贾妃方忍悲强笑，安慰贾母、王夫人道："当日既送我到那不得见人的去处，好容易今日回家娘儿们一会，不说说笑笑，反倒哭起来。一会子我去了，又不知多早晚才来！"说到这句，不禁又哽咽起来。邢夫人等忙上来解劝。贾母等让贾妃归座，又逐次一一见过，又不免哭泣一番。（第十七回至十八回）

贾母、王夫人是亲祖母和亲妈，也都行跪拜大礼，不是亲人，而是君臣。元春的省亲之旅表面上一派富贵风流，她却数次流泪："满眼垂泪""呜咽对泣""垂泪无言""忍悲强笑""哽咽起来""哭泣一番"。刚见面，元春就哭了六次，还把后宫称为"不得见人的去处"，一个没任何亲情真情，既寒冷又压抑的地方。

贾政在帘外觐见，她隔帘含泪说道："田舍之家，虽齑盐布帛，终能聚天伦之乐；今虽富贵已极，骨肉各方，然终无意趣！"

人人都羡慕她富贵，她却说还不如普通农户快乐，农户虽然不富有，但终究是有亲情的。

因为没有官职，宝玉也不敢擅自前来，需要元春特意召见。见了宝玉，她携手揽入怀中，摸着他的头："比先竟长了好些……"一语未终，泪如雨下。

接着是元春让宝玉和众姐妹写诗。省亲很快结束，元春要连夜回宫，临走"满眼又滚下泪来"。她从戌时起身，到丑正三刻离开，即晚上七点动身，到凌晨一点四十五分回宫，元春在娘家待了不到七个小时而已。

在耀眼争光的富贵之下，是元春满满的眼泪。这是文学的力量，把色铺排到极致，就是空的苍凉和虚无。

再看甄士隐对《好了歌》的解注："陋室空堂，当年笏满床；衰草枯杨，曾为歌舞场。蛛丝儿结满雕梁，绿纱今又糊在蓬窗上。"所谓的荣华富贵，不过是大梦一场，终究是要醒的。这些被世人追捧的"好"，又有什么价值？贾家表面赫赫扬扬，其实也是沙上的城堡，岌岌可危。

一场元春省亲，是《红楼梦》这部书的大节点。

如果没有省亲，就不会有省亲别墅，也就不会有大观园。游览完毕，元春给园子赐诗一首："衔山抱水建来精，多少工夫筑始成。天上人间诸景备，芳园应锡大观名。"大观园的名字由此而来，潇湘馆、蘅芜苑等皆由元春赐名，也正是在元春的授意下，宝玉和姐妹们搬进了大观园，让大观园成为青春、爱和美的乐园。

省亲也是贾家由盛转衰的关键。兴建省亲别墅，就是凭空建造一座5A级景区，山水园林、房屋建筑，还有各色配套。单单去江南采买十二个小戏子，就花费了三万两白银，可想而知，这一场省亲是花钱如流水。

元春一边游览，一边叹息奢华过费，叮嘱亲人："以后不可太奢，此皆过分之极。"而历史上的曹家也正因四次接驾康熙，导致曹寅任上的巨大亏空，整个家族为此付出了沉重代价。

元春点了四出戏，分别是《豪宴》、《乞巧》、《仙缘》和《离魂》，各为《一捧雪》、《长生殿》、《邯郸梦》和《牡丹亭》里的剧目。脂砚斋在此处评语："所点之戏剧伏四事，乃通部书之大过节、大关键。"伏的是贾家之败，《乞巧》是《长生殿》里的一幕，照应的是元妃之死。

八十回后元春想必并非正死，而是死于非命，并直接导致贾家被抄。绝非续书安排的“圣眷隆重，身体发福，未免举动费力”，再加上沾了寒气，病重离世，死后还被谥为“贤淑贵妃”。后宫里的血雨腥风被化解了，也减弱了元春的悲剧性。

第二十二回“制灯谜贾政悲谶语”，元春的灯谜是：“能使妖魔胆尽摧，身如束帛气如雷。一声震得人方恐，回首相看已化灰。”谜底是炮仗，乃“一响而散之物”，甚不吉利。贾政感觉出异样，深感悲戚，久久垂头沉思。

彼时，《红楼梦》的故事刚刚开始，贾家之盛正如“烈火烹油，鲜花着锦”，却已暗暗埋下破败的种子。

秦可卿临死曾托梦给凤姐，其中有一句“三春去后诸芳尽，各自须寻各自门”。有研究者曾说，应该说的是元春、迎春、探春三个人都迎来自己的结局，一个暴亡，一个被虐待致死，一个远嫁之后，贾家就彻底败落了。

元春、迎春、探春、惜春合起来就是“原应叹息”，都是大时代卷起的浪花。

迎春是贾赦的女儿，母亲早亡，跟探春一样是庶出的身份。不过，探春个性刚强，是一朵带刺的玫瑰花。迎春的诨名却是“二木头”，用小厮兴儿的话是“戳一针也不知嗳哟一声”，可见其性格。

第七十三回“痴丫头误拾绣春囊，懦小姐不问累金凤”，“懦小姐”就是迎春。

事情是这样的，她的首饰“攒珠累丝金凤”不见了，丫鬟绣桔提醒她，是被乳母当了银子去赌钱了，姑娘八月十五是要戴的。迎春却不敢要，还说出一套道理自我安慰：既然她拿了就该还回来，不还，那是她忘了，问她也问不出来，何必再问？

丫鬟见她一味忍让，急得要去找二奶奶帮忙要，迎春也不许，说宁可不要，也不想生事端。正好迎春的奶妈因赌钱被贾母严令扣押起来，奶妈的儿媳王住儿媳妇想让迎春出面说情，迎春不敢，王住儿媳妇便说出许多不成体统的话来。可巧宝钗、黛玉、宝琴、探春等人来看迎春。

见此情况，探春便悄悄让人把平儿找来——

> “如今那住儿媳妇和他婆婆仗着是妈妈，又瞅着二姐姐好性儿，如此这般私自拿了首饰去赌钱，而且还捏造假帐折算，威逼着还要去讨情，和这两个丫头在卧房里大嚷大叫，二姐姐竟不能辖治，所以我看不过，才请你来问一声：还是他本是天外的人，不知道理？还是有谁主使他如此，先把二姐姐制伏，然后就要治我和四姑娘了？”平儿忙陪笑道：“姑娘怎么今日说这话出来？我们奶奶如何当得起！”探春冷笑道：“俗语说的‘物伤其类’，‘齿竭唇亡’，我自然有些惊心。”（第七十三回）

探春为迎春主持公道，一句一道痕，全说在点子上。在探春和平儿的主持下，事儿终于摆平了。别人忙着帮她，她却置若罔闻，拿着《感应篇》跟宝钗一起读——

> 连探春之语亦不曾闻得，忽见平儿如此说，仍笑道：“问我，我也没什么法子。他们的不是，自作自受，我也不能讨情，我也不去苛责就是了。至于私自拿去的东西，送来我收下，不送来我也不要了。太太们要

问，我可以隐瞒遮饰过去，是他的造化，若瞒不住，我也没法，没有个为他们反欺枉太太们的理，少不得直说。你们若说我好性儿，没个决断，竟有好主意可以八面周全，不使太太们生气，任凭你们处治，我总不知道。”

众人听了，都好笑起来。黛玉笑道：“真是‘虎狼屯于阶陛，尚谈因果’。若使二姐姐是个男人，这一家上下若许人，又如何裁治他们。”迎春笑道：“正是。多少男人尚如此，何况我哉。”（第七十三回）

《感应篇》即《太上感应篇》，是宋代的一部道教典籍，主旨是劝善去恶。开头告诉你：“祸福无门，惟人自召；善恶报应，如影随形。”世人行善行恶都有天地感应，自有报应，因此，你但行善事即可。迎春就认为“累金凤”这事，别人做了坏事，自有老天爷裁决，我就不用操心了。

但这样一来，就把自己交到老天爷手里，泯灭了自我，放弃了个人的主体性，低到了尘埃里。这是弱者的自欺哲学。

然而，尽管一再低头，顺应现实，老实的迎春却没被命运眷顾，反而遭遇了最大的不幸。父亲贾赦执意要把她许给孙家，贾母不愿插手干预，贾政倒是劝说贾赦，这孙家不是诗礼名族之家，恐非佳偶。贾赦终究不听，迎春还是“误嫁中山狼”，最后被夫家虐待致死，成为家暴的牺牲品。

在第八十回，迎春回了娘家，向王夫人诉说自己的遭遇，说她刚嫁过去，就被丈夫侮辱威胁，不被当人看。她哭得呜呜咽咽，众人无不落泪，也只能用语言劝解，王夫人只能说：“我的儿，这也是你的命。”

迎春哭道："我不信我的命就这么不好！从小儿没了娘，幸而过婶子这边过了几年心净日子，如今偏又是这么个结果！"王夫人一面解劝，一面问他随意要在那里安歇。迎春道："乍乍的离了姊妹们，只是眠思梦想。二则还惦记着我的屋子，还得在园里旧房子里住得三五天，死也甘心了。不知下次还可能得住不得住了呢！"（第八十回）

迎春的判词是"金闺花柳质，一载赴黄粱"。曲子是"觑着那，侯门艳质同蒲柳；作践的，公府千金似下流。叹芳魂艳魄，一载荡悠悠"。这金枝玉叶，竟然被剥夺了最后一丝尊严。一叶而知秋，一个人的生命竟然能被另一个人完全毁掉，那个时代的女性命运可想而知。

迎春的悲剧自然跟父权、社会和制度脱不了干系，"千红一哭""万艳同悲"，迎春的命运格外灰暗压抑，她似乎从来没有过青春岁月，也没有被人关心过，爱过。贾赦不关心她，还亲手送她入火坑，邢夫人不仅不关心，还跑过来辱骂她——

"你是大老爷跟前人养的，这里探丫头也是二老爷跟前人养的，出身一样。如今你娘死了，从前看来，你两个的娘，只有你娘比如今赵姨娘强十倍的。你该比探丫头强才是。怎么反不及他一半！"（第七十三回）

这话像锉刀一般，把迎春践踏到底。她只是低头弄衣带，不敢吭声。

迎春花开得早，也凋谢得早。迎春一死，众芳污秽之时也即将到来，大观园的崩塌也近在咫尺了。

然而，每一朵花儿都有盛开的权利，应该被看见。第三十八回“林潇湘魁夺菊花诗，薛蘅芜讽和螃蟹咏”，这一回是宝钗帮湘云策划了一场螃蟹宴——

> 林黛玉因不大吃酒，又不吃螃蟹，自令人掇了一个绣墩倚栏杆坐着，拿着钓竿钓鱼。宝钗手里拿着一枝桂花玩了一回，俯在窗槛上掐了桂蕊掷向水面，引的游鱼浮上来唼喋。湘云出一回神，又让一回袭人等，又招呼山坡下的众人只管放量吃。探春和李纨惜春立在垂柳阴中看鸥鹭。迎春又独在花阴下拿着花针穿茉莉花。宝玉又看了一回黛玉钓鱼，一回又俯在宝钗旁边说笑两句，一回又看袭人等吃螃蟹，自己也陪他饮两口酒。袭人又剥一壳肉给他吃。
>
> 黛玉放下钓竿，走至座间，拿起那乌银梅花自斟壶来，拣了一个小小的海棠冻石蕉叶杯。丫鬟看见，知他要饮酒，忙着走上来斟。黛玉道：“你们只管吃去，让我自斟，这才有趣儿。”说着便斟了半盏，看时却是黄酒，因说道：“我吃了一点子螃蟹，觉得心口微微的疼，须得热热的喝口烧酒。”宝玉忙道：“有烧酒。”便令将那合欢花浸的酒烫一壶来。（第三十八回）

这是一个精彩的群像时刻，作者也不忘用镜头聚焦个体：湘云是东道主，故要照应众人；黛玉、宝钗各有各的玩法；宝玉更是无事忙，一会儿忙着跟黛玉套近乎，一会儿忙着跟宝钗说话；探春、李纨和惜春也没闲着，在看鸥鹭……

你看见迎春了吗？她不会写诗，也不会扎堆开心，毫无存在感。但她也有自己的少女情怀，一个人坐在花荫下，“拿着花针穿茉莉花”。

小时候读《红楼梦》，老搞不清惜春是谁的女儿，她好像没有亲人，总是孤零零一个人，非常孤独。

她其实是宁国府贾珍的亲妹妹，父亲贾敬早就甩手不管家务事，搬到道观炼丹求长寿去了，兄嫂贾珍和尤氏也懒得照拂她。幸好贾母爱惜女孩，让惜春跟迎春、探春一起住着。大观园建成后，惜春也住在了“蓼风轩”。

众姐妹中她是最小的一个，刚出场还“形容尚小，身量未足”。刘姥姥第二次来到荣国府，尽力逗大家开心，在饭桌上讲笑话:“老刘，老刘，食量大似牛，吃一个老母猪不抬头。”众人都笑，惜春笑得离了座位，拉着她奶妈叫揉一揉肠子。这时的惜春，依然还是小孩子，身边也只有奶妈。

她年纪小，对作诗也不感兴趣，跟姐姐们玩不到一块儿。

贾母带着刘姥姥游览大观园，夸耀有一个孙女会画画，可以把整个园子画下来送给刘姥姥，这个孙女就是惜春。惜春多半是自己涂涂抹抹，自娱自乐，像我们小时候在课本上涂鸦。被布置了这个任务后，她有点发愁，倒是宝钗博闻强识，给她开了一张单子准备画笔画材。

然而，她的画终究无法完成。到了第八十回，她的画还没好，大观园却在抄检风波中，摇摇欲坠了。正是在这场风波里，我们看见了惜春的另一面，这时候的她，应该已经十二三岁的样子了。

第七十四回“惑奸谗抄检大观园，矢孤介杜绝宁国府”，因傻大姐无意中在大观园的假山下捡到绣春囊，王夫人又气又急，在王善保家的撺掇下，让王熙凤带着周瑞家的、王善保家的以搜检赃物为由，连夜抄检大观园。

从怡红院到潇湘馆到秋爽斋，情况各有不同，倒也没查出什么。来到惜春屋里，却在丫鬟入画箱子里发现了“一大包金银锞子……一副玉带板子并一包男人的靴袜等物”。入画跪下哭诉说是东府里珍大爷赏给自家哥哥的，哥哥交给她保管，并无其他隐情。

查明实情后，尤氏说不必追究了。惜春却定要撵走入画，还说或杀或卖，自己一概不管。入画跪下苦苦哀求，众人也帮着求情——

> 谁知惜春虽然年幼，却天生地一种百折不回的廉介孤独僻性，任人怎说，他只以为丢了他的体面，咬定牙断乎不肯。（第七十四回）

入画之事，完全可以大事化小小事化了，但惜春定要撵走入画。她有自己的理由：只有我的丫鬟不成器，被搜出私盐了，伤了体面。

不仅如此，她还表明态度，要跟兄嫂划清界限，因为东府风气不好，口碑差，最好以后不再往来，免得以后给自己沾惹上麻烦——

> “还有一句话：我不怕你恼，好歹自有公论，又何必去问人。古人说得好，‘善恶生死，父子不能有所

勖助’，何况你我二人之间。我只知道保得住我就够了，不管你们。从此以后，你们有事别累我。”（第七十四回）

尤氏犟不过她，就说她：“心冷口冷心狠意狠”，她回答，不做狠心人，难得自了汉，“我清清白白的一个人，为什么教你们带累坏了我”。

宁国府的混乱与不堪，惜春早有耳闻。柳湘莲拒绝尤三姐，就是因为她是贾珍的姨妹：东府里只怕猫儿狗儿都不干净，只有门口的两个石狮子干净（第六十六回）。

惜春选择逃离是非，她一退再退，直到退无可退，便削去三千烦恼丝，出家为尼了。

透露惜春大结局的曲子，叫《虚花悟》——

将那三春看破，桃红柳绿待如何？把这韶华打灭，觅那清淡天和。说什么，天上夭桃盛，云中杏蕊多。到头来，谁把秋捱过？则看那，白杨村里人呜咽，青枫林下鬼吟哦。更兼着，连天衰草遮坟墓。这的是，昨贫今富人劳碌，春荣秋谢花折磨。似这般，生关死劫谁能躲？闻说道，西方宝树唤婆娑，上结着长生果。（第五回）

如果你认为《红楼梦》是一部宣扬“空”“无”的书，追求的是彻底的解脱，那么，在大厦倾颓之际，惜春以出家躲过“生关死劫”，算是解脱得最彻底最利落。

但《红楼梦》的终点不是“空”，而是以“空”来观照人间，它“大旨谈情”，肯定的是“情”。

然而惜春一路冷到底，跟青灯古佛相伴，把那韶华打灭，活得清淡天和，生命最终归于冷寂。好像从没来过这个人间，从没活过一样。

这个爱画画，也被刘姥姥笑得让奶妈揉揉肠子的小女孩，怎么就一步步走向寒冷之地了?

她太缺爱了。母亲早逝，父亲缺席，兄嫂失职，虽然有贾母照拂，但能给予的爱并不多。没有亲人，没有朋友，她在这个世界上，形只影单，寂寞又孤单。

第七回“送宫花贾琏戏熙凤”，周瑞家的拿着宫花一路送过去，来到王夫人正房后头，只见迎春和探春正在下棋，惜春正同水月庵的小姑子智能儿一起玩耍。看见宫花，惜春笑着说，自己正跟智能儿说以后也剃了头做姑子去，这剃了头，花儿戴在哪里呢?

一语成谶，说中了她的命运。

阿德勒说:“幸运的人用童年治愈一生，不幸的人却用一生在治愈童年。”一个人如果在童年没有获得过爱，也很难对他人和世界报以爱与热情。

在清冷中长大的惜春，给予这个世界的也只能是清冷。

二、沉醉湘云

大观园里遍地芳华，而且几乎人人写一手好诗。第一次海棠社拔得头筹的是宝钗，但宝钗不以诗为重，更留心世俗事务。写诗多而快并真心爱诗的，除了黛玉就是“诗疯子”史湘云了。

她是《红楼梦》里拥有粉丝数最多的人。谁不喜欢她呢?

红学家周汝昌就是坚定的拥湘派，认为史湘云是红楼第一女主角，力压黛玉和宝钗，而且是宝玉的真爱。

他这是太喜欢湘云了。

湘云是四大家族史家的女儿，也是贾母的娘家侄孙女，从小父母双亡，跟着叔嫂生活。但她性情洒脱，总是大说大笑，她是在第二十回出场的，甫一出现便是欢声笑语——

> 二人正说着，只见湘云走来，笑道："爱哥哥，林姐姐，你们天天一处玩，我好容易来了，也不理我一理儿。"黛玉笑道："偏是咬舌子爱说话，连个'二'哥哥也叫不出来，只是'爱'哥哥'爱'哥哥的。回来赶围棋儿，又该你闹'幺爱三四五'了。"宝玉笑道："你学惯了他，明儿连你还咬起来呢。"史湘云道："他再不放人一点儿，专挑人的不好。你自己便比世人好，也不犯着见一个打趣一个。指出一个人来，你敢挑他，我就服你……这一辈子我自然比不上你。我只保佑着明儿得一个咬舌的林姐夫，时时刻刻你可听'爱''厄'去。阿弥陀佛，那才现在我眼里！"说的众人一笑，湘云忙回身跑了。（第二十回）

湘云这一串机关炮般的话，连伶牙俐齿的黛玉也"败下阵来"。她说话有点咬舌，像娃娃音，脸蛋大概也有点婴儿肥吧。

曹雪芹最擅长写人物出场。王熙凤先声夺人，宝玉千呼万唤始出来，黛玉和宝钗的到来也有很多铺垫，就连香菱、袭人、晴雯、紫鹃也都事先交代。独有湘云是突然跳出来的，一句"史大姑娘来了"，她就来了。

有研究者猜，恐怕在现实生活中曹公真有这样一个妹妹，所以她的出现不需要特意安排；也有研究者说，这是多次修改书稿的结果，曹公一直没处理好湘云的出场……围绕湘云，红学当然还有别的公案。有人说她就是脂砚斋本人，有人论证贾家败落后湘云跟宝玉结了婚。

湘云和宝玉成为夫妻的说法，我并不赞成。因为湘云"从未将儿女私情略萦心上"，她跟宝玉更像一对兄妹。黛玉从不吃湘云的醋，宝玉看见宝钗"雪白一段酥臂"，能看成"呆雁"，但对湘云从未有过任何歪念头。这天，宝玉一大早就去看湘云和黛玉，她俩还没起床——

> 只见他姊妹两个尚卧在衾内。那林黛玉严严密密裹着一幅杏子红绫被，安稳合目而睡。那史湘云却一把青丝拖于枕畔，被只齐胸，一弯雪白的膀子撂于被外，又带着两个金镯子。（第二十一回）

看见湘云"一弯雪白的膀子"，宝玉叹："睡觉还是不老实！回来风吹了，又嚷肩窝疼了。"一面说，一面轻轻替她盖上被子，没有一丝邪念。

但湘云有一个金麒麟，又有"因麒麟伏白首双星"，十分费解。清虚观打醮时，张道士曾端来一盘众人送给宝玉的礼物，里面有一只金麒麟，宝玉收了，准备给湘云，却不小心丢在了园子里，恰好被湘云捡到（第三十一回）。这一回的文末有一条脂评："后数十回若兰在射圃所佩之麒麟，正此麒麟也。提纲伏于此回中，所谓草蛇灰线，在千里之外。"

查遍全书，只有第十四回秦可卿的葬礼上，卫若兰跟冯紫英同时出现过。莫非金麒麟预示了湘云跟卫若兰的姻缘？续书确实是这样安排的，婚后不久，卫若兰得了痨病，病死，湘云守寡。但是，“因麒麟伏白首双星”依然是悬案。

那就不必为此纠结了，毕竟《红楼梦》里最动人的是生命，而非结局。

大说大笑的湘云，英气飒飒，还爱穿男装。第四十九回“琉璃世界白雪红梅”，下雪了，众姐妹一色的大红鹤氅，在皑皑雪地上明艳动人——

> （湘云）穿着贾母与他的一件貂鼠脑袋面子大毛黑灰鼠里子里外发烧大褂子，头上带着一顶挖云鹅黄片金里大红猩猩毡昭君套，又围着大貂鼠风领。黛玉先笑道：“你们瞧瞧，孙行者来了。他一般的也拿着雪褂子，故意装出个小骚达子来。”湘云笑道：“你们瞧我里头打扮的。”一面说，一面脱了褂子。只见他里头穿着一件半新的靠色三镶领袖秋香色盘金五色绣龙窄裉小袖掩衿银鼠短袄，里面短短的一件水红妆缎狐肷褶子，腰里紧紧束着一条蝴蝶结子长穗五色宫绦，脚下也穿着麀皮小靴，越显的蜂腰猿背，鹤势螂形。众人都笑道：“偏他只爱打扮成个小子的样儿，原比他打扮女儿更俏丽了些。”（第四十九回）

宝钗还“揭发”过湘云穿宝玉的衣服，连老太太都看错了：“（她）倒扮上男人好看了。”（第三十一回）湘云穿上男装更好看，身材要挺拔。“蜂腰猿背”，是说她腰细肩宽；用仙鹤和螳螂来形容身姿，乃突出她身材英挺。

古人爱用植物和动物来拟人，那个时候，人和自然尚未分离。诗经有一首《硕人》，这样赞美庄姜的美貌："手如柔荑，肤如凝脂。领如蝤蛴，齿如瓠犀。螓首蛾眉，巧笑倩兮，美目盼兮。"高挑白皙，健美清新不造作。湘云也是《诗经》里的美人，自然健美，还能跟宝玉烤鹿肉吃鹿肉，由内而外的"壮"。

湘云的人生其实是悲苦的。父母双亡，跟着叔嫂生活，纵有千愁万绪也无人可诉。她的窘境，还是宝钗发现的，一次，宝钗听袭人说托湘云做针线活儿，便告诉她——

"你这么个明白人，怎么一时半刻的就不会体谅人情。我近来看着云丫头神情，再风里言风里语的听起来，那云丫头在家里竟一点儿作不得主。他们家嫌费用大，竟不用那些针线上的人，差不多的东西多是他们娘儿们动手。为什么这几次他来了，他和我说话儿，见没人在跟前，他就说家里累的很。我再问他两句家常过日子的话，他就连眼圈儿都红了，口里含含糊糊待说不说的。想其形景来，自然从小儿没爹娘的苦。我看着他，也不觉的伤起心来……上次他就告诉我，在家里做活做到三更天，若是替别人做一点半点，他家的那些奶奶太太们还不受用呢。"（第三十二回）

湘云手头没钱，还要为家里做针线活到深夜。她错过了海棠社，要做东道主再起诗社，还是宝钗提醒她——

"你家里你又作不得主，一个月通共那几串钱，你还不够盘缠呢。这会子又干这没要紧的事，你婶子听

见了，越发抱怨你了。况且你就都拿出来，做这个东道也是不够。难道为这个家去要不成？还是往这里要呢？"（第三十七回）

还有一个细节，湘云又来了，大热天却穿得厚厚的，贾母让她脱下外套，王夫人还说怎么穿这么多呢。湘云笑道："都是二婶婶叫穿的，谁愿意穿这些。"（第三十一回）这显然是二婶让湘云穿给别人看的，以此表明她在家没受委屈。

骆玉明先生在《游金梦》一书中写道："对湘云来说，这不是累赘的问题，它表明了她的生存状态有多么可笑。'富贵又何为？'湘云的判词劈头就这样写。那个富贵的家庭同她一点关系也没有。"

确实很荒诞。尽管如此，世界报她以痛，而她回报以歌。湘云依然爽利开朗，这让她赢得了书中人和书外人的普遍喜爱。

她才华出众，积极参与大观园的诗社活动，联诗数她反应快。黛玉、宝钗和宝琴曾在芦雪广联诗时共战湘云。湘云不是"扬眉挺身，忙道"，就是"丢了茶杯，忙联道"，"笑的弯了腰，忙念了一句"……最后伏在宝钗怀里，她笑个不停："我也不是作诗，竟是抢命呢。"

黛玉是典型的诗人，孤独而自由，有丰富的精神内涵。宝钗藏愚守拙雍容大度，有复杂的世俗人格。湘云则跟魏晋名士一脉相承，"是真名士自风流"——

黛玉笑道："那里找这一群花子去！罢了，罢了，今日芦雪广遭劫，生生被云丫头作践了。我为芦雪广一大哭！"湘云冷笑道："你知道什么！'是真名士自

风流’，你们都是假清高，最可厌的。我们这会子腥膻大吃大嚼，回来却是锦心绣口。”（第四十九回）

大快朵颐，不亦快哉，颇有竹林七贤的洒脱风流。

宝钗过生日众人看戏。王熙凤说其中一个小戏子扮上去很像一个人，大家都笑起来，唯有湘云嘴快：“倒像林妹妹的模样儿。”她总是开口说破宝玉的心事，说他“只会在我们跟前说话，见了你林妹妹，又不知怎么了”。她还讥讽黛玉铰了宝玉的扇套子——

史湘云冷笑道：“前儿我听见把我做的扇套子拿着和人家比，赌气又铰了。我早就听见了，你还瞒我。这会子又叫我做，我成了你们的奴才了。”宝玉忙笑道：“前儿的那事，本不知是你做的。”袭人也笑道：“他本不知是你做的。是我哄他的话，说是新近外头有个会做活的女孩子，说扎的出奇的花，我叫他拿了一个扇套子试试看好不好。他就信了，拿出去给这个瞧给那个看的。不知怎么又惹恼了林姑娘，铰了两段。回来他还叫赶着做去，我才说了是你做的，他后悔的什么似的。”史湘云道：“越发奇了。林姑娘他也犯不上生气，他既会剪，就叫他做。”（第三十二回）

她口无遮拦的样子，总让我想起子路和李逵。子路是孔子的弟子，勇敢率性，孔子说他“野”；李逵鲁且直，开口说实话的总是他，金圣叹说他是“天真烂漫之人”。这些人都没有成年人的复杂和世故，而是心口相应，直截了当。

大观园里草长莺飞，水草丰美，有黛玉葬花、晴雯撕扇、香菱学诗……都美不胜收。湘云贡献了一个“醉卧”的场景，是画家们最爱的画面之一。

这一天，众人给宝玉等人过生日，湘云喝多了酒，不见了，原来——

> 湘云卧于山石僻处一个石凳子上，业经香梦沉酣，四面芍药花飞了一身，满头脸衣襟上皆是红香散乱，手中的扇子在地下，也半被落花埋了，一群蜂蝶闹穰穰的围着他，又用鲛帕包了一包芍药花瓣枕着。众人看了，又是爱，又是笑，忙上来推唤挽扶。湘云口内犹作睡语说酒令，唧唧嘟嘟说：
>
> 泉香而酒冽，玉碗盛来琥珀光，直饮到梅梢月上，醉扶归，却为宜会亲友。（第六十二回）

宛如自然之子，物我两忘天人合一，令人沉醉。

好几版《红楼梦》电视剧都拍过这个场景，八七版的最经典。其他版本不是芍药花太少就是太假，要么就是演员没有湘云特有的憨态，少了洒脱和自在。

曹雪芹爱用一个词来形容他笔下的人物，比如“贤袭人”“俏平儿”“勇晴雯”“敏探春”“时宝钗”“慧紫鹃”“呆香菱”……精准描摹，突显每个人的性格亮点。湘云得到的是“憨”字，是娇憨，还是憨直、憨傻？

大概都有吧。从现代人的角度看，湘云的“憨”也是一种恰到好处的“钝感”，对来自外界的敌意比较“钝”，感知度比较低。“钝感”的反义词是“敏感”，黛玉就是敏感的代表。

"钝感力"是日本作家渡边淳一的原创。"钝"似乎不是什么褒义词，但渡边认为，钝感其实是一种才能，一种能让人们的才华开花结果、发扬光大的力量。因为有钝感力的人，自尊心不会过强，就不容易受伤。这当然是个人观点，用来解释湘云的性情倒也合适。她大大咧咧没心没肺，心口相应绝无城府，这种混沌的气质，让她活得元气淋漓，保持了童真气，似乎什么都伤不到她。

到了第七十回，末日感越来越明显，大观园已风雨飘摇——

"宝玉因冷遁了柳湘莲，剑刎了尤小妹，金逝了尤二姐，气病了柳五儿，连连接接，闲愁胡恨，一重不了一重添。弄得情色若痴，语言常乱，似染怔忡之疾。"而黛玉起桃花诗社，居然未成。时值暮春时节，柳花飘舞，湘云便填了一首《如梦令》：

> 岂是绣绒残吐，卷起半帘香雾，纤手自拈来，空使鹃啼燕妒。且住，且住！莫使春光别去。（第七十回）

黛玉、宝钗、宝琴、探春和宝玉纷纷和之，调子都很伤感。宝钗反弹琵琶，填了一首《临江仙》——

> 白玉堂前春解舞，东风卷得均匀。蜂团蝶阵乱纷纷。几曾随逝水，岂必委芳尘。　　万缕千丝终不改，任他随聚随分。韶华休笑本无根，好风频借力，送我上青云！（第七十回）

在湘云眼里，柳絮飞起来很有趣，她稚气地喊：春天呀，请不要走。宝钗则别有丘壑，有面对乱局我自岿然不动的道德自信和勇气。一个是孩子式的天真，一个是成年人的老成。

湘云喜欢宝姐姐，还曾说："我但凡有这么个亲姐姐，就是没了父母，也是没妨碍的。"（第三十二回）为何湘云对宝钗赞慕有加？因为小孩子羡慕成年人的世故和成熟，总想快点长大。殊不知踏入这个世界，大半是要丧失天真的。

湘云很自然地接受了宝钗的价值观，也劝宝玉走仕途，不要整天在女儿堆里混。一次，湘云来到怡红院，正好贾雨村来访，贾政让人叫宝玉出去会客。宝玉一向讨厌这种差事，抱怨不迭——

> 史湘云一边摇着扇子，笑道："自然你能会宾接客，老爷才叫你出去呢。"宝玉道："那里是老爷，都是他自己要请我去见的。"湘云笑道："主雅客来勤，自然你有些警他的好处，他才只要会你。"宝玉道："罢，罢，我也不敢称雅，俗中又俗的一个俗人，并不愿同这些人往来。"
>
> 湘云笑道："还是这个情性不改。如今大了，你就不愿读书去考举人进士的，也该常常的会会这些为官做宰的人们，谈谈讲讲些仕途经济的学问，也好将来应酬世务，日后也有个朋友。没见你成年家只在我们队里搅些什么！"宝玉听了道："姑娘请别的姊妹屋里坐坐，我这里仔细污了你知经济学问的。"（第三十二回）

不过，湘云虽然郑重其事地劝诫，却很难说她对此有深度认同。

一直到第八十回，湘云依旧保持了天真的本色。这样一个人见人爱的女儿，命运却一样悲惨。命运毫无理由，老子很早就看透了，才说“天地不仁，以万物刍狗”，这是对命运最透彻的认知。

湘云的曲子是《乐中悲》——

> 襁褓中，父母叹双亡。纵居那绮罗丛，谁知娇养？幸生来，英豪阔大宽宏量，从未将儿女私情略萦心上。好一似，霁月光风耀玉堂。厮配得才貌仙郎，博得个地久天长，准折得幼年时坎坷形状。终久是云散高唐，水涸湘江。这是尘寰中消长数应当，何必枉悲伤！（第五回）

从小父母双亡，终于熬到有一个“才貌仙郎”的美满姻缘，以为终于苦尽甘来，最终却还是一场空。不过，即使厄运连连，湘云也能以阔大的性情承担一切，消化一切。

若干年后，当厄运来临之时，她一定会庆幸自己曾拥有过饱满的青春。

三、另类妙玉

妙玉是一个谜一样的女子。

曹公说她“气质美如兰，才华阜比仙”，在书里她的戏份却并不多，只出场两次；她跟贾府没有任何亲缘关系，却能位列金陵十二钗，而且排名第六，排在迎春、惜春和王熙凤之前；她出身读书仕宦之家，却因为先天体弱，只好带发修行，后来她父母双亡，贾府建好大观园，又郑重下帖请她来到栊翠庵里。

如果说惜春的选择是由冷而冷，逻辑是自洽的，妙玉的生命里却充满纠结，在书中，活得最拧巴的就是她了。

先来看“栊翠庵茶品梅花雪”，这是第四十一回。贾母带着刘姥姥一行人，来栊翠庵里喝茶。只见妙玉端出“海棠花式雕漆填金云龙献寿的小茶盘”，上有一个成窑五彩小盖盅，用旧年雨水精心泡了“老君眉”，端给贾母喝。其他人用的，也是清一色的官窑脱胎填白盖碗，看得出，妙玉的茶具非常奢华。

她悄悄拉着黛玉和宝钗，去另一个房间喝体己茶，宝玉也跟了去。她又拿出几个珍奇茶具，给宝钗的是“𤓖瓟斝”，上面有一行小字“晋王恺珍玩”，还有“宋元丰五年四月眉山苏轼见于秘府”的字样；给黛玉的是“点犀䀉”；另外还掏出一个“九曲十环一百二十节蟠虬整雕竹根”的大盒。

“𤓖瓟斝”自然是曹公杜撰的。晋代的王恺酷爱炫富，曾跟石崇斗富，代表了豪富；宋元丰五年四月苏轼曾经在“秘府”(内府) 见过这个茶具，根本就不可能，因为元丰二年苏轼因乌台诗案入狱，后来被贬到黄州，直到元丰七年才离开。

你看，妙玉的茶具不仅有金钱的味道，还有点荒唐无稽。黛玉问泡茶的水也是旧年的雨水吗？妙玉是这样回答的——

> “你这么个人，竟是大俗人，连水也尝不出来。这是五年前我在玄墓蟠香寺住着，收的梅花上的雪，共得了那一鬼脸青的花瓮一瓮，总舍不得吃，埋在地下，今年夏天才开了。我只吃过一回，这是第二回了。你怎么尝不出来？隔年蠲的雨水那有这样轻浮，如何吃得。”(第四十一回)

到了栊翠庵里，连黛玉都成俗人了。有趣的是，妙玉给宝玉用的杯子，是她自己日常用的“绿玉斗”。宝玉说她俩的杯子高雅，我这个就是俗器了，妙玉一脸傲娇：这是俗器？恐怕你家未必找得出这么一个俗器来呢！连贾家都不放在眼里。

她看见婆子收了外面的茶具，妙玉便吩咐把那成窑的茶杯搁在外头，宝玉会意，知道这是因为刘姥姥尝过，她嫌脏不要了，便笑着跟妙玉说，茶杯脏了，扔了也可惜，不如给刘姥姥吧，她卖了也可以度日——

> 妙玉听了，想了一想，点头说道：“这也罢了。幸而那杯子是我没吃过的，若是我吃过的，我就砸碎了也不能给他。你要给他，我也不管你，只交给你，快拿了去罢。”宝玉笑道：“自然如此，你那里和他说话授受去，越发连你也脏了。只交与我就是了。”妙玉便命人拿来递与宝玉。
>
> 宝玉接了，又道：“等我们出去了，我叫几个小幺儿来河里打几桶水来洗地如何？”妙玉笑道：“这更好了，只是你嘱咐他们，抬了水只搁在山门外头墙根下，别进门来。”宝玉道：“这是自然的。”说着，便袖着那杯，递与贾母房中小丫头拿着，说：“明日刘姥姥家去，给他带去罢。”（第四十一回）

恐怕很多人是看到这里，对妙玉“粉转路”的。“梅花雪烹茶”固然雅极，可妙玉对物质价值的执着，对贾母和刘姥姥的分别心，显然不像佛门中人，离佛法平等远着呢。

尽管世人不入她的眼，但她对宝玉格外青眼——拿自己常用的绿玉斗给宝玉用；宝玉过生日，她让人送来一张粉红笺子，上面写着“槛外人妙玉恭肃遥叩芳辰”。宝玉很尊重妙玉，看见了帖子，便要回帖感谢，却犯了难：妙玉自称“槛外人”，自己该怎么回复呢？

索性去问黛玉，路上遇到岫烟，言谈间才知原来她跟妙玉是老相识了——

> 岫烟笑道：“他这脾气竟不能改，竟是生成这等放诞诡僻了。从来没见拜帖上下别号的，这可是俗语说的‘僧不僧，俗不俗，女不女，男不男’，成个什么道理。”宝玉听说，忙笑道：“姐姐不知道，他原不在这些人中，算他原是世人意外之人。因取我是个些微有知识的，方给我这帖子。我因不知回什么字样才好，竟没了主意，正要去问林妹妹，可巧遇见了姐姐。”（第六十三回）

岫烟批评妙玉“僧不僧，俗不俗，女不女，男不男”，宝玉说她不合时宜，是“世人意外之人”，不要拿世俗规范去要求她——

> 岫烟听了宝玉这话，且只顾用眼上下细细打量了半日，方笑道：“怪道俗语说的‘闻名不如见面’，又怪不得妙玉竟下这帖子给你，又怪不得上年竟给你那些梅花。既连他这样，少不得我告诉你原故。他常说：‘古人中自汉晋五代唐宋以来皆无好诗，只有两句好，说道：纵有千年铁门槛，终须一个土馒头。’所以他自称‘槛外之人’。又常赞文是庄子的好，故又或称为

‘畸人’。他若帖子上是自称‘畸人’的，你就还他个‘世人’。畸人者，他自称是畸零之人；你谦自己乃世中扰扰之人，他便喜了。如今他自称‘槛外之人’，是自谓蹈于铁槛之外了；故你如今只下‘槛内人’，便合了他的心了。”（第六十三回）

从这些话里可以看出，妙玉很有文学修养，也颇为恃才傲物，一句话就把全部唐宋诗给盖棺定论了。

“纵有千年铁门槛，终须一个土馒头”，出自范成大的《重九日行营寿藏之地》，原文是“纵有千年铁门限，终须一个土馒头”。在重阳日这天，诗人爬山登高，看见了“寿藏之地”，即活人为自己将来修的墓穴，便吐槽说这些人远不如魏晋名士刘伶，人家经常带着一壶酒，让仆人扛着锄头跟着，说自己在哪里死了，就地挖坑一埋就好，范成大以此讽刺那些给自己修生墓的人看不穿生死。“铁门限”和“土馒头”是典故，来自唐代诗僧王梵志。

“铁门限”隐喻门庭高贵，长盛不衰，可是即使再显赫的家世，也挡不住无常，最后不过尘归尘土归土，化为一个“土馒头”而已。曹公把“铁门限”改成“铁门槛”，正好照应了贾家的家庙铁槛寺，旁边不远处就是水月庵，又叫馒头庵。左转是铁槛寺，右转便是馒头庵，提醒我们生与死并不遥远。

然而，能看透世事是一回事，自己能不能做到却是另一回事。

妙玉自称“畸人”，可见很喜欢庄子。“畸人”是《庄子》里一类特殊的人，也叫“不材”之人。《庄子·人间世》里有一个叫支离疏的人，长得很吓人：脸埋在肚脐下，肩膀高过头顶，发髻朝天，大腿和肋骨并排。《庄子·知北游》和《庄子·德充符》

里也都有缺齿、无趾或驼背、无唇等残缺之人。庄子认为，“畸人”虽相貌丑陋，不合于世俗审美，却合乎天道，富有智慧，能在乱世中存身，是真正的高人。还有，那极为茂密的栎树，以及长满了木瘤的樗树，一个是“散木”，一个是“不材”，都因为木质疏松，材质不佳，才不被砍伐。

庄子这是以“畸人”表达“重神轻形”的审美精神，以及“无用之用”的哲学思想。

《红楼梦》里也有“畸人”。甄士隐遇到的一僧一道，“那僧则癞头跣脚，那道则跛足蓬头，疯疯癫癫”；唱《好了歌》并度脱甄士隐的跛足道人，也是“疯癫落脱、麻屣鹑衣”。这丑陋残缺的一僧一道，在青埂峰下顽石的眼里，却“生得骨格不凡，丰神迥别”，到了人间才成了世人眼中的“畸人”。

贾雨村在当黛玉的私塾老师时，曾外出闲步，来到一个“智通寺”，以为自己能遇到一个“翻过筋斗来的”，即有经历的人，却看见一个龙钟老僧，既聋且哑，齿落舌钝，便不以为意。其实，这些“畸人”才是高人，才是真正“翻过筋斗”的。只是世人重视皮相，看不见真性，根本不懂。

妙玉认为自己能看破世相，而别人都是世俗中人。却不知自己跟贾雨村一样眼拙，路遇高人而不识。

比如被她嫌弃的刘姥姥，真的俗不可耐？非也非也。这个乡下老太太言语举止确实粗陋，但她世事洞明人情练达，饱经风霜还保留着一点童心。这个来“打抽丰”的“老篾片”“女清客”，不起眼的乡下老太太，以她的智慧和通达，赢得了众人的尊重。

八十回后刘姥姥甚至不辞劳苦，倾家荡产，把凤姐的女儿巧姐从烟花巷里赎出，嫁给了外孙板儿。如此知恩图报，“穷时可称智者，达时不昧仁心”，大哉善哉！

这人性的浩瀚深沉，人生的跌宕转折，妙玉哪里懂！世界那么大，栊翠庵这么小，她在一个人的世界里待得太久，未免孤芳自赏，顾影自怜。其实黛玉也不懂，还打趣刘姥姥是母蝗虫，是哪门子的姥姥，给惜春的画起名曰“携蝗大嚼图”。她是诗人，能透过浮华看见生死，却隔膜于刘姥姥黄土地一样博大的世界。

没办法，每个人都有自己的局限和命运。

曹公说妙玉“气质美如兰，才华阜比仙”，在文青扎堆的大观园里，她的才华自然也是出众的，只是风格有点另类。

中秋夜，黛玉和湘云在凹晶馆品笛赏月联诗，湘云吟出“寒塘渡鹤影”，黛玉对以“冷月葬花魂”，正在这时，妙玉走出来说道：精彩是精彩，只是调子太颓败了。她的续诗里有这样的句子——

露浓苔更滑，霜重竹难扪。
犹步萦纡沼，还登寂历原。
石奇神鬼搏，木怪虎狼蹲。
赑屃朝光透，罘罳晓露屯。
振林千树鸟，啼谷一声猿。（第七十六回）

黛玉和湘云的联诗是二十二韵，妙玉续的诗不仅是三十五韵，而且风格艰涩，用了大量冷僻的字和典故，不是“神鬼虎狼”就是“苔更滑”“竹难扪”，不仅文风险峻，而且心事重重。

满怀心事的妙玉，看起来不太像佛家修行人。不过，客观而言，妙玉出家，是因少时多病，出家却带发修行，也并非真正的出家人，将来是要还俗的。只是她父母双亡，师父圆寂，只能在大观园的栊翠庵里栖身。带发修行并不是她的选择，是不得已而为之。在联诗时，她说不能“失了咱们的闺阁面目”，可见，人间的闺阁生活才是她喜欢的。

一只脚在佛门，一只脚在闺阁，妙玉的心态和处境充满了尴尬和纠结。

她是不是喜欢宝玉呢？喝体己茶，她给黛玉、宝钗各拿了茶具，给宝玉的是自己日常用的绿玉斗；宝玉过生日，她用粉红的书笺写上生日祝福……栊翠庵的梅花开得最美最艳，就像她被幽闭的青春，隐藏的少女心事。除了爱慕，她对宝玉也有知音之感。当岫烟看见妙玉给宝玉的拜帖，用的是“槛外人”的别号，便批评她“放诞诡僻”，宝玉对岫烟解释——

> “他原不在这些人中，算他原是世人意外之人。因取我是个些微有知识的，方给我这帖子。”（第六十三回）

“些微有知识”，这是佛教语言，“知识”指的是悟性和觉悟，对个人、生命和宇宙自然有一种比较透彻的醒悟。宝玉果然是妙玉的知音，这么一解释，立刻有高山流水伯牙子期之风。

妙在黛玉也知其一。第五十回“芦雪广争联即景诗”，李纨让宝玉去栊翠庵跟妙玉要一枝红梅花——

> 李纨命人好好跟着。黛玉忙拦说：“不必，有了人反不得了。”（第五十回）

黛玉理解妙玉对宝玉的青眼是两个世上意外之人的惺惺

相惜，如果有俗人跟着宝玉去，就未必给梅花了。

十二支《红楼梦》曲子里，妙玉的曲子是《世难容》，其中有一句："太高人愈妒，过洁世同嫌。"这让我想到孔子的一句话："不得中行而与之，必也狂狷乎！狂者进取，狷者有所不为也。"在孔子看来，能终生秉持中庸之道的人极少，那么，狂者和狷者也不错。因为狂者敢作为，有进取心，狷者有所不为，不会同流合污，能保持以赛亚·伯林定义的"消极自由"。

由此，妙玉也算得上一个孤独的"狷者"了。她名字里有一个"玉"字，跟宝玉、黛玉应该是精神上的同路人。

但这肮脏的世间终究容不下一个清高又有些怪癖的弱女子，妙玉的结局是"风尘肮脏违心愿"。后四十回续书写妙玉念经，因思念宝玉，情欲翻滚走火入魔，中了强盗的闷香被掳走而不知所终……处理得乌烟瘴气，令人气闷。

林语堂说妙玉身为出家人却情思深种，明明喜欢宝玉却装腔作势，是"变态的色情狂"，看来是受了续书的影响。

也有研究者猜贾府被抄家后，妙玉沦为了烟花女子。靖本有段脂砚斋眉批，本来文理不通，可能有漏字，周汝昌先生断句为"他日瓜洲渡口，红颜不得不屈从枯骨"，并解释道：贾府败落后，妙玉被辗转卖给一个糟老头为妾。

不管怎样，这个世界没有给予她善意，又是一个很深的悲剧。

四、情迷秦可卿

秦可卿是《红楼梦》中最神秘的女性了。

她出身寒微，父亲秦业只居了个"营缮郎"的小官，夫人早亡，无儿无女，便向养生堂抱养了她，小名可儿，父亲后来得了一个儿子名唤秦钟。秦氏生得形容袅娜，性格风流，嫁给了贾珍的儿子贾蓉，是为宁国府长孙媳。

她美貌非凡。第五回宝玉梦游太虚幻境，警幻仙姑的妹妹便是秦可卿，长得“鲜艳妩媚，有似乎宝钗，风流袅娜，则又如黛玉”，又名“兼美”，容貌兼具宝钗和黛玉之美，这美得相当惊人了。

她性格好。贾母认为她乃“重孙媳中第一个得意之人”。连一向挑剔的王熙凤，也把她当闺蜜，跟她“低低的说了许多衷肠话儿”。

当她的死讯传来，众人都很难过——

> 那长一辈的想他素日孝顺，平一辈的想他素日和睦亲密，下一辈的想他素日慈爱，以及家中仆从老小想他素日怜贫惜贱、慈老爱幼之恩，莫不悲嚎痛哭者。（第十三回）

秦氏临死之前，还专门托梦给王熙凤，嘱咐她居安思危，要替家族谋划未来。又教她采取哪些具体措施，从田产到教育，都一一交代，可谓高瞻远瞩。

她死后，葬礼极其奢华。公公贾珍哭得直不起腰来，要拄着拐杖走路。花千两银子给贾蓉捐了一个龙禁尉的官职，只为了灵牌写上“天朝诰授贾门秦氏恭人之灵位”，让葬礼显得更风光。棺木也用了极其罕见的樯木，这原本是义忠亲王给自己准备的。

贾政曾劝他：“此物恐非常人可享者，殓以上等杉木也就是了。”但“此时贾珍恨不能代秦氏之死，这话如何肯听”，还请来王熙凤协理乱糟糟的宁国府。

儿媳死了，公公何以悲恸如此？何况秦可卿只是贾蓉的妻子，葬礼却如此隆重。东平王府、南安郡王、西宁郡王、北静郡王都设了路祭，来吊唁的都是世家子弟，贾家多年的官场关系户。还有，葬礼期间，尤氏称病不出，也不见贾蓉出头……怎么看都蹊跷。

正因为如此，秦氏的身份便引发了诸多猜想，成了索隐派关注的重点。有人说她其实是废太子胤礽的女儿，太子夺嫡失败后，曹家便把废公主养在家中，以图未来东山再起……如何如何。

这不是读文学，而是把《红楼梦》当史料来读了。

葬礼如此隆重，吊唁的都是有来头的人家，这其实很容易理解。在传统中国社会，葬礼、婚礼、祝寿等场合，都有人情世故。比如葬礼，重要的不是谁死了，而是谁活着，参加葬礼的都是冲着生者来的。《金瓶梅》里西门庆第六个小妾李瓶儿死了，惊动了整个清河县，连东京蔡太师府里的管家也写信慰问，可西门庆的葬礼，却十分冷清，正可谓人走茶凉。

至于贾珍的蹊跷表现，其实脂评已经透露了其中玄机。甲戌本和靖本的回前批有：“老朽因有魂托凤姐贾家后事二件，岂是安富尊荣坐享人能想得到者？其事虽未漏，其言其意，令人悲切感服，姑赦之，因命芹溪删去‘遗簪’‘更衣’诸文，是以此回只十页，删去天香楼一节，少去四五页。”（第十三回）

原书稿有“秦可卿淫丧天香楼”一节，内有“遗簪”“更衣”等情节。写的应该是秦可卿和贾珍有不伦之事，被下人无意撞破，秦可卿羞愧自杀。

秦可卿的判词上，画着高楼大厦，有一美人悬梁自缢，并有诗云："情天情海幻情身，情既相逢必主淫。漫言不肖皆荣出，造衅开端实在宁。"宁国府的老仆人焦大醉骂："每日偷狗戏鸡，爬灰的爬灰，养小叔子的养小叔子，我什么不知道？"（第七回）

这些迹象都表明，秦可卿和公公贾珍之间确实发生了什么。不过，脂砚斋因为秦可卿能做出托梦之举，而且颇有见识，令人感佩，于是他强烈要求下架天香楼有关情节。可能确实采纳了脂砚斋的建议，也可能是出于自己的考虑，曹公最终删掉了这一节，文字却没处理干净，留下了一些裂隙。

比如当秦氏死讯传来，"彼时合家皆知，无不纳罕，都有些疑心"。此处又有夹批："九个字写尽天香楼事，是不写之写。""可从此批。通回将可卿如何死故隐去，是余大发慈悲也。叹叹！壬午季春，畸笏叟。"（第十三回）

那么，"不写之写"的秦可卿，又有怎样的故事呢？作者为何留下这些蛛丝马迹，让后来的读者做出各种猜测呢？

首先，从第一回讲《红楼梦》成书的过程，我们可以合理猜想，在《红楼梦》之前，还有一本《风月宝鉴》。甲戌本有脂砚斋的评语"雪芹旧有《风月宝鉴》之书，乃其弟棠村序也"，主题是"戒妄动风月之情"，写过度的情欲会危害人生和家族。

"风月宝鉴"再次出现是贾瑞"正照风月鉴"，贾瑞爱上王熙凤，被后者设下相思局，病倒。一跛足道人送给他一面镜子，叫"风月宝鉴"，来自太虚幻境，叮嘱他只照反面。结果贾瑞因为反面是骷髅，正面是美艳的凤姐，屡照正面而死。贾瑞死后，其家人要烧镜子，却听镜内哭道："谁叫你们瞧正面了！你们自己以假为真，何苦来烧我？"贾瑞之死，正照应了"戒妄动风月之情"的主题。

很多专家认为，这本旧的《风月宝鉴》便是《红楼梦》的前身，书中应该有秦可卿与贾珍、王熙凤与贾瑞、贾琏与尤二姐、贾珍与尤三姐的故事。

而秦可卿和弟弟秦钟，名字里都有“情”，暗含了“情欲”“风月”，父亲秦业的谐音更是“情孽”。秦钟本人也是多情种子，先在私塾里跟香怜玉爱牵扯不清，跟宝玉的关系也相当暧昧，又跟馒头庵的尼姑智能儿私会，最后被情欲拖垮了身体而早逝。

再看十二支《红楼梦》曲子里，秦可卿的曲子是《好事终》：“画梁春尽落香尘。擅风情，秉月貌，便是败家的根本。箕裘颓堕皆从敬，家事消亡首罪宁。宿孽总因情。”

这一首曲子更是直接把“风月”跟“败家”联系，宁国府的糜烂导致了家族的败落，如同第一块多米诺骨牌，最终引发了家族的雪崩。这是《风月宝鉴》的主旨。

《风月宝鉴》是如何成为《红楼梦》的？后者的主题明显更阔大、更深邃，不只限于风月了。不过，既然《风月宝鉴》这本书没有被完全遗弃，而是被部分放入《红楼梦》里，说明两本书存在某种精神上的关联——如果《风月宝鉴》的主题是“情欲有害”，《红楼梦》里的宝黛之爱则超越了情欲，脱胎换骨，获得了全面升华。

其次，秦可卿这个人物有一定的复杂性。

第五回秦可卿带着宝玉去午睡，先来到一间正房，里面挂着《燃藜图》，旁边有对联“世事洞明皆学问，人情练达即文章”，宝玉讨厌励志风，嚷着速速离开。然后，秦氏带着宝玉来到自己的卧室——

刚至房门，便有一股细细的甜香袭人而来。宝玉觉得眼饧骨软，连说："好香！"入房向壁上看时，有唐伯虎画的《海棠春睡图》，两边有宋学士秦太虚写的一副对联，其联云：

嫩寒锁梦因春冷，芳气笼人是酒香。

案上设着武则天当日镜室中设的宝镜，一边摆着飞燕立着舞过的金盘，盘内盛着安禄山掷过伤了太真乳的木瓜。上面设着寿阳公主于含章殿下卧的榻，悬的是同昌公主制的联珠帐。宝玉含笑连说："这里好！"秦氏笑道："我这屋子大约神仙也可以住得了。"说着亲自展开了西子浣过的纱衾，移了红娘抱过的鸳枕。于是众奶母服侍宝玉卧好，款款散了，只留袭人、媚人、晴雯、麝月四个丫鬟为伴。秦氏便分咐小丫鬟们，好生在廊檐下看着猫儿狗儿打架。（第五回）

从武则天的宝镜、赵飞燕的金盘、寿阳公主的卧榻、同昌公主的联珠帐，到红娘抱过的鸳枕、西施浣过的纱，一路铺排下去。整部书里作者的叙事都很克制，唯独这段描写极尽夸张之能事。如果你对清史感兴趣，可能会奇怪：何以在秦氏卧室里，有这么多皇家用品？难免会猜疑她的身份也许大有来头，可能跟皇家有关。

其实，这些古怪的陈设，是负责营造奢华和香艳气氛的道具，是文学上的渲染手法。秦可卿的复杂在于，在贾母和众人眼里，她是一个"极妥当的人"，性格温柔和平，但她的卧室又是如此奢华、香艳，可见人性之幽微。

而且秦可卿还是一个心思极重的人，思虑甚多。

秦钟在私塾里得罪了同学金荣，金荣的姑姑自恃跟王熙凤和尤氏走得近，本想来宁国府找秦氏理论。结果，尤氏见到她，反而说起了烦心事，原来秦氏病了，得知私塾里的纷争，又添了焦虑——

"'这么个模样儿，这么个性情的人儿，打着灯笼也没地方找去。'他这为人行事，那个亲戚，那个一家的长辈不喜欢他？……你是知道那媳妇的：虽则见了人有说有笑，会行事儿，他可心细，心又重，不拘听见个什么话儿，都要度量个三日五夜才罢。这病就是打这个秉性上头思虑出来的。"（第十回）

可见她心思纤细、敏感，非常在意别人的评价。尤氏跟贾珍说起媳妇的病，来了这么多医生也不管用——

"吃了也不见效，倒弄得一日换四五遍衣裳，坐起来见大夫，其实于病人无益。"贾珍说道："可是。这孩子也糊涂，何必脱脱换换的，倘再着了凉，更添一层病，那还了得。"（第十回）

几个细节拼凑出一个"极妥当"又要强的秦氏。她出身平平，在豪门当长孙媳妇，日日如履薄冰，为了体面，即便病体支离，也要坚持换衣服的礼节。

王熙凤去看她，她拉着凤姐的手——

强笑道："这都是我没福。这样人家，公公婆婆当自己的女孩儿似的待。婶娘的侄儿虽说年轻，却也是他敬我，我敬他，从来没有红过脸儿。就是一家子的长辈同辈之中，除了婶子倒不用说了，别人也从无不疼我的，也无不和我好的。这如今得了这个病，把我那要强的心一分也没了。公婆跟前未得孝顺一天；就是婶娘这样疼我，我就有十分孝顺的心，如今也不能够了。我自想着，未必熬的过年去呢。”（第十一回）

已经病入膏肓了，还处处为他人着想。秦可卿的心思之重，可能跟她以寒门身份嫁入豪门有关，一面是自卑，一面是好强，久而久之，这样的处境足以压垮她。

最后，秦可卿在宝玉的生命中承担了什么角色呢？要知道，正是在秦可卿的卧室，宝玉梦游了太虚幻境。

“梦游太虚幻境”是书中的大关键，秦可卿又是这场梦的关键。在现实中，她是贾蓉的妻子秦氏，在梦中是警幻仙姑的妹子可卿；在警幻仙姑的引导下，宝玉先是看了册子听了曲子，又跟可卿云雨。

警幻仙姑的初衷，是希望宝玉领略情事后，能认识情欲的危害，从而收敛性情委身于孔孟之道。宝玉和可卿柔情缱绻，出去游玩，遇到一道“迷津”，突然从水中冒出无数凶悍水鬼夜叉，要拖宝玉进去。在太虚幻境这样纯美的天国，竟然有一道恐怖的迷津，这很耐人寻味。

且看警幻仙姑赶来，告诉宝玉此迷津不通舟楫：“只有一个木筏，乃木居士掌舵，灰侍者撑篙，不受金银之谢，但遇有缘者渡之。”“木居士”“灰侍者”，你一定想到了《庄子·齐物论》里的“形如槁木，心如死灰”，庄子认为，只有杜绝了欲望，才能得逍遥得自在。

那么，一个巨大的难题就摆在宝玉面前：是按照宗教的指引，杜绝欲望，回头是岸，还是像秦可卿那样沉溺于情天孽海？

很显然，曹雪芹让宝玉走了另外一条路。他将在“情”的道路上愈走愈远，见证“情”的美好，把真情和深情演绎到极致。虽然一切最终会化为乌有，但这是他独一无二的人生体验，无可替代。

电影《西西里的美丽传说》里美艳不可方物的玛莲娜，曾照亮了少年的“我”，是“我”欲念的彼岸，承载了少年对美好女性的所有想象。秦可卿也曾是少年宝玉的玛莲娜吧？

当秦可卿的死讯传来，宝玉哇的一声，吐出一口鲜血，这是他第一次与死亡亲密接触，体会到美是那么脆弱，如琉璃般易碎。

而他的人生，则刚刚开始。

第九讲

『红楼』梦中人：苔花如米小，也学牡丹开

一、高大丰壮的司棋

在《红楼梦》里，小人物并不意味人格弱小。书中人物几百人，有些丫鬟仆人让人难以忘怀。她们没有做什么大不了的事，她们的存在也很卑微，但总有那么一瞬间，让我们铭刻于心。

比如这个叫司棋的丫鬟。她是迎春的丫鬟，长得“高大丰壮”，最出名的事迹是“闹厨房”。

那一次，她让小丫头莲花去厨房要一碗鸡蛋羹。厨房总管柳嫂子不仅拒绝，还抱怨一番，说鸡蛋贵，又说伺候不了你们这些二层主子……莲花揭发她，说上次晴雯姐姐要吃芦蒿，你连忙问肉炒鸡炒，炒好后又屁颠屁颠地送过去……这是说柳嫂子是见人下菜碟。

柳嫂子为啥态度这么不好？大观园里也有鄙视链。丫鬟们看不上媳妇婆子，媳妇婆子也见人下菜碟。柳嫂子为何巴结晴雯怠慢司棋？无他，因为晴雯是宝玉的丫鬟，而司棋只是迎春的丫鬟而已。宝玉是二老爷贾政这边的，地位自然比迎春高，也更受宠，而迎春是大老爷那边的。还有，柳嫂子也想让女儿柳五儿去怡红院当差，所以紧着巴结晴雯。这就是现实和人性。

莲花气呼呼地回去告诉了司棋。司棋气不过，带着几个小丫头到厨房里连说带骂——

> 喝命小丫头子动手：“凡箱柜所有的菜蔬，只管丢出去喂狗，大家赚不成。”小丫头子们巴不得一声，七手八脚抢上去，一顿乱翻乱掷的。（第六十一回）

迎春虽然懦弱，丫鬟司棋却是一个强硬派、行动派。她的气愤不仅在于自己被轻视，一句“大家赚不成”，说明她深谙大观园小厨房里的潜规则，知道柳嫂子为何巴结宝玉、探春。

因为玫瑰露和茯苓霜事件，柳嫂子被几个看她不顺眼的人告倒，司棋的婶娘也趁机顶了缺。不过，柳嫂子被证明是冤枉的，很快又恢复了原职，倒是司棋和婶娘秦显家的白忙乎了一场，落个竹篮子打水一场空。这事件写得相当有画面感

(秦显家的)在厨房内正乱着接收家伙米粮煤炭等物，又查出许多亏空来，说：“粳米短了两石，常用米又多支了一个月的，炭也欠着额数。”一面又打点送林之孝家的礼，悄悄的备了一篓炭，五百斤木柴，一担粳米，在外边就遣了子侄送入林家去了；又打点送帐房的礼；又预备几样菜蔬请几位同事的人，说：“我来了，全仗列位扶持。自今以后都是一家人了。我有照顾不到的，好歹大家照顾些。”

正乱着，忽有人来说与他：“看过这早饭就出去罢。柳嫂儿原无事，如今还交与他管了。”秦显家的听了，轰去魂魄，垂头丧气，登时掩旗息鼓，卷包而出。送人之物白丢了许多，自己倒要折变了赔补亏空。连司棋都气了个倒仰，无计挽回，只得罢了。(第六十二回)

秦显家的本来兴冲冲的，还查出了许多亏空，忙着给管家送礼。可见厨房总管是个肥差，有许多油水可捞。

你看，跟别的丫鬟不太一样，司棋懂世故，很现实。

这样一个司棋，后来又出了一档子事儿。

这是第七十一回"鸳鸯女无意遇鸳鸯"。她爱上了姑表兄弟潘又安，两个人居然买通了看门的婆子，私自在园子里幽会，海誓山盟，私传表记，却被鸳鸯无意中遇到。潘又安吓得逃离家乡，司棋又气个倒仰，她本来寻思着纵使闹了出来，大不了一起死，谁想到男方竟惧祸径自逃走了。

此时的司棋，已有敢作敢当的倔强了。

有人说，后来引发抄检大观园的"绣春囊"，可能是潘又安送给司棋的礼物，这个物件引发了抄检大观园，潘又安写给司棋的情书被翻出来了。

发现情书的是王熙凤，而抄检大观园最积极的是王善保家的，偏偏司棋是她的亲外孙女。王熙凤一边读信，一边笑：这倒好，她鸦雀不闻地给你们弄了一个好女婿……却注意到司棋低头不语，也并无畏惧惭愧之意，倒觉可异（第七十四回）。

王熙凤为何惊异？因为在那个时代，男女私相授受是不道德的。如果被查出私情，当事人肯定会被严厉惩戒，一般人遇到这阵势，通常会被吓破胆。然而司棋被抓现行，却没任何惧怕惭愧之意，表现得非常平静。

她知道事发后将会有怎样的惊涛骇浪，但她很平静。这个胆大妄为的丫鬟，显然已决意承担自己的命运了。这一个瞬间，这一个表情，让司棋闪闪发光，无比高贵。

后来，司棋被撵出荣国府，她央求迎春，但迎春懦弱，不敢保她。当被周瑞家的拖着走，她想跟园子里的姐妹们告别。遇到宝玉，还希望他能在王夫人面前帮自己说几句好话。尽管想尽一切办法自救，最后还是于事无补。

被撵出之后，她的结局想必很悲惨。

不过，后四十回的续书却把司棋和潘又安的故事写坏了，把悲剧写成了闹剧。续作者写司棋回到母亲身边，终日啼哭。潘又安在外面发了财，要回家迎娶司棋，但他偏偏隐瞒自己发财的事实，以穷小子的身份示人，就是想试探司棋是不是嫌贫爱富。果然，司棋的母亲不同意这门婚事，司棋就一头撞在墙上，死了。

倒是一如既往的烈性，却死得不合情理，也不合乎逻辑。司棋虽然大胆，但她懂得拼力自救，并不任性鲁莽。这样的人，怎么可能因为母亲的一句话就赌气寻死呢？

二、晴雯的罪与美

书中最高光的丫鬟，非晴雯莫属。

晴雯是怡红院也是大观园里最美丽的丫头。她个性嘹亮，快言快语，一点心机也无。有人赞美她没有奴性，有强烈的反抗精神；有人批评她性格太糟糕，本来一手好牌，却打得稀烂。

评价不同，源于坐标不同。其实，如何看待晴雯，就是如何看待大观园。

先来看晴雯之死。抄检大观园之后，病重的晴雯，被强行拖下床拉出去。王夫人坐镇指挥，严令只许让晴雯带走两件贴身旧衣，其余的一概留下。

这是第七十七回。宝玉惦记晴雯，求一个婆子带着自己偷偷来到晴雯的哥哥家，掀起草帘，眼前是一幅地狱般的场景。奄奄一息的晴雯趴在破芦席土炕上，看见他来了，又惊又喜，先让他拿茶给自己喝——

宝玉看时，虽有个黑沙吊子，却不像个茶壶。只得桌上去拿了一个碗，也甚大甚粗，不像个茶碗，未到手内，先就闻得油膻之气。宝玉只得拿了来，先拿些水洗了两次，复又用水汕过，方提起沙壶斟了半碗。看时，绛红的，也太不成茶。晴雯扶枕道："快给我喝一口罢！这就是茶了。那里比得咱们的茶！"宝玉听说，先自己尝了一尝，并无清香，且无茶味，只一味苦涩，略有茶意而已。尝毕，方递与晴雯。只见晴雯如得了甘露一般，一气都灌下去了。（第七十七回）

从来没见过这般惨相的宝玉，忍着悲恸跟晴雯说话。晴雯挣扎着铰掉自己葱管一样的指甲，脱下贴身穿着的旧红绫袄，跟宝玉交换了贴身小袄，还坚持让他穿在身上——

"这个你收了，以后就如见我一般。快把你的袄儿脱下来我穿。我将来在棺材内独自躺着，也就像还在怡红院的一样了。论理不该如此，只是担了虚名，我可也是无可如何了。"（第七十七回）

宝玉不忍心离开，晴雯用被子蒙住头不理他。当天夜里，晴雯就死了，从小没爹娘的她，据说直着脖子喊了一夜的娘。这个世界对她太凉薄了，她能留恋的只是那一丝遥远而模糊的亲情。宝玉临走时，她含泪问：

"只是一件，我死也不甘心的：我虽生的比别人略

好些，并没有私情密意勾引你怎样，如何一口死咬定了我是个狐狸精！我太不服。”（第七十七回）

当初晴雯被撵走，宝玉含泪说：“我究竟不知晴雯犯了何等滔天大罪！”那么，是谁杀死了晴雯？

晴雯的漂亮人所共知。王熙凤说，别的丫鬟都不如她长得好。贾母夸她：“这些丫头的模样爽利言谈针线多不及他，将来只他还可以给宝玉使唤得。”所以才特意让她去伺候宝玉，话里暗示只有她够格当宝玉的姨娘。

可是，王夫人眼里的晴雯是：“水蛇腰，削肩膀，眉眼儿像你林妹妹的。”婆子王善保家的告晴雯黑状，说她“妖妖趫趫，大不成个体统”。

她个性张扬，又伶牙俐齿。宝玉曾跟麝月开玩笑：“满屋里就只有他（晴雯）磨牙。”

怡红院的丫鬟小红帮王熙凤跑腿，晴雯、碧痕她们看见，晴雯开口就撺：

“怪道呢！原来爬上高枝儿去了，把我们不放在眼里。不知说了一句话半句话，名儿姓儿知道了不曾呢，就把他兴的这样！这一遭半遭儿的算不得什么，过了后儿还得听呵！有本事从今儿出了这园子，长长远远的在高枝儿上才算得。”（第二十七回）

难怪林语堂先生说她天真烂漫，可惜就是野嘴烂舌。

平儿的虾须镯被坠儿偷了，她只悄悄告诉麝月，怕晴雯生气，晴雯还是听说了，拿起簪子扎坠儿的手，骂她管不住爪子自甘下贱；宝玉替麝月篦头，她脱口就说：“哦，交杯盏还没吃，倒上头了！”

她脾气大，像爆炭一点就着。有一次宝玉因心情不好，看到她跌碎了扇子责备了她——

> 晴雯冷笑道：“二爷近来气大的很，行动就给脸子瞧。前儿连袭人都打了，今儿又来寻我们的不是。要踢要打凭爷去。就是跌了扇子，也是平常的事。先时连那么样的玻璃缸、玛瑙碗不知弄坏了多少，也没见个大气儿，这会子一把扇子就这么着了。何苦来！要嫌我们就打发我们，再挑好的使。好离好散的，倒不好？”宝玉听了这些话，气的浑身乱战，因说道：“你不用忙，将来有散的日子！”（第三十一回）

袭人听见赶紧过来劝和——

> “好妹妹，你出去逛逛，原是我们的不是。”
>
> 晴雯听他说“我们”两个字，自然是他和宝玉了，不觉又添了酸意，冷笑几声，道：“我倒不知道你们是谁，别教我替你们害臊了！便是你们鬼鬼祟祟干的那事儿，也瞒不过我去，那里就称起‘我们’来了。明公正道，连个姑娘还没挣上去呢，也不过和我似的，那里就称上‘我们’了！”（第三十一回）

被说到心事，袭人羞得紫涨了脸，也不敢说什么。宝玉一气之下要回太太把晴雯带走。晴雯却又哭着说："我一头碰死了也不出这门儿。"

她会做一手好针线。宝玉的雀金裘不小心被烧了个小洞，满京城的工匠都没见过这样高级的奢侈品，不会织补。宝玉正着急，只有晴雯会手工"界线"，可她正生病卧床——

> 一面说，一面坐起来，挽了一挽头发，披了衣裳，只觉头重身轻，满眼金星乱迸，实实撑不住。若不做，又怕宝玉着急，少不得狠命咬牙捱着。便命麝月只帮着拈线。晴雯先拿了一根比一比，笑道："这虽不很像，若补上，也不很显。"宝玉道："这就很好，那里又找俄罗斯国的裁缝去。"晴雯先将里子拆开，用茶杯口大的一个竹弓钉牢在背面，再将破口四边用金刀刮的散松松的，然后用针纫了两条，分出经纬，亦如界线之法，先界出地子后，依本衣之纹来回织补。补两针，又看看，织补两针，又端详端详。无奈头晕眼黑，气喘神虚，补不上三五针，伏在枕上歇一会。（第五十二回）

最后终于补完了，力尽神危，嗳哟了一声，身不由主倒下。这就是"勇晴雯病补雀金裘"，岂止是勇，竟是豁出命去了。

一个"勇"字，精准刻画了晴雯。一方面是勇敢热情，一方面也"有勇无谋"，使力不使心，过于天真。在传统的人情社会里，晴雯这样心直口快的人必然遭人嫌。

风流灵巧惹人怨。邢夫人的陪房王善保家的就因晴雯对她不甚"趋奉"，便心中不悦，遂趁着王夫人为"绣春囊事件"

忧心时，对王夫人告了晴雯一状——

王善保家的道："别的都还罢了。太太不知道，一个宝玉屋里的晴雯，那丫头仗着他生的模样儿比别人标致些，又生了一张巧嘴，天天打扮的像个西施的样子，在人跟前能说惯道，掐尖要强。一句话不投机，他就立起两个骚眼睛来骂人，妖妖趫趫，大不成个体统。"（第七十四回）

这段话真是恶意满满。王善保家的这一说，倒提醒了王夫人，猛然想起曾见一个丫头骂另一个丫头，她说自己最讨厌这种"轻狂样子"，"一生最嫌这样的人"，好好的一个宝玉，倘若让这蹄子勾引坏了，那可了得。

于是，抱恙的晴雯被叫了来。她知道王夫人一向不喜人巧妆饰，特意素面朝天。然而，粗布麻衣不掩国色，在王夫人的眼里，她却是"钗亸鬓松，衫垂带褪，有春睡捧心之遗风"，别有一番风情。王夫人不由得大怒：

"好个美人！真像个病西施了。你天天作这轻狂样儿给谁看？你干的事，打量我不知道呢！我且放着你，自然明儿揭你的皮！宝玉今日可好些？"（第七十四回）

晴雯是个聪明人，一听就觉得不对劲，一定是有人暗算自己。她巧妙避开锋芒，假说自己不大到宝玉房里，是袭人和麝月负责宝玉起居。王夫人一听，忙说——

> “阿弥陀佛！你不近宝玉是我的造化，竟不劳你费心。既是老太太给宝玉的，我明儿回了老太太，再撵你。”因向王善保家的道：“你们进去，好生防他几日，不许他在宝玉房里睡觉。等我回过老太太，再处治他。”喝声：“去！站在这里，我看不上这浪样儿！谁许你这样花红柳绿的妆扮！”（第七十四回）

又是“轻狂样儿”，又是“浪样儿”，而且一口咬定晴雯干了不好的事，王夫人为何如此痛恨晴雯？怡红院里的丫鬟不少，只有晴雯、四儿和芳官被当成“狐狸精”撵了出去。

晴雯真的勾引宝玉了吗？当然没有。

王夫人最信赖袭人，说袭人粗粗笨笨倒好。有意思的是，正是老实人袭人跟宝玉“偷试云雨情”，晴雯却清白无比。

第三十一回，白天晴雯刚跟宝玉拌过嘴，傍晚宝玉从外面回来，看见晴雯在乘凉，他早就把白天的纷争抛到一边了。两人说了一会儿话——

> 宝玉笑道：“我才又吃了好些酒，还得洗一洗。你既没有洗，拿了水来咱们两个洗。”晴雯摇手笑道：“罢，罢，我不敢惹爷。还记得碧痕打发你洗澡，足有两三个时辰，也不知道作什么呢。我们也不好进去的。后来洗完了，进去瞧瞧，地下的水淹着床腿，连席子上都汪着水，也不知是怎么洗了，叫人笑了几天。我也没那工夫收拾，也不用同我洗去。今儿也凉快，那会子洗了，可以不用再洗。我倒舀一盆水来，你洗

洗脸通通头。才刚鸳鸯送了好些果子来，都湃在那水晶缸里呢，叫他们打发你吃。”（第三十一回）

曹公写得很含蓄，我们不清楚洗澡是怎么回事，但晴雯拒绝跟宝玉一起洗澡，就是拒绝跟宝玉暧昧的机会。她的拒绝，当然是出于自尊自爱。

后来晴雯被撵出去，宝玉偷偷去看她。晴雯的嫂子灯姑娘在窗外听到二人说话，走进来跟宝玉说了一段话——

“（宝玉）空长了一个好模样儿，竟是没药性的炮仗，只好装幌子罢了，倒比我还发讪怕羞。可知人的嘴一概听不得的。就比如方才我们姑娘下来，我也料定你们素日偷鸡盗狗的。我进来一会在窗下细听，屋内只你二人，若有偷鸡盗狗的事，岂有不谈及于此，谁知你两个竟还是各不相扰。可知天下委屈事也不少。如今我反后悔错怪了你们。既然如此，你但放心。以后你只管来，我也不罗唣你。”（第七十七回）

晴雯被撵出来，连她嫂子也误以为晴雯和宝玉有什么私情，这才发现传言不真，可见世人偏见之深。

晴雯们有什么错呢？按照王善保家的和王夫人的说法，美丽就是她们的错误。电影《西西里的美丽传说》里，西西里岛上的玛莲娜，什么坏事都没做过，但遭受了一连串的流言、猜忌、误解和嫉恨，身心受到无尽的羞辱。片中律师为她辩护：“她有什么罪过？她唯一的罪过就是太美丽。”

在传统中国，玛莲娜这样的人就会被归为“狐狸精”。“狐狸精”的传说源远流长，几乎每个失败的君王背后，都站着一个“狐狸精”：夏桀王有妺喜，商纣王有妲己，周幽王有褒姒，唐明皇有杨贵妃……

诗人讥讽沉溺在美人怀抱里的君王：“春宵苦短日高起，从此君王不早朝。”很多人认为国破山河碎，是君王昏聩无能，更是因为红颜是祸水，蛊惑了君王。就连小孩子的启蒙读物《幼学琼林》里，都告诫孩子要远离“狐狸精”。春秋时代的一个母亲甚至这样教育儿子：“甚美必有甚恶”；“夫有尤物，足以移人。苟非德义，则必有祸”。就是说，一个人越美就越会作恶；长得漂亮的尤物，是能摧毁一个人的，如果你没有能力抗拒，就一定会遭遇灾祸。

美真的能作恶吗？“狐狸精”是怎样祸国殃民的？据说她们都迷惑了君主，让后者丧失了理智，比如杨贵妃之于唐明皇，妲己之于商纣王……从另一个角度看，正是君王自己误了国，却不敢承担责任，才归罪于女性。美会导致灾难，这是典型的归因错误，导致了对美丽女性的严重偏见。偏见深入人心，王夫人一看见晴雯，立马就联想到“狐狸精”，唯恐她带坏宝玉。

那么，凶手就是王夫人、王善保家的吗？如果没有她们，晴雯是不是就不会死？没有王夫人，还有李夫人、张夫人……正是数代累积的道德偏见，成为罪恶的渊薮。

王国维在《红楼梦评论》里说：《红楼梦》之所以是伟大的悲剧，并非是因为它是几个“蛇蝎之人”造成的悲剧，而是“结构的产物”，是共犯结构。在晴雯之死这件事上，每个人都有罪：王夫人把宝玉当未来的依靠，担心他被“狐狸精”迷惑；王善保家的看不惯晴雯；王夫人认定晴雯是“狐狸精”，这是长辈意志，王熙凤和宝玉就不敢违抗；况且晴雯个性突出，与温良恭俭让的传统道德相悖，木秀于林，风必摧之……晴雯竟是必死。

这其实是时代、社会、文化和个人共谋的结果，是结构性的“恶”共同谋杀了晴雯。晴雯所面临的困境，是普遍性的。只要这个结构存在，就有千万个被误解的晴雯。

晴雯的判词是：“霁月难逢，彩云易散。心比天高，身为下贱。风流灵巧招人怨。寿夭多因毁谤生，多情公子空牵念。”曹雪芹忍不住为晴雯们鸣不平。没有人能阻止这样的悲剧，面对晴雯被撵，宝玉无能为力，只能含泪写下一首《芙蓉女儿诔》哀悼她。

这篇祭文是“离骚体”，非常华丽，也非常难读，其中有一句：“女儿曩生之昔，其为质则金玉不足喻其贵，其为性则冰雪不足喻其洁，其为神则星日不足喻其精，其为貌则花月不足喻其色。”

在宝玉的心目中，晴雯比金玉还贵重，比冰雪都高洁，比花月都美丽，如同天上的神明。甚至把晴雯跟西汉贾谊、治水的鲧相提并论：“高标见嫉，闺帏恨比长沙（指贾谊被谪贬长沙）；直烈遭危，巾帼惨于羽野（鲧正直刚烈，舜殛于羽山）。”

对晴雯的赞美和哀悼，也是对天下未被善待的女儿的赞美和哀悼。

在此之前，在贾政和客人面前，宝玉还有一篇习作《姽婳词》。借林四娘冒死救恒王的故事，讽刺了尸位素餐的男性：“何事文武立朝纲，不及闺中林四娘。我为四娘长太息，歌成馀意尚彷徨！”

这是第七十八回，已经接近尾声，对女儿的哀悼如此密集，这提醒我们，大结局即将来临，大观园的女儿们将迎来自己的命运，尤其是黛玉。

宝玉的《芙蓉女儿诔》先被黛玉听见："好新奇的祭文！可与曹娥碑并传的了。"不过，她认为"红绡帐里，公子多情；黄土垄中，女儿薄命"不够准确，要再修改一下。宝玉说，不如改成"茜纱窗下，我本无缘；黄土垄中，卿何薄命"。黛玉听了，忡然变色。

都说"晴有林风，袭乃钗副"，晴雯和黛玉，袭人和宝钗都互为镜像。晴雯和黛玉都天性单纯，有清亮的少年气，也都不容于现实。晴雯之死，是黛玉之死的预演。

《芙蓉女儿诔》也是写给黛玉的挽歌，是写给失败者的挽歌。

什么是失败者？就是不被主流制度、文化和道德所容，最终被"淘汰出局"的人。晴雯没当上姨娘，但她活得透亮活得骄傲，虽然是一个丫鬟，却始终坚持自己的尊严。

秋纹得了王夫人赏赐的旧衣服，倍感荣幸，晴雯却说："要是我，我就不要……一样这屋里的人，难道谁又比谁高贵些？把好的给他，剩下的才给我，我宁可不要，冲撞了太太，我也不受这口气。"（第三十七回）

抄检怡红院，袭人主动拿出箱子让人搜查，特别配合，晴雯却绾着头发冲过来，咣当一声将箱子掀开，两手提着底朝天，往地下尽情一倒，将所有之物尽都倒出（第七十四回）。

她活得如此真实饱满，无所顾忌。借用电影《肖申克的救赎》里的一句话：有些鸟儿是注定不会被关在笼子里的，因为每一片羽毛都闪耀着自由的光辉。

是时候来看著名的"撕扇子作千金一笑"了。

这是第三十一回。因晴雯跌碎扇子，宝玉跟晴雯发生了争吵。晚上，宝玉从外面回来，心平气和地对晴雯说起扇子："你爱打就打，这些东西原不过是借人所用……你要撕着玩也可以使得，只是不可生气时拿他出气。”

晴雯听了，笑道：“既这么说，你就拿了扇子来我撕。我最喜欢撕的。”宝玉听了，便笑着递与他。晴雯果然接过来，嗤的一声，撕了两半，接着嗤嗤又听几声。宝玉在旁笑着说：“响的好，再撕响些！”

正说着，只见麝月走过来，笑道：“少作些孽罢。”宝玉赶上来，一把将他手里的扇子也夺了递与晴雯。晴雯接了，也撕了几半子，二人都大笑。麝月道：“这是怎么说，拿我的东西开心儿？”宝玉笑道：“打开扇子匣子你拣去，什么好东西！”麝月道：“既这么说，就把匣子搬了出来，让他尽力的撕，岂不好？”宝玉笑道：“你就搬去。”麝月道：“我可不造这孽。他也没折了手，叫他自己搬去。”晴雯笑着，倚在床上说道：“我也乏了，明儿再撕罢。”宝玉笑道：“古人云，‘千金难买一笑’，几把扇子能值几何！”（第三十一回）

曹公为何让晴雯撕扇？这可很容易让人联想到“裂帛博得美人笑”，周幽王为博得褒姒一笑，不惜撕掉大量的丝绸，这岂不更坐实了晴雯“狐狸精”之名？我就读过一篇文章，说宝玉鼓励晴雯撕扇，说明宝玉就是纨绔子弟，贾家早晚败在他手里。

这太煞风景了，真的。不要把道德的弦绷得太紧，拿道德这把尺子去衡量一切是无法欣赏这样的时刻的，更看不见这背后的自由和美。

宝玉说撕扇子这一番话，就是他的价值观：不拿着扇子出气，就是爱物。他以情为根，哪怕对区区一把扇子，也充满情意；扇子再值钱，也不如人重要。正如哲学家康德所说，人应该是目的，而非手段。

“晴雯撕扇”跟“黛玉葬花”、“香菱学诗”一样，都是充满诗意的瞬间。这样的时刻，也是考验我们对人性的理解力和想象力的时刻。

三、袭人的心事

袭人是怡红院的首席大丫鬟，但在丫头群体里袭人并不出色。

怡红院的丫头个个都是人尖，且不说晴雯，就连扫地的小红也是干净俏丽，有几分姿色，还能说出“千里搭长棚，没有个不散的筵席”，很有见识。

袭人长得“细挑身材，容长脸面”，颜值并不高，才能也不出众。贾母说她“从小儿不言不语，我只说他是没嘴的葫芦”，她的特点是稳重懂事。王夫人撵走晴雯，要给贾母一个交代，说：“（晴雯）色色虽比人强，只是不大沉重。若说沉重知大礼，莫若袭人第一……行事大方，心地老实。”（第七十八回）王夫人这是认为晴雯虽然好看有本事，但不如袭人稳重。

作者写袭人亦有些痴处——

> 服侍贾母时，心中眼中只有一个贾母；如今服侍宝玉，心中眼中又只有一个宝玉。只因宝玉性情乖僻，每每规谏宝玉不听，心中着实忧郁。（第三回）

伺候谁眼里就只有谁，这是典型的职场人特点。事实上，袭人就是把怡红院当职场的，姨娘是她的奋斗目标。当晴雯没心没肺撕扇，又骄傲又快活的时候，袭人已经在暗暗规划自己的未来了。

袭人的心事曾在无意中透露过。一天突然下起了雨，宝玉从外面淋雨回来，敲门无人应答，大家在院子里玩闹，没人听见敲门声。还是袭人跑过来开门，却被没好气的宝玉当胸踢了一脚——

> 话说袭人见了自己吐的鲜血在地，也就冷了半截，想着往日常听人说："少年吐血，年月不保，纵然命长，终是废人了。"想起此言，不觉将素日想着后来争荣夸耀之心尽皆灰了，眼中不觉滴下泪来。（第三十一回）

"争荣夸耀之心"，就是一心想当姨娘。

在贾府，丫鬟们长大后的出路：一是当主子的姨娘，比如赵姨娘；一是配小厮，成为周瑞家的、林之孝家的或钱槐家的；如果不是贾家"家生"，是从外头买来的奴仆，还能被家人赎出去。当然，意外事件也会发生，比如金钏和晴雯都被逐。

有一次，袭人回到母亲和哥哥的家里，宝玉偷偷溜出来去看望她。其家人曾想赎袭人出来，但她表示要留在贾家，而家人看到她和宝玉的关系如此亲密，也就明白了，"彼此放心，再无赎念了"（第十九回）。

想当姨娘并不可耻，实现目标的手段更重要，毕竟当姨娘并不容易，尤其袭人先天条件并不好，但她成功了。在第三十六回，王夫人决定给袭人涨工资，从每月一两银子升到二两一吊钱，而且不用报知贾母，就从她每月二十两的月例中支取。很明显，这是释放了袭人当姨娘的信号——

薛姨妈道："早就该如此。模样儿自然不用说的，他的那一种行事大方，说话见人和气里头带着刚硬要强，这个实在难得。"王夫人含泪说道："你们那里知道袭人那孩子的好处？比我的宝玉强十倍！宝玉果然是有造化的，能够得他长长远远的服侍他一辈子，也就罢了。"凤姐道："既这么样，就开了脸，明放他在屋里岂不好？"王夫人道："那就不好了，一则都年轻，二则老爷也不许，三则那宝玉见袭人是个丫头，纵有放纵的事，倒能听他的劝，如今作了跟前人，那袭人该劝的也不敢十分劝了。如今且浑着，等再过二三年再说。"（第三十六回）

袭人本是贾母派到怡红院的，王夫人却引其为心腹，肯定了她。袭人是怎么做到的？

首先，从"诉肺腑心迷活宝玉"说起。宝玉在园子里遇到黛玉，向她深情表白让她放心，等黛玉走开了，宝玉还沉浸在激情中，正好袭人过来送扇子，宝玉一把拉住她，以为她是黛玉，说了一段非常炽烈的情话——

袭人听了这话，吓得魄消魂散，只叫："神天菩萨，坑死我了！"便推他道："这是那里的话！敢是中了邪？还不快去？"宝玉一时醒过来，方知是袭人送扇子来，羞的满面紫胀，夺了扇子，便忙忙的抽身跑了。

这里袭人见他去了，自思方才之言，一定是因黛玉而起，如此看来，将来难免不才之事，令人可惊可畏。想到此间，也不觉怔怔的滴下泪来，心下暗度如何处治方免此丑祸。（第三十二回）

袭人的反应非常强烈。大概从这时起，她就暗下决心，去做点什么了。

其次，忠顺王府派人来荣国府打听戏子琪官，贾政才知原来宝玉跟戏子过从甚密，内心大怒。碰巧金钏跳井自杀了，贾环趁机在贾政面前“黑”宝玉，说是宝玉逼奸不遂金钏才自杀的……贾政怒气攻心，狠狠地打了宝玉。

最后，正是以此为契机，袭人接近了王夫人。挨了打的宝玉在养伤，王夫人传唤小丫鬟问宝玉的伤情，袭人亲自来找王夫人。她先是小心翼翼地说：论理，我们二爷也须得老爷教训两顿，若老爷再不管，将来不知做出什么事来呢。

正投合王夫人的心思。宝玉是她未来的依靠，她最担心的是其名节和前途。宝玉挨打时，她就哭着说：“我如今已将五十岁的人，只有这个孽障。”袭人也渴望宝玉赢得世俗的荣耀。她们是天然的盟友。

王夫人鼓励袭人继续说，袭人则越说越深，越说信息量越大，先提议让宝玉搬出园子住，说林姑娘宝姑娘如今都大了，不好跟宝玉一块儿住——

袭人连忙回道：“太太别多心，并没有这话。这不过是我的小见识。如今二爷也大了，里头姑娘们也大了，况且林姑娘宝姑娘又是两姨姑表姊妹，虽说是姊妹们，到底是男女之分，日夜一处起坐不方便，由不得叫人悬心，便是外人看着也不像。一家子的事，俗语说的‘没事常思有事’，世上多少无头脑的人，多半因为无心中做出，有心人看见，当作有心事，反说坏了。只是预先不防着，断然不好。二爷素日性格，太太是知道的。他又偏好在我们队里闹，倘或不防，前后错了一点半点，不论真假，人多口杂，那起小人的嘴有什么避讳，心顺了，说的比菩萨还好，心不顺，就贬的连畜牲不如。二爷将来倘或有人说好，不过大家直过没事；若要叫人说出一个不好字来，我们不用说，粉身碎骨，罪有万重，都是平常小事，但后来二爷一生的声名品行岂不完了，二则太太也难见老爷。俗语又说‘君子防不然’，不如这会子防避的为是。太太事情多，一时固然想不到。我们想不到则可，既想到了，若不回明太太，罪越重了。近来我为这事日夜悬心，又不好说与人，惟有灯知道罢了。”（第三十四回）

听毕此言，王夫人感佩不已，表示以后就把宝玉交给袭人了，并许诺“自然不辜负你”。果然，很快就以提高工资表明了自己的态度。

这就是丫鬟袭人的“上位史”了。

袭人坏吗？那倒未必。在那个时代那个社会里，宝黛爱情就是不被允许的。而且从她的角度看，“告密”很正当，因为她这是在关心宝玉的前程。但这样一番话，完全否定了大观园，险些把大观园连根拔起。

更吊诡的是，她认为宝黛爱情是“不才之事”，是“丑祸”，自己却跟宝玉偷试云雨。

再看第六回“贾宝玉初试云雨情”，说的是宝玉梦游太虚幻境之后醒来，袭人伺候宝玉穿衣，不觉摸到他的大腿，直觉得冰冷一片黏湿，遂问是怎么回事。宝玉脸红，不答。曹公写袭人“本是聪明女子，年纪本又比宝玉大两岁，近来也渐通人事，今见宝玉如此光景，心中便觉察一半了，不觉也羞的红胀了脸面”。等晚间趁众人不在，她又含羞追问：你梦见什么了？哪里流出来的脏东西？宝玉遂告其警幻所授云雨之事。袭人听了，掩面俯身而笑，着实柔媚娇俏。宝玉遂拉袭人偷试云雨，从此待她非同一般。

这段小儿女情事，三言两语一闪而过，却耐人寻味。在偷尝禁果这件事上，袭人绝非被动。后来，准姨娘身份被确定后，她又刻意不跟宝玉亲昵，自重起来。

曹公的“不写之写”，又让人浮想联翩：袭人原来是拿“性”当工具的。

对宝黛爱情，她却充满恐惧和敌意。误解来自主流的社会观念，爱情是新事物，一向被视为私情，被人唾弃。《孟子·滕文公下》有言：“不待父母之命、媒妁之言，钻穴隙相窥，逾墙相从，则父母、国人皆贱之。”所以，听到宝玉对黛玉的情话，袭人才会吓得魂飞魄散，跑到王夫人面前进言。

袭人自认是规矩人，王夫人和薛姨妈也都夸她沉重知礼、稳重得体。但用她们这一套规矩来丈量人性和世界，往往会拒绝新生事物，丧失最基本的理解力和想象力。袭人不理解宝黛，正如贾政往死里打宝玉，王夫人认定晴雯是“狐狸精”，宝钗认为丫鬟小红“眼空心大、头等刁钻古怪”，都是被所谓的规矩蒙住了眼睛。

可是，她们遵守的规矩就一定正确吗？她们从不质疑规矩本身。大观园存在的意义，就是从规矩的缝隙旁逸斜出，创造生命存在的另外一种可能性。在这样诗意又自由的环境里，才会有新生，产生有趣的灵魂。

袭人虽然身在大观园，却无法理解大观园的精神。对宝玉，她一向温柔和顺，“似桂如兰”，每晚把宝玉的玉摘下，用手帕包好；打点宝玉洗脸梳头；收拾好宝玉的文具，送他上学等他回来；宝玉被贾政叫去，她倚门盼望；宝玉挨打，她又心疼又委屈；宝玉同黛玉怄气，要砸玉，她吓得要死。

宝玉这样说：你们同守着我，待我化灰，化烟，你们哭我的眼泪流成河，我的尸首顺流而走，随风化了，就是死得其时了。在梨香院目睹龄官和贾蔷的爱情，回来又感慨一番：我曾说你们的眼泪单葬我，不过是痴心妄想，原来是各人各得眼泪罢了……听到这些话，袭人是什么反应？她说这话太不吉利，说他说什么疯话，然后就催他快睡（第三十六回）。

在她眼里，宝玉“性格异常”“放荡弛纵，任性恣情，最不喜务正”。跟宝钗一样，她也爱规劝宝玉，不是“良宵花解语”，就是“娇嗔箴宝玉”，可谓“日夜悬心”，一心要拉宝玉走正道。她还骗宝玉说家人要赎她出去，宝玉听了郁闷，她便借机劝道：你依我三件事，就是刀架在脖子上，我也不出去了。这是“先用骗词，以探其情，以压其气，然后好下箴规”（第十九回）。

她在意的终究是宝玉的大好前程，是俗世的荣耀，担心的是：“难道做了强盗贼，我也跟着罢。”（第三十六回）把宝玉当长期饭票，怎么可能会懂宝玉的生命哲学，懂他内心的爱与孤独呢？

脂砚斋很喜欢袭人，一口一个“袭卿”，经常感动于她的懂事和体贴。听话懂事持家有方的袭人，至今依然是很多男性的最佳择偶对象。

为了姨娘这个目标，袭人也有诸多小心思和小手段。

宝玉的奶妈李嬷嬷骂袭人：忘本的小娼妇，一心只想妆狐媚子哄宝玉。她只是哭，不肯让宝玉声张，怕得罪人（第二十回）；即使无意挨了宝玉一记窝心脚，夜里吐血，争荣夸耀的心灰了一半，也是打掉门牙往肚里咽，不让宝玉唤太医来诊治（第三十回）；晴雯讽刺她，张口说破她与宝玉的隐情：连个姑娘都没挣上，就“我们”“我们”的起来，别让我替你害臊了……她只是气得紫涨了脸，说不出话（第三十一回）；宝玉生气要撵晴雯，她还跪下求情，生怕把事情闹大（第三十一回）。

晴雯有多骄傲，多没心没肺，袭人就有多憋屈，多苦大仇深。她忍无可忍，依然再忍，堪称“忍者神龟”。这倒也无可厚非，努力当姨娘，改变自己的生存处境，可以理解。

只是，活得不太有尊严而已。中国式的生存智慧，一向鼓励小不忍则乱大谋。从《三国演义》到《水浒传》，从老子以弱胜强的阴柔术到三十六计，都是人心的较量，利益的翻滚。为了活着，人人学着低眉顺眼，弯腰驼背，却一肚子心机和谋术。

袭人不只有“似桂如兰”温柔的一面。宝玉见海棠无故死了半边，便说这是凶兆，晴雯当命不久矣——

“你们那里知道，不但草木，凡天下之物，皆是有情有理的，也和人一样，得了知己，便极有灵验的。若用大题目比，就有孔子庙前之桧、坟前之蓍，诸葛祠前之柏，岳武穆坟前之松。这都是堂堂正大随人之正气，千古不磨之物。世乱则萎，世治则荣，几千百年了，枯而复生者几次。这岂不是兆应？小题目比，就有杨太真沉香亭之木芍药，端正楼之相思树，王昭君冢上之草，岂不也有灵验。所以这海棠亦应其人欲亡，故先就死了半边。”

袭人听了这篇痴话，又可笑，又可叹，因笑道：“真真的这话越发说上我的气来了。那晴雯是个什么东西，就费这样心思，比出这些正经人来！还有一说，他纵好，也灭不过我的次序去。便是这海棠，也该先来比我，也还轮不到他。想是我要死了。”（第七十七回）

听到宝玉拿孔子、诸葛亮、岳飞还有王昭君等人来比晴雯，袭人不禁动了气，说出的一番话非常冷酷。原来怯懦的绵羊，也是有獠牙的。

袭人“情切切良宵花解语”“贤袭人娇嗔箴宝玉”，可惜“枉自温柔和顺，空云似桂如兰”，最后“优伶有福”“公子无缘”。贾府败落树倒猢狲散，落了片白茫茫大地真干净，袭人最终嫁给了蒋玉菡。

幸也？不幸也？

木心谈莱蒙托夫的《当代英雄》，主角皮恰林，一个被埋没的最优秀的青年，却成为备受嘲笑的失败者。他在驿站等马车，四周无人，颓丧疲倦，一忽儿马车来了，人来了，皮恰林腰杆笔挺，健步上车，一派军官风度。

木心说：我们在世界上，无非要保持这么一点态度。

大观园就是一个有态度的世界。

四、小红的逆袭

怡红院里还有一个丫鬟小红，同样有自己的心思和欲望，也想改变自己的处境，但她跟袭人不同，是一个有态度的人。

先看倒茶事件。这一天，宝玉屋里的丫鬟们都有事出去了，只有宝玉一人，他口渴——

拿了碗向茶壶去倒茶。只听背后说道："二爷仔细烫了手，让我们来倒。"一面说，一面走上来，早接了碗过去。宝玉倒唬了一跳，问："你在那里的？忽然来了，唬我一跳。"那丫头一面递茶，一面回说："我在后院子里，才从里间的后门进来，难道二爷就没听见脚步响？"宝玉一面吃茶，一面仔细打量那丫头：穿着几件半新不旧的衣裳，倒是一头黑鬒鬒的头发，挽着个鬏，容长脸面，细巧身材，却十分俏丽干净。（第二十四回）

来倒茶的丫鬟就是小红。她原名叫林红玉，因为重了宝玉、黛玉的"玉"，就改名为小红，在怡红院里干些粗活，打扫园子、喂鸟、烧水。怡红院的丫鬟们也是分等级的，袭人是首席大丫鬟，晴雯、麝月、秋纹、碧痕次之，只有她们有资格贴身服侍宝玉，按规矩，小红是不能亲近宝玉的。

果然，很快秋纹和碧痕就抬着水回来了，她们看见小红在这里，先是紧张地四处环顾了屋内，又尽力骂了小红一番，让她照照镜子，配不配端茶倒水。

那么，小红为什么越级给宝玉倒茶呢？书中这样写——

这红玉虽然是个不谙事的丫头，却因他有三分容貌，心内着实妄想痴心的往上攀高，每每的要在宝玉面前现弄现弄。只是宝玉身边一干人，都是伶牙俐爪的，那里插的下手去。不想今儿才有些消息，又遭秋纹等一场恶意，心内早灰了一半。（第二十四回）

这么一看，似乎作者对小红评价不高。脂砚斋也有评语说小红是“奸邪婢”，不配在怡红院里（第二十七回）。其实并非如此，曹公对小红的态度是很开放的，甚至不乏赞赏，把小红的“攀高枝”行为写得别具一格、清新动人。

在怡红院里没获得破格提拔的机会，但功夫不负有心人，小红又一次抓住了机会。这次是帮王熙凤跑腿办事，她做得完整利落，还带回了平儿的一段话——

“平姐姐说：我们奶奶问这里奶奶好。原是我们二爷不在家，虽然迟了两天，只管请奶奶放心。等五奶奶好些，我们奶奶还会了五奶奶来瞧奶奶呢。五奶奶前儿打发了人来说，舅奶奶带了信来了，问奶奶好，还要和这里的姑奶奶寻两丸延年神验万全丹。若有了，奶奶打发人来，只管送在我们奶奶这里。明儿有人去，就顺路给那边舅奶奶带去的。”（第二十七回）

你分清了吗？“我们奶奶”“这里奶奶”“五奶奶”“这里的姑奶奶”“那边舅奶奶”，一共有五门子亲戚，就像绕口令一样，一般人都会被绕晕。能把这么复杂的关系说清楚，口才好，头脑也要好。

李纨就听得一头雾水，王熙凤笑了：这可是四五门子的事呢！难为这孩子说得清楚。她一下子相中了小红，说她口齿伶俐，不像有些人说话跟蚊子哼哼一样……以后就跟着我，我调理一下就更出息了。

于是，小红聪明能干，王熙凤慧眼识人，小红从最低等的小丫头跳槽成了王熙凤的贴身丫鬟。

小红不小。一个小人物能凭借自己的能力，改变自己的处境，在现代社会，她完全可以当一个职场精英。

小红甚至还收获了自己的爱情。书中有“痴女儿遗帕惹相思”和“蜂腰桥设言传心事”，这两回写她如何邂逅贾芸，如何内心思量，如何“恰好”丢了手帕，前来种树的贾芸如何捡到，她如何通过另一个丫鬟坠儿传递消息……总之，有意无意中，小红和贾芸就拉上了关系。

贾芸是谁？他是贾家的本家爷们，但父亲早逝，他跟母亲相依为命，生活贫寒。为了在荣国府找个事做，他先是去找贾琏，后来通过给凤姐送冰片麝香，谋到了在大观园种树的差事。人在屋檐下谁能不低头？为了生存，他脑子和身段都很灵活，甚至还想方设法讨好宝玉，给他送白海棠，还按照辈分称宝玉为“父亲大人”。

为了谋生低头，并不丢人，这是对生存权利的尊重。关键是跟小红一样，贾芸并无害人之心。第二十四回“醉金刚轻财尚义侠”，写贾芸遭遇吝啬舅舅卜世仁，又遇到倪二接济，贾芸应对得爽利、得体，在曹公笔下，贾芸是一个乖觉伶俐、不乏仗义的人。然而，后四十回续书把贾芸写成了一个坏人，安排他跟贾环等人合伙拐卖巧姐，恐怕是错看了贾芸。

接着说小红，你怎么看这个小丫鬟呢？

在那个时代环境下，一个小丫鬟有自己的心思和欲望，会被认为是“攀高枝”，甚至是“不安分”。比如宝钗扑蝶来到滴翠亭下，正好听见她跟坠儿说话，她是怎么判断小红的？认为她“眼空心大、头等刁钻古怪”，把她归入了“奸淫狗盗”之辈，脂砚斋也“弹幕”说她是“奸邪婢”（第二十七回）。

他们是拿传统道德来评判的，抹平个性，不承认个人的正当欲望，自然会对小红有偏见。

根据脂评的一些线索，我们知道，贾家败落后，小红还曾来狱神庙看望王熙凤等人，算是有情有义，有始有终。

《红楼梦》里的很多人物，好像都是来考验我们对人性是否有理解力的。宝玉、黛玉、晴雯、小红……都有“不安分”“不守规矩”的一面，但在大观园这个理想世界里，这些特性反而闪闪发光，充满魅力。

无他，大观园里的生命，真且美，不流于世俗。探索生命的各种可能性，让生命活得至情至性，这是大观园的价值之所在。

同样是谋生，同样是想成功，小红不鬼鬼祟祟，不搞小动作，显得更磊落更敞亮，其腾挪跌转，身段都好看，让人神清气爽。成功重要，身段更重要。毕竟在吃喝拉撒、求生求偶的动物本能之外，还有别的，比如自由，比如尊严，人才之所以为人。

小红也是有远见的。另一个丫鬟佳蕙跑来跟她抱怨说：宝玉病了这么一次，老太太说跟着的人辛苦了，都按着等儿（等级）赏了钱，别人也就罢了，姐姐你没有被赏，有点可气！小红听了——

“也不犯着气他们。俗语说的好，‘千里搭长棚，没有个不散的筵席’，谁守谁一辈子呢？不过三年五载，各人干各人的去了。那时谁还管谁呢？”这两句话不觉感动了佳蕙的心肠，由不得眼睛红了，又不好意思好端端的哭，只得勉强笑道："你这话说的却是。昨儿宝玉还说，明儿怎么样收拾房子，怎么样做衣裳，倒像有几百年的熬煎。"（第二十六回）

"千里搭长棚，没有个不散的筵席"，这是现实，但不是每个人都愿意承认这一点。可见，小红冷静有识见，看得长远。

我有时会想，如果穿越到现代社会，王熙凤、探春和小红可组成一个团队，各司其职又鼎力合作，一定会大获成功呢。

五、抗婚的鸳鸯

还有一个丫鬟鸳鸯。

她是贾母身边的首席大丫鬟，很为贾母看重，也获得了王熙凤和贾琏的尊重。

贾赦居然看上了她，想纳她为妾。而邢夫人为讨丈夫欢心，居然主动来找鸳鸯说合。她先是拉着鸳鸯的手，给鸳鸯道喜，又说——

"你知道，你老爷跟前竟没有个可靠的人……冷眼选了半年，这些女孩子里头，就只你是个尖儿，模样儿，行事作人，温柔可靠，一概是齐全的。意思要和老太太讨了你去，收在屋里。你比不得外头新买的，你这一进去了，进门就开了脸，就封你姨娘，又体面，又尊贵。你又是个要强的人，俗话说的'金子终得金子换'，谁知竟被老爷看中了你。如今这一来，你可遂了素日志大心高的愿了，也堵一堵那些嫌你的人的嘴。

跟了我回老太太去！”说着拉了他的手就要走。（第四十六回）

鸳鸯红了脸，一声也不吭，见邢夫人来拉她，就把手甩开。邢夫人还以为她害臊，然而任其怎么说，鸳鸯就是不说话不动身。邢夫人就纳闷了，说你难道不愿意？那可真是个傻丫头了，放着主子奶奶不做，反而愿意做丫头不成？见鸳鸯这个态度，邢夫人又去找鸳鸯的哥嫂，鸳鸯的嫂子急忙来说合：“可是天大的喜事。”

鸳鸯听了，先是照她嫂子脸上使劲啐了一口，指着她好一顿大骂——

“怪道成日家羡慕人家女儿作了小老婆，一家子都仗着他横行霸道的，一家子都成了小老婆了！看的眼热了，也把我送在火坑里去。我若得脸呢，你们在外头横行霸道，自己就封自己是舅爷了。我若不得脸败了时，你们把忘八脖子一缩，生死由我。”（第四十六回）

鸳鸯是所谓的“家生奴”，从生下来就是贾家的奴才。那么，在一般人的眼里，一个丫鬟给男主子做妾，成为“半个主子”，难道不是最好的出路吗？要知道，袭人可是把成为姨娘当成“争荣夸耀”的。而且，贾赦虽年龄大了点，但毕竟是荣国府的长子，还袭了爵位。

所以，在邢夫人和鸳鸯嫂子看来，当姨娘自然是荣耀，按邢夫人的说法，当姨娘“又体面，又尊贵”，认为鸳鸯肯定会一百个愿意，鸳鸯却坚拒不从。

庄子的朋友惠施，当了梁国的相国，庄子去看他，他误会庄子是来抢饭碗的，万分紧张。庄子却说：鹓雏根本不吃地上腐烂的老鼠，猫头鹰却护住不放。李商隐后来也写："不知腐鼠成滋味，猜意鹓雏竟未休。"

有人拼命维护的好处和前程，在别人看来，不过是块腐肉，哪里会稀罕！

鸳鸯就不稀罕。她看透当小老婆就是跳火坑。平儿和袭人跟她开玩笑，一个说你干脆跟老太太说，把你给琏二爷了，大老爷就不好要了；一个说给宝二爷吧。鸳鸯生了气，你们取笑我，自以为将来是做姨娘的，可是"天下的事未必都遂心如愿。你们且收着些儿，别忒乐过了头儿"！

然而，贾赦这个人一向蛮横，她一个丫鬟如何能躲得过？果然，贾赦步步紧逼，说她一定看上了宝玉，并放出狠话说鸳鸯早晚逃不过自己的手心。

鸳鸯能怎么办呢？她决定破釜沉舟，豁出去。先是假装愿意，让哥嫂带着自己去见贾母。彼时，贾母身边有很多人，王夫人、薛姨妈还有姑娘、丫鬟们，一大群人都在，鸳鸯看了，"喜之不尽"。

喜，是因为人多可以把事情搞大，开弓没有回头箭。只见她跪在贾母面前，把贾赦逼自己当小妾的事原原本本讲出来，并剪发明志：莫说是什么"宝天王""宝皇帝"，我横竖不嫁人！就是老太太逼我，我一刀抹死了，也不从命！老太太归了西，我或者寻死，或者剪了头发当尼姑去——

"若有造化，我死在老太太之先；若没造化，该讨吃的命，服侍老太太归了西，我也不跟着我老子娘哥哥去，我或是寻死，或是剪了头发当尼姑去！若说我不是真心，暂且拿话来支吾，日后再图别的，天地鬼神，日头月亮照着嗓子，从嗓子里头长疔烂了出来，烂化成酱在这里！”原来他一进来时，便袖了一把剪子，一面说着，一面左手打开头发，右手便铰。（第四十六回）

这一段话铿锵有力，我要为鸳鸯鼓掌。虽然只是一个丫鬟，鸳鸯却誓死捍卫自由和尊严，绝不低看自己，任人摆布，去当什么小老婆。她愿意为自由付出很高代价。这种刚烈的性格和独立的精神，颇有先贤“三军可以夺其帅，匹夫不可夺其志”“不义而富且贵，于我如浮云”的气概。

在一众丫鬟里，鸳鸯非常与众不同，邢夫人都说她“要强”“志大心高”，只不过邢夫人把鸳鸯的志向等同于世俗的荣耀。鸳鸯的“要强”是活得硬气，有主见，在主子面前，她也一向不卑不亢。

她虽是贾母的左膀右臂，却是一个定盘星，很有主意。第三十九回，李纨跟众人品评各屋里的丫鬟，说到鸳鸯——

“大小都有个天理。比如老太太屋里，要没那个鸳鸯如何使得。从太太起，那一个敢驳老太太的回，现在他敢驳回。偏老太太只听他一个人的话。老太太那些穿戴的，别人不记得，他都记得，要不是他经管着，不知叫人诓骗了多少去呢。那孩子心也公道，虽然这样，倒常替人说好话儿，还倒不依势欺人的。”（第

三十九回）

这段话大致可以看出鸳鸯的素日为人，贵重大气，且有原则，虽然是老太太的心腹，却从不狐假虎威，为人公正。贾母器重她，王熙凤和贾琏也高看她，不仅仅因为她是贾母身边人。在她面前，贾琏也要收敛性情，对她有十二分的尊重——

忽见鸳鸯坐在炕上，便煞住脚，笑道："鸳鸯姐姐，今儿贵脚踏贱地。"鸳鸯只坐着，笑道："来请爷奶奶的安，偏又不在家的不在家，睡觉的睡觉。"（第七十二回）

贾琏赔笑，问鸳鸯可知一个蜡油冻佛手的去处，鸳鸯听说，便道：

"老太太摆了几日厌烦了，就给了你们奶奶。你这会子又问我来。我连日子还记得，还是我打发了老王家的送来的。你忘了，或是问你们奶奶和平儿。"（第七十二回）

平儿赶紧过来说已经交过来了，放在楼上，肯定那些人忙得发昏了，没记在账上——

鸳鸯笑道："也怨不得。事情又多，口舌又杂，你再喝上两杯酒，那里清楚的许多。"（第七十二回）

从这个细节里可以看出什么？在主子面前，鸳鸯言语简练有力，态度也闲雅非常，很硬气，没一点奴才气。她的尊贵感不是来自贾母撑腰，而是源于自身。自尊自爱者，一定也能获得他人的尊重。

后四十回续书安排鸳鸯在贾母死后，上吊自杀，自杀前充满自伤自怜，矮化了鸳鸯的个性，真是败笔。

性格刚强，心气高的鸳鸯，其实也是一个温暖的人。

在园子里，她不小心遇到迎春屋里的丫鬟司棋跟表弟私会，很紧张，一下子红了脸。鸳鸯是怎么应对的？她先是想到这事非常，若捅出来，司棋一定不会有好下场，是会出人命的，于是教训了司棋几句，选择绝口不提（第七十一回）。谁知司棋的表弟惧祸逃跑了，司棋也病倒了，鸳鸯便知他们是害怕，就赶紧来找司棋，对她发誓自己绝不说出去，让她安心，不要为此妨碍了性命，司棋感激不尽（第七十二回）。

鸳鸯虽然并不认同司棋的行为，但她珍惜司棋的名声，能给予理解和包容，这是非常难得的。要知道，那个时代是规矩大过天，袭人听到宝玉对黛玉诉衷肠，就吓得魂飞魄散，判定这是“丑祸”和“不才之事”，宝钗因为小红素日有点野心，就判定她是“奸淫狗盗”之辈。

我爱鸳鸯温情又辽阔的心灵。

六、人人都爱刘姥姥

《红楼梦》写活了小人物，还有一个千里之外芥豆之微的小人物，不容忽视。

这个人就是刘姥姥。她是一个乡下老寡妇，靠两亩薄田，跟女儿女婿一起生活。女婿狗儿的祖上，曾是一个小小的京官，早年因贪慕王熙凤娘家王家的势利“连了宗”，与京城豪门有了点瓜葛。王家名望依旧，小京官却破落了，到了狗儿这一代，已经家贫难以度日。

看到女婿喝闷酒发牢骚，刘姥姥说：“守多大的饭碗儿吃多大的饭……这长安城中，遍地都是钱，只可惜没人会去拿去罢了。”既然女婿“拉硬屎”，指望不上，刘姥姥就抱着“谋事在人，成事在天”的态度，决定“舍着我这付老脸去碰一碰”。

一个精明又有见识的乡下老太太，跃然纸上。刘姥姥一来，故事就好看了。她带着外孙板儿进了城——

> 找至宁荣街。来至荣府大门石狮子前，只见簇簇轿马，刘姥姥便不敢过去，且掸了掸衣服，又教了板儿几句话，然后蹭到角门前。只见几个挺胸叠肚指手画脚的人，坐在大板凳上，说东谈西呢。刘姥姥只得蹭上来问：“太爷们纳福。”众人打量了他一会，便问：“那里来的？”刘姥姥陪笑道：“我找太太的陪房周大爷的，烦那位太爷替我请他老出来。”那些人听了，都不瞅睬，半日方说道：“你远远的在那墙角下等着，一会子他们家有人就出来的。”内中有一老年人说道：“不要误他的事，何苦耍他。”因向刘姥姥道：“那周大爷已往南边去了。他在后一带住着，他娘子却在家。你要找时，从这边绕到后街上后门上去问就是了。”（第六回）

刘姥姥先看见大门石狮子，又是簇簇轿马，又是几个看门的仆人挺胸叠肚指手画脚。她又掸了掸衣服，然后蹭到角门，赔笑问如何找到府里的管家娘子周瑞家的。先是没人理，后来终于有一个好心人指点了她。

小人物来到豪门门前，可不就是这样吗？

周瑞家的带着刘姥姥去见王熙凤。先是来到一个倒厅，过了影壁，进入院子，到了正房，掀起猩红毡帘，走进堂屋，满屋耀眼争光之物，令人头晕目眩，一脸蒙圈。自鸣钟"当当"的声音更吓得她满嘴念佛。待看见"遍身绫罗，插金戴银，花容玉貌"的平儿，以为是凤姐，倒头要拜，一听别人喊她平姑娘，才知道是一个体面的丫头。

荣国府何其"大"，刘姥姥何其"小"。小与大，贫与富，卑微与高贵，就这样相撞了。

这次，刘姥姥幸运地见到了王熙凤。王夫人让凤姐给她二十两银子，凤姐又额外添了一吊钱让她雇车，她感恩戴德喜不自胜。到第三十九回她又带着新鲜时蔬来了，背着枣子、倭瓜和野菜——

> "好容易今年多打了两石粮食，瓜果菜蔬也丰盛。这是头一起摘下来的，并没敢卖呢，留的尖儿孝敬姑奶奶姑娘们尝尝。姑娘们天天山珍海味的也吃腻了，这个吃个野意儿，也算我们的穷心。"（第三十九回）

她是来报恩的。这次更意外的是，刘姥姥居然见到了贾母，在荣国府好好玩乐了几天。两个老太太相见的一幕，写得特别有人情味。

刘姥姥进去，只见满屋珠围翠绕，花枝招展，榻上歪着一位老婆婆，身后还有一个纱罗裹的美人给她捶腿，便知这是贾母，上前行礼，并笑称："请老寿星安。"贾母回称："老亲家，你今年多大年纪了？"

一个喊"老寿星"，一个称"老亲家"，人情世故全在里面，妥了。《红楼梦》不仅有大观园里神明般的少女，还写了男人、妇人，再加上这样两个老太太，世相、众生相都有了。

贾母赞刘姥姥健朗，她笑说："我们生来是受苦的，老太太生来是享福的。若我们也这样，那些庄家活就没人作了。"贾母又自嘲是老废物，刘姥姥说这是福气，我们庄稼人想这么着也不能。贾母喜欢刘姥姥带来的土特产，刘姥姥说："这是野意儿，不过吃个新鲜，依我们想鱼肉吃，只是吃不起。"

刘姥姥句句真诚，贾母也果如平儿所言"最是惜老怜贫"，满面春风，一片善意。贾母带着刘姥姥逛大观园，还贡献了一个歇后语"刘姥姥逛大观园"，我们也得以跟着刘姥姥的视线和脚步，再一次领略了大观园的风华和气象。

为什么要安排这样一个刘姥姥进贾府呢？

通过她的眼睛，再看贾家的富贵繁华，另有一番气象。而贾家由盛至衰，她也是一个重要的见证者。根据王熙凤女儿巧姐的判词，贾家衰败后，王熙凤的女儿巧姐曾流落到烟花巷，是刘姥姥仗义救出，并把她嫁给了外孙板儿。

先来到潇湘馆。贾母见纱窗旧了，让凤姐去找一种叫"软烟罗"的纱，拿出来一看，颜色又鲜，纱又轻软。刘姥姥看呆了，连说糊窗户可惜，做衣裳多好。贾母解释：这做衣裳倒不好看。

吃了豪华筵席。刘姥姥和板儿吃得香甜，众人却都胃口不佳，各人只拣爱吃的吃一点。看见是螃蟹馅的饺子，贾母更是皱眉："油腻腻的，谁吃这个！"难怪刘姥姥感叹：你们吃这么一点，怪道风儿都吹得倒！

贾母的世界，充满趣味和审美，刘姥姥却处处看重实用性。一个精致却未免沉闷，一个粗糙但鲜活接地气，在碰撞和反差中，营造出独特的美学张力。

要开饭了，众人坐定，第一碗菜上来，贾母刚说"请"——

> 刘姥姥便站起身来，高声说道："老刘，老刘，食量大似牛，吃一个老母猪不抬头。"自己却鼓着腮不语。
>
> 众人先是发怔，后来一听，上上下下都哈哈的大笑起来。史湘云撑不住，一口饭都喷了出来；林黛玉笑岔了气，伏着桌子叫"嗳哟"；宝玉早滚到贾母怀里，贾母笑的搂着宝玉叫"心肝"；王夫人笑的用手指着凤姐儿，只说不出话来；薛姨妈也撑不住，口里茶喷了探春一裙子；探春手里的饭碗都合在迎春身上；惜春离了坐位，拉着他奶母叫揉一揉肠子。地下的无一个不弯腰屈背，也有躲出去蹲着笑去的，也有忍着笑上来替他姊妹换衣裳的，独有凤姐鸳鸯二人撑着，还只管让刘姥姥。
>
> 刘姥姥拿起箸来，只觉不听使，又说道："这里的鸡儿也俊，下的这蛋也小巧，怪俊的。我且肏攮一个。"众人方住了笑，听见这话又笑起来。贾母笑的眼泪出来，琥珀在后捶着。贾母笑道："这定是凤丫头促狭鬼儿闹的，快别信他的话了。"那刘姥姥正夸鸡蛋小巧，要肏攮一个，凤姐儿笑道："一两银子一个呢，你快尝尝罢，那冷了就不好吃了。"刘姥姥便伸箸子要夹，

那里夹的起来，满碗里闹了一阵好的，好容易撮起一个来，才伸着脖子要吃，偏又滑下来滚在地下，忙放下箸子要亲自去捡，早有地下的人捡了出去了。刘姥姥叹道："一两银子，也没听见响声儿就没了。"众人已没心吃饭，都看着他笑。（第四十回）

这席间，竟是从未有过的肆意和快活。

作为一个老牌贵族家庭，贾府里的礼节，可谓多如牛毛，武装到牙齿。上下尊卑男女之别，处处有讲究，事事有规矩，穿的是雀金裘，摆的是嵌着慧纹的紫檀透雕，糊窗户的是软烟罗，吃酒、听戏、打牌……只是，文化过于精致，生命被裹在层层的规矩中，有窒息的风险。像"茄鲞"一样，因为烹调过程过于精细，反而丧失了原本的茄子味。

府里的人心更是散乱，从主子到奴才，个个都揣着小算盘，明争暗斗，拉帮结派。邢夫人对王夫人、王熙凤充满怨怼；贾赦在中秋之夜，说偏心母亲的笑话，刺痛了贾母；赵姨娘则满怀失意者的嫉恨；贾琏一有机会就偷鸡摸狗，在鲍二家的面前咒凤姐……探春说：咱们还是一家子人呢，一个个不像乌眼鸡似的，恨不得你吃了我，我吃了你。

刘姥姥黄土地一般的粗粝气质，饱满圆润的生命状态，照出了这个大家庭的另外一面：苍白无趣、暮气沉沉。贫与富，卑微与显赫，拙朴与精致，世人一向偏爱后者。但刘姥姥一来，这两个世界相互碰撞，也相互照见，界限似乎变得模糊不清了。

刘姥姥善于自嘲，懂得放低姿态，不把自己当回事，穷而不酸。

丫鬟端来大荷叶式的翡翠盘子，里面有各色折枝菊花，贾母拣了朵大红的簪在头上。凤姐拉过刘姥姥，将一盘子花横三竖四地插了她一头，众人哄笑。刘姥姥笑道：不知道修了什么福，今儿也体面起来了。众人笑道：这个凤姐，把你打扮成老妖精了！她笑嘻嘻说道：

> “我虽老了，年轻时也风流，爱个花儿粉儿的，今儿老风流才好。”（第四十回）

谁不喜欢这样的老人家呢？她不拧巴不焦虑不怨恨，接纳自己也谅解别人。孔子说子路：“衣敝缊袍，与衣狐貉者立，而不耻者，其由也与！”是说子路即使穿着破袍子，跟穿狐皮大衣的人站在一起，也不自卑。刘姥姥也担得起这样的褒扬。

饭毕，她看着李纨与凤姐对坐着吃饭，叹道：“我只爱你们家这行事，怪道说‘礼出大家’。”凤姐和鸳鸯赶紧道歉：您可别多心，刚才大家闹着玩呢。刘姥姥却说：

> “姑娘说那里的话，咱们哄着老太太开个心儿，可有什么恼的！你先嘱咐我，我就明白了，不过大家取个笑儿。我要心里恼，也就不说了。”（第四十回）

全是体谅。她内心明白着呢，也敞亮着呢。

正因刘姥姥心怀善意，当后来贾府大厦倾覆，家族败落，凤姐被休，巧姐被狠舅奸兄卖到烟花巷时，是她，倾家荡产救出了巧姐。巧姐的判词上画着一座荒村野店，一美人在纺绩：“偶因济刘氏，巧得遇恩人。”正是在刘姥姥的帮助下，巧姐逃离火坑，嫁给了板儿。

刘姥姥虽是个庄稼人，却有春秋时代“士”之古风，食君之禄忠君之事，赴汤蹈火在所不辞。

连巧姐这个名字也是刘姥姥起的。王熙凤说这孩子身体不好，刘姥姥说：富贵人家的孩子太娇嫩了，姑奶奶以后少疼她些就好了。凤姐便让她给孩子起个名字，一来借老人家的寿，二来贫苦人起名字，好养。大姐生于七月初七，刘姥姥建议：索性“以毒攻毒，以火攻火”，就叫巧哥。必长命百岁，遇难成祥，逢凶化吉！

这是第四十二回，贾家还在全盛期。王熙凤不会想到，自己偶然一个善念，会为自己唯一的女儿结下善果；谁都不会想到，居然将来有一天，要靠这个被当成“老篾片”的乡下老太太去拯救他们。兴与衰、达与穷、富与贫，一切都非永恒不变，乐极悲生物极必反，无常才是常态。

细节里就有命运的密码。在探春屋里，板儿拿了一个金灿灿的佛手，巧姐看见，便扔下手里的柚子，要板儿的佛手，丫鬟赶紧把柚子给了板儿玩。而板儿看见“这柚子又香又圆，更觉好顽，且当球踢着玩去，也就不要佛手了”。

此处脂砚斋提醒我们：“柚子，即今香团之属也，应与缘通。佛手者，正指迷津者也。以小儿之戏，暗透前后通部脉络，隐隐约约，毫无一丝漏泄，岂独为刘姥姥之俚言博笑而有此一大回文字哉？”“香团”应为“香橼”之误。又香又圆又不能吃的柚子，就是俗今的“香橼”了，“橼”通“缘”，暗示板儿和巧姐之间有奇异的缘分；佛手呢，又意在指点迷津，指向命运与拯救。

两个只会玩闹的小儿女，在不知不觉中缔结了姻缘，命运真是神奇又残忍。多年以后，在乡间守着几亩薄田、一架纺车的巧姐，繁华富贵俱为前尘往事，她还会想起这一个时刻吗？

《红楼梦》里，这样苍茫迷离的命运感，始终弥漫其间。在巨大的命运面前，个体显得格外渺小。

再回到刘姥姥这里，她其实还是一个段子手。

她一边喝茶，一边说乡村见闻，众人听得入了迷，觉得比说书先生还精彩。讲完了肚里的存货，老太太和姑娘们还个个意犹未尽，她只好开始杜撰：

> "我们村庄上种地种菜，每年每日，春夏秋冬，风里雨里，那有个坐着的空儿，天天都是在那地头子上作歇马凉亭，什么奇奇怪怪的事不见呢。就像去年冬天，接连下了几天雪，地下压了三四尺深。我那日起的早，还没出房门，只听外头柴草响。我想着必定是有人偷柴草来了。我爬着窗户眼儿一瞧，却不是我们村庄上的人。"（第三十九回）

贾母忍不住插嘴：一定是过路的客人，抽去烤火！她笑道：并不是。原来是一个十七八岁极标致的小姑娘，梳着溜油儿光的头，穿着大红袄儿，白绫子裙儿，在雪下抽柴呢。刚说到这里，故事却被打断，原来是南院子马棚走了水。

刘姥姥又讲了另一个故事，一个老太太感动了神佛，让她重得一个孙子。好的故事，能说到听众的心坎里，果然，贾母和王夫人触景生情，格外爱听，这故事就像为她们量身定做一般。

刘姥姥真是妙人。行酒令时，湘云说"闲花落地听无声"，宝钗说"双双燕子语梁间"，黛玉说的是"良辰美景奈何天"……连贾母都很文艺，说的是"六桥梅花香彻骨"。刘姥姥却说的是"大火烧了毛毛虫""花儿落了结个大倭瓜""一个萝卜一头蒜”。

她的世界，风吹雨打，春华秋实，养育一切，也接纳一切。

玩了几天，刘姥姥要回家了。贾家人给了她很多东西，有青纱和月白纱，有茧绸，有两匹绸子做衣裳。盒子里装着各色点心。原先装瓜果的两个袋子也装满了东西，一袋是御田粳米，一袋是各种果子和干果子。另外还有王夫人给的一百两银子，王熙凤给的八两，让她回去做个小本买卖。另外平儿和鸳鸯又给了一些东西和衣裳，堆了半炕头，刘姥姥念佛不止。

平儿还贴心告诉她：咱们都是自己人，到年下，你只把你们晒的那个灰条菜干子和豇豆、扁豆、茄子、葫芦条儿各种干菜带些来，我们这里都爱吃这个。

在深宅大院里，在富贵生活里泡得太久，需要的是外面的新鲜空气和大地的气息。

这中间还有一个插曲。贾母带刘姥姥逛大观园，吃完酒席，还去妙玉的栊翠庵喝了茶。刘姥姥吃得多，又喝了一肚子东西，一个人找地方去小解。在园子里却迷了路，七弯八拐，走进了一个地方。

只见锦笼纱罩，金彩珠光，还有一面大穿衣镜，她不小心触动机括，又进了一个门，门里却有一副床帐，是天下最精致的所在。酒醉之人，便一歪身，睡倒在床上。待袭人进来，听见鼾齁如雷，闻得酒屁臭气，却见刘姥姥扎手舞脚，在床上酣睡。不由得大惊失色，连忙推醒她，再三叮嘱她保密，又悄悄整理好床铺，再拿百合香熏上。

曹公为何要让刘姥姥来到宝玉的卧房撒野？

我们又一次随着刘姥姥见证了怡红院的奢华，还看见了以前没有见过的墙壁地砖、穿衣镜和精致的床幔，宝玉卧房的富丽精致震撼了刘姥姥，她还以为这个天宫一样的地方是哪个小姐的绣房。一听到是宝二爷的卧房，吓得一声也不敢吭。

如果宝玉知道真相，刘姥姥曾这样“荼毒”过自己的卧房，会怎么反应？

曹公笔下的人，个个是多面体：贾母“享福人福深还祷福”，儿孙绕膝尚觉不足；宝钗总要当道德模范，珍重芳姿，且行且累；妙玉躲进小楼成一统，孤芳自赏却心怀纠结；探春因为庶出，心事重重；王熙凤贪心太盛，聪明反被聪明误；而黛玉，还开刘姥姥的玩笑，说她是“母蝗虫”，对外面的世界，她所知甚少。

唯有宝玉内心无碍，最为通达。他天真、热情，有赤子之心，对整个世界温柔以待。这样的人，怎会嫌弃刘姥姥？刘姥姥透彻明理，心怀慈悲，正因为如此，她雪下抽柴的故事，她讲的茗玉，才能打动他。

对世界有爱与体谅的人，会相互辨认。即使一个是乡野俗妇，一个是富贵公子。

第十讲

《红楼梦》的艺术

一、《红楼梦》里的人与人情世故

鲁迅先生在《中国小说史略》一书中，这样评价《红楼梦》："其要点在敢于如实描写，并无讳饰，和从前的小说叙好人完全是好，坏人完全是坏的，大不相同，所以其中所叙的人物，都是真的人物。总之自有《红楼梦》出来以后，传统的思想和写法都打破了。"

他独具慧眼，把《红楼梦》定位为"人情小说"。

《红楼梦》对人性和人情世态的描摹，可谓精细入微，可以说是中国人和中国生活的宝典。

随便翻开一页，比如第二十三回，彼时，元妃降旨让宝玉和众姐妹都搬到大观园去住，贾政命人叫来宝玉，叮嘱他用心学习后，王夫人便问宝玉有无吃药，宝玉回答说每晚袭人打发他吃——

> 贾政问道："袭人是何人？"王夫人道："是个丫头。"贾政道："丫头不管叫个什么罢了，是谁这样刁钻，起这样的名字？"王夫人见贾政不自在了，便替宝玉掩饰道："是老太太起的。"贾政道："老太太如何知道这话，一定是宝玉。"宝玉见瞒不过，只得起身回道："因素日读诗，曾记古人有一句诗云：'花气袭人知昼暖'。因这个丫头姓花，便随口起了这个名字。"王夫人忙又道："宝玉，你回去改了罢。老爷也不用为这小事动气。"贾政道："究竟也无碍，又何用改。只是可见宝玉不务正，专在这些秾词艳赋上作工夫。"说毕，断喝一声："作业的畜生，还不出去！"王夫人也忙道：

"去罢，只怕老太太等你吃饭呢。"宝玉答应了，慢慢的退出去，向金钏笑着伸伸舌头，带着两个嬷嬷一溜烟去了。（第二十三回）

贾政也曾年轻过，"诗酒放诞"过，听到"袭人"这个名字，自然知道是宝玉干的。王夫人一味袒护宝玉，贾政哪里会信。宝玉不敢隐瞒，贾政呢？也有内心柔软时，便没再追究，王夫人和宝玉如遇大赦……日常生活的褶皱里，藏着每个人的性情。

第十九回宝玉让茗烟带自己偷偷溜到袭人的父母家，袭人看见先是大吃一惊，众人自是不敢怠慢——

袭人笑道："你们不用白忙，我自然知道。果子也不用摆，也不敢乱给东西吃。"一面说，一面将自己的坐褥拿了铺在一个杌上，宝玉坐了；用自己的脚炉垫了脚；向荷包内取出两个梅花香饼儿来，又将自己的手炉掀开焚上，仍盖好，放与宝玉怀内；然后将自己的茶杯斟了茶，送与宝玉。

……

又伸手从宝玉项上将通灵玉摘了下来，向他姊妹们笑道："你们见识见识。时常说起来都当希罕，恨不能一见，今儿可尽力瞧了。再瞧什么希罕物儿，也不过是这么个东西。"说毕，递与他们传看了一遍，仍与宝玉挂好。（第十九回）

留意袭人的举动——她先告诉家人不必瞎忙活，又拿出"自己的"坐缛、"自己的"脚炉、"自己的"手炉、"自己的"茶杯，一连拿了四个“自己的”东西给宝玉。又摘下宝玉的美玉传给姊妹们看。这些动作，都透露了袭人的心思，她这是在炫耀自己跟宝玉的关系不寻常呢。本来家里人正商量要赎袭人出来，一看这个情况，就明白怎么回事了，不再提赎她一事。通过人物的举止，呈现人物的内心，没有任何多余的心理描写，也没有旁白，但一个有小心思的袭人就立起来了。

细节里有神灵。

普希金曾这样评价莎士比亚和莫里哀：“莎士比亚所创造的人物，不像莫里哀的人物那样，是某种情欲、某种恶习的典型，却是充满着许多情欲、许多恶习的活生生的人物；各种情况在观众面前展现了他们的多彩的和多方面的特征。”

莫里哀式的人物，其实就是评论家E. M. 福斯特说的“扁形人物”——好人全好，坏人则一坏到底，性格单纯、鲜明。

莎士比亚笔下的就是“圆形人物”——钻石的切面越多越闪耀，人物的人格切面越多，就越精彩。哈姆雷特为何迟迟不复仇？福斯塔夫是不是坏蛋？李尔王、奥赛罗、麦克白为何如此悲惨？这些人物都能经得起文学、哲学、心理学甚至社会学的层层阐释，成为说不尽的经典文学形象。

《红楼梦》之前的小说，写的多为“扁平人物”。《三国演义》里的曹操是枭雄，突出一个“奸”字，刘备是明主，“仁”字当先，诸葛亮独占一个“智”字，张飞是“莽”的代言人，关羽是“忠义”的化身；《水浒传》里宋江心思深沉，李逵口直性粗，林冲内向隐忍，鲁智深热忱率直……他们都有主导型人格，一眼就能看穿。

《红楼梦》里的人物却很复杂。为什么这么多年来，黛钗之争都没有结论，因为她们的人格是立体的，多层次的；王熙凤让人又爱又恨，有深刻又强大的灵魂；被称为“诗疯子”的湘云，一向光风霁月，但她也劝宝玉走经济仕途；晴雯美丽又骄傲，却野嘴烂舌讨人嫌；袭人忠心耿耿，却也心思深沉；贾母集温暖和权威于一身；贾政严肃呆板，也有呆萌时刻……人人都是复杂的多面体。

笔法“狡猾”

曹雪芹可能是中国小说史上最“狡猾”的作者。为什么？一方面很多人都认定《红楼梦》是其自传，书中似乎处处有他和他的家族的痕迹；另一方面，他又把自己隐藏得很深，如羚羊挂角，无迹可寻。

《红楼梦》之前的小说，作者都是全知全能的上帝——人物的心理活动、性格特点、密室内的悄悄话都白纸黑字明明白白交代了，读者读起来也很轻松。但曹雪芹放弃了上帝视角，他更像一个无孔不入的摄像机，只负责拍下生活的原生态，不旁白，不解说，拒绝附加说明，好像是专门来考验读者的耐心和理解力的。

第七十七回王夫人雷霆出击，把怡红院里的晴雯、芳官和四儿都撵了出去，因为怕她们把宝玉带坏了。连丫头们私下里说的悄悄话，她也知道，还指着四儿骂她不怕臊，在背地里说同日生日就是夫妻的话。“我身子虽不大来，我的心耳神意时时都在这里。”宝玉见此情景，也不敢说什么。

王夫人走后，宝玉哭着说：“我究竟不知晴雯犯了何等滔天大罪！”袭人说——

“太太只嫌他生的太好了，未免轻佻些。在太太是深知这样美人似的人必不安静，所以恨嫌他，像我们这粗粗笨笨的倒好。”宝玉道：“这也罢了。咱们私自顽话怎么也知道了？又没外人走风的，这可奇怪。”袭人道：“你有甚忌讳的，一时高兴了，你就不管有人无人了。我也曾使过眼色，也曾递过暗号，倒被那别人已知道了，你反不觉。”宝玉道：“怎么人人的不是太太都知道，单不挑出你和麝月秋纹来？”

袭人听了这话，心内一动，低头半日，无可回答，因便笑道：“正是呢。若论我们也有顽笑不留心的孟浪去处，怎么太太竟忘了？想是还有别的事，等完了再发放我们，也未可知。”（第七十七回）

那么，袭人是不是那个告密者呢？曹公不明说，宝玉的一句反问，袭人的回答，引发了读者的各种猜测——有人说不是她，应该是另一个丫头秋纹；也有人说就是她，因为宝玉挨打后袭人去向王夫人表忠心，说了一番话，后来被大家戏谑为“西洋花点子哈巴儿”（第三十七回），这就暗示她是王夫人的心腹。

但终究是推测。人心如海，曹雪芹把推理的权利交给读者。他不仅特意隐藏自己的态度，还故布疑阵，把读者引向纵横交错的花园小径，一不小心就迷了路。E. M. 福斯特在他那本著名的《小说面面观》里说：“对读者推心置腹、妄充知己，将人物的一切和盘托出：这就等于是在心智和情感方面的双重自我贬低。你是试图通过跟读者称兄道弟来掩饰你作为创造者的种种不足。”

说白了，讨好读者的作家，其实就是写作能力欠缺；事事都要说明白的作家，也低估了读者的心智。第二十八回“薛宝钗羞笼红麝串”，元春赏赐家人端午节礼物，黛玉跟迎春、探春和惜春的礼物一样，唯有宝钗和宝玉多了两样，宝玉一度疑心送错了。这一回，曹公罕见地写了宝钗的心理活动——

> 薛宝钗因往日母亲对王夫人等曾提过“金锁是个和尚给的，等日后有玉的方可结为婚姻”等语，所以总远着宝玉。昨儿见元春所赐的东西，独他与宝玉一样，心里越发没意思起来。幸亏宝玉被一个林黛玉缠绵住了，心心念念只记挂着林黛玉，并不理论这事。（第二十八回）

且慢，宝钗真的“总远着宝玉”了？真的“心里越发没意思起来”了？这需要读者自己去推理了。综合书中各个细节，会发现根本不是这回事，宝钗着实没少去怡红院串门，为此还曾引得晴雯发牢骚：有事没事就来坐着，让人深更半夜睡不着觉（第二十六回）。至于宝玉戴的那块“美玉”，宝钗是相当留意的，就连莺儿在怡红院打络子，她也建议不如给通灵宝玉络上，用金线配着黑珠儿线编织最好（第三十五回）。

在写宝钗时，曹公的笔法尤其含蓄、狡猾，有很多留白之处。“绣鸳鸯梦兆绛芸轩”这一回也值得细读，这一次，宝钗又来到怡红院，在宝玉身旁代袭人绣宝玉的鸳鸯肚兜——

> 这里宝钗只刚做了两三个花瓣，忽见宝玉在梦中喊骂说：“和尚道士的话如何信得？什么是金玉姻缘，我偏说是木石姻缘！”薛宝钗听了这话，不觉怔了。（第三十六回）

宝钗心里怎么想呢？伤心？惊讶？不在乎？但作者只写她“不觉怔了”，冰山只露尖尖一角，留下大片空白在水平面下，靠读者自行脑补。在他笔下，人物行事，万物自然生长，绝对不会有上帝视角强行入戏。读这样的书，读者得调动自己的阅历、理解力和想象力去填补文本的留白。

没有对比就没有伤害，不如拿后四十回续书的一段来较个高低——

> 且说宝玉上学之后，怡红院中甚觉清净闲暇。袭人倒可做些活计，拿着针线要绣个槟榔包儿，想着如今宝玉有了工课，丫头们可也没有饥荒了。早要如此，晴雯何至弄到没有结果？兔死狐悲，不觉滴下泪来。忽又想到自己终身本不是宝玉的正配，原是偏房。宝玉的为人，却还拿得住，只怕娶了一个利害的，自己便是尤二姐香菱的后身。素来看着贾母王夫人光景及凤姐儿往往露出话来，自然是黛玉无疑了。那黛玉就是个多心人。想到此际，脸红心热，拿着针不知戳到那里去了，便把活计放下，走到黛玉处去探探他的口气。（第八十二回）

续作者是全知全能的说书人，生怕读者看不懂，把角色的内心解释得明明白白，处处都说得很透，袭人的心思袒露无遗。不仅低估了读者的智识水平，也丧失了前八十回含蓄、节制的美感，文字很啰唆，叙事很平庸。随便翻开续书，就会发现类似问题，第九十二回续作者写宝玉正跟巧姐讲《列女传》，突然呆住了——

（巧姐）见宝玉呆呆的，也不敢再说。

你道宝玉呆的是什么？只因柳五儿要进怡红院，头一次是他病了不能进来，第二次王夫人撵了晴雯，大凡有些姿色的，都不敢挑。后来又在吴贵家看晴雯去，五儿跟着他妈给晴雯送东西去，见了一面，更觉娇娜妩媚。今日亏得凤姐想着，叫他补入小红的窝儿，竟是喜出望外了。所以呆呆的想他。（第九十二回）

唯恐读者不明白，续作者又不厌其烦用旁白解释了。

《红楼梦》对读者是有要求的，读这本书可别想偷懒。意大利作家翁贝托·艾柯写了一部《玫瑰的名字》，以佶屈聱牙闻名。他给小说设置了极高的门槛，曾不客气地说，如果读者无法越过他设置的"门槛"，那就停在那里好了。无独有偶，曹雪芹也压根不想讨好读者，他这样说："诸公若嫌琐碎粗鄙呢，则快掷下此书，另觅好书去醒目。"（甲戌本第六回）读不下？那就别读了，去读那些猎奇故事吧。

那些猎奇的故事，非常浅俗，读起来毫不费力，但读完之后，相信我，不会有什么智识上的增益。

人情世故

曹雪芹还擅长借用他人的视角，从旁观者的角度看书中的人物。

比如对贾宝玉这个人，曹雪芹很少跳出来评价他，但我们知道在世人的眼里，宝玉是什么样的——从冷子兴、贾雨村，到薛宝钗、史湘云和袭人，再到贾母，宝玉就是"色鬼""正邪两赋之人”“无事忙”“富贵闲人”“女孩儿投错了胎”；王夫人说他是“混世魔王”；傅秋芳家的两个婆子见宝玉自己被烫了手，反问玉钏疼不疼，就说宝玉是傻子无疑了；仆人兴儿说宝玉没有主子的样子……群众的眼睛未必是雪亮的，他们无法理解一个特别的灵魂。

贾母说王熙凤是“泼皮破落户”“凤辣子”，还喊他“猴儿猴儿”，溺爱之情溢于言表。但下人们说起王熙凤来可就完全不同了，“明里一把火，暗里一把刀”“少说也有一万个心眼子”“心里歹毒，口里尖快”……哪一个是真正的王熙凤呢？也许都不是，也许都是。

这些不同的视角，其实是对人类生存境遇的还原——众声喧哗，每个人都深陷于人际网络，没人能逃离他人的眼光和评判。人群组成了雅克·拉康意义上的“他者”，所以，萨特说“他人就是地狱”。

第五十七回发生了两个大事件，一是“慧紫鹃情辞试忙玉”，一是“慈姨妈爱语慰痴颦”。先是紫鹃为了试探宝玉对黛玉是否真心，假称黛玉要回苏州老家去，宝玉一开始并不相信，奈何紫鹃说得头头是道——

> “我们姑娘来时，原是老太太心疼他年小，虽有叔伯，不如亲父母，故此接来住几年。大了该出阁时，自然要送还林家的。终不成林家的女儿在你贾家一世不成？”（第五十七回）

急怒之下，宝玉回到怡红院就“死”过去了，惊动了整个贾府。老太太搞清楚了事情原委，原来是因为紫鹃说了这样的话。宝黛这样的情形，等于把爱情昭告天下，而众人的反应非常耐人寻味。首先发话表态的是贾母和薛姨妈——

贾母流泪道："我当有什么要紧大事，原来是这句顽话。"又向紫鹃道："你这孩子素日最是个伶俐聪敏的，你又知道他有个呆根子，平白的哄他作什么？"（第五十七回）

在那个时代，他们的爱情注定得不到祝福，但宝玉的婚事是个大事，长辈们也各有各的心思。

贾母是支持黛玉，还是支持宝钗？既然贾母不便明说，就要靠读者综合分析了。王熙凤是老太太的"跟屁虫"，最了解贾母的心思。她曾跟黛玉开玩笑说喝了我家的茶，为啥不做我家的媳妇，又跟贾琏说将来宝玉和林姑娘，一娶一嫁……从这里看出，她是认定黛玉的。接着再看贾母对黛玉的态度，自然是关爱有加，也曾说出"两个玉儿可恶""不是冤家不聚头"，内心是把宝黛当成一对的。但她很难下决心，毕竟宝玉的婚事关系家族的未来，也要尊重贾政和王夫人的心意。所以，此时此刻她也只能这么说了。

最值得分析的是薛姨妈，她是这样说的——

"宝玉本来心实，可巧林姑娘又是从小儿来的，他姊妹两个一处长了这么大，比别的姊妹更不同。这会子热刺刺的说一个去，别说他是个实心的傻孩子，便是冷心肠的大人也要伤心。这并不是什么大病，老太太和姨太太只管万安，吃一两剂药就好了。"（第五十七回）

薛姨妈的心思根本不用猜。刚来到荣国府,“金玉姻缘”之说就传出来了,“金锁是个和尚给的,等日后有玉的方可结为婚姻”(第二十八回)。薛姨妈应对的策略,就是把宝黛极力说成是兄妹情深,这样就可以摆脱“爱情”嫌疑,最后轻描淡写地说没啥要紧,吃一两剂药就好了。

你以为事情至此就结束了吗?没有,还有一出“慈姨妈爱语慰痴颦”呢。这场风波过后,薛姨妈和宝钗先后来到黛玉的潇湘馆,彼时,黛玉跟宝钗已经亲如姐妹。拉家常时,提到了岫烟刚刚许配给薛蝌这件事——

> 薛姨妈道:“我的儿,你们女孩家那里知道,自古道‘千里姻缘一线牵’。管姻缘的有一位月下老人,预先注定,暗里只用一根红丝把这两个人的脚绊住,凭你两家隔着海,隔着国,有世仇的,也终久有机会作了夫妇。这一件事都是出人意料之外,凭父母本人都愿意了,或是年年在一处的,以为是定了的亲事,若月下老人不用红线拴的,再不能到一处。比如你姐妹两个的婚姻,此刻也不知在眼前,也不知在山南海北呢。”(第五十七回)

这话有弦外之音,尤其是“年年在一处的,以为是定了的亲事,若月下老人不用红线拴的,再不能到一处”。细品,这不正是在暗示宝黛二人吗?黛玉也许没听出来,但我们掌握的信息比黛玉多,能听出这话意在言外。

随后宝钗伏在薛姨妈怀里腻歪,薛姨妈也摩挲着女儿,甚是母女情深,黛玉在一旁看了,有点心酸也有点羡慕。薛姨妈解释说自己其实也很心疼黛玉，只是怕别人说闲话，平时不好表现出来而已。黛玉便说那我认姨妈当妈吧，宝钗却跳出来阻止，开玩笑说自己哥哥已相中黛玉，所以不能叫妈。又建议薛姨妈跟老太太要黛玉做媳妇，薛姨妈说——

"连邢女儿我还怕你哥哥遭踏了他，所以给你兄弟说了。别说这孩子，我也断不肯给他。前儿老太太因要把你妹妹说给宝玉，偏生又有了人家，不然倒是一门好亲。前儿我说定了邢女儿，老太太还取笑说：'我原要说他的人，谁知他的人没到手，倒被他说了我们的一个去了。'虽是顽话，细想来倒有些意思。我想宝琴虽有了人家，我虽没人可给，难道一句话也不说。我想着，你宝兄弟老太太那样疼他，他又生的那样，若要外头说去，老太太断不中意。不如竟把你林妹妹定与他，岂不四角俱全？"（第五十七回）

这段话里信息量太大了。老太太为啥放着宝钗不提，要撮合宝琴和宝玉？而薛姨妈明明是支持"金玉姻缘"的，为啥又偏偏主动说要把黛玉说给宝玉，这不是给自己挖坑吗？果然，紫鹃听见了——

紫鹃忙也跑来笑道："姨太太既有这主意，为什么不和太太说去？"薛姨妈哈哈笑道："你这孩子，急什么，想必催着你姑娘出了阁，你也要早些寻一个小女婿去了。"紫鹃听了，也红了脸，笑道："姨太太真个倚

老卖老的起来。”（第五十七回）

薛姨妈绝对没想到紫鹃会跑来挑明，等于是被紫鹃当场将了一军。但她是何等老辣，迅速掉转话头揶揄起了紫鹃，以打哈哈的方式蒙混过了关。旁边的婆子们也跟着说这主意不错，姨太太有空跟老太太说了才是。薛姨妈回答：“我一出这主意，老太太必喜欢的。”很显然是敷衍，是给自己一个台阶下，她当然不会跟老太太说。

在这个很家常很平淡的场景里，其实有很多说不出来的秘密。人心的奥秘就藏在这里。

有人说，这是慈爱的姨妈抚慰孤女黛玉，完全一片好心；有人说薛姨妈就是一个家族政治家，刚刚“慧紫鹃情辞试忙玉”，她就说月下老人的故事，这不是给宝黛爱情判死刑吗；至于撮合宝玉和黛玉，完全是一本正经地胡说八道！母女俩一唱一和，可怜的黛玉被骗得晕头转向。

读者猜来猜去，曹公笑而不语。他为啥不能写明白点？因为这就是中国生活和中国式人情世故，言笑晏晏里藏着中国人的社交和人心。

美国人类学家爱德华·霍尔用“高语境文化”和“低语境文化”来说明人类文化的差异，后者更注重语言本身，而前者更注重语言之外的上下文背景，而不是只聚焦语言。就是说，最重要的不是说出来的，而是没说出来的，而且有些话根本不用说出来，大家都心知肚明、心照不宣。

曹雪芹是典型的中国作家，没人比他更了解中国人和中国生活。《红楼梦》“大旨谈情”，其情不仅仅是宝黛爱情，还有“人情”。“世事洞明皆学问，人情练达即文章”，宝玉最讨厌这两句话，但对很多人而言，这是最高明的生存智慧。

鲁迅说《红楼梦》真实，认为书中“都是真的人物”。要我说，还有真的故事、真的人生。真，是因为那琐细非常的日常就是千百年来我们曾经拥有过、如今还在经历的生活。表面波澜不惊，实则静水深流，潜隐着闷雷和旋涡。

曹雪芹以极大的耐心和功力，用文字编织了一个庞大又幽微的人情之网。或工笔描画，或泼墨写意，或特意留白，言有尽而意无穷。脂评说曹雪芹善用“史笔”，史笔就是“春秋笔法”，是“微而显，志而晦，婉而成章”。所以，在表层的文字之外，还有另外一部《红楼梦》。能看到多少，就看读者自己的能耐了。

小说家毕飞宇在《小说课》里说：“你一定要说曹雪芹有多么大的小说技巧，不见得。他没有读过《文学概论》，也没有读过《小说修辞学》。什么是技巧？小说本身没有什么技巧，如果一定要说有，都在世俗人情里头。是生活复杂的线性赋予了小说的跌宕，而不是相反。所谓技巧，在我的眼里无非就是作品反映出生活的质地、来龙与去脉，或形似，或神似。得‘像’。怎么才能‘像’，作家不通世俗人情是不行的。我只能说，曹雪芹懂，曹雪芹通。”

二、诗词里的性格与命运

书中有大量韵文，包括赋、诔、诗、词，以及对联，而且大观园有诗社，另外，元宵节的灯谜，日常娱乐看的戏，都巧妙融入散文化的日常生活中。

小说是讲故事的艺术，讲究的是叙事技巧，而诗词注重韵律，两者本质上不同。在叙事里加入诗词歌赋，是一种诗化的写作手法，《红楼梦》之前的小说里也有，不过，在这些小说里，诗词通常是点缀，跟小说的情节是“剥离”的，删掉也无妨。

比如跟《红楼梦》关系最近的《金瓶梅》，写于明中后期，书中西门庆和应伯爵等人在饭局上，听各种流行小曲，西门庆的后院里也经常有女先生来唱曲子，属于市民娱乐，但除了潘金莲让丫鬟唱的《佳期重会》，重阳节李瓶儿点的《紫陌红尘》，跟人物性格和情节发展有强关联，其他曲子可有可无，绣像本《金瓶梅》干脆就删掉了大部分的诗词和曲子，内容反而更简净了。《镜花缘》写数位才女聚会赋诗，参加科举，讲解深奥的文字游戏，她们个个诗才出众，但写出来的诗却缺乏个人气质，一看都是作者一个人代笔，难免有炫才之感。

在《红楼梦》里，诗词歌赋并非可有可无，里面有人物的性格和命运。先来看第一次的海棠诗，黛玉写的是——

半卷湘帘半掩门，碾冰为土玉为盆。
偷来梨蕊三分白，借得梅花一缕魂。
月窟仙人缝缟袂，秋闺怨女拭啼痕。
娇羞默默同谁诉，倦倚西风夜已昏。（第三十七回）

宝钗笔下的海棠是这样的——

珍重芳姿昼掩门，自携手瓮灌苔盆。
胭脂洗出秋阶影，冰雪招来露砌魂。

淡极始知花更艳，愁多焉得玉无痕。
欲偿白帝凭清洁，不语婷婷日又昏。（第三十七回）

诗言志，诗里有诗人的精神气质。一个半卷湘帘，一个白天且要把门关好；一个倦倚西风，一个拒绝多愁；一个娇羞默默，孤独而自由，一个洁身自好，期待回报；一个是自然的人，一个是社会的人。用李纨的话说，黛玉的诗“风流别致”，宝钗则“含蓄浑厚”，前者突出的是浪漫和灵气，后者以道德和身份胜出，整首诗四平八稳，像“年终汇报”。

《世说新语·贤媛》里有一则故事：“谢遏绝重其姊，张玄常称其妹，欲以敌之。有济尼者，并游张、谢二家，人问其优劣，答曰：‘王夫人神情散朗，故有林下风气；顾家妇清心玉映，自是闺房之秀。’”谢遏即谢玄，他称赞的姐姐就是谢道韫，谢道韫嫁的是王羲之之子王凝之，故为王夫人。按济尼的判断，王夫人散淡爽朗，有竹林七贤的气度；张玄的妹妹夫家姓顾，故为顾家妇，是内心清明、本质如玉的大家闺秀。

黛玉是“堪怜咏絮才”，跟谢道韫是同路人。宝钗更像顾家妇，属于大家闺秀。再看菊花诗，黛玉写的是《问菊》——

欲讯秋情众莫知，喃喃负手叩东篱。
孤标傲世偕谁隐，一样花开为底迟？
圃露庭霜何寂寞，鸿归蛩病可相思？
休言举世无谈者，解语何妨片语时。（第三十八回）

在秋风中，她负手叩东篱，在自己的精神世界体会秋天与秋情。一句“孤标傲世偕谁隐，一样花开为底迟”，用湘云的话来说：真个把菊花问住了。宝钗写的是《画菊》——

诗馀戏笔不知狂，岂是丹青费较量。
聚叶泼成千点墨，攒花染出几痕霜。
淡浓神会风前影，跳脱秋生腕底香。
莫认东篱闲采掇，粘屏聊以慰重阳。（第三十八回）

整首诗都气度娴雅，淡定从容，又因为有充足的道德自信，所以内心笃定，对未来充满期待。

黛玉和宝钗的诗，都有自己的个性烙印。大观园里的诗人还有宝玉、湘云、探春、宝琴、李纹和李绮，后来香菱也学会了写诗。她们的诗，就是她们的性格和气质。黛玉写了一首《桃花行》，宝玉读了流下泪来。宝琴骗他说是她写的，宝玉不信，说这断非蘅芜体，因为林妹妹经过离丧，诗中才有如此哀音（第七十回）。

连刘姥姥都“口占一绝”过。贾母带刘姥姥逛大观园摆宴席，照例要行酒令。黛玉脱口说出“良辰美景奈何天”“纱窗也没有红娘报”，口无遮拦。刘姥姥说的是“大火烧了毛毛虫”“一个萝卜一头蒜”“花儿落了结个大倭瓜”，可太接地气了。按刘姥姥自己的说法，这是“我们庄家人现成的本色”（第四十回）。

每个人都有自己的本色，刘姥姥有她的专属气质，薛蟠也有，“哼哼韵”就是一绝，粗而直白，虽不学无术倒也别具性情。

一个人写很多首诗并不难。要知道，历史上多产的诗人不少，陆游就写过几千首，难的是以不同的性情和声气写出不同的诗。《红楼梦》里的诗，当然都是曹雪芹代笔，却没有他的个人痕迹。看来，伟大的作家都有“精分”体质。

第六十四回黛玉写了五首诗:“我曾见古史中有才色的女子,终身遭际令人可欣可羡可悲可叹者甚多。今日饭后无事,因欲择出数人,胡乱凑几首诗以寄感慨。”

西　施

一代倾城逐浪花,吴宫空自忆儿家。
效颦莫笑东村女,头白溪边尚浣纱。

虞　姬

肠断乌骓夜啸风,虞兮幽恨对重瞳。
黥彭甘受他年醢,饮剑何如楚帐中。

明　妃

绝艳惊人出汉宫,红颜命薄古今同。
君王纵使轻颜色,予夺权何畀画工?

绿　珠

瓦砾明珠一例抛,何曾石尉重娇娆。
都缘顽福前生造,更有同归慰寂寥。

红　拂

长揖雄谈态自殊,美人具眼识穷途。
尸居馀气杨公幕,岂得羁縻女丈夫。(第六十四回)

单纯看诗,未必有多高明,不如《葬花吟》和《秋窗风雨夕》。但这五首诗很重要,因为诗里有黛玉对女性命运的观照,而西施、虞姬、王昭君、绿珠的遭际,是男权制度下绝色女子的普遍命运。对她们的惋惜,并把红拂誉为“女丈夫”,超越了传统道德和性别的藩篱,并以此表达了黛玉的自我认同和矫矫不群。宝玉一下子就看懂了,不由分说就题上了《五美吟》。

有趣的是，作者还特意让宝钗在诗前诗后进行了评议。黛玉不希望宝玉把这些诗传出去，宝钗随声附和，又化身诗评家，说好诗“要善翻古人之意”，自古写王昭君，有悲挽她的，有怨恨毛延寿的，有讥讽汉帝的，唯有王安石和欧阳修写的王昭君有新意，而“林妹妹这五首诗，亦可谓命意新奇，别开生面了”。自然，她评议的前提是女性的自我修养——

> “自古道‘女子无才便是德’，总以贞静为主，女工还是第二件。其馀诗词，不过是闺中游戏，原可以会可以不会。咱们这样人家的姑娘，倒不要这些才华的名誉。”（第六十四回）

其实这五首诗最突出的并非才华，而是超卓的价值观，显然宝钗没看懂。

《红楼梦》的诗也埋伏着命运。第五回的判词和十二支《红楼梦》曲子，还有第二十二回的灯谜，第六十二回的酒令和第六十三回的花签……虽然各自独立，相互之间却存在着呼应，共同指向了命运。比如宝钗作的灯谜是——

> 朝罢谁携两袖烟，琴边衾里总无缘。
> 晓筹不用鸡人报，五夜无烦侍女添。
> 焦首朝朝还暮暮，煎心日日复年年。
> 光阴荏苒须当惜，风雨阴晴任变迁。（第二十二回）

这首诗的谜底是更香。更香一寸寸燃烧，焦首又煎心，隐喻的是宝钗空洞的婚姻生活。宝玉过生日，众人玩射覆的游戏，恰好宝玉跟宝钗掷了同样的点数，成了对家。宝钗覆了一个“宝”字，宝玉知道她射的是自己的通灵宝玉，便说——

> “姐姐拿我作雅谑，我却射着了。说出来姐姐别恼，就是姐姐的讳‘钗’字就是了。”众人道：“怎么解？”宝玉道：“他说‘宝’，底下自然是‘玉’了。我射‘钗’字，旧诗曾有‘敲断玉钗红烛冷’，岂不射着了。”（第六十二回）

“敲断玉钗红烛冷”，红烛是冷的，玉钗是断裂的，预示了宝钗冷寂的未来，跟更香一起，对应的是第五回的“空对着山中高士晶莹雪”和“意难平”。

让我们来细读第六十三回“寿怡红群芳开夜宴”，这是一次小型的生日宴，也是大观园最后一次热闹聚会。在这一回里，曹公把谶语运用得天衣无缝，出神入化。

这天是宝玉的生日，巧了，平儿、岫烟、宝琴也是同天生日。白天热闹过了，袭人、晴雯等人出了份子钱，要晚上再来一次小型生日聚会。掌灯时分，宝玉迫不及待要关上院门。但好事多磨，先是林之孝家的来查夜，叮嘱他们早睡明儿早起，否则，“不是个读书上学的公子了，倒像那起挑脚汉了”，又拿起长辈的范儿来，教他们生活礼仪。

这一行人终于走了。大家团团围坐，宝玉说天热，大家不必穿得太正式，不如脱掉外套，又把黛玉、宝钗、探春、李纨和宝琴也都请了来。

先是掣花签。晴雯拿了一个竹雕的签筒来，里面装着象牙花名签子。宝钗先抓了花签，签上画着一枝牡丹，题着“艳冠群芳”，下面又有一句唐诗“任是无情也动人”。大家都笑说：你也原配牡丹花。宝玉只管拿着签，口中颠来倒去念“任是无情也动人”。

“群芳开夜宴”跟梦游太虚幻境一样，也是大型剧透。每一个花签，每一句诗，都是命运。探春摇的花签是“杏花”，写着“瑶池仙品”和“日边红杏倚云栽”，还注明：“得此签者，必得贵婿，大家恭贺一杯，共同饮一杯。”大家笑道：“我们家已有了个王妃，难道你也是王妃不成。”预示着探春将会“和亲”式远嫁，跟判词里的“清明涕送江边望，千里东风一梦遥”，以及元宵节的灯谜“风筝”相呼应。

李纨抽到的是一枝老梅，上面写有“霜晓寒姿”和“竹篱茅舍自甘心”，注明“自饮一杯”。她笑了：“我只自吃一杯，不问你们的废与兴。”乍一看，曹雪芹对李纨的评价很高，毕竟老梅在中国文化里一直象征着高洁。但这句诗摘自宋朝王淇的《梅》，这首诗另有机杼：“不受尘埃半点侵，竹篱茅舍自甘心。只因误识林和靖，惹得诗人说到今。”林和靖是北宋的隐士，终身未娶，在西湖孤山结庐而居，因为喜欢梅花，留下一个典故“梅妻鹤子”。一般人提到他，总会羡慕他的隐逸生活，但诗人王淇不以为然，说他有借梅花扬名之嫌。

这提醒我们去审视李纨的一生：她克己复礼，节欲守贞，可是寂寞又苍凉，即使留下清名又如何？这样的人生并不值得赞美。后来贾家败落，贾兰高中科举，李纨当了诰命夫人，可谓守得云开见月明，却很快就死去了，又是一场悲剧。

湘云的花签是海棠，写着“香梦沉酣”和“只恐夜深花睡去”，诗句出自苏轼的《海棠》，原诗后面还有一句“故烧高烛照红妆”，这是唯恐美景不再，点着蜡烛也要欣赏，极力要把眼前的美景拉长。这很符合湘云的天真烂漫，她不想长大，一直保持着孩子般的心性。然而，再如何珍惜，时光也是要流走的。

麝月抽到的是荼蘼花，上有“韶华胜极”四字，且有“开到荼蘼花事了”——

> 注云：“在席各饮三杯送春。”麝月问怎么讲，宝玉愁眉，忙将签藏了，说：“咱们且喝酒。”（第六十三回）

荼蘼花是春天最后的花，荼蘼花开过之后，人间再无芬芳。暗示荣国府败落后，麝月不离不弃，一直陪伴着宝玉和宝钗。“花事了”和“送春”这样的词不太吉利，宝玉不想败兴，遂把花签藏了。“送春”正好呼应秦可卿给王熙凤的托梦：“三春去后诸芳尽，各自须寻各自门。”“花事了”和“诸芳尽”之后，便会迎来“白茫茫大地真干净”。

每个人的花签，都代表着她们的性格和归宿。本来欢乐的生日宴会，却始终弥漫着命运的阴霾。

轮到香菱掣花签了，她拿到的是“并蒂花”，写有“连理枝头花正开”，很喜气是不是？其实这首诗来自宋代女诗人朱淑贞的《落花》，后面紧跟的一句是“妒花风雨便相催”，暗示薛蟠娶了夏金桂之后，香菱将被折磨而死。

终于轮到黛玉了，女主角的命运竟然姗姗来迟。似乎对未来有预感，她有点小紧张：“不知还有什么好的被我掣着方好。”她的花签上是一枝芙蓉，题着“风露清愁”，后面写着“莫怨东风当自嗟”，注云：“自饮一杯，牡丹陪饮一杯。”众人笑说：“这个好极。除了他，别人不配作芙蓉。”黛玉也自笑了。这句话出自欧阳修的《和王介甫明妃曲》，是诗中最后一句，前有“狂风日暮起，飘泊落谁家？红颜胜人多薄命”，东风不与她，有的是狂风和日暮，这个世界不适合她居住。黛玉的结局是“泪尽而逝”，这是她的命运，也是她的选择。

最后掣花签的是袭人，花签上是一枝桃花，“桃红又是一年春”，题曰“武陵别景”。这句诗出自宋代谢枋得《庆全庵桃花》，前面有一句“寻得桃源好避秦”，意味着袭人没有跟着贾家破败而流落，而是另有出路。第二十八回宝玉在酒席上遇到戏子蒋玉菡，两人相互爱慕。蒋玉菡送给宝玉一条血点似的大红汗巾子，宝玉转赠蒋玉菡一条松花汗巾，其实这汗巾原是袭人给宝玉的。宝玉又把蒋玉菡送给自己的汗巾，转赠给了袭人。根据第五回的判词“堪羡优伶有福，谁知公子无缘”，便知贾家败落后，袭人嫁给了蒋玉菡。

芳官为祝寿唱的《赏花时》，来自汤显祖的《邯郸记》，说的是吕洞宾在邯郸一个客店里，遇到卢生，给了他一个神奇的枕头，卢生枕着睡着了。梦里娶妻生子中举当官，一辈子跌宕起伏，但都逢凶化吉，最后位及丞相，八十而终，遂了他毕生心愿：“大丈夫当建功树名，出将入相，列鼎而食，选声而听，宗族茂盛，方可言得意。”却猛然醒来。原来是梦里过了一生，现实中店家的黄粱饭还没做熟，方悟功名富贵皆为梦幻泡影，于是随吕洞宾飘然而去。

卢生醒了，宝玉和他的大观园却不愿意醒来，这一切都那么美，然而“最是人间留不住，朱颜辞镜花辞树”，该来的还是会来。这场“寿怡红群芳开夜宴”，是良辰美景里的盛宴，哀音却不绝于缕，在曲词、花签、诗谶中，命运提前到来。

彼时，贾家一路下坡，已经露出下世的光景。乐极悲生，人非物换，寿宴刚过，死亡来袭，同一回里便是“死金丹独艳理亲丧”，接着就是尤氏姐妹先后自杀，桃花社未成，《桃花行》和《柳絮词》都充溢哀音……大观园开始进入萧瑟的冬天。这竟是大观园最后一次欢聚。

不知不觉，众人把酒喝完了，便各自倒下睡了——

> 大家黑甜一觉，不知所之。及至天明，袭人睁眼一看，只见天色晶明，忙说："可迟了。"向对面床上瞧了一瞧，只见芳官头枕着炕沿上，睡犹未醒，连忙起来叫他。宝玉已翻身醒了，笑道："可迟了！"因又推芳官起身。那芳官坐起来，犹发怔揉眼睛。袭人笑道："不害羞，你吃醉了，怎么也不拣地方儿乱挺下了。"芳官听了，瞧了一瞧，方知道和宝玉同榻，忙笑的下地来，说："我怎么吃的不知道了。"宝玉笑道："我竟也不知道了。若知道，给你脸上抹些黑墨。"说着，丫头进来伺候梳洗。
>
> 宝玉笑道："昨儿有扰，今儿晚上我还席。"袭人笑道："罢罢罢，今儿可别闹了，再闹就有人说话了。"宝玉道："怕什么，不过才两次罢了。咱们也算是会吃酒了，那一坛子酒，怎么就吃光了。正是有趣，偏又没了。"袭人笑道："原要这样才有趣。必至兴尽了，反无后味了。昨儿都好上来了，晴雯连臊也忘了，我记得他还唱了一个。"四儿笑道："姐姐忘了，连姐姐还唱了一个呢。在席的谁没唱过！"众人听了，俱红了脸，用两手握着笑个不住。（第六十三回）

原来昨晚人人都这么畅快，这么肆意，晴雯和袭人也都唱了曲，大家想起来都红了脸，抚着脸笑了起来。这场夜宴，照亮了她们的青春，让她们在窄迫的环境里，拥有了片刻的奔放和自由。在写众芳群像时，曹雪芹不忘给小丫头芳官一个特写——

当时芳官满口嚷热，只穿着一件玉色红青酡绒三色缎子斗的水田小夹袄，束着一条柳绿汗巾，底下是水红撒花夹裤，也散着裤腿。头上眉额编着一圈小辫，总归至顶心，结一根鹅卵粗细的总辫，拖在脑后。右耳眼内只塞着米粒大小的一个小玉塞子，左耳上单带着一个白果大小的硬红镶金大坠子，越显的面如满月犹白，眼如秋水还清。引的众人笑说："他两个倒像是双生的弟兄两个。"（第六十三回）

芳官是个小戏子，没有什么过人之处，但在曹雪芹的笔下，她也是大观园的女儿，天真烂漫，青春充盈，也是"水作的骨肉"，代表了人类的纯真年代。只有她们，才可以做"小王子"的朋友。

作者喜欢透露人物的命运，但又不想人一眼看穿，于是通过谜语、诗谶等文字游戏来暗示。谶语是一种带有预言性质的隐语，可预示吉凶。《红楼梦》里有物谶，比如袭人的汗巾、宝玉的通灵宝玉、宝钗的金锁。至于花签上的诗属于诗谶，此外，还有谜谶、戏谶。

《红楼梦》里对谶语的应用无处不在。香菱跟芳官、荳官斗草玩，拿出一枝"夫妻蕙"："有并头结花的为夫妻蕙。"荳官就反问："若是两枝背面开的，就是仇人蕙了。"（第六十二回）不经意间，就透露了香菱的命运：跟薛蟠“夫妻”终成“仇人”。

刘姥姥为巧姐取名得“巧”，说“遇难成祥，逢凶化吉”，是一语成谶（第四十二回）。尤氏劝凤姐吃酒的戏语也为谶：“过了后儿，知道还得像今儿这样不得了？”（第四十四回）暗伏盛筵难再，凤姐结局悲惨。通过谶语，撒下命运大网，埋下大厦将倾的伏笔，于繁华中照见败落，于欢乐间洞见悲凉。这样一来，全书都笼罩着命运的影子，而读者由此亲证一个世族的衰败。

第十八回元妃省亲，点了四出剧目，对应着四个结局。脂砚斋评《豪宴》伏贾府之败，《乞巧》伏元妃之死，《仙缘》乃甄宝玉送玉，《离魂》影黛玉之死。第二十九回贾母带众人去清虚观打醮，在神佛前拈了三个戏——

> 贾珍一时来回：“神前拈了戏，头一本《白蛇记》。”贾母问：“《白蛇记》是什么故事？”贾珍道：“是汉高祖斩蛇方起首的故事。第二本是《满床笏》。”贾母笑道：“这倒是第二本上？也罢了。神佛要这样，也只得罢了。”又问第三本，贾珍道：“第三本是《南柯梦》。”贾母听了便不言语。（第二十九回）

前两出戏都是走上坡路，贾母自然笑了。《南柯梦》跟《邯郸记》主旨一样，功名利禄都不持久，最后“到头一梦，万境归空”。贾母听了便不自在。这三个戏暗示贾府的兴起、极盛、衰亡。

这种谶语式的技巧，也是“草蛇灰线，伏脉千里”——一条蛇穿过草丛，不会留下脚印，但总会留下轻微的痕迹；一条线拖过炉灰，也会留下淡淡的印记。用在小说里就是“伏笔”，埋下了隐约的线索，轻易不会被发现，但一旦注意到它，就会领略到其中的意蕴非凡，豁然开朗。

三、诗意从哪里来

《红楼梦》是典型的诗化小说。

什么是诗？儒家认为诗能教化人心，维持人心的秩序。海德格尔却认为，诗是最危险的活动，因为诗人通达玄机，诗可以让人“诗意地栖居在这片大地之上”。真正的诗人，能揭示人的本真性存在，即生命本来应该的样子。海德格尔曾在《抒情之现代性》中发问：在贫困时代，诗人何为？他认为人不断沉沦于世，而诗人是开口说出真相的那一个。难怪柏拉图要把诗人驱除出他的理想国。

大观园里的诗是海德格尔意义上的诗。诗和诗社，让这些少女从卑琐的现实和人群中超拔而出，无限接近本真。

第四十八回“慕雅女雅集苦吟诗”，宝钗邀请香菱进大观园小住。香菱一心想要学诗，黛玉主动当引路人，拿给她一本《王摩诘全集》，并把适合学习的诗画上红圈，告诉她——

> “且把他的五言律读一百首，细心揣摩透熟了，然后再读一二百首老杜的七言律，次再李青莲的七言绝句读一二百首。肚子里先有了这三个人作了底子，然后再把陶渊明、应玚、谢、阮、庾、鲍等人的一看。你又是一个极聪敏伶俐的人，不用一年的工夫，不愁不是诗翁了！”（第四十八回）

黛玉果然是个好老师。挑的诗人都是一流的。当香菱说

"重帘不卷留香久，古砚微凹聚墨多"好的时候，黛玉却断然告诉她：不可学这样浅俗的诗，格局太小。还说写诗虽讲究平仄虚实格律，但有了奇句可以不按规矩来，立意为上，意趣要真。辞藻终究是工具，意趣才是目的，"不以辞害意"。香菱很快就看完了参考书——

> 只见香菱笑吟吟的送了书来，又要换杜律。黛玉笑道："共记得多少首？"香菱笑道："凡红圈选的我尽读了。"黛玉道："可领略了些滋味没有？"香菱笑道："领略了些滋味，不知可是不是，说与你听听。"黛玉笑道："正要讲究讨论，方能长进。你且说来我听。"
>
> 香菱笑道："据我看来，诗的好处，有口里说不出来的意思，想去却是逼真的。有似乎无理的，想去竟是有理有情的。"黛玉笑道："这话有了些意思，但不知你从何处见得？"香菱笑道："我看他《塞上》一首，那一联云：'大漠孤烟直，长河落日圆。'想来烟如何直？日自然是圆的。这'直'字似无理，'圆'字似太俗。合上书一想，倒像是见了这景的。若说再找两个字换这两个，竟再找不出两个字来。再还有'日落江湖白，潮来天地青'，这'白''青'两个字也似无理。想来，必得这两个字才形容得尽，念在嘴里倒像有几千斤重的一个橄榄。还有'渡头馀落日，墟里上孤烟'，这'馀'字和'上'字，难为他怎么想来！我们那年上京来，那日下晚便湾住船，岸上又没有人，只有几棵树，远远的几家人家作晚饭，那个烟竟是碧青，连云直上。谁知我昨日晚上读了这两句，倒像我又到了那个地方

去了。”（第四十八回）

香菱学诗，已经成了中学课本里的经典片段。表面上看，香菱是在谈感想，其实也是在谈梦想，谈她心中的诗和远方。诗对于黛玉和香菱而言，不仅是表达的工具，更是生命存在的方式。

在《红楼梦》里，香菱是最无辜最命苦的一个。她本来是甄士隐的女儿甄英莲，备受疼爱，父亲是恬淡的乡绅，一家子幸福美满，没想到她幼年被拐卖，被人贩子卖给冯渊，以为自己逃离苦海，却又被贪心的人贩子转卖给薛蟠。结果，薛蟠打死冯渊，抢走了她，她从此改名为香菱。一路所遇非人，她却能在来京的路上，看见岸边乡村里的炊烟，碧青碧青的，连云直上。她的生命深处，有折挫不掉的诗意。

精诚所至，金石为开，她终于在梦中得到一首好诗，众人夸赞，宝玉更是拍手大赞：真是地灵人杰，老天生人再不虚赋情性的。从此，香菱在精神上就真的是大观园里的人了。

日常生活的诗化

《红楼梦》里诗意沛然，就连日常生活也有诗的韵律。丫鬟小红“越轨”来帮宝玉倒茶，宝玉留心到这个干净俏丽的丫鬟，第二天宝玉早起，隔着纱屉子向外看，不见小红，便出了房门——

只装着看花儿，这里瞧瞧，那里望望，一抬头，只见西南角上游廊底下栏杆上似有一个人倚在那里，却恨面前有一株海棠花遮着，看不真切。只得又转了一

步，仔细一看，可不是昨儿那个丫头在那里出神。待要迎上去，又不好去的。（第二十五回）

此处脂砚斋评曰："余所谓此书之妙，皆从诗词中翻出者，皆系此等笔墨也。试问观者，此非'隔花人远天涯近'乎？"脂砚斋的意思是，这个场景其实是从曲词中脱化而出的，"隔花人远天涯近"出自《西厢记》，在《红楼梦》里就被具体化为日常小景。跟着脂砚斋的指引，可以看出同一回里黛玉倚着房门出神，化的是"闲倚绣房吹柳絮"；黛玉信步出来，看阶下新迸出的稚笋，乃翻"笋根稚子无人见"之意也。前者来自李商隐，后者是杜甫的诗句。

黛玉独处时，会想起《西厢记》里的词，"点苍苔白露泠泠"；脱口吟出"每日家情思睡昏昏"，也是崔莺莺的独白；她隔着月洞门和纱窗逗鹦鹉，是《花间集》里常见的情形。

大观园里最华美的场景，自然少不了这样巧妙的脱化。比如，第四十九回"琉璃世界白雪红梅"，宝玉和宝琴披着鹤氅站在雪地里，正是"石立玉童披鹤氅……琉璃云母世间无"，这是唐代诗人元稹《酬乐天雪中见寄》里的画面。根据学者统计，类似借用诗词曲赋的诗化场景，在书中竟有二三百处之多，总能召唤出读者的文化记忆。

第五十八回宝玉看到杏花落了，结了小小的杏子，又感慨岫烟订了婚，想到了杜牧的"绿叶成荫子满枝"。第四十回黛玉看见满池的残荷，说起李商隐的"留得残荷听雨声"。至于宝玉写给晴雯和黛玉的《芙蓉女儿诔》，致敬的是《招魂》和《离骚》。

第二十三回"西厢记妙词通戏语，牡丹亭艳曲警芳心"，宝玉和众姐妹刚刚搬到大观园，百无聊赖之际，宝玉偷偷拿了《会真记》，来到沁芳闸桃树下诵读。正是阳春三月"东风日暖闻吹笙"，落花成阵，落在宝玉身上。他于心不忍，用衣襟兜起落花，撒落水中。这时，黛玉扛着花锄来了，让他把落花埋在土里，葬完花，二人开始共读《西厢记》——

林黛玉把花具且都放下，接书来瞧，从头看去，越看越爱看，不到一顿饭工夫，将十六出俱已看完，自觉词藻警人，馀香满口。虽看完了书，却只管出神，心内还默默记诵。（第二十三回）

这一幕，正是"身无彩凤双飞翼，心有灵犀一点通"。彼时，他们刚刚搬进大观园，桃树下共读西厢，张生和崔莺莺的故事嵌入了宝黛的爱情空间里，时间已悄然隐退，诗意永存。

小说是讲故事的，"叙事文侧重于表现时间流中的人生经验，或者侧重在时间流中展现人生的履历"，把人和事都放在时间里去呈现，这是一个动态的过程。抒情诗不一样，是直接抓住存在的瞬间，去"描绘静态的人生本质"（《中国叙事学》）。叙事和抒情往往是冲突的，顾随就这样讲评李商隐："日常生活是平凡的，故写诗时必加梦的朦胧美。二者是冲突的，而大诗人能做到，使之成美的梦，有梦的美。李商隐能做到。"

让日常生活的叙事具有梦的朦胧美，曹雪芹也能做到。以韵文入小说世界，便成独特的诗化小说。风吹哪页看哪页，都能感受文字内在的韵律，当下即永恒。

宝玉走后，黛玉一个人走在园子里，听到梨香院里传来的歌声——“原来姹紫嫣红开遍，似这般都付与断井颓垣”“良辰美景奈何天，赏心乐事谁家院”“则为你如花美眷，似水流年”，不觉心动神摇。又闻“你在幽闺自怜”，越发如醉如痴，站立不住，再细嚼“如花美眷，似水流年”八个字的滋味，又联想到“水流花谢两无情”“流水落花春去也，天上人间”“花落水流红，闲愁万种”这些伤逝之句，她不觉心痛神痴，眼中落泪。

有人解释这体现了黛玉“忧郁、孤独、思念家乡的愁绪”，这样理解就太实在了。书中人被戏中情打动，书中人也感染了读书的人，春天、爱情、良辰、美景、落花、流水、闲愁、唐诗、李煜、崔莺莺和杜丽娘，从时间深处缓缓走来，一起营造了诗性的精神空间。这是最个人化的时刻，黛玉的爱情和生命意识空前觉醒。

每一个心怀爱情的人，都能被这样的时刻感动。

器物、居所的精神性

第一回里僧人（茫茫大士）说：“历来几个风流人物，不过传其大概以及诗词篇章而已；至家庭闺阁中一饮一食，总未述记。”这是作者借书中人物之口，批评传统小说缺少实在的生活感。

传统小说不关注日常生活，关注的是非常态的非凡的传奇人事。发现日常生活的价值，并赋予其光芒，是《金瓶梅》和《红楼梦》的伟大创见。写日常比写传奇更难，这需要更大的耐心与更精微的审美。《金瓶梅》写的是市井生活，热气腾腾，而《红楼梦》写人物和故事，除了高度的写实功力，还有以假乱真的笔法，器物居所、一草一木，历历在目，无一处没有来历，但又难以触摸，亦真亦幻。

第六回里，刘姥姥在周瑞家的引领下，来见王熙凤，掀开猩红毡帘，只见满屋耀眼争光之物，让人头晕目眩——

> 只听见咯当咯当的响声，大有似乎打箩柜筛面的一般，不免东瞧西望的。忽见堂屋中柱子上挂着一个匣子，底下又坠着一个秤砣般一物，却不住的乱幌。刘姥姥心中想着："这是什么爱物儿？有甚用呢？"正呆时，只听得当的一声，又若金钟铜磬一般，不防倒唬的一展眼。接着又是一连八九下。（第六回）

"咯当咯当"的声音是自鸣钟发出的，这属于舶来品，一般飞不到寻常百姓家，有地位有权势的家族才有。宝玉屋里的穿衣镜，老太太珍爱的"慧纹"，怡红院里的"女儿棠"，栊翠庵里的红梅花，香菱手里的"夫妻蕙"……体现的都是身份、地位和性情。

很多人都说《红楼梦》是现实主义小说。现实主义的概念来自现代文学，可追溯到巴尔扎克和高尔基，讲究对现实的高度还原和再现——可以按图索骥，连一颗钉子都不会出错，逼真得纤毫毕见。据说有人根据老舍笔下的描写，去寻访北京的老胡同，发现小说里写的胡同，包括店铺、树木都能找得到。

不过，《红楼梦》的真实可能并不是我们理解的现实主义，而是"取其事体情理"（第一回），不追求历史的真实。按王熙凤说的材料和做法来做一道茄鲞？做荷叶莲蓬汤？如今各种红楼宴，做出的味道都不一样，因为这些美食根本无法原汤原汁地还原。

《红楼梦》的"真实"不是对现实亦步亦趋的再现或模仿，

而是曹雪芹以天才的想象力，创造了一个红楼宇宙。这个宇宙明明是虚构的，是空中楼阁，却无比真实，以至于很多人孜孜不倦寻求红楼里的秘事、大观园园址，并为贾家到底在北京还是南京争论不休，却不知《红楼梦》里真实的是人心、情理和境遇，这是更高级的真实。

《红楼梦》集现实和浪漫为一体，既有绵密细致的日常生活，也有诗的意境。

说到“意境”，这是一个著名的诗学概念。什么是意境？一般认为是“情景交融”。“意境”的重点不是“境”而是“意”，“意”属于诗人的心灵体验，包括“丰富的人生感、历史感、宇宙感”。诗人丰沛的主观性带动了万事万物，天色阴晴、日出日落、月圆月缺、花开花落，皆染上诗人的“意”。在意境中，心与物、人与自然、主观与客观是交融的，可谓“心外无物”。

一位友人曾指着岩中花树问王阳明：如果真的心外无物，那么这株在深山中自开自落的花树和我的心究竟有什么关系呢？是啊，这岩中花树自开自落，不为尧存，不为桀亡，难道它没长在岩中，倒是长在我心里不成？王阳明这样回答：你没看到它的时候，它与你的心同归于寂；你来看到它，花的颜色便一下子明朗起来，所以说此花不在你的心外。这并非否认岩中花树的存在，而是强调人和物、人和自然的互动。

冯友兰在《中国哲学简史》里认为，这个故事表达了王阳明独特的宇宙观：“宇宙是一个精神的整体，其中只有一个世界，就是我们自己经验到的这个具体的实际世界。”当人注视岩中花树，就跟它建立了精神关联，它就具有了审美意义，人也成为审美的人。在诗歌里，自然山水、日常瞬间、器物用品都被赋予了情感，才有把酒问月，临水自怜。

曹雪芹也擅长用器物、自然物营造“意境”，在意境中，人和物毫无隔膜，浑然一体。

在《红楼梦》里，人物的居所就是意境，是个体精神的外溢。

潇湘馆里有“千百竿翠竹遮映”，“一进院门，只见满地下竹影参差，苔痕浓淡”，“竹”不仅仅是植物，更是文化符号，是精神象征，对应着高洁、超然的文化品性。竹子尤为魏晋名士所爱，前有竹林七贤，后有王子猷爱竹情深，曾言：“何可一日无此君！”黛玉当初挑选这里，是因为：我爱那几竿竹子。宝玉拍手赞同：合了我的主意了，我也要叫你那里住（第二十三回）。黛玉风流袅娜，有咏絮才，颇有林下之风，而潇湘馆里凤尾森森，龙吟细细，人和环境相互辉映。

潇湘馆后院还有大株的梨花和芭蕉。梨花也是文化符号，意指冰清玉洁，是“总向风尘尘莫染”（黄庭坚），“孤洁本无匹”（庞铸）；也代表了清冷不俗，黛玉喜散不喜聚，在孤独中享受着自由。

芭蕉并非潇湘馆独有，怡红院也有，园子里还有一个“芭蕉坞”，但潇湘馆里的芭蕉和竹子、梨花一起，会让人联想到“芭蕉不展丁香结”（李商隐）。黛玉“听窗外竹梢蕉叶之上，雨声淅沥，清寒透幕，不觉又滴下泪来”（第四十五回），雨打在芭蕉叶上，更添伤感。

潇湘馆不再是单纯的物质空间，而是诗意的精神空间。沿着潇湘馆“两边翠竹夹道，土地下苍苔补满，中间羊肠一条石子漫的路”，进了黛玉的屋子——

窗下案上设着笔砚，又见书架上磊着满满的书，刘姥姥道："这必定是那位哥儿的书房了。"贾母笑指黛玉道："这是我这外孙女儿的屋子。"刘姥姥留神打量了黛玉一番，方笑道："这那像个小姐的绣房，竟比那上等的书房还好。"（第四十回）

刘姥姥有眼光，能看出这不像小姐的绣房，没有甜腻的脂粉气。贾母见窗纱旧了，便让凤姐拿出银红色的"霞影纱"来糊窗子。这纱又轻又薄又软，远看就像烟雾一般，衬着院子里的翠竹，黛玉"半卷湘帘半掩门"，又浪漫又高级——

林黛玉便回头叫紫鹃道："把屋子收拾了，撂下一扇纱屉；看那大燕子回来，把帘子放下来，拿狮子倚住；烧了香就把炉罩上。"（第二十七回）

竹子、梨花、芭蕉、大燕子、竹影、苍苔、鹦鹉、月洞窗、软烟罗、葬花词、《西厢记》……这些符号承载的文化信息，丰美动人。按照海德格尔的概念，这不再只是"生存"空间，而成了精神性的"存在"之所。

同样，宝钗的蘅芜苑也富含着文化密码。潇湘馆简净明澈，如同黛玉的人格，蘅芜苑却是另一个风格，九曲回肠，内藏乾坤。且看贾政带着宝玉游览省亲别墅——

便见一所清凉瓦舍，一色水磨砖墙，清瓦花堵。那大主山所分之脉，皆穿墙而过。

贾政道："此处这所房子，无味的很。"因而步入门时，忽迎面突出插天的大玲珑山石来，四面群绕各式石块，竟把里面所有房屋悉皆遮住，而且一株花木也无。只见许多异草：或有牵藤的，或有引蔓的，或垂山巅，或穿石隙，甚至垂檐绕柱，萦砌盘阶，或如翠带飘飘，或如金绳盘屈，或实若丹砂，或花如金桂，味芬气馥，非花香之可比。贾政不禁笑道："有趣！只是不大认识。"有的说："是薜荔藤萝。"贾政道："薜荔藤萝不得如此异香。"宝玉道："果然不是。这些之中也有藤萝薜荔。那香的是杜若蘅芜，那一种大约是茝兰，这一种大约是清葛，那一种是金簦草，这一种是玉蕗藤，红的自然是紫芸，绿的定是青芷。想来《离骚》《文选》等书上所有的那些异草，也有叫作什么藿蒳姜荨的，也有叫作什么纶组紫绛的，还有石帆、水松、扶留等样，又有叫什么绿荑的，还有什么丹椒、蘼芜、风连。如今年深岁改，人不能识，故皆像形夺名，渐渐的唤差了，也是有的。"（第十七回至十八回）

从表面上看，蘅芜苑相当寡淡，连贾政都说"无味的很"。而且一进门就有一块玲珑大石遮住了众人视线，让人不明就里，这是不是暗示宝钗的性格特别复杂，一眼望不到底呢？

蘅芜苑的院子没有花木，只有奇珍异草，贾政都不认识。偏宝玉有"歪才情"，说《离骚》和《文选》里有这些异草。《离骚》的作者是屈原，爱用杜若蘅芜这些香草自比清洁和高贵，"香草美人"的诗学传统亦由此而来。到了第四十回，贾母带众人游览大观园——

一同进了蘅芜苑，只觉异香扑鼻。那些奇草仙藤愈冷愈苍翠，都结了实，似珊瑚豆子一般，累垂可爱。及进了房屋，雪洞一般，一色玩器全无，案上只有一个土定瓶中供着数枝菊花，并两部书，茶奁茶杯而已。床上只吊着青纱帐幔，衾褥也十分朴素。（第四十回）

奇草仙藤是愈冷愈苍翠，都结了果实。走进屋内，则“雪洞一般”，只有床、床幔、茶具，唯一的装饰品是土定瓶，插着数枝菊花，一冷到底。现在看，这就是四面落白、水泥地面的高级极简风。极简，是乍一看几乎没有装修，甚至显得非常简陋，其实这种清冷的效果，要花很多心思才能做出来，属于低调的奢华。

再看宝钗，她吃着冷香丸，住着雪洞般的屋子，平时“不爱花儿粉儿的”，穿着半新不旧的衣服，做着针黹女红，“任是无情也动人”……在大观园这个青春王国里（蒋勋语），显得格外心事重重，老气横秋。

再来看探春的秋爽斋——

探春素喜阔朗，这三间屋子并不曾隔断。当地放着一张花梨大理石大案，案上磊着各种名人法帖，并数十方宝砚，各色笔筒，笔海内插的笔如树林一般。那一边设着斗大的一个汝窑花囊，插着满满的一囊水晶球儿的白菊。西墙上当中挂着一大幅米襄阳《烟雨图》，左右挂着一副对联，乃是颜鲁公墨迹，其词云：

烟霞闲骨格，泉石野生涯。

案上设着大鼎。左边紫檀架上放着一个大观窑的大盘，盘内盛着数十个娇黄玲珑大佛手。右边洋漆架上悬着一个白玉比目磬，旁边挂着小锤。（第四十回）

秋爽斋室内阔朗的格局，呈现的是探春的英气和硬气。花梨大理石大案、名人法帖、宝砚、笔筒、斗大的汝窑花囊、大鼎、大观窑的大盘、大佛手、白菊花、一大幅米芾的画、颜真卿的笔墨……大开大阖大气象，全无脂粉气和小家子气。

探春的爱好也清新素朴，喜欢的小玩意是"柳枝儿编的小篮子，整竹子根抠的香盒儿，胶泥垛的风炉儿"，都是些"朴而不俗、直而不拙"的（第二十七回）。

秋爽斋院里种的则是梧桐树。《诗经·大雅》里有"凤凰鸣矣，于彼高岗。梧桐生矣，于彼朝阳"，种下梧桐，引来凤凰，良禽择木而栖。探春也是《红楼梦》里的凤凰，才华横溢，气质高洁。在中国传统美学里，梧桐也代表了秋天和离愁，梧桐"一叶落而知秋"，李白也有诗云"人烟寒橘柚，秋色老梧桐"，探春也是贾府里最清醒的那一个，敏锐如她，早就发现荣国府的弊端。看到"抄检大观园"，自家人抄自家人，她是痛心疾首，预感到即将到来的颓败。

最后来到宝玉的怡红院，又别有气象。贾政曾带着一行人一路游览省亲别墅，最后来到的地方，便是后来的怡红院，屋内的装饰可谓流光溢彩——

> 原来四面皆是雕空玲珑木板，或"流云百蝠"，或"岁寒三友"，或山水人物，或翎毛花卉，或集锦，或博古，或卍福卍寿。各种花样，皆是名手雕镂，五彩销金嵌宝的。一槅一槅，或有贮书处，或有设鼎处，或安置笔砚处，或供花设瓶、安放盆景处。其槅各式各样，或天圆地方，或葵花蕉叶，或连环半壁。真是花团锦簇，剔透玲珑。倏尔五色纱糊就，竟系小窗；倏尔彩绫轻

覆，竟系幽户。且满墙满壁，皆系随依古董玩器之形抠成的槽子。诸如琴、剑、悬瓶、桌屏之类，虽悬于壁，却都是与壁相平的。（第十七回至十八回）

众人都赞好精致，真是富贵奢华。书中还有一个小插曲，贾母带刘姥姥逛大观园，刘姥姥去小解，却迷了路，七拐八拐来到一个小门，掀开葱绿撒花软帘——

只见四面墙壁玲珑剔透，琴剑瓶炉皆贴在墙上，锦笼纱罩，金彩珠光，连地下踩的砖，皆是碧绿凿花，竟越发把眼花了，找门出去，那里有门？左一架书，右一架屏。（第四十一回）

原来刘姥姥误入了怡红院。看花眼的刘姥姥也迷路了，好不容易在屏后找到一个门，转过去，迎面看见一个老太太，却原来是一方穿衣镜，“四面雕空紫檀板壁将镜子嵌在中间”。她伸手乱摸，按动机关，露出一道门来，看见了“一副最精致的床帐”。

宝玉的卧室里有一面镜子。贾政等人来到怡红院，也曾在这面镜子前迷了路。镜子只在宝玉屋里有，这自然是有深意的。照镜子，多是看自己的仪容、形象，佛学却说“不得因喜好之故而自照其面”，因为自己及镜子里的形象，无非世间幻象，不可产生贪恋执念。

禅宗用镜子来形容人的本来面目。《心经》开篇说“观自在菩萨，行深般若波罗蜜多时，照见五蕴皆空”。“照见”是因为菩萨有明镜般的心，而只有把心修炼成镜子——当外物离去，影像也随之消逝，不留一丝痕迹，做到“无住”，才能明白“五蕴皆空”的道理。而世人渴望的是“念念不忘，必有回响”，是“雁过留影，人过留声”，正好相反。神秀和六祖惠能也用镜子来表达觉悟，神秀认为镜子本来是明亮的，却因为蒙上世俗欲望变脏了，所以要勤拂拭，恢复镜子的本来面目；惠能却说镜子不是脏的，有一天你会突然发现它不但干净，而且从来都是干净的。

所以，宝玉卧室里的镜子是有禅意的。

怡红院“锦笼纱罩，金彩珠光”，用刘姥姥的话说像“天宫”一样，有天下“最精致的床帐”，还有晴雯、袭人、麝月这些女儿们……这个“花柳繁华地、温柔富贵乡”集中了世间所有的“色”(物质和美色)。镜子恰好代表的是“空”，宝玉将在“空”与“色”的对峙中，寻找人生的真意和灵魂的自由，走向真正的觉悟。

这面镜子平时都有镜套罩上，有一次，丫头们忘记罩上，贾宝玉就在镜子前做了一个梦。梦中来到跟大观园一样的园子，见到了跟自己名字、性情、家世都一样的甄宝玉。巧的是，甄宝玉也刚做了一个梦，梦见了跟自己一模一样的贾宝玉，还说:“好容易找到他房里头，偏他睡觉，空有皮囊，真性不知那去了。”原来两个宝玉心有灵犀，都在寻找对方。两人在梦里一见如故，一个问：这是不是做梦？另一个回答：这是真的！

借着这面镜子，贾宝玉其实是在梦中寻找自我，并完成了对自我的确认。

镜子的意象是如此丰富，召唤出的是自我成长的意义，以及对人生的洞见与觉悟。像这样富有生命意识和美感的意象，在大观园里比比皆是：黛玉葬花、宝钗扑蝶、晴雯撕扇、龄官划蕾、湘云醉卧、香菱学诗、“琉璃世界白雪红梅”、“寿怡红群芳开夜宴”……在这样的时刻，时间是停止的，此时此刻即永恒。

第二十三回，宝玉把落花撒到水中，黛玉告诉他——

> “撂在水里不好。你看这里的水干净，只一流出去，有人家的地方脏的臭的混倒，仍旧把花遭塌了。那畸角上我有一个花冢，如今把他扫了，装在这绢袋里，拿土埋上，日久不过随土化了，岂不干净。”（第二十三回）

“流水”代表时间。时间是抒情的敌人，也是大观园的敌人。花开花落季节流转，“天下没有不散的筵席”，大厦终倾颓，红颜成枯骨。但哀悼落花，并以香冢埋葬它，落花有了归处，死得有尊严，生就被赋予了价值。一部《红楼梦》就是一场大型的“葬花”仪式，是一部唱给失败者的挽歌。那些曾经绽放的爱、美和自由，虽然成了空，但《红楼梦》已经将其定格，从而打败了时间。

《红楼梦》的艺术手法，既有文学传统底蕴，又独出机杼，创建了一个诗化的精微的红楼世界。直到今天，作家们还在纷纷致敬曹雪芹，废名、张爱玲、沈从文、汪曾祺、阿城等作家的作品中都能看到“诗化小说”的影子。

第十一讲

《红楼梦》与中国传统文化

一、贾宝玉为什么不烧四书

按照贾政的设想，贾宝玉应该好好读书走经济仕途，担负起家族的责任来，毕竟千百年来，学而优则仕和光宗耀祖都是正途。何况贾家这个百年大族，根基越来越不稳，需要贾宝玉科举入仕。但宝玉不走寻常路，不读正经书，拒绝经济仕途。

湘云劝他去会为官做宰的朋友，他立马拉下脸，撵她去别处。宝钗劝他好好读书，他更是“拿起脚来走了”，一点面子也不给。在世俗应酬方面，他是能省就省，“本就懒与士大夫诸男人接谈，又最厌峨冠礼服贺吊往还等事”。他还瞧不上走经济仕途的人，认为他们是“国贼禄鬼”。“凡读书上进的人，你就起个名字叫作‘禄蠹’”（袭人语），认为这些读书人是为了混饭吃，哪有什么文化、情怀。因为黛玉不劝他读书，看他去学堂还讽刺他“蟾宫折桂”，所以深敬黛玉。

他还经常说一些“疯话”，批评“文死谏武死战”，批评历史上所谓的“忠臣良将”是须眉浊物，只知道沽名钓誉——

> “人谁不死，只要死的好。那些个须眉浊物，只知道文死谏，武死战，这二死是大丈夫死名死节。竟何如不死的好！必定有昏君他方谏，他只顾邀名，猛拚一死，将来弃君于何地！必定有刀兵他方战，猛拚一死，他只顾图汗马之名，将来弃国于何地！所以这皆非正死。”袭人道：“忠臣良将，出于不得已他才死。”宝玉道：“那武将不过仗血气之勇，疏谋少略，他自己无能，送了性命，这难道也是不得已！那文官更不可

比武官了，他念两句书汙在心里，若朝廷少有疵瑕，他就胡弹乱谏，只顾他邀忠烈之名，浊气一涌，即时拚死，这难道也是不得已！还要知道，那朝廷是受命于天，他不圣不仁，那天也断不把这万几重任与他了。可知那些死的都是沽名，并不知大义。”（第三十六回）

“文死谏武死战”可是儒家尊崇的理想人格，宝玉却质疑这些人根本不是出于大义，只想着青史留名。现在看来，宝玉没有看到历史上也有正面的忠臣良将，也没看到“朝廷”的问题，当然失之偏颇。但他还是一个十几岁的少年，不是思想家。

只看这些言论，宝玉无疑是反儒反礼教的。然而，事情并不是这么简单，因为虽然宝玉、黛玉的言论与传统格格不入，但没有也不可能完全脱离传统的土壤，事实上，他们身上也有传统的影子。

宝黛初见，宝玉送黛玉一妙字：“颦颦”，说是从《古今人物通考》上来的，探春笑道：“只恐又是你的杜撰。”宝玉笑道：“除了四书，杜撰的太多，偏只我是杜撰不成？”（第三回）又说：只除了“明明德”外就没书了，都是前人自己混编纂出来的（第十九回）。冯紫英家的酒局上，宝玉提议行酒令要说女儿悲、愁、喜、乐四字，还要注明缘故，喝酒前要唱一曲，喝完要说一句古诗、旧对或四书五经成语（第二十八回）。

总之，宝玉认为除了四书之外，其他的书都是杜撰的，对四书非常友好。

四书即《大学》《中庸》《论语》《孟子》。“明明德”是《大学》的第一句，原句为“大学之道，在明明德，在亲民，在止于至善”。此处的“大学”是“大人之学”的意思，跟现在的大学是两码事。“明明德”“亲民”“止于至善”是著名的“三纲领”。书中的“格物”“致知”“诚意”“正心”“修身”“齐家”“治国”“平天下”被称为“八条目”。这就是《大学》的“三纲八目”。

南宋理学家朱熹注《论语》，又从《礼记》中摘出《中庸》《大学》，分章断句，加以注释，配以《孟子》，写成了《四书章句集注》，四书之名始立。元、明、清三代科举考试，朱熹的这套书都是标准教材。宝玉最认可的“明明德”，即统治者应当拥有并彰明美好的品德。朱熹的解释更复杂一些，他认为，“明德”就是天理，天理就是抽象的规则，是宇宙的终极真理，是最高的善，是一个人先天就可以具备的。

不知道宝玉是否认同朱熹这个解释。不管怎样，宝玉认为圣贤的书是好的，是后人念歪了经，走歪了路，扭曲了圣贤的思想——

> 因此祸延古人，除四书外，竟将别的书焚了。众人见他如此疯颠，也都不向他说这些正经话了。独有林黛玉自幼不曾劝他去立身扬名等语，所以深敬黛玉。（第三十六回）

晴雯被撵走后，宝玉看见海棠花无故死了半边，感慨人和自然相应，想是晴雯要死了。袭人质疑这个说法，宝玉又举出孔子、诸葛亮和岳飞的例子——

> “不但草木，凡天下之物，皆是有情有理的，也和人一样，得了知己，便极有灵验的。若用大题目比，就有孔子庙前之桧、坟前之蓍，诸葛祠前之柏，岳武穆

坟前之松。这都是堂堂正大随人之正气，千古不磨之物。世乱则萎，世治则荣，几千百年了，枯而复生者几次。这岂不是兆应？小题目比，就有杨太真沉香亭之木芍药，端正楼之相思树，王昭君冢上之草，岂不也有灵验。所以这海棠亦应其人欲亡，故先就死了半边。”（第七十七回）

宝玉对圣贤们是充满尊敬的。唯一有点“唐突”的，是把杨贵妃和王昭君跟圣贤们相提并论，因为宝玉一向视美好的女性为神明，在他心中，她们并不亚于圣贤。贾政点了学差回来了，宝玉怕贾政检查自己的功课，赶紧复习、盘点读过的书——

肚子内现可背诵的，不过只有“学”“庸”“二论”是带注背得出的。至上本《孟子》，就有一半是夹生的，若凭空提一句，断不能接背的；至“下孟”，就有一大半忘了。算起“五经”来，因近来作诗，常把《诗经》读些，虽不甚精阐，还可塞责。别的虽不记得，素日贾政也幸未吩咐过读的，纵不知，也还不妨。（第七十三回）

宝玉熟读《大学》、《中庸》和《论语》，相比之下，《孟子》要生涩一点。五经中只有《诗经》还好，至于古文，读得就不多——

连《左传》、《国策》、《公羊》、《谷梁》汉唐等文，不过几十篇，这几年竟未曾温得半篇片语，虽闲时也

曾遍阅，不过一时之兴，随看随忘，未下苦工夫，如何记得。（第七十三回）

对书的熟悉程度实际上对应的是评价高低，可见，宝玉最爱四书——

更有时文八股一道，因平素深恶此道，原非圣贤之制撰，焉能阐发圣贤之微奥，不过作后人饵名钓禄之阶。虽贾政当日起身时选了百十篇命他读的，不过偶因见其中或一二股内，或承起之中，有作的或精致、或流荡、或游戏、或悲感，稍能动性者，偶一读之，不过供一时之兴趣，究竟何曾成篇潜心玩索。（第七十三回）

他最痛恨的是八股文，以及后人杜撰的书，因为这些根本背离了圣贤之道。如此一来，怎么能说宝玉（也代表曹雪芹）是反儒家的呢？事实上，《红楼梦》对儒家的态度是相当复杂的。儒家思想也并非铁板一块，而是有一个演变即动态的历史过程，时代不同，其精神内核也不同。

孔孟时期的儒家，其道德的核心是“仁”和“礼”，按照《论语》里的解释，仁即爱人，也是忠恕之道。仁主内，礼主外，仁看不见摸不到，礼就具体多了，不仅是道德规范，也是规章制度。“礼者，别尊卑，定万物，是礼之法制行矣。”每个社会人都应安其位谋其政，君君臣臣父父子子，君有君的样子，臣有臣的样子。孔子一生致力于恢复“周礼”，他认为周代是最理想的社会形态。

先秦时期的儒家思想，还没有成为国家意志，道德要求主要靠士人自觉，不是强制性的。因为“礼不下庶人”，只对贵族阶层有道德要求。到了汉代、唐代、宋明理学时期，儒家思想逐渐获得皇权支持，“礼”也下沉了，成了“礼教”和所有人的义务。从“三纲五常”到“存天理灭人欲”“饿死事小，失节事大”，“礼”越来越高调，由松到紧，导致了“以理杀人”和矫饰虚礼的怪现象。

再来看“五四”时期的“反礼教”，其实反的是程朱理学。显然，在这方面，贾宝玉（可以代表曹雪芹）分得很清——把四书跟后来“杜撰”的书分开，认为孔子是孔子，后人是后人，两者不是一回事，后人对孔子思想的理解未必是对的。肯定四书，其实就是尊重真正的圣贤之道。

比如对亲情的态度，孔子认为最好的亲情，就是出于真心。“子游问孝。子曰：‘今之孝者，是谓能养。至于犬马，皆能有养。不敬，何以别乎？’”（《论语》）敬爱父母，不只是表面功夫或物质供养，发自肺腑的敬爱才是“孝”的根本。显然，宝玉更接近孔子的态度。他虽然很怕贾政，但内心很尊敬父亲。即使父亲不在书房，宝玉骑马路过，也坚持要下马行礼。跟黛玉诉衷肠，也是说“除了老太太、老爷、太太这三个人，第四个就是妹妹了”，黛玉在他心中的位置这么重要，但也越不过贾母、贾政和王夫人的次序。这都是自然亲情的流露，对长辈心存虔敬，不是虚礼。

还有对兄弟之情，宝玉并不在意，只因孔子说过“孝悌”，那就尽大概情理好了。当贾环跟宝钗的丫鬟莺儿起争执，宝钗知道贾家的规矩，弟弟多半怕哥哥，宝玉却懒得去管束贾环，也不想让人怕自己——

只是父亲叔伯兄弟中，因孔子是亘古第一人说下的，不可忤慢，只得要听他这句话。所以，弟兄之间不过尽其大概的情理就罢了，并不想自己是丈夫，须要为子弟之表率。是以贾环等都不怕他，却怕贾母，才让他三分。（第二十回）

《西江月》中说宝玉“似傻如狂”，其实在正式场合，他是一个讲礼节有修养的人。江南甄家的女人进京来看望贾母，跟贾母说起自家也有一个宝玉，淘气异常，贾母便让宝玉出来相见。甄家的女人夸宝玉性情好，贾母说——

“可知你我这样人家的孩子们，凭他们有什么刁钻古怪的毛病儿，见了外人，必是要还出正经礼数来的。”（第五十六回）

看起来，宝玉是一个真正守礼尊礼的人呢。当然，宝玉也不是全盘照搬孔子的“礼”。孔子的“礼”讲究等级尊卑，宝玉身为主子，却平等待人，没有什么阶层意识。小厮们在他面前没大没小，他平时还替丫鬟们篦头，为她们操劳。春燕还曾告诉母亲：宝玉常说，将来这屋里的丫鬟，无论是家里的还是外头买来的，都要回太太全放出去的（第六十回）。孔子还讲究男女有别，宝玉却对女性尤其是女儿满怀敬爱，说出：女儿是水作的骨肉，我见了便清爽；男人是泥作的骨肉，我见了便觉浊臭逼人。

所以，对于传统“礼法”，曹雪芹的态度是有取舍的，跟魏晋名士们对礼的态度相合。认为过度的“礼法”，会导致矫情、虚伪和不可信，只有那些发自真心自然而然的“喜怒哀惧爱恶欲”，才是生命的根本真实。以真心而行“礼”，才是真诚的，才是美的，至于那些过度的礼节，也就不必斤斤计较了。贾母就非常喜欢放诞无礼的王熙凤，喊她“猴儿猴儿”、“泼皮破落户”和“凤辣子”，第三十八回螃蟹宴上，凤姐又逗着老太太笑了一回，老太太十分喜悦——

王夫人笑道：“老太太因为喜欢他，才惯的他这样。还这样说，他明儿越发无礼了。”贾母笑道：“我喜欢他这样，况且他又不是那不知高低的孩子。家常没人，娘儿们原该这样。横竖礼体不错就罢，没的倒叫他从神儿似的作什么。”（第三十八回）

“从神”是指庙里主神旁边的侍奉随从之神，很拘束很呆板。老太太不喜欢死守规矩，喜欢凤姐的放诞，认为她知道高低。老太太的生活态度很松弛，也欣赏别人的松弛。

大观园就不是一个礼法的世界，而是一个草长莺飞、青春浪漫的天地。是的，把个性从礼法适度解放出来，真情真性才会自然生长。

第五十八回藕官在大观园里偷偷烧纸祭奠，被一个婆子发现，要去告发她。宝玉拦住婆子，为藕官解了围。后来，他从芳官处得知藕官对药官的另类感情，深为赞叹，但他让芳官转告藕官——

“以后断不可烧纸钱。这纸钱原是后人异端，不是孔子的遗训。以后逢时按节，只备一个炉，到日随

> 便焚香，一心诚虔，就可感格了。愚人原不知，无论神佛死人，必要分出等例，各式各例的。殊不知只一‘诚心’二字为主。即值仓皇流离之日，虽连香亦无，随便有土有草，只以洁净，便可为祭，不独死者享祭，便是神鬼也来享的。你瞧瞧我那案上，只设一炉，不论日期，时常焚香。他们皆不知原故，我心里却各有所因。随便有清茶便供一钟茶，有新水就供一盏水，或有鲜花，或有鲜果，甚至荤羹腥菜，只要心诚意洁，便是佛也都可来享，所以说，只在敬不在虚名。以后快命他不可再烧纸。”（第五十八回）

宝玉说孔子并不主张这样的悼念方式，这都是后人歪曲了。孔子说过：“礼，与其奢也，宁俭；丧，与其易也，宁戚。”就是说，丧礼与其非常豪华周到，不如凭吊者有发自内心的哀伤。“礼”归根到底是要有真情、真心的，只流于形式就违背了人的本心了。藕官怀念曾经的密友，是真情流露，那就不必在意形式了，身边的任何东西都可以代表自己的心意。

所以，《红楼梦》对儒家的态度有取舍——不烧四书，尊崇孔子的某些理念；反对礼教过度，注重个性和天性；反感八股，因其远离圣贤之道，是后来的读书人把圣贤书当成了仕途工具、牟取名利的幌子。

续作者让宝玉跟贾代儒认真切磋八股文章，黛玉也劝宝玉留意八股——

> “小时跟着你们雨村先生念书，也曾看过。内中也有近情近理的，也有清微淡远的。那时候虽不大

懂，也觉得好，不可一概抹倒。”（第八十二回）

这跟前八十回曹雪芹的价值观是相悖的。

再来看宝玉骂读书人是“国贼禄鬼”，是“禄蠹”，是有针对性的。第一回贾雨村出场时，还是有志青年，中了科举当了官，因不懂官场潜规则受了挫。后来听门子讲护官符的道理，便“开了窍”，成了一个贪赃枉法、蝇营狗苟的官僚。从一个理想主义者堕落为“官油子”很容易，也司空见惯。

还有贾政。他倒是一个严肃正直的读书人，谨言慎行。他努力做好儿子、好父亲，也努力想要维持家族，奈何力不从心。书中说他“不惯俗务”，连盖省亲别墅这样的大事，也懒得过问，平日喜好清谈，跟贾雨村和清客相公们往来。纵观历史，这样的读书人比比皆是，平日里最喜道德文章，事功能力却很弱，一到紧急关头，便手足无措，以至于“无事袖手谈心性，临危一死报君王”。

还有大观园里的薛宝钗，她是一个丰富的生命体。社交技能满分，雍容大度，安分随时，克己复礼，是一个典型的大家闺秀、社会人。但很多人都觉得她太有城府，太功利，也有点虚伪，有点自我压抑。而且，她吃冷香丸压抑天性，让生命蜷缩在“礼”的外壳下，丧失了生命的活泼、热情和其他可能性。

文化是工具，是关怀生命的路径，人本身才是目的。当“人”出现问题，是时候去反思文化本身了。

《红楼梦》问世大约两百年前，明代的大儒王阳明也发现了“圣人之学日远日晦，而功利之习愈趋愈下……相矜以知，相轧以势，相争以利，相高以技能，相取以声誉”。现实和学界日益堕落，孔孟真义沦为装点门面的学问，成了死板的教条，知行不合一，导致虚伪盛行。他认为问题出在“理学”上，按照理学的方式去体会天理，成为一个好人的路径太复杂了，一般人做不到。而他的“心学”提供的方法简单：如果你有“利根”（佛教所说的“慧根”），完全可以顿悟天理。只要能保持本心，人人都可以成为尧舜。

王阳明推出心学，是想匡扶人心，让社会恢复秩序。他的办法是，让人相信自己能做一个好人，天理就在心中，“心外无理，心外无事”“心即性，性即理”。心本来是一面光洁清亮的明镜，蕴含着一切天理。现实中为什么有这么多虚伪、丑恶的行为？因为人心被私欲遮蔽了。看到这里，你是不是觉得这个“心”很像禅宗里的“佛性”？并想到了神秀的偈子：“身是菩提树，心如明镜台。时时勤拂拭，莫使有尘埃。”没错，王阳明就是引入了佛教（尤其是禅宗）的视角，博采众长，与时俱进。

稍后的李贽走得更远，他也吸取禅宗和道家的思想，主张回到彻底的真空状态，提出“赤子之心”和“童心”：“夫童心者，绝假纯真，最初一念之本心也。若失却童心，便失却真心；失却真心，便失却真人。”他写过六卷本的《焚书》，为什么叫《焚书》？因为他认为自己写的书，不会被社会容忍，一定会落到被焚烧的下场。

看起来王阳明和李贽都是离经叛道之人，但他们的精神跟孔子其实是相通的。王阳明说他的心学，跟孔子的真精神之间，通着“千载相传的一点滴骨血”。这很像宝玉和曹雪芹，宝玉是真烧过书的，除了四书之外，都烧了，看起来也是不近人情至极。但在精神上，可以说，是向孔子这样的真儒家致敬的。

二、大观园里都是性灵派

大观园是一个集美之地，集中了所有诗意、美好的生命。

黛玉是其中最出类拔萃的。越剧《红楼梦》有一句“天上掉下个林妹妹”，暗示了她的非凡来历：原是西方灵河岸上三生石畔的一株绛珠仙草。她长得如“姣花照水，弱柳扶风”，正是仙草的形态。她住的潇湘馆是“凤尾森森，龙吟细细”，满地下“竹影参差，苔痕浓淡……窗外竹影映入纱来，满屋内阴阴翠润，几簟生凉”。

她是自然之子，跟大自然有着神秘的呼应，灵气沛然，只要她一出现，便洋溢着诗情画意。第二十六回黛玉去怡红院看望宝玉，敲门不开——

> 不顾苍苔露冷，花径风寒，独立墙角边花阴之下，悲悲戚戚呜咽起来。
>
> 原来这林黛玉秉绝代姿容，具希世俊美，不期这一哭，那附近柳枝花朵上的宿鸟栖鸦一闻此声，俱忒楞楞飞起远避，不忍再听。真是：
>
> 花魂默默无情绪，鸟梦痴痴何处惊。
>
> 因有一首诗道：
>
> 颦儿才貌世应希，独抱幽芳出绣闺；
>
> 呜咽一声犹未了，落花满地鸟惊飞。（第二十六回）

在传统文学里，把一个人的品性跟大自然相比，通常是褒义，说明他未经尘世的沾染，保留了自然的灵性。《世说新语》就很喜欢用自然风物来形容人，比如说王恭“濯濯如春月柳”，说嵇康“萧萧肃肃，爽朗清举”“肃肃如松下风，高而徐引”，优美从容，有超凡脱俗之感。

曹雪芹也喜欢用花来形容女儿——黛玉是芙蓉，宝钗是牡丹，探春是玫瑰，晴雯死后索性做了芙蓉花神。第四十二回王熙凤的女儿有点不舒服，刘姥姥提醒她，也许遇见什么神了，王熙凤说：“园子里头可不是花神！”黛玉葬花，更是以花喻女儿，为落花哀悼，就是为女儿哀悼。宝玉在《芙蓉女儿诔》里形容晴雯：“其为质则金玉不足喻其贵，其为性则冰雪不足喻其洁，其为神则星日不足喻其精，其为貌则花月不足喻其色。”这是对女儿最高的礼赞了。

大观园里的女儿们更有道家的气质。在道家的文化里，“草木”就代表了自然和灵性，反义词是“人为”、“矫饰”和“机心”。在庄子的眼里，前者返璞归真，后者代表了堕落。他在《庄子·外篇·天地》里讲了一个故事：子贡遇到一个汉阴老丈在种菜，因为菜畦地势高而水井地势低，他抱着水罐去打水浇地，十分辛苦。子贡建议用桔槔汲水，又快又省事，却遭到汉阴老丈的嘲笑。后者认为使用机械虽能省事，却会使人产生机心，故不用。用机械，就意味着弄智取巧，会萌生投机之心，心灵就会不再纯白，就会心浮气躁，远离玄妙的大道，总之，机心让人迷失天性。乍一听，这有点反文明，毕竟科技的进步是文明的动力。但担忧现代技术发展过快，会挤压人性导致异化，一直是文学的主题之一。从人文的角度对技术保持一定的警醒，不是坏事，从这个角度来看庄子讲的故事，就不是反文明，反而是有审美价值的。

宝玉一定会同意庄子。贾政带宝玉游览省亲别墅，来到后来李纨住的稻香村——

> 黄泥筑就矮墙，墙头皆用稻茎掩护……里面数楹茅屋。外面却是桑、榆、槿、柘，各色树稚新条，随其曲折，编就两溜青篱。篱外山坡之下，有一土井，旁有桔槔辘轳之属。下面分畦列亩，佳蔬菜花，漫然无际。（第十七回至十八回）

一派山野风光。贾政见了，表示有点神往，说虽然有“穿凿”之嫌，也不免勾起我“归农之意”。文人爱田园风光，往往是一种时髦的姿态，彰显自己不恋红尘爱自然。宝玉却不以为然，他忍不住批评——

> “此处置一田庄，分明见得人力穿凿扭捏而成。远无邻村，近不负郭，背山山无脉，临水水无源，高无隐寺之塔，下无通市之桥，峭然孤出，似非大观。争似先处有自然之理，得自然之气，虽种竹引泉，亦不伤于穿凿。古人云‘天然图画’四字，正畏非其地而强为地，非其山而强为山，虽百般精而终不相宜……”（第十七回至十八回）

这就像在大城市里强造一个农家乐，近无村，远无山，又无自然之河流，完全是用人力伪造的“天然”。宝玉说，远不如“有凤来仪”（潇湘馆），种竹引泉，虽然是造景，但有自然之理，有自然之气。在大观园里，稻香村就是一个极其“不自然”的所在。它的主人是李纨，从小被教育“女子无才便是德”，作为一个寡妇，她谨守妇德，被变相囚禁在稻香村里，人性被压抑到了极点。

大观园里都是性灵派，也是天真者的乐园，天真的人才能进入大观园。这里水草丰美，落英缤纷，遍地芳华，各有其美，不正是陶渊明神往的“桃花源”吗？

我们先来看看，渔人是怎样找到桃花源的：“缘溪行，忘路之远近。忽逢桃花林，夹岸数百步，中无杂树，芳草鲜美，落英缤纷。渔人甚异之，复前行，欲穷其林。”之所以能找到桃花源，是因为渔人在大自然的鲜美中，完全忘我沉醉，不知归路。这时的他，已不是一个气息浑浊的社会人，而是一个天真的有童心的自然人。等他出来，“处处至之”，沿途做了标记，再也没人能找到“仿佛若有光”的入口。因为寻找的人，有了机心，丧失了真性，再也回不到那个天真的乐园了。

天真的人才能找到桃花源，天真的人才会爱，才会看见不一样的美，才会属于大观园。

宝玉初见黛玉，就说她是“神仙似的妹妹”。众人见她“年貌虽小，其举止言谈不俗，身体面庞虽怯弱不胜，却有一段自然风流态度”。黛玉为人处世，一派天然，不懂得掩饰自己，喜怒哀乐全在脸上，在“懂事”“会做人”的人眼里，就成了小性、刻薄，但换个角度看，这其实是她未经打磨的自然天性。大说大笑的湘云，是真名士自风流；没心没肺的晴雯，风流灵巧天真娇憨；蔷薇花下“划蔷”的龄官，更是“眉蹙春山，眼颦秋水，面薄腰纤，袅袅婷婷，大有林黛玉之态”；还有“情解石榴裙”的香菱……她们跟黛玉一样，都是自然之子，毫无机心。

翻开第三十一回，你会看到晴雯撕扇这一幕。宝玉对晴雯说“爱物”的道理，东西不过为人所用，想怎么用都可以，比如扇子，可以扇，也可以撕着玩，只是不要拿它出气——

> 晴雯听了，笑道：“既这么说，你就拿了扇子来我撕。我最喜欢撕的。”宝玉听了，便笑着递与他。晴雯果然接过来，嗤的一声，撕了两半，接着嗤嗤又听几声。宝玉在旁笑着说：“响的好，再撕响些！”（第三十一回）

麝月抱怨这是造孽，宝玉又说：“古人云，‘千金难买一笑’，几把扇子能值几何！”很容易让人联想到历史上的“裂帛”故事，引发红颜祸水误国之叹。但大观园拒绝这样陈腐的道德成见，提醒我们，未被道德遮蔽的眼睛才能看见美和自由。

宝玉白天过生日，众人喝酒行令，湘云喝多了，躺在红香圃的一块大石头上睡着了——

> 四面芍药花飞了一身，满头脸衣襟上皆是红香散乱，手中的扇子在地下，也半被落花埋了，一群蜂蝶闹穰穰的围着他，又用鲛帕包了一包芍药花瓣枕着。（第六十二回）

少女与花儿、蜂蝶，人与自然相谐相契，浑然一体。《世说新语》里的名士们常常醉卧，有阮籍醉卧于卖酒邻居美妇旁，也有刘伶“死便埋我”“以天地为栋宇，屋室为裈衣”。果然是名士自风流。相比之下，湘云醉卧更多了一份天真烂漫，这样的一幕，只能发生在大观园里。

她们联诗，也烤鹿肉，“一个带玉的哥儿和那一个挂金麒麟的姐儿……商议着要吃生肉呢”（第四十九回），割腥啖膻却锦心绣口。

大观园里也有让宝玉称奇道绝，却又与世俗相悖的道德。比如藕官跟药官假戏真做，在戏台下也做夫妻，而药官死后，又有蕊官跟藕官当搭档，藕官对蕊官的爱恋，一如当初对药官。不死守“从一而终”的道德，迥异于世俗社会对痴情的理解，她有自己的道理——

> “‘比如男子丧了妻，或有必当续弦者，也必要续弦为是。便只是不把死的丢过不提，便是情深意重了。若一味因死的不续，孤守一世，妨了大节，也不是理，死者反不安了。’”（第五十八回）

庄子一向反对儒家的礼，认为其“明乎礼仪而陋于知人心”。如果他复生，一定会大赞藕官不拘泥人事，自成一派，更合乎天道。

所以，在她们面前，宝玉总是心甘情愿低下头来：“天既生这样人，又何用我这须眉浊物玷辱世界。”（第五十八回）“老天，老天，你有多少精华灵秀，生出这些人上之人来！”（第四十九回）在宝玉心中，她们独得了天地的精华，保留了珍贵的灵性和天性，还没有被社会污染。

绛珠仙草修成女体后，既受天地精华、雨露滋养，又游于离恨天外，以蜜青果和灌愁海水为食，这不就是庄子笔下的姑射仙人吗？庄子在《逍遥游》里写：“藐姑射之山，有神人居焉。肌肤若冰雪，绰约如处子。不食五谷，吸风饮露，乘云气，御飞龙，而游乎四海之外。”姑射仙人代表了《逍遥游》的最高逍遥主体，意味着终极的自由。

要了解庄子对自由的理解，得先看《逍遥游》的开篇：

“北冥有鱼，其名为鲲。鲲之大，不知其几千里也。化而为鸟，其名为鹏。鹏之背，不知其几千里也。怒而飞，其翼若垂天之云。是鸟也，海运则将徙于南冥。南冥者，天池也……”

这是一则奇幻瑰丽的寓言。大意是说，北海有一只叫作鲲的大鱼，不知有几千里长。鲲变成鸟，叫作鹏，也不知有几千里长。海风吹起来的时候，鹏就顺势而飞，飞到南海。大鹏的动静很大，让人神往。不过，小鸟和蝉表示很不屑：我们飞到树上就够了，有时候飞不上去了，落到地上也无所谓，飞九万里那么高干吗？庄子说“小知不及大知，小年不及大年”“夏虫不可语冰”。小知、小年、夏虫都是有局限的生物，它们无法理解更广阔的事物。

不过，虽然大鹏这么厉害，但它也不是真正逍遥自由的，它有所依恃，也就是“有待”。终极的境界是“无待”。“有待”是说需要外部条件配合，比如大鹏要展翅，必须借海风。而真正的逍遥是“无待”，不受任何外部条件的制约，姑射仙人就是“无待”的。但按照庄子的说法，没有人能做到真正的“无待”，怎么办呢？那就转而寻求内心的自由。借用哈姆雷特的台词就是：“即便我被困在果壳之中，仍自以为是无限宇宙之王。”精神能冲破现实的桎梏，达到无限。

大观园也是自由的乐园。虽然身处不自由的环境，连身体都很纤弱，但黛玉有独立的精神，自由的灵魂，气质超逸。正如她的《咏菊》所写：“一从陶令平章后，千古高风说到今。”

诗社是大观园的标配，是放飞自我的所在，也是获得精神自由的途径。黛玉是诗人中的诗人，她文采飞扬，尽显自由之灵魂。元春省亲时，人人都毕恭毕敬，写诗当然要颂圣，但黛玉能翻出新意：“名园筑何处，仙境别红尘。借得山川秀，添来景物新。”既点出大观园，又暗合太虚幻境，灵气跳脱。她的海棠诗和菊花诗，风流别致。她教香菱写诗，所推举的诗人，也是性灵为上，正是袁宏道所言“独抒性灵，不拘格套，非从自己胸臆流出，不肯下笔”（《叙小修诗》），并毫不客气地说“重帘不卷留香久，古砚微凹聚墨多”这样的诗太浅近，一入了这个格局就麻烦了，她告诉香菱，有了新意有了奇句，连平仄这种规矩都可以抛弃。

正是有了这样的好老师，香菱内心深藏的诗意和灵气才被释放出来。她写了一首吟月诗：“精华欲掩料应难，影自娟娟魄自寒。一片砧敲千里白，半轮鸡唱五更残。”大家都说新巧有意趣。

后来夏金桂找香菱的碴，说她名字不通，菱角花哪里有香气？言下之意这种不起眼的小花，怎比得上桂花！香菱说，菱角花是有香气的——

> “不独菱花，就连荷叶莲蓬，都是有一股清香的。但他那原不是花香可比，若静日静夜或清早半夜细领略了去，那一股清香比是花儿都好闻呢。就连菱角、鸡头、苇叶、芦根得了风露，那一股清香，就令人心神爽快的。”（第八十回）

自然界里没有高低贵贱，万物生长自有其妙。能闻到自然风物的气息，感受其中的诗意，香菱的灵魂是自由的。虽然一生所遇非人，但她能保持内心的清亮和通透，她是庄子笔下的自然人。

跟儒家的刚猛进取不同，道家是避世的，虽然对现实无能为力，但主张“不事王侯，高尚其志”“独立不惧，遁世无闷”。在乱世中能保持自然的天性，在某种程度上，这是文明的解毒剂。几千年来，一个孔子，一个庄子，构成了中国人心灵的两面，既有入世的一面，又有出世的一面。儒道互补，是中国人精神世界的秘密所在。

大观园是曹雪芹的乌托邦，是一个自由的审美的天地，跟道家有天然的亲近。只有在这里，女儿们才能保持自己的天真烂漫、清净洁白。

当然，自由是个难题，因为人一旦将自由视为必要的价值，就会发现自由很难，即使只是心灵的自由。对自由愈敏感，就愈能感受到不自由的痛苦。宝玉和黛玉深知这一点，所以《葬花吟》里有“一年三百六十日，风刀霜剑严相逼”，生命有限，而痛苦似乎是无限的，到最后爱情也是悲剧一场。

这是大观园所面临的困境，也是曹雪芹的深刻之处。

三、《红楼梦》是一部宗教小说吗

《红楼梦》里的宗教思想其实很复杂。

表面上看，佛教和道教贯穿了全书——从茫茫大士、渺渺真人携石头下凡历劫，到神瑛侍者和绛珠仙草下凡，再到石头重返青埂峰下完成《石头记》，又有空空道人将《石头记》改为《情僧录》，是一个完整的闭环；第一回甄士隐遭遇巨变，跟着跛足道人出家，柳湘莲也随跛足道人不知所终……都跟僧道有关。

不过，从书中很多情节能看出曹雪芹对佛道二教没有多少尊重。

先说道教。

道家和道教不一样，前者是老庄的哲学思想，后者是宗教。道教起于东汉，借用了老庄思想，把老子尊为“太上老君”，庄子为“南华真人”，发展出炼丹、符咒等方术、秘术，追求长生不老和得道成仙。对方术派，曹雪芹颇有微词。

宁国府里的贾敬，一直躲在道观里炼丹，“一味好道，只爱烧丹炼汞，馀者一概不在心上”，“一心想作神仙……只在都中城外和道士们胡羼”，最终他“吞金服砂，烧胀而殁”，现在看来应该是重金属中毒，死状颇为不堪——

> （众人）素知贾敬导气之术总属虚诞，更至参星礼斗，守庚申，服灵砂，妄作虚为，过于劳神费力，反因此伤了性命的。如今虽死，肚中坚硬似铁，面皮嘴唇烧的紫绛皱裂。（第六十三回）

众道士唯恐担责，就说自己劝老爷“功行未到且服不得”，老爷不听，“今夜守庚申时悄悄的服了下去，便升仙了。这恐是虔心得道，已出苦海，脱去皮囊，自了去也”。属于一本正经胡说八道。

薛蟠娶了夏金桂，后者虐待香菱，宝玉很担忧香菱，找天齐庙的道士王一贴问可有“贴女人的妒病方子”，对方自然胡扯一番。还有马道婆、清虚观里的张道士，前者害人性命，后者人情练达，虽然贾母称呼张道士“老神仙”，可哪有半分仙风道骨，可见作者对道教的态度，甚不以为然。

对佛教呢?

宝玉睡着了,宝钗坐在旁边给他绣鸳鸯肚兜,却听得他在梦中喊:“和尚道士的话如何信得?什么是金玉姻缘,我偏说是木石姻缘!”(第三十六回)袭人还曾经劝过宝玉“再不可毁僧谤道”(第十九回)。可见,宝玉对僧道并不尊重。

在第十九回,宝玉撞破了小厮茗烟跟一个小丫头行云雨之事,那个小丫头的名字居然叫“卍儿”,这可是佛教的神圣符号,佛像胸前常有一个“卍”字的。

妙玉和惜春,一个带发修行,一个后来“独卧青灯古佛旁”,曹雪芹对她们的态度却很微妙。妙玉一只脚在闺阁,一只脚在佛门,活得很纠结;而惜春则是“自了汉”“心冷口冷心狠意狠”,抄检大观园时,她的丫鬟入画被查出来替哥哥藏了东西,本来没什么事,惜春却坚持要撵走入画,说“或打,或杀,或卖,我一概不管”(第七十四回)。

出了葫芦庙来到衙门当差的小沙弥,包揽官司、破坏他人幸福的净虚尼姑,都不是什么正面角色。书中还有世俗宗教活动,比如秦可卿死后,葬礼上有一百单八众禅僧在大厅上拜大悲忏,超度亡灵;有九十九位全真道士设坛,打四十九日解冤洗业醮;有五十众高僧、五十众高道,对坛按七作好事……和尚道士都齐了。《金瓶梅》里李瓶儿的葬礼也如是安排,热闹得不堪。

还有读《太上感应篇》的迎春。乳母偷走了她的首饰累金凤,她不敢要,却捧着《太上感应篇》振振有词:还也好不还也好,都与我无关,老天爷自有安排,何须多费心?黛玉忍不住说:“真是‘虎狼屯于阶陛,尚谈因果’。”敌人都打到门前了,你还在这里谈因果报应(第七十三回)。《太上感应篇》是道教书籍，宣扬因果报应，让人顺从命运的安排，这是老庄哲学思想的世俗化、宗教化。不过，一味顺应天命而无所作为，人和动物、植物又有什么两样呢？人的主体性、人的尊严又何在？这就等于取消了人。

迎春最后嫁给了中山狼孙绍祖，一个千金小姐被肆意凌辱，王夫人说：“我的儿，这也是你的命。”她哭着说：“我不信我的命就这么不好！”（第八十回）对迎春，曹雪芹既惋惜又忍不住批评她是“懦小姐”。

但书中亦有正面的僧道形象。

最著名的便是第一回出现的一僧一道，即茫茫大士和渺渺真人。他们送顽石、神瑛侍者下凡历劫；跛足道士先后度化甄士隐和柳湘莲，送给贾瑞一面救命的“风月宝鉴”；宝玉和王熙凤被马道婆的方术害命，癞头和尚和跛足道人还来到荣国府救治。

有意思的是，书中的男性都被道士度化，女性则皆由僧人接引。宝钗说自己从小有热毒，“后来还亏了一个秃头和尚，说专治无名之症”，给了她一个“冷香丸”的药方子（第七回）；黛玉三岁时，也曾有一个癞头和尚——

> “说要化我去出家，我父母固是不从。他又说：‘既舍不得他，只怕他的病一生也不能好的了。若要好时，除非从此以后总不许见哭声；除父母之外，凡有外姓亲友之人，一概不见，方可平安了此一世。’疯疯癫癫，说了这些不经之谈。”（第三回）

这癞头和尚和跛足道士不仅度脱生死，还好管人间情事。

可见，曹雪芹对宗教的态度，是分而别之的。那些反面意义上的宗教人士，虽寄身于佛寺道观，但个个利欲熏心，甚至利用法术伤人谋生，其实并没有真正的宗教信仰；而茫茫大士、渺渺真人、空空道人这样的人，已经超凡脱俗，达到了高妙的境界，都是实现了觉悟的人，这样的人是正面的。

在大荒山无稽崖青埂峰下，顽石眼中的他们“骨格不凡，丰神迥异”。顽石还夸：“仙形道体，定非凡品，必有补天济世之材，利物济人之德。”来到人间就成了“癞头和尚”和“跛足道人”。这种设定跟《庄子》寓言里的真人、高人一脉相承——高人往往有残缺的身躯，比如那个支离疏就长得十分吓人，但在庄子看来，这样的人看透人间生死，不在乎皮相，顺应的是天道，有最高的智慧。

贾雨村当黛玉的私塾老师时，闲逛到一处——

> 门巷倾颓，墙垣朽败，门前有额，题着“智通寺”三字，门旁又有一副旧破的对联，曰：
>
> 身后有馀忘缩手，眼前无路想回头。
>
> 雨村看了，因想到：“这两句话，文虽浅近，其意则深。我也曾游过些名山大刹，倒不曾见过这话头，其中想必有个翻过筋斗来的亦未可知，何不进去试试。”想着走入，看时只有一个龙钟老僧在那里煮粥。雨村见了，便不在意。及至问他两句话，那老僧既聋且昏，齿落舌钝，所答非所问。（第二回）

书中写“贾雨村不耐烦”，其实这个龙钟老僧才是真正的得道高人，是“翻过筋斗”的。惜乎雨村虽然善读书，也有豪情，但依然是凡夫俗子，看不见皮相背后的“真性”。同样，跛足道人拿来“风月宝鉴”救贾瑞，告诉他要活命就看反面，千万不可看正面，还说明这面宝镜出自太虚幻境，但贾瑞哪里懂其中玄机，依然一味沉溺于欲望，最终丧了命。

从这个角度来看，一僧一道代表的是觉悟，是启蒙者的角色，就像引导但丁进入天堂的“缪斯女神”贝雅特丽齐。因此，与其强调《红楼梦》里的宗教因素，不如说，《红楼梦》的佛道宗教更类似宗教情怀，是觉悟和哲理。

前八十回里，宝玉曾跟《南华经》打过两次交道。

第一次是第二十一回，湘云来了，宝玉一大早匆匆忙忙去看望湘云和黛玉，在那里梳洗完毕，让湘云编了辫子。袭人看见，只好回到住处生闷气，在宝钗跟前抱怨。等宝玉回来，袭人不给他好脸色，宝玉郁闷至极，自己看了一会儿《南华经》，刚好看到《外篇·胠箧》，便仿写了一篇——

> 焚花（袭人）散麝（麝月），而闺阁始人含其劝矣；戕宝钗之仙姿，灰黛玉之灵窍，丧减情意，而闺阁之美恶始相类矣。彼含其劝，则无参商之虞矣；戕其仙姿，无恋爱之心矣；灰其灵窍，无才思之情矣。彼钗、玉、花、麝者，皆张其罗而穴其隧，所以迷眩缠陷天下者也。（第二十一回）

袭人、麝月、宝钗、黛玉这四个人，是宝玉最亲近的人。袭人的花香，麝月的麝香、宝钗的仙姿、黛玉的灵窍，都很美好。但这些美好也让他意乱情迷，如坠迷穴。其实这些美好都是表面现象，她们的共同特点就是劝人、误人。

想要理解宝玉为何有这样的想法，要先看看《胠箧》在写什么。“胠箧”的本义是打开箱子，被引申为“盗窃”，箱子是为防盗而设，盗贼却因箱子的存在发现了财物。同样，为了良好的社会秩序，圣人制定了仁义道德，盗贼却利用这些达到自己的目的，于是出现了“彼窃钩者诛，窃国者为诸侯”。哪里有什么公平和正义呢？就这样，《胠箧》以滔滔雄辩，把矛头指向了儒家，认为如今乱世的根源就在于“圣人”以及他们宣扬的“仁义”——“圣人生而大盗起”“圣人不死，大盗不止”。解决的办法，就是“绝圣弃知”，不要圣人，不要智慧，复归自然。《胠箧》还描绘了理想社会：“民结绳而用之，甘其食，美其服，乐其俗，安其居。邻国相望，鸡狗之音相闻，民至老死而不相往来。”

宝玉续的这一段，倒真抓住了《胠箧》的精华，相信绚烂的表象会让人迷失心性，开始怀疑一切价值，认为黛玉袭人她们的美好是自己苦恼的根源，不在乎她们，才能挣脱罗网。黛玉来了，看到宝玉这篇续《南华经》，不觉又气又笑，不禁也提笔续书一绝云——

无端弄笔是何人？作践南华《庄子因》。
不悔自己无见识，却将丑语怪他人！（第二十一回）

黛玉的意思是，你分明是自己绊住了自己，却怪别人设陷阱！其实《胠箧》也犯了同样的归因错误，乱世的原因很复杂的，大盗起，绝非是因为圣人，“绝圣弃知”回归原始生活，也不能解决问题。霍布斯就曾设想过另一种情况：“所有人对所有人的战争”，原始状态也许并没想象中那么淳朴美好。

第二次是在第二十二回，因湘云脱口说出黛玉长得像小戏子（龄官），宝玉怕湘云得罪黛玉，又怕黛玉不高兴，两边讨好，却把两个人都得罪了——

（宝玉）细想自己原为他二人，怕生隙恼，方在中间调和，不想并未调和成功，反已落了两处的贬谤。正合着前日所看《南华经》上，有"巧者劳而智者忧，无能者无所求，饱食而遨游，泛若不系之舟"；又曰"山木自寇，源泉自盗"等语。因此越想越无趣。再细想来，目下不过这两个人，尚未应酬妥协，将来犹欲为何？（第二十二回）

不觉心灰意冷，又想到刚刚看戏时宝钗背诵的《寄生草》，有一句"赤条条来去无牵挂"，不觉泪下，自己一番苦心，却备受误解，便觉人间不值得。于是，写下一个偈子——

你证我证，心证意证。
是无有证，斯可云证。
无可云证，是立足境。

写毕，自虽解悟，又恐人看此不解，因此亦填一支《寄生草》，也写在偈后。自己又念一遍，自觉无挂碍，中心自得，便上床睡了。（第二十二回）

人人都需要证明，证明相互的心意（宝玉和黛玉谈恋爱产生的各种误会，都是因为不了解彼此的心意；宝玉操心湘云和黛玉，也想得到她们的理解），结果证来证去，倒多了很多误会，徒生了烦恼，干脆就不证了，这才是最高境界！结果又被黛玉看到了，一看便知宝玉是感忿而作，不觉可笑可叹，这是黛玉第二次笑宝玉没见识了。第二天，黛玉跟宝钗、湘云来找宝玉参禅——

> 黛玉便笑道："宝玉，我问你：至贵者是'宝'，至坚者是'玉'。尔有何贵？尔有何坚？"宝玉竟不能答。三人拍手笑道："这样钝愚，还参禅呢。"黛玉又道："你那偈末云，'无可云证，是立足境'，固然好了，只是据我看，还未尽善。我再续两句在后。"因念云："无立足境，是方干净。"（第二十二回）

你看，黛玉又一语命中：你还要"立足境"，要寻一个"有"来支撑自己，这哪里是觉悟呢？没有"立足境"，四大皆空，才是最彻底的觉悟。

宝钗也讲了六祖惠能和神秀的禅诗，后者写："身是菩提树，心如明镜台。时时勤拂拭，莫使有尘埃。"而惠能写的是："菩提本非树，明镜亦非台。本来无一物，何处染尘埃。"在修行上，神秀做的是加法，佛性就如一面镜子，本来是清亮的，但上面堆积了人间欲望的尘埃，那就努力擦镜子，把蒙在心灵上的尘灰扫掉，才能明心见性最终成佛。惠能干脆就做减法，想吃就吃，想玩就玩，把自己内心的执念全都放下来，放空了，也就成佛了。

黛玉的"无立足境，是方干净"，就相当于惠能的境界，宝玉还停留在神秀那一层呢。

很多论者看到这里，都说宝玉这两次读《南华经》体现了宝玉的宗教觉悟，为他将来的出家做了思想上的准备。非也非也，如果这样的话，黛玉比宝玉更有佛性，岂不更早放下？

参禅其实是宝玉自我成长中的插曲。每个人的生命中，都曾有过这样的灰暗时刻——受了挫折，心情很丧，开始怀疑一切。想起刚读过的叔本华和太宰治，他们道尽世界的无聊、残酷和荒诞，于是“我看透了，这人间不值得”。过了这道坎，就会明白自己不是世界的中心，很多人事自己无能为力，从而对世界的复杂性有了更深刻的认识。

所以，宝玉跟《南华经》的两次亲密接触，未必意指将来的出家，而是成长中的觉醒、觉悟。与其说有宗教色彩，不如说有哲学意义。

在太虚幻境里，宝玉跟可卿极尽缱绻，难解难分，却来至另一所在，迎面一道黑溪阻路。警幻追来，告诉他们快回头，不要往前走了。原来这是一道迷津，“深有万丈，遥亘千里”，“只有一个木筏，乃木居士掌舵，灰侍者撑篙，不受金银之谢，但遇有缘者渡之”。引渡者是“木居士”“灰侍者”，你想到了什么？庄子寓言里的高人，都形如槁木，心如死灰，因为杜绝了欲望，才得以顺应天道保全自己。

这是不是说明只有禁绝欲望，才能得救呢？至少这是佛道的得救之路。

但曹雪芹没有走向宗教，《红楼梦》里的佛道宗教，既是一道苍凉的人生布景，也提供了一个高维度的视角，穿透人间幻境，看破世俗荣耀，看破欲望的虚妄。只有看空这些，才会找到真正的价值。正如甄士隐注解的《好了歌》，功名、金银、娇妻、儿孙等等，本来都是假的，不可持久，可世人偏偏以假为真，把短暂当成永恒，才迷失于世俗功利之中。

在书中，有甄士隐也有贾雨村；有京城的贾家，也有江南的甄家；有贾宝玉也有甄宝玉；镜子有正面，也有反面；有大观园这个清洁的世界，也有大观园外污浊的现实……构成了两两对称，又相互悖反的结构。

看回目，就能发现生与死是被刻意并列的——“秦可卿死封龙禁尉，王熙凤协理宁国府”“贾元春才选凤藻宫，秦鲸卿夭逝黄泉路”“诉肺腑心迷活宝玉，含耻辱情烈死金钏”“寿怡红群芳开夜宴，死金丹独艳理亲丧”“开夜宴异兆发悲音，赏中秋新词得佳谶”……一边是热，一边是冷；一边是生，一边是死，繁华与衰落，相互依存如影随形。

《红楼梦》提醒读者要从死看见生，从衰败看见繁华，分清哪些是“好”，哪些是“了”，哪些是瞬息的繁华、一时的悲欢。从而看破这些色相，在“好”与“了”、真与假、清与浊、生与死的对照中，去反思人性、文化和生命，看见生命的各种可能性。在空与色的对峙下，在“花柳繁华地，温柔富贵乡”里，生命才能通过重重关卡，达到更辽阔的境界。

所以，《红楼梦》是一部觉悟之书。在对人生、生命、历史的多重观照中，作者似乎拥有了一个“大观视角”。刘再复先生在《红楼梦悟》中说：“所谓大观视角，便是宇宙的高远的宏观视角。释迦牟尼和他的真传弟子们拥有这一视角，便知偌大的地球在大千宇宙中不过是恒河的一粒沙子（参见《金刚经》）……在‘大观’眼睛之下，所有的世俗概念、世俗尺度全都变了。一切都被重新定义。”

因此，全书的故事一定要在一僧一道的告诫中，在《好了歌》的歌声中开始。“空”和“了”不是结束，而是开始。

第十二讲

《红楼梦》的世界观

一、《红楼梦》里的现实世界

以漫威宇宙做类比，曹雪芹创造了三个不同的宇宙：大观园外（现实世界）、大观园（理想世界）和太虚幻境（神话世界）。这三个世界相互平行，又相互渗透。

大观园以外的世界，就是真实的现实世界。贾家是时代和社会的缩影，现实的破败与堕落，社会的复杂与颓坏，这里都有。

我们看，第一回出现的贾雨村，原本出身诗书仕宦之家，家道中落，颇有抱负，写出一首“时逢三五便团圆，满把晴光护玉栏。天上一轮才捧出，人间万姓仰头看”，甄士隐甚称许，便赞助他进京赶考，他考中了进士，又升了知府，娶了甄家的丫鬟娇杏。甄士隐却在女儿英莲被拐卖后，接连遭遇失火、岳父冷遇，几近家破人亡，最后看破红尘，跟一个跛足道人出了家。

贾雨村和甄士隐一个向左，一个向右，代表了不同的人生。贾雨村是天下士人的缩影，他的理想和抱负，以及后来的官场浮沉，也是士人的普遍遭际。他只当了一年知府，就因不谙官场潜规则被革职，这是冷酷社会给他上的第一课。

后来，他结识了林如海，当了黛玉的私塾老师。因黛玉母亲贾敏去世，贾母要接黛玉去贾府住，林如海便写了一封推荐信给贾政。贾政有庞大的关系网，“轻轻谋了一个复职候缺，不上两个月，金陵应天府缺出，便谋补了此缺”。贾雨村刚上任，就遇到薛蟠的案子，这就是第四回“葫芦僧乱判葫芦案”。请注意，当贾雨村听到拐子把甄英莲转卖给两家牟利，薛蟠打死另一家冯渊抢走英莲，死者家人到处告状却无果时，他是这样反应的——

听了大怒道:“岂有这样放屁的事!打死人命就白白的走了,再拿不来的!”因发签差公人立刻将凶犯族中人拿来拷问,令他们实供藏在何处;一面再动海捕文书。(第四回)

这是他的本能反应,基于良知和规则。但旁边一个门子拼命朝他使眼色,还悄悄拿出一张护官符给贾雨村,这是官场给他上的第二课——

贾不假,白玉为堂金作马。(宁国荣国二公之后,共二十房分,除宁荣亲派八房在都外,现原籍住者十二房。)

阿房宫,三百里,住不下金陵一个史。(保龄侯尚书令史公之后,房分共十八,都中现住者十房,原籍现居八房。)

东海缺少白玉床,龙王来请金陵王。(都太尉统制县伯王公之后,共十二房,都中二房,馀在籍。)

丰年好大雪,珍珠如土金如铁。(紫薇舍人薛公之后,现领内府帑银行商,共八房分。)(第四回)

据门子说:“这四家皆连络有亲,一损皆损,一荣皆荣,扶持遮饰,俱有照应的。”一个都不能得罪,打死冯渊抢走英莲的薛蟠便是薛家的了。贾雨村迅速改变策略,放走薛蟠,胡乱了结了此案,并主动修书告知贾家和王家:“令甥之事已完,不必过虑。”即使门子告诉他,这被拐卖的女孩是旧日恩人甄士隐之女,也不再理会。他从此巴结上了贾家,时常来荣国府走动,被称为“兴隆街大爷”。每来拜访，贾政必让宝玉来作陪，宝玉大为烦恼。

这段插曲精准勾勒了一个充满理想的士人如何长成了自己讨厌的模样。当初，他是怎样说服自己贪赃枉法、忘恩负义的呢？门子告诉他护官符背后的秘密时，他还不松口——

> 雨村道：“你说的何尝不是。但事关人命，蒙皇上隆恩，起复委用，实是重生再造，正当殚心竭力图报之时，岂可因私而废法？是我实不能忍为者。”门子听了，冷笑道：“老爷说的何尝不是大道理，但只是如今世上是行不去的。岂不闻古人有云：‘大丈夫相时而动’，又曰‘趋吉避凶者为君子’。依老爷这一说，不但不能报效朝廷，亦且自身不保，还要三思为妥。”（第四回）

“大丈夫相时而动”“趋吉避凶者为君子”，言之凿凿，其实就是承认趋利避害、见风使舵才是最佳的生存法则。从此，贾雨村迅速“黑化”。

后来贾赦看上了石呆子收藏的古扇，贾雨村便诬陷石呆子令其入狱，把人家的家产变卖，夺了扇子送给贾赦，至于石呆子就不知是死是活了。贾赦对贾琏炫耀扇子，骂贾琏无能，贾琏只说了一句：“为这点子小事，弄得人坑家败业，也不算什么能为！”却被贾赦打了一顿。连平儿都骂贾雨村：“半路途中那里来的饿不死的野杂种！认了不到十年，生了多少事出来！”（第四十八回）根据脂评，八十回后贾家败落，贾雨村还落井下石，非常不堪，而他自己也落了个“因嫌纱帽小，致使枷锁扛”的下场。

贾雨村当然不是天生的坏人，他有学问有才情，也有正义感和责任心，但最终还是成了脏污官场的一分子。在书中，他的故事虽然只是一个小插曲，但以小见大，能窥见混乱社会的一角——薛蟠仗势杀人，这个“势”就是他背后的势力、权力，贾雨村徇私枉法也是屈服于“势”。多少士人被卷入各种“势”中，从此再也不能回头。

贾雨村在官场上的沉浮，正是黑暗社会的一个缩影。如果贾雨村的堕落对应了士人的堕落，贾家的兴衰对应的正是现实和历史之兴衰。第二回“冷子兴演说荣国府”——

> “如今生齿日繁，事务日盛，主仆上下，安富尊荣者尽多，运筹谋画者无一；其日用排场费用，又不能将就省俭，如今外面的架子虽未甚倒，内囊却也尽上来了。这还是小事。更有一件大事：谁知这样钟鸣鼎食之家，翰墨诗书之族，如今的儿孙，竟一代不如一代了。”（第二回）

盛极而衰，衰而复振，振而再败，一治一乱，正应了古语所云：“君子之泽，五世而斩。”当年贾家是何等荣耀，如今人越来越多花费也大，却无人能够运筹谋划。曹雪芹认为，关键是“人”出了问题。

荣国府里的贾赦一大把年纪，还惦记着要娶小老婆，竟然看上了贾母身边的鸳鸯，而邢夫人居然来说媒。贾赦还跟贾雨村配合，夺了石呆子的古扇。这是一个内心毫无敬畏、无法无天的欲望顽主。

贾政则是另一种人格类型，他严肃方正，连出个谜语谜底也是坚硬的砚台。他努力按照儒家道德修身，督促儿子读圣贤书，把希望寄托在子辈身上，自己却“不惯俗务”，镇日跟清客相公们闲聊。当年孔子教学生还教六艺——礼、乐、射、御、书、数，除了读书，还是有射箭、驾车和术数这些技能的，可谓德智体美劳共同发展。但儒家的学问越往后越凌空蹈虚，到了宋明理学，就剩下了写道德文章科举入仕，越发“不惯俗务”了。如果儒家文化的历史结晶就是贾政，那么这历史多少是有些荒诞的。贾珠的遗腹子贾兰爱读书，后来也中了举，想必也将会是一个复制版的贾政或贾雨村吧，毕竟世事“从来如此”。

贾赦和贾政都无法承担家族重任，子辈呢？贾琏有基本良知，但喜欢拈花惹草，管理能力有限，在家族事务中还徇私舞弊。比如盖省亲别墅时，当他听说贾蔷负责采买戏子——

> 贾琏听了，将贾蔷打量了打量，笑道：“你能在这一行么？这个事虽不算甚大，里头大有藏掖的。”贾蔷笑道：“只好学习着办罢了。”
>
> ……
>
> 这里贾蔷也悄问贾琏：“要什么东西？顺便置来孝敬。”贾琏笑道：“你别兴头。才学着办事，倒先学会了这把戏。我短了什么，少不得写信来告诉你，且不要论到这里。”（第十六回）

贾琏说的“大有藏掖”，即有很多浑水可摸鱼，有油水可捞，而贾蔷也心知肚明，马上就打蛇随棍上。后来贾琏通奸的对象鲍二家的自杀，给了二百两银子发送，这笔银子就记在了贾家的公共财政账户上，“分别添补开销过去”（第四十四回），这等于是公款私用了。如果把贾家当家族企业，那么员工们没一个考虑把企业做大做强，而是一心为自己捞油水，挖集体的墙脚，活脱脱一群蛀虫。

作为实际管理者，贾琏和王熙凤带头浑水摸鱼。贾芸看到贾芹谋了看管沙弥道士的差事，骑着大叫驴格外风光，也给凤姐送麝香冰片行贿，果然得到了在大观园种树的活儿。只见账房一下子批了二百两银子，买树苗只需要五十两，净赚一百五十两，贾家的财政有多混乱，亏空有多大，也就可想而知了。凤姐还提前支取众人的月例，拿出去放高利贷。“弄权铁槛寺”，利用裙带关系，干预司法，白得了三千两银子后，她越发恣意妄为。

盖省亲别墅，花银子如流水，更加速了荣国府的衰败。到第七十回前后，荣国府已捉襟见肘。贾母过生日，王夫人竟然没钱买礼物，只好变卖了几件铜锡家伙，得了三百两银子；贾琏、王熙凤跟鸳鸯商量，要拿老太太的体己东西卖钱；宫里的夏太监来借钱，王熙凤拿两件首饰当了四百两银子，虽有做给对方看的成分，但荣国府的财政早已左支右绌是事实。连黛玉都说——

> “咱们家里也太花费了。我虽不管事，心里每常闲了，替你们一算计，出的多进的少，如今若不省俭，必致后手不接。”（第六十二回）

对家族的败落，贾政其实早就有预感。早在第二十二回，众姐妹出的灯谜谜底，不是炮仗就是算盘、风筝、佛灯和更香，他就心怀忧戚。贾母也能觉察一二，清虚观打醮时，在神前抽出了三出戏：前两部《白蛇记》《满床笏》，都是马到成功、金玉满堂之意，贾母笑称是神佛之意，不过，最后一部是揭示人生如梦的《南柯梦》，贾母听到便不言语，恐怕心中不是滋味。不过，随后就焚钱粮、戏开场，热闹起来就把这些不快抛到九霄云外了（第二十九回）。

当王熙凤建议撵一些年龄大的丫头出去配人，也节省些用度，王夫人却还在怀恋往日的荣耀，说当年贾敏那才是真正的金尊玉贵，如今几个姑娘身边只有几个小鬼似的丫鬟，“虽然艰难，难不至此”（第七十四回）。尤氏在贾母处吃饭，主子吃的细米饭居然不够了，鸳鸯说：“要一点儿富馀也不能的。”王夫人这样解释：“这一二年旱涝不定，田上的米都不能按数交……”显然日子越来越艰难，王夫人却推到天气上。贾母在无边的福气里，已经沉溺太深、太久了，看尤氏吃下人的粳米饭，她只是开了个玩笑：正是“巧媳妇做不出没米的粥来”，而众人的反应，是“都笑起来”（第七十五回）。知道甄家获罪被抄家，也只是有点不自在，一心想着的还是中秋团圆宴。

到了中秋节，众人吃酒赏月过节日，但贾家已经露出了下世的光景。先是东府中秋前夜，宗祠处传来沉重的叹息声——

> 大家正添衣饮茶，换盏更酌之际，忽听那边墙下有人长叹之声。大家明明听见，都悚然疑畏起来。贾珍忙厉声叱咤，问：“谁在那里？”连问几声，没有人答应。尤氏道：“必是墙外边家里人也未可知。”贾珍道：“胡说。这墙四面皆无下人的房子，况且那边又紧靠着祠堂，焉得有人。”一语未了，只听得一阵风声，竟

过墙去了。恍惚闻得祠堂内槅扇开阖之声。只觉得风气森森，比先更觉凉飒起来；月色惨淡，也不似先明朗。众人都觉毛发倒竖。（第七十五回）

这一节写得影影绰绰，全用幻笔。宁国府贾珍等人镇日胡闹，沸反盈天，连祖宗都看不下去了。其实，当顽石幻形入世，甄士隐抱着小女享受人生，元春省亲富贵风流，众人酒酣耳热……种种喧闹之际，“命运”就已在冷冷旁观，伟大的文学会让我们看见岁月静好背后的万丈深渊。

到了中秋夜，大家团团而坐，也只坐了半壁，凤姐、李纨因病缺席，场面更显得格外冷清。玩击鼓传花，偏轮到贾政和贾赦，贾政说“妻管严”喝老婆洗脚水的笑话，大家尴尬地笑；贾赦说偏心母亲的故事，贾母沉默半日：看来，我也要被针一针了。众人意兴阑珊，贾母执意用大杯喝酒，变着法闻笛赏月，即使夜深体乏倦意蒙眬，也不愿散。与其说是享受，不如说是强颜欢笑。当悲怨的笛音传来，贾母终于撑不住，堕下泪来，连尤氏的笑话也没听完。夜深了，众人散了，只有探春陪着她。

所有的宴饮，所有的繁华，似乎都是为了即将到来的幻灭。贾府赫赫扬扬，已历四代，“眼看他起朱楼，眼看他宴宾客，眼看他楼塌了”。后四十回的续作者不忍心写出彻底的破败，安排了“兰桂齐芳家道中兴”，这是不敢面对真相强行营造幻象，属于鲁迅先生说的“瞒和骗的文学”了。

这个百年大族注定会有这样的结局吗？真的只能听天由命无所作为了吗？

当然不是。秦可卿临死向王熙凤托梦。听了秦氏“乐极悲生”“树倒猢狲散”的警告，凤姐的反应是：“何法可以永保无虞？”意思是怎样才能一直好下去？秦氏回答，人间不可能永恒，凡事都有个尽头，但如果能早些谋划，居安思危，至少不会一败涂地。接下来，她建议：一是在祖宗坟茔地附近多买些田庄和房屋，这是祭祀产业，即使将来有不好的事情，也不会被充公没收的，趁现在富贵，置办好，并经营好；二是把私塾也设在祭祀产业里，即使家族败落了，子孙们也有后路，还可以在私塾读书。

秦可卿这一番话，既照顾到了未来的生存，也保障了子孙的教育问题，大有见识。当然，这不仅是秦可卿的思虑，也是曹雪芹痛定思痛从家族历史里得到的启示。问题是，作为荣国府的经理人，王熙凤听进去了吗？她听了肃然起敬，但是左耳朵进右耳朵出，忙着去“弄权铁槛寺”了，把秦可卿的忠告忘得干干净净。连这个“脂粉堆里的英雄”、贾家最能干的人，尚且如此，贾家的结局就可想而知了。

在这样的境况下，探春这个人物形象就非常有意义。她在大观园锐意改革，在亲娘找碴、众下人站干岸看热闹的情况下，清明理性地坚持原则，裁掉重复开支，创新大观园经营之道，并对权力保持了足够的审慎态度……她高瞻远瞩，在一叶落而知秋之际，敏锐预见风雨欲来。

当然，在这样庞大臃肿的家族里，只有一个人有能力有见识远远不够，探春的改革其实没什么用。明明知道无法成功，却依然坚持，这种“知其不可为而为之”的态度和意志力令人钦佩。

如果说荣国府是社会和历史的缩影，那么，宁国府则是现实世界中最败坏最堕落的地方。

贾敬完全放弃了家族责任，自己跑到道观里炼丹求长寿，最后死得很难看。长辈失责，儿子贾珍无法无天，吃喝嫖赌带

"扒灰"。书中最乌烟瘴气的饭局就是在东府里，在第七十五回里，尤氏在外面偷看这些人的丑态，忍不住悄悄地啐了一口，骂道——

"你听听，这一起子没廉耻的小挨刀的，才丢了脑袋骨子，就胡唚嚼毛了。"（第七十五回）

可见情形有多不堪。贾蓉也有样学样，比父亲更下作更没有底线。柳湘莲就曾说过：你们东府里，恐怕连猫儿狗儿都不干净，只有门口那两个石狮子干净罢了（第六十六回）。连住在大观园里的惜春也有所耳闻，发誓要跟东府断绝来往："我清清白白的一个人，为什么教你们带累坏了我！"（第七十四回）

在这个最肮脏的世界里，"情"当然也被污染了。贾珍和秦可卿的故事发生在东府里，贾珍、贾蓉和尤二姐、尤三姐的故事则是东府父子的"麀聚之乱"，而贾瑞初次遇到王熙凤，正是在东府的会芳园里，至于被删掉的"秦可卿淫丧天香楼"这一情节，自然也是在东府内。

第五回秦可卿的册子上，画着高楼大厦，有一美人悬梁自缢。判词是这样的："情天情海幻情身，情既相逢必主淫。漫言不肖皆荣出，造衅开端实在宁。"她的曲子是《好事终》——

画梁春尽落香尘。擅风情，秉月貌，便是败家的根本。箕裘颓堕皆从敬，家事消亡首罪宁。宿孽总因情。（第五回）

曹雪芹认为，"情"的败坏体现了人性的败坏，而家族的败坏也由此而起。曹公一方面看到滥情的危害，另一方面也看到“情”遭遇的另一个困境：以礼制情，用礼来扼杀情。事实上，主流社会对“情”的态度，有一个从“发乎情止乎礼”到“存天理灭人欲”，从合乎情理到不近人情的过程。这也是儒家道德逐渐分化并偏移的过程。

就拿《诗经》来说，虽然孔子编纂诗三百，是为“教化人心”，但他还是保留了数首爱情诗，有尊重自然人性的一面，但孔子之后的儒家愈来愈容不下“情”。我们来看《诗经》的第一首《关雎》，孔子评价其“乐而不淫，哀而不伤”。到了《毛诗序》就这样解读：“《关雎》，后妃之德也……乐得淑女以配君子，忧在进贤，不淫其色，哀窈窕，思贤才，而无伤善之心焉。是《关雎》之义也。”意思是，这首诗不是写爱情的，歌颂的是周文王的夫人周武王的生母太姒，她相貌双全品德高尚，热爱劳动（“流之”“采之”“芼之”）。同时歌颂的是夫妻关系融洽（“友之”“乐之”），就连“寤寐思服”，都是在劝文王以礼纳贤，这才是模范夫妻，足以正天下夫妇。朱熹完全认同这个论调：“周之文王生有圣德，又得圣女姒氏以为之配。宫中之人，于其始至，见其有幽闲贞静之德，故作是诗。”总之，不承认《关雎》是爱情诗。

《诗经》里的《野有死麕》，遭遇了更严厉的道德审查。诗是这样的：“野有死麕，白茅包之。有女怀春，吉士诱之。林有朴樕，野有死鹿。白茅纯束，有女如玉。舒而脱脱兮！无感我帨兮！无使尨也吠！”一对年轻男女相遇，情感表露自然大胆，却被郑玄的《诗笺》解释成男要强暴女：“贞女欲吉士以礼来……又疾时无礼，强暴之男相劫胁。”到了朱熹这里，又强调诗中女性的贞洁：“此章乃述女子拒之之辞，言姑徐徐而来，毋

动我之帨，毋惊我之犬，以甚言其不能相及也。其凛然不可犯之意盖可见矣！”（《诗集传》）

孔子讲究“发乎情止乎礼”，以礼制情克己复礼，总体是避情但也能容情。时代越往后，对“情”的约束就越严重，如果孔子能看到他的后学们一个个变得面目可憎，会不会像德国诗人海涅那样叹息：我播下的是龙种，收获的却是跳蚤。

不过，文学却往往以充沛的“情”冲破理与礼的藩篱。

宗白华先生说魏晋名士们表面放浪形骸，其实“向内发现了深情，向外发现了自然”。王戎就说：“圣人忘情，最下不及情，情之所钟，尽在我辈。”人之为人，正在于“情”。圣人是超凡脱俗之人；“最下”做不到“有情”，唯有我辈中人，情发其中，能容情尊情。

诗歌中“尊情”传统更发达。李贺“天若有情天亦老”，陈子昂“念天地之悠悠，独怆然而泪下”，还有《春江花月夜》，从“春江潮水连海平”开始，由美景感慨人生短暂而宇宙永恒，最后“落月摇情满江树”，以“情”为整篇画上句号，人生的意义落到“情”处。

到了明末的冯梦龙，说“六经皆以情教也”，他在《情史序》里写道：“天地若无情，不生一切物。一切物无情，不能环相生。生生而不灭，由情不灭故。四大皆幻设，惟情不虚假。有情疏者亲，无情亲者疏。无情与有情，相去不可量……愿得有情人，一齐来演法。”“无情”则世界不存在、无意义，这是干脆把“情”当成世界的本体。《牡丹亭》里的杜丽娘甚至因情而死，死而复生，情，可以通阴阳，超生死。

到了《红楼梦》，中国文学的“尊情”传统获得了升华，“情”的内涵更具体更浩瀚。在太虚幻境和大观园里，“情”具有存在论的内涵，直接指向“人诗意地栖居”，达到了哲学的高度。

二、《红楼梦》里的理想世界

第五回宝玉梦中来到太虚幻境，只见这里朱栏白石，绿树清溪，真是人迹希逢，飞尘不到。宝玉在梦中欢喜不尽，想道：“这个去处有趣，我就在这里过一生，纵然失了家也愿意，强如天天被父母师傅打呢。”

太虚幻境是神圣仙境。其居“离恨天之上，灌愁海之中，放春山遣香洞”。警幻仙姑掌管的是“尘世之女怨男痴”，负责“布散相思”。宫门上写着“孽海情天”四字，对联是：“厚地高天，堪叹古今情不尽。痴男怨女，可怜风月债难偿。”仙子们个个“荷袂蹁跹，羽衣飘舞，姣若春花，媚如秋月”，不食人间烟火，道号分别是痴梦仙姑、钟情大士、引愁金女、度恨菩萨，都跟“情”有关。十二支《红楼梦》曲子的开篇也是：“开辟鸿蒙，谁为情种？都只为风月情浓。”

太虚幻境里的警幻仙姑还送给宝玉两个字“意淫”，说跟世人追求的“皮肤滥淫”不同，后者“不过悦容貌，喜歌舞，调笑无厌，云雨无时，恨不能尽天下之美女供我片时之趣兴”，是欲望的泛滥。而宝玉的“意淫”是“天分中生成的一段痴情”，可惜世人未必懂得，所以宝玉“在闺阁中，固可为良友，然于世道中未免迂阔怪诡，百口嘲谤，万目睚眦”（第五回）。

我们知道，“意淫”是对女儿的爱与尊重，是对世间万物的深情，且毫无情欲的成分。不过，警幻仙姑随之而来的举动，却有点出人意料，她把其妹可卿许配给宝玉，并秘授以云雨之事：

“不过令汝领略此仙闺幻境之风光尚如此，何况尘境之情景哉？而今后万万解释，改悟前情，留意于孔孟之间，委身于经济之道。”（第五回）

从梦中醒来的贾宝玉，拉住袭人偷试一番云雨。那么，宝玉是不是违背警幻仙姑的教导了？怎么一回到现实，就不是“意淫”了呢？这证明宝玉在心理和生理上，都是正常的男性，也有七情六欲。唯其如此，他最终能超越情欲，才殊为可贵。

还记得秦钟吗？他跟宝玉一样长得干净美好，且有女儿之态，宝玉一见他，便自惭形秽。结果，秦钟却走上滥情之路，跟尼姑智能儿偷情，最后像贾瑞一样掏空身体，早早死掉。而宝玉在自我成长的过程中，逐渐克服了肉体的欲望，并升华为“意淫”，跟黛玉证成一段高贵而纯粹的爱情。并以博爱的精神，对整个世界都温柔以待，这才是“意淫”的真境界。

曹雪芹再三提醒读者，《红楼梦》不是才子佳人的故事，那些故事“并不曾将儿女之真情发泄一二”。为什么宝黛爱情让我们心醉神迷？因为这是传统小说里最缓慢、最悠长，也是最深情的爱。既有神性（一个是神瑛侍者，一个是绛珠仙草），又有人间性（在细密的日常生活里，日久生情，相互珍惜），他们在精神上相互懂得，相互依恋。

在大观园里，“情”的内涵是丰富的，既有爱情，也包含了亲情、友情，以及对天地万物的深情、博爱。爱情有宝黛恋爱、龄官划蔷、藕官烧纸；亲情与友情自不必说；大观园里众人的人格平等，有知己之间的惺惺相惜，丫鬟跟姑娘们相处融洽，情投意合；就连一把小小的扇子都能被善待——宝玉把扇子递给晴雯，让她撕着玩，并说：扇子是为人所用的，你喜欢撕着玩也是可以的，只是不要生气了拿它出气，这就是爱物。

太虚幻境是以情为主导的世界，是一个真正的“有情之天地”，大观园正是太虚幻境在人间的倒影。《红楼梦》不止一处暗示大观园就是太虚幻境。宝玉第一次到园内正殿的玉石牌坊处——

> 宝玉见了这个所在，心中忽有所动，寻思起来，倒像那里曾见过的一般，却一时想不起那年月日的事了。（第十七回至十八回）

元春省亲时，这块玉石牌坊上正刻着“天仙宝境”，这正是宝玉在梦中所见太虚幻境的正门，是元春令人换成了“省亲别墅”。

如果用时间性来衡量这三个世界，你会发现，三个世界里的时间是不一样的——现实世界快速堕落，太虚幻境是永恒的，而大观园的时间仿佛停止了。

作为仙境和理念世界的太虚幻境，是静止的，没有时间，永不会毁坏，警幻仙姑和仙子们也总是“姣若春花”，永远完美。而大观园是宝玉和众姐妹的乐园，在这里，时间是模糊的，仿佛一直停留在青春时代。

当然，《红楼梦》整部书的时间性都有点模糊。我甚至认为作者故意模糊时间线。小说是从“大荒山无稽崖青埂峰下”开始的，又特意交代架空朝代。而且，更关键的是，大观园本质上是拒绝时间的。

翻开《红楼梦》，从宝黛住进大观园开始，时间就慢下来了。沁芳闸下共读禁书，黛玉葬花，晴雯撕扇，香菱学诗，湘云醉卧，还有海棠诗、螃蟹宴，琉璃世界白雪红梅，再到凹晶馆联诗……大观园似乎有自己的时间刻度和时间法则，人物似乎一直停留在十几岁，永远都不会长大。时间在大观园里，仿佛一直是停滞的。

说到物理时间和心理时间的差别，我想起博尔赫斯写的一个短篇小说《秘密的奇迹》。二战期间，一个犹太学者被纳粹抓住判了死刑。最后一个夜晚来临时，他在脑海中撰写的剧本还差两幕没有写，于是他在黑暗中祈求上帝，再赠予他一年的日子，让他完成这部剧本。在去刑场的路上，“士兵们压低声音说话，仿佛他已经是个死人”。由生到死，其实只有一瞬间，这一瞬间短到任何思考都不可能发生，短到一滴雨刚刚落下。可当军士长一声令下，枪决开始的那一瞬，一滴雨水落到了他的太阳穴上，物质世界凝固了，时间静止了，只有思想在飞速运转。原来，这个瞬间（从死刑执行到执行完毕，也就是两分钟）在他的体验中被拉长成了一年，于是，他字斟句酌完成了作品。而当他把最后一个词敲定时，雨滴从他脸上流了下来，子弹也同时击中了他。

法国哲学家柏格森提出了空间时间和心理时间的概念，他把传统的时间称为空间时间或客观时间，是按照过去、现在和将来依次延伸的线性时间；心理时间也叫主观时间，它是过去、现在和将来的互相渗透。他认为人越是进入意识的深处，空间时间就越不适用，只有心理时间才有意义，在心理深处从来没有过去、现在和将来。

如果一个人只有客观时间，只是意味着活了多少天多少小时，用客观时间来度量生命，人生其实是空洞的，意义会被摧毁。正是因为有主观时间，因为我们有感觉和记忆，生命才不是一个单向的旅程，我们才不会被困在时间里，才能拥有自由。

从这个角度来看，大观园里的时间必然是缓慢的。每一个画面，每一个记忆，早就超越了客观时间的限制，而拥有了永恒的意义。所以，阅读《红楼梦》会有一种神奇的体验，就是翻开任何一页都能获得很完整的审美体验。

我在《作为欲望号的〈金瓶梅〉》一书里有一篇"《金瓶梅》写中年，《红楼梦》写少年"，其中有一段：

"海德格尔说，人类本应该诗意地栖居，却在生存的'筱计'中日渐遗忘了本真，背离了存在，成了沉沦于世的'常人'。我们开始讪笑年少轻狂，决定归顺现实。于是，人到中年就像进入一条隧道，活得更窄迫，更荒凉。用本雅明充满诗意的说法，这是因为人的生命和天上的星辰逐渐断了联系，并持续远离。大观园，是距离天上的星辰最近的。"

太虚幻境和大观园是曹雪芹的天才创造。中国传统文学里其实只有现实的世界。

《三国演义》聚焦的是历史的分与合，三国的乱与立，作者和人物都站在历史和政治的层面上。《水浒传》关心的也是社会政治的黑暗和好汉们的行为。《西游记》写的是神魔世界和佛道宇宙，却处处对照着现实的逻辑，唐僧师徒四人见到如来求取真经，如来派迦叶、阿难带他们去拿，两位尊者居然跟唐僧要"人事"，相当于索要红包，悟空不给，结果换来的是无字经书，最后还是将唐王赠的紫金钵盂给了他俩，才换回真经。即使是怪力乱神的"志怪"小说，神界也是翻版的人间社会，《聊斋志异》里的阎罗殿，到处是贪官，复制的就是现实的官场世界。就是说，文学的想象力总是超越不了现实层面。

王国维在《红楼梦评论》中有这样一段话:“《桃花扇》,政治的也,国民的也,历史的也;《红楼梦》,哲学的也,宇宙的也,文学的也。此《红楼梦》之所以大背于吾国之精神,而其价值亦即存乎此。”他认为,《桃花扇》追问的是“(明代)三百年之基业,隳于何人,败于何事,消于何年,歇于何地”。关心的问题都很具体,停留在政治、家国、历史的层面,这也是中国文学的永恒主题。

说到这里,可以看看后四十回的续书,曹公笔下的太虚幻境被改写得面目全非。第一百一十六回,宝玉再次在梦中去了太虚幻境,牌楼上的四个大字换成了“真如福地”(第五回里是“孽海情天”),两边的对联也成了——

> 假去真来真胜假,无原有是有非无。
>
> 转过牌坊,便是一座宫门。门上横书四个大字道:“福善祸淫”。又有一副对子,大书云:
>
> 过去未来,莫谓智贤能打破;
>
> 前因后果,须知亲近不相逢。(第一百一十六回)

居然把一切都归于福善祸淫、因果报应那一套,这不是迎春读的《太上感应篇》吗?是有悖曹公原意的。宝玉也终于见到成了神仙的黛玉,却是以下场景——

> 只见殿宇精致,彩色辉煌,庭中一丛翠竹,户外数本苍松。廊檐下立着几个侍女,都是宫妆打扮,见了宝玉进来,便悄悄的说道:“这就是神瑛侍者么?”引着宝玉的说道:“就是。你快进去通报罢。”有一侍女

笑着招手，宝玉便跟着进去。过了几层房舍，见一正房，珠帘高挂。那侍女说："站着候旨。"宝玉听了，也不敢则声，只得在外等着。那侍女进去不多时，出来说："请侍者参见。"又有一人卷起珠帘。只见一女子，头戴花冠，身穿绣服，端坐在内。宝玉略一抬头，见是黛玉的形容，便不禁的说道："妹妹在这里！叫我好想。"那帘外的侍女悄咤道："这侍者无礼，快快出去。"说犹未了，又见一个侍儿将珠帘放下。宝玉此时欲待进去又不敢，要走又不舍，待要问明，见那些侍女并不认得，又被驱逐，无奈出来。（第一百一十六回）

太虚幻境是神仙居所，是"有情之天地"，根本拒绝人间等级。但在续作者笔下，神仙们也要遵守俗礼，黛玉见宝玉，俨然是皇妃召见大臣，太虚幻境也成了森严的金銮殿。

续作者缺乏超越的能力，无法理解太虚幻境的精神性和神圣性，自然也不能理解大观园的精神。在续书里，黛玉对宝玉阐发琴理，说什么学琴要"心身俱正"："琴者，禁也。古人制下，原以治身，涵养性情，抑其淫荡，去其奢侈……"这分明是劝导宝玉要收敛性情，以理制情。显然，这跟大观园的"尊情"是相悖的。

还有，续书一面让宝玉中举、宝钗怀孕、贾家"兰桂齐芳"，肯定了世俗的"有"；另一面却通过"甄士隐详说太虚情，贾雨村归结红楼梦"，把情归于虚无。第一百二十回，被削职为民的贾雨村在迷津渡口，遇到道士甄士隐，谈起宝玉出家之由，甄士隐说他回到所来之处。至于那些女儿们为何下场都如此凄惨，甄士隐这样解释——

> “贵族之女俱属从情天孽海而来。大凡古今女子，那‘淫’字固不可犯，只这‘情’字也是沾染不得的。所以崔莺苏小，无非仙子尘心；宋玉相如，大是文人口孽。凡是情思缠绵的，那结果就不可问了。”（第一百二十回）

这完全否定了“情”的价值，也否定了大观园的价值。

你可能会说，在前八十回里大观园已经风雨飘摇了，而且最终会走向崩塌，这不是同样否定大观园了吗？有很多评论者认为，《红楼梦》由“空”至“空”，最后让贾家败落、宝玉出家，以至于“落了片白茫茫大地真干净”，最终指向虚无，没有给人物指出出路。

非也非也。曹雪芹最后又让大观园彻底崩塌，让自己亲手营造的“有情之天地”归于冷寂，是最具革命性最高明的。还记得大观园是怎么盖起来的吗？

> 先令匠人拆宁府会芳园墙垣楼阁，直接入荣府东大院中。荣府东边所有下人一带群房尽已拆去。当日宁荣二宅，虽有一小巷界断不通，然这小巷亦系私地，并非官道，故可以连属。会芳园本是从北拐角墙下引来一股活水，今亦无烦再引。其山石树木虽不敷用，贾赦住的乃是荣府旧园，其中竹树山石以及亭榭栏杆等物，皆可挪就前来。如此两处又甚近，凑来一处，省得许多财力，纵亦不敷，所添亦有限。（第十六回）

大观园不是空中楼阁，不会凭空而起，是在荣宁二府的地基上建成的，有三个主要部分：宁国府的会芳园、贾赦小院、荣国府东院。正如黛玉对宝玉所言——

> “撂在水里不好。你看这里的水干净，只一流出去，有人家的地方脏的臭的混倒，仍旧把花遭塌了。”（第二十三回）

就是说，大观园是干净的，而大观园外的世界却是现实的、堕落的，尤其是会芳园，那是最肮脏的地方。大观园无时无刻不受外面世界的影响，园子里也充满世俗欲望——袭人做着姨娘的梦；宝钗一心当淑女；湘云、宝钗和袭人劝宝玉好好读书；赵姨娘因为茉莉粉和蔷薇硝斗气；司棋和莲花儿因为柳嫂子的歧视大闹厨房；春燕被何婆子撵着打；坠儿偷了虾须镯；婆子们夜里聚赌；司棋和情人在假山后幽会；鸳鸯被贾赦惦记上；绣春囊出现了，导致了抄检大观园；晴雯被撵走，司棋、芳官、四儿也被逐出……

绣春囊究竟是谁的，是司棋的吗？这不重要。绣春囊其实是一个隐喻，代表了人类的欲望和有限性，也代表大观园终将崩塌的现实。但是，在风雨飘摇的“末世”，曹雪芹依然写出了爱与美好，也写出了“千红一窟，万艳同杯”的悲剧。而正因爱与美短暂又脆弱，才格外值得珍视。

这是《红楼梦》的伟大。

三、《红楼梦》与现代社会

法国哲学家加缪说，伟大的作家都是哲学家。文学跟哲学一样，共同面对人类的境遇。曹雪芹就是一个哲学家，在他面前，本来有一套已经相当成熟的文化——儒释道各司其职，融通互补，穷尽了入世和出世的可能性。但他依然另辟蹊径，构建了自己的红楼世界，试图以一己雄心，重建人生的意义。

这当然是一个庞大的工程，答案也没那么容易给出。

这也是哲学最关心的问题。西方哲学从苏格拉底、柏拉图、笛卡尔、康德到海德格尔，从“什么样的人生才值得一过”到“我们如何认识这个世界”，到“理性有没有界限”，再到“我们又是如何遗忘了本真的存在”……都在探索“我们是谁，我们从哪里来，又到哪里去”。通过探寻，人不断深入地认识自己。

中国传统文化以儒释道为核心，以自己的方式回答了人生意义的问题——儒家推崇的是一种道德化的生存方式，修身齐家治国平天下，要做一个具有良好德行的社会人；道家负责安抚被社会摧残的人，鼓励其在大自然里放松并净化心灵，再返回社会厮杀；佛教也鼓励人放下贪念，不要过于执着，放空以后，再积极入世就不会太累。你看，为了让大家当合格的社会人，儒释道配合得相当默契。

文学也在追问。

《红楼梦》提供的路径跟传统文化不太一样，用传统的儒释道文化无法完全解释这本书。美国批评家哈罗德·布鲁姆在《西方正典》一书中认为：莎士比亚很少依赖哲学，他比柏拉图、亚里士多德、黑格尔、海德格尔及维特根斯坦等人对于西方文化更为核心。是的，文学往往比思想史更鲜活，更能呈现我们的生活史和心灵史。伟大的文学本身就有哲学高度。

曹雪芹笔下的人物和生活，既是我们的过去（我们曾经这样生活)，也是我们的现在(我们依然这样生活)。

贾家是一个庞大的贵族家庭，四代同堂，老祖母恩威有度，再加上严父慈母，妯娌们也相处融洽，看上去很规矩很祥和的一大家子。除夕夜、中秋节也都其乐融融，行酒令、击鼓传花说笑话，笑语晏晏。其实暗流涌动，家族内部也有派系斗争。贾母有两个儿子，是贾赦和贾政，她偏爱贾政，贾赦内心就不平衡，中秋节聚会，还讲了一个"偏心母亲"的笑话，搞得贾母有点尴尬。至于贾母和邢夫人、王夫人，邢夫人和王夫人、王熙凤，王夫人和赵姨娘之间，也明争暗斗。每个人都有自己的算盘，就连与世无争的李纨也有说不出的心事。

这人际关系是不是复杂得一塌糊涂？婆媳、父子、夫妻、兄弟、妯娌……直到现在，这些蜘蛛网一般的人际关系，依然是我们的现实，是我们中国人的生活。多少年过去了，生活的内核一直都没变过。

宝钗就是典型的中国人。她的道德形象，为人处世，都很中国。藏愚守拙，隐忍大度，在复杂的人际关系里游刃有余，不是去串门子就是在去串门子的路上。在人际关系方面，宝钗是有天赋的。举个例子，湘云要当东道主办个诗社，诗社嘛，本来是小型聚会。第一次海棠社非常随意，大家写写诗，很开心很放松。但宝钗帮湘云操办的螃蟹宴，就不是小型聚会，而是大型公司年会了。老太太很满意，凤姐等人也玩得开心，吃完螃蟹年轻人还写诗。太厉害了，这不是多赢，不是做大做强吗？只有宝钗能这么想，这么做。

你看她这样教育湘云：诗社虽然是玩意，但也要瞻前顾后，不要得罪了这个，得罪了那个，办诗社是需要钱的，你哪里有这么多钱呢？这多像大人在给孩子讲社会和职场的常识：社会是很复杂的，做事没这么简单！难怪这一席话让湘云“踌躇起来”。

所以，很多人喜欢宝钗，认为她能搞定复杂的人情世故，有非常高明的生存智慧，是“世事洞明皆学问，人情练达即文章”。宝钗是二百多年前《红楼梦》里的人物，她征服了贾家一家人，上到贾母，下到赵姨娘、丫鬟小红，都说她好，也征服了我们现在的很多读者。这说明，《红楼梦》里的人情世故古今相通。

但曹雪芹也留出很多缝隙，让我们看到复杂社会之外的可能性。我们来看第一次的海棠社是怎么起来的，是探春一纸邀约，说“风庭月榭，惜未宴集诗人；帘杏溪桃，或可醉飞吟盏”。昔有莲社东山之雅集，我们何不起诗社呢？众人纷纷表示这是好主意。刚巧，贾芸送来两盆白海棠，那就写海棠诗吧。怎么写呢？先让迎春随手打开一本诗集，一下子翻到了七言律诗；又让一个丫鬟随口说一个字，丫鬟正倚着门，随口说出“门”字；又让丫鬟再从韵牌子里抽出四块，上面写着“盆”“魂”“痕”“昏”四个字。于是，写七言律诗，第一句诗的尾字是“门”，其他就是“盆”“魂”“痕”“昏”。形式和韵脚都齐了，就写起了诗。所以海棠社很随性，风雅别致，也没花一个钱。

黛玉还提议大家不要姐姐妹妹喊起来，每个人起个别号才有趣。另起别号，就是不要管辈分那一套，超越现实的羁绊，营造一个诗意的浪漫的乌托邦。一句话，诗和诗社是灵魂最自由的空间，现实世界的那些逻辑和顾虑都可以暂时抛开。你看，也不用考虑得罪不得罪人这些事儿。

《红楼梦》真是一本丰富的书，每个人进入这个浩大的文学世界，看到的风景都不同。

再来说说袭人，人常说“袭为钗副”，袭人是低配版的宝钗。宝钗有文化，有修养，“任是无情也动人”，而袭人没啥文化，但她会混职场，早早进行了职业规划，即当宝玉的姨娘，然后想方设法排除万难实现目标。现在流行的各种职场生存指南，不就是教大家这么做的吗？

在天真的大观园里，她们过早社会化了。但曹雪芹写宝钗鲜艳妩媚，袭人似桂如兰，没有贬义，她们在读者群体里也各自有大量的拥趸。这就是世界和人性的多样性、复杂性，你喜欢不喜欢，人性就在那里。

从《红楼梦》里只看到现实是不够的，还要看到理想和未来，看到什么才是有尊严的生命，什么样的人生才值得一过。

我曾把红楼梦里的主要人物分为“有用之人”和“无用之人”。“有用之人”有王熙凤、探春和宝钗，当然还有贾母。这里的“有用”，是指她们都想对现实有所作为，有能力做事，也能做事。比如王熙凤管家理政，虽然有致命的缺点，比如权力欲、金钱欲太强盛，当管家的时候也不够清廉，但如果没有她，很难想象荣国府能撑多久。曹雪芹也夸她“金紫万千谁治国，裙钗一二可齐家”。她协理宁国府的时候，身段多么好看，霸道又从容。而且做事让她开心，她欲望强盛，活得生机勃勃，特别有力量。

这样的人，其实在传统文化里是很少的，不太符合儒家审美，儒家要内敛，要守礼，要有个女人的样子。也不太符合道家和佛教审美，道家要逍遥，减少欲望，佛教认为人间欲望太多，“贪嗔痴”是三毒。那王熙凤是“贪嗔痴慢疑”五毒俱全了，但她就是有无穷的魅力，是一个热气腾腾生机勃勃的现实主义者。

探春就比王熙凤更高级。她有文化，而且更理性，更守规则，更清明。她的判词是“才自精明志自高”，她在大观园搞经济改革，把花花草草卖钱，虽然对荣国府而言是杯水车薪，但这说明她有危机意识，也有改革的能力。所以，抄检大观园的时候，只有她含着泪说将来自有真抄家的时候，她很为自己不是男人惋惜，不然早出去干一番事业了。

曹雪芹很想对现实有所作为，有深切的忧患意识。如果没有这样的钟鸣鼎食之家、诗礼簪缨之族，不会有大观园，大观园这个理想的乌托邦需要雄厚的物质基础才能维持下去。所以，曹雪芹不是一味天真的理想主义者。

宝钗当然是“有用之人”。但她的有用，我认为主要体现在人际关系方面、人与社会的关系方面，简而言之，就是精于做人，而疏于做事。这其实是很儒家的，儒家就是在道德上不断完善自己，但事功能力比较弱。孟子看不上管仲，而大观园改革的时候，宝钗也有点看不上探春，认为道德比改革本身更重要。但宝钗也不是纯粹的儒家人，多了“明哲保身”和“高深莫测”。她善于藏愚守拙，平时也“不干己事不张口，一问摇头三不知”，可是，如果都学宝钗这样小心翼翼做人，谁来做事呢？做事一定是会得罪人的，需要魄力、热情，需要行动力和想象力。探春在大观园搞改革，宝钗就认为有伤大家族的体面，不如把卖花花草草的钱分给那些媳妇婆子下人们，这是把人情放在第一位了。如果说王熙凤是威权管理，探春是法治管理，宝钗就是人情化管理。人情化管理很传统，看起来很美，但实际上有很多管理的瓶颈，也不可持续。

宝钗身上也有很多矛盾的地方：一方面，她鲜艳妩媚，知书达理，艳冠群芳；另一方面，她的很多行为甚至可以解读出阴谋论来，连春日里扑个蝴蝶也能引出“金蝉脱壳”来，你想想，如果换了黛玉，换了湘云或者探春，扑蝶来到滴翠亭下，听到小红和坠儿的话，会有她的警惕心吗？她还喜欢用道德去评判人，在滴翠亭听到小红说悄悄话，她的反应是：小红是个“眼空心大、头等刁钻古怪”的东西。她跟小红不熟，就判定她道德上有问题。但王熙凤就不一样，让小红办事，小红办事利落，她就破格提拔了小红。

同样是现实主义者，相比宝钗，王熙凤和探春可能更有现代性，更适合现代社会。所以，《红楼梦》是超越那个时代的，即使在现代社会，曹雪芹的很多思考都不过时。

在《红楼梦》里，那些“无用之人”更让人心醉，在他们身上，生命也呈现出另外的可能性。“无用”其实是“大用”，这些“无用之人”，让我们看见爱、美和自由，看见自由意志，原来人还可以这样生活。

宝玉是那个时代的叛徒，他只读四书，不喜八股文，又说“文死谏武死战”是沽名钓誉。他还是博爱之人，对整个世界都温柔以待，这跟儒家的“仁”也不一样，因为后者讲究爱有差等，爱有亲疏，爱跟血缘关系紧密相关，没有爱陌生人的义务，而在宝玉的世界里，不仅仆人，就连一个远道而来的穷苦刘姥姥，也有一席之地。所以，宝玉的博爱融合了佛教的“众生平等”。

而宝黛之爱（木石前盟）注定是一场悲剧。在那个时代，人们普遍认为爱情这东西很可怕，婚姻是家族联姻，目的是建立经济共同体。其实爱情也是近百年才获得了正当性，宝黛的爱情本身就是叛逆的。黛玉也知道她的爱情没有结果，当她听到宝玉说她不说“混帐话”的时候，她的反应是很复杂的，是又惊又喜又悲又叹。她爱得相当艰难，但即便如此，她还是去爱，并写下《题帕三绝》：“抛珠滚玉只偷潸，镇日无心镇日闲；枕上袖边难拂拭，任他点点与斑斑。”这就是勇敢。很多人看到黛玉的可贵，不是因为她会谈恋爱，而是因为她敢谈恋爱，敢坚持自我。

她葬花，听到她的“一朝春尽红颜老，花落人亡两不知”，宝玉恸倒在山坡之上。这两个人不是在玩行为艺术，而是真真切切地体会到了生命的无常，人终有一死的悲剧本质。既然人终有一死，不如在有限的生命里，活得更鲜烈更勇敢，让自己的人生过得更有价值更有意义，这就是宝黛的选择。这足以去回答“什么样的人生才值得一过”，那就是一定要有爱，要有美，要有自由意志。

曹雪芹生活在十八世纪中期，当他在思考生命的各种可能性时，同时期的西方哲学也迎来了高亮的“启蒙”期，很多哲学家的思考跟《红楼梦》的追问是相通的。

借用彼得·盖伊在《启蒙时代》这本书里的话说，十八世纪是一个人类“重振勇气”的世纪。勇气来自对“宗教迷信”的怀疑和破除，康德说“摆脱迷信就是启蒙”。什么是迷信？就是“错误地相信某物是高贵的、超俗的，或者是崇高的”。迷信就是把自己交给过去，交给传统，交给他人。所以康德说：“启蒙运动就是人类脱离自己所加之于自己的不成熟状态。不成熟状态就是不经别人的引导，就对运用自己的理智无能为力。”

对于康德而言，人有两个面相。作为自然的存在物，不得不服从自然法则，比如我们不能像鸟儿那样飞翔，只能像石头一样自由落体，我们是有死之人，理性能力也有限，只是宇宙中的沧海一粟。在这个意义上，人是不自由的，正如同时期的卢梭所说："人生而自由，却无往不在枷锁之中。"但另一方面，依然要把自由作为起点，要假设人有自由意志，并有勇气有能力选择良好的生活，否则人生将毫无价值。

荷马史诗《伊利亚特》里的英雄们，也是有自由意志的。英雄的命运已预先注定，在第九卷里，阿喀琉斯就知道自己的命运——

"我的母亲、银足的忒提斯曾经告诉我，
有两种命运引导我走向死亡的终点。
要是我留在这里，在特洛伊城外作战，
我就会丧失回家的机会，但名声将不朽；
要是我回家，到达亲爱的故邦土地，
我就会失去美好名声，性命却长久。"

是阿喀琉斯自己选择举起投枪战死沙场，选择以英雄的姿态死去。这是《伊利亚特》里英雄们的共同选择：放弃平庸，争取不朽。阿喀琉斯的母亲忒提斯哭着说，自己的儿子"最杰出"，却"最短命"，这正是人的根本处境：即使是英雄，也逃不过死之大限；然而，正是死亡，让生命更辉煌。

二十世纪四十年代，法国的加缪写了《西西弗斯的神话》。西西弗斯是古希腊神话里的人物，因为触怒众神，被惩罚推巨石上山顶，但石头快到山顶时又滚下山去，前功尽弃。他需要日复一日，永无止境地推石头上山，石头滚下山，再推石头上山。西西弗斯的处境其实是人生的困境，但西西弗斯依然是有选择的：是在推石头的过程中充满沮丧、怨恨和绝望，让这件事变成最痛苦的折磨，还是勇敢地充满激情地推动巨石。西西弗斯选择了后者。这样一来，这件事就不再是毫无意义的，所以加缪写道："登上顶峰的斗争本身足以充实人的心灵。应该设想，西西弗斯是幸福的。"

应该设想，在荒诞的处境中，人还是有自由意志的，人生还是有意义的。再来说说宝玉。他是读懂《红楼梦》，读懂大观园的关键。

《红楼梦》开篇就是女娲补天。女娲炼了三万六千五百零一块石头，只剩下一块被遗弃在大荒山无稽崖青埂峰下。它自嗟自叹，当听到一僧一道八卦红尘之事，便动了凡心也想去经历一番。两位仙师劝阻未果，把它幻化为一块美玉（这就是贾宝玉出生时嘴巴里含的美玉）。后来经过几世几劫，一个空空道人来到大荒山无稽崖青埂峰下，看见一块大石头，上面有很多字，记载了顽石下凡历劫的一番故事，这就是《石头记》。

这个神话常被人忽略。顽石其实是宝玉的灵魂，它被遗弃在大荒山无稽崖青埂峰下，说明它是无用的，而且青埂峰是以情为世界起源的，情也构成了宝玉最核心的人格内涵。当初两位仙师为了打消顽石下凡历劫的念头，还说了一番话——

> "那红尘中有却有些乐事，但不能永远依恃；况又有'美中不足，好事多魔'八个字紧相连属，瞬息间则又乐极悲生，人非物换，究竟是到头一梦，万境归空，倒不如不去的好。"（第一回）

就是说，因为万境归空，一切都会变得毫无意义。所以，很多人都说《红楼梦》的主题是“空”。其实并非如此，“空”只是生命的结局，但生命的过程是美的，“情”也是不朽的。如果顽石就此打消下凡的念头，也就没有一部《石头记》了。

在《醉里挑灯看红楼》这本书里，我有一篇“《金瓶梅》结束处，《红楼梦》开始”，里面写：“儒家以道德为万物生民立命，而曹公以情为人间世界立心，心中的情爱，便是那头顶的星空。他笔下的宝黛，终是情热之人。”这就是大观园的意义，也是宝玉所坚守的价值世界，并不因“空”而失去意义。

正是深知一切都将成空，宝玉才喜聚不喜散，要把美好的瞬间留住。在清净洁白的女儿面前，他心甘情愿地低下头，满怀爱与温柔。他曾经应有尽有，但命运最终把他曾拥有的悉数夺走。对此，他也无能为力，只能眼睁睁看着悲剧发生。但如果他再来一次，他一定还是那个“即瞋视而有情”的贾宝玉。曹雪芹就是贾宝玉，即使“举家食粥酒常赊”，困于“茅椽蓬牖、瓦灶绳床”，依然写下一部《红楼梦》，追忆曾经的似水年华，这就是他的自觉选择。

宝玉和黛玉注定是被误解的人，尤其是宝玉，一直到现在，还有很多人认为他不过就是一个软弱无能的富二代。也许要等到未来的某一天，他的灵魂才能被深切地理解吧。

有必要再来看第二回曹公借贾雨村之口所说的“正邪两赋”之人，这些人身份不同，境遇不同，有的是帝王，有的是文人，有的是隐士、艺术家，甚至有的是“奇优名娼”……但他们都有自由的灵魂，让生命拥有了传统之外的可能性，他们都是大观园里的人。

曹雪芹并未因为“空”而否定“色”，而是“因空见色，由色生情，传情入色，自色悟空”。看似是一个由“空”到“空”的闭环，其实最后的“空”跟开始的“空”是不一样的。有一个空空道人路经大荒山无稽崖，看到了《石头记》，改名为《情僧录》，自己也改名为“情僧”，最终是多了一个“情”。

因此，《红楼梦》就是在生与死、空与色的对照中，对人性、文化和命运的不断追问——当一切都成空，唯有情是不朽的，美是不朽的，自由是不朽的。这个信心是悲壮的。刘再复先生在他的《红楼梦悟》里说：有心人读《红楼梦》，总要读出“珍惜”二字。是啊，“空”何有哉？打动我们的是情，是美，是那些自由的灵魂。

评论家乔治·斯坦纳这样评价托尔斯泰和陀思妥耶夫斯基的作品：“伟大的艺术品风暴般冲击我们，以其转化之力，掀开感知的大门，逼压我们信念的大厦。”就是说，真正伟大的文学艺术，会刷新我们的审美和信念，让我们在“展卷之前与掩卷之后殊为不同”。

文学是自我拯救，也是深度的疗愈。读过《红楼梦》，跟没读过《红楼梦》，也是不一样的。

这个世界上没有一个真实的大观园，但愿我们心中有一个大观园。

《红楼梦》主要情节线索

第一回至第五回

序曲

两个神话

女娲补天（第一回）

神瑛侍者和绛珠仙草（第一回）

主要人物出场

荣国府和宁国府人物关系（第二回）

宝黛初见（第三回）

剧透

梦游太虚幻境，看薄命司册子，

红楼十五年

宝玉十五岁；黛玉十四岁；宝钗十七岁。桃花社；柳絮词；贾母寿辰；抄检大观园；晴雯之死。

备注：
大观园第三个春天。
贾政回家了，在外两年多。宝玉和姑娘们长大了，大观园也要分崩离析了。正应了“三春去后诸芳尽，各自须寻各自门”（第十三回秦可卿托梦给王熙凤）。

说明：

《红楼梦》里的时间线索大体还是清晰的。当然，如果严格按照书中明确的时间推演，又多有些年龄细节，有对应不上的现象。甚至黛玉和宝钗来到贾家的年龄，也有争议。

为何连这个节骨眼的时间都模糊不清？

一是曹雪芹数次删改《红楼梦》，创作时间长，时间线索出现错漏脱榫，属于正常现象，何免有错抄；二是作者也许是有意模糊主人公的年龄。张爱玲在《红楼梦魇》中猜测，最初曹雪芹黛玉的年龄偏大，后来被作者改小了。因为作者想让宝黛保有小孩子的身体和成人的心智，张“晚熟”，后者是“早熟”。

试想，如果黛玉十三岁进荣国府，宝玉十四岁，两人“日则同行同坐，夜则同息同止”（第贾母溺爱二人，但这也太不合礼制。改小一些，情况就不同了。再看“情切切良宵花解语，意绵绵这一回，两个人挤在一张睡榻上嬉闹，那天真热情的样子，正是小孩子才有的。

此外，也有学者认为黛玉是九岁进贾府的。而宝钗十三岁来，二人前后相隔一年，倒也符合描写，即黛玉前脚刚住下，就收到了薛姨妈将要进京的来信。然而如果黛玉九岁来，她六岁就丧才被外婆接来？中间停顿时间太长，也不符合书中的描述。

故，根据黛玉六岁丧母，贾雨村携其进京，同时宝钗进贾府十三岁的线索，我给宝黛留了三处，为他们的两小无猜、亲密友爱留了足够余地。

《红楼梦》时间线

琏。

红楼二年

英莲被拐走，
黛玉一岁。

回
府，
凤
”。

红楼元年

宝玉一岁；宝钗、香菱（英莲）三岁。

备注：
第一回里写英莲三岁，甄士隐梦中所闻，正是顽石、神瑛侍者下凡，宝玉衔玉而生之事。据第六十三回，宝钗、香菱、晴雯和袭人同庚。

（第三十七回、第三十八回）

栊翠庵茶品梅花雪（第四十一回）

香菱学诗（第四十八回）

琉璃世界白雪红梅（第四十九回）

探春改革（第五十六回）

湘云醉卧（第六十二回）

寿怡红群芳开夜宴（第六十三回）

大观园的衰落

红楼二尤（第六十六回、第六十九回）

偶填柳絮词（第七十回）

抄检大观园（第七十四回）

中秋联诗（第七十六回）

晴雯之死（第七十七回）

迎春出嫁（第七十九回）

香菱抱屈（第八十回）

第

后四十回大结局

略

宝黛等搬进大观园

宝黛情感历程

觉醒：共读西厢（第二十三回）

深入：黛玉葬花（第二十七回）

宝黛吵架（第二十九回）

宝玉诉肺腑（第三十二回）

黛玉题帕三绝（第三十四回）

识分定情悟梨香院（第三十六回）

日常：风雨夕闷制风雨词（第四十五回）

宝钗在忙什么

滴翠亭杨妃戏彩蝶（第二十七回）

羞笼红麝串（第二十八回）

借扇机带双敲（第三十回）

绣鸳鸯梦兆绛芸轩（第三十六回）

金兰契互剖金兰语（第四十五回）

小惠全大体（第五十六回）

红楼群芳

龄官划蔷（第三十回）

晴雯撕扇（第三十一回）

三回至第八十回

前大观园时代

第六至第二十二回

故事开始

刘姥姥来了（第六回）

美玉和金锁互识（第八回）

秦可卿葬礼

王熙凤露锋芒

王熙凤协理宁国府（第十三回、第十四回）

王熙凤弄权铁槛寺（第十五回）

元春省亲

大观园时代